El palacio de la traición

JASON MATTHEWS

El palacio de la traición

Traducción de Irene Muñoz Serrulla

ℙ

ALMUZARA

EDITORIAL ALMUZARA • COLECCIÓN TAPA NEGRA
Director editorial: Antonio Cuesta
Editor: Javier Ortega
Maquetación: Miguel Andréu

www.editorialalmuzara.com
pedidos@almuzaralibros.com - info@almuzaralibros.com

Editorial Almuzara
Parque Logístico de Córdoba. Ctra. Palma del Río, km 4
C/8, Nave L2, nº 3. 14005 - Córdoba

Imprime: Romanyà Valls
ISBN: 978-84-11314-89-3
Depósito Legal: CO-1069-2023
Hecho e impreso en España - *Made and printed in Spain*

Para mi hermano William,
con admiración.

1

La capitana Dominika Egorova del Servicio de Inteligencia Exterior ruso, el SVR, se estiró el extremo inferior de su pequeño vestido negro mientras se abría paso entre la multitud de peatones en el caos de neones rojos del bulevar de Clichy, en Pigalle. Sus tacones negros repiqueteaban en la acera parisina mientras caminaba con la barbilla levantada, sin perder de vista la cabeza gris del conejo: la vigilancia en solitario de un objetivo a pie y en movimiento era una de las habilidades más difíciles de la ofensiva callejera. Dominika lo solventó con holgura, caminando en paralelo por la acera divisora del bulevar y ocultándose tras los primeros transeúntes de la tarde para encubrir su rostro.

El hombre se paró a comprar una brocheta carbonizada —por lo general de carne de cerdo en ese barrio cristiano— a un vendedor que avivaba el carbón de un pequeño brasero con un cartón doblado; de vez en cuando saltaba alguna chispa hacia la multitud que pasaba por delante, a la vez que envolvía la esquina de la calle con nubes de humo con aroma de cilantro y chile. La joven se ocultó detrás de un poste; aunque era poco probable que el conejo utilizara la pausa para la merienda como una artimaña para vigilar el ángulo a las seis —durante los últimos tres días se había mostrado ajeno a lo que ocurría a su alrededor—, prefería evitar que advirtiera su presencia demasiado pronto. Muchos otros viandantes ya se habían fijado en ella mientras caminaba entre el gentío —piernas de bailarina, busto majestuoso, ojos azul eléctrico—, aspirando su fragancia, buscando el olor de su fuerza o de su fragilidad.

Con dos miradas ensayadas, Dominika comprobó la variedad de caras, pero sin sentir ese cosquilleo en la nuca que predecía el principio de los problemas. El conejo, un persa, terminó de arrancar los trozos de carne con los dientes y tiró la brocheta en un sumidero. Al parecer, ese musulmán chiita no tenía reparos en comer cerdo ni en meter su cara entre las piernas de las prostitutas. Comenzó a moverse de nuevo y ella lo siguió.

Un joven moreno y sin afeitar se alejó de sus amigos, que estaban apoyados en el escaparate humeante de un local de tallarines, se situó junto a Dominika y le pasó un brazo por el hombro. *Je bande pour toi*, le dijo en el defectuoso francés del Magreb. Se había empalmado al verla. Por Dios. No tenía tiempo para eso; sintió la oleada ardiente que se iba desplazando desde el estómago hacia el brazo. No. Fría como el hielo. Se quitó de encima el brazo de aquel hombre, le apartó la cara y siguió caminando. *Va voir ailleurs si j'y suis*, piérdase y busque si estoy por allí, dijo por encima del hombro. Él se detuvo en seco, le hizo un gesto obsceno y escupió en la acera.

Volvió a ver la cabeza gris del persa justo cuando pasaba bajo las luces parpadeantes que indicaban la entrada de la sala de baile La Diva. Fue hacia la puerta, observó la pesada cortina de terciopelo y concedió un tiempo para que ese pequeño hombre, que guardaba en su cabeza los secretos nucleares de la República Islámica de Irán, entrara. Era su presa. Un objetivo para inteligencia. Afiló su voluntad con la cuchilla de diamante que era su mente. Iba a ser un intento de reclutamiento hostil, una emboscada, una coacción, iba a cogerlo desprevenido; pensó que tenía una oportunidad para ganárselo en la siguiente media hora.

Esa noche, Dominika llevaba el pelo castaño suelto sobre los hombros, con el flequillo cubriéndole un ojo, como si fuera una bailarina apache de los años veinte. Llevaba unas gafas de carey de montura cuadrada y cristales claros, una Lois Lane parisina que salía de noche. Pero el efecto secretaria se perdía con el vestido negro escotado y los zapatos Louboutin. Era una antigua bailarina de piernas bien torneadas y fibrosas pantorrillas, aunque caminaba con una, apenas perceptible, cojera en la pierna derecha; un pie destrozado por culpa de una rival de la academia de *ballet*, cuando tenía veinte años.

* * *

París. No había respirado el aire de Occidente desde que regresara a Moscú tras ser parte de un canje de espías en un puente de Estonia meses atrás. Las imágenes del intercambio se desvanecían en su recuerdo y el sonido de sus pasos en el puente mojado tras la lluvia era cada vez más leve; todo iba desapareciendo entre la niebla de aquella noche. De regreso en casa, había respirado en profundidad el aire ruso. Era su país, Rodina, la Madre Patria, pero la limpia bocanada de aire del pinar y la negra tierra arcillosa estaban contaminadas por una pizca de putrefacción líquida, como si hubiera un animal muerto bajo las tablas del suelo. Por supuesto, había sido recibida con entusiasmo, con floridos elogios y buenos deseos de burdos funcionarios. De inmediato, se había presentado a trabajar en el cuartel general del SVR —conocido como «la sede central»—, pero al ver de nuevo a sus compañeros del Servicio, el rebaño de los *siloviki*, el círculo íntimo de los elegidos, su espíritu se había derrumbado. Qué esperabas, pensó.

Todo era diferente con ella ahora. Exquisita, enorme y peligrosamente diferente. Había sido reclutada por un agente de la CIA —del que se había enamorado—; luego la habían investigado, entrenado y devuelto a Moscú, como infiltrada en la sede central. Estaba aprendiendo a esperar, a escuchar y a ser una criatura silenciosa en la nauseabunda atmósfera de su Servicio. Por eso no había aceptado varios puestos triviales en el cuartel general. Esperaría a tener un trabajo que le proporcionara los contactos que la CIA quería. Fingió interés en el proceso y, además, asistió a un breve curso de psicología operativa y a otro de contrainteligencia. Podría ser útil para el futuro saber cómo cazaban a los topos en su Servicio, saber cómo sonarían los pasos en la escalera cuando fueran a por ella.

Esperó su momento mirando en sus almas, porque Dominika había nacido sinestésica, con un cerebro programado para ver auras de colores alrededor de la gente y así poder leer la pasión, la traición, el miedo o el engaño. Cuando tenía cinco años, esa sinestesia sorprendió y preocupó a su padre, profesor, y a su madre, música. Le hicieron prometer que jamás revelaría su notable don a nadie, ni siquiera cuando se hubiera acostumbrado a él. A los veinte años se vio atrapada entre las vibraciones bermellón de la música en la academia de *ballet*. A los veinticinco, calibró el nivel de lujuria de un hombre por su halo escarlata. Ahora que había pasado los treinta, poder adivinar la naturaleza de hombres y mujeres, casi con seguridad, le salvaría la vida.

Había algo más. Desde su reclutamiento, Dominika había tenido apariciones de su madre fallecida, amables alucinaciones que le daban ánimo y apoyo. Los rusos son espirituales y emocionales, por lo que recordar con cariño a los antepasados no era en ningún caso espeluznante o demente. Al menos a ella no le preocupaba; además, el espíritu de su madre la hacía más fuerte mientras reanudaba su, ahora doble, vida. Una mano radiante sobre el hombro mientras se hallaba ante la oscura boca de la cueva, oliendo a la bestia que había en el interior, dispuesta a avanzar.

A su regreso a la sede central desde el oeste, hubo dos sesiones de habilitación con un hombrecillo grasiento de Contraespionaje y una lúgubre taquígrafa. Ese hombre le preguntó por el *ubiytsa*, el asesino de la Spetsnaz que casi acabó con ella en Atenas; después sobre el tiempo que pasó bajo custodia de la CIA: cómo eran los hombres de la CIA, qué le preguntaron, qué les dijo. La joven había escrutado a la taquígrafa, que estaba envuelta en una neblina amarilla —engaño y avaricia—, y entonces le contestó que no les había dicho nada. El oso olfateó sus zapatos y asintió, parecía satisfecha. Pero el oso nunca está satisfecho, pensó. Nunca lo estaba.

Su heroísmo, su casi deserción y sus contactos con los estadounidenses provocaron que fuera se sospechara de ella —como ocurría con cualquiera que volvía del servicio activo en Occidente—; sabía que los lagartos de ojos rojos del FSB, el Servicio Federal de Seguridad, la observaban, a la espera de una señal, atentos a un correo electrónico o a una postal del extranjero, o a una inexplicable y críptica llamada telefónica desde un suburbio de Moscú, o a un contacto confirmado con un extranjero. Pero no había señales. Dominika se comportaba de manera normal. No había nada que pudieran ver.

Así que le asignaron un atractivo preparador físico para que la sondeara durante un curso «obligatorio» de defensa personal que se impartía en una vieja mansión de Domodedovo, en Varshavskaya Ulitsa, junto a la circunvalación de MKAD. La casa, mohosa y desordenada, con escaleras chirriantes y un tejado de aluminio con manchas verdes, estaba en un jardín botánico descuidado, oculto tras un muro con un cartel torcido que decía: «Instituto Vilar de Plantas Medicinales». Unos cuantos participantes aburridos —una mujer madura del Servicio de Aduanas y dos guardias fronterizos retirados— fumaban y se sentaban en bancos situados a lo largo de las paredes acristaladas del jardín que servía como zona de prácticas.

Daniil, el preparador, era un auténtico ruso, alto y rubio, de unos treinta y cinco años; esbelto, con muñecas robustas y manos de pianista. Con rasgos delicados: la línea de la mandíbula, las mejillas, finas cejas y, sobre los somnolientos ojos azules, unas larguísimas pestañas que podían agitar las hojas de las palmeras del jardín de invierno desde el otro lado de la habitación. Ella sabía que en el SVR no existían clases obligatorias de defensa personal, y que lo más probable era que Daniil fuera un impostor enviado para hacer preguntas casuales con las que poder sonsacar a una incauta Dominika que había colaborado con un servicio de inteligencia extranjero, o que había transmitido secretos de Estado, o que había seducido a múltiples compañeros corruptos en las calurosas literas superiores de los oscilantes trenes de medianoche. No importaba de qué irregularidades se tratara. Los sabuesos del contraespionaje no podían poner nombre a la traición, pero la reconocerían al verla.

Desde luego no esperaba que le enseñaran nada parecido a técnicas de lucha cuerpo a cuerpo. El primer día, con la luz del sol entrando a través del techo de cristal del jardín de invierno, Dominika se sintió intrigada al ver un aura azul pálido, de pensamiento y alma artística, que se arremolinaba alrededor de la cabeza y de las puntas de los dedos de Daniil. También se sorprendió cuando el instructor empezó a adiestrarla en el Sistema Rukopashnogo Boya, el método ruso de combate cuerpo a cuerpo medieval, brutal, arraigado en la tradición cosaca del siglo X con conexiones místicas con la Iglesia ortodoxa. Por lo general, solo los militares rusos eran instruidos en ese tipo de lucha.

Había visto cómo el asesino de la Spetsnaz utilizaba los mismos movimientos en la habitación del hotel de Atenas, salpicada de sangre, y sin poder reconocerlos entonces por lo que eran, pero horrorizada por su asombrosa eficacia. Daniil no le perdonó ningún esfuerzo en el entrenamiento; para ella, supuso descubrir que disfrutaba al trabajar de nuevo con su cuerpo; recordaba la disciplina de su añorada carrera de bailarina, la que le habían robado. El sistema daba mucha importancia a la flexibilidad, la impetuosa velocidad y el conocimiento de los puntos vulnerables del cuerpo humano. Mientras el instructor le mostraba el bloqueo de las articulaciones y las presas de sumisión, con sus caras muy próximas, él vio algo en los combativos ojos de su rival que no querría despertar sin necesidad.

Después de dos semanas, dominaba golpes y presas que a otros estudiantes les habría llevado meses aprender. Al principio se había tapado la boca para poder reírse de los andares de mono, con las piernas dobladas, con los que se hacía la aproximación a un oponente en el combate, y del encogimiento de hombros que precedía a un golpe de mano demoledor. Ahora, derribaba a Daniil sobre la colchoneta tantas veces como él la derribaba a ella. Bajo la espesa luz de la tarde, Dominika se hacía preguntas de forma distraída sobre él mientras observaba cómo se contraían los músculos de su espalda cuando le mostraba una nueva técnica. Por su forma de moverse, pudo haber sido un bailarín de *ballet* o un gimnasta. ¿Cómo habría llegado a las artes marciales mortales? ¿Era un *spetsnaz*, de un grupo Vympel? Ella había notado con sus ojos de gorrión —una atenta mirada entrenada— que el dedo anular era bastante más largo que el índice. Por lo tanto, según las brujas entrenadoras de la Escuela de Gorriones, existía la posibilidad de que su miembro fuera superior a la media.

Estimar el tamaño del órgano masculino no era lo único que había aprendido en la Escuela Estatal Cuatro, la Escuela de Gorriones, la academia secreta de sexpionaje que entrenaba a las mujeres en el arte de la seducción. Las aulas y el auditorio de la mansión fortificada y deteriorada en el bosque de pinos de las afueras de la ciudad de Kazan, a orillas del Volga, seguían en su mente. Podía oír las monótonas conferencias clínicas sobre sexualidad y amor. Podía ver las películas trepidantes y espeluznantes sobre sexo y perversión. Las listas de técnicas sexuales, centenares, memorizadas y practicadas sin cesar: n.º 88, «Alas de mariposa», n.º 42, «Collar de perlas», n.º 32, «Clavada en la alfombra». Llegaban a ella recuerdos no deseados de los adormecidos días y las perversas noches, todo rociado con agua de rosas para disimular el almizcle del macho desenfrenado y la hembra mojada; y las manos con uñas mugrientas que le estrujaban los muslos, y las gotas de sudor que colgaban de las hinchadas narices y que, sin remedio, caían sobre su cara. Había resistido para fastidiar a los *svini*, los cerdos, para molestarlos a todos ellos, que pensaban que se rendiría y abandonaría. Ahora les demostraría lo equivocados que estaban.

Calma, se dijo. Estaba luchando contra el estrés de estar de vuelta al servicio de Rusia, bajo el amparo de la Madre Patria. Era el comienzo de una existencia de riesgo extremo… con una incertidumbre adicional: no sabía si el hombre que amaba seguía vivo. Y si estaba vivo… su amor era un secreto que tendría que guardar bien, porque había un pequeño detalle: era un agente americano de la CIA. Esperaba que Daniil comenzara a sonsacarle, con astucia, lo cual era plausible después de la confianza que había ganado tras catorce días de entrenamiento físico. Tendría que ir con mucho cuidado, sin cebos, sin sarcasmo. También era una oportunidad para suministrar un poco de desinformación, un engaño, tal vez una insinuación sobre su admiración por el presidente Putin. Todo lo que le dijera a su entrenador llegaría al FSB, luego a la sede central, se juntaría con todas las demás piezas de la investigación de «bienvenida a casa» y, en última instancia, determinaría si ella mantendría el estatus de *operupolnomochenny*, una agente de operaciones. Pero, joder…, esas pestañas.

* * *

Dominika mantuvo la cabeza erguida, elegante sobre un largo cuello, mientras atravesaba la cortina de terciopelo perfumada para entrar en el club La Diva. El portero de la entrada interior miró con aquiescencia el pequeño vestido negro y luego echó un rápido vistazo al diminuto bolso de mano de satén negro, apenas lo bastante grande como para guardar un lápiz de labios y un *smartphone* ultrafino. Apartó la pesada cortina y le indicó que pasara. No hay armas, pensó, *mademoiselle* Doudounes, la señorita tetas grandes está limpia.

En realidad, la capitana Egorova era más que capaz de aplicar una fuerza letal. El lápiz de labios que llevaba en el bolso era un *pistolet elektricheskiy*, una pistola eléctrica de un solo disparo, una nueva actualización de los laboratorios técnicos de la Línea T del SVR, una nueva versión de una antigua arma de la Guerra Fría. La pistola desechable disparaba un cartucho Makarov de 9 mm, con efecto mortal y con una precisión de hasta dos metros: la bala tenía un núcleo de polvo metálico comprimido que se expandía a gran escala con el contacto. El único sonido de la descarga era un fuerte clic.

Estudió el interior con iluminación ultravioleta, una gran sala semicircular llena de mesas desvencijadas en el centro y cabinas de cuero sintético a lo largo de las paredes. Un escenario bajo con candilejas antiguas permanecía en penumbra y vacío. Su objetivo, Parvis Jamshidi, estaba sentado a solas en una de las cabinas del centro y miraba con fijeza el techo. Dominika hizo un segundo escaneo rápido, dividiendo la sala en cuartos y centrándose en las esquinas más alejadas. No había contravigilancia ni guardaespaldas. Se movió entre las mesas hacia su presa, ignorando el chasquido de dedos de un hombre gordo, que le indicaba que se acercara, ya fuera para pedir otro *petit jaune* o para sugerirle que fueran juntos durante treinta minutos al Chat Noir Design Hotel de esa misma manzana.

La sensación familiar de la caza, del contacto con el contrario, le subió a la garganta, le oprimió el pecho y le encendió las bujías en el estómago. Se introdujo en la cabina y dejó el pequeño bolso delante de ella. Jamshidi seguía mirando al techo, como si estuviera rezando. Era bajo y delgado, con una perilla de chivo partida en dos. Tenía cruzadas sobre la mesa las manos, que recordaban a las famosas manos del Greco, con los dedos largos y quietos. Llevaba el preceptivo traje gris perla con camisa blanca sin cuello, abotonada en la nuca. Un hombre pequeño. Un físico, un experto en separación centrífuga, el científico principal del programa de enriquecimiento de uranio en Irán. La joven no dijo nada esperando a que él hablara.

Sintió su presencia y bajó la mirada, apreciando su figura: brazos delgados, uñas lisas y cuadradas. Lo miró a la cara hasta que él dejó de mirar la línea de venas azules entre sus pechos.

—¿Cuánto cuesta una hora? —dijo con indiferencia. Tenía una voz aflautada y hablaba en francés. En el ambiente almizclado del club, sus palabras tenían un tono amarillo macilento y débil, todo engaño y codicia. Dominika observó con interés que la luz ultravioleta del club no afectó a su capacidad para leer sus fétidos colores. Siguió mirándolo con dulzura—. ¿Me has oído? —preguntó levantando la voz—. ¿Entiendes el francés o eres una *putain* de Kiev? —Miró de nuevo al techo, como si diera por acabada la visita. Ella siguió su mirada. Una pasarela de plexiglás colgaba entre las vigas y una mujer desnuda y con tacones bailaba justo sobre la cabeza de Jamshidi. Volvió a mirar esa absurda perilla.

—¿Qué te hace pensar que soy una trabajadora? —preguntó en un francés sin acento.

El físico volvió a mirar hacia abajo, se encontró con unos ojos penetrantes y se rio. En ese momento fue cuando debería haber oído el crujido en la abundante hierba, un instante antes al agarre con colmillos y garras.

—Te pregunté cuánto por una hora.

—Quinientos —respondió a la vez que se pasaba un mechón de pelo por detrás de la oreja. Él se inclinó hacia delante e hizo una sugerencia obscena—. Trescientos más —contestó mirándolo por encima de las gafas. Sonrió y se subió las lentes.

Como si se tratara de una señal, se encendieron las luces del escenario y una docena de mujeres salieron vestidas tan solo con botas de vinilo hasta el muslo y gorras blancas. Unos focos iluminaron sus cuerpos con rayas rosadas y blancas mientras giraban en formación al ritmo del europop.

* * *

El representante ruso en el Organismo Internacional de Energía Atómica, Rostekhnadzor, fue el primero en ver a Jamshidi en Viena, y se percató de la predilección del iraní por las acompañantes de piernas largas y que bebían jerez en los bares del distrito de Gurtel. Este dato fue transmitido al *rezident* en Viena, que a su vez informó a la sede central de Moscú, sede del SVR en Yasenovo, al suroeste de Moscú.

Allí se produjo un intenso debate sobre si el físico era un objetivo de reclutamiento viable. Algunos defendieron que no era prudente perseguir a un funcionario de un Estado cliente. Las viejas técnicas de chantaje y coerción no funcionarán, dijeron otros. El riesgo de retroceso y de daño a las relaciones bilaterales es demasiado grande, argumentaron otros. Un simple jefe de departamento compartió sus dudas sobre si no sería una oportunidad demasiado conveniente. Tal vez se tratara de una provocación, una trampa, una desinformación tejida de alguna manera por los servicios occidentales —la CIA, el Mossad, el MI6— para desacreditar a Moscú.

Esta *zagovoritsya*, esta duda, era frecuente en el SVR. El moderno Servicio de Inteligencia Exterior estaba tan marcado por el miedo al presidente de la Federación —a las miradas de rayos X de ojos azules y a las represalias en los callejones— como el NKVD lo estaba a la ira de Stalin en los años treinta. Nadie quería validar una mala operación y cometer la última transgresión: avergonzar a Vladímir Vladimirovich Putin a nivel mundial.

Alexei Ivanovich Zyuganov, jefe del Departamento de Contrainteligencia del Servicio —Línea KR—, fue el primero de otros tantos en decir que el reclutamiento de Jamshidi era demasiado arriesgado (sobre todo porque el caso no era suyo). Pero el presidente, un antiguo oficial del KGB (su hoja de servicios nunca fue cuestionada, e incluía un destino en la comunista Dresde a finales de la década de los ochenta), hizo caso omiso de las voces demasiado timoratas del SVR.

—Averigua lo que sabe este científico —ordenó Putin al director del SVR en Yasenevo por medio de la línea segura de alta frecuencia *vysokochastoty* del Kremlin—. Quiero saber hasta qué punto están estos fanáticos iraníes con el uranio. Los sionistas y los americanos están perdiendo la paciencia. —Putin hizo una pausa y añadió—: Dale esto a Egorova, que se encargue ella.

Por lo general, se puede considerar un gran cumplido que el presidente de la Federación designe específicamente a un funcionario del Servicio para llevar una operación de reclutamiento de alto nivel —ya había ocurrido en ocasiones con antiguos agentes del KGB favoritos de Putin—, pero Dominika no se hacía ilusiones sobre por qué había sido elegida. Ni siquiera había conocido al presidente.

—Es un gran honor —dijo el director cuando la llamó a su despacho para informarla de que el Kremlin había dado instrucciones precisas.

Khuinya, gilipolleces, quieren que un antiguo gorrión dirija esta trampa para conejos, pensó. Muy bien, chicos…, cuidado con los dedos…

Que la seleccionaran a ella tuvo un efecto inmediato: que la investigación paralela que Contrainteligencia del FSB le estaba realizando se detuviera. Los jueguecitos pararon: el Peugeot con cristales tintados ya no estaba aparcado en la puerta de su apartamento en Kastanaevskaya Ulitsa por las mañanas y por las tardes, las animadas entrevistas periódicas con el personal de Contraespionaje se acabaron y los entrenamientos del Sistema con el atractivo Daniil terminaron. Sabía que había sido absuelta; sin duda, las impacientes órdenes de Putin habían acelerado el proceso, pero estaba acabada. Saboreó la ironía de que el propio presidente Putin la hubiera metido a ella, la zorra, en el gallinero. Pero el sabor de la ironía pronto se transformó en una línea blanca de ira en el estómago.

Los acontecimientos se sucedieron con bastante rapidez, incluida su asignación a la Línea KR, el personal de contrainteligencia. Alexei Zyuganov la llamó y, sin emoción alguna, le comunicó que desde la cuarta planta se había tomado la decisión de que ella dirigiera la operación de Jamshidi desde la Línea KR. Su comportamiento era áspero, su voz despectiva, su mirada esquiva. Y bajo esa fachada, en los pocos segundos de contacto visual directo, vio una paranoia demencial. Se encontraba inmerso en un remolino negro mientras hablaba. Le dijo que los recursos de su departamento se utilizarían para garantizar que su planificación fuera correcta, y que no se toleraría ningún tipo de problema. El ayudante de Zyuganov, Yevgeny, de unos treinta años, con el ceño fruncido, corpulento, adusto como un diácono ortodoxo y tremendamente moreno, desde el abundante pelo hasta las pobladas cejas y los antebrazos de orangután, se apoyó en la puerta, detrás de Dominika, escuchando mientras evaluaba la curva de sus nalgas bajo la fina falda.

La verdad es que Zyuganov estaba furioso por haber sido desautorizado en público para la captación del persa. El venenoso y diminuto —apenas media metro y medio— jefe de Contrainteligencia se sintió muy molesto porque el caso se le asignara a Egorova y no a él, y todavía más molesto porque el presidente de la Federación de Rusia conociera y tuviera un ojo puesto en una simple capitana, su nueva subordinada. El pequeño hombre evaluó desde lo más profundo de su petulante cerebro a esa *shlyukha*, a esa puta entrenada.

Era la extraña y ridícula mujer *operupolnomochenny*, una agente de operaciones, en el Servicio, pero con un pedigrí y una reputación intachables. Había oído las historias, leído los informes reservados. Entre otros logros en su joven carrera, consiguió la información que condujo a la detención de uno de los infiltrados más dañinos del SVR, el veterano teniente general Vladímir Korchnoi —un traidor dirigido durante década y media por los estadounidenses—, poniendo fin así a la caza de topos que habían llevado a cabo durante años. Zyuganov había participado en la búsqueda para desenmascarar a Korchnoi, pero no había tenido el éxito que tuvo esta mujer. Entonces fue herida, capturada y retenida durante un corto periodo por la CIA, un regreso triunfal de Occidente a Yasenevo, se le concedió un meritorio ascenso a capitana auxiliar y ahora, de manera apremiante, había sido asignada a la Línea KR para trabajar en un caso del director.

El jefe de Contrainteligencia, que inició su execrable carrera durante los años precursores del KGB como interrogador en los sótanos de Lubyanka, no pudo oponerse a su nombramiento. Despidió a Egorova y la vio marcharse, obligada por un inmóvil y sonriente Yevgeny a encogerse para pasar por la puerta. La operación de captación del persa era demasiado importante como para echarla a perder, pero los instintos traicioneros de Zyuganov en Lubyanka iban en otra dirección: podía tomar el control y obtener el mérito de la operación del persa si la capitana Egorova quedaba fuera de juego. Se sentó en la silla giratoria pensando, con los pequeños pies colgando; miró a Yevgeny, desafiándolo con una mirada presuntuosa para que dijera algo. *Vilami na vode pisano*, el futuro está escrito sobre el agua que fluye… Nadie sabe lo que va a pasar.

* * *

Dominika trabó la húmeda mano a Jamshidi y lo condujo a través de la espesa niebla del tráfico nocturno, cruzando a toda prisa la plaza Blanche y luego, más despacio, recorriendo media manzana hasta el pequeño Hotel Belgique, con el toldo de rayas azules sobre la puerta. Un *ubiytsa* aburrido detrás del mostrador, un hombre de grandes brazos y con una camiseta sucia, le dio una llave y una toalla.

Pudo abrir la puerta medio metro antes de que esta chocara con el marco metálico de la cama; Dominika entró en la habitación. Pasaron por delante de una cómoda agrietada. El retrete de rejilla de la esquina de la habitación estaba rodeado de manchas de óxido, y un gran espejo, sucio y ennegrecido, colgaba sobre el cabecero de la cama con una cuerda de terciopelo demasiado desgastada. Jamshidi se dirigió al retrete para hacer sus necesidades.

—Quítate la ropa —dijo por encima del hombro, salpicando en abundancia el borde del inodoro. Ella se sentó a los pies de la cama con las piernas cruzadas, balanceando el pie. No le costaría nada poner el cilindro del carmín en la frente de ese hombre y empujar el émbolo. El científico se cerró la cremallera y se volvió hacia ella—. ¿A qué estás esperando? —preguntó—. Desnúdate y ponte bocabajo. —Se quitó el traje y lo colgó en una percha de la puerta—. No te preocupes, tengo tu dinero. Puedes enviárselo a tu madre en Kiev, si es que no está trabajando ahí al lado.

—Buenas noches, doctor Jamshidi. —Se echó hacia atrás riéndose—. No soy de Ucrania.

Levantó la cabeza al oírla pronunciar su nombre y escrutó su rostro. Cualquier científico iraní que viole la *sharía* yendo de caza furtiva en Montmartre olfatea con celeridad el peligro. No le preguntó de qué lo conocía.

—No me importa de dónde seas.

Tan educado y tan estúpido, pensó la joven rusa.

—Necesito unos minutos de tu tiempo —dijo—. Te aseguro que será de tu interés.

Escudriñó su rostro. ¿Quién era esa fulana con la sonrisa de la Monna Lisa?

—He dicho que te desnudes —volvió a hablar acercándose a ella, pero sin saber bien qué estaba pasando. Se le estaba esfumando la fogosidad como la arena de un reloj roto. La agarró de la muñeca y la puso de pie. Acercó la cara a la de ella empapándose del aroma de Vent Vert, buscando los ojos tras esas absurdas gafas—. *A poil* —dijo. Le apretó la muñeca y observó su rostro. No consiguió nada. Ella lo miró a los ojos mientras presionaba con la uña del pulgar entre el primer y el segundo nudillo. El iraní dio un respingo por el dolor y apartó la mano.

—Solo unos minutos —susurró con gravedad para darle una pista, una oportunidad. Habló con desgana, casi como si estuviera drogada.

—¿Quién eres? —preguntó apartándose de ella—. ¿Qué quieres?

Egorova le puso la mano sobre el brazo, traspasando los límites hombre-mujer del islam. No era un gran problema con este persa tan educado que vivía en Europa, este putero al que le gustaban las pelirrojas.

—Quiero proponerte un acuerdo. Uno beneficioso para los dos.

—Dejó la mano donde estaba. Él se la apartó y se dirigió hacia la puerta. Fuera lo que fuera lo que estaba pasando, quería salir de allí. Ella se puso delante de él sin problemas. Intentó apartarla poniéndole la mano en el pecho. Con calma, casi con ternura, atrapó la mano de él contra su pecho con sus elegantes dedos, sintiendo la palma húmeda de él sobre la piel. Ejerció una leve presión hacia abajo y se abalanzó sobre él; la cara del físico se contrajo de dolor, forzándolo a caer de bruces sobre la raída colcha—. Insisto en que me permitas contártelo.

Dominika le soltó la mano.

Jamshidi se sentó en la cama con los ojos abiertos de par en par. Sabía todo lo que necesitaba saber.

—¿Eres de la inteligencia francesa? —preguntó mientras se frotaba la muñeca. Como ella no reaccionaba, dijo—: ¿La CIA, los británicos? —Egorova siguió en silencio y él se estremeció ante el peor de los pensamientos—: ¿Del Mossad?

Dominika sacudió un poco la cabeza.

—Entonces ¿quién eres?

—Somos tu aliado y amigo. Solo nosotros permanecemos al lado de Irán contra una venganza global, las sanciones, las amenazas militares. Apoyamos tu trabajo, doctor, en todos los sentidos.

—¿Moscú? —Rio en voz baja—. ¿El KGB?

—Ya no es el KGB, doctor, ahora es Sluzhba Vneshney Razvedki, el SVR.

Jamshidi sacudió la cabeza y respiró tranquilo; ningún equipo de acción sionista. Alabado sea Alá.

—Y ¿qué quieres? ¿Qué es esa tontería de una propuesta? —preguntó recuperando la confianza y el color.

Zhaba, sapo, pensó la agente.

—Moscú quiere consultar contigo. Nos gustaría que nos aconsejaras sobre tu programa. —Se preparó para la indignación del doctor.

—¿Consultar? ¿Asesorar? ¿Quieres que espíe a mi propio país, a mi programa? ¿Que comprometa nuestra seguridad?

Jamshidi el justo. Jamshidi el patriota.

—No hay ninguna amenaza para la seguridad de Irán —contestó con tranquilidad—. Informar a Moscú protegerá a tu país de vuestros enemigos.

—Eso es ridículo. —Resopló—. Deja que me levante. Apártate de mi camino.

No se movió.

—Mencioné que la propuesta sería beneficiosa para ambas partes, doctor. ¿No te gustaría escucharme?

Volvió a resoplar, pero esperó sin moverse.

—Vives y trabajas en Viena, acreditado ante el Organismo

Internacional de Energía Atómica. Viajas con frecuencia a Teherán. Eres el principal experto de tu país en separación centrífuga de isótopos y durante los últimos años has dirigido el montaje de las cascadas de centrifugado en la planta de enriquecimiento de combustible de Natanz. ¿Voy bien?

El científico no respondió, pero la miró mientras se apretaba una mano con la otra.

—Una carrera brillante, un éxito constante en el programa, con el favor del líder supremo y con aliados en el Consejo de Seguridad. Esposa e hijos en Teherán. Pero como hombre de necesidades excepcionales, un hombre que se ha ganado el derecho a hacer lo que le venga en gana, has hecho… amistades, tanto en Viena como durante estos ocasionales fines de semana furtivos y no autorizados en París. Aprecias a las mujeres bonitas, y ellas a ti.

—Que Shaitan te lleve. Eres una mentirosa.

—Qué decepción se llevarían tus amigos al oírte renegar de ellos —le reprochó echando mano a su bolso. Sacó el teléfono y lo sostuvo en la mano sin ejercer presión. —Él la miró con intensidad—. En especial tu amiga Udranka. Tiene un apartamento en Viena, en la calle Langobardenstrasse, muy cerca de tu oficina en el OIEA. La conoces bien.

—Malditos rusos.

—No, en realidad te estás tirando a una serbia. Una chica bastante inocente, debo añadir. Udranka es de Belgrado. La has visto bastantes veces.

—Mentira —tartamudeó—, no hay pruebas.

Dominika pasó un delgado dedo por la pantalla del teléfono para iniciar la reproducción de un vídeo e inclinó el móvil para que él pudiera verlo.

—Tu última visita, el 23 de agosto —comenzó a narrar la escena—. Llevaste dulces, bombones Sissi-Kugeln y una botella de Nussberg Sauvignon. Ella cocinó un bistec. La sodomizaste a las 21:45 y te fuiste quince minutos después. —Tiró el teléfono sobre la colcha, observando el intenso efecto de sus palabras sobre él mientras el resto del vídeo avanzaba—. Quédatelo si quieres.

—No. —Miró una vez más la pantalla y la apartó de él. El color alrededor de su cabeza y sus hombros se había desvanecido. Dominika sabía que ya había calculado la amenaza tácita. Los mulás lo ejecutarían si sus retorcidos hábitos salían a la luz, si se revelaba su morbo por malversar fondos económicos, pero sobre todo si se hacía pública su estupidez al ser chantajeado—. No —repitió.

Ran'she syadyesh, ran'she vydyesh, pensó Egorova, cuanto antes entres, antes saldrás. Se sentó a su lado y comenzó a hablar en voz baja, ocultando el desprecio que sentía. Era un escarabajo que no podía moverse dentro de una caja de cerillas. No dejó que protestara ni que fingiera ignorancia. En su lugar, le dijo con firmeza cuáles eran las reglas: él respondía a sus preguntas, se reunirían con discreción, le daría «dinero para los gastos», lo protegería y (haciendo un sutil movimiento de cabeza) podría seguir disfrutando con Udranka. Se encontrarían en Viena, en el apartamento de la serbia, dentro de siete días. Debería reservar toda la noche. En realidad preguntó si eso sería adecuado, pero se levantó antes de que él pudiera responder. No tenía otra opción. Se dirigió a la puerta, abrió una rendija y se giró para mirarlo, todavía sentado, pequeño y silencioso, sobre la colcha manchada.

—Me ocuparé de ti, doctor. De todo. ¿Vienes?

Salieron de la habitación y bajaron la estrecha escalera de papel desconchado y peldaños chirriantes. El *ubiytsa* salió de detrás del mostrador y se paró al pie de la escalera.

—Cincuenta euros. —Cruzó los brazos sobre el pecho—. Impuesto de entretenimiento.

Una niebla marrón flotaba alrededor de la cabeza: crueldad, violencia, estupidez.

Sin explicación aparente, Jamshidi trató de esquivarlo, pero el hombre lo inmovilizó contra la pared, con un antebrazo fornido bajo la barbilla. Con la otra mano sacó una navaja de afeitar.

—Cien euros —dijo mirando a Dominika—. Impuesto de prostitución.

Inmovilizado por el cuello, el científico solo pudo ver, con ojos de sorpresa, que ella bajaba el último escalón y se acercaba.

De algún modo, Egorova era consciente de una ligera molestia por ser interceptada, por verse enredada en una interferencia externa. Su visión era aguda y clara como el hielo, pero difusa en los bordes. Olió al matón a través de su camisa, olió su esencia marrón, su esencia de animal. Sin alterar la marcha se acercó a él, atravesando la nube marrón; le agarró la parte posterior de su grasienta cabeza con suavidad, con cariño. Con la otra mano se aferró al lateral de la cara, con el pulgar en la bisagra de la mandíbula. Presionó con violencia hacia dentro y hacia arriba. Sintió el chasquido de la articulación temporomandibular bajo el pulgar. Aquel animal levantó la cabeza y aulló de dolor; la navaja se escurrió de entre sus dedos. En una nube de hedor y perfume, le tiró del pelo maloliente y tiró de la cabeza hacia atrás. Un fulgurante pensamiento hizo acto de presencia: ¿qué pensaría *bratok*, el hermano mayor Gable, uno de sus supervisores de la CIA, sobre este temperamento suyo? Un segundo pensamiento la sorprendió como una descarga eléctrica: ¿qué sentirían todos sus americanos al verla en esta apestosa escalera haciendo lo que estaba haciendo? Volvió a concentrarse y golpeó con la membrana interdigital de la mano abierta en la tráquea de ese matón. Con un gesto muy rápido. El hombre gruñó una vez mientras ella tiraba de él con violencia hacia atrás; la cabeza golpeó contra la pared. El yeso crujió. Quedó tendido en el suelo. No se movió.

Dominika se agachó, recogió la navaja de afeitar y la cerró. No dejaba de sentir el impulso de acercarse y arrastrar el filo con fuerza por la garganta del matón inconsciente. Jamshidi se había ido deslizando con lentitud hacia el suelo. Se puso en cuclillas junto a él con el vestido a mitad de sus muslos, dejando ver el triángulo de encaje negro de la ropa interior, pero el iraní solo podía mirar ese rostro iluminado, con un mechón de pelo rizado hechizante sobre un ojo. Aunque le faltaba un poco de aire, susurró mientras enderezaba sus gafas:

—Te he dicho que cuidamos de nuestros amigos. Te protegeré siempre. Ahora eres mi agente.

SATAY DE CERDO

Marina tiras finas de carne de cerdo en una pasta espesa de aceite de sésamo, cardamomo, cúrcuma, ajo machacado, jengibre machacado, salsa de pescado, azúcar moreno y zumo de limón. Ásalo sobre la parrilla a fuego vivo hasta que la carne de cerdo esté caramelizada y crujiente.

2

Tres de la madrugada. El distrito cuarto estaba oscuro y tranquilo. Los Louboutins le apretaban los pies mientras caminaba por las calles del Marais de regreso al hotel *boutique* cerca de la plaza Sainte-Catherine. *Tnat pis*, una lástima, pero una no puede ir descalza por esa París amante de los perros.

Acabando el texto en clave a Zyuganov mientras caminaba, Dominika hizo una rápida evaluación de la situación. Pasando por encima del matón inconsciente, un desconcertado Jamshidi se había adentrado en la noche, a trompicones, asintiendo con la cabeza al dulce susurro de la joven que le recordaba que se reunirían en una semana. La niebla ambarina que le rodeaba la cabeza parecía almidonada, casi blanca, debido a la conmoción. Ella informó, por encima, del resultado del lance con el doctor a la sede central —y a un escéptico y resentido Zyuganov— como un triunfo provisional. Como en todas las operaciones de inteligencia, no sabría si habría convencido del todo al iraní hasta que apareciera en el apartamento de Udranka en Viena después de una semana, dócil y preparado para que lo interrogara. La persistente y dulce promesa de la pelirroja serbia de un metro ochenta y cinco de altura, ahora un gorrión bajo la dirección de Dominika, sería un incentivo para que Jamshidi se comportara como esperaba. Egorova se compadecía de su gorrión, de vez en cuando se tomaba una copa de vino con ella, le pagaba bien —solidaridad entre hermanas—. Había escuchado las audaces valoraciones de la serbia sobre el pequeño científico, cada detalle, era lo mejor para atraparlo en el juego del reclutamiento.

Mientras caminaba por la calle desierta, comprobó que no le seguían la pista, aunque era poco probable a esas horas, cruzando la calle y echando miradas de medio segundo en ambas direcciones.

Primero la escoltó uno, luego dos y después tres gatos callejeros, con la cola en alto y deslizándose alrededor de sus tobillos. Pensó que la Escuela de Gorriones le había supuesto un cambio radical. La vida le cambió de forma definitiva cuando la dirigieron contra un agente estadounidense de la CIA —en concreto Nathaniel Nash— para desarticularlo, comprometerlo y obtener el nombre de su topo ruso. Pero la operación no había resultado como sus maestros del SVR habían planeado, ¿verdad? Ahora trabajaba para la CIA, espiando para los estadounidenses, se dijo a sí misma, porque Rusia estaba podrida, el sistema apestaba. Sin embargo, lo que estaba haciendo, lo hacía para Rusia. Se había unido a la CIA, ella era ahora el topo. Y, contra toda lógica y toda prudencia, había acabado en la cama de Nate. Cerró los ojos un segundo y le susurró: «¿Dónde estás? ¿Qué haces?». Uno de los gatos franceses la miró por encima del hombro y le dirigió una mirada de *qu'est-ce que j'en sais? ¿Cómo voy a saberlo?*

*   *   *

En ese mismo instante, en la solitaria sala de la Línea KR, Zyuganov se encontraba en la oscura sala, con la única luz de una lámpara de escritorio que enfocaba el informe de Egorova sobre el éxito de la campaña de reclutamiento de Jamshidi en el club nocturno Pigalle, enviado unos minutos antes por correo electrónico, encriptado. El escueto informe que detallaba el episodio lo miraba fijamente, burlándose de él. La capitana era una amenaza directa para él; la fácil gestión de esa operación le hacía parecer, a él, torpe y prescindible. Escudriñó el breve párrafo, sopesando el riesgo y la ganancia. Esta advenediza bien dotada lo ha hecho bien, volando en solitario, pensó. La *rezidentura* en París había quedado al margen de la operación, sin necesidad de que otros colegas locales se pusieran al frente de ella. Volvió a leer el mensaje: breve, equilibrado, modesto. Zyuganov se revolvió en el asiento, con su envidia cubierta del fastidio que se convirtió en una rabia mordaz alimentada por un temeroso interés personal.

Tal y como lo veía él, hasta ese momento la de Jamshidi había sido una operación precisa, y lo había logrado con implacable minuciosidad en poco tiempo. Maldita sea, pensó. Egorova había investigado al objetivo, lo había vigilado en Austria y Francia para determinar sus patrones, y luego había urdido con meticulosidad una clásica *polovaya zapadnya*, una trampa de miel, utilizando a una compatriota eslava de piernas largas como dulce soborno para atraer al científico con barba de chivo a la trampa de un nido vienés de amor que mantenía a su *khuy* en un estado constante de previsión de fuga. *Invaginirovatsya*. Al iraní le habían buscado las vueltas. Esa noche había preparado el escenario en París, haciendo de prostituta, cómo no. Calculó que al día siguiente regresaría a Moscú desde París. Se le aceleró la mente mientras buscaba entre los papeles del escritorio el nombre del hotel. París puede ser una ciudad peligrosa. Muy peligrosa. Cogió el teléfono.

∗　∗　∗

Los gatos la habían abandonado. A las tres y media de la mañana, un pájaro trinaba en un árbol de la calle Turenne cuando Dominika entraba en la, poco iluminada, calle Jarente. Había una única farola encendida sobre la puerta del Jeanne d'Arc. Tendría que llamar al conserje de la noche para poder entrar. Estaba casi en la puerta cuando escuchó unos pasos que procedían del otro lado de la estrecha calle, de detrás de los coches aparcados en la acera de la derecha. Se giró hacia el sonido mientras pulsaba el botón del timbre con el omoplato.

Se acercaba un hombre grande con el pelo negro y largo hasta los hombros, al estilo Fabio, y llevaba puesto un abrigo de cuero. Por su izquierda, un segundo hombre dobló la esquina de una calle lateral y caminó hacia ella. Era más bajo, pero más fuerte, calvo, y llevaba un chaleco acolchado sobre una camisa de trabajo. La joven vio una maza cimbreante de cuero en la mano derecha. Los dos la miraron con una sonrisa bobalicona y placentera. No son profesionales, pensó, no son de ningún servicio de inteligencia. Se trataba de unos viles matones drogados con absenta y algún porro. Volvió a tocar el timbre, pero seguía sin haber respuesta desde el interior del hotel, ni luces, ni ningún movimiento, así que retrocedió con suavidad para alejarse de la entrada, aferrándose a la pared, con sus Louboutins de suelas rojas rechinando sobre el adoquinado. Siguió mirándolos, los dos hombres estaban juntos y caminaban hombro con hombro. Retrocedió hasta otra calle lateral, la calle Caron, que daba a la diminuta Place Sainte-Catherine, con sus adoquines, sus árboles y sus mesas de café apiladas esperando el amanecer. Dos peleas en una noche, estás tentando a la suerte, pensó.

Con el espacio extra, los dos hombres se abalanzaron sobre ella, con las manos extendidas para agarrarle los brazos; cuando la maza se aproximó, Dominika tocó la pistola de pintalabios que llevaba en el bolso, el chasquido metálico del dispositivo quedó amortiguado por el engranaje de satén desintegrable. Corta distancia. Apuntar y disparar. Hubo un soplo de pluma de ganso cuando la bala impactó en el chaleco, justo por encima del pezón derecho del hombre más bajo; el núcleo de polvo metálico se expandió dentro de su cavidad torácica a una velocidad tres veces superior a la de una bala de cobre, descomponiendo la vena cava, el ventrículo derecho, el pulmón derecho y el lóbulo superior del hígado. Se desplomó como un pingajo; la barbilla hizo «toc» al chocar contra el pavimento de la plaza. La maza sobre los adoquines parecía excremento de perro.

Una pistola de lápiz de labios de dos disparos, recordó. Fabio estaba sobre ella, le sacaba una cabeza. Una farola iluminaba sus ojos enrojecidos y la niebla a su alrededor era amarilla. Cuando se acercó a ella para agarrarla, desprendió un desagradable olor a cuero. Ella dejó accesible una muñeca y él la agarró, entonces ella atrapó su mano y se abalanzó con rapidez sobre él, haciendo que se inclinara hacia atrás, sosteniéndose sobre sus talones. La antigua bailarina le trabó la pantorrilla por detrás de la pierna y lo empujó con el hombro ejerciendo una fuerte torsión en la rodilla. Él debería haberse caído y ella habría tenido tiempo de meter el tacón del zapato en la cuenca del ojo, pero había conseguido agarrarse a la pechera del vestido y tiró de ella, rasgando el tejido y dejando al descubierto las copas de encaje del sujetador. Cayeron con fuerza y Fabio la hizo rodar sobre la espalda, los Louboutins salieron volando; él estaba sobre ella —podía oler la chaqueta de cuero y el tufillo a pastel rancio de la camisa de una semana—; utilizaba sus manos para intentar alcanzar algo, los ojos, las sienes, tejidos blandos…, pero le dio un fuerte golpe en la cabeza que resonaba en su interior y le hacía sentir inseguridad; tal vez podría soportar uno o dos golpes como ese, no muchos más.

Consiguió quitárselo de encima y ahora él estaba de pie a su lado; logró cubrirse, pero él le pateó las costillas y estaba tomando la medida para darle un fuerte pisotón en el cuello cuando un bendito barrendero con una manguera conectada a un pequeño camión de agua con una luminosa luz anaranjada entró por el otro extremo de la plaza y empezó a limpiar las calles. Fabio volvió a darle una patada en las costillas, un golpe de refilón y salió corriendo. Egorova se quedó un segundo en el suelo, buscando daños en sus costillas; observó cómo el barrendero mojaba el otro extremo de la plaza. Giró la cabeza y vio el cuerpo del hombre al que había disparado, el cual yacía empequeñecido y bocabajo en un charco de sangre oscura. Pensó que el servicio de limpieza tendría algo más de tarea. Ahora sal de aquí. Ahogando un gemido de dolor, se puso en pie, recuperó con cuidado sus zapatos y sus gafas y dobló la esquina hacia el hotel, sujetando los restos de su vestido con la mano libre. Era un auténtico espectáculo. Le explicaba al conserje que ya no volvería a trabajar en convenciones; al diablo con los vendedores de fertilizantes de Nantes.

Dejó las luces de la habitación apagadas y fue el cuarto de baño, se quitó el vestido roto y examinó los moratones en el espejo: de momento eran rojos, el morado berenjena llegaría mañana. Le dolía la mejilla. Se puso un paño frío en el ojo y, con un quejido, se metió en la bañera con agua caliente mientras pensaba la gran coincidencia que había sido ser atacada en París durante el reclutamiento de Jamshidi.

También pensaba en Zyuganov. *Yadovityi*, dañino. Uno de los dos únicos hombres que había conocido que no mostraba el color, tan solo las negras columnas del mal. Intuía que traicionaba sin remordimiento, y también esperaba y vigilaba la traición. Sabía que, para él, la atención de Putin hacia ella era una seria amenaza, como si le estuviera acechando con un cuchillo. Y una operación exitosa —como el reclutamiento del iraní— sería igual de amenazante para su posición. Así que si fracasaba, o resultaba herida —por ejemplo, si la asaltaban en la calle—, Zyuganov podía hacerse cargo de la gestión de la operación y llevar personalmente los sensacionales informes de inteligencia a la cuarta planta de Yasenevo y... al Kremlin.

Era el sabor familiar y ácido de la doble traición, la habitual traición a cuchillo. Dominika sopesó su férrea determinación de luchar contra ellos, de incendiar el Servicio, de dañar sus vidas. Consideró la posibilidad de reactivar el contacto con la CIA y con Nate ahora, esta misma noche. Su asignación a la Línea KR y al caso Jamshidi podría proporcionarle un magnífico acceso, un estupendo servicio. Estarían maravillados con sus logros en tan poco tiempo. Se hundió hasta el cuello en el agua caliente. Tenía seis horas antes de su vuelo a Moscú.

Esta vez no se trataba de su madre. Marte había sido una compañera en la Escuela de Gorriones —cabello rubio y sedoso, ojos azules, labios delicados— que, enloquecida por las escandalosas exigencias del colegio, se había ahorcado en su dormitorio. Lo lamentó mucho en aquel momento; luego se enfureció: otra alma consumida por el horno del Kremlin. Marte se sentó en el borde de la bañera y arrastró las yemas de los dedos por el agua. Ya habría tiempo más tarde para los americanos, dijo Marte. «Ahora hay que volver y ponerle la soga al cuello al demonio».

* * *

Dominika regresó a Moscú en el primer vuelo de la mañana de Seroflot procedente de París. Iba dolorida, rígida y con un ojo amoratado que no dejaba de palpitarle. Un coche la llevó sin paradas a Yasenevo y, antes de que pudiera presentarse ante Zyuganov, un asistente la esperaba y la condujo al ascensor hasta la cuarta planta ejecutiva; pasaron por la galería de retratos de antiguos directores, con las cejas pobladas y las solapas de sus trajes de Savile Row llenas de medallas, con sus pitañosos ojos siguiendo la familiar figura de Dominika Egorova a lo largo del pasillo alfombrado en color crema. «¡Hola! Usted de nuevo... ¿La han cogido ya? —le preguntaron los directores a su paso—. Ten cuidado, *malyutka*, ten cuidado, pequeña».

Atravesar la puerta del conjunto de salas del director, pasar por la exuberante alfombra de la recepción y entrar en el despacho le activó un torrente de recuerdos, de cuando Vanya Egorov, su tío, por aquel entonces subdirector del SVR, la había manipulado. Ella y su querido tío tenían una gran historia juntos: Vanya la había utilizado como cebo sexual en un asalto político, luego la había reclutado en el Servicio y después la había enviado a la Escuela de Gorriones —la escuela de putas— para que recibiera instrucción profesional en las artes carnales. Conocía muy bien su halo amarillo de engaño y fanfarronería, y no pestañeó cuando lo echaron de la cuarta planta, lo despidieron del Servicio y le retiraron la pensión.

Agua pasada. Cuando entró en la luminosa sala, con un gran ventanal que daba al bosque de pinos que rodeaba el edificio de la sede, el director, espeso y distraído, se levantó del sillón del escritorio, se quejó, miró el reloj y le dijo a la joven que lo siguiera. Iban a ver al presidente. Bajaron al garaje del subterráneo y entraron en un inmenso Mercedes negro que olía a cuero y sándalo. Atravesaron el norte de Moscú por el carril VIP de contramarcha, con la luz azul de emergencia del salpicadero iluminando el ojo amoratado, que de vez en cuando el director miraba con escaso interés.

El coche atravesó a gran velocidad la puerta Borovitskaya —que retumbó de inmediato con el traqueteo de los neumáticos sobre los adoquines del Kremlin— y pasó por delante de los colores amarillo y dorado del Gran Palacio del Kremlin, rodeó la catedral de marfil del Arcángel y atravesó el arco hasta llegar al patio del edificio del Senado, con su cerco verde. La agente se estremeció por dentro. El Kremlin. Edificios majestuosos, techos dorados, salones altísimos, todo lleno de engaños, avaricia insaciable y crueldad. Un palacio de la traición. Ahora, Dominika —otra especie de traidora— llegaba al palacio para sonreír y adular al impasible zar.

Se colocó con rapidez la falda y un mechón de pelo tras la oreja, mientras los dos avanzaban con paso firme y al unísono por el pasillo. Esperaron bajo el techo abovedado del gran salón de recepciones del Senado del Kremlin, una sala tan grande que la colosal alfombra de Bokhara sobre el suelo de parqué parecía una alfombra de oración. Pudo ver el resplandor verde alrededor de la cabeza del director y le sorprendió que estuviera nervioso, incluso temeroso, ante la entrevista con el presidente. El jefe de gabinete de Putin entró por una puerta situada al otro extremo de la sala y se dirigió hacia ellos con paso inaudible. Traje marrón, zapatos marrones, aura marrón. Hermético y correcto, hizo una leve inclinación para dirigirse a ellos.

—Señor director, ¿aprovechará la oportunidad de visitar al ministro? Estará encantado de recibirlo en su despacho. —Otra puerta se abrió y un segundo asistente se paró juntando los talones. El mensaje no dejaba lugar a dudas: Putin vería a Egorova a solas. El director del SVR hizo una mínima inclinación de cabeza a Dominika y observó sus piernas de bailarina mientras cruzaba la sala hacia las enormes puertas gemelas de la oficina privada de Putin. Como en los viejos tiempos, pensó, ¿durante cuánto tiempo se daría ese trato de favor?

El ayudante de Putin extendió de forma protocolaria un brazo y la condujo a través del cálido revestimiento de la oficina del presidente hasta otra puerta. Llamó una vez y abrió. Una pequeña sala de estar, con papel pintado de color azul atenuado por la luz vespertina del sol, alfombrada sin escatimar lujos, con un sofá de raso azul celeste bajo la ventana. En el exterior, la aguja de cobre de la puerta de Troitskaya era visible sobre los árboles del Kremlin. El presidente cruzó la sala y le estrechó la mano. Llevaba un traje oscuro con una camisa blanca y una corbata de seda azul intenso a juego con sus extraordinarios ojos azules.

—Capitana Egorova —saludó Putin refiriéndose a su nuevo rango, un impresionante ascenso tras su regreso. Sin sonrisa, inexpresivo, con la mirada fija. Dominika se preguntó si habría escogido la corbata a juego con sus ojos. Le indicó que se sentara y escuchó el susurro del tejido de satén al sentarse.

—Señor presidente —cumplió. Ella también podía ser flemática. Él estaba bañado en una neblina azul turquesa, el color de la emoción, el arte y del pensamiento intrigante. No era el amarillo del engaño, ni el carmesí de la pasión: era profundo, complejo, indescifrable, nunca lo que parecía.

La capitana llevaba un traje gris oscuro de dos piezas con una blusa azul marino, medias oscuras y tacones bajos; gracias a Dios, eso le permitía no ser más alta que el presidente. Llevaba el pelo castaño recogido, el estilo que el Servicio recomendaba, y no llevaba joyas. De pie, Putin siguió mirándola, tal vez comparando la profundidad de sus ojos azules frente a la de los propios. No hizo ningún comentario sobre el ojo dañado. Un ayudante entró sin hacer ruido desde una puerta lateral, dejó una bandeja sobre una pequeña mesa auxiliar. El presidente asintió con un gesto.

—La he hecho venir a la hora del almuerzo, lo lamento. ¿Tal vez le apetezca un pequeño bocado?

Una lujosa fuente de porcelana tallada de Lomonosov, con el diseño de red de cobalto utilizado por primera vez por Catalina la Grande, contenía un salteado glaseado de setas y verduras, bañadas en salsa de mostaza. Cuchara y palillos de plata. Putin se agachó y puso una cucharada de setas en el extremo de un pan tostado y se la tendió. En realidad la sostuvo apoyada en la palma de la mano, ante ella. Come gatito, ¿no quieres probar? Dominika pensó en rechazarlo educadamente, pero aceptó. El presidente la observó masticar —el bocado era sencillo, pero complejo, la salsa suave y rica—, como si estuviera evaluando cómo comía. Le sirvió agua mineral. Aquello era de locos. La neblina azul alrededor de la cabeza y los hombros no varió. *Bozhe*, Dios, comienzo aperitivos en el Kremlin, pensó; ¿qué será lo próximo, tal vez me ofrezca su cepillo de dientes? Se movió con cuidado para aliviar el dolor de sus costillas.

—Me alegra que haya regresado sana y salva de Estonia —dijo sentándose junto a ella en el sofá—. La información que obtuvo fue decisiva para desenmascarar al traidor Korchnoi. La felicito por su frialdad y fortaleza.

El general Korchnoi del SVR había espiado para los estadounidenses durante catorce años, el mejor agente ruso de la historia del Juego. El general había sido su protector, como un segundo padre, cuando entró en el Servicio. Tras la detención del general, la CIA había urdido el intercambio de Dominika por él, salvando así al general y convirtiendo a Dominika en la nueva gran topo de la CIA en Moscú. Pero algo había salido, no sabía el qué. Alguien había resultado herido en el puente después de que ella cruzara el punto medio y volviera a estar en manos de los rusos; a través de la niebla nocturna había vislumbrado el cuerpo en el suelo, había oído a un hombre bramar. Una monstruosa puñalada por la espalda. Y el hombre que estaba sentado a su lado, sin duda, había dado la orden. Podría haber sido Korchnoi el que se había desplomado en el puente; podría haber sido Nate. Nate podría estar muerto, y ella había estado pensando en él desde entonces como si estuviera a salvo. Podría estar muerto. Al pensarlo, aplacó el empalagoso sabor de las setas, tragó la salsa de mostaza.

—*Spasibo*, gracias, señor presidente —agradeció—. Solo he cumplido con mi deber. —No es demasiada coba, pensó, una pequeña dosis—. Lamento que el *izmennik*, el traidor, encontrara refugio en Occidente, que no haya pagado su traición.

El halo azul de Putin se iluminó.

—No, fue destruido —respondió tajante, sin inflexión.

A pesar de la conmoción, la capitana pensó que Nate estaría a salvo. Entonces… mataron al general. Se hizo el silencio en la habitación bañada por el sol.

—Ahora conoces el secreto —comentó Putin con la comisura de la boca curvada. Esa sonrisa de Putin salió de lo más profundo de su alma, una amenaza mortal, y la amarga revelación la unió a este nuevo zar, a este *imperator*, con la soga en el cuello y el bocado en la boca. Pero él acababa de confirmarlo: habían matado a Korchnoi en el puente, a pocos metros de la libertad. El viejo general había soñado con la jubilación, con una vida sin riesgo, sin miedo.

Inspiró por la nariz y miró el rostro impasible de Putin. Un oscuro recuerdo se formó en su cabeza. Dominika recordó que la amenaza favorita de Khrushchev durante la Guerra Fría había sido una sencilla y brutal putada. *Pokazat kuz'kinu mat'*, te voy a dar una lección. Que significaba: «Voy a matarte». Pues vaya preparándose, señor presidente, porque voy a castigarlo. Por encima del sabor a cobre que tenía en la boca, el secreto que se elevaba por encima de todo, el helador diamante en su pecho, era que ella era la nueva infiltrada de la CIA en el Servicio. Ni siquiera esta pitón de ojos azules lo sabía.

—Puede contar con mi discreción, señor presidente —dijo devolviéndole la mirada sin pestañear. Él mostraba la imagen de un clarividente, el inexorable lector de mentes y corazones de los hombres. ¿Podría estar leyéndole la mente?

—Espero resultados excelentes y rápidos en el asunto del científico iraní —comentó—. La operación de París ha sido satisfactoria, la reunión de la próxima semana es fundamental. Quiero que me informe de forma regular de los avances. —Sin duda ya había sido informado.

Zyuganov. Enano de ojos saltones, pensó. ¿También le has contado a Putin cómo he terminado con el ojo morado? Putin no dejaba de mirarla—. Por supuesto, trabajará bajo la dirección del director y del coronel Zyuganov —añadió. Estaba claro: le ordenaba que se ciñera a la jerarquía del Servicio, pero también esperaba que rindiera cuentas directamente ante él; una antigua táctica soviética para sembrar la duda entre los subordinados ambiciosos y tener informadores. La nube cerúlea sobre la cabeza brillaba en la habitación iluminada por el sol.

La bella topo de la CIA dentro del Servicio de Inteligencia Exterior ruso asintió, contaba las pulsaciones que le latían en el pecho.

—Por supuesto, señor presidente. Le informaré de todo lo que haga.

APERITIVO DE SETAS DEL KREMLIN

Saltea en aceite las setas laminadas hasta que se doren por los bordes. Añade las verduras (espinacas, acelgas o col rizada) y las alcaparras; cocina hasta que se ablanden. Salpimienta, añade la mostaza al vinagre y deja que macere. Salsea sobre las setas y verduras. Sírvelo atemperado o frío.

3

El incesante bullicio del tráfico del bulevar Vasilissis Sofias en Atenas se oía a través de las mugrientas ventanas de las oficinas de la CIA, ventanas que habían permanecido cerradas y con cortinas desde que en 1961 la cúpula había cortado las cintas inaugurales. La estación de Atenas, un laberinto de oficinas, pasillos y armarios interconectados, no había sido pintada desde entonces; una aspiradora Electrolux de los sesenta estaba olvidada al fondo de un armario, junto a una guitarra Martin de 1970 sin cuerdas que generaciones de funcionarios suponían que tenía un fondo para ocultar documentos y poder pasarlos por las fronteras sin problemas, pero nadie sabía cómo abrirla.

El subjefe de la estación, Marty Gable, entró en el pequeño despacho del agente de la CIA Nate Nash. Tenía sobre la mesa media *tiropita*, una tarta de queso triangular, que había comprado en la calle para desayunar. Se sacudió las migas de los pantalones al levantarse. Gable se acercó y cogió el último trozo de la tarta y se la metió en la boca mientras echaba un vistazo a la nueva oficina de Nate.

Tragó y tomó un marco con una foto de la familia del agente, la miró a la luz.

—¿Son tus padres? —Nate asintió y Gable dejó la foto—. Una pareja atractiva. Entonces… ¿eres adoptado o fue un parto con fórceps?

—Es genial estar de nuevo contigo, Marty —dijo el aludido. Respetaba al fornido Gable, puede que incluso le hubiera cogido cariño, pero no lo iba a reconocer jamás. El agente había llegado a Atenas dos meses atrás, era ya el tercer viaje a esa estación que era como un hormiguero; se encontraba feliz de nuevo bajo el mando del sofisticado jefe de la central Tom Forsyth y su cínico e insultante ayudante.

Los tres habían formado un equipo eficaz. Habían dirigido varias operaciones de ámbito mundial en los últimos años. En Moscú, en su primera campaña, Nate había dirigido a MARBLE, el mejor agente clandestino de la CIA en Rusia, hasta que el general fue abatido durante un intercambio de espías que habían organizado para rescatarlo. En su segunda campaña en Helsinki, había reclutado a la joven agente del SVR Dominika Egorova —apodada DIVA—, y junto con Forsyth y Gable habían urdido su regreso a Moscú como topo de la nueva generación de la CIA en el Servicio de Inteligencia Exterior ruso.

La pérdida de MARBLE por la traición del Kremlin les había afectado a todos, pero él era el que más había cambiado desde aquella tarde en la que sostuvo la cabeza de MARBLE en su regazo, viendo cómo la sangre del agente caía sobre el asfalto húmedo por la niebla de Estonia, brillando a la luz de los focos. Por lo general era nervioso, serio y ambicioso, pero, tras aquello, se había convertido en un hombre más reservado, centrado y menos preocupado por la gestión de su carrera, por los difamadores y los competidores.

—Joder. «Es genial estar de nuevo contigo, Marty» —repitió Gable—. Tenemos una visita inesperada abajo; la Guardia Marina acaba de llamar. Vamos.

Mientras bajaba las escaleras junto a Gable, la mente de Nate se puso en marcha. Una visita inesperada. Alguien desconocido en la entrada. Vamos. El reloj ha empezado a avanzar en cuanto llegó ese visitante. En el vestíbulo de la embajada, los marines ya lo habrían cacheado, buscando armas, le habrían quitado cualquier tipo de paquete y lo habrían encerrado en la sala de interrogatorios, una sala de investigación sin ventanas y llena de tecnología: equipos de imagen, audio y transmisión digital.

Vamos. Un visitante inesperado. Podría tratarse de cualquier cosa: un loco con papel de aluminio dentro del sombrero para protegerse de los rayos de radio extraterrestre, un exiliado indocumentado pidiendo un visado para Estados Unidos, un distribuidor ambulante de información que esa mañana había memorizado un artículo del periódico y esperaba venderlo como un secreto para sacarse unos cientos de dólares. Pero también podía ser un contacto con buena fe —informante extranjero, diplomático, científico— con una inteligencia colosal dispuesto a pasar a los Estados Unidos por dinero o por una crisis ideológica o por venganza hacia un jefe tiránico o por fastidiar a un sistema en el que ya no se veía.

Vamos. Un buen contacto es un reclutamiento sin esfuerzo, conexión establecida, información lista para la cosecha. A lo largo de los años, este tipo de voluntarios habían sido los mejores casos, los que nunca habían retrocedido. Vamos, vamos, vamos. Averigua quién es, haz una evaluación relámpago, dale la vuelta, consigue que vuelva a contactar y sácalo de la embajada lo antes posible. Si es ruso, norcoreano o chino está en horario de trabajo, la vigilancia de contrainteligencia de la embajada estará controlando cuánto tiempo está en paradero desconocido. Solo tenemos treinta minutos».

En la planta baja de la embajada, Gable hizo una inclinación de cabeza al marine que estaba en la entrada y les abrió paso a la sala. El desagradable olor del vómito los recibió con los brazos abiertos. Sentado en una silla de plástico ante un pequeño escritorio, había un viejo vagabundo con el traje arrugado y empapado por delante por el vómito, los pantalones también manchados y polvorientos. Tendría más de sesenta años, con barba canosa, ojos rojos y llorosos. Levantó la vista cuando los dos agentes de la CIA entraron en la sala.

—Cristo —farfulló Gable—. Como si tuviéramos tiempo para estas mierdas. Sácalo de aquí. —Hizo un gesto hacia la puerta, indicándole a Nate que llamara al marine. Acompañarían al viejo borracho al garaje del sótano y lo sacarían por el muelle de carga. Paren el reloj. Falsa alarma.

Nate evaluó rápidamente al hombre. No parecía un viejo griego: manos fuertes y uñas arregladas; zapatos embarrados, pero caros; pelo revuelto y cortado a la altura de las orejas. Se había erguido en la silla cuando entraron, no como haría un borracho. Una musiquilla de campanas tintineó en su cerebro.

—Marty, espera un momento —dijo mientras se sentaba en una silla junto al hombre, tratando de respirar por la boca para evitar el olor a pis de gato que emanaba del anciano—. Señor —dijo en inglés para ver si lo entendía—, ¿qué podemos hacer por usted? —Oyó a Gable moverse con impaciencia. El anciano lo miró a la cara.

—No tengo buen inglés —dijo el hombre; su voz era grave y fuerte. El tintineo de campanas resonó de nuevo en la cabeza de Nate—. Doy información —susurró como si las palabras lo hirieran.

—Ya conocemos la receta del moscatel —ironizó Gable mientras cruzaba los brazos.

—No entiendo —dijo el anciano.

—Señor, ¿quién es usted? —preguntó Nate. El hombre parpadeó y se le llenaron de lágrimas los ojos.

—Oh, por Dios —masculló Gable.

Cuando el anciano se limpió los ojos, Nate vio el reloj de pulsera: correa de eslabones de acero, caja sólida, *pobeda* («victoria», en ruso) escrito en la esfera. ¿Un reloj del ejército soviético? Recordó que los veteranos rusos de Afganistán los llevaban.

—Dale un minuto —dijo Nate levantando la mano pidiendo calma.

—Mi hijo muerto, Osetia, bomba. —Nate reconoció la cadencia y el acento. ¿Un ruso?—. Mi hija muerta, *gerojin*. —«Heroína» en ruso, se dijo Nate—. Mi trabajo cerrado. Vengo Grecia, *izgnanie*. —«Exiliado». ¿¡Qué carajo!? Gable cambió de actitud y Nate se inclinó hacia el anciano, obviando el hedor.

—Señor, ¿quién es usted? —volvió a preguntar.

—*Govorite po-russki* —dijo—. ¿Usted habla ruso? —Nate asintió con un gesto y miró a Gable por encima del hombro.

El anciano se enderezó en la silla y movía los ojos entre Nate y Gable.

—¿Conoces Glavnoye Razvedyvatel'noye Upravleniye, el GRU?

—¿Qué? —preguntó Gable—. ¿Qué?

—Soy del GRU Generalnyi Shtab, el GRU del Estado Mayor.

—¿Qué despacho? —le preguntó Nate levantando la mano para que Gable no interviniera.

—Novena Directiva del Servicio de Información, bajo el mando del teniente general S. Berkutov. —Levantó la barbilla y su voz retumbó.

—Joder, la Novena Directiva —farfulló Nate hacia Gable.

—Identificación. Documentos —pidió Gable inclinándose.

El anciano entendió la palabra *dokumenty* y sacó una libreta roja descolorida.

—*Voyennyi bilet.*

—Tarjeta de identificación —tradujo Nate mirando la página con la información personal. La foto en color sepia estaba sujeta a la página con una simple arandela—. Teniente general Mikhail Nikolaevich Solovyov —leyó subrayando el rango—. Nacido en 1953, Nizhny Novgorod. —Pasó la página—. Aquí está, Novena Directiva, GRU. —Le entregó a Gable el documento. Este se dirigió a un armario situado en el rincón de la sala, abrió las puertas y encendió el equipo digital. La documentación del anciano sería copiada, encriptada y transmitida a Langley en apenas quince segundos. También envió un mensaje de texto a la oficina en la planta superior para que iniciaran el rastreo; escucharían en tiempo real la entrevista.

—¿A qué se refiere al decir exilio? —preguntó Nate en ruso. Los ojos del anciano brillaron.

—Dirigí la Novena durante tres años —respondió. Las palabras brotaban rápido ahora—. ¿Conoce el trabajo de la Novena? —Cerró los ojos y empezó a recitar—: Análisis de las capacidades militares extranjeras. Adquisición clandestina de tecnología para contrarrestar los sistemas de armas del adversario. Coordinación con nuestra industria armamentística nacional.

Nate tradujo para Gable.

—Sí, ¿qué hace en Grecia? —intervino Gable. El teniente general asintió intuyendo la pregunta.

—Ahora hay una lucha dentro del GRU. Putin —escupió el nombre— está colocando a su gente por todas partes. Hay muchos contratos que explotar, muchos rublos que desviar. Me opuse a los cambios en mi dirección, descubrí la corrupción… —Su voz rezumaba desprecio—. Fui reasignado a la embajada rusa en Atenas. En la oficina del agregado militar, subordinado a un coronel. Bien podrían haberme enviado a los campos…

—Y ha venido a nosotros… —comenzó Nate conociendo la respuesta.

—He dado treinta años al servicio, al país. Mi mujer ha muerto. Mi hijo estaba en el ejército… Lo mataron hace seis meses… en una guerra civil innecesaria. Mi hija murió sola en una casa abandonada de Moscú, con una aguja en el brazo. Solo tenía dieciocho años. —Se había sentado erguido, como si estuviera dando un parte militar. Nate, quieto, lo dejó hablar; el siguiente paso era crítico—. Anoche bebí vodka y caminé por las calles. Soy teniente general. Llevo la Zolotaya Zvezda, la Estrella de Oro. ¿Sabe qué es eso?

—Héroe de la Federación de Rusia, sustituyó a la Estrella Soviética —confirmó Nate. El anciano entrecerró los ojos, sorprendido de que lo supiera.

—Y la Za Voyennye Zaslugi, la Medalla al Mérito Militar, y la Orden Svyatogo Georgiya Pervol Stepeni, la Orden de San Jorge de primera clase. —Miró a Gable y a Nate esperando que quedaran impresionados—. Tengo toda una vida de información —dijo dándose golpecitos en la frente—. Sigo en contacto con muchos leales que trabajan en proyectos secretos en Moscú y en otros lugares. Les informaré sobre el GRU, las operaciones de adquisición de tecnología, sobre los sistemas de armas rusos.

Nate tradujo.

—Haz que te diga por qué —susurró Gable. A pesar de no saber ruso, ahora leía al viejo igual de bien que Nate; sabía que estaban muy cerca.

—¿Por qué? Porque me lo han quitado todo: mis hijos, mi carrera, mi vida. Han pasado por alto mi valor y has desestimado mi lealtad.

Ahora yo les quitaré algo. —Su voz era acerada y contundente. En la sala reinaba el silencio. Los agentes de la CIA dejaron que avanzara—. Sé lo que se estarán preguntando, es la pregunta que hacen a todos los *dobrovolets*, a todos los voluntarios: ¿qué quiero a cambio? Mi respuesta es esta: nada. Ustedes son profesionales, lo entenderán. —Sus palabras parecían más una orden. Nate miró a Gable: venganza y ego; controla la primera y alimenta al segundo. Comprobación del tiempo: veinte minutos. Hay que establecer el siguiente contacto, en algún lugar seguro, desde el que puedan controlarlo todo. Hay que sacarlo de aquí—. Me reuniré con usted —le comunicó a Nate— en dos días. Querrán *dobrosovestnost*, una muestra de buena fe. Les entregaré los datos de rendimiento del Sukhoi PAK FA, el T-50, incluidos los nuevos dispositivos de vanguardia de las alas. Ustedes en Occidente no tienen nada parecido.

Dos días más tarde, en una lluviosa noche, en un camino embarrado del parque Filothei, la nueva operación de la CIA en el GRU, recién encriptada LYRIC, consistió exactamente en eso.

* * *

En los años que habían transcurrido desde que Nate se incorporó a la CIA, había ido adquiriendo una visión clara de la maldad de la Federación de Rusia y del desaprensivo Servicio de Inteligencia Exterior, el SVR, progenie retorcida del antiguo KGB. Lo que alimentó esta cleptocracia del Kremlin, lo que la motivó, no fue ni recuperar la Unión Soviética, ni reinstaurar el temor mundial generado por el Ejército Rojo, ni siquiera preparar una política exterior basada en los requisitos de seguridad nacional. En la Rusia de hoy, todo ocurrió para mantener a los *nadzirateli*, a los supervisores, para proteger su poder, para seguir saqueando el patrimonio del país. Nate quería devastar al enemigo, vengar a MARBLE, quitarles el poder.

Nate era moreno —pelo negro y rectas marcadas—, de estatura media y delgado por haber practicado natación en la universidad. Sin embargo, lo que a sus colegas y amigos llamó la atención fueron unos ojos marrones que leían las caras, sopesaban los gestos y se entrecerraban con rápida comprensión. En la calle, esos ojos marrones escudriñaban el frente, controlaban los laterales, captaban las anomalías periféricas antes de que hubiera movimiento. Durante las prácticas como aprendiz de la CIA, los instructores observaron, primero con escepticismo y luego con aprobación, que Nate siempre estaba conectado. Parecía percibir el pulso de la calle —ya fuera un bulevar de Washington D. C. o una bulliciosa avenida europea— y se mezclaba con la multitud, algo que los aprendices más altos, desgarbados o pelirrojos no podían hacer.

Su temprano temor a fracasar en el trabajo, a pesar de los notables éxitos en su joven carrera, se cocinó a fuego lento, junto con su determinación de no regresar al seno de su familia —padre, hermanos, abuelo— en Richmond, Virginia. Los abogados, que formaban un clan, eran groseros, patriarcales, competitivos y envidiosos hasta extremos impensables; no habían animado de forma individual a Nathaniel cuando solicitó el ingreso en la CIA, pero habían predicho, de forma colectiva, que volvería a la práctica familiar del derecho en unos pocos años. No habría trago más amargo que separarse de la CIA y volver a casa.

Pero mientras el acero se afilaba, mientras Nate acumulaba experiencia y se concentraba en las operaciones, quedaba un dolor que no desaparecía. Habían pasado más de nueve meses desde que DIVA se había reintegrado a su servicio; no había aceptado reanudar las operaciones con ellos, furiosa por haber sido manipulada en el intercambio de espías. Nate había sufrido cada día, cada semana, esperando su señal de vida. El cuartel general de la CIA esperó con calma a que cambiara de opinión, esperó la alerta en el sistema telefónico mundial SENTRY que haría cuando estuviera fuera de Rusia. Una llamada de ella pondría en marcha al instante a los encargados de recibirla en la ciudad que ella eligiera. Pero la llamada no se había producido: no tenían noticias de ella, no sabían si estaba trabajando o en prisión, o si estaba viva o muerta.

Poco después de que alistaran a DIVA, Nate había cometido una inimaginable infracción operativa al acostarse con ella. Lo arriesgó todo. Su vida, la de su agente, una carrera que le permitía seguir siendo íntegro e independiente. Arriesgó el trabajo que lo definía. Pero sus ojos azules, el temperamento nervioso y la sonrisa irónica lo habían cegado. Su cuerpo de bailarina era inigualable y sensible. La pasión por la patria y la rabia contra los que codiciaban el poder lo habían deslumbrado. Todavía podía oír la forma en que decía su nombre: Neyt.

Su forma de hacer el amor había sido frenética, apasionada, urgente, culpable. Eran profesionales de la inteligencia y ambos sabían lo mal que estaban actuando. Por lo general, a ella no le importaba. Como mujer, lo deseaba fuera de los límites de la relación agente-caso. Nate no podía —no quería— comprometerse con un acuerdo de este tipo; le preocupaba su posición, la seguridad operativa y el oficio. La ironía de la situación no pasó desapercibida para ninguno de los dos: la rusa, de carácter rígido, estaba más dispuesta a romper las reglas para alimentar su pasión que el estadounidense, de carácter informal y atrevido. Pero hasta que ella reapareciera, hasta que él supiera que seguía viva, él tenía que vérselas con un nuevo ruso.

* * *

Nate se deslizó por el terraplén rocoso, levantando una nube de polvo. Se le mancharon los zapatos. Maldijo. Se encontraba en el bosque de pinos y matorrales de las colinas que rodean Meteora, Grecia, la región de imponentes monolitos de roca de cientos de metros de altura; los más grandes estaban coronados por no muy altos monasterios. Miró la brújula del GPS de su TALON, el dispositivo portátil del tamaño de una tableta que la Dirección de Ciencia y Tecnología acababa de desplegar en las estaciones de ultramar; se inclinó hacia la izquierda entre los árboles. Solo había seis TALON en uso en todo el mundo, y los chicos de Ciencia y Tecnología habían enviado una de las primeras unidades ultraligeras a Nate, a las oficinas de Atenas, debido al gran asunto que tenía entre manos. Tras varios cientos de metros se topó con el arroyo de la montaña —de color turquesa lechoso que discurría a gran velocidad— y lo siguió otros tantos metros.

Alrededor de una pronunciada curva del arroyo vio al hombre con el que había ido a reunirse, a trescientos kilómetros de Atenas, tras una épica ruta, pasando desapercibido. Tres vehículos y dos cambios de disfraz después, el equipo de contravigilancia le indicó que nadie lo seguía. Con los ojos ardiendo de irritación por las lentillas de colores, las encías doloridas por los dilatadores de mejillas y la picazón del cuero cabelludo por la peluca de Elvis, Nate se quitó el último disfraz, abandonó el coche y se dirigió al lugar de reunión, obligándose a concentrarse. El maloliente e inesperado invitado, el teniente general Mikhail Nikolaevich Solovyov, del GRU, el Servicio de Inteligencia Exterior de Rusia, ahora LYRIC, su nombre en clave, estaba de pie en una elevación de la orilla opuesta, con una caña de pescar entre sus manos. Con el cigarrillo colgando del labio, LYRIC no reconoció al agente de la CIA, sino que siguió lanzando la mosca al agua. Maldiciendo de nuevo, sintiéndose como un novato, Nate buscó un tramo poco profundo del arroyo para poder cruzarlo. Se concentró en pisar las rocas resbaladizas para cruzar el arroyo.

LYRIC había dejado de lanzar y observaba los progresos de Nate con malhumorada desaprobación. Alto y erguido, LYRIC tenía la cabeza redonda con la frente alta y el pelo blanco y fino, peinado hacia atrás ajustado con firmeza contra la cabeza. La irónica boca bajo la nariz recta era pequeña y de labios finos, agradable, aunque fruncida, no como el resto del rígido cuerpo de general. Cuando el americano logró cruzar el arroyo y trepar por la orilla, el general se sacó el cigarrillo de la boca, pellizcó para arrancar el extremo de la ceniza y lo pisó. Guardó el filtro en el bolsillo del abrigo, una costumbre nacida de mil inspecciones en el patio de armas.

El general comprobó el reloj; al principio había sugerido a Nate que sincronizaran sus relojes, hasta que el joven agente le había mostrado el reloj del dispositivo TALON, conectado al reloj atmosférico de Boulder, Colorado, que ofrecía veinticuatro zonas horarias internacionales y tenía una precisión de dos segundos por década. LYRIC resopló y no volvió a proponer que sincronizaran los relojes.

—Si no hubiera llegado antes de cinco minutos —dijo el general en ruso—… Estaba preparado para abortar el encuentro. —Su voz era una nota grave que emanaba del pecho.

—*Tovarishch*, general. Me alegra que haya esperado —respondió Nate en un fluido ruso, sabiendo que la forma de dirigirse al «camarada» que todavía se seguía usando en el ejército le gustaría. También sabía que habría esperado hasta la medianoche por él—. Este remoto sitio complica el cálculo de tiempos.

—Este lugar ofrece una excelente seguridad, con magníficas vías de acceso y de salida —añadió el ruso mientras dejaba la caña de pescar. Fue él quien había propuesto el lugar de reunión en Meteora.

—*Konechno*, por supuesto —convino Nate, tratando de no contrariar al viejo solícito. Mantener al general contento era importante para que empezara a hablar de los secretos que guardaba en la cabeza. Golpeó con desinterés la pantalla del TALON, activando así el dispositivo de grabación—. Me alegro de que haya tenido tiempo para esta reunión. Apreciamos de verdad sus excepcionales conocimientos. — El elevado ego militar de LYRIC era inquebrantable, alimentado por años de bravatas soviéticas y con la certeza eslava de que el enemigo estaba tras la puerta, y de que los extranjeros conspiraban contra la Rodina a cada paso. La política de reajuste bilateral de Washington con Moscú había encallado en esos mismos riscos xenófobos, al margen de que el Departamento de Estado hubiera escrito de manera incorrecta la palabra rusa para «restablecer».

—Me alegra que sus superiores encuentren útil mi información —gruñó LYRIC—. A veces parece que subestiman su valor.

Nate notó, no por primera vez, que el ruso pasaba por alto el hecho de que él se había ofrecido como voluntario infiltrado a la CIA.

La luz de la tarde rozaba ya las ramas de los pinos. Se sentaron en la orilla del río para ver el reflejo del sol en los rápidos. El general, un viejo combatiente, sacó de la mochila un paquete de papel de carnicero y desenvolvió una docena de trozos de cordero que había comprado en un pueblo cercado. Sobre la carne había dos ramitas de orégano silvestre. Nate observó fascinado, encantado, cómo LYRIC recogía yesca seca, raspaba un pequeño pedernal y encendía un fuego.

—Kit de supervivencia de la GRU —comentó el ruso con entusiasmo entregándole al agente americano el acero—. El mejor. Magnesio.

Quitó el orégano y ensartó los trozos de cordero en los tallos de madera, presionó el orégano sobre la carne y entregó una brocheta —la llamó *shashlik*— a su compañero. Juntos asaron la carne sobre la llama, riendo entre dientes mientras intentaban no quemarse los dedos. Cuando la carne se carbonizó, LYRIC examinó el *shashlik* de Nate de forma crítica. Cortó un limón para exprimirlo sobre las brochetas, que chisporroteaban, y comieron, alternando los bocados de carne con otros de cebolleta cruda.

—Solía hacer esto para mis hijos cuando tenía un permiso —dijo el general girando el pincho para morder un trozo de cordero—. Es bueno compartir ahora la comida contigo. —Miró hacia el fuego. De repente, Nate se dio cuenta de que esa relación estaba alimentada por algo más que la venganza por la brutalidad rusa. Era algo más que una operación de inteligencia, algo más que el inicio de una inestimable entrada en el amplio aparato de transferencia de tecnología militar de Moscú. Ese viejo hombre necesitaba contacto humano, amable consideración, necesidades metafísicas que debían ser atendidas de algún modo mientras la CIA lo interrogaba como si fuera un juguete de goma. ¿Sobrevivirá, pensó Nate, o acabará como Korchnoi? Apretó los dientes al recordarlo, haciendo voto de silencio para mantenerlo a salvo.

—General, es un honor que comparta conmigo esta comida. Y es un privilegio conocerlo. Nuestro trabajo acaba de empezar, pero ha sido impresionante.

—Entonces, trabajemos —dijo LYRIC incorporándose y evitando los ojos del americano—. Enciende esa máquina infernal que tiene mientras te informo. —Se sentaron en un tronco y el general habló sin parar, una gama de temas variados, recordados con precisión, ordenados con extremo detalle, medidas palabras del barítono, imparable. Los puntos importantes los señalaba levantando un dedo o arqueando una ceja. De vez en cuando había una digresión personal, se dejaba ver el anciano afligido y solitario, y luego el garrote del general reanudaba el informe.

Nate dio gracias por tener el TALON apoyado en sus rodillas; habría sido imposible para él seguir el ritmo tomando notas manuscritas. LYRIC seguía siendo un activo novel, así que lo dejó hablar. En cualquier caso, el material era oro en paño: operaciones de transferencia de tecnología, investigación de vectores de empuje, el nuevo caza invisible PAK FH, el radar de detección de objetivos del BUK SA-11 utilizado por los separatistas ucranianos. Los específicos requisitos de información militar estaban siendo codificados con el Pentágono, y él tendría que lidiar con el férreo orgullo y el ego galopante del general cuando llegara el momento de indicarle que tenía que recopilar, de manera activa, información concreta.

—Sus superiores en Langley deben hacer los planes con cabeza —dijo LYRIC mirando a Nate. Encendió un cigarrillo y cerró el mechero—. Ahora mismo deben estar exultantes y complacidos con el diluvio de información inicial. Los que ansíen el mérito estarán acicalándose frente al espejo. Hay excitación. Prisa por estandarizar los procesos de inteligencia, el inevitable debate sobre cómo manejar a la nueva fuente. —Echó la cabeza hacia atrás, un gesto de contemplación, como si hiciera una pausa en un dictado—. Usted y sus jefes en Atenas deben rechazar cualquier intento de Langley para asumir el control del caso. Si necesita munición, tiene mi permiso para decirles que el agente... ¿cuál es mi nombre en clave, por cierto?, se niega a tener niñeras de Washington. No les diga que me niego a hablar con cualquiera que no sean ustedes, ese es uno de los rasgos distintivos de un agente que trama algo. Tan solo dígales que quiero que me controlen los agentes locales porque tienen un excelente conocimiento de la zona. —Miró a Nate como si se tratara de un empleado de una contaduría dickensiana.

—Yo soy el responsable de su caso —respondió Nate—. Ya conoció al subjefe de la estación, él puede actuar como apoyo.

—Es una pena que no hable ruso. —Resopló y miró hacia abajo al sacudir la ceniza de la manga.

—Estoy seguro de que Gable lamenta no hablar ruso tanto como usted no tener un mejor inglés —puntualizó Nate. Era el momento de rozar los frenos con suavidad y limar un poco el ego del general. Este miró a Nate con dureza, sin pronunciar una sola palabra. Al final sonrió ligeramente y asintió. Mensaje entendido. Una página superada en el carné de baile agente-responsable. Respeto dado y recibido.

—Y mi nombre en clave —preguntó de nuevo el espía cascarrabias.

—BOGATYR —mintió Nate, que no tenía intención de desvelar el rimbombante LYRIC que le había asignado la CIA. Bogatyr, el mítico caballero eslavo de las estepas que rodean el lugar de nacimiento de LYRIC, Nizhny Novgorod.

—Me gusta —confirmó rompiendo el cigarrillo que había acabado y deslizando el filtro en el bolsillo.

* * *

—¿Qué clase de mierda es esa? —dijo Gable. Él, Nate y el jefe Tom Forsyth estaban sentados en el ACR, la sala insonorizada dentro de la central de Atenas. Estaban sentados alrededor de la mesa de conferencias, con el TALON de Nate conectado a un portátil ante ellos. Nate había estado traduciendo lo más destacado de sus dos horas en los bosques de Meteora con LYRIC.

—BOGATYR —dijo Nate—, como un samurái ruso. Tiene una imagen heroica de sí mimo. Me lo inventé en el momento. —Gable negó con la cabeza.

—De acuerdo —aceptó Forsyth, ya cinco pasos por delante—. Mantenlo contento. Haz que hable. Un general puede ser difícil de manejar. Hay que mantener un equilibro delicado. El cuartel general se muestra firme con este caso. Se ha confirmado todo sobre él. LYRIC es quien dice ser, y la información… está provocando sueños húmedos a los de las Fuerzas Aéreas.

Cuando Forsyth hablaba, Nate escuchaba. Sabía que su historia era tan espectacular como la de Gable, pero… diferente. Mientras Gable mataba serpientes con una barra de hierro, Forsyth había estado bebiendo vino en Varsovia con una conocida actriz de teatro rusa —que por casualidad era la amante de un almirante de la Flota del Norte soviética— que había fotografiado los programas de preparación y despliegue de la flota para el año siguiente en el cuarto de baño de su novio. Forsyth le había regalado la cámara Tessina, del tamaño de la palma de la mano, meses antes, y ella pasó los negativos por la aduana, guardados en un preservativo que llevaba escondido ahí donde solo su ginecólogo habría pensado en mirar. Forsyth lo aceptó con aplomo. Gable y Forsyth eran oficiales de operaciones natos y ambos sabían de lo que hablaban.

Para el perspicaz ojo de Nate, la relación entre sus superiores era una alianza pragmática, templada por los años de trabajo conjunto. Forsyth era el más veterano, pero nunca se le había ocurrido ordenarle nada a Gable. Este sabía lo que tenía que hacer; si no estaba de acuerdo, lo decía, y luego seguía las instrucciones. Gable sabía que Forsyth pensaba que a veces era poco diplomático, pero ambos sabían que el chico de oro, Forsyth, se había metido, en varios momentos de su carrera, en serios problemas burocráticos por decir lo que pensaba. Una vez con una congresista, en la central de Roma, en una serie interminable de delegaciones del Congreso, durante el descanso veraniego —a los que se llamaba «viajes de investigación en beneficio de los contribuyentes»—, Forsyth observó que ella llegaba unas tres horas tarde a la reunión informativa en la central; se quedó mirando con suma atención la media docena de bolsas de Fendi, Gucci y Ferragamo que llevaba el jefe de Personal. Gable no había estado presente, una pequeña bendición para él, pero Forsyth estuvo un año en el banquillo.

Nate sabía que había respeto mutuo y lealtad; adivinaba el afecto de los camaradas. El jefe y el segundo de abordo se cuidaban las espaldas; como era lógico, sabían lo que pensaba el otro y qué era lo primero: las operaciones, esas que dejaban a la vista todo lo que hacían. Absolutamente todo. Nate no lo sabía, pero Forsyth y Gable habían discutido con el jefe de Contrainteligencia, Simon Benford, sobre la cuestión de la intimidad de Nate con Dominika. En la Agencia era una infracción de primer orden; antes, otros agentes se habían acostado con activos y habían sido apartados del servicio. Pero, aunque Forsyth gruñera, Gable amenazara y Benford despotricara, Forsyth convenció a Benford para que le diera un respiro al joven Nash. No fue porque este hubiera manejado MARBLE, DIVA y LYRIC de forma impecable; no fue porque reconocieran en él un excepcional talento de operaciones internas; al final, fue una evaluación de veteranía que ponía por encima el bien mayor, ignorando por el momento la transgresión menor. Pero nunca dejarían que se enterara.

La grabación en el TALON de la reunión fue interrumpida de repente por tres gritos de mujer, altos y estridentes. Uno tras otro.

—¿Qué coño es eso? —preguntó Gable. Los gritos se repitieron sobre la voz de LYRIC.

—Pavos reales —aclaró Nate—. Dos de ellos salieron del bosque y empezaron a graznar de esa forma. Nos dieron un susto de muerte.

—¡Pavos reales! ¡Santo Dios! —exclamó Gable.

Forsyth se echó a reír.

—Asegúrate de decirle al cuartel general lo de los pájaros cuando envíes el archivo digital o los chicos trajeados pensarán que has llevado una mujer al interrogatorio del general.

—No es mala idea, pero... ¿dónde encontraría Nash una mujer? —bromeó Gable.

Estaban recogiendo los papeles cuando Gable le dijo a Nate que volviera a sentarse. Forsyth esperaba junto a la puerta de la sala insonorizada, con la mano en el pomo. No hablarían de LYRIC, ni se referirían a él o al caso, ni siquiera mencionarían el nombre en clave, fuera de esa sala con paredes de plexiglás. Sin excepciones. Reglas de Moscú. El caso ya estaba desgranado por canales de acceso restringido en el cuartel general. No más de cincuenta personas en Langley leen la información entrante sobre LYRIC.

—Por mucho que me duela admitirlo —comenzó Gable—, quiero que sepas que creo que hiciste un gran trabajo cuando LYRIC llegó. —Nate se removió un poco en el asiento. Gable no era de los que regalaban cumplidos—. Yo habría echado a ese viejo puerco de la sala. Seguiste tu instinto, tu corazonada fue un acierto, y tenemos un caso de peso en nuestro historial. Buen trabajo. —En la puerta, Forsyth sonrió—. Ahora viene la exigencia, ahora procede enfocarlo. Quiero que te muevas con este agente con la misma precisión que una camarera de bar en Vientiane —concluyó.

—No estoy seguro de entender...

—Te lo explicaré cuando acabes el colegio —zanjó el segundo en la jerarquía.

—Estaré esperando con impaciencia...

—No pienses que lo dominas —dijo Gable—, sobre todo cuando acabas de empezar esta gira... No has hecho nada por tu cuenta desde que llegaste. Te estoy observando, Nash.

Forsyth se rio.

—Nate, creo que Marty está intentando decirte que le gustas —dijo el jefe abriendo los cerrojos de la puerta del ACR.

—No me jodas... —balbució Nate. Hubo unos segundos de silencio y luego se oyó la risa de Forsyth retumbando en el pasillo.

* * *

Durante su anterior estancia en Helsinki, el subjefe Gable había vigilado al joven Nate, le había pateado el culo y le había enseñado valiosas lecciones: proteger siempre a tu agente, no confiar nunca en los comebollos de la central, tomar las decisiones operativas complicadas y no preocuparse de la maldita policía.

Gable tenía cincuenta y tantos años, era un peso fuerte, con la piel curtida; un agente que llevaba el pelo cortado como los marines, con una Browning Hi Power en una funda Bianchi que había hecho sus pinitos en todas las recónditas ciudades de África, América Latina y Asia. Había reclutado a ministros ecuatorianos sudorosos y cascarrabias, había paseado una botella de *whisky* ugandés de un lado a otro en un sofocante Land Rover. Había interrogado a un comandante birmano mientras sostenía un rollo de papel higiénico y observaba a las víboras de foseta con escamas azules en los pastos de búfalos mientras el comandante estaba en cuclillas, con disentería. Y Gable había sacado a su agente de la selva andina bajo un aguacero tropical —la primera incursión en Sendero Luminoso en Perú— después de que el caso se fuera al garete.

Los tres, el veterano y apacible Forsyth, el duro Gable y el decidido Nate, eran cada uno de diferente graduación y temperamento, pero en la neutral CIA eran un equipo, unidos por los rigores de operaciones pasadas y por la hermandad no reconocida de trabajar juntos en su mundo clandestino. Ahora Nate estaba asignado en Atenas y volvían a estar juntos. Todos, excepto Dominika, que no estaba con él ni tenían contacto.

En Helsinki, Gable lo había entrenado mientras Nate reclutaba a Dominika, un éxito espectacular para un novato de la CIA. Pero Gable se dio cuenta enseguida de que su agente y la joven rusa habían intimado.

—Estás jodidamente loco —le había espetado a Nash—. Estás poniendo en peligro tu vida y la de tu agente. —El agente había intentado negarlo hasta que su jefe le hizo callar—. No lo niegues, joder. Tu único trabajo es protegerla, no porque la quieras o porque lo marque el reglamento. Lo haces porque ella aceptó darte información y puso su vida en tus manos al dar ese paso. Tienes que sacrificarlo todo para que siga viva. Nada es más importante.

Nate recordaba esas palabras mientras pensaba en Dominika; estaría en algún lugar del mundo.

Tom Forsyth, también de unos cincuenta años, alto y delgado, con el pelo entrecano y siempre despeinado por culpa de unas gafas de lectura colocadas en lo alto de la cabeza, había estado de acuerdo con su ayudante en aquel momento. Pero, a diferencia de la rápida patada en el culo que Gable le había prometido, Forsyth había llamado a Nate al despacho con paredes forradas de madera en la central de Helsinki y le había dado una charla de una hora sobre reglas de gestión de agentes tan matizadas y claras que Nate no se había movido de la silla. Su deber era preservar el flujo de información, le había dicho; por eso era un agente de caso; y, si no podía controlar sus impulsos personales, tal vez deberían tener otra charla sobre lo que a Nate le gustaría hacer el resto de su vida. Sin atreverse a respirar, Nate se miró las manos, levantó la cabeza buscando permiso para hablar. Forsyth asintió.

—Tom, ¿y si estoy haciendo con ella lo que ella quiere? ¿Y si esto la convierte en una mejor espía?

—Verás. —Se colocó las gafas sobre la cabeza—. No es la primera vez que se le da a un agente lo que quiere. Hemos saciado sus adicciones para que siguieran informando. Recuerdo a un ministro chino adicto a la pornografía que no se reunía con nosotros a menos que las películas estuvieran en marcha cuando entraba en el piso franco. Y los zapatos…, cientos de ellos para la esposa del presidente indonesio. Por Dios, ella se probó todos los pares, conmigo de rodillas, con el calzador en la mano. Pero no estamos hablando de eso. No es exactamente eso. —Forsyth giró la silla—. Hace un millón de años, en mi primera gira, recluté a una empleada de códigos de la embajada checa en Roma. Una cosita linda, tímida, no podía ni salir sola. Las cifradoras, como las llamaban, tenían que ir acompañadas todo el tiempo por una mujer mayor, una esposa de la embajada. Había un activo de apoyo italiano, un tipo joven que vendía equipos de música y que parecía una estrella de cine. Durante seis meses, sedujo a la mujer mayor, así que cada vez que las dos mujeres salían el sábado por la tarde, ella corría por la Via Veneto para llegar al apartamento de su Romeo y dejaba sola a nuestra pequeña flor. Y yo estaba allí. Tardó otros seis meses, pero empezó a sacar copias de cables, detalles del Servicio de Inteligencia, material de contrainteligencia, correspondencia con Moscú, alguna información bastante buena del Bloque del Este… En aquel entonces, el cuartel general estaba loco por aquello. La maldita Guerra Fría.

—¿Cómo la reclutaste? —preguntó Nate—. Parece que estaba aterrorizada.

Forsyth se revolvió en la silla.

—Tardamos un tiempo. Paseamos mucho por el parque. Oí hablar mil veces de su hermano mayor en el ejército. Empezó a hablar de su vida y de sus sueños. Tenía veinticuatro años, por el amor de Dios. Cuando empezó a hablar del trabajo en la embajada, de los libros de códigos… estaba hecho. Mi primer reclutamiento. Pero no duró. —Nate esperó, Forsyth no había terminado—. Los dos éramos unos críos. Nos habíamos acostado, así fue como cerré el trato —dijo mirando con serenidad al joven agente—. Tenía sentimientos sinceros por ella, y también me dije que una chica enamorada haría más por mí. Me involucré emocionalmente y me desvié del objetivo. Intentó sacar un rollo de cinta criptográfica para sorprenderme y la detuvieron en la puerta principal. La mujer de nuestro Romeo le contó toda la historia. Los checos la atraparon y la enviaron a casa, puede que a la cárcel, tal vez algo peor. Nunca lo supimos.

Nate no dijo nata. Fuera, en el bulevar, los conductores hacían sonar el claxon de sus coches por algún motivo.

—Mi jefe en Roma no me despidió y veinte años después no voy a despedirte… Todavía no. —Se miraron durante unos diez segundos y luego Forsyth señaló la puerta—. Sal y empieza a robar secreto. Protege a DIVA. Dirígela con profesionalidad. Al final es tu decisión.

Brochetas de Kebabs de Lyric

Corta pequeños dados de cordero y marínalos en zumo de limón, orégano, aceite de oliva, sal y pimienta. Ensarta el cordero en las brochetas y ásalas hasta que estén doradas y crujientes. Unta con salsa de yogur espesa. Sirve con ensalada de cebolla y pepino.

4

El coronel Alexei Zyuganov no tenía ni la capacidad ni, con sinceridad, la voluntad para ganarse la lealtad de Egorova. Las relaciones personales no eran importantes. Nadie conocía nada sobre su infancia. Su padre, un destacado *apparatchik*, había desaparecido a principios de los años sesenta, al final de las purgas de Jruschov. Su madre, Ekaterina Zyuganova, era una conocida figura del antiguo KGB que había formado parte del Consejo Administrativo de la Agencia, más tarde fue el enlace con la Secretaría del Comité Central y, por último, había pertenecido a la Junta del KGB. Era bajita, musculosa, tenía un busto prominente y una espléndida melena siempre recogida; había llevado la Orden Krasnoy Zvezdy y la Estrella Roja, concedida por su «gran contribución a la defensa de la URSS en tiempos de guerra y de paz, y por garantizar la seguridad pública», hasta que las cosas cambiaron y ya no estaba *modnyi*, de moda, seguir llevando la condecoración de cerámica roja.

Alexei ingresó con diecinueve años en el Servicio, gracias al patrocinio materno de la *bonna*, pero no logró hacerse notar en varias misiones de bajo nivel. De mal genio, a veces irracional y en ocasiones propenso a muestras de paranoia violenta, Alexei no tenía nada que hacer en la jerarquía del Servicio; todo el mundo lo sabía, pero el instinto de conservación de los supervisores les impedía recomendar su despido. Nadie se atrevía a desafiar a madame Zyuganova. Esta protegía a su hijo con una determinación implacable. Entonces Zyuganov desapareció de los pasillos de la sede central; por fin mamá había encontrado al niño una misión para la que estaba más que cualificado.

Zyuganov fue nombrado uno de los cuatro submandos de la prisión de Lubyanka, un cargo oficial del KGB lo bastante anodino como para evitar la censura pública y sin necesidad de papeleo y registros. En realidad, se había unido a la pequeña plantilla de los interrogadores de Lubyanka, expertos en *chernaya rabota*, trabajo invisible: liquidaciones, torturas y ejecuciones. Eran los sucesores de la Kommandatura, el departamento invisible del NKVD, que era el instrumento de las purgas de Stalin y que había eliminado a los emigrantes rusos blancos, a los viejos bolcheviques, a los trotskistas y, en veintiocho noches consecutivas de la primavera de 1940, a siete mil prisioneros polacos en el bosque ruso de Katyn. En cuatro años, Zyuganov fue ascendido a segundo verdugo jefe de la prisión y, cuando el verdugo jefe —un mecenas y protector— flaqueó, se regocijó con el ascenso de su carrera al poner una bala detrás de la oreja derecha de su jefe. Había encontrado un hogar.

La disolución de la Unión Soviética en 1991 puso fin al baño de sangre sin restricciones. Una parte del KGB se transformó en el moderno SVR; los sótanos de Lubyanka cerraron y el edificio pasó a pertenecer al Servicio de interior, el FSB. Zyuganov podría haber dado el salto al Departamento V del SVR, por todos conocido como el *otdel mokrykh del*, el departamento de asuntos de sangre, como uno de los «chicos sangrientos», pero su madre, Ekaterina, sabía que no iba a ser lo mejor y quiso que se forjara un buen futuro. Por aquel entonces, había dejado su último cargo en la Junta del KGB y se le había asignado un cómodo aunque no intrascendente puesto, de cara a la jubilación, en París, como *zampolit*, asesora política del presidente. El último servicio de la madre desde el cuartel general había sido colocar a Zyuganov como tercer jefe en la Línea KR, el departamento de contrainteligencia. Alexei estaría a salvo allí y podría ir ascendiendo. Era todo lo que podía hacer por su pequeño hijo asesino.

* * *

La psicopatía de no sentir piedad, mezclada con una agresividad innata alimentada por el sadismo, aderezada por la absoluta incapacidad de identificarse con las emociones de los demás, había sido singularmente adecuada para la inocente carrera de Zyuganov en los sótanos. Tras sus años de juventud en la prisión de Lubyanka, cuando un verdugo podía estar tan ocupado como quisiera, la era postsoviética fue una clara decepción. Sin embargo, las cosas habían mejorado con el presidente Putin. Las operaciones en el extranjero —Yushchenko en Ucrania, Litvinenko y Berezovsky en Reino Unido— habían resuelto el problema de los exiliados ruidosos, y los periodistas y activistas que creaban problemas a nivel nacional —Politkovskaya, Estemirova, Markelov y Baburova— habían sido eliminados. Pero, por cada una de estas acciones de gran impacto propagandístico, había docenas de pequeños bichos que había que aplastar en silencio: administradores regionales independientes, directores de logística militar que no aportaban lo suficiente a Moscú, oligarcas altaneros que necesitaban que les refrescaran la memoria sobre cómo funcionaba la Rusia actual. Todos ellos, y otros tantos, acabaron en los sótanos de las prisiones de Lefortovo o Butyrka.

Los acusados eran entregados al coronel Zyuganov después de largas sesiones en la fiscalía, negando acusaciones dispersas de fraude, soborno o evasión de impuestos. Entonces empiezan los problemas. Los rumores en Yasenevo decían que, una vez que el coronel inhalaba el aroma de los húmedos desagües de aquellos horribles sótanos, cambiaba —de manera literal y figurada— e insistía en tomar el mando y dirigir los interrogatorios en persona, pero solo después de abrocharse la antigua casaca de campaña del Ejército Rojo que tanto le gustaba vestir cuando trabajaba: un abrigo con manchas marrones, tieso y agrietado por la sangre, que apestaba a fluidos pleurales, vítreos o cerebroespinales, todos ellos derramados de mala gana por los enemigos del Estado.

Ya eran culpables —la cabeza de Zyuganov se agitaba con la impaciencia de infligir dolor, podía saborearlo—, y sus instrucciones eran extraer una confesión —*prisvoenie*, malversación; *vzyatochnichestvo*, soborno; *khuliganstvo*, vandalismo; *nizost'*, corrupción; lo que fuera— utilizando niveles, cada vez más vigorosos, de incomodidad física. Niveles del uno al tres. De vez en cuando se producían accidentes —cuando no escuchaban o se negaban a obedecer— y el coronel recuperaba la visión a tiempo para ver a los guardias sacando los cuerpos desmadejados de la sala de interrogatorios en camillas recubiertas con sábanas impermeables. Zyuganov no podía evitarlo: los instrumentos, a veces, se resbalaban de sus manos, las arterias se rajaban y los hematomas subdurales hacían que el cerebro se hinchara.

En ocasiones, el potencial real o imaginado de un preso para provocar, resistir, amenazar, frustrar o conspirar contra el presidente Putin lo convertía en un inconveniente. El coronel recibía la llamada en clave VMN por la línea Kremlovka del director de la prisión, línea directa desde el comisariado del presidente. VMN, Vysshaya Mera Nakazaniya, Grado Supremo de Castigo, del antiguo artículo 58 del Código Penal estatal de Stalin. Significaba que el ciudadano tenía que desaparecer, y que Zyuganov podía darse el gusto durante un interrogatorio. Podía astillar los huesos de las piernas y la pelvis de un prisionero con una pesada porra —las barras de refuerzo de acero eran las que mejor funcionaban— y luego caminar hasta la cabecera de la mesa, sentarse en un taburete bajo, acercar la cara y respirar los gemidos estremecedores, observar los ojos en blanco y escuchar el impacto del hilo de plata de la saliva contra el resbaladizo suelo de baldosas.

Un año antes, hubo problemas con los funcionarios —recriminaciones— durante el interrogatorio de dos *chornye vdovy*, dos viudas negras chechenas, terroristas suicidas. Las mujeres habían sido detenidas cuando subían a un autobús en Volgogrado; las bombas que rodeaban sus vientres no habían detonado. Una directiva de la secretaría del Kremlin —instrucciones del propio presidente— quitó de en medio al servicio de seguridad interna, el FSB, y designó, con nombre y apellido, al coronel del SVR, Zyuganov, veterano del KGB y verdugo de Lubyanka, como responsable del interrogatorio de las mujeres. El cenagoso corazón de Zyuganov casi revienta de orgullo. No fallaría al presidente. Como jefe de la Línea KR, sabía que se necesitaba con urgencia información de contrainteligencia: había que identificar a los intermediarios —clandestinos— chechenos, a los cómplices que fabricaban bombas y los pisos francos. Su impaciencia por extraer la información, más para complacer a su líder que para proteger y preservar la patria, puso en la cuerda floja su, ya de por sí, alma marchita.

Al comienzo de la primera sesión, la más fuerte de las dos mujeres —se llamaba Medna, era morena, delgada y vital— manchó la vieja casaca del Ejército Rojo del coronel. Era una infracción grave, una insolencia descomunal. La cólera furiosa que habitaba en los intestinos de Zyuganov rugió y salió por la boca. Antes de que pudiera contenerse, dio una vuelta de más a la empuñadura estriada de la silla de garrote con respaldo alto a la que Medna había sido atada, y el mecanismo que la había estado ahogando con lentitud le colapsó la tráquea con un audible crujido, obstruyendo sus vías respiratorias y provocando una muerte silenciosa y cerúlea en apenas treinta segundos. Mierda, pensó Zyuganov, una potencial fuente de inteligencia táctica acababa de ser secada. Esa *suka*, esa perra, le había engañado.

La segunda prisionera chechena estaba, era evidente, aterrorizada. Se llamaba Zareta y pensaba en el día en que una mujer de mediana edad llegó a la casa de sus padres en la capital, Grozny, habló en voz baja con su madre y luego se llevó a Zareta al dormitorio para tener una conversación hipnotizante, abrumadora, de una hora. Aquella tarde había comenzado todo, pensó, y ahora iba a terminar. Cuando la vieja capucha le cubrió la cabeza, pudo oír el rechinar de los zapatos sobre las baldosas del suelo a su alrededor y el chasquido de un mosquetón en el cable que le ataba las muñecas a la espalda. Las piernas le temblaron de miedo y respiró con dificultad bajo la capucha de tela. Comenzó un sonido de carraca y le subieron los brazos por detrás, más arriba de la cintura, obligándola a inclinarse hacia delante, con los tendones de los hombros al límite. Si hubieran entablado una conversación, el coronel podría haberle dicho a la chechena que el *strappado* —la suspensión por los brazos— ya era utilizado por la familia Medici en Florencia allá por 1513. Pero no hubo tiempo para charlar.

Chillando bajo la capucha, Zareta no supo identificar con rapidez lo que le estaban haciendo; solo supo que su cuerpo estaba sumido en el dolor, un dolor intenso que era incuestionable, agudo y eléctrico, bajo la piel, en lo más profundo de sus entrañas. Le temblaban las piernas y sentía la orina en el suelo bajo sus pies descalzos. Entonces empezaron las preguntas en ruso, repetidas por una voz femenina en checheno marcado. En treinta minutos, Zareta había declarado los nombres de la mujer que la reclutó y del jefe y el número dos de su célula de entrenamiento, así como la ubicación de dos campos de entrenamiento en Chechenia, uno en Shayoy, a setenta kilómetros al sur de la capital, al final de la P305, y otro al este de Grozny, en Dzhalka, junto a la M29.

Era mucho más aterrador no poder ver, no poder anticiparse a cada asalto al sistema nervioso. Gritó el nombre del joven que ensamblaba los chalecos suicidas en Volgogrado, y el del chico que le había atado el explosivo envuelto en cinta adhesiva alrededor de la cintura, ajustada bajo sus pechos. Le había sonreído bajo la barba. Si todavía no estaba muerto, ella acababa de matarlo.

La voz de la mujer le llegó de nuevo, con ese extraño acento checheno, preguntando por las operaciones de la viuda negra en Moscú. Zareta conocía un nombre y una dirección, pero estaba decidida a no traicionar a sus últimos colegas. La voz chechena fue sustituida por la voz rusa, desagradable y áspera; apenas sonaba humana. A pesar de la incómoda postura doblada sobre sí misma, podía sentir a la persona que tenía al lado. Alguien le dio una palmada en la nuca. Sintió que unos dedos jugueteaban con la capucha y se la quitaron con brusquedad. La luz blanca y sucia del laboratorio la hizo estremecerse, pero no era nada en comparación con lo que tenía delante, a un metro de distancia. Zareta gritó durante tres minutos, parecía que ni siquiera respiraba.

El cuerpo de Medna estaba erguido en la silla del respaldo alto. Estaba sentada de forma regia, con las manos sujetas a los reposabrazos y la cabeza erguida gracias a una correa que le rodeaba la frente. Su rostro era una amalgama de golpes amoratados. Miraba a Zareta con los párpados semicerrados y la boca apenas abierta. Los rastros de sangre seca a ambos lados de la boca y en las fosas nasales completaban el aspecto de pintura de guerra. El verdadero horror, el toque Zyuganov, era que Medna estaba sentada en la silla con las piernas cruzadas con exquisita delicadeza, como en el teatro, con el dedo pequeño del pie más cercano a la cara de Zareta cortado. El coronel puso la mano sobre la boca de la chechena para sofocar la exaltación de los gritos.

—Mírala —dijo Zyuganov—. Te está diciendo que vivas. —Agarró un mechón de pelo negro de la mujer y le sacudió la cabeza—. Has sido engañada y utilizada por estos animales. Todo lo que necesito es un nombre y una dirección. Entonces habremos terminado.

Como muestra de buena fe, bajó los brazos de Zareta hasta que esta pudo estar de pie, aunque tambaleante, soltó la cuerda de elevación y cortó la que rodeaba sus muñecas. Ella, incapaz de mirar el amasijo que era su amiga, inclinó la cabeza, sin querer contemplar su propia rendición.

Miró a su torturador y dudó, luego susurró el nombre del mando en Moscú y la dirección de un apartamento en un edificio alto en el suburbio de Zyablikovo, al sur de Moscú. Zyuganov asintió y agarró la cara de Zareta apretándole las mejillas, como queriendo felicitarla por haber sido una buena chica. A continuación, se dirigió a una mesa de acero inoxidable colocada contra la pared. Zareta, la mujer de grandes pechos que hablaba checheno y el guardia de la prisión uniformado que estaba en la esquina de la habitación observaron cómo sacaba una gran pistola gris de debajo de una toalla, se daba la vuelta y volvía hacia ellos. Levantó la pistola —un revolver MP412 REX cargado con devastadores cartuchos de una Magnum 357— y disparó a la ya muerta Medna en la sien izquierda, a un metro de distancia.

Zareta lo miró con horrorosa incredulidad. El guardia se tapó la boca con la mano. La mujer se había dado la vuelta, agarrándose el estómago mientras vomitaba. El impacto hidrostático de la bala había volcado a Medna y a la silla, y la sangre que quedaba en su cuerpo se extendía en un pequeño río oscuro sobre las baldosas blancas, avanzando con lentitud hacia el gran desagüe central. *Nomal'no*, justo, pensó el coronel. Este era el tipo de fiesta desagradable que le gustaba.

—Su madre puede meter en la cabeza papel de periódico para rellenar la *kozhukh*, la mortaja —dijo Zyuganov con una voz que parecía varias octavas por debajo del tono normal, como si el diablo hubiera empezado a hablar de repente.

Con las manos temblorosas, la joven chechena parpadeó para quitarse la sangre de las pestañas y se limpió la cara pegajosa, viendo los cuernos y los ojos amarillos de cabra y las pezuñas hendidas, y se preguntó cómo podría borrar el recuerdo de esta habitación brillante de azulejos blancos, o de este *chort*, este pequeño diablo negro con una chaqueta asquerosa, o cómo podría volver viva a Chechenia, donde habría un ajuste de cuentas con la comisión por su traición; y la vergüenza de sus padres. Podía ver sus caras, pero estaría viva. Se dijo a sí misma que quería vivir.

El coronel hizo un gesto al guardia —que tenía un color grisáceo en el rostro— para que sacara a la muchacha; cuando se volvió hacia la puerta y pasó junto a él, Zyuganov le puso el revólver detrás de la oreja izquierda y apretó el gatillo. Zareta cayó de bruces con la bata de presidiaria levantada hasta la altura de las caderas. No hay dignidad en la muerte, pensó el ruso..., pequeña zorra provinciana. El guardia soltó un alarido asustado —algo de la cabeza de la chica le había salpicado— y la mujer que hablaba checheno comenzó a vomitar de nuevo en un rincón. Zyuganov observó la habitación rosada y chorreante durante un segundo y luego se apresuró a redactar el informe del interrogatorio para el servicio interno, pero en realidad lo hacía para Putin. Quería informar del éxito y de la información vital sobre el CI con prontitud.

Días más tarde, los administradores de la prisión presentaron una queja por escrito, solicitando que se amonestara al coronel Zyuganov por su excesiva brutalidad y sus actos criminales, que incluían la tortura y el homicidio, pero las quejas se esfumaron en un abrir y cerrar de ojos. El presidente le había encomendado una tarea, y Alexei la cumplió. Ante las quejas de los funcionarios, Putin dijo: *Delat' iz mukhi slona*, no hagan un mundo de una tontería.

* * *

El joven Alexei se había sorprendido a sí mismo haciéndolo bien en la recelosa ciénaga del contraespionaje del SVR y, con el tiempo, fue ascendiendo al puesto de jefe. Su vena psicópata se adaptaba bien al trabajo. Zyuganov había aprendido mucho durante los años de formación en Lubyanka —la astucia se superponía a sus pérfidos impulsos homicidas—, aunque sus instintos seguían estando firmemente en la zona jurásica soviética. Entendía la política un poco mejor. Echaba de menos los excesos de los años soviéticos, y el presidente era la mejor esperanza de Rusia para recuperar la majestuosidad y el poder de la Unión Soviética, para restaurar la furia de los dientes rojos y la brutalidad que rompe la mandíbula que había hecho que los antiguos enemigos se acobardaran.

Muy pocos de los especialistas que trabajaban en la Línea KR podrían definir en términos clínicos la granja de gusanos que era el cerebro del Alexei Zyuganov. Un psicólogo entrenado en la Oficina de Servicios Médicos del SVR quizá podría clasificar los monstruosos impulsos de Zyuganov como «narcisismo maligno patente», pero eso sería como llamar a Drácula «príncipe rumano melancólico». Zyuganov era mucho más que eso, pero todo lo que sus subordinados necesitaban saber era que la hiriente picadura del vil insecto podía llegar sin preaviso, furia desencadenada por un desprecio percibido por él, una omisión en el trabajo, una tarea urgente demandada desde la cuarta planta o, sobre todo, el oprobio del Kremlin —la desaprobación del otro narcisista diminuto que gobernaba tras esos muros rojos—. La gente de la Línea KR pagaba por cualquier error que pudiera hacer parecer a su jefe, aunque fuera de forma remota, un incapaz a los ojos del presidente. Zyuganov adoraba a Putin como un azteca adora al sol.

El adjunto del coronel, Yevgeny, llevaba trabajando tres años en la Línea KR, casi de forma desapercibida, cuando llegó el enano tóxico. El cual no le había quitado el ojo de encima, buscando no el talento o la iniciativa, sino la lealtad absoluta y abyecta. Los diputados demasiado ambiciosos eran un peligro: los ejecutores tienden a no confiar en la gente que está detrás de ellos. Zyuganov puso a prueba al adusto suplente designado desde el principio, enviándole una serie de embaucadores, unos con ofertas de empleo en otros lugares del SVR, otros para ofrecerle sobornos o comisiones. Las pruebas más importantes fueron los *malen'kiye golubi*, los marrulleros que susurraban calumnias contra el propio Zyuganov o que proponían complots contra él. Yevgeny los denunció a todos al coronel, con rapidez y sin omisiones. Después de un interminable año de pruebas, trampas y engaños, Zyuganov se dio por satisfecho y promovió a Yevgeny para ser su adjunto en la Línea KR. Este trabajaba duro, mantenía la boca cerrada y no le importaba el gusto de su jefe por los sótanos, las correas y las jeringuillas.

* * *

Ahora, Zyuganov estaba sentado en la sala de conferencias de la Línea KR, observando con displicencia cómo Dominika —recién llegada de París— hacía el informe sobre Jamshidi. Se obligó a no hacer una mueca de dolor cuando se movió, porque le ardían las costillas. Informó a cuatro directores del SVR: los jefes de las líneas X (inteligencia técnica), T (operaciones técnicas), R (planificación operativa) y KR (contrainteligencia). La línea X prepararía los requisitos de inteligencia sobre la maquinaria iraní para la próxima reunión con el científico en Viena.

La capitana rechazó con delicadeza la sugerencia de la línea X de incluir a un analista de energía nuclear en la próxima reunión informativa. El iraní no había sido puesto a prueba y se mostraría demasiado nervioso para aceptar una nueva cara tan pronto, argumentó. Aseguró a los jefes reunidos que ella podría encargarse de los detalles técnicos iniciales hasta que el caso estuviera *utverdivshiysia*, institucionalizado de forma absoluta, con Jamshidi sometido por completo. Los jefes aceptaron, de mala gana, esperar, por el bien de la operación.

Zyuganov miró a los jefes, evaluando, sopesando, calculando. Por supuesto, quería ocuparse en solitario del científico. Ella estaba monopolizando el caso; además, iría al Kremlin con la información, aspirando —y asegurándose— al favor de Putin. Contempló la delicada situación. Egorova era, en definitiva, intocable. Tendría que ser cuidadoso: ordenar el infructuoso ataque de París para inutilizar a la imponente agente había sido una acción calculada, aunque arriesgada. No parecía estar muy afectada —a pesar del dudoso informe que había recibido desde París— y, de hecho, había demostrado que tenía sus propias garras. Ya había dado órdenes de seguimiento para restañar esa operación: Fabio ya estaría flotando en el canal Saint-Martin, con la larga cabellera extendida sobre las aguas residuales.

Dominika vio las alas negras de murciélago, sólidas como garras, tras la cabeza de Zyuganov. Sintió su agitación; sabía que estaba observando, evaluando, calculando... Asegurarle lealtad era una locura, él ni lo esperaba, ni se lo creería, ni de ella ni de nadie. No se enfrentaría a él, aunque estaba segura de que él había ordenado el ataque de París, de lo que no dijo nada tras regresar a Moscú. El coronel demostró de lo que era capaz, hasta dónde era capaz de llegar. Lo poco que había cambiado el Servicio desde los años treinta y cincuenta.

En la Línea KR no había un grupo específico dedicado a las operaciones ofensivas —el caso del iraní Jamshidi era un claro ejemplo—, así que Egorova había sido convenientemente arropada y se le había asignado la responsabilidad por defecto. Zyuganov quería que estuviera ocupada, que se permaneciera en la sombra. No se la incluiría en los demás trabajos del departamento; él y Yevgeny se encargarían de ello. No era tan fácil dejarla al margen. En absoluto. *Shilo v meske ne utaish*, no se puede esconder el fuego en un matorral.

Con la tenue intuición de un sociópata paranoico, el coronel reconoció que le repugnaba, pero no le molestaba. Sin embargo, quería establecer la primacía del macho alfa. Por eso, después de la sesión informativa había insistido en que lo acompañara a Lefortovo para observar un interrogatorio.

—Tienes que aprender este trabajo —le había dicho sonriendo— para cuando realices tus propias investigaciones.

—Claro —respondió ella, decidida a no mostrar el pánico que sentía al volver a Lefortovo. Ella misma había sido encarcelada e «interrogada» allí, pero nunca confesó, nunca se rindió, y fue liberada tras seis semanas de agonía. Había soportado celdas refrigeradas, descargas eléctricas y la manipulación de los nervios, pero al final había mirado a los ojos a sus interrogadores, había leído sus colores y sabía que había ganado.

Siguió la niebla negra del coronel mientras este recorría el mismo pasillo del sótano de la prisión por el que ella misma había sido arrastrada a marchas forzadas, con los armarios de madera, astillados en cada esquina, en los que se metía a los prisioneros y se les encerraba para evitar que vieran a otro prisionero de paso, y también para matar de hambre el alma y negar el contacto humano. Dominika mantuvo el rostro impasible —Zyuganov la miraba a hurtadillas— y se obligó a seguir caminando sin fuerza en las piernas. El enano se apresuró a avanzar con el mentón levantado, como un perro de caza en un humedal de aves. Pasaron las conocidas puertas de acero con la pintura desconchada, las que ocultaban los desagües, los ganchos y los horrores, y doblaron la esquina. Zyuganov hizo un gesto a un guardia para que abriera otra puerta de acero y luego continuó por el pasillo con puertas macizas a ambos lados. Detrás de estas puertas no se escuchaban los familiares chillidos y gritos de los prisioneros, ni los ojos de los animales asomando por las estrechas aberturas para la comida. El silencio era absoluto.

Se detuvieron ante la última puerta del pasillo y el coronel la golpeó con el puño. Un listón de acero se abrió con un golpe; pudieron ver unos ojos por un instante, luego se disparó un cerrojo de acero y la puerta se abrió. Zyuganov entró a toda prisa, saludando con la cabeza a una regordeta enfermera de la prisión con una bata de uniforme demasiado ajustada. La capitana lo siguió al interior y oyó cómo se cerraba la puerta tras ella. Era una sala de internamiento diferente a todas las que había visto antes, más parecida a un quirófano. La sala tenía una brillante iluminación, con una neblina blanca y gaseosa procedente de los tubos superiores que no proyectaban sombras. El suelo estaba cubierto de baldosas blancas de diez centímetros y continuaban por las paredes hasta el techo. El aire estaba cargado de vapores que hacía que le picaran la nariz y la garganta —los azulejos de las paredes habían sido limpiados con amoniaco—. Zyuganov se volvió hacia ella para medir su reacción, respirando el aire como si estuviera en un jardín de rosas.

A lo largo de la pared, había mesas de acero inoxidable con instrumental y herramientas. En el centro de la sala había una mesa más grande, bajo un flexo inclinado de luz de quirófano. Un tubo de desagüe salía de una esquina de la mesa y llegaba hasta el suelo. Zyuganov se quitó la chaqueta y la dejó en el respaldo de una silla. Cogió una bata marrón de un gancho de la pared y se la puso, abrochando los botones inferiores y dejando la parte superior desabrochada. La bata marrón olía a corral. Miró el reloj y se giró hacia la enfermera.

—Que traigan la bandeja antes de empezar —dijo.

La aludida se dirigió a la pared y pulsó un botón; en un minuto llamaron a la puerta y entró una segunda enfermera con una bandeja cubierta por una servilleta de tela. La depositó en la mesa de acero inoxidable sobre el desagüe para fluidos corporales y la descubrió.

—*Selyodka*, capitana —dijo el coronel—, aún no hemos almorzado.

Dominika, de pie justo delante de la puerta, podía oler, por encima del olor a amoniaco desinfectante, el arenque en escabeche y las cebollas. Sacudió la cabeza y se sentó en una silla alejada de la mesa. Zyuganov estaba disfrutando.

—Trae a nuestro invitado —le dijo al guardia con la boca llena de arenques.

Esperaron dos minutos en silencio, aparte de los ruidos al masticar del coronel. Mirando la parte posterior de la pequeña cabeza del enano, Egorova se centró en la depresión que había debajo de la parte posterior del cráneo, justo por encima del comienzo de las vértebras cervicales, el lugar que elegiría para clavar uno de los cinceles quirúrgicos de acero inoxidable dispuestos en la mesa auxiliar.

Abrieron la puerta y la enfermera entró en la sala con una mujer. Tenía las manos esposadas por detrás y solo llevaba una sucia bata de prisión y unas zapatillas de fieltro.

—Gospozha Mamulova, señora Mamulova —dijo limpiándose la boca con una servilleta. La enfermera empujó a la mujer hasta una silla de acero y apoyó con despreocupación las manos en sus hombros; Dominika se fijó en que estaba atornillada al suelo de baldosas. Zyuganov despidió a ambas enfermeras con un gesto y se dirigió a Dominika—. Capitana, venga aquí y sujétela por los hombros.

Dominika pensó con urgencia en alguna excusa para negarse, pero estaba decidida a no flaquear ante Zyuganov. Podía sentir que la mujer, de baja estatura, temblaba bajo sus manos; se preguntaba qué habría hecho. El coronel acercó una silla para sentarse frente a la mujer; casi se tocaban con las rodillas; se inclinó hacia delante hasta quedar a unos pocos centímetros de su cara. Se oyó un leve crujido cuando la sangre seca de la bata se desprendió. La joven agente respiró por la boca para evitar el olor mientras intentaba recordar de qué conocía el nombre de Mamulov. ¿Quién era esta mujer?

Irina Mamulova era la esposa del magnate ruso de los medios de comunicación Boris Mamulov, cuyo imperio de comunicaciones incluía empresas de prensa escrita y radiodifusión. Mamulov había desafiado en cuantiosas ocasiones al Kremlin: sus reporteros habían cubierto con asiduidad la actualidad política rusa, realizando sucesivas entrevistas a disidentes y figuras políticas rivales, incluidos los televisivos integrantes del grupo protesta punk-rock Pussy Riot tras su salida de prisión. La oposición pública de Mamulov a la reelección de Vladímir Putin desencadenó, como era de esperar, una investigación sobre sus impuestos y sus cuentas bancarias en el extranjero, lo que a su vez condujo a las inevitables acusaciones de la Fiscalía de Moscú por corrupción, evasión de impuestos y robo. La cola del escorpión de ojos azules estaba tensa y enroscada hacia delante, esperando a clavarse en la carne.

Mamulov sabía lo que le ocurría a la gente que desafiaba a Putin —cárceles, accidentes de tráfico, crisis cardíacas, atracos mortales— y decidió no volver a Moscú tras un viaje de negocios a París. Envió un mensaje urgente a su esposa, Irina, para que recogiera el abrigo de marta y sus joyas y se reuniera con él en el apartamento lleno de antigüedades de la avenida Foch. Irina fue detenida en el aeropuerto internacional de Vnukovo treinta minutos antes de la salida hacia Orly y conducida a Lefortovo en una furgoneta cerrada. Al ser procesada en el bloque de presos políticos, no se realizó ningún inventario de bienes. Sus pieles y joyas desaparecieron como lo hicieron los anteriores enemigos del presidente.

Putin había llamado a Zyuganov por la Kremlovka —la línea directa del Kremlin— y, con cara de circunstancias, le indicó que pidiera a Mamulova que tuviera la amabilidad de detallar las posesiones de su marido en el extranjero, incluyendo los números de las cuentas, para poder exculparle de las acusaciones de corrupción; y también le indicó que pidiera a Irina que convenciera a Boris de que regresara a Moscú desde París tan pronto como fuera posible. Putin le dijo al coronel que confiaba en que sería capaz de satisfacer los requerimientos de la investigación con discreción.

La Kremlovka no necesitaba estar encriptada, ya que las astutas peticiones de Putin eran claras. Irina era un rehén, un cebo para llevar a Boris de vuelta a la Rodina, y si los ojos amoratados, o los dientes rotos, o los hematomas cutáneos —lesiones de nivel uno— infligidos a su joven esposa no aceleraban su regreso, bueno, habría que considerar los niveles dos y tres.

Irina Mamulova tenía poco más de treinta años, pelo negro y largo hasta los hombros. Estatura media y delgada. Pómulos eslavos y grandes ojos marrones. Había conocido a Mamulov cuando tenía veinticinco años, mientras trabajaba en una de sus emisoras de radio y, a pesar de su nueva vida de *jets* privados, yates y áticos, la joven y bonita señora Mamulova era sensata y perspicaz. Llevaba ya una semana en Lefortovo y sabía lo que estaba pasando. Había decidido no cooperar. Su marido, Boris, no debía regresar a Rusia.

Dominika se quedó mirando la flor verde que rodeaba la cabeza de Irina; estaba aterrorizada, anticipando el sufrimiento. Las alas negras de Zyuganov se superponían a su color mientras se inclinaba sobre ella, respirando arenque en escabeche en su cara.

—Tenía ganas de venir hoy para saber cómo estás —dijo—. Hemos oído que tu marido está muy preocupado por ti, que está contemplando la posibilidad de volver a Moscú para resolver estos problemas… legales.

Irina levantó la cabeza y buscó el rostro de Zyuganov. Sus ojos se apagaron cuando se dio cuenta de que estaba mintiendo.

—Cuando *monsieur* Mamulov regrese, este desagradable interludio podrá terminar —añadió. ¿«*Monsieur*»?». ¿«Interludio»?, se maravilló Dominika, intentando imaginar los circuitos oxidados en el cerebro de ese hombrecillo. El interrogador se movió para que sus rodillas se tocaran, e Irina se encogió. Alexei miró a Egorova sin expresión alguna, como queriendo comprobar si seguía en la sala—. Ayer escuché una historia —continuó como si estuviera teniendo una conversación—: una mujer acudió a la policía. «Por favor, ayuda, mi marido ha desaparecido. Aquí está su foto e información personal. Cuando lo encuentren, díganle que mi madre ha decidido no venir a visitarnos».

Volvió a mirar a Dominika, para confirmar que le había gustado la broma. Irina lo miró sin moverse. Los rusos habían captado el mensaje hacía tiempo y habían decidido que la madre de Irina sería la siguiente en la soga.

—Deberíamos decirle a Boris que su madre decidió no visitarlo —susurró Zyuganov—. Quizás eso lo tranquilice.

Se levantó y se acercó a una mesa auxiliar y volvió con un castigador corto de cuero en la mano; un cuero negro plano cosido, con un peso en cada extremo. Irina cerró los ojos. El pelo le caía a ambos lados de la cara, con las puntas de los mechones temblando.

—Abre los ojos —le dijo. Cuando ella lo hizo, con los ojos húmedos abiertos de par en par, le golpeó la espinilla derecha con un movimiento brusco hacia abajo. La mujer dejó caer la cabeza hacia atrás y siseó por el dolor, pero no gritó.

Elige luchar, pensó Dominika, sujetando sus hombros.

—Y está el pequeño asunto de las cuentas bancarias, los números… —recordó Zyuganov. Volvió a golpear la espinilla derecha y luego extendió la mano y golpeó al instante la izquierda.

Irina gritó y se mordió el labio para contenerse. Bajó la cabeza y le temblaron los hombros bajo las manos de Egorova. Zyuganov no dijo nada más; había tiempo de sobra. Se agachó y le quitó las zapatillas de fieltro a la joven esposa de Mamulov. Sus pies estaban agarrotados por el miedo.

El enano miró a Dominika con una ceja elevada y levantó el castigador con delicadeza en ambas manos.

—Las espinillas y las plantas de los pies son zonas bien conocidas para explotar —comentó—, pero he identificado otras zonas, como el talón y detrás de la rodilla, que son todavía más efectivas. Hace poco he obtenido excelentes resultados, de forma inesperada, debo añadir, con golpes en las puntas de los dedos de los pies. —Se inclinó hacia delante y giró la pequeña porra en paralelo al suelo para golpear las puntas de los dedos de Irina, que ya tenía la parte superior de los pies en tonos azul y negro. Gritó y encorvó los hombros de manera involuntaria. Tuvo espasmos en las piernas. El coronel aspiró los gemidos como si se tratara de un frasco de perfume.

Dominika luchó contra las náuseas. Consideró la posibilidad de rodear la silla, arrancarle la pegajosa *dubinka* de cuero de la mano y convertir la cara ya aplastada en pura papilla. Irina levantó e inclinó la cabeza. Tenía las mejillas húmedas y miraba a Zyuganov con aire ausente.

Es hora de contactar con Nathaniel de alguna forma; es hora de volver a trabajar con la CIA, pensó la capitana.

—Capitana —dijo Zyuganov tendiéndole la *dubinka*. Esperaba que se pusiera hombro con hombro con él y también golpeara a la mujer. Esto era una prueba; la estaba presionando. Dominika sabía que no podía negarse, eso la pondría en peligro al mostrar su debilidad. Le repugnaba. Se acercó a la silla y le quitó el instrumento de cuero de las manos.

—Coronel —aceptó con seguridad mientras se acercaba a él—. No creo que pueda mejorar su experta pericia. Pero se me ocurre algo, una idea que puede dar resultados, en especial después de que sus esfuerzos preliminares hayan mostrado a la prisionera la realidad de su situación.

—¿Qué idea? —preguntó mirándola con amargura.

—Me pregunto si me permitiría este pequeño experimento —respondió. Estaba guardando la rabia en sus entrañas y trató de controlar la voz—. ¿Puede dejarme durante cinco minutos a solas con ella?

—El reglamento establece que dos personas deben estar en la habitación en todo momento.

—Es cierto, pero usted marca las reglas de este lugar. Y, si podemos lograr un éxito rápido, ¿no valdría la pena el experimento?

Zyuganov miró a Egorova y luego a una llorosa Irina, que tenía la cabeza caída.

—Cinco minutos, coronel. —Se acercó a la mujer y le cogió la cara para sacudírsela un poco, sobre todo para ocultar el temblor de sus propias manos—. Nos llevaremos muy bien las dos.

Zyuganov entrecerró los ojos. Desconfiaba y a la vez tenía interés. Se preguntaba qué dulce dolor, de chica con chica, tenía la exbailarina en mente. Le hubiera gustado quedarse, pero estaba intrigado y sabía que podría ver la acción en el monitor de la sala de los guardias. Asintió y salió de la sala. La puerta se cerró con un chasquido y Dominika se giró y se dirigió hacia Mamulova.

Dos de las suyas la observaban desde un rincón de la sala, sus dos amigas: la rubia de ojos azules, Marte, y la bella Marta, un gorrión veterano y su confidente en Helsinki, que había desafiado al Servicio y había desaparecido una noche sin dejar rastro. Sus amigas la vieron cruzar la sala, diciéndole con la mirada que se diera prisa y tuviera cuidado.

Se acercó a la cara de Mamulova, le tiró de la cabeza hacia atrás agarrándola por el pelo y le susurró al oído. Estaba corriendo un alto riesgo.

—*Sestra*, hermana, tienes unos tres minutos para escucharme. ¿Vas a prestarme atención? —Irina se quedó mirándola sin entender nada. Golpeó la pata de la silla con el castigador de cuero, esperando que por el monitor de vídeo pareciera que estaba golpeando a la mujer. Irina la miró asombrada. Dominika la miró con intención y volvió a golpear la pata de la silla. El sonido del cuero contra el acero imitaba el disparo de una pistola.

Se inclinó de nuevo sobre ella y le agarró la cara con una mano.

—Escucha con atención. Te van a mutilar y después te van a meter en un manicomio. A tu madre la meterán en una celda refrigerada. —Empujó la cara de Irina hacia atrás y acercó sus labios a uno de sus oídos—. Diles los números de la cuenta. Solo es dinero. Te dejarán libre durante un tiempo, libre para contactar con tu marido y escuchar la llamada. Mientras esperan a que eso ocurra, podrás marcharte. Tú y tu madre.

Irina la miró a través de un remolino de niebla verde y sacudió un poco la cabeza. No la estaba creyendo. Dominika giró la pequeña porra hacia un lado, como si fuera a golpearle el hombro, pero en lugar de eso golpeó el respaldo de la silla. Irina se estremeció y jadeó. Una reacción bastante creíble. La propia agente sintió un agudo dolor en sus magulladas costillas al hacer ese movimiento, pero se irguió ante la mujer y acercó de nuevo la cara y susurró:

—¿Quieres llegar a tener hijos? ¿Quieres volver a ver a Boris? Dales todo lo que quieren. Todo. —Se inclinó más sobre ella, imaginando lo que podría estar pareciendo en el monitor de vídeo—. Entrega los libros de contabilidad de tu marido, los que tienen los números de cuenta en el extranjero. Dales las claves de seguridad. Muéstrales la caja fuerte de tu casa. Promete que conseguirás más de tu marido. Y luego vete, con tu madre. ¿Puedes arreglarlo?

Irina dudó. Asintió una vez.

No era de extrañar, tendría acceso a los bien pagados abogados de Mamulov, a unos pasaportes de un segundo país y a los aviones de empresa. Salir de la Rusia moderna le resultaría más o menos fácil, si esta vez lo planeaba con antelación.

—Tú... eres una de ellos —susurró Mamulova—. ¿Por qué?

El sonido del pestillo de la puerta de la sala hizo que Dominika se pusiera recta y, cuando Zyuganov asomó la cabeza por la puerta, el gorrión le dio una fuerte bofetada a Irina en la mejilla, un enérgico impacto que le rompió el labio. Nada que un poco de bacitracina no pudiera suavizar en París.

Yo no soy una de ellos, pensó. Tal vez un día podrían quedar a tomar el té en París, en Le Procope, un bolso de piel de cocodrilo y guantes de gamuza entre ellas, y entonces se lo explicaría todo. Claro. *Kogda rak na gore svistnet*, cuando los cerdos volasen.

—Díselo —ordenó Dominika a Irina haciendo un gesto de cabeza hacia Zyuganov—. Díselo. —La miró bajo su halo verde de miedo y la indecisión arremolinándose a su alrededor. ¿Decidiría la pequeña imbécil salvarse? Zyuganov miró a Egorova y luego de nuevo a la rehén.

—... Le daré los números de cuenta —dijo con los ojos bajos.

El coronel, impresionado, volvió a mirar a la capitana, que levantó el castigador pasando un dedo por el borde, como un anticuario que estuviera observando un objeto de arte.

—Reconocerá, tal vez, que una mujer sabe mejor lo que otra mujer más puede temer —dijo—. Mamulova no quería poner a prueba su paciencia más allá. Enhorabuena, coronel.

Todo eso era una tontería. Pero... ¿de verdad lo era? Zyuganov contempló la interesantísima epifanía de que, tal vez, una mujer podría torturar a otra mujer mejor que un hombre. Algo así como meterse en la cabeza de la otra, al fin y al cabo, conocería mejor su propio cuerpo. Desde luego, a Egorova no le había asqueado ese panorama. Bah, Zyuganov no sabía qué pensar, pero tenía claro que esa mujer le acababa de hacer un regalo, suponía una victoria del presidente sobre Mamulov, cuyas cuentas serían desviadas en una hora de ciberrobo. Esto lo situaría en la parte alta de la lista de favoritos de Putin para Año Nuevo. Pero tenía que haber una trampa. Un regalo de Egorova era puro veneno. Ella lo usaría en su contra. Encontraría la manera de aprovecharse, de dejarlo en evidencia. Y el presidente Putin se daría cuenta.

Mientras sacaban a Mamulova de la sala, Dominika se aisló de las paredes blancas, de las luces blancas brillantes y la pequeña porra pegajosa; resopló para despejar la nariz y la boca del olor a arenque escabechado y a amoniaco desinfectante. Con dificultad, se dio cuenta de que tenía que volver a Viena en pocos días para la reunión de seguimiento con el iraní. Y volvería a ver a Nate.

Arenques en escabeche de Lefortovo

Forra un plato hondo con trozos de arenque sin espinas y sin piel, cúbrelo con vinagre, aceite de oliva, azúcar y eneldo muy picado. Déjalo enfriar varias horas. Sírvelo en pequeñas tostas de pan, cubierto de finas rodajas de cebolla.

5

Simon Benford era el jefe de la División de Contrainteligencia de la CIA. Bajito, panzón y barbilampiño, con el pelo canoso y siempre despeinado debido a su costumbre de agarrárselo mientras gritaba a sus acobardados subordinados, o a cualquiera de la Dirección de Inteligencia del FBI, o de la Agencia de Inteligencia de Defensa, o de la Oficina de Inteligencia e Investigación del Departamento de Estado, o de la Oficina de Inteligencia y Análisis del Departamento de Seguridad Nacional, o de cualquier otra entidad gubernamental con la palabra «inteligencia» en su denominación, cuyos factótums, según Benford, no sabían nada sobre el espionaje y las operaciones tradicionales de espionaje a personas, estaban mal preparados y no eran aptos para recopilar o analizar la inteligencia extranjera y, de manera más oscura, estaban todos «masturbándose con guantes de cocina».

Además de ser un *enfant terrible* y un misántropo, Benford, con sus ojos de vaca, era un legendario cazador de topos, estratega, sumo sacerdote operacional y sabio, considerado el azote de los servicios de inteligencia extranjeros hostiles: más traicionero que el SVR ruso, más inescrutable que el MSS chino, en cierto modo más taimado que el DI cubano y más crispado que el RGB de Corea del Norte. Los funcionarios de la CIA más cercanos a Benford, en privado, lo describían como «bipolar con tintes de sociópata», pero, en secreto, lo adoraban. Los servicios aliados de enlace con el extranjero lo amaban, lo odiaban y lo escuchaban: años atrás, Benford había ayudado a los británicos a descubrir una red ilegal dirigida por Moscú durante quince años en la Cámara de los Comunes, siguiendo, según explicó él mismo al escandalizado Comité Conjunto de Inteligencia, «al último heterosexual del Parlamento hasta su contacto ruso». A los británicos no les hizo ninguna gracia.

El jefe de Contrainteligencia había llamado a Tom Forsyth por la línea segura para felicitar al equipo por la operación LYRIC. La evaluación preliminar de los primeros datos del general era favorable, y Benford aprobaba, por el momento, la gestión del caso por parte de Nash.

—Estoy ansioso por saber de DIVA —comentó Benford por teléfono.

—Todos lo estamos, Simon —respondió Forsyth—. Nash está listo para acercarse a ella en cuanto comunique que está fuera. Tiene una bolsa de equipaje preparada.

—No hay ningún informe sobre su estado, ni rumores, ni avistamientos. No hay avisos en la *Rossiyskaya Gazeta*. —Se refería a que no existía ningún obituario, como los que los observadores soviéticos recogían en el viejo *Pravda*.

—Tiene muchos recursos —dijo Forsyth—. Un hueso duro de roer. —La decisión de enviar de vuelta al interior a Egorova había sido de Benford, y Forsyth conocía de sobra la sensación de esperar a recibir noticias de un agente que estaba de vuelta al interior y no tener contacto. No importaba dónde fuera: Cuba, Siria, Birmania, Moldavia—. No podemos hacer otra cosa que esperar.

—Sí. Lo sé, Tom. Maldita sea. —Si Forsyth hubiera sido un oficial de servicio GS-13 en la sede central, a Benford le habría estallado la vena gritándole por teléfono, pero no se le grita a un oficial superior, y menos si se trata de Tom Forsyth.

—En cuanto haga el más mínimo gesto, Nash estará allí... Somos como los patos: tranquilos en la superficie y dando violentas paladas bajo el agua —respondió con total tranquilidad.

Benford gruñó al teléfono.

* * *

La mañana siguiente a su vuelta a Moscú, Dominika estaba tumbada en ropa interior en el suelo del minúsculo salón del apartamento vienés de la Stuwerstrasse, a varias manzanas del Danubio y a cuatrocientos metros de las elegantes torres curvadas del Organismo Internacional de Energía Atómica, en la orilla este del río. Las ventanas del apartamento estaban abiertas para que entrara la brisa del verano. Hacia el sur, la gigantesca noria del parque Prater era apenas visible en la bruma; por la noche, los vagones de la noria se iluminaban con adornos de luces blancas.

Hizo flexiones inclinadas en el suelo, sus pechos se aplastaban contra la alfombra cada vez que bajaba. Exhalaba en cada minipausa. Los pies apoyados en una silla de la mesa de comedor. Cuando su pecho pedía clemencia, se cambiaba a la silla, con las manos en el asiento y las piernas elevadas sobre un pequeño sofá y hacía lentos saltos, veinte, llegando a treinta, hasta que no podía más. El teléfono de la pequeña cocina sonó. Con la respiración entrecortada cruzó la habitación para contestar.

Reconoció la voz gutural de Udranka.

—*Devushka*, hola, chica —dijo jadeando—. Clave.

—*Devchonka*, zorra —respondió en ruso Udranka. Contraclave, todo correcto—. ¿Por qué jadeas en el teléfono? Son las nueve de la mañana. —Mención del tiempo... «Necesito verte en una hora».

La técnica del gorrión es rápida e infalible. Una ducha rápida y seis paradas del U-Bahn hasta Hardegasse, luego subir cuatro pisos por la impoluta escalera del tranquilo edificio de apartamentos austríaco. Udranka abrió la puerta antes de que Dominika llamara. El estrecho apartamento era un derroche de color: espejos en las paredes, almohadas brillantes en el sofá, el imponente dormitorio rosa —pantallas de lámparas con volantes y flecos— visible a través de la puerta abierta. Todo por cortesía del SVR, incluidas las tomas de vídeo y audio en cada habitación. La anfitriona extendió sus brazos, como alas de albatros, en señal de bienvenida, su aura carmesí, como de costumbre, ardiendo como una hoguera de carbón.

No es el típico gorrión, pensó la recién llegada al apartamento mientras la abrazaba. Esta criatura no era la típica y perfecta reina de las nieves eslava, un producto de cruces genéticos hasta conseguir la anorgasmia, pezones rugosos y depilación francesa. Si se consideraban de forma aislada, las partes de Udranka no eran reflejo de una belleza libidinosa. Era delgada como un palo y medía un metro ochenta y cinco, con los correspondientes huesos de los codos, las rodillas y las caderas angulosos. Pechos planos, y no se le pasaba por la cabeza ponerse implantes. Tenía una leve cicatriz con forma de lápiz que iba desde la comisura izquierda de la boca hasta la oreja de ese lado, un recuerdo de la infancia dejado por un soldado paramilitar con una fusta. Manos con dedos largos e inquietos, uñas cortas pintadas en rojo hibisco. Sus largas e interminables piernas acababan en unos grandes pies con las uñas de los dedos pintadas también en rojo. Esa mañana llevaba unos pequeños pendientes de coral anaranjado y un kimono corto de color rosa intenso que apenas cubría la mitad de sus muslos.

El pelo corto y pegado al cuero cabelludo en color magenta encendido, el tono debe llamarse Óxido de los Balcanes. La boca era de dimensiones extremas, como un plato para caramelos con grandes dientes blancos, y estaba en constante movimiento: sonriendo, haciendo pucheros, mojando con la lengua los carnosos labios, cacareando en señal de desaprobación, abierta por una risa incontrolable... Los grandes ojos de Udranka eran de color verde claro con motas oscuras, como un helado con virutas, y podían transmitir, en el tiempo que sus pupilas se dilataban, un deseo sexual irrefrenable.

Udranka era sensual por naturaleza. Los observadores de la Escuela de Gorriones lo supieron al verla; el personal de formación había sabido refinar su instinto salvaje y los agentes como Dominika sabían lo suficiente como para apuntar, encender la mecha y dar un paso atrás. Nunca había visto nada parecido: esa mujer podía transformar su llamativa pero nada glamurosa persona en algo cautivador, utilizando ese cuerpo canoa para hipnotizar, paralizar y devorar a sus objetivos como gorrión.

Una década atrás, esta serbia de piernas largas había llenado una mochila y se había marchado a Moscú, una adolescente en busca de trabajo, alta como una jirafa y con una risa estrepitosa. Empezó a trabajar como modelo para casas de moda de baja gama, sobre todo de zapatos y joyas. Tuvo las relaciones necesarias con ejecutivos de publicidad, ministros del Gobierno y un músico, pero a los veintiséis años se acabó eso de ser modelo. Cuando entraba en un restaurante moscovita, las miradas se volvían hacia ella, incluida la del embajador italiano (bajo y corpulento, conde, descendiente de los Barberini de Palestrina), que se quedaba prendado de su sonrisa de alto voltaje y fascinado por la altura. El diminuto italiano nunca había hecho el amor con una mujer tan alta y se moría de ganas de ver cómo encajaban las piezas.

El embajador era generoso, considerado y locuaz, y mantuvo a Udranka en secreto ante su esposa. El FBI pronto identificó a la compañera ilícita del conde. Al cabo de un año, Udranka había sido reclutada por el FSB como agente de acceso, y luego secuestrada por el SVR y enviada a la Escuela de Gorriones; necesitaba dinero; la amenazaron con enviarla de vuelta a Belgrado, y le proporcionarían cómodos apartamentos en los que vivir y amar. ¿Por qué no?

Tres años más tarde, la capitana Dominika Egorova, en busca de una *primanka* en el caso Jamshidi —un cebo tan extraordinario que haría olvidar las reglas y su religión al persa y lo llevaría a jugarse la vida— se encontró con el currículum de esta mujer tan especial. Su hoja de servicios la situaba entre las mejores de los gorriones entrenadas por el SVR, con evaluaciones de «excelente» en el arte de la negociación y extracción de información y de «consumada» en lo que la Escuela Estatal Cuatro llamaba «arte de la seducción». A Udranka se le asignó el trabajo en comisión de servicio; Egorova vio en esa mujer de mejillas hundidas una cínica, adusta e ingeniosa; una superviviente. Se llevaban bien, sobre todo porque Dominika la trataba bien, puesto que sabía lo que suponía ser un gorrión.

Había sido cuestión de ponerla a tiro de Jamshidi: se organizó una pequeña puesta en escena en la que Udranka fingía sufrir el robo del bolso a manos de un ladrón en moto a la salida de un bar vienés, con el persa como testigo accidental. Ella aceptó con gratitud la gentil oferta del científico de llevarla en taxi hasta su casa y le ofreció tomar un café. Una vez en su caleidoscópico apartamento —repleto de cámaras y micrófonos de la Línea T—, Jamshidi solventó la femenina desconfianza de la joven, venció en la rendición final de la serbia y saboreó sus estremecedores orgasmos (dos de ellos fingidos), durante los cuales la fina cicatriz de la mejilla se oscurecía con el rubor del orgasmo. La mente del persa, que era una cloaca, se centró en la segunda ronda y en las variaciones más conocidas por los chicos tunecinos de las toallas. Esperaba gritos y aullidos de dolor de esta tímida jirafa —ese era su atractivo después de todo—, pero no pudo anticipar la respuesta, ni supo darse cuenta de que ella había sido entrenada para hacer que un hombre perdiera la cabeza de la manera como lo había hecho él en algún momento durante el n.º 73, «Entrar en el Kremlin por la puerta Nikolskaya». A partir de esa noche, Jamshidi fue atrapado con total seguridad, como una carpa de libro de récord del Volga, enganchada de antemano al sedal del presidente Putin.

—Vamos —dijo Udranka indicando a Dominika que se acercara a una pequeña mesa en la cocina en la que daba un poco el sol, con azulejos amarillo canario en las paredes y una tetera verde lima en la estufa.

—¿No te quedas ciega aquí?

—Belgrado siempre fue gris para mí —respondió encogiéndose de hombros—. Moscú también lo es. Un prostíbulo no debería ser lúgubre.

Su halo carmesí se expandió incandescente mientras reía. Sus dientes brillaban entre los labios carnosos.

—¿Cómo está tu *sych*, tu búho tigre? —preguntó Dominika.

—Algún progreso. Puede que algo importante. —Se levantó de la mesa y abrió un armario superior de la cocina, alcanzando sin dificultad una botella achaparrada con un tapón dorado. Cuando se estiró, el kimono se abrió un poco y la capitana pudo ver sus pechos, lisos. Los míos son más grandes, pensó y se sintió ridícula al instante—. *Srpska sljivovica*, aguardiente de ciruelas de Sumadija, en Serbia —dijo mientras servía dos vasos pequeños.

Dios, pensó la invitada, son las diez de la mañana. Chocaron los vasos y bebió un sorbo mientras su compañera apuraba el vaso y se servía otro.

—¿Qué? —preguntó Dominika. Sus instintos se agitaron en ese nidito de amor inundado de color. Miró a los ojos a Udranka, observando cómo bebía, observando el rostro.

—Vino a verme anoche. Actuó con normalidad. No estaba enfadado. Quería hacer el amor.

Dominika había advertido al gorrión que tenía enfrente que el científico podría acusarla de haberle tendido una trampa en París. Sin problema, había respondido Udranka. Los gorriones estaban entrenados para defender su inocencia en muchas circunstancias.

—¿Dijo algo sobre haber sido contactado, sobre las cámaras en el apartamento?

—Nada. Parece que no me culpa. Estaba muy emocionado, impaciente. Esa ridícula perilla se movía arriba y abajo cuando hacía «Alas de colibrí» —lo dijo con rotundidad, como cualquier técnico carente de emociones hablando de su oficio.

—Número 33 —recordó Dominika, repitiendo las reglas de origen soviético de las técnicas sexuales de los gorriones, memorizadas hacía mucho tiempo—; «sobreexcitar las terminaciones nerviosas con estimulación incesante».

—Exacto. Lo recuerdas —respondió el gorrión con dulzura, como si no quisiera hablar de ello—. Si echas de menos la antigua vida, podríamos llevarlo juntas a la cama.

Dominika se rio. La mesa de la cocina estaba bañada por la luz del sol de verano. La botella de *sljivovitsa* parecía un fuego dorado. Udranka empezó a reírse también; luego se detuvo, se mordió el labio inferior y miró a su antigua compañera, que también dejó de reírse y se acercó a la mesa para apretarle un instante la mano —dedos largos y huesudos, uñas de color rojo brillante—. Su color, siempre brillante y vibrante; se redujo; se desvaneció.

—Deberías probarlo —siguió hablando con dulzura—. Le gusta

morder. Solo lo quiere de una manera. Le gusta hacerme daño. Espero que valga la pena.

—Vale la pena —respondió Egorova sin querer decirle lo realmente importante que era. Udranka la miró con intensidad y gruñó. Giró la cabeza y rellenó su vaso de nuevo. Durante un minuto estuvieron en silencio.

—Lo más importante... Me dijo que quiere usar este apartamento para una reunión importante. Dentro de dos noches. Mi apartamento. Bastardo descarado.

Dominika asintió con un gesto. Eso era todo. Tenía la intención de presentarse al interrogatorio.

—Supongo que la reunión es contigo. Lo dejaré pasar y luego me iré.

—No, necesito que te quedes cerca por si decide dejar de hablar. Serás un recordatorio de que tiene que comportarse.

—Me pondré algo ajustado —respondió inexpresiva, y su halo carmesí volvió a aparecer, resplandeciente—. Puede que el hombre no me haga caso, pero el calvo de cuello alto siempre me hace caso. —Dominika reprimió una carcajada. No había vuelto a escuchar esa expresión desde que estuvo en la Escuela de Gorriones. Udranka rellenó otra vez ambos vasos.

—Cuando esto termine te sacaré. No solo de Viena, estarás fuera del todo.

—Claro que sí. —La jirafa se puso un nuevo vaso. La luz del sol en la cocina de color amarillo canario. El olor a caramelo quemado del licor en la quietud del ambiente. Sus ojos se encontraron—. Ya ni siquiera puedo emborracharme —susurró.

Dominika se levantó y rodeó con un brazo el hombro de su gorrión, la destructora de hombres con piernas largas y una sonrisa de piano que podía iluminar una habitación, cuyas lágrimas silenciosas y pausadas mojaban la blusa de la capitana.

* * *

Viena en verano: parques frondosos y edificios de color mostaza con la seriedad de imperios pasados en sus fachadas, tejados inclinados con ángulos que se cruzan, vías de tranvía que se unen y se separan, tiradores de puertas de latón pulido, el olor arcilloso de cafés interminables y el crujido azucarado de pasteles y panes colocados en bandejas en las ventanas de los cafés con letras doradas. Y, bajo los omnipresentes violines de Strauss, en cada puerta perduraba el recuerdo de las desvaídas notas graves de las pisadas de los tanques de tiempos menos felices.

Dominika estaba de vuelta en Viena, con un maletín lleno de documentos sobre los requisitos nucleares, dos pistolas de lápiz de labios y el corazón en la boca. La próxima reunión con Jamshidi hizo que la acción fuera urgente. Era el momento de volver a contactar con la CIA y con Nate. La perspectiva de volver a ver a Nate henchía el pecho de la joven espía hasta que casi no pudo respirar. No sabía si él se comportaría de manera diferente con ella, no sabía qué pasaría entre ellos. Su orgullo ruso y esa terquedad no le permitirían volver a ser la primera en dar el paso. No se lanzaría sobre él, no volvería a ver cómo él retrocedía y se escondía tras las normas o los requisitos de seguridad o la mala conciencia. Oyó la tranquila voz de la operadora de SENTRY en la línea mientras repetía su código de seguridad, utilizaba el alias identificador, mencionaba la ciudad y designaba el parque de la ciudad y el lugar del breve encuentro, la Torre del Reloj. Ahora era el momento de los negocios. Sus negocios.

Nate tardó doce horas en llegar a Viena después de que el sistema SENTRY enviara un cableado automático a la estación de Atenas para informar de que el activo ruso GTDIVA, con sede en Moscú, había llamado para activar el contacto. Viena, Stadtpark, Torre del Reloj, a partir de mañana, todos los días a mediodía. Nate tomó el primer vuelo a Múnich y luego el tren a Viena. Siempre añadían un tramo ferroviario para ajustar la seguridad de las operaciones: una vez dentro de la Unión Europea, con fronteras comunes y permeables, no había rastro de papel, y un sutil disfraz se encargaba de las siempre presentes cámaras de seguridad de las terminales. Gable siguió a través de Praga, apoyaría a Nate porque era un oficial de casos en el que Dominika había confiado. Reservaron una *suite* en el Schick Hotel Am Parkring, en las proximidades del parque.

Nate estaba en la *suite*, mirando a través de las puertas francesas hacia el cielo vienés, consciente de que estaba bajo uno de esos tejados de pizarra. Dominika había contactado. Estaba fuera. Se sentía como si hubiera vuelto a Rusia, con un estatus desconocido, durante diez años. Sus tripas se sacudieron mientras intentaba ordenar sus pensamientos. Requisitos de inteligencia, comunicaciones, acceso, seguridad, señales, lugares… La lista era interminable. Sabía que este contacto con la espía era de gran importancia. A pesar de la llamada, ¿estaría dispuesta a continuar? El investigador que había en él sabía que el caso debía gestionarse de forma profesional. Tenía que comportarse como un profesional a toda costa. Esto era espionaje.

Ella no estaba en el RDX el primer día, lo cual era un poco preocupante, pero Nate se puso en modo caso, e inspeccionó el lugar de la cita, y esperó. Al día siguiente, desde su ventajosa posición en un banco detrás de un seto bajo, la vio caminando por el sendero de grava bordeando de tilos, con la familiar y casi imperceptible dificultad en el paso. Su aspecto era el mismo que él recordaba: puede que algo más madura, con los rasgos más marcados, pero los ojos azules eran los mismos y la cabeza seguía bien erguida. La dejó pasar comprobando su estado, dejó que esperara junto a la ornamentada balaustrada de mármol de la base de la torre. Miró el reloj una vez. Nate, sin moverse, observaba si había alguien en las sombras, entre los árboles, en la lejanía.

Después de cuatro minutos, el tiempo de espera establecido también por el SVR, ella comenzó a caminar, sin buscar un contacto evidente, pero él sabía que lo controlaba todo. Caminó tras ella a una distancia de vigilancia durante un rato —se notaba afligido, no lo repetirían—, observaba su pelo recogido y sus fuertes piernas. Ella aminoró la marcha para mirar una estatua, Nate la rebasó y siguió caminando hacia el edificio blanco del hotel que era visible por encima de los árboles. Ella se puso en marcha y lo siguió.

Estaban solos en el ascensor, de pie en extremos opuestos de la cabina, mirando los números del piso en la pantalla. Nate la miró y ella se encontró con su mirada. Su halo púrpura no había cambiado, era fuerte y constante. El manual estipulaba que no debían hablar en el ascensor, pero Nate tenía que decir algo.

—Me alegro de verte —dijo el agente de la CIA a su agente rusa. Ella lo miró con unos ojos azules que no desvelaban nada. No dijo nada cuando las puertas se abrieron y él se adelantó hacia la habitación y llamó con tranquilidad. Gable abrió la puerta y tiró de Dominika hacia el centro de la sala: alfombra color crema, sofá verde oscuro, puertas francesas dobles abiertas, con vistas a la aguja del castillo de San Esteban en la distancia.

—Nueve meses. Nos has hecho esperar lo suficiente —dijo Gable sonriendo—. ¿Estás bien?

Su manto púrpura también era el mismo, palpitante, inquieto, serpenteante.

—*Zdravstvuy bratok*, hola, hermano mayor —dijo ella estrechándole la mano. Había empezado a llamarlo *bratok* tras su reclutamiento en Helsinki, una señal de afecto. Se volvió hacia Nate—. Hola, Neyt —dijo, pero no extendió la mano.

—Me alegro de verte, Domi.

—Ya, bueno, ahora estamos todos felices de vernos —intervino Gable—. Antes de que empecéis a llorar, escuchemos lo que has estado haciendo. ¿Cuánto tiempo tienes? ¿Todo el día? Perfecto. —Ella se sentó en el sofá de terciopelo con Gable. Nate acercó una silla—. Primero vamos a comer algo. —Se levantó del sillón de un salto—. Nash, llama al servicio de habitaciones… No importa, dame el teléfono. —Miró a la joven mientras esperaba que lo atendieran—. Pareces demasiado delgada. ¿Has estado enferma o tan solo nos has echado de menos?

Dominika sonrió y se recostó en el sofá, empezaba a relajarse. Evitó mirar a Nate. Había olvidado lo suaves y profesionales que eran estos hombres de la CIA, y lo mucho que le gustaban. Eran de color púrpura; carmesí y azul; fuertes y fiables.

Gable pidió tanta comida que necesitaron dos carros para llevarla toda: trucha y salmón ahumados, ensalada de remolacha, ensalada Oliver, pollo estofado, mayonesa recién hecha, queso Brie, Gouda, pan crujiente, mantequilla, ensalada de pepino, jamón en lonchas, dos tipos de mostaza, brochetas de cordero, salsa de yogur, dos *strudels*, crepes rellenos de chocolate con mermelada de albaricoque al brandi, una bandeja de chocolates austriacos, agua Alpquell helada, vino blanco Grüner Veltliner Sauvignon y un blanco dulce Ruster Ausbruch dorado.

Hablaron durante cuatro horas. La dejaron hablar a ella; no necesitó que la incitaran. Sabía lo que era importante, lo que había que incluir y lo que había que omitir. Hablaba en inglés; a veces Nate tenía que ayudarla con alguna palabra, pero se manejaba bien en el idioma. Su regreso a Moscú. La promoción a capitana. La asignación a la Línea KR con un nuevo jefe, Alexei Zyuganov. La entrevista con Putin. El interrogatorio de Mamulova en Lefortovo. La escasa información sólida que había obtenido del KR —operaciones exteriores del SVR, pistas de contrainteligencia— lo dejaba para más tarde.

—Espera —la cortó Gable—. ¿Estuviste con Putin?

Ella asintió.

—Dos veces. Me felicitó por haber desenmascarado al general Korchnoi —susurró mirándose las manos—. Dijo que Korchnoi fue destruido. Estoy segura de que él dio la orden. Me pareció ver algo en el puente, pero no podía estar segura. ¿Es cierto?

—Le dispararon desde el otro lado del río, al final del puente —confirmó Nate—. Era libre y le dispararon. —Su voz carecía de emoción.

—Nunca lo olvidaré —dijo ella. Le brillaban los ojos. Permanecieron en silencio un rato, con el débil ajetreo del tráfico en el Parkring entrando por las puertas abiertas del balcón—. Por eso hice la llamada para que vinieras. No estaba segura de si volvería a trabajar con vosotros. Pero los *siloviki*, los jefes, no han cambiado, es tan malo como siempre. Peor que antes.

—Nos alegramos de que hayas salido de nuevo —dijo Gable mientras alcanzaba un plato—. Sabía que lo harías. Lo llevas en la sangre. Monada, volvemos a estar juntos.

Oh, mierda, pensó Nate y contuvo la respiración.

—¿Qué es «monada»? —preguntó despreocupada dejando la copa de vino. Era el momento perfecto para que alguien gritara «¡Granada!» y todos se tiraran al suelo.

—Es como *baloven* —respondió rápidamente en ruso—, algo que diría un hermano mayor. Algo como «pequeña».

Dominika pestañeó, creyéndoselo solo a medias, medio convencida. Ajeno a todo, Gable untaba mostaza en una loncha de jamón.

Había que retomar los negocios. Los asuntos que le interesaban a Nate. Las operaciones internas, la ciencia, el arte, la nigromancia de encontrarse con agentes en entornos vetados como Moscú, Pekín, La Habana, Teherán. Dirigir agentes de contrainteligencia en los Estados más peligrosos que se puedan imaginar. Reunirse con espías en el interior era como vadear con infinito cuidado una piscina infestada de pirañas en la que no puedes ver el fondo, intentando no remover las aguas. En Helsinki, Nate se había revuelto ante la idea de poner a Dominika en peligro llevándola al interior de Rusia. Ahora, después de lo de Korchnoi, se dijo que tenían que seguir adelante, costara lo que costara, pero sintió esas palpitaciones en la mandíbula al verla sentada en el sofá, con las piernas cruzadas, con esa costumbre de no parar de rebotar el pie.

—Domi, tenemos que hablar de operaciones internas, de cómo vamos a comunicarnos con Moscú —dijo—. Si se puede organizar un viaje al extranjero, aprovecharemos cualquier oportunidad para reunirnos fuera. Pero podría ocurrir algo, una cuestión rápida, una emergencia, una prohibición para viajar o lo que sea, entonces necesitaremos una forma para reunirnos dentro. —Ella asintió—. Tenemos COVCOM para ti. Un equipo de comunicaciones encubiertas. Es muy rápido y seguro. Puedes enviar mensajes abreviados, podemos enviarte a nuevos sitios, podemos planear encuentros cara a cara. Ya sabes, todo eso. El primer reto, el peligro, es conseguir que, físicamente, el equipo te llegue. Tenemos que dejarlo en algún sitio, pero un escondite de larga duración no es bueno; queremos que lo recuperes en un día, dos o tres a lo sumo, desde que lo dejemos.

Lo que no le dijo fue que su vida dependía de la habilidad del oficial de la estación de Moscú asignado para cargar la entrega, y de la perspicacia del jefe de la estación de Moscú para validar y aprobar el plan de operaciones del oficial. Si el joven espía estadounidense no determinaba con exactitud su situación de vigilancia durante la ruta de vigilancia-detección, si se equivocaba en su recorrido en esa futura noche con el crepúsculo de verano perfilando el horizonte de Moscú, sería el fin. Si la vigilancia del FSB veía que lo dejaba donde fuera, se instalarían allí y esperarían durante semanas, meses, un año… para ver quién lo recogía. Dominika nunca sabría la secuencia de acontecimientos que acabaron con su vida.

—Será posible —dijo ella con seguridad—. La Línea KR tiene acceso a todas las asignaciones y horarios de los *nadzor*. Podré determinar las maniobras de vigilancia en toda la ciudad: FSB, *militsiya*, policía, nuestros equipos. El primer intercambio será peligroso, pero podemos hacerlo.

—Iremos con calma —intervino Gable—. Nos lo tomaremos todo con calma. De nada sirve que te consigamos comunicaciones si no podemos hacerlo con seguridad. —Sirvió más vino a Dominika—. ¿Recuerdas cuando hablamos en Grecia? ¿En aquel pequeño restaurante de la playa? Te dije que deberías establecerte, tomarte tu tiempo, crearte una reputación, encontrar un buen encargo, empezar a dejar clara tu autoridad. —Ella sonrió—. Bueno, has hecho todo eso y mucho más. Estoy muy orgulloso de ti.

Nate pensó que Gable sonaba como un padre que deja a su hijo en la residencia de un colegio con el motor del coche en marcha, pero ella sabía a qué se refería. Le dio una palmadita en el brazo.

—Bueno, *bratok*, he hecho algo más que ambos debéis saber —comentó según cogía la copa de vino. Pasó el dedo por el borde húmedo, arrancando una solitaria nota—. He contactado con un experto nuclear iraní; el caso es nuevo. Se llama Parvis Jamshidi. Está aquí, en Viena, en el OIEA. —Los agentes de la CIA se miraron; no les sonaba el nombre, pero parecía ser un objetivo que estaba en el top de la lista—. Le di algunas malas noticias, como se suele decir, le puse en un compromiso, y lo convencí de que cooperara.

Gable, el legendario reclutador, el canoso acumulador de trofeos, ladeó la cabeza rapada. Quería saber más.

—¿Cómo lo comprometiste? —preguntó Gable. Dominika lo miró con mucha calma.

—Le proporcioné un gorrión —dijo. Volvió a rodear el borde de la copa con los dedos, dejando esa nota en el aire. Se burlaba de ellos haciéndose la tímida.

—¿Qué gorrión?

—Mi gorrión. En un apartamento a unos diez minutos de aquí, cerca de su oficina en el OIEA.

Tomó un sorbo de vino.

—¿Cómo lo convenciste para cooperar? —preguntó Gable.

—Le mostré un vídeo en el que se le veía rompiendo las reglas de la *sharía*. —Comenzó a mover el pie.

—Lo que quiere decir...

—*Ramoner* —dijo la joven espía en francés—. Deshollinando la chimenea, sin parar, muy excitado.

Gable se echó a reír, incapaz de hablar.

—¿A qué ha accedido exactamente? —preguntó Nate.

—A una reunión, a un interrogatorio sobre el programa nuclear de su país. Es hostil, sin duda tratará de ocultar algunos detalles, pero al final cooperará. —Cogió un bombón y empezó a desenvolverlo.

—Una reunión informativa, ¿dónde? —siguió Nate. Los dos americanos se inclinaban ahora hacia ella.

—En el apartamento de mi gorrión. —Se metió el bombón en la boca.

—¿Cuándo será ese interrogatorio? —se interesó Nate.

—Mañana por la noche.

—¿¡Mañana por la noche!? —exclamó Nate.

—Sí —respondió—. Y tú vas a venir.

—¡Santo Dios! —dijo Gable.

ENSALADA OLIVER

Hervir las patatas, las zanahorias y los huevos. Cortar las verduras, los huevos y los pepinillos en dados de un cuarto de pulgada. Ponlos en un bol. Corta también en dados el jamón cocido o las gambas, o ambos, y añádelos al bol. Añade los guisantes tiernos. Sazona bien y añade eneldo fresco picado. Sírvelo con mayonesa recién hecha.

6

Gable dijo más tarde que no había oído hablar de tal táctica operativa: DIVA, una agente rusa reclutada, proponiendo que Nate, su control en la CIA, se haga pasar por un analista nuclear ruso de la Línea KR para reunirse juntos con la fuente iraní de DIVA. Si lo lograban, lo que la CIA obtendría sería una copia secreta de toda la inteligencia generada por el caso que se enviaba a la sede central de Moscú, un minucioso examen impagable del programa iraní.

—Por Dios, es la operación de falsa bandera más diabólica de la que jamás he oído hablar —dijo Gable según metía la ropa en la maleta. Había informado a la estación de Viena sobre la propuesta de Dominika para que, a su vez, informaran a Langley, y regresaba de manera inmediata a Atenas para hablar con Forsyth.

Lo que los agentes de la CIA no le habían dicho a su cautivadora agente rusa era que empezarían a estudiar las posibilidades de activar una acción encubierta con el componente secreto del cuartel general llamado División de Proliferación (PROD), cuyos virtuosos agentes concebían, desarrollaban y ejecutaban operaciones para combatir los programas de armas de destrucción masiva (ADM) en todo el mundo. Se trataba de una división ecléctica, poblada por funcionarios poco convencionales —físicos, operadores e ingenieros—, algunos de los cuales eran más o menos normales: los más extrovertidos de la PROD eran los que al hablarte miraban tus zapatos, nunca a la cara.

Al salir, Gable se detuvo en la puerta y se volvió hacia Nate.

—Sé que no tengo autoridad para hacerlo, pero doy luz verde a esto sin la aprobación del cuartel general. Sin miedo al riesgo, sin políticos, sin abogados... Forsyth y el jefe de Viena me respaldarán, pero esto significa que mañana no quiero ni una cagada. —Pegó su vehemente rostro al del agente—. Escucha, Nash, tienes que ser tan diligente como siempre soñaste ser. Mañana por la noche. No hay tiempo para ensayos. Cuando entres en ese apartamento con Dominika, ese gilipollas iraní tiene que creer que eres un puto ruso. Cualquier error y le faltará tiempo para chivarse a los suyos sobre un tercer hombre en la sala, tú, el analista; llegará a la sede central en cinco minutos y Dominika estará muerta. ¿Recuerdas lo que te dije en Atenas? Con la misma precisión que una camarera de bar laosiana. ¿De acuerdo?

Dominika miró a los dos hombres alternativamente.

—¿Siempre habla así? —preguntó—. ¿Qué es eso de Laos?

Gable se volvió hacia ella.

—Ya te he dicho lo contento que estoy de verte. Sin más, nos traes esta oportunidad única. Te has superado, pero no quiero que te descuides. Me gustaría seguir disfrutando del servicio de habitaciones durante los próximos cinco años.

—Gracias, *bratok*. Para mi organización, esto no es tanto, solo una *maskirovka*, un simple engaño. Los rusos somos buenos en esto.

Gable miró a Nate y a Dominika, sacudió la cabeza y salió al pasillo, cerrando la puerta tras de sí.

Ambos estaban de pie en medio de la desordenada *suite*, parecía una mañana de domingo después de la noche del sábado… Platos apilados por todas partes, servilletas en el suelo, botellas de vino bocabajo en cubiteras rebosantes.

—¿Qué quiso decir *bratok* con lo de Laos? —preguntó despreocupada mientras apilaba platos.

—Salgamos y demos tiempo para que limpien todo esto.

Ella lo miró con calma.

—¿Laos?

—No se trata de Laos, sino de una operación llevada con cuidado, todo bien pensado, sin errores.

—¿Con las chicas de barra? —preguntó de nuevo, dejando los platos en el carrito con ruedas.

—No, es una expresión que describe una coordinación estrecha, como abrazar a una chica. Joder, Domi, no puedo explicarlo ahora.

—Eres todo un *muzhlan* —le respondió con sequedad—. ¿Cómo se dice en inglés?

—Lo siento, no conozco esa palabra —dijo Nate. ¿A quién está llamando patán?, pensó.

—Es una pena dejar todo esto, pero tenemos que planificar lo de mañana por la noche. Quiero que conozcas los requisitos de la línea X, yo hablaré con el persa en francés, pero tú debes hablar solo en ruso. Puede que hable inglés, la mayoría de los científicos lo hacen.

—¿Cuántas páginas de requisitos hay? ¿Lo has traído tú misma?

—Cuarenta páginas, algunas con gráficos. Claro, lo traigo yo misma. No vamos a transmitirlas a través de la *rezidentura* en Viena. Este caso es *razdelenie*, confidencial por completo.

—¿Llevabas los requisitos de información contigo en el avión? —Nate negó con la cabeza—. Eso no es muy profesional. ¿Y si los pierdes?

No había querido criticarla, pero le preocupaban los flecos. Un accidente y las posibilidades de cobertura de Langley se irían al traste. Pero vio que sus ojos se encendían. Gable le había dicho en cierta ocasión que no existía un oficial de inteligencia en el mundo que no se enojara si se le acusaba de ser un chapuzas. Dile que hay un parquímetro junto a la cama de su hermana, pero no cuestiones su destreza profesional.

La voz de Dominika sonó como escarcha crujiendo en el cristal de una ventana.

—Yo no pierdo documentos. Y no me des lecciones sobre técnicas, señor Neyt. La profesionalidad de vuestra Agencia no es mejor que la de la nuestra.

Nate se tragó el «entonces, ¿quién reclutó a quién?», porque sabía que no era justo y porque, con seguridad, recibiría una bofetada en la cara. Gestor de agentes, señor agente de caso, pensó…, déjalo estar.

Pero ella no había terminado.

—Los rusos inventaron el espionaje —dijo agitando un tenedor hacia él—. ¿Conoces la *konspiratsiya*? Operar en secreto, sin ser detectados, lo que vosotros los americanos llamáis «el oficio», lo inventamos nosotros.

¿Inventaron el espionaje? ¿Y lo de los chinos en el siglo vi antes de Cristo? Levantó las manos en señal de rendición.

—De acuerdo, solo quiero que tengamos cuidado.

Lo miró de reojo, leyendo su halo púrpura, firme y brillante, decidió que (a) no la estaba menospreciando, y (b) de verdad lo amaba.

—Así que… ¿quieres estudiar la documentación?

—Sí, tendré que memorizar las cuestiones de la línea X. Gable no tendrá tiempo de enviar nuestros requisitos antes de mañana por la noche.

Solo los requisitos nucleares de la sede central serán información de alto valor para los analistas de Langley, pensó.

—Tenemos mucho trabajo —dijo Dominika haciendo una pausa.

—Y no pueden vernos juntos por la calle —añadió Nate. Más silencio.

—Podríamos usar mi apartamento, es seguro. Allí podemos seguir con la planificación operativa.

—Más discreto que esta habitación. Ve tú primero. Yo iré en media hora. ¿Cuál es la dirección?

—Stuwerstrasse 35. Apartamento 6. Ven en una hora.

—Te veré en una hora —dijo Nate con un nudo en la garganta.

—Llama con dos timbres cortos y uno largo. Entonces abriré —respondió ella sin apenas sentir sus labios.

—Entendido —aceptó Nate como un tonto; sonó como un piloto de pruebas.

Dominika lo miró mientras abría la puerta.

—Neyt, creo que está bien que seas un patán.

* * *

Cuando Dominika tenía cinco años empezó a ver los colores. Las palabras de los libros se teñían de rojo y azul, la música del violín de su madre iba acompañada de barras onduladas y áreas color granate y morado, y los cuentos en ruso, francés e inglés de su padre, que era profesor, revoloteaban con alas azules y doradas. A los seis años, un colega psicólogo de su padre la diagnosticó, en secreto, como sinestésica y observó en ella la rara capacidad adicional de leer las emociones y el estado de ánimo de las personas por las auras de colores que las rodean.

Su sinestesia la convirtió en una sola con la música y la danza, y se catapultó en la Academia Estatal de Coreografía de Moscú, destinada al Bolshoi. Una rival le rompió los huesos pequeños del pie derecho y acabó con su carrera como bailarina de *ballet* en una tarde. Vulnerable y a la deriva, fue reclutada para el SVR por su intrigante tío, entonces el subdirector del Servicio. Le propuso unirse al Servicio durante el velatorio de su querido padre.

Fue entonces cuando empezó lo otro, el *buistvo*, la ira, la rabia, el mal genio que surgía de ella como reacción al engaño y la traición a cargo del Servicio y de los engreídos burócratas que se apropiaron de su vida y la enquistaron. Hacía tiempo que Dominika había perdido el idealismo patriótico de su juventud. A la rabia se le superpuso la tristeza y el dolor, como solo un ruso puede llorar, amplio y oscuro, como las estepas, al ver cómo los sucesores del esclerótico Politburó soviético —los estafadores del KGB, y los oligarcas sedientos, y los señores del crimen, y el presidente con cara de póquer, con su característica mirada de reojo— han dilapidado el potencial de Rusia, han vendido el futuro y han despilfarrado el magnífico patrimonio de Tolstói, Tchaikovsky, Pushkin y Ulanova, la mejor bailarina de la historia, ídolo de la infancia de Dominika. Todo se hizo tras múltiples cortinas, haciéndose pasar por un Gobierno, un Estado soberano, todo detrás de las cortinas del Kremlin.

Sus padres habían encarnado el alma rusa —su padre, profesor de literatura, y su madre, concertista de violín—, pero habían sido triturados entre los morteros soviéticos y el de la mano de Stalin, confiando el uno en el otro, lejos del alcance del oído de la pequeña Dominika, caminando con cautela por la vida, igual que los ciudadanos caminan ahora por las calles de Moscú; diferente, pero igual; pagando con fatigas los sobornos e hirviendo el agua marrón del grifo y, fuera de Moscú, soñando con la leche y esperando la carne, y acaparando la querida lata de caviar para la Maslenitsa, la fiesta de fin de invierno, una celebración tan antigua como lo es Rusia, que trae la promesa primaveral de sol, calor, comida y cambio. Pero nunca llega. Nunca llega.

Entonces pasó por la Academia del SVR, después de haber inhalado el hedor desinfectante de la Escuela de Gorriones, y luego se le asignó el delirante primer destino en alta mar, Helsinki; su sinestesia se convirtió en una ventaja operativa. Podía leer los engaños y las sospechas en su propia *rezidentura*. Cuando conoció a los imperturbables agentes de la CIA que se ocuparon de ella tras su reclutamiento, leyó los halos de la constancia —el mismo color púrpura sincero que el de su padre— y, en el caso de Nathaniel Nash, el púrpura luminoso de la pasión. Pasión por la CIA, por su país y, tal vez, por ella.

Habían sucumbido al deseo, empujados por la tensión del espionaje de Dominika, por el temor de Nate de que le ocurriera algo. Se acostaron en contra de las reglas, haciendo caso omiso de todos los básicos de seguridad. Dominika intentó racionalizarlo pensando que al fin y al cabo ya estaba metida en el espionaje, así que una segunda bala en la cabeza por acostarse con el principal enemigo no sería demasiado importante. Cuando él dudó, escudándose en las normas, preocupado por tirar al traste su carrera, la ira y el orgullo de la joven espía no se lo habrían podido perdonar.

Casi un año después, la situación había cambiado. Su disgusto con los *zveri*, las malas bestias de Moscú, se renovó. Sabía que Zyuganov la liquidaría tan pronto como pudiera, pero sabía que el interés de Putin lo mantendría a raya, al menos durante un tiempo. Se preguntó con absoluta seriedad si tendría que matar a Zyuganov antes de que él la matara a ella. Y su furia al pensar en Korchnoi, abatido a tiros a pocos metros de la libertad, se arremolinaba descontrolada y sin freno en el pecho. Suponía que era normal sentirse atraída por los superiores de la CIA y sospechaba que aquellos sonrientes profesionales lo sabían, siempre lo sabrían. Se sintió satisfecha con el nuevo contacto con la CIA, y con Gable; él tenía razón, ella echaba de menos el juego. Y había pensado mucho en Nate. Lo último que le había dicho antes de volver a Rusia había sido que cuidaría de ella. Bien. Pero ella no volvería a insinuarse.

Se peinó en el pequeño cuarto de baño con el antiguo cepillo de carey con el mango largo que había pertenecido a su *prababushka*, a su bisabuela, en San Petersburgo. Lo había llevado con ella a la Academia, luego a la Escuela de Gorriones y en la primera gira por Helsinki. Era uno de los pocos recuerdos de su familia. Lo miró. El elegante mango curvo la había ayudado a liberar sus impulsos nocturnos de adolescente, sin ninguna vergüenza. Al entrar en la juventud, notó la aparición de su «yo secreto», otra parte de ella, sexual y nerviosa, que vivía en silencio en la habitación del huracán, atrincherada en lo más profundo de su ser, bueno, hasta que abrió la puerta.

Dejó el cepillo y se preguntó qué esperaba de una vida de espionaje, siempre al borde del abismo; de Udranka, que se aferraba a sus uñas; de Nate, serio y contradictorio; de ella misma.

El portero automático de la puerta de la calle sonó, rin-rin-riiin.

* * *

Trabajaron hasta el anochecer y luego lo dejaron. La mesa estaba cubierta de papeles. Dos vasos de agua habían dejado marcado el borde en las páginas de los requisitos de la línea X del SVR relativos a las temperaturas del gradiente térmico en los rotores de gas de las centrifugadoras de Irán en Natanz. Dominika se levantó de la mesa, se apartó el pelo de los ojos, se tumbó en el pequeño sofá de la esquina de la habitación y se quitó los zapatos.

—Tenemos una excelente oportunidad de éxito mañana.

—Si Jamshidi no ha cambiado de opinión —dijo Nate desde la mesa.

—No lo hará. No puede permitirse el escándalo. Y no puede resistirse a Udranka. Su lujuria es más fuerte que su miedo.

—Si se niega a cooperar, ¿cumplirás tu amenaza? —preguntó el americano—. ¿Lo entregarías a los mulás?

—Por supuesto. No puedo dejarlo como un farol. —Levantó la barbilla y apuntó hacia Nate—. ¿Tú no lo harías? ¿Qué harías si se negara a cooperar?

—No lo sé. Tratar de persuadirlo, apelar a su motivación como científico.

—¿Y si aun así se negara?

—Entonces intentaríamos que lo echaran del OIEA por algún cargo menor.

—¿Dejarlo regresar a su país sin tocar su reputación para que pudiera continuar con su trabajo en pro de la destrucción? —La joven movió los dedos de los pies y estiró las piernas.

—Dominika, en la CIA no eliminamos los objetivos de reclutamiento cuando rechazan el envite —dijo—. Esperamos y observamos, y volvemos pasado un mes, o un año, o cinco años. Además, no lanzamos el envite hasta que no estamos seguros del resultado.

Dejó de mover los dedos de los pies.

—¿Estabas seguro de mí? ¿Sabías mi respuesta antes de preguntar?

—No, no lo estaba. Contuve la respiración cuando empecé a hablarte de trabajar juntos. Pensé que sabía, esperaba saberlo, cuál sería tu respuesta. —Empezó a recolocar los papeles sobre la mesa—. Entonces las cosas empezaron a complicarse... —Es hora de callarse. Por Dios, se dijo a sí mismo. Empezó a mover los dedos de los pies de nuevo.

—¿Y lo otro —preguntó desde el sofá— fue parte de la operación, de mi reclutamiento?

El labio superior de Nate estaba un poco húmedo. Los papeles se le pegaban a las manos.

—¿Qué quieres decir con «lo otro»?

—¿A qué crees que me refiero? Cuando hicimos el amor.

—¿Tú que crees, Domi? ¿Recuerdas lo que te dije en Estonia antes de cruzar el puente de vuelta a Rusia? Dije...

—Dijiste que no teníamos tiempo para lamentar lo que me dijiste, que no había tiempo para que me dijeras lo que significaba para ti como mujer, como amante, como compañera, no había tiempo para que me dijeras lo mucho que ibas a echarme de menos...

Silencio. El sonido de un claxon en la calle.

Dominika miró sus manos en el regazo.

—¿He recordado bien? —susurró.

—Qué suerte para nosotros, en vísperas de nuestra reunión con Jamshidi, que tu impecable memoria no te haya fallado —dijo dejando de recoger los papeles y mirándola a los ojos—. Quise decir lo que dije.

Dominika torció la boca, reprimiendo una sonrisa, o quizás alguna otra emoción.

—Bueno, está bien volver a trabajar juntos —dijo ella con rapidez. La burbuja acababa de estallar. Ambos lo sabían. Era la única manera—. ¿Quieres ir a por una de esas horrendas salchichas y chucrut?

—¿Qué tienen de malo las salchichas? Me gustan.

—*Protivno*, asqueroso.

—Supongo que piensas que el *salo* es mejor.

Dominika se sentó y se irguió.

—Es que el *salo* es un manjar.

—Por favor, es tocino de lomo gordo, y los rusos lo comen frío y crudo, cuanta más grasa, mejor.

Dominika suspiró y sacudió la cabeza.

—*Nevinnyi*, qué poco sabes, casi tan poco como un crío.

—Tal vez deberíamos evitar la calle —dijo Nate.

—Conozco un restaurante con jardín cubierto, el Good Old Whale. Está en el parque. Podemos apartarnos del centro —dijo al verlo dudar—. Vamos *dushka*, yo vigilaré que no haya problemas y te protegeré.

Ella sabía que era buena, y también sabía que él era el doble de bueno que ella en la calle.

Nate empujó la puerta del edificio de apartamentos y salieron a la acera. Ninguno de los dos se dio cuenta de que el otro miraba al mismo tiempo hacia el otro lado de la calle y escaneaba ambos flancos mientras giraban para caminar hacia Prater, cruzando la concurrida Ausstellungsstrasse, utilizando el bulevar de doble carril para mirar a ambos lados y comprobar de nuevo si los estaban siguiendo. Dejaron atrás el tráfico y caminaron por la peatonal y arbolada Zufahrtsstrasse, ya dentro del parque, pasando por las casetas, las atracciones, las luces de colores y la gran noria de Prater, siempre visible por encima de la línea de los árboles, con sus vagonetas iluminadas con bombillas blancas. Dominika tomó el brazo de Nate mientras paseaban entre los olores de los dulces, los pasteles y las carnes asadas, mientras catalogaban las caras, las chaquetas y los zapatos para poder reconocer las repeticiones más adelante.

La noche de verano era fresca y agradable. El brazo desnudo de Dominika estaba relajado y cálido; Nate sintió la familiar presión —

deseo, ternura, lujuria— en la garganta y miró ese clásico perfil, reflejado en un centenar de luces que giraban; ella lo sorprendió mirándola y le tiró del brazo para que se comportara, y tiró de él hacia las mesas del restaurante bajo los tilos, Der Gute Alte Walfisch, La Buena Ballena Vieja; pidieron albóndigas de chucrut con mostaza, salchichas y col roja para Dominika, y Nürnberger Rostbratwurst con crema de rábano picante para Nate, y una botella de Grauburgunder, pero Dominika sacudió la cabeza y se negó a brindar cuando Nate levantó la copa.

—¿Qué pasa? —preguntó él dejando la copa sin haber bebido.

—Esto —dijo la exbailarina haciendo un gesto de barrido sobre los platos de la mesa—. En Rusia, los únicos que comen así son los *siloviki*, los gatos gordos que se lamen las patas y ronronean cuando nuestro querido presidente les rasca detrás de las orejas. Están en sus dachas, villas y balnearios. ¿Conoces el palacio de Putin en Praskoveevka, en el mar Negro? Robó fondos del hospital para construirlo.

Nate volvió a coger la copa de vino.

—Entonces... caos para los *siloviki*, Dominika Egorova los mantendrá despiertos por las noches, como los demonios del hogar rusos, ¿cómo los llamáis?, que viven bajo el suelo y no dejan de dar golpes en toda la noche.

Dominika levantó la copa y la chocó con la de Nate.

—*Barabashki*, los machacadores, los demonios malos, los *domovye*.

—Eres tú —dijo Nate tras sorber un poco de vino—. Eres tú, el *domovoi* en el palacio de Putin, bajo las tablas del suelo. Solo que él no sabe que eres tú.

—Muchas gracias, los *domovye* son malolientes y se comportan muy mal.

—Tú no hueles mal.

—Es curioso. ¿Todos los hombres de tu familia son tan encantadores?

—No vayamos por ahí. —Nate levantó la mano—. Hablemos de machacadores y golpear.

—¿Qué?

—Olvídalo.

Dominika se inclinó hacia delante.

—No, no puedes negarte. Ahora tengo curiosidad.

—Hablemos de otra cosa —dijo Nate mientras servía vino en las dos copas. Ella seguía mirándolo, incluso aunque él evitara su mirada.

—Se supone que debes mantener feliz y motivada a tu agente —dijo la capitana.

Nate respiró hondo.

—No es tan dramático… Dos hermanos, ambos mayores. Socios en el bufete de abogados de la familia. Mi padre es abogado, mi abuelo es juez. Mi bisabuelo fundó el bufete. En Virginia, en el condado de Dinwiddie, cerca de la capital de Richmond. El viejo sur. ¿Sabes lo que es?

Dominika asintió con la cabeza.

—La guerra civil. Abraham Lincoln. *Lo que el viento se llevó.* Sí, lo sé.

—Así es, buena película. —Nate palmeó la mano de su acompañante—. Fue una lucha continua crecer allí. Todo era competitividad. En la escuela, en los deportes; sobre todo mis hermanos, siempre estábamos peleando. Les gusta ganar, como a mi padre y a mi abuelo; a toda la familia le gusta discutir, a todos los abogados. Lo único que hacía mejor que ellos era nadar. Un verano saqué a mi hermano mayor a la orilla después de que su velero volcara. Supongo que le salvé la vida, pero cuando llegamos a la orilla empezó a luchar conmigo, yo era más pequeño que él, me arrojó de nuevo al lago y se fue a la casa. Supongo que agradecérmelo estaba fuera de lugar. Tenía que ganar.

»Mis hermanos se casaron con chicas respetables de viejas familias sureñas. Obedientes y gentiles. Todo era como había sido durante cuatro generaciones. Siempre ganando. Mis agotadas cuñadas se las arreglaban con pastillas y *bourbon*. Descubrí que la esposa de mi hermano mayor se vengaba de él acostándose con los idiotas de la fraternidad de Richmond. Podría habérselo escupido a la cara, como venganza por todos los golpes que me dio, pero eso sería una derrota para toda la familia, así que me lo ahorré y me marché a estudiar.

»Mi padre quería que yo también fuera abogado. Cuando, en lugar de eso, estudié ruso y luego elegí otra carrera, fue una grave crisis. Apostaron a que fracasaría y regresaría al calor del hogar en dos años.

Dominika bebió un sorbo de vino.

—Pero estás aquí, y me tienes a mí, somos agentes audaces, desesperados y peligrosos, salvando el mundo y planeando la destrucción del mal.

—*Imenno*, exacto —dijo Nate—. ¿Quieres esta última albóndiga de chucrut? Estoy cansado de hablar de mí.

—Toda tuya. Pero dime, Neyt, tú no odias a tu familia, ¿verdad? Nunca debes olvidar a tu familia. Siempre estarán ahí para ayudarte. Como mi madre siempre está para mí cuando la necesito.

—Pensaba que tu madre había fallecido hacía unos años.

—Así es, pero… siempre está cerca.

—¿Te refieres a su memoria? Por supuesto, recuerdas a tus padres. Todos lo hacemos.

—Sí, pero es más que un recuerdo. A veces puedo verla. Me habla.

Nate se recostó en la silla.

—¿Como un fantasma? ¿Debería redactar un cable para la sede central documentando la esquizofrenia episódica de DIVA?

—Deja de mirarme así. No soy una *sumasshedshiy*, una loca. Todos los rusos sienten una cercanía con sus antepasados y amigos. Somos espirituales.

—Ya veo. Es consecuencia de la botella diaria de vodka… ¿Ves otros fantasmas? —dijo en su acostumbrado tono neutral.

—Hubo una chica en la Escuela de Gorriones que murió, y mi amiga en Finlandia, la que desapareció. —Dominika se miró las manos.

—¿Era la antigua gorrión? —preguntó Nate. Dominika asintió.

—Sé que ordenaron su eliminación desde la sede central.

—Y ellos ¿hablan contigo?

Dominika se inclinó hacia delante, apoyando la barbilla en la mano.

—No se preocupe, doctor Freud, no estoy delirando, solo recuerdo a mis amigos; están conmigo en espíritu y me ayudan a sobrevivir los días que usted no está. Para mí, son como nuestras *rusalki*, las sirenas que se sientan junto al río y cantan.

—He leído sobre las *rusalki*, el folclore eslavo, pero ¿no cantan a los hombres para atraerlos al agua y ahogarlos?

—Suenan peligrosas, ¿verdad? —dijo Dominika con una pequeña sonrisa—. Pero esta noche no están, estás tú. —Le cogió la mano y se la apretó.

Una camarera rubia con un *dirndl*, un vestido de campesina tradicional, fue a recoger la mesa, inclinándose para recoger los platos y los cubiertos, sin prisa, mirando a Nate mientras alcanzaba la mostaza. El corpiño tradicional era escotado y la blusa le quedaba ajustada. En un brazo llevaba los platos en equilibrio, se arregló el pelo con la mano libre y le preguntó a Nate en alemán si querían algo más. Este sonrió y se limitó a hacer el conocido gesto de firmar la cuenta. Su sonrisa se desvaneció cuando se volvió hacia su compañera. Contrariado. Disgustado.

—Oh, vamos —dijo—, pensé que éramos agentes peligrosos salvando el mundo.

—¿Me quieres? —preguntó Dominika en ruso.

—¿Qué? ¿A qué viene eso? Solo es una linda camarera…

—Sabes que el Danubio no está tan lejos. Conozco a las *rusalki*. Te arrastrarán… —Dejó de hablar y miró por encima del hombro de Nate.

Él sabía que no debía volverse, entrenamiento básico, pero observó su rostro, esperando.

—Dos hombres. Manga corta. Uno alto y otro gordo —susurró ella.

—¿Con un estúpido sombrero tirolés el más bajo? —preguntó el americano.

Dominika lo miró impresionada.

—Muy bien... Estaban delante de nosotros cuando atravesamos el parque.

—Luego se detuvieron en un puesto de comida para dejarnos pasar —siguió él.

—Y pasaron por delante de nosotros cuando nos sentamos aquí.

—¿Qué hacen ahora?

Dominika se encogió de hombros.

—Pasear y comer helado.

—Tres coincidencias. Es hora de salir del parque —dijo Nate.

Pagaron y caminaron sin prisa en dirección contraria hacia la Messestrasse, parando en el bar del Hotel Messe para tomar una copa, saliendo por el jardín del hotel, cruzando hacia la galería del Messezentrum justo antes de cerrar, moviéndose en sentido contrario a las agujas del reloj hasta llegar a la salida de la Ausstellungsstrasse, y luego cruzaron a toda velocidad la calle en sentido contrario a las luces para entrar en el barrio de Dominika. No habían visto ningún movimiento extraño en respuesta a sus movimientos agresivos, ninguna carrera o cobertura paralela evidente, ni a pie ni en coche. Tampoco a Mutt y Jeff con el sombrero. Se detuvieron de nuevo en un bar de *schnaps* de la Arnezhoferstrasse, se sentaron y miraron a través del cristal de la puerta, cansados y un poco agitados, excitados por el ritmo de la calle, por el exaltador sonido, el movimiento y los gases de los coches. El subidón de la adrenalina de los posibles enemigos invisibles en las sombras se desvaneció. No había sensación de que los siguieran ni de enfrentamiento en la calle. Dominika se preguntó si él estaría tan «agitado» como lo estaba ella y si intentaría acostarse con ella. Le apenaba, pero no quería ser ella quien lo propusiera.

—¿Estás nervioso por lo de mañana? —preguntó ella. Sus hombros casi se tocaban, podía sentir el calor de su cuerpo a través de la camisa.

—No, creo que lo haremos bien. ¿Tú? —El halo púrpura latía sobre su cabeza.

—Supongo que el persa tratará de jugar un poco, pero es imposible que nos rechace. Tendré a mi gorrión en el apartamento. Hará acto de presencia como recordatorio de lo *shalun*, de lo travieso que ha sido Jamshidi.

—¿Has considerado —preguntó Nate— que si nuestra pequeña operación tropieza, si el científico da la voz de alarma, la sede central terminará queriendo saber si tu gorrión fue parte de esta operación de falsa bandera y cuánto sabía? Si esto va mal, la cortarán en miles de pedacitos.

La joven rusa se preguntó cuántos trocitos sacarían del metro ochenta y cinco de Udranka.

—No tiene dónde ir. No tiene a nadie.

—Deberíamos incluirla en un plan de extracción de contingencia si tenemos que abandonar el país.

—¿Harías eso?

—Ahora forma parte de la operación —respondió Nate. La preocupación por esa chica no es el único motivo, pensó. Si tenían que abortar la operación y marcharse, llevarse al gorrión evitaría que quedaran flecos pendientes. Aun así, ella no podía esconder que estaba conmovida. Le dedicó una sonrisa.

Se miraron; la mitad de sus rostros estaba débilmente iluminada por la luz de detrás de la barra. No se tocaron, no hablaron. Dominika podía sentir las chispas que saltaban en la distancia que los separaba, podía sentirlas en los latidos acelerados de su corazón. Recorrió su rostro con una mirada, sus ojos, la boca, el mechón de pelo que le caía sobre la frente. Él la miraba y ella imaginó la sensación de su piel contra ella. Se dijo a sí misma que no empezaría nada. No lo haría. Aunque lo necesitaba. Lo necesitaba para aliviar la carga que suponía una nueva vida como topo, traidora a su país, viviendo a un paso de la cámara de ejecución. Pero no lo hizo.

Nate la miró. Vio el temblor de sus labios. En Helsinki la habría abrazado y llevado a la cama. Ahora no. Ella acababa de volver de Moscú, estaba dispuesta a reanudar su trabajo como agente infiltrada. Nate no la pondría en peligro, no le faltaría al respeto a la memoria de MARBLE. Mientras miraba el cabello de Dominika a contraluz, pensó en lo que debía hacer.

Su aura púrpura, por lo general estable, constante, vaciló de repente en el aire de la noche. En un instante, la extraordinaria intuición de Dominika le dijo que él seguía luchando con su disciplina profesional, incluso cuando luchaba contra la pasión que ella podía ver en sus ojos. Sabía que no podría volver a soportar ver cómo se desvanecía la luz de sus ojos mientras yacían uno junto al otro en la cama.

—Hablaremos de cuidar a mi gorrión más tarde. Ahora, ambos necesitamos dormir.

—¿Quieres que me quede contigo esta noche? —preguntó pensando en la operación. Ella sabía lo que quería decir. La excitación de la noche había desaparecido.

—Creo que no, Neyt.

Pagaron la cuenta y caminaron por calles tranquilas hasta la puerta del edificio de Dominika. Nate la miró y el agente de caso que había en él supo lo que ella había decidido y por qué. Correcta. Prudente. Segura. Ella le dio un suave beso en la mejilla, se dio la vuelta y entró sin mirar atrás.

En su apartamento, con los ojos cerrados, Dominika estaba de pie con la espalda apoyada en la puerta de la habitación, abrazándose a sí misma. Pendiente de si escuchaba algún sonido abajo en la calle, el timbre del portero automático; ella abriría y esperaría a que él subiera al rellano y se tiraría a sus brazos.

Se descalzó, se sacó el vestido por la cabeza y se dejó caer en la solitaria cama, hundiéndose en el edredón de felpa, intentando no pensar en él, ni en los cabrones de la sede central, ni en la operación del día siguiente con Jamshidi —sería peligroso—, ni en los nervios que anticipaban problemas, ni en la humedad entre sus piernas que no desaparecía. Se dio la vuelta con un pequeño gemido, dudó, pero buscó el cepillo de *prababushka* en la mesita de noche, junto a la cama. El cepillo de su bisabuela. Lo tuvo en la mano, familiar pero prohibido. Sabía que en tres minutos podría estar temblando, con los ojos en blanco bajo los párpados temblorosos, y dos minutos después estar dormida. Buscó a algunos de sus amigos en algún rincón de la habitación, no había sirenas esa noche; solo estaba el recuerdo de Nate, y de su gesto serio y apenado cuando hablaba de sí mismo, y de sus ojos penetrantes cuando caminaban por las oscuras calles, y de su expresión al mirarla.

Con otro gemido, tiró el cepillo contra una esquina de la habitación. Se tumbó bocabajo y contempló la inquietante noche.

Albóndigas de Chucrut del Parque Prater

Sofríe las cebollas y el ajo picado en mantequilla, añade el jamón picado y la harina; cocina hasta que se dore. En un bol, mezcla el chucrut escurrido, el huevo, el perejil y el caldo de carne; añádelo a la sartén y cocínalo hasta que quede una pasta compacta. Deja enfriar. Forma bolas, pásalas por harina, luego por huevo y por pan rallado. Fríelas hasta que estén doradas.

7

Nate había tenido cierto cuidado con su disfraz de analista nuclear de la línea X del SVR. El disfraz para uso en el trato directo es tanto un arte como una ciencia; no es tanto el uso de un bigote falso o unas gafas, como la suma de una serie de pequeños detalles considerados en conjunto para dar una impresión y crear una imagen que permita al observador aceptarla como cierta y completarla en su mente. Al anochecer se reunieron en el punto de encuentro. Dominika examinó con detalle el resultado final.

Aprobó el corte de pelo que se había hecho esa mañana, corto en los laterales y más largo en la parte superior. La chaqueta sencilla de tres botones estaba de moda desde los Alpes hasta los Urales. La corbata que había elegido no era la adecuada («Ningún moscovita llevaría algo así»), así que decidieron que tan solo llevaría la camisa azul claro con el cuello de puntas largas desabrochado. Los zapatos eran polacos, con la punta plana y cuadrada, comprados en una tienda de saldos («Asquerosos —dijo Dominika—, asegúrate de que los vea»), y las gafas tenían cristales transparentes y monturas baratas de metal dorado. Estaba satisfecha con su aspecto.

Aquella tarde, Nate se había reunido con un oficial de la estación de Viena para un encuentro cronometrado de treinta segundos para que le pasaran un kit de disfraz de calle de la Oficina de Servicios Técnicos. El kit contenía una corona de dientes de oro, rollos de silicona para levantar los pómulos, cuñas para el interior de un zapato para crear una cojera, unas barras para teñir el pelo, bigotes y adhesivo líquido para pegárselo, un lunar para pegar en la cara y una pequeña botella de un producto químico (con aplicador) que crearía una mancha de vino de Oporto en el dorso de la mano o en el lateral del cuello por un tiempo. Decidió utilizar solo el último de todos ellos.

—Nada distrae tanto como un pequeño detalle —dijo Nate a una escéptica Dominika, que miraba la mancha del dorso de la mano izquierda de Nate—. Os perdisteis la *glasnost* porque estuvisteis mirando la cabeza de Gorbachov durante tres años.

—*Nekulturny.* —Resopló mientras giraban hacia el apartamento de Udranka. Ambos recorrieron de forma automática y sin palabras una ruta con giros, mirando a un lado y otro de la calle mientras cruzaban, aprovechando cualquier esquina doble para observar cualquier reacción, para terminar celebrando los dos que habían pasado desapercibido. En la calle, Dominika trabajaba duro, pero con algo de envidia observaba que Nate era impecable en ese ambiente.

Mientras subían en silencio las oscuras escaleras del edificio de Udranka, Nate cogió por la muñeca a Dominika; tiró de ella para tenerla frente a él, a mitad de la escalera. Se oían unos débiles ruidos procedentes de las puertas de los apartamentos.

—Antes de entrar —susurró—, quiero que sepas lo maravilloso que es trabajar de nuevo contigo. —Seguía sujetándola por la muñeca. Ella no respondió, insegura sobre lo que debía hacer o decir, de lo que eso significaba—. Esta operación, con el iraní, es muy acertada. Si funciona, podemos cambiar toda la ecuación.

Sonrió como un colegial, con su halo púrpura alrededor de los hombros.

¿Sellar esto con un beso?, pensó ella. No, no iba a arriesgar más su orgullo.

—Me gusta trabajar contigo —dijo Dominika cogiéndolo de la mano y mirando la mancha postiza—, aunque parezcas un *napevat*, un trol que vive bajo un puente. —Se liberó con suavidad del agarre de la mano—. Vamos, tenemos media hora antes de que llegue nuestro búho tigre.

En el apartamento, Udranka evaluó en silencio al americano, observando su esbelta figura, las manos y la línea de la mandíbula. Un gorrión evaluando una lombriz. Miró significativamente a Dominika, como si le preguntara qué tal era en la cama. La eslava llevaba un minivestido de color óxido, ceñido en el pecho y en las caderas, y unos tacones negros que le hacían parecer aún más alta. Mientras la exbailarina desmontaba el equipo de vídeo y audio en el armario oculto, Udranka se sentó junto a Nate en el sofá.

—¿Eres de Moscú? —preguntó en ruso.

—Sí, llegué anoche —respondió Nate. Había memorizado los horarios de Aeroflot esa misma mañana, previendo que Jamshidi podría hacer la misma pregunta.

—¿Has trabajado antes con Egorova? —Udranka no sabía que Nate era un agente americano. Lo mejor sería que nunca lo supiera.

—No, es la primera vez. —El agente estaba a punto de felicitar a Udranka por el trabajo que había hecho con el iraní, pero se detuvo. Ningún analista del SVR que estuviera centrado solo en el interrogatorio que estaba a punto de suceder se entretendría en esos detalles operativos.

Lo miró sentada en el sofá. Cruzó las piernas, los músculos de sus muslos se tensaron y se intuía el comienzo de las seductoras nalgas que comenzaban a ser visibles bajo el vestido.

—Hubiera jurado que ya os conocíais —dijo mirando a su compañera, que volvía a entrar en la habitación—. La forma en que entrasteis juntos... no sé.

—Dejemos las adivinanzas para más tarde, *devushka*, amiga —respondió sonriendo.

—Bueno, me gusta. Es guapo.

—¿Tú crees?

—Claro que sí, ¿no?

Nate abrió la mochila sin querer mirarlas a los ojos.

—Deja de hablar y trae la bandeja —dijo Dominika.

La esbelta mujer sonrió y fue a la cocina. Regresó con una bandeja con vasos y una botella de *whisky*. Se inclinó sobre la mesa baja ante el sofá para dejarla y le dirigió una prolongada mirada a Nate sacada del libro de tácticas. De repente comprendió lo que debía significar ser un cristiano en el antiguo Coliseo romano, esperando a los leones. Dominika lo observó todo, de gorrión a gorrión, y miró a Nate.

—Una vez *vorobey*, siempre gorrión —dijo la capitana y Udranka se rio, se irguió, entró en el dormitorio y cerró suavemente la puerta.

Estos rusos, pensó Nate, saben lo que hacen aprovechando esta singular fuerza de la naturaleza. Agradeció a Cristo que pronto estaría en plena operación. En ese momento se oyó un suave golpe en la puerta.

—*Gotov*?, preparado —susurró Dominika. Él asintió con la cabeza y empezó a mirar con detenimiento las notas sobre la mesa.

* * *

Llevaban dos horas con ello. El doctor Parvis Jamshidi estaba sentado en el sofá, con el cuello de la camisa desabrochado, inclinado con tensión hacia delante. Un maletín sobre un cojín a su lado, sin abrir. Había llegado enfadado, lleno de vanidad e indignación. Estaba preparado para escenificar un berrinche cuando vio a Nate sentado allí, pero Dominika, con dos suaves frases, le aseguró que el hecho de que hubieran enviado a un analista debía entenderlo como un gran cumplido, el reconocimiento de Moscú a su enorme talento. El persa aceptó el cumplido sin inmutarse. Aun así, mantuvo una actitud arrogante, surgida del miedo, y Dominika, sentada en el sofá a su lado, había empezado a establecer el control con dureza. El francés de Nate era básico, pero vio cómo la agente había hecho que el científico pasara del resentimiento a la aceptación de la situación a regañadientes, acariciando su orgullo profesional. Se deleitó en ello, hablando de ciencia, de la inevitabilidad del éxito iraní en el programa nuclear, de su brillantez en pleno juego de alarde de guacamayo. Dominika lo entendió, lo interpretó a la perfección, lo ató con fuerza. Después de los primeros quince minutos luchando con terminología nuclear técnica en francés, el científico le preguntó si hablaba inglés.

—Sí, por supuesto —respondió ella.

—¿Y tú? —preguntó el iraní mirando a Nate. Sentado en una silla al otro lado de la mesa de café, no reaccionó y siguió escribiendo en el cuaderno.

—Por desgracia, mi colega solo habla ruso.

Cuidado ahora, pensó Nate.

—Es lo que me esperaba —dijo Jamshidi volviendo a mirar a la capitana—. Conozco a alguien que puede tratarte esa mancha en la mano —dijo de repente; miró a Nate deseando que dejara de escribir por un segundo. Pero no ocurrió.

—Continuemos —retomó Dominika en inglés—. Estabas describiendo las salas de centrifugado en Natanz.

—Hay tres pabellones separados, denominados A, B y C —siguió el científico—. Veinticinco mil metros cuadrados por sala. Cubiertos por un techo reforzado y a una profundidad de veintidós metros.

Dominika tradujo.

Esto es una mierda de enciclopedia, pensó Nate, comprobando los requisitos de la línea X y deseando tener apuntes de PROD. Es hora de tirarle de la perilla. Se dirigió en ruso a su compañera.

—Conocemos la configuración de la planta de enriquecimiento de combustible —dijo con brusquedad y un poco de impaciencia el americano—. Sin embargo, solo conocemos dos salas. Pregúntale por la tercera sala. Es nueva.

Dominika le preguntó. Jamshidi se recostó y sonrió.

—Las salas A y B tienen cerca de cinco mil máquinas cada una. Solo una fracción de estas grandes cascadas funciona con cierta regularidad.

Nate se obligó a esperar para consultar sus notas hasta que Dominika terminara de traducir.

—¿Cuáles son los problemas de estas grandes cascadas? —preguntó Nate.

El científico se encogió de hombros.

—Hemos estado convirtiendo las primeras máquinas pakistaníes, las P-1 y las P-2. Estamos aprendiendo sobre la marcha. Nuestras propias centrifugadoras IR-1 son superiores, pero hemos tenido problemas para tener operativas las cascadas durante tiempos prolongados. —Nate esperó la traducción y esperó un poco más—. El año pasado sufrimos un accidente porque un técnico montó una máquina sin usar guantes estériles. —Miró a Dominika—. Las bacterias de sus manos, que se habían transferido al tubo interior, fueron suficiente para desequilibrar el mecanismo. Con la velocidad, el tubo reventó. Supongo que no tengo que describir el efecto dominó de un accidente en una cascada. Hubo otros problemas. El suministro de materias de hexafluoruro de uranio es desigual, y más dificultades operativas.

—¿Por ejemplo? —preguntó la rusa.

—Nos acosan los problemas externos de Irán. Embargos de materiales estratégicos, virus informáticos de los sionistas y del Gran Satán. —Miró a Nate como si sospechara algo—. Unos saboteadores desconocidos destruyeron cinco torres de alta tensión en el desierto, a las afueras de la central, hará unos tres meses.

—¿Y qué hay de la tercera sala? —preguntó Dominika. Jamshidi se incorporó.

—Es mi proyecto personal. Yo lo he concebido. La sala se está construyendo en absoluto secreto, siguiendo las especificaciones exactas. Está separada de las otras dos salas por un túnel y tres puertas blindadas. Estamos instalando suelo antisísmico. Una atmósfera filtrada y controlada. Es inexpugnable. Los inspectores del OIEA no lo conocen. —Alzó la barbilla como muestra de orgullo. Nate no reaccionó ni después de que ella le tradujera todo.

Esto sí es información, se está calentando.

—Continúa —pidió Nate—. Describe la función de la sala.

Jamshidi los miró, sonrió y, casi de manera imperceptible, negó con la cabeza.

—Este es mi proyecto. Te pasas de la raya.

Nate vio brillar los ojos azules de Dominika. Su voz era miel con un chorro de vinagre.

—Doctor, ya hemos hablado de esto. Tan simple como que no puedes parar ahora. Lo estábamos haciendo muy bien. Somos tus aliados y queremos proteger a Irán de esas fuerzas externas que usted describe y que te imposibilitarían tu trabajo. —Dominika se llevó una mano al bolsillo y consultó el teléfono móvil.

—Si quieres ayudar a mi país —dijo sonriendo—, entonces deberías terminar con esta pantomima. Estás pidiendo lo imposible.

—¿Qué puedo hacer para que cambies de opinión? Los lazos entre nuestros países son profundos.

—Por supuesto que sí. Rusia lleva siglos entrometiéndose en Persia —soltó Jamshidi.

Nate ya había llevado a cabo antes interrogatorios hoscos con agentes problemáticos. Había visto a Marty Gable levantar a un pequeño agregado chino por las solapas y plantar su trasero en la repisa de la chimenea en un piso franco, con las piernas colgando, y decirle que no le permitía bajar hasta que volviera a cooperar de nuevo. No es precisamente una técnica aceptada, pero pulsó algún botón de vergüenza asiática o de salvar la cara o algo por el estilo, y el pequeño hombre volvió a la silla en dos minutos, brindando con *mao-tai* con Gable, y cantando como una soprano.

Pero esto era diferente. Todos los agentes tienen barreras internas, y al parecer Jamshidi se había topado con una de las suyas: renunciaría al grueso del programa, pero no iba a hablar de su proyecto personal dentro de ese programa. Eso lo definía. La puerta de la habitación de Udranka se abrió, y ella entró en la sala, luminosa, con el pelo color magenta, con ese vestidito moviéndose como una piel de serpiente sobre su cuerpo. Nate creyó ver el fulgor del calor brillar en el ambiente, sobre su cabeza. Cuando pasó junto a él, pudo oler su aroma, Krasnaya Moskav, conocido en Europa como Moscou Rouge, el vil perfume rojo de Moscú, creado en 1925, el mismo año en que la OGPU de Stalin envió a las familias a los gulags.

Jamshidi la miró con la culpa en el rostro y apartó la mirada.

Se va a tirar un farol, pensó Nate.

Udranka pasó por delante del sofá, imponiéndose al científico, que se negó a mirarla. Entró en la cocina dejando un rastro aromático de cilantro y jazmín. Él siguió mirando a Dominika.

—Doctor... Todos somos humanos. Todos tenemos deseos y necesidades —dijo la capitana sin cambiar el gesto—. No te juzgo, pero me temo que los miembros de tu propia comunidad no serían tan comprensivos, ¿no crees? —Jamshidi no dejaba de mirarla—. Mucho menos esos estirados barbas grises, no quiero ser irrespetuosa, del Consejo Supremo. Y piensa en lo decepcionado que estaría el ayatolá. Cómo te censuraría. Y... lo que perderías...

El rostro de Jamshidi estaba pálido.

En el momento oportuno, la eslava regresó con vasos limpios y se inclinó para dejar la bandeja con un golpe metálico. Junto al *whisky* había un plato de pasteles dorados salpicados de pasas, *shirini keshmeshi*, que Dominika había pedido a Udranka que comprara en una panadería persa de la ciudad. El iraní se quedó boquiabierto cuando los vio. Ahí estaba, sentado con una chantajista de la inteligencia rusa, contando los secretos de su país, y esa prostituta le servía los dulces de su infancia.

Udranka se sentó en otra silla, justo frente a él, y cruzó las piernas. El persa se retorcía físicamente, negándose a mirar y conformándose con miradas fugaces llenas de culpabilidad. Nate se preguntó cómo se verían las cosas desde la posición de Jamshidi, justo de frente.

—Imagínese el alboroto que se formaría en la oficina del OIEA si Udranka, extrañando su presencia, hiciera una llamada preguntando por tu nombre de pila —dijo Dominika—. Estas cosas se llevan mucho mejor en absoluta discreción, por ejemplo, en este pequeño apartamento.

El gorrión serbio se inclinó para coger el vaso del científico y sirvió dos dedos de *whisky*. Bebió un sorbo y se lo dio a él. Miró la marca de carmín color mandarina en el borde del vaso y cerró los ojos. Dominika vio cómo su aura amarilla se desvanecía, se diluía.

Manual del gorrión, n.º 44, «Maximizar el impacto con una fuerte impresión visual, auditiva y olfativa», pensó Dominika mientras veía a su compañera caminar detrás del sofá, arrastrando una mano por los hombros del persa; arrastrando el olor como una flora de destructores echando humo; y desapareció de nuevo en el dormitorio haciendo sonar sus tacones. Nate se removió en la silla, mirando las notas con atención. Dios, qué máquina, pensó.

Silencio en la habitación. Jamshidi miró al americano y luego a la joven rusa, con el ceño fruncido, furioso, temeroso. Los ojos azul cobalto de aquella mujer sostuvieron la mirada del científico sin parpadear.

—La función de la Sala C... —dijo ella como si los encantos salvajes de un gorrión del SVR, un metro ochenta y cinco, no se hubieran mostrado ante las narices del científico en los últimos treinta segundos.

¿Qué teme más el iraní: exponerse a los mulás o perder los derechos de perforación en alta mar con Udranka?, se preguntó el agente de la CIA. Gable le dijo una vez que FEAR significaba *fuck everything and run*, que es lo que debería estar sintiendo en ese momento el hombre que estaba frente a él.

—La producción de enriquecimiento está, por lo general, estancada del nivel dos al cinco por ciento —dijo por fin de forma despectiva—. El rendimiento hasta la fecha es de unos seis mil kilogramos de uranio poco enriquecido, con isótopo 235. Durante cuarenta y ocho meses he presionado para dar el siguiente paso en el enriquecimiento del uranio, lanzando todos nuestros recursos para dar el salto crítico al veinte por ciento. Nuestra irregular experiencia técnica ha sido un obstáculo. El asesinato de científicos clave del programa a manos de los sionistas ha retrasado el avance. Solo hemos podido producir unos ciento diez kilogramos de uranio al veinte por ciento.

Jamshidi cogió el *whisky*, miró por un instante la marca del carmín y bebió un trago. Exhaló agotado y derrotado.

Nate miró a Dominika para ver si ella veía lo mismo.

—¿Y qué tiene que ver la Sala C con esto? —preguntó implacable.

—Recibí la autorización del Consejo para montar diez cascadas, mil setecientas máquinas, en una sala independiente. La Sala C es una maravilla técnica, diseñada con precisión. Se están trayendo nuevas máquinas. Un montaje de calidad, los mejores técnicos… El objetivo es gestionar una cascada modesta con un rendimiento fiable e ininterrumpido. —Dominika se lo repitió a Nate en ruso y este le dijo que le preguntara por qué razón lo hacía.

Otro sorbo de *whisky*.

—Estamos intentando aumentar nuestra limitada cantidad de existencias enriquecidas del veinte por ciento hasta el noventa por ciento, aunque solo sea suficiente para una sola arma. Cuando la Sala C esté completa, impulsaremos la producción. En términos industriales, estoy iniciando una carrera de producción, un *hojoom*, para enriquecer el uranio armamentístico. —Levantó la cabeza y señaló con la perilla a Dominika—. Mientras el mundo inspecciona nuestras instalaciones y Tel Aviv, Washington y Londres calculan los meses y años que tardarán los desdichados persas en alcanzar el éxito en el programa, Jamshidi, en la Sala C, entregará suficiente material para un arma, quizá dos, en muy poco tiempo, si Alá quiere.

Dominika tradujo para Nate, que escuchó inquieto el timbre de su voz, forzando el control.

—¿Cuándo empieza la carrera? —le dijo Nate a Dominika. Esta información va a sacudir a la Comunidad de Inteligencia, pensó; los políticos de la Casa Blanca y del Congreso mojarán los cojines de sus asientos, calculando frenéticamente las repercusiones.

—La cascada de *hojoom* se probará por etapas: rangos primario, secundario y terciario. Evaluaremos las características de rendimiento individuales de las nuevas máquinas a medida que se pongan en marcha, así como su capacidad colectiva para funcionar a pleno rendimiento en cascada durante largos periodos de tiempo. Esto llevará uno o dos meses a partir de que se acabe la construcción.

—Pregúntale si tiene las cifras de rendimiento actuales de cada máquina —dijo Nate. Miró los requisitos de la línea X en la sección de preguntas—. Se miden en unidades de trabajo realizadas por un proceso de enriquecimiento, SWU, pronunciadas «swooz».

—No tengo las cifras a mi alcance.

Mentira, pensó Nate. Un científico, sea iraní o estadounidense, puede recitar las cifras de memoria.

—Doctor, ¿puede darnos una estimación? —preguntó Dominika con una acidulada pausa en la voz.

El científico los miró a ambos, con una mirada oscura. Abrió el maletín y sacó un muy fino ordenador portátil, lo puso sobre la mesa y levantó la pantalla.

—Puede que tenga algunas cifras en mis archivos. —El ordenador se encendió con un sonido quejumbroso.

Me pregunto qué más habrá en ese disco duro, pensó Nate. Debe de estar repleto. Tal vez sea la hora de intentar algo más complicado. Sin que siquiera lo supiera Dominika, el dispositivo TALON había estado grabando todo el interrogatorio desde el interior de una delgada bolsa bandolera que colgaba del respaldo de la silla. Langley lo quería todo: la información, las voces, los requisitos rusos, el gorrión, incluso constatar lo bien que el activo DIVA interrogaba a un agente. Nate se sentía un poco culpable por haberla engañado, sobre todo porque el interrogatorio de falsa bandera había sido idea suya, pero esto era…, bueno, era trabajo.

Metió la mano en la bolsa como si buscara un bolígrafo, activó una función del TALON y puso la bolsa sobre la mesa, teniendo cuidado de alinear la parte inferior de la bolsa para que quedara orientada y lo más cerca posible del portátil de Jamshidi. Si lo había hecho bien, el TALON accedería al disco duro y descargaría la información mediante un enlace de infrarrojos a través de una tira acrílica transparente de IR a lo largo del fondo de la bolsa. El persa, ajeno a los acontecimientos, leía en la pantalla y murmuraba sin convicción:

—Tendré que reunir los valores de la SWU. No los tengo resumidos en estos archivos.

Está bien, hermano, pensó el americano, ya los tenemos.

—La próxima vez entonces —dijo Dominika—. Pero déjame repetir la pregunta: ¿cuándo se conecta la Sala C?

El halo amarillo del científico parecía parpadear, débil, fuerte. Está en conflicto, pensó, cada información expuesta le causa dolor. No podría seguir apretándole las tuercas mucho más. Se estaba debilitando. Empezó a pensar en una segunda sesión.

—No comenzaré las operaciones completas en la Sala C sin un periodo de prueba mientras integramos toda la cascada. Todavía debemos adquirir equipos estructurales especializados para garantizar un suelo estable.

Dominika lo tradujo.

—Detalles —pidió Nate a DIVA.

—Solo estamos en las primeras etapas. Los agentes de compras de nuestra Organización de Energía Atómica están sondeando los recursos de la industria.

Nate casi miró a Dominika, que le lanzó una mirada.

—¿Quiénes son esos representantes de la AEOI? ¿Qué países? ¿Cuánto tiempo? —preguntó la rusa. Jamshidi cerró con brusquedad el ordenador.

—Se acabó por esta noche… Necesito recoger más notas para darte la información que me pides.

Un retraso temporal aceptable por ahora, pensó la agente. Miró y asintió a Nate. Un agente que operaba arriesgándose era delicado, frágil, sobre todo en las primeras fases. Esa noche no lo presionaría más. Nate confirmó el gesto. Habían conseguido mucho.

—Muy bien, doctor —aceptó Dominika—. Queremos información, en concreto, sobre la futura adquisición de equipos estructurales. Nos reuniremos en siete días en este mismo apartamento, a la misma hora, ¿le viene bien?

—Supongo que sí —murmuró frunciendo el ceño. Metió el ordenador en el maletín y se levantó del sofá. Nate y Dominika permanecieron sentados, sin deferencias, sin respeto, dominándolo, mientras él se dirigía a la puerta.

Udranka volvió a salir del dormitorio en el momento preciso; lo ayudó a ponerse el abrigo. Nate y Dominika oyeron el tono bajo y la risa de terciopelo caliente de la serbia; le decía, en un francés almibarado, que lo vería la noche siguiente, que haría que olvidara ese asunto tan duro; jugarían a su juego favorito. Más risas. Un susurro. Jamshidi le dio las buenas noches y oyeron cómo se cerraba la puerta del apartamento, luego los tacones de la joven de regreso al salón. Se sirvió tres dedos de *whisky* y bebió un largo trago. Se quitó un zapato y después el otro; se descalzó ante ellos; sin expresión; con sus elegantes y delgadas piernas en una pose de modelo. Si hubiera sido una chimenea, habría dejado un rastro de vapor electrizado.

—Adivina —dijo Udranka. Ambos la miraron—. Quería volver esta noche, más tarde. ¿Os lo imagináis?

—Debe de haber sido por toda la charla sobre el uranio enriquecido... —concluyó Dominika.

Pasteles *Shirini Keshmeshi* con Pasas

Mezcla bien la harina, el azúcar, la mantequilla derretida, el aceite vegetal y los huevos. Añade el azafrán diluido en agua caliente, las pasas pequeñas y el extracto de vainilla. Mezcla bien. Pon cucharadas de la masa en una bandeja forrada con papel de horno y hornea a temperatura media hasta que se doren.

8

Dominika viajó a Moscú a la mañana siguiente y Nate voló a Atenas por la tarde. Un día después, en la estación de Atenas, tres nerviosos analistas de la PROD —ninguno de ellos mayor de veintisiete años— habían revisado la descarga (satisfactoria) del ordenador portátil de Jamshidi, junto con la transcripción traducida del interrogatorio. El subjefe Gable, el jefe Forsyth y Nate estaban sentados en el recinto insonorizado de la estación, escuchando la lectura preliminar.

—Algo de esto va a ir directo al informe diario del presidente —dijo un analista llamado Westfall. Tragó saliva cada tres segundos; la nuez de Adán se movía cada vez—. Hay muchos datos: valores de producción, índices de enriquecimiento, *stock* de alimentación. El elemento principal de la PDB, sin duda. La descarga del portátil fue impresionante.

—La información sobre el tablero de producción de la Sala C va a sacudir nuestras evaluaciones de Washington hasta Tel Aviv —dijo Barnes, otro analista—. Los israelíes estarán encantados. Esto confirma sus estimaciones. —El envoltorio de una chocolatina sobresalía del bolsillo de la camisa. Se colocó las gafas en su sitio.

—Hemos preparado los requisitos de seguimiento para la reunión de la próxima semana —dijo la tercera analista, repiqueteando con el bolígrafo sin parar. Se llamaba Bromley y era pelirroja, con ojos verdes. Sería bonita si no fuera por los brákets, pensó Nate. Tenía la cara brillante por el sudor. Gable la miró con el ceño fruncido.

—¿Quieres dejar el bolígrafo, cariño? —dijo Gable—. Puede arder en cualquier jodido instante.

—Lo lamento —respondió Bromley con la cara en ebullición.

A su lado, Westfall tragó saliva y dijo:

—Claustrofobia.

—¿Qué? —preguntó Gable.

—Miedo a los espacios reducidos —explicó Barnes.

—Sé lo que es la claustrofobia.

—A Bromley no le gustan las habitaciones cerradas —aclaró Westfall mirando las paredes de plexiglás del ACR—. Esta habitación la pone nerviosa.

Bromley volvió a coger el bolígrafo, pero se detuvo ante la mirada de Gable.

—¿Y los aseos de los aviones? —preguntó Gable a Bromley.

Los tres analistas negaron con la cabeza.

—Por supuesto que no —respondió ella.

—Supongo que eso descarta el Mile-High Club —dijo Gable. Los analistas se miraron entre sí—. Olvidémoslo...

Forsyth agitó un papel.

—Chicos, ¿podéis destacar las preguntas más importantes que Nate tiene que hacer a la fuente? ¿Cuáles son las piezas que faltan?

—La fiabilidad de las mil setecientas máquinas que trabajan en cascada, esa es la clave —dijo Barnes—. Los resultados de las pruebas de rendimiento.

—Podrían ser curvas de enriquecimiento una vez que la cascada comienza a trabajar —añadió Westfall.

—Podrían ser —convino Barnes—, pero no olvides los valores de la SWU.

Nate pudo sentir cómo Gable, sentado junto a él, empezaba a hartarse.

—En un jodido idioma que entendamos, por favor.

Westfall se incorporó y tragó saliva.

—La tinta de una cascada de centrifugadoras es un denso bosque de tubos de dos metros, miles de tubos. Cada centrífuga está encerrada en una carcasa exterior, y en su interior gira a unas estrepitosas diecisiete mil revoluciones por minuto, perfectamente equilibradas. La fuerza centrífuga separa el uranio 235 más puro, el cual se bombea y alimenta la siguiente centrífuga de la línea, y así sucesivamente, en un proceso repetitivo de purificación en cascada. Cuanto más puro es el uranio 235, más enriquecido está. En una gran cascada el enriquecimiento de uranio aumenta de manera constante, hasta dos, veinte, ochenta por ciento. Noventa por ciento es el grado para armas, material listo para ser usado en cualquier dispositivo.

—Un dispositivo, ¿tal vez una bomba nuclear? —preguntó Gable.

Barnes asintió.

—Todo el proceso es un poco más complicado, porque tienes hexafluoruro de uranio, uranio 238 y...

Gable levantó la mano.

—Vale. Tengo todo lo que necesito saber.

—Así que lo que es crítico en este nuevo desarrollo, esta Sala C secreta de Jamshidi, es la tasa de enriquecimiento que puede manejar, ¿verdad? —intervino Forsyth.

—No —dijo Bromley inclinándose hacia delante. Parecía que había olvidado la incomodidad—. Hay algo especial, lo están construyendo de forma diferente a los otros pabellones.

Los otros dos analistas la miraron y asintieron con un gesto.

—Mencionó un diseño avanzado —puntualizó Barnes.

—Quiere que la Sala C sea fiable, sin interrupciones de producción —dijo Westfall—. Según lo que le dijo la fuente durante el interrogatorio, van a incluir un suelo antisísmico.

—¿Qué es un suelo antisísmico? —preguntó Nate.

Los analistas se miraron, con una ligera sonrisa en sus labios, como si acabara de preguntar qué son los videojuegos.

—Una sala de cascadas tiene que tener un suelo nivelado y plano con una precisión de una diezmilésima de pulgada en muchos metros cuadrados —explicó Bromley—. La cascada también debe estar aislada de las vibraciones causadas por los terremotos.

—Natanz está en una zona de terremotos —dijo Barnes.

—La zona de la falla de Kazerun —dijo Westfall—. Lo hemos investigado.

—Es una zona de falla de corrimiento —siguió Bromley—. Eso significa...

Gable levantó la mano.

—¿Tenéis una receta para el pastel de cerezas? —Los tres analistas se miraron y negaron con la cabeza—. Sigue adelante.

—Después de leer los datos descargados de Jamshidi, empezamos a buscar en los suelos industriales reactivos a la alta tolerancia —dijo Bromley mirando a Nate—. Es bastante sofisticado, construido para laboratorios y silos de misiles y talleres de maquinaria de precisión.

—Dinos —invitó Nate.

—Para simplificarlo —dijo Westfall mirando de reojo a Gable—, hay un esqueleto de vigas de aluminio sobre el suelo de nido de abeja que se controla mediante medidores de tensión piezoeléctricas, que miden la deflexión estructural...

Gable se pasó los dedos por el pelo cortado a cepillo.

—Pastel de cereza, chicos. Hacedlo simple.

—Los sensores informatizados detectan los movimientos de la tierra y mueven con extremo cuidado las vigas y viguetas de aluminio para mantener el nivel del suelo —explicaba Barnes—. Si hay olas de frío, pequeños temblores o grandes terremotos, el suelo se ajusta y se mantiene nivelado; las cascadas de la Sala C siguen girando.

—¿Cuánto tiempo tardará Irán en conseguir uno de estos pisos e instalarlo? —preguntó Forsyth.

—Depende de muchas cosas —respondió Bromley—. Tenemos que averiguar dónde compran los iraníes, son buenos para ocultar su actividad de compra, e identificar la empresa exacta que fabrica el suelo. —Hizo un clic con el bolígrafo mientras pensaba—. Es probable que tengan que montar y probar el suelo en la fábrica; luego desmontarlo, empaquetarlo y enviarlo.

Nate miró a Gable, pensando que DIVA tendría que intentar averiguar lo que necesitaban.

—¿Cómo de grande es el envío? —preguntó.

—Habría que enviarlo por mar —respondió Bromley—. La Sala C tendrá ochenta mil pies cuadrados, algo así como la superficie de veinticinco pistas de tenis. El suelo, las vigas, los sensores, el cableado…, todo forma un gran paquete. No es tan pesado como voluminoso.

—Bien, entonces encontramos la compañía que construye el piso para los persas… ¿y después? —preguntó Forsyth.

—Lo «prodificamos». —Rio Bromley mirando encantada a sus colegas. Barnes ahogó una carcajada.

—¿De qué coño estáis hablando? —dijo Gable.

—Los prodificamos. —Rio de nuevo Bromley—. ¿Como en la División de Proliferación? ¿PROD?

—Es una broma interna de la División —aclaró Westfall. Tenía la cara roja. Gable frunció el ceño.

—Nos referimos a que llegamos al cargamento en la fábrica o en el almacén y alteramos el equipo antes de que llegue a Irán. Lo prodificamos —insistió Bromley con una sonrisa.

—¿Qué significa en este caso «alterar»? —preguntó Forsyth.

—Es bastante técnico —respondió Bromley—. Hemos estado pensando en algo bastante complejo.

Gable se inclinó hacia delante.

—Cariño, hay tres tipos de personas: las que son buenas en matemáticas y las que no. Hazlo sencillo.

Nate observó a los técnicos para ver cuál de ellos haría la inevitable pregunta. Gable estaba poniendo en práctica el viejo truco lingüístico para medir la rapidez mental de un interlocutor que utilizaban los agentes de caso.

—¿Cuál es el tercer tipo? —preguntó Barnes. Bromley le puso la mano en el brazo y negó con la cabeza.

—A ver, desde finales de los ochenta, Irán se volvió inteligente —siguió con la explicación Bromley—. Han dejado de comprar ordenadores a Occidente. Inspeccionan todo lo que importan del exterior. Lo que no pueden fabricar en el país, lo consiguen bajo cuerda. —Empezó a tamborilear con el bolígrafo de nuevo, sin prestar atención a la fiera mirada de Gable. Sus ojos se nublaron al fijar la vista en un punto de la pared de plexiglás sobre la cabeza de ese hombre—. Lo están poniendo todo bajo tierra, lejos del alcance de las bombas, sin que lo localice la telemetría de los satélites u otro tipo de radares. La Sala C se encuentra tras unas puertas blindadas, el aire está controlado y filtrado, mil setecientas centrifugadoras no paran de zumbar, y el uranio enriquecido fluye por las tuberías. Todo eso sobre un suelo de aluminio que es casi un ser vivo, que se mueve y desplaza imperceptiblemente, conservando la cascada a nivel. Están fabricando un arma nuclear. —Se removió en la silla y miró a Gable, parpadeó—. Están fabricando un arma nuclear.

—Bienvenida —dijo Gable entrecerrando los ojos—. ¿Has tenido un buen viaje? —Bromley lo miró con detenimiento.

—Entendemos la idea —rompió el ambiente Forsyth—, pero ¿qué es lo que tenéis en mente?

—Todavía lo estamos discutiendo —empezó a hablar Westfall tras tragar saliva un par de veces—, pero estamos pensando en sustituir algunas de sus vigas de aluminio bajo el suelo por las nuestras. Querríamos hacerlo en la fábrica, antes de que todo se envuelva para enviarlo.

—Sustituir, ¿cuántas vigas? —preguntó Nate a Westfall pensando en la logística para entrar en los almacenes.

—Tendríamos que calcularlo. Tal vez un centenar de miles. Cada viga es de cuatro pies de largo y son muy ligeras.

—Entonces... —volvió a intervenir Gable— cuando nuestras vigas estén medio terminadas, ¿las metemos para que doblen y jodan el suelo?

Westfall negó con la cabeza.

—Los iraníes inspeccionarán cada pieza, cada ajuste, cada sensor..., rayos X, espectroscopio, comparación de pesos. Los haces sustitutivos tienen que ser idénticos. —Su expresión indicaba que serrar las vigas era primitivo e inapropiado, algo así como Gable.

—Hablar con vosotros es como entrevistar a uigures en una yurta —dijo Gable, que había entrevistado uigures en una yurta—. ¿Podéis explicarnos todo eso de las vigas de sustitución en los próximos cuarenta minutos?

Barnes estaba haciendo garabatos en una hoja de papel.

—Pensamos fundir las vigas de sustitución con una amalgama, es decir, con una mezcla de aluminio, escandio y fósforo blanco, con el mismo peso que las vigas de fábrica. El escandio aporta una densidad igual a la de las vigas originales, y el fósforo blanco como agente incendiario.

—¿Willy Pete? —dijo Gable en un susurro porque había visto el fósforo blanco en funcionamiento en Laos. Barnes siguió garabateando.

—El WP tiene un punto de ignición muy bajo, unos treinta grados Celsius, pero arde a poco menos de tres mil grados. —Miró alrededor de la mesa—. El aluminio arde a unos doscientos grados. Actuaría como combustible en una combustión de WP.

—Eso va a necesitar una mecha bastante larga —apostilló Gable.

—El escandio elevará el punto de ignición del WP a niveles más seguros, doscientos grados, pero los haces tendrán que arder sin necesidad de un sistema externo. Es decir, sin temporizadores, sin *software*, sin interruptor TOW…

—¿Interruptor TOW? —preguntó Nate.

—Conmutador de tiempo-de-guerra, idiota —dijo Gable, que sabía de lo que hablaba.

—Así que los persas instalan el suelo después de inspeccionarlo y ¿qué hace que se incendie? —preguntó Forsyth.

—Las ondas S de un terremoto, la venganza de Dios —dijo Barnes.

—Prueba con sílabas más cortas —dijo Gable.

—También hemos estado leyendo sobre terremotos —respondió Westfall con una sonrisa irónica—. Los choques sísmicos son ondas P, profundas, u ondas S, superficiales. Ambas se producen durante un terremoto, pero son las S las que sacuden las cosas. —Miró a Barnes, que estaba garabateando líneas onduladas.

—Las bandas extensométricas que detectan el movimiento sísmico son, en esencia, transductores eléctricos. Las ondas S las harán chispear, produciendo la electricidad que suele formar parte del suelo reactivo y flexible, pero, en nuestros cien haces de amalgama, las chispas iniciarán la ignición del fósforo blanco. Todo el aluminio se convierte en combustible, incluidos los rotores y las carcasas de las centrifugadoras.

—Acero estructural, cableado, tuberías, hormigón, escritorios, sillas y personas… Todo se convierte en combustible —concluyó Barnes dejando el bolígrafo.

—La Sala C se convierte en una barbacoa medio caliente como la superficie del sol —susurró Bromley.

Nadie dijo nada durante un minuto.

—¿Cómo se os ha ocurrido esto? —preguntó Forsyth. Los técnicos se miraron unos a otros.

—En esencia, fue su idea —respondió Westfall mirando a Bromley.

—La conclusión es que la Sala C parecerá un Jackson Pollock —dijo Nate.

—¿Quién es Jackson? —preguntó Bromley.

—Ya sabes —dijo Barnes—, el tipo de la tienda de armas nucleares en el Departamento de Energía.

—Es Johnson, no Jackson —dijo Bromley.

—Está bien, chicos —cortó Forsyth sonriendo.

—Voto por dejarlos a los tres en la línea de la valla en Natanz —propuso Gable—. Irán se rendirá en menos de tres jodidos minutos.

Los analistas parecían encantados con el cumplido de ese rudo hombre de operaciones.

Gable miró a Nate.

—¿Entiendes lo importante que es esto? El programa nuclear iraní, ¿verdad? Suficiente HEU, uranio altamente enriquecido, para una bomba, en un año. Asegúrate de que ese macho cabrío te diga dónde están comprando este equipo. Casi nada.

Nate asintió.

Barnes sacó una chocolatina del bolsillo, peló el envoltorio y le dio un mordisco. Gable lo miró desde la silla.

—Lo habéis hecho bien. Dame un trozo de eso.

* * *

El cable del cuartel general de Manipulación Restringida a la estación de Atenas, redactado por Simon Benford, con su característica forma de escribir —un estilo que un analista de la Dirección de Inteligencia describió en su día como «novela de tintes victorianos»—, llegó varios días después de que los analistas de la PROD regresaran a Washington.

119

1. Felicitaciones a la estación y al oficial del caso, Nash, por el significativo primer interrogatorio del científico iraní Jamshidi. La información sobre la instalación nuclear de Natanz y los planes de la AEOI para la aceleración del proyecto de centrifugado se comunicó a altos responsables políticos.

2. Instar a la estación a que averigüe los plazos de construcción iraníes, e informe de cualquier compra internacional pendiente de suelos sismorreactivos. Se están examinando las posibles oportunidades de acción encubierta y se están revisando las tecnologías disponibles. El proyecto de acción encubierta ha sido encriptado BTVULCAN y está reservado a los canales de gestión restringida.

3. El cuartel general está muy satisfecho con el nuevo contacto de GTDIVA. Elogien a GTD por su vigilancia e iniciativa al reconocer el potencial operativo de BTVULCAN. Aunque es imperativo que DIVA no ponga en peligro su seguridad, la información sobre los mandos de alto nivel del Gobierno de Rusia (GOR) y sus planes e intenciones sería de interés crítico.

4. Anticiparse con urgencia a la inteligencia, ya que DIVA está al tanto de las decisiones y acciones del GOR, lo que hace necesario el manejo interno del activo en Moscú. Dada la presencia continuada de DIVA en Europa durante la próxima semana, C/CID solicita una reunión en dos días en un lugar seguro de Viena con el activo y los responsables. Solicitar el apoyo de la estación de Viena.

* * *

Tres días después de su regreso a Moscú desde Viena, Dominika fue trasladada a toda velocidad en un Mercedes oficial por la autopista Rublevo-Uspenskoe al oeste de Moscú. Zyuganov se sentó en el lujoso asiento de atrás junto a ella, llenando el interior del vehículo de una nube negra de hollín, de resentimiento y bilis que debía estar saliendo en espiral por las ventanillas del coche, como si la tapicería estuviera ardiendo.

El informe preliminar de Egorova sobre la reunión con Jamshidi había sido recibido con entusiasmo por la línea científica X, que remitió los puntos más destacados al Kremlin, al Ministerio de Defensa y a los especialistas nucleares de Rosatom. Como no se había hecho ninguna grabación de la reunión —todos los expertos en la materia sabían que no hay que asustar a una nueva fuente con una grabadora, oculta o no—, tuvo que presentar los resultados en persona. Los peces gordos del Kremlin, ministros, generales y burócratas, quedaron prendados de la espía de ojos azules. Había causado sensación.

Zyuganov se había enfurecido porque su subordinada había sido llamada varias veces a la oficina del director, una de ellas sin su presencia. Entonces había llegado esta convocatoria de la Secretaría del presidente. Gracias a Dios, el coronel estaba incluido, pensó la espía. Podía sentir el resentimiento del enano ardiendo como un ladrillo caliente envuelto en lana.

Conducido por un gorila uniformado con las orejas rojas, el coche salió del Rublyovka en la ciudad de Barvikha, pasando por las puertas de hierro del famoso sanatorio, levantando polvo por un camino de tierra que bordeaba un lago, pasando por una veintena de dachas de madera entre los árboles y, por fin, frenaron ante la puerta del castillo de Barvikha, una de las residencias de verano del presidente.

Condujo más despacio por una callejuela frondosa hasta que el camino pavimentado con piedras rosas salió del bosque y bordeó un pequeño y elegante jardín con una única fuente. Una ligera lluvia oscurecía las grises torres cónicas del castillo —era más un castillo que un *château*, pensó Dominika— cuando se detuvieron en una entrada situada en la base de una de las torres. Un mayordomo vestido de blanco esperaba en lo alto de los escalones. Había media docena de coches negros aparcados en la entrada: Mercedes, BMW, un Ferrari con morro de tiburón. Zyuganov se bajó del coche y dijo un nervioso «vamos» mientras subía los escalones. La burbuja negra palpitaba de excitación.

El enano iba vestido con un traje marrón que no le quedaba demasiado bien, confeccionado como si pretendiera esconder una joroba. Una camisa de color crema, una corbata marrón anudada con descuido y unos zapatos marrones completaban el *look* del oso. Dominika se alegró de no vestir de marrón. Había elegido un traje azul marino y unos tacones bajos como apuesta segura. No nos van a invitar a jugar al croquet, pensó. Como de costumbre, se había recogido el pelo; la única joya que llevaba era un fino reloj de pulsera con una correa negra.

Caminaron por el crujiente suelo de parqué antiguo, por un pasillo muy iluminado, hasta llegar a una pequeña sala de recepción, opulenta, con una espectacular alfombra de Kashan, una lámpara de cristal, paneles de madera de relieve en las paredes y pesados sillones tipo club con enormes brazos curvados, tapizados con un rico brocado verde salpicado de oro. *Podletsy*, canallas, pensó Dominika; los herederos de la Rusia moderna siguen decorando sus palacios como los zares. El ayudante los dejó solos, con la puerta del pasillo abierta. Se oyó el sonido de otra puerta que abría cerca, y salió el zumbido de las voces de los hombres, el ruido de los pasos llenó el vestíbulo. Entonces entró en la sala el presidente Putin, seguido de un hombre de baja estatura, con un traje de color rojo. El presidente vestía el habitual traje oscuro, camisa blanca resplandeciente y corbata azul.

—Coronel Zyuganov, capitana Egorova —dijo el presidente estrechándoles la mano. La misma aura azul hielo, firme, espeluznante. No presentó al otro hombre, que tenía la nariz aguileña, las cejas oscuras y el pelo gris ondulado. Parecía tener unos sesenta años, el traje, con un corte perfecto, en color crema, ocultaba casi por completo lo que parecía ser una barriga prodigiosa. Estaba de pie, en calma, a un lado, con las manos en la espalda, un manto amarillo y vaporoso sobre la cabeza y los hombros. Engaño, codicia, *obzhorstvo*, gula.

—He leído el informe sobre el interrogatorio del iraní —dijo Putin a Dominika—. Un buen primer encuentro.

Dominika pudo sentir que Zyuganov se removía a su lado.

—Gracias, señor presidente. La orientación operativa del coronel Zyuganov fue esencial para sacarle la información. —No miró al coronel.

—Seguro que sí —respondió el presidente mirando al aludido—. Quiero que siga con ese científico y el asunto de la zona especial para la sala secreta de centrifugado.

—A partir de hoy es una prioridad, señor presidente —dijo Zyuganov dando un paso al frente. Dominika se preguntó por qué el presidente se involucraba en asuntos puramente de inteligencia y, más en concreto, por qué hablaba de detalles operativos delante de un desconocido. Sin embargo, no se le pasaba por la cabeza preguntárselo. Al parecer el coronel no tenía las mismas reservas que ella a la hora de hablar delante de un extraño—. La Línea KR determinará qué tipo de equipo requieren los iraníes y con quiénes negocian.

—Por supuesto. Puedo decirle que nos gustaría examinar de cerca esta actividad de adquisición —siguió Putin—; si podemos determinar las intenciones iraníes, quizás haya una oportunidad comercial para Rusia.

Ochevidno, obvio. Dominika lo entendió al instante. Putin pretendía utilizar la inteligencia del SVR para tratar de asegurar un gran acuerdo de equipamiento para un amigo, y una parte considerable de la transacción iría a parar a una de las abultadas cuentas del presidente en el extranjero. Su halo azul era firme. El sentimiento de culpa no entraba en sus planteamientos.

—Les presento a gospodin Govormarenko —dijo el presidente medio volviéndose hacia el hombre bajito—. Está asociado con Iskra-

Energetika. Coronel, quiero que lo ayude a ponerse en contacto con los representantes de la AEOI.

La capitana reconoció el nombre, un antiguo jefe de partido de Leningrado, un aliado de Putin, ahora con un valor personal de noventa mil millones de rublos. Un traje parisino, zapatos londinenses y, sin duda, calzoncillos manchados. Aquella niebla amarilla flotaba a su alrededor como el humo de un puro en una habitación cerrada.

—Por supuesto, señor presidente —aceptó Zyuganov asintiendo hacia Govormarenko—. Podemos contactar con rapidez a través del representante de la inteligencia de Irán en Moscú. Tengo un enlace directo con el MOIS.

—Hágalo como quiera —cortó el presidente—, pero es importante actuar con rapidez.

—Disculpe, señor presidente —intervino Dominika—, sospecho que hay poco tiempo para que gospodin Govormarenko satisfaga las necesidades iraníes de materiales de construcción tan sofisticados. Tienen prisa.

—Gracias, capitana —dijo Zyuganov para impedir que la capitana se relacionara más de cerca con Putin—. Estoy seguro de que podemos tomar esas decisiones en Moscú.

—Si no hay tiempo para satisfacer a estos persas —habló Govormarenko mirando a Dominika—, ¿qué sugiere? —Su voz era áspera y ronca, marcada por décadas de alcohol de fusel en vodka de barril. Zyuganov se puso rígido a su lado, se trataba de su relato, y ella pudo sentir el húmedo batir de sus alas de murciélago negro.

Miró un instante al hombrecillo que había descubierto que golpear la punta de los dedos de los pies de una mujer generaba más dolor, cuyo rostro estaba ahora mojado por la urgencia del adulador, y supo que él también había participado en el asesinato de Korchnoi. En un instante, Dominika decidió no ahorrarle disgustos a ninguno. Miró a Putin con un frío helador subiéndole por la garganta, recordando lo que su abuela le había contado que los traidores y desleales se decían entre ellos: *Da pozabyl tebe skazat, zhena tvoya pomerla vesnoi,* oh, se me olvidó decirte que tu mujer murió la primavera pasada. Te ha ocurrido algo horrible, solo que aún no lo sabes.

Tomó aire.

—Solo digo que los iraníes no esperarán a que el equipo se fabrique en Rusia. Si puedo extraer la información sobre dónde se aprovisionan los persas, entonces tal vez Rusia pueda comprar el equipo extranjero en su nombre y transferirlo a Teherán. —No añadió «para obtener un beneficio». Zyuganov se quejó de su insolencia. Putin percibió la agitación de aquel hombre y buscó de manera instintiva abrir una brecha.

—¿Cuál sería la ventaja para Irán de comprar, por ejemplo, equipos alemanes a Rusia, en lugar de comprárselo a ellos, sin intermediarios? —Se dirigió a Zyuganov, pero Dominika se adelantó a la titubeante respuesta.

—Señor presidente —dijo con rotundidad—, la adquisición podría mantenerse en secreto, lo que atraería a los persas. El equipo se desvía en secreto, se eluden las sanciones y los embargos internacionales, un elemento muy atractivo para los iraníes, incluso a un coste doble. Y Rusia, es decir, usted, señor presidente, gana influencia dentro de Irán y por extensión en la región.

Dominika vio el halo azul de Putin girar como los rayos de sol: el zar de toda Rusia, el maestro indiscutible de Turniry Teney, el Torneo de las Sombras, el Gran Juego.

—Verás, Vasya —dijo Putin dirigiéndose a Govormarenko, revelando el familiar diminutivo de su nombre de pila, Vasili—, la fuerza y la utilidad de la inteligencia no se pueden cuestionar. Nuestro Servicio no tiene parangón. —Se volvió para mirar a los dos espías—. Ahora queda por ver qué enfoque nos trae los resultados que necesitamos: Zyuganov y tú por los canales oficiales o la capitana por medios... clandestinos. —Se giró hacia Dominika. Levantó una de las comisuras de la boca y asintió con la cabeza, un gran elogio del presidente. Podía oír a Zyuganov respirar por la nariz.

Habían permanecido de pie durante todo el intercambio y ahora Putin les indicó que se acercaran a los enormes sillones alrededor de una mesa ornamentada. Un camarero llevó un enfriador de cristal con cuatro vasos y una botella de vodka. A su lado había una bandeja con tostas cubiertas con un brillante tapenade. Los ojos de Govormarenko se iluminaron y con celeridad sirvió cuatro vasos y propuso un brindis por el futuro éxito. El vodka ardió en el pecho de Dominika. El expolítico se llevó una tostada a la boca y masticó con ahínco. Le indicó a Dominika, con una sonrisa, que probara el aperitivo, presumiblemente para poder comer más. La comida se le quedó entre los dientes. *Meshchanin vo dvoryanstve*. Era un aldeano manchado de barro convertido en señorito. Se acercó, tomó un trozo de pan tostado y probó la *zakuska*, el entremés. Berenjena, rica y sabrosa, con un toque dulce, un toque de especias.

Miró a esos hombres bajo la lámpara de cristal de la sala con paneles de madera. En ese momento, el castillo estaba lleno de otros compinches de Putin, los usurpadores del patrimonio de Rusia. Estaban reunidos allí, bajo la égida del presidente, para urdir nuevos planes con los que llenar sus bolsillos y sus estómagos, mientras los alimentos perecederos —huevos, leche y carne— apenas se podían conseguir fuera de Moscú. Ella había visto lo que era posible en Occidente.

Una buena reunión; Govormarenko bebiendo vodka bajo la neblina amarilla como la orina; Zyuganov, el golpeamujeres, con su velo negro palpitando, mirando al presidente como un sabueso que espera un silbido, y el presidente, sentado en el sillón, sin beber, con los ojos medio cerrados fijos en ella. Azul y frío, como el vodka apenas tocado en el vaso que tenía delante. Sus ojos se encontraron y volvió a elevar la comisura de la boca.

Sabe lo que pienso de todos ellos, pensó Dominika. Sabe cómo enloquece a Zyuganov con la promesa en el aire de reconocimiento. Sabe lo que hace al enfrentarme a mi superior. El caos, los celos y la traición eran sus herramientas.

Por un segundo, el pesado velo del Kremlin se abrió: la repentina intuición de Dominika fue que el presidente rubio y de ojos azules que estaba sentado frente a ella era un depredador, una serpiente que se enroscaba para envenenar algo pequeño y peludo. Entonces, una segunda epifanía se superpuso a la primera: la codicia de Putin. Quiere lo que otros tienen. Quitarle algo a alguien es el máximo deleite.

Su reclutamiento como activo de la CIA tenía muchos componentes: la elección personal, la venganza, guardar el gélido secreto en su seno, su respeto por los americanos, su amor por Nate... Se sorprendió a sí misma, ¿amor por Nate? Eso suponía. Y a estos elementos añadió ahora su renovada determinación de frustrar los designios de estos *vyrodki*, estos degenerados, para hacer que una rueda se salga del carro.

Volvió a mirar al presidente. Él seguía mirándola y un escalofrío le recorrió la espalda. ¿Podría saberlo? ¿Podría adivinar su secreto? La agente de espionaje del SVR reactivada por la CIA en la nueva Federación Rusa —nombre en clave DIVA— comenzó a balancear el pie de manera inconsciente bajo la mesa mientras lo retaba a hacer algo al respecto.

Aperitivo: *Zakuska* de Berenjena

Asa las berenjenas hasta que estén blandas y ennegrecidas. Separa la carne y pícala muy fina. Sofríe la cebolla y
el pimiento rojo en aceite de oliva con el concentrado de
tomate; añade el vinagre y el azúcar; sazona. Incorpora la
berenjena picada y un poco de aceite oliva; baja el fuego y
reduce hasta que se espese y quede brillante. Enfría y sirve
sobre una tostada de pan con mantequilla y cebolla cruda
picada espolvoreada por encima.

9

A lo largo de su carrera, Alexei Zyuganov no solía tener almuerzos de desarrollo con sus contactos, ni estaba muy atento a los matices de las operaciones conjuntas con los servicios de inteligencia aliados que trabajaban junto con el SVR para lograr un objetivo común. Sin embargo, sintió la urgencia de la tarea que tenía ante sí. El presidente había dado el pistoletazo de salida en una carrera, entre él y Egorova, en el asunto del equipo iraní. Tenía que reunir al gordo oligarca Govormarenko con el representante de la AEOI en Moscú lo antes posible para sonsacarle los requisitos de adquisición y llegar a un acuerdo. El almuerzo de hoy era el primer paso crítico.

Echaba humo. El ganador tendría la atención y el favor del presidente. Era algo más que la perspectiva de un ascenso o un puesto, una posición. Estaría en el círculo íntimo de Putin; ejercería influencia, impondría respeto. Zyuganov fue presa de un paroxismo de necesidad. Tenía que ganar y sabía bien cómo. La audacia del plan se agitaba en su cerebro de gusano.

Había otros pensamientos. Govormarenko también sería un protector útil. Enganchar su estrella al oligarca le reportaría recompensas. Mientras que la mayoría de la gente evaluaba a los nuevos conocidos en términos de personalidad, apariencia o sexo, él, Zyuganov, categorizaba en secreto a las personas utilizando una escala diferente. Govormarenko sería un sujeto llorón y amilanado en los sótanos de interrogatorio, pensaba, con un bajo umbral de dolor y con el típico miedo del depravado a sus partes íntimas.

El coronel estaba sentado en una tranquila mesa lateral en Damas, un pequeño restaurante en Ulitsa Maroseyka, a tres manzanas de la plaza Lubyanka. El comedor interior estaba decorado en estilo damasceno, con paredes blancas, techos con motivos geométricos y sillas de respaldo cuadrado con incrustaciones de nácar. El restaurante no estaba muy lleno. Los pensamientos de Zyuganov se aclararon al ver al jefe del MOIS, el Ministerio de Inteligencia y Seguridad iraní, en Moscú, Mehdi Naghdi, caminar por el suelo de baldosas. Se levantó cuando estaba cerca.

—*Salam*, la paz sea contigo —saludó Naghdi en un ruso casi perfecto.

Zyuganov pensó que tenía el mismo aspecto desde la última vez que lo había visto: estatura media, pelo corto negro, un borde de barba en la mandíbula, gruesas cejas negras sobre ojos penetrantes. Llevaba un traje oscuro y una camisa blanca lisa abotonada en el cuello. Naghdi parecía siempre a punto de montar en cólera, con esos ojos de basalto, buscando el insulto o la blasfemia. El coronel solo se había reunido con él en dos ocasiones, pero lo desagradaba ese sureño tan colérico.

—Hacía tiempo que no te veía —saludó Zyuganov apaciguando su desdén—, confío en que hayas estado bien.

El jefe del MOIS le devolvió la mirada sin pestañear, impenetrable.

—Sí, bastante bien.

No podría importarle menos, pensó Zyuganov. Muy bien, *dolboeb*, cabrón.

—La más alta autoridad me ha pedido que contactara contigo para iniciar conversaciones por un asunto de suma importancia estratégica tanto para Rusia como para Irán —dijo el coronel—. Hay cierta urgencia en el asunto. También hay un componente comercial de evidente interés para nuestros dos Gobiernos.

—Escucho con máxima atención —respondió con la mirada fija en su interlocutor. Zyuganov pensó que tardaría toda la semana en conseguir que este llegara a gritar, sería un verdadero desafío. Empezaría con tratamiento eléctrico para apagar el fuego de esos ojos furiosos.

Le presentó la propuesta con rapidez: Govormarenko; una reunión con el representante moscovita de la AEOI; tal vez la participación de funcionarios de Teherán y las autoridades rusas de energía nuclear en Rosatom. Naghdi escuchó sin hacer comentarios y luego se revolvió.

—¿Y cuál sería el objetivo de reunir a nuestros respectivos responsables de energía?

—Para que lleguen a un entendimiento sobre la adquisición de equipos especializados. Discutir los métodos para desviar la tecnología embargada a través de Rusia a Irán. Para eludir sanciones.

—En condiciones ventajosas para tus amos, por descontado.

Pyos yob tvoyu mat, pensó Zyuganov, un perro se tiró a su madre.

—Las ventajas serían importantes para las dos partes —dijo Zyuganov dando muestras de cansancio por lo farragosa que era la conversación. Tratar con los sirios siempre era un fastidio.

—¿Y puedes decirme, *tovarishch*, cómo la Federación Rusa y el SVR han llegado a creer que Irán está interesado en comprar ese equipo?

Qué conveniente, pensó el coronel, la pregunta que estaba esperando. Es hora de poner en marcha los engranajes...

Zyuganov había diseñado su plan tras la reunión con Putin y Govormarenko en el castillo de Barvikha. No se dejaría vencer por la fría y competente Egorova. No lo permitiría. Ella era demasiado buena, demasiado aguda. Conseguir la información de Jamshidi sería la simple cuestión de un interrogatorio más. Él, en cambio, tendría que soportar el prolongado y tímido baile de reunir a estos búhos barbudos con rusos codiciosos y testarudos, todos con agendas que entrarían en conflicto. El tiempo estaría del lado de Egorova.

No, ella iba a experimentar un contratiempo. Un revolcón operativo. Y este zoófilo que tenía sentado frente a él sería la mecha.

—En aras de una colaboración fraternal, me complacerá decírtelo —respondió mostrando sus dientes como estacas. Un camarero dejó un plato de garbanzos fritos con aroma a comino y ajo y se quedó rondando. El coronel le hizo un gesto para que se marchara. Estaba en un momento demasiado delicado para que los interrumpieran—. Sabemos que Irán busca equipamiento requisado, en concreto, equipo para su programa nuclear.

—Y ¿por qué suponen algo así? —dijo Naghdi.

Aficionado, pensó Zyuganov, de verdad quiere jugar. Es hora de bajar el telón.

Naghdi no se movió.

—Creo que tenéis un problema. Tenemos indicios, fuentes que por el momento deben permanecer ocultas, de que un servicio del enemigo ha comprometido a un miembro de su programa nuclear. —Levantó las manos sonriendo—. Sé lo que puede parecerte, demasiado sucio... y lo preocupante que es descubrir a un traidor en las propias filas. Todos nos enfrentamos a ese tipo de problemas de vez en cuando.

El iraní no apartó la mirada del rostro del ruso.

—¿Esto es todo lo que puedes decirme? —preguntó—. Es una información sin valor, menos que sin valor.

Zyuganov sonrió de nuevo.

—Comprendo tu frustración —dijo como si lo estuviera reconsiderando. Sonrió—. Esto es estrictamente extraoficial, entre tú y yo.

Hemos interceptado una próxima reunión, dentro de tres días, entre el servicio del enemigo y vuestro hombre.

—Sigue siendo información sin valor —respondió Naghdi ocultando a duras penas su furia. Ese pequeño ruso, ese enano, estaba jugando con él.

El coronel bajó la mirada hacia sus manos, como si estuviera considerando si violar las reglas y pasar un secreto. Levantó la vista. Estaba decidido.

—Estrictamente entre nosotros, ¿de acuerdo? —Los dos sabían que no se podían hacer confidencias, nunca, pero Naghdi asintió, tenía los ojos en llamas—. ¿Y podremos avanzar para facilitar la reunión entre nuestros responsables? —El iraní volvió a asentir. Le temblaban los labios. Zyuganov contempló la posibilidad de seguir dándole largas, pero no lo hizo—. Harás bien en buscar en Viena. Parece que uno de vuestros estimados expertos nucleares se ha… desviado un poco. El servicio del enemigo es bastante hábil comprometiendo a personas que de otro modo serían lo bastante honorables… Ya sabes lo que quiero decir.

—Sión —escupió Naghdi. Zyuganov dejó que la palabra quedara en el aire. Si los persas querían cagarse en los pantalones por Israel, eran libres para hacerlo.

—Yo sugeriría que se iniciara cualquier operación de contrainteligencia de manera discreta —dijo Zyuganov—. El enemigo suele ser muy bueno en la detección de problemas y peligros de seguridad. —Soñó despierto con un par de pernos de alicates aplastando el dedo índice de su interlocutor, en el segundo nudillo.

—No es necesario que te preocupes por eso —le respondió el iraní. Era evidente que quería marcharse lo antes posible, sin comer.

—Claro, tú conoces mejor tus propios métodos.

Naghdi se apartó de la mesa, asintió y salió del restaurante.

El coronel se reclinó en la silla. Naghdi seguiría esa pista como el fanático radical que era. Se le había ocurrido añadir la parte de las interceptaciones para que el MOIS no incluyera la participación activa del SVR. La predilección de los iraníes de asumir de forma automática la implicación del Mossad dificultaría aún más la cuestión. Al final, Egorova estaría esperando a Jamshidi en ese piso franco durante más tiempo del que pensaba. El científico estaría en un avión hacia Teherán mucho antes de la reunión, el caso se iría al traste, el flujo de información se cortaría. Sería una bonita imagen: Dominika de pie ante el presidente explicando cómo su agente no se había presentado y cómo su caso se había derrumbado. El campo operativo estaría despejado para él.

* * *

Nate y Dominika regresaron a Viena el mismo día. Tras la caída de la noche, Nate se coló en el apartamento de ella para revisar los planes y organizar los requisitos de inteligencia para el próximo interrogatorio, la noche siguiente. Estaban sentados uno junto al otro en el sofá de la pequeña sala de estar, con los papeles extendidos en la mesa de centro ante ellos. Nate revisaba los nuevos requisitos de la línea X de la sede central y los copiaba en el TALON. Dominika lo miraba. Aquel rostro era el de un hombre concentrado.

—Supongo que esta vez tienes tus propios requisitos de Langley —le dijo.

Nate levantó la vista y asintió. Un momento delicado. Estrictamente hablando, no se podía permitir el acceso de DIVA a los requisitos de la inteligencia estadounidense. Ella era quien proporcionaba la información y el flujo de información era unidireccional. Nate dudó, tocó la pantalla y giró un poco el dispositivo para que ella pudiera leerlo. No iba a poner en peligro la operación solo para mantener los requisitos de la PROD lejos de ella. Agente o no, ella era su compañera en la próxima sesión de falsa bandera. La única información que no veía, en ninguna circunstancia, era lo relacionado con la acción encubierta para modificar el suelo antisísmico destinado a Irán.

Además, pensó Nate, ¿qué va a hacer: volver a Moscú y decir que adquirió los requisitos de la inteligencia estadounidense? ¿De quién?, se preguntaría la sede central.

Se acercó para leer en la pantalla.

—Gracias por compartir esta información de Langley conmigo —dijo en voz baja sin mirarlo—. Sé que va contra las normas. Sé que es un desafío moral para mi agente asignado. Aprecio que lo arriesgues todo al hacerlo. Aunque pueda significar el final de tu carrera; me será útil cuando hablemos con el persa. —Lo miró de reojo—. Puedes confiar en mí, *dushka*; no se lo diré a nadie.

—Confío en ti —respondió él. Vio que ella estaba jugueteando, destilando sarcasmo.

—¿Confías por completo en mí? —preguntó. Seguían sentados en el sofá. El brillo púrpura de Nate los envolvía a los dos.

—Confío por completo en ti. Incluso cuando estás teniendo una rabieta.

—¿Qué es una rabieta? —preguntó mirándolo de reojo.

—*Vspyshka gneva*. Pérdida total de control —respondió.

—¿Quieres ver una rabieta de verdad? —Estaba disfrutando. Se imaginó a los dos simulando una pelea, forcejeando, revolcándose en el suelo, con la falda levantada por las caderas, las bocas una contra la otra, una rápida y deliciosa rendición. Para, se dijo a sí misma.

—Ah, sí. —Suspiró—. La conocida e inevitable pérdida de la razón. Tarde o temprano surge el, de sobra conocido, *besnovati*, el endemoniado. —Miró su boca con absoluta seriedad. Ella intentaba no reírse.

Se sentaron más cerca, intentando calmarse con la respiración, las manos húmedas, el pulso disparado. Ella miró el halo de él y él el azul de sus ojos. Entonces fueron diferentes. Ambos lo sabían sobre sí mismos y sobre el otro. Tenían que mantener la calma. Tenían trabajo al día siguiente, quizás otro día más; luego Dominika volvería a Moscú para reanudar el espionaje, y Nate regresaría a la estación de Atenas para continuar su batalla personal contra la sede central para seguir manejando a LYRIC. Vería a DIVA una vez al año, puede que dos, y la estación de Moscú asumiría la responsabilidad directa de su gestión. Nate se giró y empezó a cerrar su dispositivo TALON. Dominika se enderezó.

—Espera. Me olvidé de mencionar algo. Es importante. Seguro que quieres ponerlo en tus notas. —Señaló con la cabeza el TALON—. No sois los únicos interesados en que los iraníes compren equipos sofisticados. —Le contó lo de Putin, Govormarenko y Zyuganov—. Quieren hundir sus garras en el acuerdo. Los *svini* solo piensan en sus propias cuentas bancarias.

Mierda, pensó Nate. Las cabezas de PROD y de la central van a explotar con el abanico de oportunidades: la torpe Rusia compra maquinaria modificada de PROD y se la suministra a Irán a un precio desorbitado para eludir los embargos internacionales. Doce meses después de la entrega desde Moscú, el suelo —el costoso regalo del presidente Putin a los mulás— se incendia desde dentro, y las mil setecientas centrifugadoras de la Sala C se convierten en escoria radiactiva para los próximos veinticinco mil años. Teherán exigirá respuestas a Moscú, Putin será humillado y Zyuganov será echado a los lobos en Siberia. Mierda, pensó de nuevo. Dominika leyó sus pensamientos.

—Zyuganov está trabajando con Govormarenko para proponer el acuerdo a la AEOI —dijo la capitana—. Les llevará más tiempo sentarse con los iraníes que a nosotros exprimir los detalles de nuestro semental.

Y ese es el problema, pensó Nate, PROD va a necesitar tiempo para sustituir las piezas. Si Dominika entrega la información de Jamshidi en dos días, no tendremos suficiente tiempo para realizar la acción encubierta.

—No vamos a sacarle esa información a Jamshidi o, al menos, no vas a informar a la sede central —le dijo Nate con calma, mirándola a los ojos. No podía manipular esta triple encrucijada sin que ella supiera por qué, sin que fuera consciente de la acción encubierta. Lo cual era imposible. Reprimenda. Prohibición. Infracción de despido directo. No había tiempo para telegrafiar al cuartel general; una llamada telefónica a Gable y Forsyth en Atenas no sería segura. Además, Gable le diría que lo decidiera él mismo, que pasara a la acción, maldita sea, y que asumiera las consecuencias. «La vida es una mierda —le dijo una vez Gable—, y además tiene muchas hermanas».

—Y... dime por qué, por favor —le dijo Dominika. El tono de su voz era como el mercurio corriendo cuesta arriba. Estaba esperando para ponerse furiosa. Esta vez de verdad.

Nate se lo contó, cruzando los límites, rompiendo media docena de reglas. Ella escuchó con atención, permaneció en silencio. Mierda, acababa de hablarle a un agente, un oficial ruso de la SVR, sobre una operación encubierta. Ya estaba pensando en la entrevista con el Departamento de Seguridad en el cuartel general.

—Yo lo haré —dijo Dominika.

—¿El qué?

—Vuestro plan. Es *genial'nyi*, ingenioso. Piensa en el disgusto del líder supremo, y lo avergonzado que estará Vladímir Vladimirovich. Y pobre Zyuganov: va a probar su propio castigador de cuero.

GARBANZOS FRITOS

Escurre los garbanzos de lata y sécalos bien. Fríe en aceite caliente (cuidado, salpicarán) con varios dientes de ajo sin pelar y hojas de salvia, hasta que los garbanzos estén crujientes y el ajo dorado. Sécalos en un papel absorbente y mezcla después con cayena y pimentón. Sirve a temperatura ambiente.

10

Anocheció. Nate y Dominika fueron por caminos separados a la reunión con Jamshidi. Llegaron desde distintas direcciones, comprobando que no los seguían, utilizando las sombras cada vez más largas de la calle para contrastar y distinguir a los peatones y vehículos que se repetían y que no eran la propia. Nate tuvo que dar alguna vuelta hasta el final de la Langobardenstrasse para esperar a Dominika, ya que había tenido que añadir un giro más a su ruta para descartar un posible seguimiento y le llevó media hora más. Nate la observó acercarse desde la mitad de la manzana, con el TALON en un maletín colgado del hombro.

Conocía su paso elegante, la cojera casi indetectable, cómo mantenía la cabeza recta, el pelo recogido. Ella no miraba a su alrededor, pero él sabía que esos ojos azules no se perdían nada de lo que pasaba en la calle. Nate iba vestido como la otra vez: anodino y neutro. Ella llevaba una falda plisada de lana en un tono oscuro, con una chaqueta de *tweed* con cinturón sobre una blusa negra; botines de ante negro y tacón bajo, que no eran su estilo habitual. Él miró las botas mientras ella se acercaba.

—¿Qué? —le dijo notando aquella mirada.

—Nada.

—Estás mirando mis zapatos —dijo. Puede que fuera una espía, un topo, una sinestésica clarividente, pero también le gustaban los zapatos.

—Son bonitos.

—¿Qué quieres decir con «bonitos»? ¿Qué tienen de malo?

—Muy elegantes —puntualizó Nate. Eso era una locura. Dos espías, que se dirigían a un interrogatorio nada amistoso con un agente hostil, estaban de pie en la acera, discutiendo sobre zapatos.

—Es evidente que eres un experto. Deberías saber que son la última moda y... la Línea T los ha modificado.

—¿Llevan un receptor de vídeo?

—*Nevezhda*, ignorante. Punteras de acero. Autodefensa. ¿Te doy una patada para que lo pruebes?

—Pues mira, están muy bien. Se ven muy bonitos. ¿Te importa si te pregunto si los tienes en un tono más claro?

Dominika se miró los zapatos, luego a Nate, asintió con la cabeza. Echó un vistazo al reloj.

—Se nos hace tarde, vamos. Nuestro hombre puede estar ya en el apartamento. —Caminaron uno junto al otro.

—Eso está bien, Udranka puede relajarlo antes de nuestra llegada.

Entraron en el edificio de apartamentos y subieron en silencio la escalera en curva, ambos con el mismo ritmo, talón-punta, talón-punta, para pasar sin hacer mucho ruido por las puertas cerradas de los apartamentos. Segundo piso. Tercer piso. Las pequeñas bombillas de los apliques de la escalera se habían encendido, proyectando sombras sobre las paredes de mármol.

—No puedo creer que no te gusten estas botas —susurró Dominika girándose hacia Nate mientras subían el último tramo de escaleras.

Entraron en el apartamento. Las lámparas ya estaban encendidas y una suave música salía del dormitorio. Habían adoptado sus caras operativas, pero se desvanecieron en cuanto vieron las moscas en las paredes —muchas moscas, la pared estaba negra— y el charco de sangre que salía de la cocina. Dominika se agarró al brazo de Nate y se acercaron a la puerta de la cocina. Miraron dentro. Jamshidi estaba tumbado de espaldas, con medio cuerpo debajo de la mesa; la cabeza, casi cubierta de salpicaduras de sangre, apoyada en la pared. La cabeza parecía un pastel caído: la mitad del cráneo había desaparecido, quedaba un agujero rodeado de pelo ensangrentado. El otro lado de la cara estaba intacto, pero el ojo que le quedaba estaba lleno de sangre, un hifema en toda regla. La sangre había salido de la boca y bajado por la barbilla, empapándole la perilla y la parte delantera de la camisa. Yacía en un charco de sangre negra en cuyos bordes se posaban decenas de moscas que bebían sangre hasta caer de espaldas.

Nate se inclinó para mirarlo. No había necesidad de buscarle el pulso. Abrió el abrigo y palpó los bolsillos. Negó mirando de refilón a Dominika. No había nada.

—Armas —susurró.

Dominika abrió en silencio un cajón de la cocina y sacó dos cuchillos de carne de mango fino y filo de sierra. Se metió uno en el cinturón de la chaqueta —como un pirata de ojos azules, pensó Nate— y le entregó el otro a él. Se enderezaron y Dominika le dio un golpecito en el brazo, señalando hacia la estufa. Una pequeña esquina de plástico de algo sobresalía por debajo. Ella pasó por encima de la sangre y la sacó. El maletín del portátil del persa. ¿Se había deslizado bajo la estufa cuando le dispararon? Se miraron. El portátil estaba dentro. ¿Había llevado lo que le habían pedido? ¿Los datos que faltaban sobre la Sala C? ¿Planes de adquisición para el suelo antisísmico? No había tiempo para comprobarlo allí. La joven se colgó la cartera pegada al pecho.

La música sonaba. Ningún otro sonido. Dominika señaló con la cabeza la sala de estar y el dormitorio más allá.

—Udranka —susurró con los ojos muy abiertos y temiéndose lo peor.

Nate hizo un gesto con la palma de la mano hacia abajo —más despacio—, y avanzaron pegados a la pared del salón; se asomaron a la esquina de aquel inverosímil dormitorio rosa. Se quedaron inmóviles. Ella se tapó la boca con la mano.

«*Songs for Swingin' Lovers!*» se filtraba de un reproductor en la esquina de la habitación. Un pequeño ventilador eléctrico, también de color rosa caramelo, oscilaba de un lado a otro, agitando los flecos rosas de las lámparas que proyectaban un resplandor rosa uniforme sobre la cama y sobre el cuerpo desnudo de Udranka. Estaba de espaldas, con la mitad superior del cuerpo colgando de la cama, la cabeza al revés, los brazos arrastrando por el suelo, con los ojos fijos en la pared del fondo. La elegante curva del cuello estaba interrumpida por un cordón anudado —Dominika lo reconoció como el cinturón de aquel ridículo kimono rosa—, apretado sobre unas venas abultadas que le habían dejado la cara amoratada y la cicatriz blanca. La boca entreabierta, dejaba ver parte de sus dientes. Cuando el pequeño ventilador giraba hacia ella, los mechones sueltos del pelo color pimentón se movían ligeramente. Sus pechos y el vientre estaban surcados de manchas rojas; parecían quemaduras, pero Nate vio una percha de alambre que había sido desplegada hasta convertirse en una fusta; estaba sobre la alfombra.

A Dominika se le cortó la respiración al ver que el fondo de una botella de vino sobresalía entre las piernas abiertas de Udranka. Se agachó para retirarla. Con los labios apretados y blancos, lanzó la botella hacia el fondo de la habitación, donde rebotó en la pared y giró sobre la alfombra. Aflojó el cinturón del cuello de Udranka, apartando el pelo de la frente manchada, pero las manos le temblaban y el nudo estaba muy apretado. Tomó una de las muñecas del gorrión.

—Neyt, ayúdame a subir a la cama —susurró.

Esto es malo, pensó Nate. Estamos en una zona roja. Habían reventado a Jamshidi, luego habían entrado en el dormitorio, habían torturado a Udranka, la habían violado con la botella, le habían reventado la espalda y estrangulado en la cama. ¿Rusos? No. ¿Iraníes? ¿Quién más? ¿Cuánto tiempo estuvieron torturándolos? ¿Qué preguntas hicieron y qué respuestas obtuvieron?

—Neyt —susurró—. Ayúdame con ella.

Y lo más importante, pensó Nate, ¿dónde coño están ahora? ¿Acaban de irse? ¿Saben que el portátil ha desaparecido? ¿Saben que hay dos agentes de inteligencia en el juego? ¿Han recogido velas y están esperando el segundo asalto?

—¡Neyt! Levántala.

Nate tomó una muñeca fría, levantaron a Udranka y la pusieron sobre la cama. Inclinó la cabeza hacia Dominika, como si le preguntara qué iba a ser lo siguiente. Los dedos temblorosos de la joven trabajaron para deshacer el nudo alrededor de la garganta del gorrión caído. Le retiró del cuello el cinturón del kimono y la cubrió con una manta. Las uñas rojas de los pies y la parte superior del pelo magenta sobresalían a ambos lados. Nate se quedó en la entrada hasta que Dominika, con los ojos rojos, salió del dormitorio. La sostuvo durante un segundo, con un oído puesto en la puerta y en el hueco de la escalera. No sabía cuánto tiempo tenían. Le puso las manos en los hombros.

—Escúchame. Tenemos que salir de aquí.

Dominika lo miró sin comprender.

—Esperémoslos aquí. —Su voz era poco firme pero ardiente.

—¿Esperarlos con cuchillos para carne? —dijo Nate consciente de que hablaba en serio.

—Volverán para esto —dijo ella tocando la bolsa del ordenador de Jamshidi.

—Que es, para ser precisos, lo que les vamos a dar —respondió Nate—. Copiamos lo que hay en el disco duro y dejamos el portátil donde lo hemos encontrado. Los iraníes deben pensar que nadie ha visto sus planes. Necesitamos tiempo para concluir nuestra acción encubierta. Tienes que volver con las manos vacías. Debes dejar que Zyuganov gane en esta ocasión.

—Zyuganov. Esto es obra suya. Él mató a Udranka. —Buscó en el rostro de Nate, sopesando su voluntad de venganza. Su halo púrpura palpitaba, pero no por la sangre, ella lo sabía. Estaba pensando con furia.

—Dame el portátil —le pidió Nate. Lo puso sobre la mesa de café, lo encendió y apuntó el lector infrarrojo del TALON al puerto remoto USB del ordenador del persa. Catorce segundos después, un LED parpadeó en el TALON. Nate volvió a meter el portátil en el maletín, fue a la cocina, pasó por encima del charco de sangre y lo dejó bajo la estufa, con cuidado de no manchar nada con la sangre. Había moscas por todas partes. Cuando volvió a salir, Dominika estaba de pie en la puerta del dormitorio, mirando el cuerpo cubierto de Udranka. Nate la hizo girar por los hombros para que estuviera frente a él.

—Tenemos que salir ahora. ¿Hay algo que necesites sacar de aquí? —Ella negó con la cabeza—. Nos vamos juntos. Si las cosas están bien, en una hora podemos separarnos. Pero solo si somos como sombras. Nada de taxis ni tranvías. Primero tenemos que desaparecer yendo a pie, ¿de acuerdo? —Asintió sin abrir la boca. Nate la sacudió con suavidad—. Domi, concéntrate. Te necesito conmigo ahí fuera. No sé a qué nos enfrentamos.

Dominika cerró los ojos y tomó aire.

—Estamos en el lado equivocado del río —dijo por fin—. Esto es Donaustadt; la zona es residencial: casas, edificios, callejones y también almacenes industriales.

—No cruzaremos el río hasta que sepamos que estamos limpios. No puedes volver a tu apartamento si estamos llenos de garrapatas. Si los iraníes descubren quiénes erais ella y tú, y que en el interrogatorio éramos dos, no podrás volver a Moscú.

Volvió a mirar hacia el dormitorio.

—Hay un puente con una pasarela —dijo distraída—. Pero cerca del río hay... ¿cómo se dice? *Bolota*.

—¿Marjales? Tendremos que vadearlos.

—Iba a sacarla después de este trabajo —musitó Dominika. Le temblaba la mano con la que se retiraba un mechón de la frente.

—Escucha, puede haber un equipo completo —comentó Nate sin prestar atención a sus palabras—. Querrán identificarnos.

—Ella no les dijo nada. Era demasiado fuerte. —Dominika recordó el brandi y las lágrimas—. Los mandaría al infierno.

—En el peor de los casos, puede que no les importe a dónde vamos —dijo Nate—. Puede que solo quieran terminar lo que empezaron aquí.

Dominika se dio la vuelta y volvió a entrar en el dormitorio.

Levantó una esquina de la manta y miró la cara de Udranka, luego volvió a poner la manta sobre ella.

—Domi, tenemos que movernos —le dijo. Volvió junto a Nate mientras este abría la puerta una rendija y se asomaba al pasillo. Dominika cerró la puerta.

—Antes de irnos... —susurró, le rodeó el cuello con los brazos y lo besó. Lo besó y enterró la cara en el alma del americano. Después de un minuto, levantó la cabeza y se limpió las mejillas mojadas—. Si se acercan lo suficiente, van a pagarlo.

Nate la abrazó de nuevo.

—Escúchame. Tenemos un objetivo: salir de aquí y desaparecer.

—Dos objetivos.

El rostro de Nate se ensombreció y su halo brilló. La empujó contra la puerta y le sujetó los brazos a los lados. Nunca lo había visto así. Su voz era firme, pero no era la de siempre.

—Te lo digo una sola vez. Deja de actuar como una rusa. Sé una profesional. Con suerte sobreviviremos esta noche.

—¿Qué quieres decir con «actuar como una rus...»?

—*Zatknis*, cierra la boca —susurró Nate.

Dominika lo miró a los ojos. No necesitó leer su halo. Contuvo la rabia y asintió con la cabeza, constatando que lo amaba todavía más que antes.

* * *

Como si quisiera anunciar su partida, la puerta principal del edificio de apartamentos chirrió cuando la abrieron. Ambos miraron a cada lado de la calle con rapidez para comprobar que no había ningún peligro. ¿Estáis ahí, cabrones? Vamos a salir. Giraron de inmediato a la derecha, bajaron por la acera. Nate dejó la mano sobre el brazo de ella, frenándola para que no caminara demasiado rápido. Nada desencadena más rápido el instinto de persecución de un equipo de vigilancia que un conejo saliendo disparado. Hay que ir despacio, ser coherente y tranquilizarse.

El ambiente estaba frío, ¿o eran escalofríos?, y el cielo nocturno estaba cubierto de nubes blanqueadas por el suave resplandor de la ciudad de Viena. Era más o menos temprano, y las calles no estaban del todo vacías: pasaban los coches y algunos de los últimos peatones se apresuraban a volver a casa. La luz de las ventanas de los apartamentos proyectaba sombras oscuras entre los coches aparcados a lo largo de las aceras. Dominika apretó el brazo de Nate y señaló con un discreto gesto a un hombre que caminaba un poco más adelantado que ellos, en el otro lado de la calle. No sonó ninguna alerta, fue la forma de caminar, la colocación de sus hombros; Nate sacudió con suavidad la cabeza. Un casual, suéltalo. Siguieron caminando en línea recta, protegidos por los coches aparcados y el enjambre de edificios de apartamentos de clase media. Nate quería caminar en línea recta, sin giros ni retrocesos todavía, para atrapar a quien los siguiese y desplegarse.

Los pensamientos de Nate se aceleraron. Si había iraníes ahí fuera —tenían que ser ellos—, sería un equipo de vigilancia especial, podría ser la Fuerza Quds, o la Unidad 400, que hacía su propia versión de *mokroye delo*, trabajo sucio, para los mulás. Si iban a intentar algo, no sería antes de verificar quiénes eran Nate y Dominika, y eso sería el fin de la carrera de DIVA como agente infiltrada de la CIA en la SVR.

Comprobación de la hora. Casi las 23:00. La calle se volvió silenciosa, y había menos luces encendidas en los edificios. Nate caminó, escuchando los pasos en el pavimento detrás de ellos, el suave chirrido de los neumáticos en la esquina, el inoportuno encendido de una cerilla delante de ellos. Nada. Pudo ver a Dominika observando a derecha e izquierda, echando rápidas miradas sin girar la cabeza ni los hombros. Le llamó la atención, parecía preocupada. Nate estaba preocupado. Llevaban cincuenta minutos fuera y no habían visto lo que los profesionales llamaban «anomalías»: ni un solo error de comportamiento, ni un coche desviado, ni tres hombres fumando en una esquina y luego separándose a toda prisa como si no se conocieran. El problema era que tanto Nate como Dominika sabían lo que sentían: había cobertura en las calles. Y dos personas muertas en ese empalagoso apartamento, con la sangre, las moscas y los flecos de las lámparas revueltos. Y los secretos nucleares de Irán en la tableta que llevaba Nate contra el pecho. Y la pistola de lápiz de labios de un solo disparo con un alcance de hasta dos metros, desarrollada por primera vez por orden de Stalin en 1951 para disparar a un traidor de Alemania del Este, en Berlín. Y dos cuchillos de carne baratos.

Se acercaron a una esquina, Langobardenstrasse y Hardeggasse, y la sombra de un hombre salió de un portal y se les adelantó, manteniendo una distancia de media manzana. En la siguiente esquina, se alejó por una calle transversal y desapareció. Una mujer con un abrigo largo y un pañuelo en la cabeza pasó a toda prisa junto a ellos por el lado opuesto de la calle, y Dominika susurró sin mover los labios que la mujer no llevaba ningún bolso, ni bolsa, ni paquete. Tal vez estemos haciendo que se tengan que desplegar un poco, pensó Nate, tal vez hayan tenido que replegarse.

Eligieron una callecita estrecha, Kliviengasse, que terminaba en unas escaleras que llevaban a un camino que atravesaba los jardines de un patio trasero. Nate detuvo a Dominika con un brazo, y se quedaron en las sombras, escuchando. Nada. Estaban inquietos por la tensión, cansados por estrés. El viento de la noche se había levantado un poco; sonaba un llamador de ángeles en el porche trasero de alguien; un perro ladraba; una puerta de madera se balanceaba con la brisa, haciendo ruido al golpear el pestillo. Nate miró a Dominika y ella se encogió de hombros. Se inclinó hacia ella y le acercó la boca al oído.

—Es hora de mostrarnos desafiantes —le susurró—. Acelerar el ritmo, complicar el recorrido, hacer que elijan entre quedarse atrás, ser discretos, perdernos el rastro o acercarse y mostrarse.

Dominika acercó sus labios al oído de él.

—¿Cómo de desafiantes?

Era una locura estar coqueteando ahí, con una bestia negra sin forma acechándolos, pero la tensión la ponía nerviosa. El halo de Nate se encendió, no en señal de enfado, por lo que pudo notar ella, pero le cogió la mano y tiró de ella. Giraron hacia el sur por Augentrostegasse, se detuvieron durante treinta segundos, luego corrieron hacia el oeste por Orchisgasse, se agazaparon detrás de una valla durante dos minutos y luego volvieron a correr hacia el sur por Strohblumengasse, callejuelas estrechas con edificios más pequeños y más parcelas ajardinadas. En una curva, vieron la silueta de una mujer bajo un árbol. ¿Cómo? La noche era muy tranquila mientras Nate y Dominika pasaban por delante de un campamento de natación tapiado con una caseta de madera y sombrillas enrolladas: la playa de Stadlau era una miserable parcela de hierba en el canal del Danubio, pero la bombilla desnuda sobre la caseta proyectaba la sombra de un hombre de pie, inmóvil, con la punta de los zapatos asomando.

Por Dios, pensó Nate, llevamos dos horas a pie, haciendo una ruta enérgica y escalonada, girando en las esquinas, cambiando de dirección... y este tipo se nos ha adelantado...

Cada vez hacía más frío. Podían oler el río y el barro, y el fuel derramado en los pantanos. Caminaron hacia el sur por la Kanalstrasse y luego trotaron hacia el oeste por la Múhlwasserstrasse, en dirección a las luces verdes y rojas de un semáforo ferroviario situado a unos ochocientos metros. Que crucen el recinto ferroviario, pensó Nate, pero se sentía un poco nervioso, impaciente —no es pánico si no empiezas a gritar—; se apresuró un poco más, escuchando el sonido de las carreras, o el zumbido de una moto, o el silencio roto por una radio. Pasaron por encima de un par de raíles, otros dos, cinco más, deslizándose por las traviesas negras y alquitranadas, con el olor a gasóleo en la nariz. Tuberías por todas las vías, tuberías curvadas que salían de la grava, expulsaban el vapor que era arrastrado lateralmente por el viento ascendente; y ellos corrían a través de las columnas de humo sulfuroso y sobre más raíles, hacia una hilera de almacenes.

Había lodo húmedo alrededor de los almacenes, y piezas oxidadas de motor, ejes de camiones inclinados, ruedas de hierro agrietadas en sus lados; vieron las negras fauces de una puerta de almacén abierta y corrieron hacia la rampa inclinada. Entraron y luego se sentaron en el suelo de cemento húmedo con la espalda apoyada en una caja de madera astillada. Notaron alivio en sus doloridas piernas. Nate tenía sed y se maldijo al no haber pensado en llevar agua. Una gotera en el tejado dejaba caer el agua de lluvia en un gran charco con la extrema precisión de un «plinc-plinc».

—¿Cuántos son? —preguntó Dominika con la cabeza hacia atrás, descansando. Sus botas de diseño estaban llenas de barro y maltrechas.

—No lo sé —respondió el americano—. Más de una docena. Nunca he visto nada como esto.

—¿Cómo vamos a cruzar el río?

Nate la miró y pensó en correr hacia la puerta principal de la embajada de Estados Unidos. No. Imposible. Quemaría a Dominika y sería el fin del caso DIVA. Aunque al menos estarían vivos. Por Dios, no. Ya podía oír a Gable gritándole.

—Gable me contó una vez —empezó a hablar Nate sentándose— lo que los iraníes hicieron en Beirut, lo que les enseñaron en Hezbolá. —Dominika estaba demasiado cansada para girar la cabeza—. Utilizaban la vigilancia para llevar a un objetivo a un embudo, una calle o un callejón o una plaza desiertos, en el que pudieran utilizar un visor.

—¿Qué significa eso? —preguntó Dominika girándose, ahora sí, hacia él.

—Un rifle, un francotirador, que tiene la posición y el rango ya marcado.

—¿Crees que nos están arreando? ¿Cómo podrían haberlo hecho?

—Cada vuelta que hemos dado desde el apartamento, hemos recibido un golpe. Ellos han ido poniendo gente en nuestro camino, y hemos respondido alejándonos de ellos. En la dirección que ellos querían.

—¿Adónde nos empujan? —preguntó Dominika. El tintineo de metal sobre metal llegó desde el exterior. Se puso en pie y miró hacia la entrada del almacén y le hizo un gesto a él para que se moviera. Nate siguió a Dominika hasta pegarse a la pared del almacén, casi ocultos detrás de un conducto eléctrico oxidado. No respiraron. No había luz de luna, pero una suave sombra precedía a la única figura que subía por la rampa y se detenía para observar el ligero y extenso interior del almacén. Vestida con unos vaqueros oscuros y una chaqueta anodina, la figura se giró hacia ellos, aunque eran invisibles en las sombras, y empezó a caminar en su dirección. Nate agarró la manga de Dominika para indicarle que no se moviera, pero, cuando la persona se acercó a ellos, el brazo de Dominika salió disparado e infligió un golpe de revés en la base de la nariz como un hosco golpe de un bate contra un trozo de carne.

Un gruñido de sorpresa se transformó en un gorgoteo líquido cuando el hombre retrocedió unos pasos y se dejó caer a plomo, sentándose en el suelo, con las manos sujetando la nariz arruinada, que ahora goteaba sangre y comenzaba a hincharse. Dominika se puso en cuclillas junto al hombre asfixiado, le agarró un mechón de pelo y le giró la cabeza para que la mirara a la cara. Bajo unas cejas oscuras y peludas, los ojos del hombre, muy abiertos, eran negros como el azabache. Tenía la barbilla cubierta de sangre y la boca abierta para respirar. Dominika se inclinó hacia ella.

—*Hvatit*, basta —dijo Nate.

Dominika lo ignoró.

—Se llamaba Udranka —dijo sacudiendo la cabeza del hombre.

El hombre lo sabía. Miró a Dominika y susurró *Morder shooreto bebaran*, maldice a la persona que lava tu cadáver, que vaya directa al infierno, mientras Dominika movía con violencia la cabeza hacia un lado, dejando al descubierto la garganta, y le clavaba la punta del cuchillo de carne en el pliegue entre el cuello y la clavícula, dejando la cabeza inmóvil. Es más o menos así, pensó Nate, la carótida, cuatro segundos. El hombre abrió los ojos de par en par, las piernas se agitaron y la cabeza cayó hacia atrás. Dominika soltó el pelo y lo dejó caer al suelo con un golpe seco. Se irguió y miró a Nate.

—No me digas nada. No me importa lo que pienses.

Los ojos del hombre miraban hacia el techo.

—Udranka —repitió Dominika. Se agachó y bajó la cremallera de la chaqueta de su víctima, la abrió y palpó los bolsillos. Encontró un teléfono que Nate cogió, apagó y arrojó a la oscuridad. Ni hablaban ni entendían el farsi, y no les convenía llevar encima una baliza que marcara su posición de seguimiento. Dominika sacó una pequeña pistola de un bolsillo interior y se la entregó a Nate. Una Walther alemana, con el cargador lleno; parecía del calibre 380, lo que Gable llamaría «una pistola de bolso», pero Nate comprobó el seguro y se la metió en el bolsillo del pantalón. Nate lamentaba interrumpir ese momento bíblico, pero agarró a Dominika por el hombro y la apartó antes de que empezara a serrar la cabeza del iraní con el cuchillo de carne, como un trofeo. Ella se quitó la mano de encima y lo miró con desprecio.

Se escabulleron por una puerta trasera rota y atravesaron un patio de suministros vallado, sorteando veinte bloques de motor abandonados y desordenados en el barro, como si fueran dados gigantes esparcidos en chocolate derretido. El último almacén de la fila estaba cerca de una pequeña arboleda, se ocultaron en las sombras y se detuvieron a escuchar. Podían oír el rugido del tráfico que cruzaba el Praterbrücke sobre el Danubio; el enorme puente asomaba más allá de los árboles.

—Cuando encuentren a ese hombre vendrán todos —dijo Dominika. Su rostro se mostraba ceniciento y decidido. Nate miró hacia la noche, en busca de movimiento. Ella alargó la mano para acariciarle la mejilla. Una disculpa tácita. Él luchaba por protegerla y ella había perdido la cabeza.

—Creo que tenemos que arriesgarnos a cruzar el puente —confirmó él—. Pensé que podríamos esperar, pero no podemos quedarnos aquí afuera en la oscuridad. No duraríamos nada aquí fuera. —Puso sus brazos alrededor de los hombros de Dominika—. Tenemos que entrar en la ciudad. —Ella asintió—. Nos abriremos paso entre los árboles hasta el puente. ¿Dices que hay una pasarela por debajo?

Dominika asintió y lo miró alarmada.

—Neyt, no. Ahí es donde nos van a disparar. Es una pasarela recta bajo el puente. Está iluminada con bombillas de neón. Por supuesto. Es una *zasada*, una emboscada. Pueden disparar desde cualquier extremo, no hay forma de ocultarse.

Fue entonces cuando oyeron unos pasos que crujían sobre el suelo del bosque, varios pares de pasos que se acercaban con celeridad. ¿Habían encontrado al hombre en el almacén tan pronto? Querían sangre. Nate hizo un gesto con la cabeza y ambos empezaron a correr entre los árboles, alrededor de los matorrales y las enredaderas, por encima de la hojarasca. Nate sentía todo el tiempo el punto helado sobre sus omóplatos, donde le impactaría la bala. Dominika iba tres pasos por delante de él, corría bien, pero de repente se metió hasta la cadera en una zona pantanosa y cayó de bruces en el agua salobre. Se levantó balbuceando y estaba a punto de agarrar la mano extendida de Nate para salir, cuando, en su lugar, tiró de él, tapándole la boca y llevándolo abajo, entre las altas hierbas del borde de la pequeña ciénaga. El agua hedionda se filtró en sus ropas y se metió en sus narices. Dominika mantenía la pistola de lápiz de labios fuera del agua, y Nate intentaba secar el pistolete, en silencio. Un fallo en el arma podría matarlos a los dos.

—Vienen por entre los árboles —dijo Dominika—. Dos de ellos.

Nate pudo ver dos siluetas que avanzaban. Esa noche hubo una plaga de siluetas, fantasmas a su alrededor —en la calle, detrás de los edificios, debajo de los árboles—, que los rodeaban con la misma delicadeza que un *collie* rodea a un rebaño de ovejas. Se hacía tarde y Nate sabía que corrían un peligro considerable. Las siluetas que se acercaban estaban separadas por una pequeña distancia entre ellas. Por su tamaño y forma, Nate dedujo que eran una mujer y un hombre corpulento, llevaban vaqueros negros y chaquetas oscuras. Vio un destello de metal en la mano de la mujer. Se acercaban con decisión, haciendo el suficiente ruido como para que se les oyera, mirando a los lados y hacia atrás; estos dos eran los que debían conducirlos hacia el puente. Nate sabía que se les estaba acabando el espacio a él y a Dominika, tenían que empezar a moverse en la dirección opuesta, tal vez tumbarse en el agua entre los juncos y dejar que esos dos pasaran, e intentar abrirse paso.

La solución táctica de Dominika fue algo más gore. Susurró al oído de Nate:

—Eliminaré al de la izquierda. ¿Puedes disparar al otro? —Lo miró como si estuviera discutiendo una receta de pan con pasas.

Empuñó la pequeña automática en la mano, luego miró a sus cazadores, estaban muy cerca, a unos dos metros, y trató de recordar los mandamientos del tiro. Distancia de la pistola de combate; centrarse en la mira delantera; bloquear la muñeca; apretar el gatillo, no sacudirlo.

En el instante anterior a su movimiento, Dominika pensó, sin saber por qué, en su padre y en Korchnoi; se volvió y miró a Nate, extendiendo la mano y apretándolo un instante. Él estaba ajustando su posición para sincronizar su salto con el de ella; estaba firme, pálido, decidido. Su aura púrpura latía con los latidos del corazón, y Dominika se dijo a sí misma que no permitiría que le hicieran daño.

La mujer ante Dominika llevaba un casco de motocicleta; Dominika emergió de las espadañas chorreando agua. Con suavidad y sin prisa,

146

dio un paso adelante y puso el pintalabios contra el visor transparente del casco y empujó el émbolo. Se oyó un clic y el plástico pareció de inmediato el cuenco de una batidora que bate tomates y tofu. El lóbulo frontal tenía ahora la consistencia de un gazpacho de verano. La mujer se desplomó en un segundo.

Mientras tanto, Nate también se levantó de detrás de las hierbas altas, levantó la pistola con ambas manos, puso el pequeño punto blanco de la mira en el puente de la nariz del hombre y apretó el gatillo tres veces. Hubo tres chasquidos inconfundibles. La pequeña pistola no se le movió en la mano y Nate pudo mantener el cañón a nivel. Miró al persa. El hombre grande sacudió la cabeza y una rodilla comenzó a doblarse, pero llevaba una fea automática en la mano que se acercaba lentamente, así que Nate se agachó de nuevo sobre su mira y le disparó dos veces más en la frente. El hombre cayó de espaldas, con los brazos abiertos a los lados; apretó, por acto reflejo, el gatillo dos veces; las ráfagas se perdieron en el cielo nocturno. «La pistola de señora», habría dicho Gable. Nate se acercó al hombre con la pistola preparada de nuevo, pero ya no era un peligro.

Fabuloso. Ahora Nate tenía una historia que contar a algún joven agente, igual que Gable le había contado a él historias sobre sus tiroteos. La cara del persa estaba marcada por cuatro pequeños puntos negros rodeados de rojo: dos en una mejilla y dos en la frente. A Nate le temblaban las manos y tenía una sensación generalizada de haber metido la pata: podría haber dirigido mejor el SDR, haber mantenido a esa agente alejada de ellos, haberlos evadido con más astucia. Cállate la boca, le dijo Gable en su cabeza. Tenían que defenderse. Esto no estaba siendo un seguimiento de gato y ratón en Moscú o Washington. La noche debía terminar con Nate y Dominika bocabajo en el agua del pantano, o cayendo empapados sobre los vertederos del río, o doblados uno sobre el otro en la pasarela bajo el Praterbrücke. Y la noche aún era joven. Había más siluetas moviéndose por ahí, y un tirador tumbado en una colchoneta, oliendo el aceite del arma en sus manos, apoyando la barbilla en el brazo, con la cara verde por la retícula iluminada con tritio del visor.

Nate se volvió hacia Dominika y la vio tumbada bocabajo en el suelo, con los brazos por debajo del cuerpo y las piernas cruzadas por los tobillos. Un horror. Le dio la vuelta, le limpió la suciedad de la mejilla y recorrió con las manos su cuerpo, los contornos familiares, las dulces curvas, buscando heridas, buscando sangre. Nada. La cabeza cayó hacia atrás, inerte sobre su cuello, y Nate la movió con suavidad primero, con nerviosismo después. Ella gimió. Nate le apoyó la cabeza y palpó el cráneo. Sus dedos salieron rojos y húmedos. Herida en el cuero cabelludo. La bala de nueve milímetros le había atravesado la cabeza, a un milímetro de la muerte, el ancho del revestimiento metálico de la bala. El disparo por el acto reflejo del hombre había alcanzado a su agente, esa gladiadora de ojos azules, esa mujer apasionada con un valor poco común y un temperamento volátil, la mujer que él amaba. Podría haber muerto en sus brazos, pero había tenido un poco de suerte y él iba a ponerla a salvo. Le acunó la cabeza y le habló al oído. Otro gemido y sus ojos se abrieron.

—Domi —dijo con urgencia en ruso—. *Vstan!*, ¡vamos, levántate!

Ella lo miró con aire ausente, luego sus ojos se enfocaron y respiró hondo. Asintió con un gesto.

—Ayúdame a levantarme, *dushka* —dijo, pero arrastraba las palabras. Él la levantó con cuidado y le pasó el brazo por el cuello, agachándose para recoger el maletín con el TALON y pasarlo por encima del hombro.

—Vamos, podemos retroceder, alejarnos del río.

Dominika se tensó.

—No te acerques al puente grande —dijo entre dientes—. Otro puente. —Señaló sin fuerzas río abajo—. Ferrocarril. Quinientos metros…, río abajo. Podemos caminar sobre los raíles. Podemos llegar a mi casa segura. No está demasiado lejos. Puedo llegar. —Se tropezó al decirlo y volvió a caer, de rodillas, apoyó las manos y dejó caer la cabeza. Nate se inclinó de nuevo y la levantó.

—Vamos, pequeña —dijo Nate sin pensar. Una feroz determinación de salvarla surgió de él, con una claridad excepcional. Si no estuviese herida, le habría mandado al infierno por llamarla pequeña.

Nate tomó una dirección en diagonal, alejándose del puente, en paralelo al río. Se abrió paso entre los árboles y los juncos, chapoteando entre aguas negras y densas. Cuando se detuvo a escuchar, Dominika se desplomó contra él, temblando por la conmoción y el aire frío de la noche contra la ropa mojada. Ya no había siluetas, ni chasquidos de ramitas; quizá se habían salido de la tela de araña, o el equipo iraní se había retirado confiado en que los conejos se dirigían hacia el puente y ya estaban encerrados en la botella.

Nate se adelantó, con la pesada pistola del gran persa en el cinturón. El TALON le golpeaba la cadera, el brazo de Dominika estaba alrededor de su cuello y él la sujetaba por la cintura. Ella sufría ataques de espasmos y temblores, y se iba hundiendo contra él. Nate la sentó en un poco de tierra seca y le palpó el pelo. Estaba pegajoso, pero la herida ya no parecía sangrar. Dominika levantó la cabeza hacia él; a la luz de las estrellas, sus labios parecían negros y temblaban.

—Neyt, coge tu tableta y ve adelante. Tenemos que proteger la inteligencia. Nos vemos en mi apartamento.

Nate le sonrió y le apartó un mechón de pelo de la cara.

—Domi, vamos a ir juntos. No te voy a dejar.

—La información iraní es demasiado valiosa —dijo entre dientes tras cerrar los ojos un instante. Luchando.

—Tú eres demasiado valiosa para mí.

Abrió los ojos y lo miró. La nube púrpura que le rodeaba la cabeza se movía y se expandía.

—Tu color es tan hermoso —musitó en ruso, cerrando los ojos de nuevo.

Está alucinando, pensó; tengo que secarla y hacer que entre en calor.

—¿Qué estás diciendo?

—Tan bonito… —murmuró Dominika.

Rodearon otro matorral; tenían que levantar mucho los pies al caminar porque las lianas se enredaban en sus tobillos. Los pantanos del Danubio no querían dejarlos partir. Nate le quitó a Dominika el abrigo de *tweed*, que estaba empapado, y le puso su chaqueta, más fina, sobre los hombros. La mano que le rodeaba el cuello estaba helada. Tenían que salir de ese bosque.

Se abrieron paso entre la maleza y, de repente, el muelle de piedra del puente del ferrocarril se alzó frente a ellos. Cuando miraron hacia arriba, un tren S-Bahn de la línea S80 de morro chato y color azul retumbó sobre sus cabezas, las chispas de la luz de arco de las catenarias les iluminaron las caras; Dominika, con los ojos pesados, apenas registró el paso de los vagones. Nate la condujo por una pendiente hasta el lecho del ferrocarril y la dejó descansar. Caminó un poco hacia el puente a lo largo de los raíles. Las vigas superiores curvadas del puente estaban muy cerca de las vías dobles, con un espacio libre de unos centímetros a cada lado, y solo había una estrecha viga estructural por encima del agua. Tendrían que cruzar todo el puente antes de que pasara otro tren; de lo contrario, tendrían que salir a la nudosa viga remachada por encima del oscuro río y aguantar hasta que pasara el tren. Incluso podría ser que Dominika, en su situación, se tambaleara y cayera. Una vez en el agua, desaparecería por completo, como si se hubiera caído por la borda de noche, durante un vendaval, en medio del océano.

Nate miró río arriba. El Praterbrücke zumbaba con el tráfico nocturno de vehículos. El paseo peatonal bajo la calzada era una galería con una suave luz, que contrastaba con la oscura orilla izquierda, donde dos cuerpos se iban quedando tiesos con el aire nocturno, y donde un paciente francotirador, en un agujero, esperaba a que entraran en la caja de la muerte con aroma de neón. Por un instante, Nate se preguntó si el francotirador podría cubrir ambos puentes desde una posición de tiro en algún lugar entre ellos, pero eso significaría enfrentarse a objetivos transversales en lugar de un tiro directo y limpio. En cualquier caso, no había alternativa, tenía que llevar a Dominika bajo techo y calentarla si quería que sobreviviera. Estaban a medio camino del puente cuando las vigas empezaron a vibrar y las líneas eléctricas aéreas empezaron a emitir un ruido como el que suena cuando soplas en la boca de una botella, y el reflejo del gran faro se acercó a ellos a lo largo de los brillantes raíles como una mecha que se quema a gran velocidad, curvándose y acelerándose. Nate ayudó a Dominika a pasar por debajo de una viga inclinada y la equilibró sujetándola con una mano mientras ella se agarraba al acero con los dedos helados. Sus talones sobresalientes colgaban sobre el caudaloso río negro como la noche, del que surgía una nota grave. Millones de litros de Danubio marrón corriendo hacia el mar Negro. El acero que los rodeaba se agitó y Nate apretó a Dominika mientras la corriente de aire generada por el tren los sacudía para luego intentar absorberlos, las luces cinetoscópicas de la cabina mientras pasaban zumbando convirtieron el rostro de la joven rusa en el de una bruja de ojos tiznados, pero sus ojos se encontraron con los de Nate, y él le sonrió. Ella empezó a reír y él se unió a su risa; y aguantaron hasta que el puente dejó de vibrar.

Las luces caleidoscópicas del Prater en la distancia los llamaban, ofreciendo cobertura y seguridad. El aire más frío sobre el río pareció reanimarla, pero, a medio camino del puente ferroviario, se detuvo y se asomó al agua agitada; vomitó en la oscuridad, con el cuerpo sacudido por temblores interrumpidos solo por escalofríos. Él la abrazó ahora, la ayudó a caminar por el resto del puente. Nate siguió escuchando los trenes, pero también empezó a vigilar la orilla y el paseo fluvial de Handelskai, a los que se aproximaban, buscando una figura oscura merodeando, o un vehículo parado que emitiera una columna blanca de gases del escape, o un destello fugaz de una mira sobre el cañón azulado de un rifle Dragunov de francotirador. Todo está despejado hasta que deja de estarlo, se dijo. Caminaron por el parque a lo largo de la Hauptalle para alejarse del río. Nate dirigió a Dominika en línea recta, estimulándola de vez en cuando, cuando sus piernas flaqueaban.

Llegaron al parque de atracciones cuando estaba cerrando —parecía que habían estado fuera toda la noche— y oyeron las sirenas al otro lado del río. Caminaron por la explanada, alejándose de los focos de luz más brillantes para que nadie pudiera ver la sangre en el pelo de Dominika y en su camisa; les llegaba el sonido de la música y el olor de la comida. Se tambaleó un poco. Demasiado vino, pensaron las ancianas de las casetas. El bamboleo ocultaba los escalofríos que le llegaban en ráfagas. La música de las atracciones y el estruendo del viento de la noria llegaban a sus oídos.

GAZPACHO

Mezcla el pan de pueblo, los tomates maduros y el pepino sin semillas en un procesador de alimentos con un chorrito de vinagre de vino tinto, aceite de oliva, sal y comino. Tritura hasta que esté suave. Pásalo por un colador mediano para obtener una consistencia aterciopelada. Enfría y sirve con daditos de pimiento verde, pepino y cebolla blanca.

11

Entraron en el apartamento, Dominika arrastrándose a cuatro patas mientras Nate aseguraba la puerta con el cierre de seguridad que guardaba en el fondo del maletín. Levantó a Dominika, la llevó al baño y le quitó la ropa empapada. Tenía el cuerpo magullado, la espalda, las piernas y los pechos helados al tacto. La metió en la bañera y abrió el grifo, el agua caliente se volvió marrón. Ella permaneció con los ojos cerrados mientras él le lavaba el cuerpo y el pelo, y examinaba el surco del cuero cabelludo. Había dejado de sangrar. Abrió los ojos una vez para mirarlo. Incluso sumergida en el agua caliente hasta la barbilla, temblaba. La superficie del agua sucia del baño vibraba.

—Esto lo hizo Zyuganov —dijo, estremeciéndose, mientras Nate le pasaba una esponja por las piernas, hasta llegar a los pies. Fue algo natural e imprevisible: Dominika estaba desnuda y Nate la atendía; no hubo espacio para la vergüenza.

—¿Puso un equipo de asalto iraní sobre ti?

—No, él no iría tan lejos. Pero dio el soplo de Jamshidi de forma deliberada.

—¿Qué ocurrirá cuando el MOIS comunique a la sede central que esta noche han perseguido a dos informadores? —dijo Nate mientras redactaba el cable a la central en su cabeza.

—Los persas no informarán de nada a la sede central —respondió castañeteando los dientes—. Nuestros servicios no comparten nada. Zyuganov lo negará. Cuando informe de lo sucedido, lo atribuirán a una investigación de inteligencia del país. Los iraníes encontraron un traidor. Sin más. Pero Zyuganov insinuará que fue a consecuencia de un fallo de inteligencia por mi parte. Lo conozco.

—¿Todavía tenemos una acción encubierta viable? —pensó en voz alta Nate.

—Tu gente debe hacer su trabajo, con rapidez —respondió la agente encogiéndose de hombros y sin dejar de temblar—. Te informaré de lo que ocurra en Moscú.

Dejó que la ayudara a salir de la bañera. Él le secó el cuerpo y el pelo con una toalla teñida de rosa por los últimos restos de sangre, la condujo a la cama y la metió bajo las sábanas. Se estremeció y cerró los ojos. Nate se quedó de pie junto a la cama durante un rato, mirando el rostro girado sobre la almohada y el cuello largo y elegante de aquella mujer.

Volvió al salón, encendió el TALON, vio los nombres de los archivos y abrió los que estaban en inglés y en alemán: Wilhelm Petrs GmbH; planta de ensamblaje de Berlín, Alemania; sistema de suelo de aislamiento sísmico KT550G; clasificado para una intensidad MMI III-IV; veinte millones de euros más los equipos de instalación. Sabía que tenían lo que PROD necesitaba. Las líneas pasaron por delante de sus ojos en una cascada de datos. Pantalla tras pantalla. Bingo.

Un sonido procedente del dormitorio le hizo levantar la vista.

—¿Está la información? —preguntó la joven en ruso, de pie, desde la puerta—. ¿Lo conseguimos?

Nate asintió.

—¿Cuánto cobra Moscú a Teherán por el suelo?

Dominika se estremeció en lugar de encogerse de hombros.

—Más de dos millones de rublos, creo, no estoy segura.

Nate golpeó el TALON varias veces y negó con la cabeza.

—Más de cuarenta millones de euros. El doble del precio de compra.

—Por supuesto, mucha gente se hará rica.

—Y los mulás tendrán una bomba. —Dejó la tableta.

—Ya hemos terminado —dijo Dominika, apoyada en el marco de la puerta. Tenía el pelo enmarañado y le caía hacia delante, cubriéndole la mitad de la cara. Una oleada de escalofríos le sacudió el cuerpo.

Cerró el TALON y se apresuró a acercarse a ella. Estaba envuelta en una manta, pero sus pies descalzos asomaban por debajo. La rodeó con sus brazos dentro de la manta. La piel de la mujer estaba muy fría —conmoción persistente, pensó él—, y la llevó de vuelta al dormitorio. Ella se aferró a su muñeca, con agarre fuerte de sus gráciles dedos.

—Todavía estás temblando —dijo Nate.

—*Gipotermiya* —dijo distraída, cerrando los ojos.

—Vuelve a la cama. —La cubrió con la sábana, luego con una manta y desplegó el edredón sobre ella, que se estremeció bajo el calor del abrigo, mostrando sus dientes entre sus labios azulados. Nate metió la mano bajo el edredón y le palpó las manos, luego los pies. Estaba helada. Puso agua a hervir para un té; echó cuatro cucharadas de azúcar y se lo hizo beber. Ella no dejaba de temblar.

Nate no sabía qué más hacer. Sin pensárselo, comenzó a desabrocharse la camisa, tuvo que dar un paso atrás para sacarse las mangas. Se quitó los pantalones y se deslizó bajo las sábanas; la puso de lado y se pegó a ella. Las piernas de ella se agitaron contra las de él. Ella pegó aún más su cuerpo al de él, agarró la mano y se la pasó por la cintura. El cuerpo de Dominika se volvió a estremecer, se sintió tan fría como el mármol.

Fría como el mármol, pensó Nate con un pequeño escalofrío. Y le transmitió su calor corporal.

Así se quedaron dormidos. Una hora después, quizá dos, Nate se despertó; no sabía qué hora era. La respiración entrecortada se había suavizado y sus escalofríos habían disminuido. Se movió ligeramente y ella se despertó, se dio la vuelta y se puso frente a él, manteniendo la cara cerca, con los ojos clavados en los de él. Estaba adormilada y parpadeaba sin premura. Él podía sentir la tibieza de la piel de la mujer que lo miraba. Nate inhaló su aroma y su calor. Todo era diferente: lo que habían sido, lo que fueron después, lo que eran en ese momento. Sobrevivir a esa noche había sacudido los términos de su relación. Él sabía lo que era correcto, lo que era seguro, pero ahora contemplaba con imparcialidad haber roto todas las reglas: compartir los requisitos, revelar la acción encubierta, acostarse con su agente. Esto era algo más importante. Mientras la familiar opresión comenzaba a brotar en su garganta, trataba de no pensar en Gable y Forsyth.

Se quedaron tumbados de lado, mirándose el uno al otro. Dominika estaba mareada y con náuseas; todavía temblaba, pero ya no de frío, sino por deseo, por el *shock* de haber sobrevivido, por necesidad de él. Recordaba el tacto de su piel. Apretó sus pechos contra el pecho de él; pasó una pierna por encima de la cadera de él, apartando el edredón; le quitó la ropa interior. Apartó de su mente lo que se había detenido entre ellos. Lo que ocurriera mañana no tenía nada que ver con lo que pasara esa noche. Sintió que él se acercaba; se besaban en los labios, en los ojos, en la garganta; las manos de él se apretaban contra su espalda, contra sus caderas. La cabeza le daba vueltas —*idiotka*, pensó, probablemente tienes una conmoción cerebral—, pero no le importaba. El contacto con él hizo que le saltaran chispas en la columna y en la base del cerebro.

Nate se inclinó hacia delante y le mordisqueó el labio inferior.

—¿Cómo te sientes? ¿Estás bien?

Dominika parpadeó.

—Sabes que no tienes que volver a entrar —susurró con tranquilidad, con la intención de decir algo; era difícil hablar y besar al mismo tiempo. Dominika le buscó los ojos y le puso la mano detrás de la cabeza, acercándolo para darle otro beso. Su halo púrpura los envolvió a ambos. Sabía que su yo sexual estaba asomando como un huracán a las puertas. ¿Saldría o volvería a ocultarse?

—¿Crees que no volveré a Moscú? —preguntó arrastrando las palabras—. *Dushka*, ahora más que nunca debo volver. Tú lo sabes. Yo lo sé. Ambos debemos hacer nuestro trabajo.

—Solo digo que no tienes que hacerlo. No después de lo que ha pasado esta noche.

Dejaron de moverse. Buscó con sus ojos los de ella, y su aura púrpura latió y brilló alrededor de la cabeza.

—Deja de hablar de trabajo —le pidió ella.

Antes de que el hechizo entre ellos se difuminara, Dominika empujó a Nate sobre su espalda, pasó la pierna por encima de él y se sentó, luchando contra el mareo. Cerró los ojos en señal de concentración, lo que también ayudó a evitar que la habitación se moviera demasiado. Nate la miró un poco alarmado. La boca de Dominika estaba entreabierta. Respiraba con pequeños resoplidos. A horcajadas sobre él, con las manos abiertas apoyadas sobre su pecho, Dominika se levantó con calma, se movió hacia adelante, luego hacia atrás, ahondando en él, un truco de gorrión, sin manos, hasta que lo atrapó. Relajándose. Electrizándose. Sus hombros se encorvaron como respuesta. Empezó a mecerse —*jangha vibhor* le invadió la cabeza, la posición erótica llevada del sánscrito al ruso para el, ya lejano, manual del gorrión. Se apartó el pelo de la cara, los felinos gemidos apremiantes se hicieron más rápidos, los ojos se movían tras los párpados cerrados. Cada flexión de sus caderas le agitaba las entrañas; cada vez que arrastraba el pubis por la pelvis de él, sentía que el *klitor* —¿cómo se decía en inglés?— vibraba arriba y abajo, como un interruptor de luz que se encendiera y apagara sin parar.

Nate la rodeó por la cintura con las manos para evitar que cayera al suelo cuando empezó a inclinarse un poco. Mientras apretaba los dientes y contraía el abdomen bajo las embestidas de Dominika, de repente, enloquecido, tuvo un *flash* sobre el suave zumbido del ordenador que había en el salón, cargado de secretos de los pasillos subterráneos de la centrifugadora persa. La luz que entraba por las persianas del apartamento proyectaba barras dobladas sobre el pecho plateado de Dominika, y Nate vio las barras estroboscópicas de neón que iluminaban la pasarela bajo el puente, vio los cuerpos oscuros esparcidos por el suelo del bosque. Cerró los ojos y vio que los ojos del persa, en el almacén, se ensanchaban por el asombro, para después desvanecerse, bombeando sangre. *Flashback*. Su propia conmoción también se estaba desangrando. Jesús, pensó.

Algo estaba ocurriendo, y Nate volvió a centrarse. Dominika todavía tenía los ojos cerrados. Se balanceaba como la hija de Satanás en un coche de carreras. Tenía las manos delante de ella, apretando fuerte los puños. Hiperventilaba. Abrió los ojos de golpe y buscó a tientas, con urgencia, las manos de Nate. Las aplastó contra sus pechos. Colgaba del borde de un acantilado, sobre el mar espumoso, las ruedas traseras giraban en el vacío, el chasis se tambaleaba hacia un lado y otro, luego hacia atrás. La sensación de calor burbujeante entre sus piernas se desvanecía. Agotamiento. Conmoción cerebral. Hipotermia. Exhaló un gemido desesperado.

—*Pomogi mne*, ayúdame.

¿Que te ayude?, pensó Nate, tú eres el gorrión, yo soy solo un juguete en tus manos. Pero se acordó de lo que le gustaba a una novia encantadora de la universidad, y comenzó a pellizcarle los pezones, los sujetó con firmeza y tiró de ella hasta hacerla caer sobre él, con la boca pegada a la suya. No la soltó. El súbito placer-dolor tomó a Dominika por sorpresa, cuando se aferró a la boca de Nate. El coche se inclinó hacia la derecha y se deslizó por el borde del acantilado. La familiar vibración comenzó en el vientre y descendió por los laterales hasta los pies, mientras la entrepierna se agitaba de nuevo. Tres pulsaciones profundas. Dos pequeñas. El coche en movimiento golpeó las rocas, en el fondo del acantilado, y explotó. Más fuerte que la combinación de las anteriores. Un gemido ahogado en lo más profundo del vientre no se detuvo.

Entre los humeantes escombros de sus entrañas, Dominika recibió con dulzura el abrazo de Nate. La rodeaba. La respiración agitada en la boca. La estrechó con más fuerza, los músculos del estómago se agitaron, su cuerpo se agitó con violencia, levantándola físicamente. La cabeza de Dominika se balanceó y sus dientes chocaron causándole dolor. Se aferró a su cuerpo y lo cabalgó una, dos, tres veces, *Bozhe*, cuatro, *moy*, cinco, Dios mío. Volvió a empezar para ella, esta vez era diferente, no una explosión, sino una reverberación, un si bemol dos octavas por debajo de un do medio, que surgió y retrocedió para volver a resurgir dentro de ella. Esta vez gimió en la boca de Nate, se oyó a sí misma en su propia cabeza, y se aferró a él, retorciéndose, esperando que alguien desconectara la electricidad.

No se movieron durante diez minutos, escuchando los latidos del corazón del otro. Ella se retiró el pelo de la cara y lo miró, se deslizó y se acostó a su lado, encontró su mano y la sostuvo en la oscuridad. Seguía mareada, pero ya no tenía náuseas.

—Tápanos, *dushka*, vuelvo a tener frío. —Nate tiró del edredón sobre ellos.

—¿Quieres agua?

Dominika sacudió la cabeza.

—Ya he tragado suficiente Danubio esta noche.

Se cogieron de la mano bajo las sábanas, él acariciaba con el pulgar la palma de ella y se giró una vez para besarle la sien húmeda. Estaba quieta, le pesaba todo el cuerpo, estaba llena de Nate en su cabeza y en su henchido corazón. El acto del amor de esta noche fue como si nunca hubieran estado separados, como si nunca hubieran luchado contra su pasión. Un temblor rebelde agitó sus muslos y lo olió acostado a su lado.

Dominika desvió sus pensamientos de lo físico al espionaje. La arriesgadísima jugada de introducir a Nate en la operación de falsa bandera contra Jamshidi estuvo a punto de acabar en desastre. Habían tenido suerte. Pensó en la traición de Zyuganov. Ahora era libre, con los sesos de Jamshidi decorando la cocina color amarillo canario de Udranka, de asumir la primacía en el acuerdo de aprovisionamiento de Putin con Irán. *Khorosho*, muy bien.

Cerró los ojos, sus pensamientos se arremolinaron. ¿Y su propio futuro? Contempló la posibilidad de trabajar en el lugar durante años, décadas, mientras sobreviviera. ¿Acabaría como Udranka? Lo sentía por ella, por todos sus amigos, sus *rusalki*, víctimas del sistema, las sirenas del Kremlin. En el mejor de los casos, vería a Nate una o dos veces al año, el resto del tiempo operaría sola en el filo de la navaja, dentro de Moscú, robando secretos, desafiando a los *shakaly*, los chacales del Kremlin y de Yasenevo, arriesgando su vida para frenar la hemorragia moral de Rusia. Lo hacía por su padre, por el general, por el hombre que respiraba suavemente a su lado, pero sobre todo lo hacía por ella misma. Lo sabía, mejor incluso que sus perspicaces agentes asignados de la CIA. Miró de reojo a Nate. Él giró la cabeza y le sonrió. Púrpura intenso.

Había confiado en ella, le había enseñado los requisitos de inteligencia interna de la CIA, la había introducido en la operación de acción encubierta y había infringido normas mucho más draconianas que los protocolos de no confraternización que ya habían violado antes. Pero vio que Nate había cambiado: ahora estaba dispuesto a lanzarla al peor de los escenarios de Rusia y tratarla de la manera más impersonal. Ella podía soportar el temor y el riesgo sabiendo que él estaba decidido a hacerlo.

Nate sintió que el corazón volvía a refugiarse en el pecho, que latía más despacio, que volvía a la normalidad. Tenía las puntas de los dedos de los pies y de las manos un poco entumecidas. Sintió el calor del cuerpo de Dominika junto a él. Pasó el pulgar por la dulce mano de ella, notó que la palma era callosa, como si hubiera estado tirando de una cuerda, y una oleada de emoción brotó en él. Ella lo estaba arriesgando todo, su vida, por él, por la Agencia. No se trataba en absoluto de sentir lástima por ella, sino de una ternura que le llenaba las entrañas por esa criatura valiente, mercurial, de pelo castaño y ojos azules, que afrontaba las dificultades con mucha calma, rusa de nacimiento y rusa de pasión. Y con callos en esas elegantes manos.

Se quedaron mirando el techo. Fuera, tras la ventana, el Prater estaba oscuro y quieto. Las calles estaban en silencio, salvo por el gemido lejano de un camión de la basura que vaciaba los contenedores con un estruendo de botellas y latas. El compresor de la pequeña nevera de la cocina se puso en marcha con un leve traqueteo. Dominika movió ligeramente un pie y tocó uno de los suyos. Nate miró la esfera luminosa del reloj, 04:00. El compresor del frigorífico se estremeció y no se detuvo. No se miraron.

—Por supuesto que volveré a Moscú —dijo Dominika en la oscuridad.

* * *

A la mañana siguiente, Nate hizo una señal a la estación de Viena para reunirse en la cafetería situada a una manzana de Augarten y se sorprendió y se alegró de ver a Kris Kramer, un antiguo compañero de clase de la Granja —habían empezado a llamarlo Krispy Kreme ya en la primera semana—; recorrió la manzana; se aseguró de que no había nadie tras él antes de entrar en la cafetería y se deslizó en el interior. Kramer era bajo, moreno, siempre concentrado, había sido el primero de su clase. No se habían visto desde que se graduaron. En diez minutos, Nate relató lo que había sucedido la noche anterior. Kramer tomó notas en un bloc de espiral de Hello Kitty de su hija de seis años.

—Estaba en casa cuando llamaste, cogí lo que tenía a mano —dijo retando a Nate a que le echara mierda por el asunto del bloc.

Cuando Nate terminó, Kramer lo miró de reojo.

—Menuda noche.

Nate se encogió de hombros, entregó el TALON, le dijo la contraseña y le pidió que enviara la información descargada a Langley lo antes posible, con una copia a Forsyth en Atenas.

—Cuando envíes los archivos, por favor, envía un cable de operaciones. Diles que DIVA está bien y que he dejado allí el portátil para que los persas sigan pensando que sus secretos están intactos. Le contaré toda la historia de nuevo a Benford mañana. —Kramer asintió, salió del café y desapareció al doblar la esquina.

Eran las ocho de la tarde cuando se reunieron de nuevo, en el café del atrio del Hotel König Von Ungarn, en la Schulerstrasse, detrás de la catedral. Pidieron cervezas y un pequeño plato de croquetas con jamón *speck* y gruyer. Nate leyó la nota del jefe de Viena con instrucciones del cuartel general, en concreto de Simon Benford, jefe de la División de Contrainteligencia.

Benford llegaría a Viena al día siguiente por la tarde, y Marty Gable venía de Atenas. Ya estaba volando. La nota no era muy extensa, pero decía que discutirían los siguientes pasos en relación con el futuro de DIVA y para explotar la información recién adquirida. Nate releyó la nota. Constató el tacto sedoso del papel y miró a Kramer, que asintió. Nate metió el papel soluble en líquido en un vaso de agua. El papel burbujeó y adquirió la consistencia de la avena en medio segundo. Kramer lo miró por encima del borde de la cerveza.

—Has estado muy ocupado desde Moscú —dijo mientras se comía una croqueta y bebía un sorbo de cerveza—. Todo lo que oigo son historias sobre Nash: trabajar con Simon Benford, casos de acceso restringido, grandes reclutamientos, fuegos artificiales en Atenas, persecución de asesinos en la Viena nocturna... Y ahora esta misteriosa descarga del portátil. No conozco los detalles, por supuesto, pero parece, golfo, que los rumores procedentes de Moscú sobre tu fallecimiento eran exagerados.

—No tanto —dijo Nate sonrojado, y se le ocurrió que los tormentos de los primeros años de su carrera habían terminado, ahora eran apuestas más serias. Estaba trabajando en proyectos que otros investigadores nunca conocerían, había trabajado en operaciones que, por lo general, solo tenían lugar en una de cada cinco trayectorias.

—Tu jefe favorito, Gondorf, está sano y salvo, supongo que te alegrará saberlo —le dijo Kramer percibiendo su estado de ánimo e intentando aligerarlo—. Dejó la estación de Moscú sumida en el caos. Le dieron la División de América Latina y casi la destruyó. Se rumorea que en una visita a Buenos Aires, durante una recepción de enlace con generales argentinos que bebían *whisky*, Gondorf pidió una bebida que servían con un paraguas... Nadie se recupera de algo así. Lo enviaron a París, donde se encuentra ahora, al parecer ofendiendo a la DGSE con su francés de instituto... Ya sabes cómo es este Servicio. —Nate rio—. Debería marcharme —dijo Kramer mirando las últimas croquetas—. Tengo que preparar la casa que vais a usar mañana. Espera a ver ese sitio. El Ejército de los Estados Unidos lo usó para interrogar a los desertores después de la guerra, y ahora la estación lo guarda para contingencias..., como cuando el gran Nate Nash viene a la ciudad. Tres pisos, sala torreón, cubierta de hiedra, en Grinzing, tranvía treinta y ocho.

—Gracias, Krispy Kreme, por toda tu ayuda —agradeció Nate. Sabía lo que era tener que atender las casas de seguridad de los compañeros de visita.

—No hay problema, encantado de ayudar. Obtengo un placer indirecto viendo cómo operas. —Su tono se volvió serio—. Ten cuidado, ¿de acuerdo?

CROQUETAS VIENESAS

Haz una bechamel espesa y añade el jamón *speck* desmenuzado (o el *prosciutto*), el gruyer rallado y nuez moscada; mézclalo bien. Extiende la mezcla en una bandeja y refrigera. Da forma de bolitas pequeñas al relleno, pásalas por huevo batido y luego por panko. Enfría las croquetas empanadas y fríelas en aceite vegetal caliente hasta que se doren. Sirve con alioli hecho con mayonesa, pasta de ajo, zumo de limón y pimentón ahumado.

12

A primera hora de la tarde, Nate y Dominika salieron con prisa en la penúltima parada del tranvía de Grizing en dirección al parque Heiligenstädter. El movimiento fluido del tranvía no había dejado a ningún peatón sospechoso a la vista, y el recorrido en zigzag —en un momento dado, se separaron y luego volvieron a girar el uno sobre el otro buscando reacciones— lejos de la estación no reveló ningún vehículo corriendo hacia su posición. Cogidos del brazo, pasaron de la «espesura» —el ajetreo del centro turístico de Grizing— a la «estrechura» —la soledad del parque— y comprobaron su estado una, dos…, una docena de veces. Caminaron por el sendero, pasando por una hilera de acacias con la luz de las farolas brillando a través de las hojas. Al girar en Steinfeldgasse, la calle se curvaba suavemente y se estrechaba, terminando en el parque. No los seguían.

La casa estaba apartada, pegada a los árboles. Era enorme, estilo gótico, totalmente cubierta de hiedra, desde las columnas de la entrada hasta las desgastadas pizarras de la torre cuadrada de fijación en un lado de la casa. Alguien había recortado la hiedra alrededor de algunas ventanas. Las cortinas estaban echadas y solo se veía una pequeña luz en una ventana del piso superior. Nate esperaba escuchar un alocado Bach interpretado en un órgano de tubos por el monstruo deforme del torreón. ¿La Agencia empleaba monstruos deformes?, se preguntó. Me refiero a otros diferentes, a los emocionales. Se lo preguntaré a Gable.

Pensó en los refugiados desesperados, los soldados, los informadores, los simpatizantes y los desertores que debieron contemplar esta fachada antes de entrar para ser interrogados por los investigadores del Ejército estadounidense en los meses posteriores a la Segunda Guerra Mundial, con Viena como un paisaje lunar de ladrillos caídos, apilados en dos pisos de altura, la ciudad inundada de penicilina venenosa de contrabando. Ahora iban a entrar para reunirse con Simon Benford, para discutir el futuro, para determinar si Dominika sobreviviría si regresara a Moscú. Ninguno de ellos quería perderla, como habían perdido al general Vladímir Korchnoi, un premio arrebatado por una única bala de francotirador. De Putin, con amor.

La casa tenía un patio cubierto de maleza, una valla baja de hierro con pinchos y unos escalones delanteros de granito desgastado, ahora liso y suave. La enorme puerta de roble tenía unos tiradores decorativos de hierro forjado. Se quedaron parados un segundo, escuchando el ruido de la calle detrás de ellos, y la casa al otro lado. Luego se miraron. Todo tranquilo. Llamaron a la puerta y Gable la abrió; con el pelo cano cortado y los ojos entrecerrados. Pasó los brazos por los hombros de cada uno de ellos mientras los conducía al interior.

El salón, iluminado por una lámpara, era de la Austria de los años veinte: techos altos, dinteles de madera oscura, alfombras descoloridas, una lámpara de cristales blancos y sillones de cuero agrietado. Unas pesadas cortinas de terciopelo cubrían las ventanas emplomadas, evitando que penetrara la luz anaranjada de las farolas del parque Heiligenstädter. Los cuernos de los ciervos estaban colgados en lo alto de una pared lejana. En la inmensa chimenea habían encendido un tronco que quitaba el frío nocturno. Un aparador con bebidas estaba pegado a la pared, y había una caja forrada de papel encerado con lo que parecían bollos recién horneados. Benford los señaló y dijo que estaban rellenos de carne y que eran deliciosos.

Solo había cuatro personas en la sala. Simon Benford, que lo veía todo, no se sorprendía por nada y se divertía aún menos. Estaba, como siempre, desarreglado, con el pelo despeinado; sentado en uno de los pesados sillones, echando el humo de un cigarrillo hacia la chimenea, en un intento, a medias, de mantener la mayor parte del humo fuera de la sala. Parecía haber dormido con aquel anodino traje puesto. Llevaba las gafas sobre la cabeza. Nate sabía que en algún momento de la noche comenzaría a buscarlas, maldiciendo.

Marty Gable, de mandíbula cuadrada, recién llegado de Atenas, estaba encorvado en un sofá de cuero que hacía juego con el de Benford, con las piernas estiradas. Llevaba un chaleco corto de color caqui, con cremalleras y bolsillos. Dominika estaba sentada a su lado, reclinada hacia atrás, con las piernas cruzadas, con el típico balanceo del pie que quedaba al aire —su marca delatora personal—, nerviosa, excitada, impaciente, tal vez poco cooperativa. Tendrían que esperar para averiguarlo. Llevaba un vestido de lana ligera de color beis, con un cinturón ancho de lagarto, que se ceñía a ella y suavizaba sus curvas a la luz difusa de la lámpara. Tenía el rostro cansado y demacrado por el estrés de la noche anterior, pero tras el cansancio Nate pudo ver la luminosidad de la emoción de su relación amorosa.

Hacía casi un año que Benford no la veía. Dominika se mostraba correcta y reservada delante de él, pero Nate vio que sus ojos se derretían de afecto cuando volvió a saludar a Gable, *bratok*, hermano mayor. A Nate se la sudaba: Gable veía a Dominika como el hermano mayor que era para ella. Maldito Gable, pensó Nate, está captando el brillo poscoital. Gable acorraló a Nate con una sola mirada. Benford tiró el cigarrillo a la chimenea y se inclinó hacia delante.

—Tenemos mucho de qué hablar y poco tiempo para ello. Empezaré diciéndoos a los dos que me alivia que hayáis sobrevivido a la emboscada de los iraníes. Os felicito. —Encendió otro cigarrillo—. Continuaré diciendo que la aportación de Dominika ha sido superior, y que esperamos futuros informes no solo sobre tu servicio, sino también sobre los planes e intenciones del Kremlin. Los responsables políticos de Washington se esfuerzan por comprender la anatomía de la Federación Rusa y los impulsos del presidente Putin. Dominika, tu acceso en constante evolución puede garantizar la aportación de inteligencia, en la medida en que los inútiles de la Casa Blanca y el Capitolio son capaces de entender algo. —Sacudió la ceniza sobre la alfombra—. Creo que el presidente tiene como prioridad singular preservar su cargo y explotar los emolumentos que se derivan de su despacho.

Dominika miró a Nate.

—Putin quiere seguir siendo el presidente y robando dinero —dijo Nate en ruso. Ella asintió.

Benford retomó la inspiración mirando al techo y continuó hablando.

—La imagen doméstica de Putin es impecable, floreciendo en una atmósfera de ultranacionalismo y libertades civiles que se desvanecen, que está alimentada por el encantador apetito ruso por las teorías conspirativas sobre un Occidente hostil, y no se ve en absoluto amenazado por una prensa independiente asediada o un maltrecho movimiento disidente.

—Putin no tiene oposición en casa —tradujo Nate a Dominika.

—Así que, mientras sea el señor popular de una nación quiescente —dijo Benford—, las desventuras en el extranjero, el patrocinio provocador de Estados canallas y los giros militares bélicos, al margen del resultado y de la condena internacional, no amenazan lo que más aprecia: mantener el poder.

—Puede hacer lo que quiera mientras los rusos no se quejen —tradujo Nate al ruso.

El pie de Dominika rebotó más agitado.

—Gospodin Benford —dijo la agente—, lo único que teme el presidente es la gente enfadada en las calles, como en Georgia y en Ucrania. No quiere eso. Cómo se dice... *likhoradka*, en la plaza Roja.

—Fiebre —dijo Nate—. No quiere que la fiebre se desate.

—Gracias, Dominika —intervino Benford—, por confirmar mis sospechas. Aunque les lleve cinco o quince años, cuando los rusos de a pie no puedan más, lo echarán del Kremlin.

—*Dvorets v izmene* —susurró Dominika. Benford miró a Nate con una ceja levantada.

—Palacio de la traición —tradujo Nate al inglés.

—A mí me funciona —dijo Gable.

—Ahora se plantean dos cuestiones —siguió Benford—. Primero, la seguridad de Dominika y la capacidad real de seguir operando dentro de Moscú. En segundo lugar, la información contenida en el ordenador del iraní, que ahora está siendo analizada en el cuartel general. Dominika, por tu bien, no necesitas saber... no puedes saber nada de esto último.

—Lo sabe —dijo Nate. Estaba demasiado tranquilo cuando Benford lo miró.

—Nathaniel, a pesar de tu gramática característica, te he pedido en otras ocasiones que no hables con criptogramas. ¿Qué quieres decir con «lo sabe»?

—Le hablé de la acción encubierta y le mostré los requisitos de la bomba nuclear antes de que nos reuniéramos con Jamshidi.

Dominika dejó de balancear el pie y miró a Benford.

—Dominika, disculpas de antemano —le dijo Benford girándose hacia Nate—. ¿Informaste a tu activo sobre una operación de acción encubierta?

—Sí, señor. Tenía que saberlo. —Benford no se movió. Nate tuvo la sensación de estar en un tablón a punto de ser arrojado al mar—. Estábamos cara a cara con el persa, gracias a Domi, y los dos teníamos que representar un papel. Ella conoce los detalles de lo que están tramando en Moscú para comprar el suelo antisísmico de Teherán. Ella es parte de eso. Putin habló con ella en persona. Es un canal espectacular. Está todo en mi informe. —Benford hizo un gesto de reconocimiento con la mano. Nate siguió hablando sin mirar a Gable—. La sede central va a ser informada sobre el asesinato de Jamshidi, y Dominika va a tener que explicar por qué su operación se vino abajo. Sospechamos con relativa certeza que fue Zyuganov, pero necesita una historia de portada sobre cómo los persas se volvieron locos, mataron a su propio científico y lo intentaron con ella. Está sobre el alambre. Zyuganov es traicionero —continuó Nate—. Ya la tiene vigilada y si se entera de algo del MOIS, sobre un segundo hombre misterioso al que persiguieron por Viena, tendrá un gran problema.

—Los persas no se comunicarán con el Servicio —dijo Dominika—, y el centro no los buscará. Zyuganov solo se preocupará por el negocio.

—Ese negocio del que necesitamos saber si la PROD va a ser capaz de sustituir las vigas de soporte del suelo por unas inflamables —comentó Nate algo agitado—. Todos sabemos que se trata de una oportunidad inimaginable. —El rostro de Benford parecía una máscara, sin mostrar sentimiento alguno—. Evalué la situación y traté de maximizar las probabilidades. Domi está arriesgando su vida por nosotros. Decidí contarle los detalles. Por su propia seguridad. Tenía que saberlo.

El salón quedó en silencio. Una parte del tronco se desprendió provocando una lluvia de chispas. Gable se levantó, abrió una cerveza fría, cogió dos bollos y le ofreció uno a ella. Eran *runza*, como los *pirozhki* rusos, bollos rellenos de sabrosa carne picada, cebolla y col. Volvía a balancear el pie arriba y abajo mientras masticaba. Observaba a los tres americanos. Leía sus colores. Nadie habló durante tres minutos.

—Nathaniel, haces gala de una intuición poco habitual —reconoció Benford al tiempo que se levantaba de la silla para dirigirse al aparador—. Lo apruebo.

—¿Eso es todo? —preguntó Nate. Dominika lo miró con los ojos chispeantes.

—No, no es todo. Lo que está en juego es más grande de lo que hayamos tenido entre manos nunca. Tenemos una oportunidad única al alcance. Como habréis adivinado, este suministro por parte de Moscú de material de construcción especializado para los persas es, de hecho, una rara oportunidad para afectar en gran medida al programa nuclear iraní, ya que las importaciones de equipos embargados procedentes de fuentes occidentales son, en estos momentos, rechazados de forma rutinaria por Teherán. La tecnología suministrada por Moscú sería, por tanto, aceptada sin vacilaciones ni sospechas.

Pasó la mano sobre una serie de botellas decidiendo qué servir.

—Dominika, me temo que correrás un doble peligro, porque vamos a pedirte que informes sobre el presidente Putin, sobre sus planes para comprar el sistema de suelo alemán y eludir las sanciones de Occidente contra Irán. Eso requerirá por necesidad que nos comuniquemos contigo dentro de Moscú, y que transmitas con frecuencia. —Se giró hacia Gable y Nate—. He ordenado que un técnico esté aquí mañana por la mañana a más tardar. Dominika tiene que ser entrenada en COVCOM; tiene que ser capaz de comunicarse de forma inmediata.

Dominika no paraba de balancear el pie.

—Disculpe, gospodin Benford —dijo y todos los ojos se volvieron hacia ella—. Entiendo la necesidad de las comunicaciones, y lo haré. Pero no me gustaría tener uno de sus sistemas satélites, del tipo que asignó al general Korchnoi. —El general Korchnoi había utilizado transmisiones por satélite a Langley hasta el día en el que fue arrestado. Dejar que el equipo cayera en manos de los rusos había sido parte del plan de Benford para dar credibilidad a su captura y conferir credibilidad a Dominika.

—Tus preocupaciones son comprensibles pero infundadas —respondió Benford—. Esos sistemas son del todo seguros. Quiero que preparen uno para ti. —Nate y Gable se miraron. Ellos habrían llevado el asunto con mayor suavidad. Sabían cómo reaccionaba Dominika ante las imposiciones autoritarias.

—Mozhet byt, tal vez. Pero nuestro servicio de señales, FAPSI, está estudiando ahora sus satélites y las formas de interceptar sus transmisiones; están experimentando, cómo se dice, treugol'nik, en todo Moscú. Las líneas T y KR están centradas en esto. El arresto de Korchnoi los convenció de que era prioritario.

—¿Triángulo? —preguntó Nate—. ¿Quieres decir que están triangulando las señales? —Dominika asintió. Otra corriente confidencial de espionaje de contrainteligencia, contramedidas de señales en el Moscú metropolitano, pensó Nate. Por la expresión de los rostros de Gable y Benford, se les había ocurrido a la vez la misma idea. Benford se puso en pie y comenzó a caminar.

—Necesitamos que te comuniques de forma fiable —musitó Benford. El halo de azul que le rodeaba la cabeza era intenso. Dominika miró a Nate en busca de apoyo.

—¿Qué hay de las comunicaciones de agentes a corto alcance? —propuso Nate—. Domi puede enviar mensajes SRAC a la estación de Moscú, o a una estación base, o a un sensor terrestre en cualquier lugar de la ciudad. Encriptación bidireccional, ráfagas de tres segundos, baja potencia. Si lo hacemos bien, es imposible anticipar los intercambios, son imposibles de detectar. Solo tiene que entrar en la línea de visión.

Benford frunció el ceño, pero sabía que era una solución.

—¿Qué te parece? —dijo Benford dirigiéndose a Dominika—. ¿Has entendido lo que acaba de decir Nate?

Dominika se encogió de hombros.

—Nuestro Servicio tiene un equipo similar, lo que ustedes llaman SRAC. —Lo pronunció como «shrek» en lugar de «shrack»—. Lo que no entienda, me lo explicará Neyt.

Gable la miró y luego a Nate, leyendo las feromonas. Maldito Gable.

—Muy bien —dijo Benford asintiendo hacia Gable—. Pon a los técnicos a trabajar en ello. Tendremos que sudar la gota gorda en Moscú, pero quiero que tenga SRAC lo antes posible.

—Entendido —confirmó Gable.

—Una cosa más —añadió Benford—. Quiero que te quedes despierto toda la noche si es preciso, trabaja con Dominika en un plan de exfiltración. Tenemos otro día completo. Solo uno. Después se espera que ella regrese a la sede central. Diles a los jefes que quiero emitir una ruta de exfiltración segura. Diles que envíen la carpeta de la Ruta Roja Dos. Infórmala hasta que lo tenga claro. No contemplo, ni aceptaré, la posibilidad de un error operativo, pero si ocurre lo impensable, si tiene que huir, quiero que tenga la mejor ruta de escape que tengamos.

Cogió la botella y miró la etiqueta; luego miró a Dominika.

—Y tú, Dominika, necesitamos que nos des información detallada como nunca hayas informado. Queremos saber sobre las finanzas de este acuerdo con Irán, hasta el último decimal. Queremos saber cómo y cuándo van a entregar esta tecnología a Moscú y luego a Teherán. He preparado unas notas para que las consideréis en relación con la pretendida entrega encubierta del equipo a Teherán. Puede que tengas ocasión de utilizarlo delante de Putin y de conseguir que confíe más en ti.

Dominika hizo rebotar el pie.

—Gospodin Benford, acercarse físicamente al presidente no es especialmente difícil. Se rodea de compinches que no lo desafían. Ser de su confianza es otra cosa. Es desconfiado y envidioso.

—Fascinante. ¿Puedes hacerlo?

—Creo que sí. Recuerden que fui entrenada en este tipo de cosas antes de comenzar a trabajar con ustedes, caballeros. —Sonrió con suavidad, sin parpadear, a Benford.

Al otro lado de la sala, Gable miró a un Nate visiblemente incómodo. Frunció los labios y levantó una ceja de manera enigmática.

—¿Qué te parece, Nash? ¿Es una buena idea?

* * *

La cocina del piso franco también estaba sacada de los años veinte: una enorme mesa de madera en el centro, pesadas jarras de porcelana en la encimera, un enorme fregadero de piedra gris y un suelo de baldosas blancas y negras. Gable se aseguró de que la puerta que comunicaba con el salón estuviera cerrada.

—Simon, quiero hablar contigo de algo. —Benford se estaba lavando las manos en el fregadero—. Nash y yo estamos de acuerdo, y Forsyth también. Ya sabes que no importa nada si ella es buena, o si tiene el valor necesario, o si encontramos los puntos exactos para ella en Moscú. Mantener el cuello fuera de la soga depende en todo caso de lo buena que sea la estación que se le ponga. Si envían a un cerebrito contra el FSB, o peor, si envían a un idiota, la perderemos en menos de un mes.

—Gracias, Marty —dijo Benford cerrando el grifo—. Me doy cuenta de la situación.

Gable le lanzó un paño de cocina.

—Preferiría disfrazar a Nash de turista finlandés y enviarlo para robar la información.

—Por mucho que te sorprenda, lo he considerado —dijo Benford—. Pero no podríamos correr ese riesgo y tener la conciencia tranquila. Hay que confiar en la estación de Moscú para proporcionarle el equipo, y luego gestionar el enlace SRAC.

—El escurridizo Gondorf no sigue por allí, ¿verdad?

—Ha pasado a otros desafíos. Ahora está castigando a los franceses en París.

—¿Qué pasa con Moscú? ¿Quién es el jefe allí ahora?

—Vernon Throckmorton —dijo Benford sin ningún sentimiento, sin gesto alguno en el rostro.

Gable se apoyó cansado en la mesa de la cocina.

—¿Estás bromeando? —dijo Gable—. Es peor que Gondorf. Un sombrío hijo de puta.

—Tiene el favor del jefe de división e impresionó al director lo suficiente como para recibir ese cargo.

—Simon —dijo Gable consciente de que no había mucha gente en la CIA que replicara a Benford—, es un choque de trenes. La lista de sus problemas es kilométrica. Compromete casos antes de que existan, pero lo peor es que no es consciente de lo malo que es. Se cree que es un jodido agente.

—Es tu opinión, y puede que tengas razón, pero acaban de nombrarlo jefe de la estación de Moscú, con autoridad máxima sobre sus operaciones. Hay que arar con los bueyes que se tienen.

Gable, exasperado, lo intentó una última vez.

—Conozco a ese tipo. Insistirá en salir a la calle él mismo para dejar la entrega de Domi. No vería que lo están siguiendo ni aunque fueran en el asiento trasero de su propio coche.

El rostro de Benford permaneció impasible. Gable abrió los brazos.

—Por Dios, Simon, lo detectarán a tres yardas del saque inicial. A ese hijo de puta se le ve a la legua la excitación —dijo Gable. Benford no reaccionó—. No puedes poner a DIVA en sus manos. No puedes. Podríais sacarlo y volver a colocar su culo allí después de este trabajo.

Benford se encogió de hombros.

—He considerado una alternativa. Las cosas ya no son tan simples como cuando la historia vestía de rosa y la política no pasaba de un calmado vals.

—¿De qué coño estás hablando?

—*Prisionero de Zenda*. Significa que debemos contemplar medidas desesperadas para tiempos desesperados.

—Eso es genial —dijo Gable sacudiendo la cabeza y dándose la vuelta para volver a la sala de estar. Se detuvo en la puerta de la cocina—. ¿Qué tipo de alternativa?

—No voy a poner en peligro a DIVA, son demasiados riesgos. Para extremar su seguridad, tengo la intención de meter un agente de mi elección en la estación de Moscú.

* * *

Se hacía tarde y un hablador Benford estaba sentado junto a Dominika en el sofá con un enorme atlas mundial abierto en el regazo. Utilizaba un rotulador chirriante para trazar una ruta marítima de cinco mil kilómetros desde el mar del Norte, pasando por el interior de Rusia y la cuenca del Volga, hasta la costa sur del mar Caspio y el puerto iraní de Bandar-e Anzali.

—Confío en que tu presidente aprecie las ventajas no solo del transporte marítimo, sino también de la entrega encubierta de los equipos a sus clientes —dijo Benford. Nate se levantó del sofá.

—¿No sospechará Putin? —preguntó Nate—. ¿Cómo se supone que Dominika sabe tanto sobre los canales y los barcos?

—Todo estará bien, Neyt. Les diré que yo solía vigilar las barcazas en el Volga cuando estaba en la Escuela de Gorriones. Además, a todos se les cae la baba ante la posibilidad de ganar más dinero para ellos mismos. Nunca cambiarán. Nunca. —Se giró y miró a Benford a su lado—. *Gorbatogo tol'ko mogila ispravit* —dijo sonriendo.

—¿Qué demonios significa eso? —preguntó Gable.

—Solo la tumba curará al jorobado —tradujo Dominika. Gable se rio.

Benford se marchó y Gable salió para comprar algo de comida. Trabajaron durante toda la noche. Nate y Dominika examinaron los mapas y las imágenes de las calles de Moscú en el TALON de Nate. Los dos eligieron una serie de posibles lugares de escondite por los que Dominika podría recibir su equipo de COVCOM. Ella misma tendría que camuflarlo en el suelo. Revisarían el intrincado plan de exfiltración Ruta Roja Dos cuando llegara a la mañana siguiente la carpeta llena de mapas, fotos, informes de los lugares, frecuencias y recorridos de sincronización. Por el momento podían ir determinando los lugares de recogida provisionales en Moscú. Exfiltración en caliente, recogida en la calle.

—Tan peliagudo como parece. —Gable no quiso añadir lo que le ocurría al agente cuando se desbarataba el plan de fuga. Nate se removió ante la idea de Dominika huyendo en vano de Moscú. Se imaginó que se encendían los focos y que los coches se detenían cruzados en la calle, que un grupo de hombres despiadados se cernía sobre ella.

La pantalla del TALON era más bien pequeña, así que se sentaron uno al lado del otro para ver las imágenes. Nate podía sentir el calor que ella desprendía, podía oler el jabón y el champú. Observó cómo sus delgadas manos deslizaban las imágenes en el TALON. Estaba totalmente absorta. Cuando Dominika fue al baño, Gable abrió dos cervezas y le dio una a Nate.

—Se la ve bien.

—¿Qué quieres decir? —dijo Nate preparándose para el choque de trenes. Sabía de sobra cómo se enfrentaba Marty Gable a las cosas.

—Quiero decir que parece que está bien después de ese encuentro con el equipo iraní en los bosques de Viena. —Inclinó la cerveza—. Hiciste un buen trabajo sacándola del apuro.

—Gracias —respondió Nate consciente de que eso era solo el preludio de la sinfonía.

—Va a tener que caminar por una línea muy muy fina cuando vuelva a Moscú. Es un gran problema.

—Ella puede hacerlo. Por eso la eligió MARBLE. Estaría orgulloso de ella. —Gable asintió y apuró la cerveza.

—Siempre y cuando no la envíes de vuelta con tu GPS —dijo Gable. Nate lo miró y a continuación bajó la vista hacia el TALON.

—No vamos a darle...

—No me refiero a eso, sino a tu *guilty penis syndrome*, síndrome del pene culpable.

—¿Qué...?

Gable lo señaló con un dedo.

—No lo hagas. No digas ni una puta palabra. Pensé que habíamos hablado de esto.

—Por Dios, Marty, sé lo que estoy haciendo. No pondría en peligro...

—No distingues la compota de manzana de una mierda extendida. ¿Qué crees? ¿Que si te quiere hará cualquier cosa por ti?

—¿De qué te quejas? —replicó Nate con amargura—. Acabas de describir a la agente perfecta.

—Sí, lo he hecho —aceptó Gable cogiendo otra cerveza—. Perfecta hasta que nos informen de que corrió demasiados riesgos por ti y la pillaron, y la metieron viva desde los pies a la cabeza en una trituradora de madera.

Dejaron de hablar cuando Dominika volvió a entrar en el salón, pero vio las dos nubes púrpura sobre sus cabezas y supo de qué habían estado hablando. Lo supo todo.

* * *

Dejaron de trabajar a la una de la madrugada. Los esperaba otro día completo con los técnicos, el SRAC y la planificación de la salida. Gable, con el *jet lag*, estaba dormido en el sofá y Dominika lo cubrió con una manta, mientras Nate ponía otro tronco en el fuego. Subieron la escalera curva hasta el segundo piso y se quedaron juntos en el pasillo oscuro, sin moverse.

—¿Estás bien con todo esto? —le preguntó Nate. Dominika sabía que él estaba preocupado, preocupado por ella, y no pudo evitar alegrarse.

—*Konechno*, por supuesto. Cuando vuelva a la sede central, les diré que he tenido que quedarme dentro un día y una noche después de encontrar a Jamshidi y abandonar el piso franco. No habrá problemas.

—Se quedó callada durante un rato, recordando a Udranka.

—Quiero que mañana escuches con mucha atención el *spasitel'naya zateya*, el plan de salida. Quiero que seas capaz de salir si algo va mal.

—Sí, señor.

—Hablo en serio.

—Yo también hablo en serio, Neyt. ¿Crees que huiré si estoy en peligro? —Le rozó la mejilla con la mano, casi sintiendo el halo púrpura alrededor de la cabeza—. Son muchas las cosas que tengo que resolver. Tienen que responder por Korchnoi.

Nate dio un paso atrás.

—Estupendo, ¿ahora estás en una yihad?

—¿Tenemos que hablar de esto ahora? —preguntó la joven rusa.

Nate bostezó.

—Muy bien. Es tarde. Deberíamos dormir un poco.

Dominika lo miró a través de sus pestañas.

—¿Te llamo por la mañana o te doy un codazo?

—Domi, Gable está abajo.

—¿Quieres que vaya a buscarlo? —dijo riendo con ternura.

—Encantador…

—Tengo algo más encantador que decirte. —Se inclinó hacia él. Le rozó los labios con los suyos, se inclinó y puso la boca junto a la oreja de Nate. Inspiró su niebla púrpura—. Quiero que me hagas el amor —susurró empujándolo hacia la puerta de la habitación.

Gable estaba abajo, roncando tranquila y profundamente. Pero lo sabría. Benford lo sabría. Luego lo sabría Forsyth. Dominika le retiró un mechón de pelo de la frente. La niebla púrpura de Nate palpitaba y ella supo que lo habían atrapado de nuevo los viejos demonios. Pero no le importaba. La noche anterior le había aclarado la cabeza y sabía lo que quería. Puso una mano sobre la mejilla del americano.

—Neyt, estoy dentro de la sede central. Estoy en Contrainteligencia del SVR. Me estoy acercando al presidente, con acceso a información que decide una de las operaciones más importantes jamás intentadas por vuestro Servicio. Ahora estoy de vuelta con vosotros. Os informaré desde Moscú. Sé qué hacer y cómo hacerlo. Conozco los riesgos. Sé cómo operar. —Nate la miró a los ojos—. Lo que nos pasó ayer, cuando sobrevivimos a lo de anoche, y después contigo… encontré algo que antes no tenía. ¿Cómo se dice *ravnovesie*?

—Equilibrio —dijo Nate sabiendo hacia dónde iba esa conversación, asustado porque él estaba pensando lo mismo.

—Sí. Equilibrio. Antes no lo sentía, pero ahora lo tenemos. Lo necesito. —Puso las manos sobre los hombros de Nate y le clavó las uñas con delicadeza. Lo miró con timidez—. Te necesito.

—Anoche… anoche fue maravilloso —dijo Nate—, pero no puedes trabajar desde el interior si estamos teniendo una aventura. Necesitamos concentración, precisión, una clara…

—*Bozhe*, oh, Dios. Estoy teniendo una aventura. No puedo volver. *Gore mne*, ¡ay de mí!

—Baja la voz, por Dios.

—*Dushka*, escúchame. Lo que tenemos hace que las cosas sean más fuertes, me haces más fuerte. No hay nada malo en ello. *Bratok* está equivocado, todos estáis equivocados.

—¿Cómo sabes lo que piensa *bratok*? —dijo Nate.

—Porque ella es inteligente y tú eres un tonto del culo —dijo Gable de pie junto a ellos en la penumbra, con una manta sobre los hombros, envolviéndose con ella como un indio de las llanuras. Los dos se sobresaltaron. Ninguno lo había oído subir las chirriantes escaleras.

—¿Y tengo razón en lo que piensas, *bratok*? —preguntó Dominika sin vergüenza, volviéndose hacia él y colocándole la manta sobre los hombros. Como lo haría una hermana pequeña, pensó Nate.

—Ya sabes lo que pienso, y ambos sabéis las razones. Nadie puede funcionar a pleno rendimiento con un apego emocional a su agente. —Gable señaló con la cabeza a Nate—. O hacia su agente asignada. En especial en una zona inaccesible como Moscú. Decididlo vosotros. —Se frotó el pelo y se fue por el pasillo hacia el dormitorio. Se detuvo y se volvió hacia ellos—. Quiero que los dos estéis preparados para los días oscuros que se nos vienen encima, quizás el día más nefasto de vuestras vidas. Nash, quiero que estés preparado para el día que dejemos atrás a Domi, en una terminal de aeropuerto, o en un andén de tren, o en un paso fronterizo, rodeados por el FSB, sin mirar atrás, porque tenemos que hacerlo, pues, de alguna manera, hay más en juego. Y tú… —Señaló con la barbilla a Dominika—. Quiero que estés preparada para el día en que dejes, a sabiendas, que Dreary caiga en una emboscada de vigilancia en alguna ciudad y vaya a prisión durante veinte años porque hay alguien más importante que Nash en peligro y no puedes ayudarlo.

—*Bratok*, ¿cómo lo has llamado?

—Dreary —repitió Gable. Dominika miró a Nate.

—*Grustnyi*, triste —dijo Nate sacudiendo la cabeza. Dominika se rio. Las brumas púrpuras de Nate y Gable flotaban en la escasa luz del pasillo, un poco parecidas pero diferentes. Algo en la casa crujió. Gable se acomodó aún más la manta sobre los hombros.

—Quiero que estéis preparados para el día en que uno de los dos os deis cuenta de que ya no os veréis jamás. Por el resto de vuestras vidas.

Dominika suspiró.

—Muy bien, *bratok*. Gracias por ser un *prepyatstvie*, ¿cómo se dice eso?

—Un obstáculo —dijo Nate.

—¿Quieres decir «bloqueador de pollas»? Solo me queda esperar.

—Jesús, Marty, no lo planeamos, tan solo ocurrió —dijo Nate sintiéndose estúpido e incapaz.

Gable negó con la cabeza.

—No dije que fuera tu culpa. Solo te culpo a ti.

Dominika se giró, abrió la puerta del dormitorio, miró a los dos hombres y entró. Dejó la puerta entreabierta, como un mensaje: estoy aquí, tú decides.

—Baja conmigo y toma un brandi —dijo Gable. Señaló la puerta con la cabeza—. Luego puedes hacer lo que quieras.

* * *

Gable se quitó la manta de encima, echó un tronco al fuego mortecino y sirvió dos brandis. Miró el reloj, un Breitling Transocean, y se frotó la cara. Sacó dos puros negros del bolsillo del pecho de la camisa de safari, se metió uno en la boca y le lanzó el otro a Nate.

Gable arrancó el extremo del cigarro con los dientes, lo escupió en el fuego, o muy cerca de él, y lo encendió con un maltrecho encendedor Ronson de acero inoxidable, envolviendo su cabeza y sus hombros en una grasienta nube de humo. Le lanzó el encendedor a Nate, que se dio cuenta de que tenía en relieve una punta de lanza.

—Sí, la insignia de la OSS de la Segunda Guerra Mundial —dijo Gable echando un vistazo al cenicero—. Algún burócrata exagerado del cuartel general pensó que sería romántico y lo adaptó para el logotipo de nuestro Servicio clandestino. Debería haber redondeado la punta de lanza y haberla convertido en un tapón para el culo.

Nate encendió un puro, que a pesar de la apariencia era muy suave. Su experiencia con los puros era limitada, y esperaba desfallecer tras la tercera calada. Ninguno de los dos dijo nada durante dos minutos.

—Sé que Forsyth te ha hablado de esta mierda. Y me jode bastante tener que hablar de esto contigo. —Nate sabía que no debía decir nada.

De hecho, su trabajo en esa sala durante la siguiente hora era estar callado—. Nash, la persona más importante en tu, por así llamarla, vida profesional está ahora mismo en ese dormitorio de ahí arriba, haciendo sus ejercicios de *kugel* bajo el edredón, esperando a que su amante-agente asignado entre de puntillas por la puerta.

Nate echó humo hacia el techo como acababa de hacer Gable. Desenvuelto.

—Marty, *kugel* es una cazuela de fideos. Lo que querías decir es ejercicios de *kegel*.

Gable lo miró fijamente, con el cigarro apretado entre los dientes, y Nate decidió no volver a hablar a menos que se lo exigieran.

—Ella es lo más importante —repitió Gable—. Por un lado, es un activo valioso, propiedad de la maldita CIA con acceso casi ilimitado, y tenemos que proteger ese activo y asegurarnos de que sea productivo, porque todo esto tiene que ver con la seguridad nacional. A otro nivel, es una mujer inteligente y dura, que tiene la misión de arruinar a todos esos imbéciles que la han jodido. Es rusa y un poco volátil, todos lo sabemos, pero está comprometida. Es un obús autopropulsado y, si eres un agente asignado inteligente, aprovecharás, que no explotarás, sus propias motivaciones. —Dio dos caladas y tiró la ceniza hacia la chimenea—. MARBLE fue el mejor, y Domi podría ser todavía mejor, si sobrevive. Y su supervivencia se traduce en estar concentrada, tomar las mejores decisiones y no perder la motivación; está en peligro cada vez que los dos os quitáis la ropa y os lanzáis como camellos hambrientos en un coche pequeño.

Nate se forzó a no reaccionar.

—Estamos comenzando una nueva fase de la operación —seguía Gable—, y DIVA va a tener que explorar territorios en los que pocos agentes rusos se han atrevido a entrar. Un puto acceso sin precedentes. ¿Te imaginas un agente próximo a Stalin? Nunca. Pero Domi ha llamado la atención de Putin, y queremos saber hasta lo que ese cabrón tiene bajo las uñas. Y, si conseguimos fastidiar el programa nuclear iraní, lo que estará en juego será aún más importante. —Se levantó y se sirvió otro brandi y le ofreció a Nate, pero este lo descartó con un gesto. Volvió a sentarse—. Así que, por ejemplo, imagina que Domi vuelve e informa que Putin se le insinuó, quiere que pase un fin de semana con él en una de esas dachas. ¿Qué es lo que tú, su agente asignado, le dirías que hiciera? Dime.

Nate lo miró. La carga pesada del puro y la del brandi le habían llegado hasta la cabeza, pero trató de ordenar sus pensamientos.

—Cállate —se anticipó Gable cuando Nate abrió la boca—. Te diré lo que dirías a tu agente. Revisarás los requisitos de inteligencia con ella para que sepa qué datos debe obtener en su cama. Dejas que lea el perfil biográfico de Putin elaborado por los psiquiatras de la OMS para que sepa cuántos terrones de azúcar le gustan en el café de la mañana. Y te aseguras de que lleve un par adicional de bragas por si le rompe el primero. —Dio un trago al brandi y una calada al cigarro, se inclinó hacia delante y bajó la voz—. Y cuando llegue a casa con el olor de la loción de afeitar todavía en el pelo, con los ojos hinchados por tres días con Vladímir, tú estarás allí para interrogarla y decirle lo bien que lo ha hecho, sin ningún rastro de ironía, ni de juicio, ni inflexión en tu voz, porque ella habrá hecho su trabajo y tú el tuyo; y hay más cosas que hacer, así que... despejen la cubierta y manos a la obra. —Se recostó en el sillón y resopló—. ¿Suena como lo que quieres hacer, es decir, a nivel profesional?

Nate cerró los ojos.

—Supongo que el amor no entra en juego.

Gable sonrió.

—Con un agente tan valioso, no. Es de la vieja escuela, Nash. Un antiguo jefe de división, un antiguo barón, me dijo una vez que los agentes de casos no debían casarse nunca porque el matrimonio es una distracción.

—¿Y nunca te casaste?

—No es eso lo que he dicho.

—¿Estuviste casado o no?

Gable se encogió de hombros.

—Sí, durante un tiempo.

Nate dejó la copa de brandi.

—¿Y me lo vas a contar?

—Joder, no —respondió Gable.

—Desde que te conozco, no has dejado de lamentarte —le dijo Nate—. ¿Qué tal si me das una alegría? Cuéntamelo. Parece que luchamos en lugar de ser dos agentes natos que trabajan hombro con hombro.

Gable, concentrado, miró el fuego.

—Nos casamos jóvenes los dos, pensó que podría soportar esta vida, los viajes, las noches fuera de casa, pero fue demasiado para ella. No entendía que el trabajo te engulle por completo. Es curioso, porque ella era pianista. Tocar era toda su vida. Yo no distinguía a Lizst del Listerine, pero la música sonaba bien, cuando no estábamos peleándonos. La segunda gira fue por África; el piano no sonaba afinado, hasta que levantamos la tapa y encontramos una cobra real en el interior. Ella quería vivir en París y Roma, sin embargo, yo la arrastré a Manila y Lima y, por algún motivo…, no le gustó la reja de violación en la puerta del dormitorio ni la escopeta en el armario. Peleamos como dos escorpiones en una copa de brandi, tratando de herirnos el uno al otro, hasta que hizo las maletas y se fue. No tuvimos una segunda oportunidad porque… de vuelta a casa el coche patinó sobre el hielo y se salió de la carretera, directa a un río. Veinticinco años. Me gustaba escuchar a ese tal Chopin. Dos noches después de que muriera, me tenía que encontrar con un sicario de Sendero Luminoso en el distrito portuario de Lima, pero el muy capullo llevó un cuchillo a un tiroteo; cancelé el billete. Y mientras registraba sus bolsillos, desde alguna ventana, en algún lugar, sonaba Chopin, como ella solía hacerlo. Me paré, encima de aquel tipo. Tuve que esperar un par de minutos a que se aclarara mi vista. Aquello fue una coincidencia. Ya no pienso mucho en ella.

Marty Gable, Chopin y Sendero Luminoso, pensó Nate. Santo Dios.

—No lo sabía, Marty, lo siento.

Gable se encogió de hombros.

—Hace mucho tiempo. Más o menos en lo que tú estás ahora. Solo que yo no tuve un maldito mentor sensible, como tú tienes. Ahora todo lo que necesitas es escuchar mi maldita sabiduría, que quede algo en tu cerebro y que actúes como un profesional de primera.

—¿Qué pasa con los dos escorpiones en la copa de brandi? —le dijo Nate.

Gable tiró la colilla reblandecida al fuego y apuró su bebida.

—Como no hay adherencia, se ponen cara a cara, se agarran con las pinzas y se pican el uno al otro, sin parar. Son inmunes a su propio veneno. Es una puta metáfora del matrimonio.

RUNZA

Sofríe las cebollas picadas y el ajo machacado hasta que estén tiernos. Sazona, añade eneldo fresco y semillas de hinojo (o alcaravea). Añade la carne picada y dórala. A continuación, mezcla el repollo rallado, tapa y cocina hasta que el repollo esté pochado. La mezcla debe estar bastante seca. Extiende la masa de pan en cuadrados de unos doce centímetros; cubre el centro con el relleno, dobla las esquinas y sella los bordes. Hornea a fuego medio hasta que estén dorados.

13

El director del Servicio Nacional Clandestino, Dick Spofford, estaba
sentado tras el escritorio, en la séptima planta del cuartel general de la
CIA. Los ventanales, desde el suelo hasta el techo, daban a las copas de
los frondosos árboles que bordeaban la George Washington Memorial
Parkway y el río Potomac más allá. Su despacho era modesto —todos
los despachos de los superiores en la última planta eran, fuera de lo
esperado, pequeños—, con un sofá y dos sillas a lo largo de una pared,
una estantería empotrada detrás del poco atractivo escritorio y una
pequeña mesa de conferencias circular en la esquina opuesta.

El tercer funcionario de más alto rango de la CIA, el DNSS —que
se pronunciaba «dinkus»—, dirigía el Servicio Clandestino y todas
las operaciones en el extranjero. La oficina estaba decorada con lámi-
nas más o menos baratas, en su mayoría carteles de viajes de la época
dorada de los barcos de vapor, la región de los lagos italianos y el servicio de dirigibles más ligeros que el aire entre Nueva York y Berlín
en 1936. Sin embargo, la colección de pequeñas figuras de animales
de peluche —pingüinos, monos, estrellas de mar, búfalos, leopardos,
cachorros, un pulpo bizco— que Spofford exhibía en la estantería que
tenía a su espalda era incoherente. No se percató de las miradas furtivas e incrédulas de los socios de enlace de los Cinco Ojos de la CIA
(australianos, británicos, canadienses y kiwis) cuando se fijaron por
primera vez en la entrañable manada.

Spofford se recostó en la silla ergonómica de ejecutivo —una Aeron,
el modelo designado para los rangos del Servicio de Inteligencia
Superior del SIS-Cuatro y superiores— y cerró los ojos. Su ayudante
especial, Imogen, estaba metida en el hueco de las rodillas del escritorio, arrodillada entre sus piernas y moviendo la mano con un movimiento que recordaba al de un freno de mano. Spofford consultó el

reloj: Comité de Liderazgo en quince minutos. Resultó que no tenía tanto tiempo.

Durante un tirón más enérgico, el hombro de Imogen golpeó la parte inferior del escritorio o, en concreto, el botón de alarma de emergencia situado bajo el cajón del escritorio, que hizo sonar una alarma silenciosa en la cercana sala de control de la Oficina de Seguridad, y que provocó la aparición inmediata en la oficina de la DNCS de tres agentes de protección de seguridad, y un equipo de Servicios Médicos de Emergencia de dos personas. Los agentes de policía enfundaron sus armas mientras Imogen salía de debajo del escritorio con las manos acalambradas sobre la cabeza. La mujer del equipo de emergencia observó en privado que al freno de mano del señor Spofford le iría bien un toque de las palas de desfibrilación del kit de emergencia. El pulpo bizco sonrió desde la estantería.

*   *   *

La precipitada jubilación de Dick Spofford («Nuestro trabajo no ha terminado, estaré en espíritu con todos vosotros») puso en marcha una silenciosa carrera por el puesto en la DNCS entre los altos cargos que podían considerarse candidatos al puesto: los tres subdirectores adjuntos asociados (de Operaciones, Asuntos Militares y Asuntos de Congreso) eran los principales aspirantes. El subdirector adjunto de Operaciones Borden Hood tenía sus propios problemas de relaciones públicas, ya que no hacía mucho que había dejado embarazada a una joven oficial de información del GS-11 durante una gira de inspección de estaciones extranjeras. La dirección no era para Hood.

El subdirector adjunto de Asuntos Militares, Sebastian Claude Angevine (francés, pronunciado «On-je-VEEN», pero más conocido por los subordinados como Angina), era alto y delgado, con una enorme cabeza rematada por un pelo ondulado, con una nariz romana bajo la que estaba acostumbrado a mirar. Había llegado al Servicio Clandestino por la vía de la seguridad: empezó como polígrafo, un detalle de la carrera que Seb Angevine se esforzaba por ocultar. La frecuente afirmación de haberse graduado en la Academia Naval era sospechosa. Dirigía mal los Asuntos Militares: el Pentágono apenas lo toleraba. Imperioso, ensimismado, despistado, vengativo y poco querido, esperaba el ascenso a la DNCS como jefe de Operaciones. Era lo que le correspondía.

* * *

El director se apresuró a entrar en la sala de conferencias del DCI, con una carpeta en las manos. Su ayudante ejecutivo entró detrás de él, cerró la puerta exterior y tomó asiento apoyado en la pared. El director miró alrededor de la mesa al equipo ejecutivo: su adjunto, el director ejecutivo, los subdirectores de línea —conocidos como DD y que incluían Operaciones, Inteligencia, Ciencia, Administración— y los otros DD de programa de Asuntos del Congreso, Militares y Asuntos Públicos.

—Siento llegar tarde —dijo mientras abría la carpeta. Angevine se sentó cerca de la cabecera de la mesa, asegurándose de que los gemelos de oro con el logotipo de la CIA en relieve, un regalo del director del año pasado, quedaran visibles fuera de las mangas del traje—. Con la jubilación de Dick Spofford hemos tenido que movernos rápidamente para determinar quién ocupará su lugar. La silla de Operaciones no es una silla que podamos dejar vacía ni siquiera por un tiempo. —Pasó una hoja de papel de la carpeta como si consultara las notas.

Aquí viene, pensó Angevine. Cuando el director terminara de anunciar que él, Angevine, sería el nuevo DNCS, solo diría lo mucho que agradecía la oportunidad, cómo agradecía la confianza depositada en él, lo mucho que esperaba trabajar con todos los presentes en la mesa para cumplir la importante misión que tenía por delante. O algo parecido.

Miró al otro lado de la mesa, a Gloria Bevacqua, subdirectora adjunta de Asuntos del Congreso, y sonrió para sus adentros. Qué desastre de ropa: un traje pantalón asiático manchado de ensalada en colores primarios con un pañuelo imitación de Hermès a modo de chal. Pies demasiado anchos que sobresalían de unos Mary Janes de tacón ancho. Piernas como patas de piano. Siempre había productos horneados en un aparador a la entrada de Asuntos del Congreso. DNCS, sí, claro…

En el comedor ejecutivo de la séptima planta, se hablaba de que ya estaba presumiendo de que iba a ser nombrada DNCS, pero los rumores que sonaban en el EDR eran poco fiables. Esa mujer de gran tamaño no tenía experiencia destacable en la CIA, y mucho menos en Operaciones. El director la había traído a Langley hacía un año desde el Capitolio. La idea de que dirigiera el Servicio Nacional Clandestino era ridícula.

—La dirección de la NCS ha evolucionado —decía el director. Quiere decir que me necesita a mí, un administrador experimentado, pensó Angevine—. La DNCS necesita incorporar a toda la Comunidad de Inteligencia: Defensa, NSA y NGA. —Se refiere a mi cuenta del Departamento de Defensa, pensó Angevine—. Y gestionar el Congreso, los comités de supervisión, puede que sea uno de los componentes más importantes del trabajo —seguía el director. ¿De qué está hablando?, se extrañó Angevine—. Así que, aunque todos los que están en esta mesa están de sobra cualificados y fueron considerados con absoluta seriedad para el puesto, me complace anunciar que Gloria se hará cargo de Operaciones. Estoy seguro de que Borden la apoyará en todo, como estoy seguro de que lo harán todos los presentes.

Bevacqua miró alrededor de la mesa y asintió a todos. Habló poco para decir lo mucho que esperaba...

Esto es demasiado, pensó Angevine. Se quedó quieto en su silla, con una expresión delicada en el rostro, con los ojos clavados en aquel puto director chupapollas de mierda. No sabía que había sido rechazado porque el director —un mestizo, antiguo jefe de Personal de un senador— pensaba que la impericia de Angevine era demasiado alta, incluso para el puesto de la DNCS.

El puesto de la DNCS era mío, pensó Angevine. Yo era perfecto para él. Desde el punto de vista constitucional, era incapaz de contemplar que el director no pensara que Angevine era perfecto para el puesto. Durante la siguiente media hora, no vio nada, no oyó nada, la boca le sabía a zinc. Hubo un receso en la reunión y se vio sorprendido en la puerta con Gloria Bevacqua. Se detuvo para dejar que ella pasara primero; en ningún caso podrían haber pasado los dos a la vez.

—Felicidades —murmuró Angevine. Gloria llevaba una pinza de pelo en un lado. Un pelo rubio aguado con raíces de color musgo.

—Gracias, Seb —agradeció Gloria con una sonrisa ladeada. En ese instante, Angevine supo que todo aquello se había preparado desde el principio, lo sabían desde hacía semanas. Más traición—. Me gustaría llegar a Defensa HUMINT en los próximos meses —añadió.

¿Por qué no les llevas uno de tus dulces de treinta centímetros?, pensó el subdirector.

—Sí, por supuesto.

Gloria sabía que eso se traducía en un «vete a la mierda», pero por sus años en el Capitolio estaba acostumbrada a tratar con niños bonitos rebeldes.

—Mira, sé que querías este puesto, pero James quería ir en otra dirección.

Así que el director ahora es James, pensó Angevine. Tenía una dirección en mente para todos ellos.

—Bien por ti y por James… —respondió. Sintió que la rabia se apoderaba de él y miró a Gloria con desprecio. Ella lo vio y decidió poner en su sitio a ese pelele.

—Mira, Seb —comenzó a hablar con una sonrisa burlona—, no te tomes a mal que te pasen por encima. A las chicas todavía les gustas.

Angevine se quedó de piedra. De piedra ante el monumental insulto de esa… esa sudorosa mucama, esa descuidada haragana. Gloria se alejó de él por el pasillo.

Angevine se sentó tras el escritorio y miró, sin comprender, a su alrededor, la oficina que estaba llena de fotos, reconocimientos y premios. Tenía un muro de la vanidad bastante decente. Pero ahora todas esas ostentaciones enmarcadas se burlaban de él. Con calma, le dio vueltas a su odio por Bevacqua en la cabeza. Los otros *pèdès*, maricones, esos pervertidos de la séptima planta, no eran nada. El director le había traicionado, pero estaba casi seguro que con el acicate de Bevacqua. ¿Ahora iba a dirigir el Servicio Clandestino? ¿Iba a dirigir las operaciones de espionaje y gestionar las acciones encubiertas?

Durante la semana siguiente, la rabia de Angevine estuvo en ebullición y adquirió un filo como el del chianti barato en botella de plástico. Quería dañarlos, arrastrar la mano por el glaseado de la perfecta tarta de bodas, pisar el cemento recién allanado. Sentía que ya no le debía lealtad alguna a la Agencia —como si alguna hubiera sentido esa lealtad—, y su espíritu mezquino y sus mezquinos motivos lo llevaron a contemplar la posibilidad de hacer algo de grandes dimensiones. Algo… impactante. También tendría que haber una gran recompensa económica. Muy muy grande.

∗   ∗   ∗

La difunta madre de Seb Angevine, Christine, había sido empleada del Departamento de Estado de Estados Unidos. Una diplomática de carrera, especializada en el «cono consular», experta en la ley consular estadounidense que regula, entre otras cosas, la expedición de visados a ciudadanos extranjeros para visitar, inmigrar o trabajar en Estados Unidos. Al igual que la mayoría de los funcionarios de carrera de Asuntos Consulares, Christine era seria y torpe, conocía el *Manual de Asuntos Exteriores* (FAM) talmúdico como si lo hubiera redactado ella misma. Era bajita y delgada, con las muñecas muy finas y huesudas, el pelo castaño y fino recogido en un moño de forma recatada. Christine estaba centrada en la eterna soltería. En esencia, había renunciado a los hombres.

Tenía unos cuarenta años cuando fue destinada a la embajada de Estados Unidos en París como cónsul general. La Sección Consular contaba con una buena cantidad de personal que Christine dirigía con su característica competencia introspectiva. Sus jóvenes subordinados reconocían su experiencia y sentían un poco de pena por ella, pero no la querían de manera especial.

El atractivo de Francia no pasó desapercibido para Christine, pero no supo cómo encontrar el amor. Su misión de dos años estaba a punto de terminar. El regreso a Washington era inminente. Era una tarde lluviosa de otoño, durante un almuerzo del cuerpo consular —unos monótonos eventos mensuales muy frecuentes que se celebran en elegantes restaurantes y a los que asisten autoindulgentes cónsules generales extranjeros—, cuando conoció a Claude Angevine; estaba ocupado sentando a los diplomáticos que llegaban, desplegando servilletas y repartiendo menús cuando sus ojos se encontraron. Claude se inclinó y sonrió: un vendaval de encanto galo. Christine hizo un gesto de asentimiento con la cabeza y pensó que el momento era muy Emily Brontë. Los pensamientos de Claude eran más bien los de un visado K-3 (para cónyuge extranjero de un ciudadano estadounidense).

Claude era soltero, de casi cincuenta años, alto, espectacular. Un ectomorfo de cabeza grande, dedos largos y nariz fina. Se pasaba los dedos por el pelo ondulado mientras hablaba su sexi inglés con acento británico. Siguió un intenso noviazgo; hubo algunos momentos iniciales incómodos para Christine relacionados con, bueno…, el dormitorio y el sexo, pero él fue encantador, atento, le dijo que la amaba. Al cabo de tres meses, Christine y Claude se comprometieron. Poco después se casaron, se trasladaron a Estados Unidos y Christine se quedó embarazada.

Su hijo, Sebastian, según iba creciendo, se iba pareciendo más al padre y, siguiendo el ejemplo de este, actuaba como su padre. Tanto en uno como en otro, la autoestima francófila se mezclaba con una seductora mala educación, una preocupación por el dinero y la inquebrantable expectativa de que se les debían cosas en la vida. El padre hablaba con el hijo en francés para poder burlarse de los demás. La delicada Christine nunca pudo soportar el desprecio de su marido y sufrió en silencio la evolución de la falta de respeto adolescente de Sebastian. El padre había enseñado bien al hijo. Entonces, Claude abandonó a la familia y regresó a Francia, como ciudadano estadounidense expatriado —Sebastian tenía veinte años—, y Christine se retiró del Estado y se marchitó cada vez más, hasta que murió.

Sin apoyo ni un lugar en el que vivir, Sebastian se graduó en la universidad y se alistó en la Marina de los Estados Unidos, realizó un entrenamiento poco convincente y eludió el servicio en el mar, solicitando su ingreso en el Servicio de Investigación Criminal de la Marina. Descubrió que le iba bien persiguiendo cheques sin fondos, investigando casos de violación y rastreando suministros robados. Atesoraba la cartera de polipiel con la insignia del NCIS, una credencial de especialista adicional que podía exhibir. Una misión en Annapolis, como miembro del personal de seguridad que realizaba las pruebas poligráficas de los alumnos de la Academia Naval, le dio las agallas para afirmar que «él había estado en Annapolis». No era un profesional, pero casi.

Pero la Marina era para los perdedores, decidió, y tras salir de ella se presentó a la Dirección de Apoyo a la CIA, a la Oficina de Seguridad y a la división de polígrafos. Tenía veinticinco años. Más prestigio: primero Annapolis, ahora Langley…, no importaba que fuera un investigador de seguridad. La CIA era la primera cadena. Incluso los múltiples eufemismos internos para referirse al polígrafo eran geniales. Empezó «revoloteando» a los nuevos aspirantes de la CIA. Administró los «remolinos» periódicos de reinvestigación sobre los oficiales de caso de la CIA. Finalmente, se le asignó un viaje al extranjero para «encajonar» a un activo recién reclutado.

Envidiaba a los sobrios y sarcásticos oficiales de operaciones que conoció en otros países. Deseaba el caché asociado a las operaciones y a los operadores y el campo extranjero, pero, en realidad, quería evitar las asignaciones incómodas y arriesgadas en el extranjero. Comenzó a planificar cuidadosamente un cambio de carrera seguro y rentable hacia el Servicio Clandestino: primero una asignación lateral a un escritorio de área, puro papeleo administrativo; luego la certificación como asistente de apoyo de operaciones, atendiendo los archivos de activos; luego como asistente especial de un jefe de división, gestionando su agenda; luego una temporada en Asuntos Públicos, aprendiendo el arte de no decir nada importante; luego enganchándose a los faldones de un subdirector asociado, más trabajo de personal, pero respirando el ambiente de la séptima planta; más tarde pasó a Asuntos del Congreso, donde uno conoce a los futuros directores; hasta que, al final, sucedió y su jefe fue confirmado como director, y Sebastian Angevine, de cuarenta años, veterano de quince años de la vía administrativa de la CIA, anteriormente de la Marina de los Estados Unidos, fue nombrado nuevo subdirector asociado de la CIA para Asuntos Militares y promovido en rango de GS-15 a SIS-Tres con un aumento en el salario base anual de 119.554 a 165.300 dólares. Su oficina en la séptima planta se elevaba por encima de las copas de los árboles. Los teléfonos del escritorio eran negros, grises y verdes. El trabajo incluía disponer de un chófer y un todoterreno negro para ir a las reuniones en el Pentágono.

En menos de un año, Seb Angevine era muy conocido en la séptima planta de Langley, en las mesas de conferencias del Pentágono y en el Consejo de Seguridad Nacional, aunque era menos conocido en el cuartel general de la CIA, en las plantas operativas y en las divisiones geográficas, a las que rara vez acudía. El ambicioso oficial de seguridad se convirtió en un ejecutivo federal de nivel medio con aires de grandeza. Llevaba corbatas de seda en Ermenegildo Zegna, tirantes de raso de Aldridge y gemelos de abulón antiguos de Carrington. Pasó sus largos dedos por el pelo leonino cuidado con esmero para mantener las canas lejos de sus sienes. Coqueteaba con las mujeres en la oficina. A sus espaldas se le consideraba un tipo sucio, grasiento y más que interesado.

Como había aprendido durante sus años de formación, no había que preocuparse por el trabajo, sino que este fluía a tu alrededor, sin más que reuniones, conversaciones y trabajo del personal delegado en la cadena de mando. Lo demás se sacaba del libro de jugadas de los altos cargos. Una vez al año, o bien proponía un nuevo programa poco claro, o bien clausuraba un programa existente en un alarde de eficiencia y rectitud fiscal; se aseguraba de despedir a uno o más subordinados en apuros cada trimestre para demostrar que era un líder; y sabía que no había límite para el servilismo y la zafiedad en el trato con los superiores. La verdad es que era muy fácil.

El resto era un chollo: accesos y privilegios. Por su mesa pasaban papeles delicados: material operativo de la CIA, inteligencia sin trabajar y ya trabajada. Eso era solo el principio. Tenía acceso a programas confidenciales del Departamento de Defensa, cientos de ellos, carpetas llenas de ellos; la CIA y el Departamento de Defensa colaboraban mucho. En la Comunidad de Inteligencia, la relevancia de un burócrata se medía por el número de designaciones de autorizaciones que había detrás de su nombre: cuanto más larga era la lista, más grande era su valor, y Seb tenía más de una docena de autorizaciones, incluido el raro Departamento de Manipulación Especial/

Técnicas de Inteligencia, al que, con descrédito, se referían las secretarias y los asistentes especiales de la séptima planta con el acrónimo SH/IT. Angevine estaba al tanto.

De acuerdo, el dinero del Gobierno no era gran cosa, y eso le molestaba. Quería cosas bonitas, tal vez un apartamento en el Watergate, el nuevo Audi, una novia que hablara francés con él. Le gustaba ir a restaurantes y bares, incluso relajarse en clubes de estriptis como el Good Guys de Wisconsin Avenue. Pero para eso hacía falta dinero y, sin lugar a duda, no había suficiente. Podía cambiar su tibio salario federal por grandes cifras en el sector privado, pero aún no estaba preparado para ello; además, allí esperaban rendimiento y resultados. (Muchos jefes de alto rango en el Servicio consiguieron grandes trabajos externos al jubilarse, y la mayoría duró solo tres años antes de ser despedidos. En el sector privado no se patina, y menos con una ética de trabajo federal de primera línea). La solución era permanecer en la CIA un tiempo más. Cuando pillaron a Dick Spofford haciendo un ingreso en su cuenta de pajas, Seb Angevine había vislumbrado su futuro: él ascendería al puesto del DNCS; el director era su aliado y lo confirmaría. Ahora, todo había cambiado.

Ensalada asiática

Cocina la salsa de soja, la salsa de pescado y el azúcar; reduce hasta obtener un glaseado oscuro y espeso. Añade mayonesa al glaseado para hacer una salsa espesa. Vierte sobre la col roja rallada, las cebolletas picadas, la cebolla roja, el cilantro picado y las zanahorias ralladas. Sazona y aderaza la ensalada con aceites de cacahuete y sésamo, vinagre de arroz, escamas de pimiento rojo y semillas tostadas de sésamo.

14

Una muestra de la medida de la patología de Seb Angevine era que su repentina decisión de vender secretos a los rusos no entraba en conflicto con las nociones de lealtad o traición a su país. Estaba apoplético por haber sido ignorado; esto no le había ocurrido jamás a él. Intentó racionalizar que el traspaso de secretos (y, por tanto, la igualdad de condiciones de los servicios de inteligencia) crearía calma en el Kremlin, tranquilizaría a Putin y haría que la política exterior rusa fuera menos propensa a la improvisación absoluta. Sí, tal vez, pensó, *je m'em tamponne*, me importa una mierda.

Se estaba deslizando por la pendiente hacia el espionaje por dos de las clásicas motivaciones humanas: el dinero y el ego. Quería dinero, mucho, y, según varios resúmenes de contrainteligencia que había leído, los rusos pagaban mucho mejor que antes. Y su dañado y galopante ego estaba sediento por devolvérsela al director; a todos los ayudantes de ese pavo real. A esa impresentable maloliente, Bevacqua. Y a toda la CIA por haber arruinado su vida. El amargo desprecio por su colega alivió cualquier sentimiento de culpa que pudiera haber surgido —aunque no había surgido— y se centró en lo que de verdad quería.

El elemento que preocupaba a Seb era cómo pasar información clasificada a los rusos sin ser descubierto. Durante su formación, el expoligrafista del NCIS había aprendido mucho sobre los casos de espionaje de Estados Unidos de antaño —Pollard, Ames, Hanssen, Pelton, Walker—, y sabía cómo habían sido desenmascarados todos ellos: una gestión descuidada, una exesposa enfadada o un cómplice estúpido, pero, sin duda, si eras un estadounidense que pasaba secretos a los rusos, lo más probable era que un agente de la SVR, reclutado y dirigido por la CIA, informara a Langley de que la sede central estaba llevando un caso estadounidense —podría proporcionarse un nombre, o no—, y eso era todo lo que necesitaba el FBI para iniciar una investigación.

Hanssen, por su parte, había agudizado su inteligencia. Desde el primer contacto, había intentado permanecer en el anonimato ante los rusos: rechazó un cara a cara y se identificó solo como Ramón. Como era de esperar, los rusos también se esmeraron y grabaron una de las llamadas de Ramón a su agente de control. La cinta de audio original fue robada del archivo de la sede central de Moscú por una incursión de la CIA en el SVR y se pasó a Langley. Los sorprendidos colegas de agencia de Hanssen habían reconocido la voz: estaba en el ADX de máxima seguridad en Florence, Colorado, de por vida.

Por lo tanto, la tarea crucial era encontrar una vía segura hacia los rusos, que no pudieran rastrear hasta él. Seb pasó el fin de semana pensando en el problema, agotado y nervioso, pero no se le ocurrió nada. Para cenar, comió las *lumpias* (rollitos de primavera filipinos) que su asistenta, Arcadia, había dejado en la nevera. Se quedó pensativo. Entonces se acordó de la reunión informativa para agentes dobles de la OSI en su agenda.

* * *

La Oficina de Investigaciones Especiales de las Fuerzas Aéreas, conocida como AFOSI o, para acortar, OSI, era, al igual que el NCIS, una agencia policial dedicada a la vigilancia de delincuentes de las Fuerzas Aéreas. Una pequeña sección de contrainteligencia seguía las pistas, pero, si uno de sus casos se calentaba de verdad, los FEEB del edificio Hoover tomaban el relevo, o la CIA se abalanzaba sobre los casos con sede en el exterior. Lo único que quedaba por tratar eran los casos controlados.

Seb sabía que las operaciones de agente doble eran un anacronismo decrépito de la Guerra Fría. Generar (y aprobar) materia prima auténtica para pasarlo al enemigo era una tarea interminable y aplastante. Además, las agencias de inteligencia de todo el mundo estaban muy atentas a la amenaza de hostilidad de un voluntario despechado. Todos ellos habían sido desenmascarados. Los requisitos del enemigo para informantes de buena fe eran demasiado exigentes: inteligencia de gran envergadura, del tipo que de verdad podría considerarse como una pérdida de información de seguridad nacional, esa era la prueba normal para cualquier agente. Si la información era escasa o intrascendente, o no se podía corroborar, no se investigaba al voluntario.

Angevine, en calidad de subdirector adjunto de Asuntos Militares, podía solicitar y recibir información detallada y clasificada sobre cualquier operación de agente doble. Llamó a sus contactos en el Pentágono para que le informaran más en detalle sobre el nuevo proyecto de la OSI. Seb escuchó atentamente la descripción SEARCHLIGHT, el nombre en clave de la operación. Un mayor de las Fuerzas Aéreas, llamado Glenn Thorstad, había sido reclutado como agente doble, un luterano pelirrojo de ojos verdes de Minnesota. Un auténtico cabeza cuadrada, pensó Angevine. Se sorprendió al saber que el comandante Thorstad ya se había puesto en contacto con la embajada rusa en Washington deslizando un sobre bajo el limpiaparabrisas del coche de un diplomático ruso en el Arboreto Nacional de la avenida Nueva York.

*   *   *

Cuando Seb entró en la sala de reuniones de la OSI en el Pentágono, vio a Simon Benford sentado en una silla contra la pared. Angevine lo conocía un poco; sus mandos profesionales no solían cruzarse. Sabía que Benford era el jefe de la División de Contrainteligencia de la CIA. Aparte de eso, Angevine solo era ligeramente consciente de que el universo Benford estaba poblado de topos y espías, un turbio mundo de indicios, pistas y filtraciones de inteligencia. No le gustaba ese hombre. Durante el último año de reuniones de alto nivel en la séptima planta, podía sentir los ojos de Benford sobre él, podía oír el desprecio en su voz cuando hablaba. Pero Simon era así con todo el mundo.

Angevine sabía que los veteranos de operaciones en el Servicio, como Benford, no lo tenían en cuenta. Todos ellos sabían que Angevine no se había ganado su puesto de subdirector asociado en la CIA dirigiendo operaciones en el extranjero. Era una dulce ironía que tuviera un rango superior al de todos ellos. En el muy igualitario Servicio clandestino, y a pesar de sus raíces patricias, incluso los subalternos se dirigían a los jefes por sus nombres de pila.

¿Qué haría Benford en esta reunión de la OSI no tan importante? Se sentó junto a él, los dos únicos agentes de la CIA en la sala, que por lo demás estaba llena de uniformes azules y galones.

—Simon —dijo Angevine sin apartar la vista del frente.

—Sebastian —dijo Benford concentrado en la pared del fondo.

—¿Qué estás haciendo aquí? Esta reunión queda por debajo de tu espectro.

—Yo habría pensado lo mismo sobre ti.

Ninguno de los dos miró al otro.

—Trato de ampliar la variedad de operaciones en las que sumergirme —respondió Angevine con astucia.

—Claro, siendo el subdirector adjunto de Asuntos Militares y todo eso.

—¿Y tú? —preguntó ignorando el sarcasmo.

Benford se giró para mirar a Angevine.

—Ya sabes lo que pienso de las operaciones de agentes dobles. Son muy lentas, dilatorias y poco concluyentes. Ningún Servicio serio gasta ya mucho capital en ellas.

Angevine se volvió y miró a Benford.

—Pero tú ya sabes todo eso, ¿no es así? ¿Por qué estás aquí, Simon?

—Que Dios bendiga al OSI. Son chillones y entusiastas. Lo intentan. Y esta operación suya, SEARCHLIGHT, creo que la llaman, parece haber atraído a los bolcheviques. Bastante notable.

—¿Bolcheviques?

—Rusos para ti. La *rezidentura* de Washington respondió a la nota que el joven comandante de las Fuerzas Aéreas dejó en uno de sus coches. Le dirigió a un sitio en Maryland. Bastante extraordinario. Normalmente, rechazan a los voluntarios. El *rezident* puede estar bajo presión de la sede central para ser más productivo.

—Interesante —dijo Angevine—. ¿Quién es el jefe de filas estos días? —Estaba pensando en el futuro. Conseguir el nombre del *rezident* podría serle útil den el futuro.

—En realidad es la jefa.

Muy interesante, pensó Angevine.

—¿Quién es ella? —preguntó.

—Yulia Zarubina —respondió inclinando la cabeza—. ¿El nombre significa algo para ti?

Una sacudida de culpabilidad recorrió la columna vertebral de Angevine.

—No. ¿Debería?

—La abuela de Yulia era Elizaveta Zarubina, destinada en Washington en 1940. Mientras el FBI de Hoover perseguía a su marido por la ciudad, ella reclutó a la mitad de los espías nucleares estadounidenses en el estable Moscú. Oppenheimer, Gold, Hall, Greenglass. Era una leyenda, elogiada en persona por Stalin.

—Nunca he oído hablar de ella.

—Es historia antigua. Yulia conservó el nombre de la familia, puede que para continuar con el linaje.

—Así que estás aquí para verla de cerca —dijo Angevine.

—Exacto. Es una rareza en la SVR. La mujer de mayor rango en su Servicio tiene alrededor de cincuenta y cinco años. Solo hay unas pocas de ellas. Al llegar, hizo las habituales rondas en el Instituto de Lenguas Extranjeras y en la Academia Diplomática del Ministerio de Asuntos Exteriores —explicó Benford—. Tiene los genes de su abuela: diez idiomas, culta y espabilada. Giras por el extranjero en París, Tokio y Estocolmo como *rezident*, Putin la envió a Washington como *rezident*, parte de la ofensiva de captación. Pero hay otra cara de nuestra Zarubina. La razón por la que estoy interesado en este espectáculo de la OSI.

—Suéltalo —dijo Simon mirando alrededor de la habitación fingiendo desinterés.

—Yulia Zarubina es una reclutadora. Tiene talento para ello. Una fuente informó que la llaman *shveja*, la costurera, como si tejiera sus objetivos. —Es útil saberlo, pensó Angevine. Benford acaba de hacerme los deberes—. Si viene a jugar con nuestra línea principal, nos gustaría verla de cerca.

—Es todo un poco melodramático, ¿no crees, Simon?

—Depende de tu definición de melodramático, Sebastian —respondió Benford inclinando la cabeza.

* * *

Angevine escuchó la mitad de la sesión informativa de la OSI sobre SEARCHLIGHT y se escabulló, ganándose una mirada de desaprobación de Benford. Ya había oído suficiente. Cada mes, los responsables de la OSI, una junta de revisión de la producción y el subdirector del Estado Mayor A-2 (Inteligencia, Vigilancia y Reconocimiento) recopilaban y revisaban el paquete digital propuesto por la OSI para su envío a los rusos.

Pensó que la operación era una tontería y demasiado transparente. Pero la idea de fotografiar documentos con una cámara digital era interesante, quizás algo de lo que pudiera encargarse. Añadiría secretos reales a la lista de basura de la OSI. Se imaginó a los rusos boquiabiertos llegando al final de la *peccata minuta* aportada por Thorstad al encontrar imágenes adicionales de otra fuente, imágenes explosivas, secretos explosivos. Nada de encuentros personales, nada de exponerse: estarían volando bajo el radar, utilizando un canal autorizado. Y la nueva fuente —Seb tendría que inventar su propio nombre en clave. Sería divertido— sería desconocido e imposible de rastrear en Langley. Si surgían sospechas, Benford, el cazador de topos, tendría que peinar los miles de archivos de personal de la USAF, de aquellos empleados con acceso a información clasificada antes de buscar en otra parte.

Quedaban dos ajustes. Necesitaba acceder a la tarjeta de memoria de la OSI y, lo más importante, tenía que recibir su dinero. Pensó con interés. Insistiría en que el personal de Asuntos Militares de la CIA revisara la tarjeta antes de pasarla, como control de contrainteligencia; lo haría él mismo. En cuanto al dinero, nada de cuentas bancarias, ni nacionales ni en el extranjero. Los investigadores de contrainteligencia podrían descubrirlas en una tarde. No, el dinero tendría que llegar a través de escondites secretos, a la vieja usanza. Pero en ese terreno correría peligro; el FBI seguía a los agentes de inteligencia rusos por todo Washington, esperando ese tipo de actividad de entrega y recogida. Los agentes de la SVR en Washington eran demasiado peligrosos. Excepto, tal vez, la sofisticada y eficaz Yulia Zarubina, la chica bandera de Putin para mejorar las relaciones bilaterales. Podría funcionar.

* * *

El mensajero del Pentágono llegó con la documentación precintada, despegó una copia del recibo de entrega firmado por la secretaria de Angevine y se marchó. Pasaría a recoger la tarjeta de memoria para SEARCHLIGHT la mañana siguiente, después de la última revisión obligatoria por parte de la CIA, concretamente por el subdirector asociado de Asuntos Militares. Cuando la CIA diera el visto bueno, la tarjeta le llegaría al comandante Thorstad, sin intermediarios, el cual se prepararía para reunirse con los rusos esa misma noche.

Angevine conectó la tarjeta a un ordenador portátil autónomo situado en la estantería detrás de la mesa y se desplazó con rapidez por el material de las Fuerzas Aéreas que Thorstad pasaría la noche siguiente. *Ordure*, basura. Ridículo. La noche anterior, en su despacho, con la puerta cerrada, había utilizado una Nikon ligera para fotografiar un cable clasificado de tres páginas en la pantalla del ordenador de la Agencia; sin copia impresa, sin registro de impresión; una foto anónima e imposible de rastrear. Angevine eligió un cable de operaciones en el que se informaba de la reciente contratación de un agregado militar ruso júnior en Venezuela. El cable de la estación de Caracas era detallado, daba nombres y enumeraba la información que proporcionaba el agregado. Lo mejor de todo era que Angevine no tenía ninguna conexión con la División de América Latina ni con la operación. Tan solo tenía acceso al tráfico mundial de cables.

Angevine sabía que para los rusos no había nada mejor que hablarles de un caso de espionaje que implicaba a uno de los suyos. Disfrutaban atrapando a sus propios traidores. Ames, en 1994, había cobrado casi cinco millones de dólares por los nombres de doce soviéticos en nómina de la CIA, un gran pago por parte de un Moscú, por lo general, tacaño. Junto con esta información, Seb también había escrito y fotografiado una carta de presentación de una sola página, la cuarta imagen de la cámara. Transfirió las cuatro imágenes de la cámara a la tarjeta de memoria de la OSI y revisó el contenido. Los manuales de las Fuerzas Aéreas, luego tres páginas de un cable de operaciones de la CIA y después la carta de amor. Las imágenes de Angevine tenían un aspecto diferente —diferentes metadatos y archivos .docx—, pero eso estaba bien; resaltaba el misterio. La carta era escueta, potente, solo negocios. Los rusos se cagarían cuando la leyeran.

Mi nombre es TRITON [Angevine se había deleitado con el nombre en clave]. A cambio de fondos me propongo proporcionar información que será de interés para su Servicio. Como ejemplo, las tres páginas anteriores detallan una operación de la CIA en América Latina contra sus intereses.

No me identificaré ni detallaré mi rango de acceso o posición. Exijo el pago inmediato en dólares estadounidenses por esta información y como buena fe para futuras informaciones, que pasaré por este conducto. Coloque un paquete impermeable que contenga 100.000 dólares en el lugar descrito a continuación [Angevine había dibujado un mapa de entrega de los bosques de Rock Creek, en el noroeste de Washington] en tres días, lo que les dará tiempo suficiente para verificar la información.

Sabré al instante si su Servicio intenta identificarme, o si se filtra la noticia de mi oferta desde su sede central, en cuyo caso romperé el contacto de forma permanente. TRITON.

* * *

Nueve y cuarenta y cinco de la noche. Por Dios, pensó el comandante Thorstad, esta primera reunión con los rusos está resultando un auténtico desastre. Le preocupaba haber entendido mal las instrucciones que había recibido: «A las nueve de la noche, camine una milla por el tramo no iluminado del Capital Crescent Trail, en Bethesda, Maryland, entre en Massachusetts Avenue y MacArthur Boulevard». El antiguo paso ferroviario de Baltimore y Ohio se había convertido en una ruta asfaltada para senderistas y ciclistas, pero a las nueve de la noche no había excursionistas y las espesas arboledas a ambos lados del camino estaban a oscuras. Thorstad había dado dos vueltas por el sendero, estaba muy oscuro y apenas veía nada, y se acercaba a las fauces del túnel de Dalecarlia, de principios de siglo, que pasaba por debajo del estanque cercano.

Un hombre salió de las sombras en la boca del túnel, la cara y las manos apenas se distinguían bajo la luz de la media luna. Thorstad se acercó sin prisa a él.

—¿Tor-stud? —masculló el hombre de las sombras. El comandante asintió—. Acérquese —dijo el hombre, con lo que Thorstad supuso que era acento ruso.

—No sabía si estaba en el lugar correcto —dijo el comandante avanzando un paso—. Ha pasado casi una hora desde que…

—De cara a la pared —dijo el hombre, levantando los brazos de Thorstad para que sus manos se apoyaran en el áspero ladrillo. El interior del túnel estaba frío; desde el techo goteaban filtraciones produciendo un eco sordo. Cacheó con pericia al comandante, tomándose su tiempo con la entrepierna, la espalda y el pecho. Se agachó y pasó un detector de metales por los zapatos y la chaqueta.

El hombre de las sombras era corpulento y de rostro duro, respiraba por la boca y apestaba a alcohol —Thorstad suponía que era vodka—, pero parecía estar sereno. Gruñó cuando terminó el cacheo y se volvió para mirarlo. El ruso sacó una linterna del bolsillo y la encendió dos veces hacia ambos lados del túnel. No hubo señal de respuesta, pero el comandante entendió que no estaban solos y que los lobos rusos lo habían estado vigilando a él, al sendero y al bosque desde que había llegado. Se estremeció ante la idea de que hubiera hombres armados en los bosques aburguesados de la lujosa Bethesda.

—¿Por qué se ha puesto en contacto con nosotros? —preguntó con firmeza.

Thorstad tenía ganas de agradar y el OSI le había enseñado a ser comunicativo y cooperativo.

—Como escribí en mi nota, necesito ayuda financiera. Necesito dinero.

—¿Por qué no va al banco si necesita dinero? ¿Por qué viene a nosotros?

—Tengo información de interés para ustedes —respondió con dificultad.

—Muéstremela.

El comandante sacó la tarjeta del bolsillo y la sostuvo en la palma de la mano, como si estuviera dando un terrón de azúcar a un caballo. El hombre cogió la tarjeta y la hizo girar entre sus dedos, como si no supiera lo que era, luego se metió la mano bajo el abrigo, guardando la tarjeta en el bolsillo de la camisa. El olor corporal mezclado con el hedor a vodka se amplificaba cuando se movía.

El hombre se metió la mano en otro bolsillo y le entregó a Thorstad una nota con direcciones y un mapa de líneas del próximo lugar de encuentro.

—Para la próxima vez —dijo el ruso dándose la vuelta para desaparecer en la oscuridad, caminando hacia el sur a través del túnel.

Thorstad lo vio partir.

El ruso, un torpe hombre de seguridad de la SVR de la *rezindentura*, solo sabía que si, basándose en la información del norteamericano, la sede central decidía que el voluntario era *dvurushnichestvo*, un agente doble, no habría nadie en la siguiente cita, y la tarjeta, hecha de carboximetilcelulosa sódica, absorbería la humedad del ambiente y se descompondría poco a poco en un mes, hasta convertirse en una pasta pegajosa.

Sencillamente grosero, pensó el comandante, se guardó en el bolsillo la tarjeta y siguió el camino hacia el norte, fuera del bosque, hacia las luces de Massachusetts Avenue. Miró hacia delante con premeditación, con la intención de no buscar el brillo nocturno de los ojos eslavos ocultos en la oscuridad boscosa que tenía a ambos lados.

*   *   *

—¿Y luego qué paso? —preguntó Benford. El comandante pelirrojo Thorstad bebió un trago de agua de una jarra que había en el centro de la sala de conferencias. Los tres oficiales de la OSI estaban tomando abundantes notas, con el evidente enfado de Benford. A los animosos chicos de la OSI no les importaba: contacto con el Servicio de Inteligencia ruso; en las afueras de Washington. El primer encuentro en tres años. Su operación de DA. Sería la extraordinaria pista en el informe mensual de actividades para los jefes de las Fuerzas Aéreas. Los señores de la CIA podrían besarles el culo.

—Bueno, puedo decir que el tipo fue bastante grosero. —Benford se removió en el asiento y solo en el último momento recordó que ese pelirrojo no era su subordinado y, por lo tanto, en teoría, no podía gritarle—. Se presentó con cuarenta y cinco minutos de retraso. Hice la ruta de senderismo dos veces completas. —Levantó dos dedos para que no hubiera duda. Los chicos de la OSI anotaban cada palabra.

—Con seguridad tenían gente en el bosque, con gafas de visión nocturna, observando su aproximación, vigilando la cobertura —dijo Benford. Thorstad chasqueó los dedos.

—Tiene toda la razón, señor Benford. Ese tipo iluminó con una linterna en ambas direcciones del túnel. Era una especie de señal.

Benford reprimió un gruñido.

—Me complace que esté de acuerdo —dijo Benford. Su tono no afectó al comandante, que estaba intentando recordar más detalles. Benford se preguntó si Thorstad había llegado a considerar que un simple cambio de señal con la linterna podría haber acabado con su cuerpo inerte sobre los húmedos ladrillos del túnel.

—Cogió la tarjeta de memoria y me entregó esta nota con el lugar del próximo encuentro. En dos semanas. En Georgetown.

Benford cogió la tarjeta, la leyó mientras palpaba el acabado satinado. La deslizó hacia los hombres de la OSI.

—Papel soluble en agua, aseguraos de copiar las instrucciones al pie de la letra y ponerlo en un sobre de papel cristal. Se descompondrá en tres semanas si no lo mantenéis protegido de la atmósfera.

Los miembros de la OSI se miraron unos a otros, inseguros sobre lo de «al pie de la letra» y «papel cristal». Benford se volvió hacia Thorstad.

—Bueno, supongo que fue todo lo bien que podíamos esperar de un tipo tan... grosero...

—Olvidé decir que apestaba, horrible, apestaba a alcohol, además de ser grosero.

—Sí, bueno, puede que tenga sus propios problemas en casa —murmuró Benford.

Thorstad parecía sentirse un poco culpable por haber sido tan injusto, no había pensado que aquel hombre pudiera tener problemas. Benford observó con interés clínico las cambiantes expresiones del rostro del comandante. ¿Dónde había encontrado la OSI a ese hombre-niño?

—Es casi seguro que se tratara de un oficial de seguridad de bajo nivel de la embajada, quizá de la *rezidentura* —dijo Benford—. La sede central no se arriesgaría a enviar a uno de sus agentes encubiertos en activo a esta reunión. —Thorstad asintió. Benford se volvió para dirigirse a los hombres de la OSI—. Os pido que seáis prudentes a la hora de redactar este informe de contacto y aventurar posibles avances. La probabilidad de que se produzca otra reunión es mínima, dado que el material que hemos entregado es anticuado. Los rusos buscan inteligencia excepcional. Si no la obtienen, llegarán a la conclusión de que el comandante es un enviado y desactivarán la operación. —Los hombres de la OSI miraron hacia atrás, cabizbajos—. Preveo que lo dejarán plantado en la próxima cita. No debería sorprenderse si no se presentan.

Benford se levantó y salió de la habitación. Uno de los hombres de la OSI le mostró el dedo a sus espaldas. Thorstad lo miró con desprecio.

—Relájese, sargento. Esas no son las maneras que usamos en las Fuerzas Aéreas —dijo el comandante.

Rollitos de Primavera Filipinos

Pica la col, las zanahorias, la cebolla, la cebolleta y el ajo; saltea en aceite con salsa de soja. Dora la carne de cerdo picada y mézclala con las verduras. Envuelve el relleno bien apretado en el papel de arroz. Fríe en aceite vegetal hasta que estén crujientes y dorados.

15

Encerrado en el estudio con paneles de madera de su casa, Seb Angevine terminó de transferir los nueve fotogramas digitales que había fotografiado directamente de la pantalla del ordenador a la memoria externa de SEARCHLIGHT que se estaba preparando para el segundo contacto con los rusos. La OSI había cargado veintitrés fotogramas, editados con cuidado, de documentos de parámetros de rendimiento para el F-22 Raptor, un programa de caza furtivo que se había interrumpido debido a los excesos de costes y a las disputas con los contratistas. Los analistas de Inteligencia de las Fuerzas Aéreas argumentaron que la información sería tentadora para los rusos y mantendrían la pelota en movimiento. Angevine apenas miró el material de la OSI. Sus nueve fotogramas serían el plato principal y la «carta de amor» en el décimo fotograma digital, al final del volcado, pedía que se dejaran otros cien mil dólares en el bosque de Rock Creek. Angevine no tenía ninguna duda de que los rusos pagarían.

Había recogido el primer pago un domingo por la mañana temprano en el escondite, sin ningún problema, aunque, nervioso, había dado a los rusos un día más, por si necesitaban más tiempo. Se preocupaba por nada. El bosque era denso a lo largo de Oregon Avenue del noroeste, y había muchas calles periféricas tranquilas en el barrio de Barnaby Woods para aparcar el coche sin problemas. Hacía buen día y el aire tranquilo. No había coches en movimiento y el bosque estaba vacío. Aunque confiaba en que los rusos no pondrían en peligro su nuevo caso tratando de vigilar el escondite, Angevine tenía los ojos bien abiertos no solo para detectar al sospechoso merodeador de primera hora de la mañana, sino también los lugares en los que los rusos podrían haber colocado una cámara activada por movimiento. No se arriesgarían, pero serían precavidos.

El soleado sendero pavimentado conducía a un enorme roble derribado por el huracán, cuyo cepellón expuesto creaba una bolsa natural de la que Angevine extrajo, con manos temblorosas, un paquete del tamaño de una barra de pan envuelta con cinta de embalar azul. El peso del paquete era impresionante. Cien mil. Un Porsche Carrera. El Rolex GMT-Master II.

Así que les dijo a los rusos que pusieran otros cien de los grandes. Deben estar cagándose en la *rezidentura* de Wisconsin Avenue, preguntándose quién coño era TRITON, qué clase de cerebro era, dónde trabajaba. Alguien había incluido una nota escrita a máquina en el paquete de dinero dirigida a «querido amigo», con un número de teléfono por si necesitaba hablar. Sí, claro, *va t'en faire foutre*, vete a la mierda.

Observó que los rusos, por supuesto, habían sido reservados y cautelosos en su mensaje de saludo y referencias a futuros contactos. Todavía no sabían lo que significaría TRITON, pero la información sobre el reclutamiento de Caracas sería ya una prueba irrefutable de que tenían un activo colosal en potencia. TRITON: el rey del mar. Anónimo. Colosal.

Los rusos serían pacientes, solícitos; confiaban en que, tarde o temprano, descubrirían quién era. No hay posibilidad, pensó Seb, TRITON emergería de la espuma del mar, agitaría su tridente y provocaría un estruendoso vendaval para luego deslizarse bajo las olas, sin poder ser tocado. Y esa *pouffiasse*, esa perra de Bevacqua podría sentarse detrás del escritorio y tratar de averiguar qué estaba pasando con su Servicio Clandestino.

Los rusos ya tenían la primera carga de datos: la pista de contrainteligencia de Caracas. Ahora era el momento de pasar algo aún mejor, aún más explosivo: nueve imágenes de dos cables separados de acceso restringido, enviados por la estación de Atenas a Langley, que informaban de dos largas sesiones informativas sobre investigación y desarrollo sensible de carácter militar, llevadas a cabo por un agente de la CIA que hablaba ruso con una fuente identificada solo como LYRIC.

*   *   *

A las diez de la noche, el comandante Glenn Thorstad estaba de pie en la sombra del pequeño jardín público decorativo de Grace Street al noroeste, junto a Wisconsin Avenue, con vistas al canal Chesapeake-Ohio. Iba vestido de paisano, con una chaqueta sobre una camisa con el cuello abierto. Llevaba un sombrero de ante de ala ancha con una cinta de cuero; no era un sombrero de vaquero, eso habría sido demasiado llamativo, más bien un estilo Indiana Jones, para cubrir el pelo rojo. Consultó el reloj por quinta vez en los últimos treinta minutos.

Sin contar el contacto con el matón de seguridad ruso en el túnel, este sería el primer encuentro cara a cara con un oficial de la inteligencia rusa, algo que nunca había contemplado en toda su carrera en las Fuerzas Aéreas. Había estado trabajando en el Mando de Transporte TransComm, un engranaje vital de la maquinaria, y había ascendido a través de una serie de puestos importantes de coordinación, programación y finanzas. La OSI lo había descubierto y reclutado por su acceso demostrable a una inmensa gama de información clasificada. Pasó el control de seguridad, ya que no tenía nada que ocultar, ni siquiera bebía. Al principio se sintió halagado de que los estrategas de la OSI se dirigieran a él para sugerirle que hiciera de agente doble, y las reuniones informativas y las sesiones de práctica fueron emocionantes, algo diferente a su rutina. Sin embargo, ahora, en la calle, esperando al SVR, no estaba tan seguro.

Le habían enseñado lo que tenía que decir, las preguntas que los rusos le harían para ponerlo a prueba. Los informadores de la OSI le dijeron que los rusos asumirían que era un agente doble hasta que demostrara que no lo era, mediante material intachable y un comportamiento digno.

—¿Cómo es el comportamiento digno de un agente doble? —había preguntado a su equipo de formación en la misma reunión. Los hombres de la OSI se miraron entre sí: nadie les había preguntado eso antes. Una voz inquietante surgió desde un rincón de la sala, de un hombre desaliñado con el pelo revuelto y la entonación de un profesor de latín atormentado por la gota.

—No existe, así que no pierda el tiempo pensando que lo hay —respondió Benford, que había acudido sin invitación a esa reunión informativa de Thorstad en vísperas del primer posible contacto destacado con el SVR—. Actúe como lo sienta: asustado, culpable, desconfiado. Es un comandante de las Fuerzas Aéreas que está traicionando a su país. —Thorstad tragó saliva, ¿otra vez ese tipo incómodo?—. Así que… sí, es usted un traidor. Los rusos tomarán su información y le darán un poco de dinero y, cuando su valor se acabe o el FBI lo detenga, Moscú se encogerá de hombros y se marchará, hasta que el próximo comandante Thorstad llame a su puerta.

El comandante miraba a Benford, que se había levantado y daba unos pasos.

—No pasa nada por sentirse mal. Los rusos lo verán y se tranquilizarán. —Benford se volvió para mirar a los hombres de la OSI, que se removieron incómodos bajo su mirada.

El comandante Thorstad repitió las mismas palabras de Benford mientras permanecía en las sombras esperando que apareciera su contacto. Esperaba que otra bestia de dos metros con chaqueta de cuero se materializara, lo hiciera girar, lo empujara contra la pared de ladrillos del jardín y lo cacheara en busca de un micrófono. No sabía lo que le esperaba. Comprobó que llevaba la tarjeta de memoria en el bolsillo por décima vez: F-22 Raptor. La segunda entrega de información al enemigo.

Desde el bajo muro del jardín, los sonidos de una fiesta se deslizaban en el aire nocturno desde una barcaza del canal, que se abría paso por la vía fluvial. Thorstad miró las luces de cuento que se reflejaban en el agua. Deseó estar allí abajo en lugar de donde estaba. Una suave voz a su lado lo sobresaltó.

—¿Es Glenn? —El susurro de una voz femenina. El comandante se giró. Una mujer de pelo rubio estaba de pie con las manos en los bolsillos de un abrigo claro. Parecía tener unos cincuenta y cinco años, era bajita y algo ancha. Las luces de los edificios del otro lado del canal iluminaban un rostro redondo con inteligentes ojos marrones y una boca con arrugas en las comisuras. Llevaba el pelo recogido en un moño. Sonrió con amabilidad. Bibliotecaria, asesora de personal, administrativa en un hospital. Ni siquiera parecía rusa. Hablaba con fluidez, con una voz cantarina, con un rastro de acento extranjero, holandés o noruego. Thorstad no sabía qué decir.

—¿Comandante de las Fuerzas Aéreas Thorstad? —El aludido tragó saliva y asintió—. Por el nombre supongo que su familia es sueca.

—De tercera generación —murmuró. Sonaba como un idiota.

—*Tala ni svenska?*, ¿habla sueco? —preguntó la mujer.

—Solo algunas palabras.

—*Charmerande*, encantador. Recuerdo con cariño mis viajes a Suecia. *Gillar du kroppkakor*, ¿te gustan las bolitas de patata? Tan ligeras y deliciosas. —Thorstad solo pudo mirar a esa alegre señora mientras divagaba sobre comida sueca—. Pero supongo que deberíamos hablar en inglés, ¿no le parece? —Él volvió a asentir—. ¿Quiere caminar conmigo un rato? —Se acercó a él y se le agarró al brazo, como una mujer que sale a dar un paseo después de cenar—. Me llamo Yulia —dijo mientras empezaba a caminar por la oscura y estrecha calle.

Los edificios de ladrillo a ambos lados estaban en penumbra y silenciosos. Llegaron a una calle más pequeña, estrecha y pavimentada con adoquines, que corría cuesta abajo hacia el Potomac y el parque del paseo marítimo. No había nadie más moviéndose y sus pasos eran silenciosos. Yulia tiró con suavidad del brazo de él para que ambos entraran en una oscura calle, Cecil Place, al noroeste. Si Thorstad hubiera tenido algo de formación callejera, se habría dado cuenta de que una figura en las sombras estaba quieta en la parte alta de la calle, observándolos. Otra figura estaba de pie junto a una farola no muy alejada, observando cómo se acercaban. A media manzana de distancia, en Water Street, a la sombra de la autopista elevada Whitehurst, un rostro indefinido se asomaba tras el parabrisas de una furgoneta aparcada. El hombre miraba cada cierto tiempo por los espejos retrovisores. Yulia Zarubina, *rezident* del SVR en Washington, *sveja*, la costurera, había llevado a sus chicos esa noche.

—Me alegro de que se haya puesto en contacto conmigo —dijo sujetando todavía por el brazo a Thorstad, pero mirando a sus pies—. Me gustaría ayudarlo en lo que esté en mi mano. —De nuevo, el comandante no supo qué decir; los chicos de la OSI le habían preparado para una diatriba salpicada de saliva de un descerebrado matón—. Háblame un poco de ti, Glenn —le dijo mirándolo.

Caray, pensó, a pesar de ser del Servicio de Inteligencia ruso, es cortés. No se percató de que los puntos de cadeneta de la costurera habían empezado a envolverlo.

En dos minutos, Zarubina determinó para su satisfacción que Thorstad era quien ella creía que era, *nevinnyi*, un inocente, y casi seguro que no era el autor del «material extra» del primer envío. Volvió a sonreír y empezó a construir su propio *maskirovka*, su engaño. Reprendió con dulzura al comandante por la inteligencia desfasada del primer intercambio.

—El programa Raptor, por el amor de Dios, Glenn, ¿no puede encontrar algo más actual? Después de todo, está en una posición muy importante. Tengo muchas esperanzas puestas en nosotros.

El comandante se sorprendió. No era lo que le habían dicho que podría esperar.

—¿Qué tiene en mente? —preguntó, recordando en el último momento que su equipo de apoyo de la OSI le había dicho que obtuviera información y requisitos de los rusos. Sí, sonsacar. Zarubina miró al Potomac nocturno, a las luces de cuento de Rosslyn y a los oscuros árboles de Roosevelt Island.

—Esas cosas son tan técnicas —respondió apretándole el brazo mientras caminaban despacio por el paseo marítimo. Lo miró a los ojos y sonrió, como una abuela a punto de repetir una receta de galletas—. Pero... sería estupendo que me trajeras cualquier información: diagnósticos actuales, datos de pruebas de vuelo, análisis de diseño... sobre el problema de la amortiguación de las alas del F-35. Sería de verdad estupendo.

Miró a Thorstad y sus ojos se arrugaron en las comisuras.

—¿Los F-35? —repitió el comandante. Parecía que sabía mucho.

—Sí. Creo que los llaman Rayo II. Espero que puedas encontrar alguna cosilla... Me emocioné mucho cuando te pusiste en contacto conmigo.

Zarubina rara vez utilizaba las palabras «sede central», «Moscú» y «Rusia», y siempre lo mantenía en un plano personal. Ya habría tiempo para que la relación fuera *utverdivshiysya*, institucionalizada, por la sede central, cuando fuera demasiado tarde para parar.

Los estadounidenses, por fortuna, eran previsibles. Confiaba en que este ingenuo americano fuera a sus superiores —supuso con acierto que se trataba de una iniciativa de la OSI— y les informara de que los rusos estaban interesados, de verdad interesados, y que la operación de DA estaba en marcha. La implicación personal de Zarubina así lo constataba, y esperaba que los responsables de Inteligencia de las Fuerzas Aéreas estuvieran de acuerdo. Debía seguir reuniéndose con este hombre, fingir interés y paciencia, y seguir pidiendo información que nunca aceptarían entregar. Fuera quien fuera ese TRITON, necesitaba que el canal permaneciera abierto y activo.

Podría haber oportunidades para las *aktivnye meropriyatiya*, medidas activas, desinformación, en las exigencias de inteligencia impuestas a Thorstad, pensó Yulia. Una vez había pedido a un agregado militar francés, otro agente doble, los manuales operativos del Mirage 2000N, volúmenes uno a doce y quince a veintidós. Cuando el francés le preguntó por qué no los volúmenes trece y catorce (los que describían el misil nuclear de tres kilotones ASMP —el acrónimo francés de aire-superficie de medio alcance—, que lleva el 2000N), Zarubina le dio una palmadita e ignoró la pregunta, como si no le interesara algo que ya tenía, y se desencadenó una caza francesa de topos, que duró dos años, en el Ministerio de Defensa, y una crisis constitucional en el Elíseo sobre la viabilidad de la política de disuasión nuclear de Francia. Esa medida activa había sido toda una inspiración.

Su excepcional mente trabajaba en esta tercera pista, incluso mientras hablaba con Thorstad en tono tranquilizador. Con una oreja escuchaba a su equipo de vigilancia, trabajando a su alrededor, por el auricular que mantenía apartado del comandante. Llevaba la memoria USB que le había entregado en el bolsillo y estaba ansiosa por ver si la misteriosa fuente TRITON había vuelto a añadir algo. Zarubina tenía la intuición de que este era el comienzo de un caso importante.

Al final del paseo, observó a su acompañante con una ridícula *shlyapa* de ala ancha subiendo con dificultad por la calle 31 del noroeste, hacia las luces de la calle M. Zarubina esperaba que ese TRITON fuera inteligente. No le tranquilizaba que hubiera elegido un nombre en clave para sí mismo, un preocupante indicio del ego de un megalómano épico. Además del monarca del mar, *triton* en ruso significaba «tritón». No es precisamente el criptónimo más heroico para un agente, pensó Zarubina, pero quizá nombrarse como un anfibio escurridizo resulte adecuado.

* * *

—Fue cortés y atenta —dijo Thorstad, que estaba sentado ante una mesa en una sala de conferencias del Pentágono, rodeado de agentes de la OSI y dos agentes de Contrainteligencia de la A-2. Benford estaba sentado en calma en un extremo de la mesa, mirando al techo como si estuviera pensando en qué cenar—. Me preguntó por mí. Le dije que necesitaba el dinero, como habíamos ensayado. Admití que me gustaba apostar.

—¿Cómo respondió ella? —preguntó Benford. Los agentes de la OSI no estaban atentos porque todos estaban preocupados de coger notas: «segundo contacto con RIS», «contacto con la jefa de SVR de Washington», «requisitos específicos sobre el F-35...». Su operación de DA, denominada SEARCHLIGHT, estaba en pleno apogeo. En el próximo informe mensual redactarían otro punto principal, no, un memorando independiente para el secretario de las Fuerzas Aéreas, tal vez incluso para el secretario de Defensa. Miraron a Benford. Ese idiota de Langley dijo que no se presentaría. Menudo experto...

—Dijo que todos tenemos dificultades a veces. Fue muy comprensiva. Muy muy comprensiva. Nada de hostilidades. Nada.

Claro, pensó Benford, acaba de dar un agradable paseo nocturno con una mujer de edad, una *shveja*, una costurera. Pero las tres décadas de Benford arrastrándose por el desierto de los espejos le decían que algo no cuadraba. En materia de recopilación de información, los rusos eran —siempre habían sido— avariciosos, codiciosos, rapaces, suspicaces, impacientes, huraños, extorsionadores, brutales. Pero nunca estúpidos. Benford conocía la sensación, sentía el familiar bolo en la garganta, cuando contemplaba alguna acción rusa aún desconocida. A su debido tiempo, la trama se haría evidente, como una cabeza de oveja flotando en el fondo de la olla de un guiso, mirando y sonriendo. Pero para entonces sería demasiado tarde.

Kroppkakor. Bolitas de Patata

Fríe la carne de cerdo sazonada y las cebollas hasta que se doren. En el puré de patatas frío, mezcla el huevo, la pimienta negra, la nuez moscada y la harina y trabaja la mezcla hasta conseguir una masa suave. Corta y enrolla la masa en bolas, haz una cavidad en cada una de ellas y rellena con la mezcla de carne y cebolla. Cierra las bolitas de patata y cocínalas en caldo de carne hasta que estén bien cocidas. Sirve con nata agria.

16

Vern Throckmorton, el jefe de la estación, estaba sentado, con el ceño fruncido, detrás del escritorio en la pequeña oficina de la estación de Moscú. Incluso con la puerta corredera abierta, el ridículo espacio no permitía tener ni unas sillas, por lo que Hannah Archer tuvo que permanecer de pie, incómoda, bajo la hostil mirada de Vern. Hannah era el caso más reciente de Moscú, llevaba tres días en la estación, y era la primera vez que Throckmorton la llamaba, o incluso que reconocía su existencia.

—Métricas —dijo el jefe—. ¿Sabes lo que son las métricas?

Vern era un hombre corpulento, de hombros anchos y una gran barriga, con papada, cejas pobladas y pelo castaño y fino, peinado con fijador. Hannah se imaginaba que, si uno pudiera meter una uña bajo el borde del pelo endurecido, este se levantaría de la parte superior de la cabeza como la tapa de una lata de galletas de barco.

—No lo sé, jefe. ¿No es una escala para medir las cosas?

Hannah tenía veinticinco años, acababa de salir de la formación de la IO —«palitos y ladrillos», la llamaban—, Operaciones Internas, para dirigir agentes de zonas rechazadas como Moscú. Era guapa, y un poco delgada —le gustaba esa figura de chica natural—, con el pelo rubio rizado y los labios carnosos. Sabía que sus ojos eran su mejor rasgo, si bien inusual: el verde luminoso del Caribe, salpicado de oro alrededor de la pupila. Llevaba unas gafas de pasta, de montura oscura, y una blusa y una falda sencillas. La práctica de *lacrosse* durante el instituto y la universidad le había proporcionado unas piernas delgadas y fuertes. Sabía que la gente pensaba que era una sabelotodo —por haber crecido con hermanos—, pero había intentado mantener la boca cerrada durante la formación. Se quedó quieta, salvo por el golpeteo con uno de los pies, fuera del campo de visión del jefe. Demasiada energía nerviosa. Tenía que trabajar en ello.

El jefe de Moscú la miró con pausa. La chica irradiaba intensidad, inteligencia y valor. Maldita sea. El cable de evaluación decía que había sido una de las mejores alumnas de la formación IO: podía detectar el seguimiento en la calle como un instructor, había hecho polvo a un equipo de vigilancia del FBI de veinte coches durante el ejercicio final del curso y había realizado un MCD delante de sus narices. Vern resopló. La entrega de un coche en movimiento (MCD), una de las técnicas de intercambio entre agentes más peligrosas del mundo. Un as, pensó Vern.

Había una complicación más: antes de que esta chica de oro llegara a la estación, Throckmorton había recibido un cable de la División de Contrainteligencia —dirigida por Simon Benford— en el que se le ordenaba a él, el jefe en Moscú, que designara a Hannah Archer, que acababa de llegar, como la persona encargada de desplegar la red SRAC en apoyo de un activo sensible, el GTDIVA. El cable solo mencionaba por encima que Archer había recibido formación adicional en dichos sistemas. Mentira, pensó Vern. Debería ser yo quien se ocupara de este caso. De inmediato, contestó por escrito manifestando su intención de ocuparse en persona de DIVA, pero recibió una llamada por la línea segura de Gloria Bevacqua, la nueva DNCS, diciéndole que se callara y siguiera las órdenes. Todavía estaba cabreado.

—No —respondió Throckmorton recostándose en la silla giratoria—. La métrica es lo que utilizo para enviar a los agentes de casos de vuelta a casa cuando son improductivos. —Esperó un momento para leer la cara de Archer, que estaba impasible. La chica tenía nervios de acero—. Tengo un cable que te designa como agente de intervención para DIVA. Así que espero que lo hagas, bajo mi dirección. Y, si piensas que no estoy cualificado, puedes dejar de pensarlo —dijo con pomposidad.

Omitió el hecho de que había evitado el entrenamiento de IO antes de llegar a Moscú como jefe. Había declarado con altivez que estaba demasiado ocupado con otros preparativos, pero en realidad no había habido manera de que abandonara el curso endiabladamente exigente. La deserción de estudiantes era, por tradición, del veinticinco por ciento.

Volvió a sentarse. En la esquina de la mesa había una granada de mano falsa, montada en una peana de madera. En la placa podía leerse: «DEPARTAMENTO DE QUEJAS. TIRE DE LA ANILLA PARA UN SERVICIO MÁS RÁPIDO». La había dejado un jefe anterior, ya olvidado, pero a Vern le gustaba el mensaje que enviaba.

—En mi primer viaje serví en Bucarest —dijo el jefe de la estación notando la mirada impenetrable de Archer clavada en sus ojos—. Soy uno de los especialistas pioneros en áreas rechazadas. Hice huidas en coche delante de las narices de la vigilancia y... déjame decirte que los de la Securitate eran unos animales.

—La edad de oro de las operaciones internas —dijo Hannah sin marcar ninguna entonación, de lo que se arrepintió al instante. Boca de listilla, cierra la boca. El jefe pareció no captar el sarcasmo, incluso parecía que le había gustado. Especialista en zonas oscuras, pensó Hannah.

Benford le había contado que, en los años sesenta, una de las escapadas en coche mal ejecutadas por Throckmorton por la autopista 3, a través de Padurea Pantelimon, el espeso bosque de pinos y robles de las afueras de Bucarest, había sido observado por la Securitate. Un equipo de matones había esperado durante tres semanas bajo la lluvia; habían cruzado cuatro álamos en la carretera, dos delante y dos detrás, con un cordón de seguridad para bloquear cualquier fuga cuando el agente llegara al lugar en coche. Uno de los especialistas pionero, pensó Hannah.

Un instructor le había dicho que evaluaba bien a las personas —algo en lo que no piensas hasta que pasas por la maldita escuela de espías y te dicen alguna estupidez sobre ti mismo— y olió el ego de su nuevo jefe, nacido de la envidia, no había duda, y vio su recelo crónico, sin duda alimentado por la inseguridad. Y qué carga debe suponer esa cabeza sobredimensionada al entrar en una habitación. O poniéndose un jersey.

*   *   *

Hannah tomó aire y miró a su alrededor la estación vacía de Moscú, que era, en esencia, un remolque insonorizado, más grande que un contenedor marítimo. Sin ventanas, con una sola puerta de entrada, un poco claustrofóbico. Unos gruesos paneles de fieltro de color azul apagado cubrían las paredes y, bajo sus pies, una resistente alfombra del mismo color. A ambos lados de un estrecho pasillo central, una media docena de mesas modulares se extendían a lo largo de ambas paredes, iluminadas por lámparas empotradas que proyectaban pequeños hilos de luz sobre cada mesa, sobre las que colgaba un pequeño armario, el único lugar para guardar el equipo personal. Por lo demás, los agentes de los casos tenían que turnarse para usar los escritorios: sentarse en el que estuviera libre para leer el tráfico de cables entrantes o redactarlo. Debajo de los escritorios se apiñaban robustas cajoneras de acero, de dos cajones, de color gris plomo, abolladas. Más espacio en el próximo 777. Este es tu hogar durante los próximos dos años, pensó Hannah. Acero puro. El juego.

La puerta del contenedor se abrió con un crujido hidráulico, y la junta de latón que rodeaba el enorme marco —que aseguraba la integridad acústica de la puerta— brilló bajo la luz. Irene Schindler, jefa adjunta de la estación de Moscú, entró en el remolque. Sin mirar, dio un manotazo al enorme botón rojo de la pared que hizo que la puerta se cerrara sin demasiada prisa con un siseo.

De unos treinta años, Irene era alta, de piel oscura, con las mejillas hundidas y el pelo cortado a lo príncipe valiente. La parte superior de su cabeza rozaba el bajo techo de la caravana mientras miraba sin decir nada a Hannah, con la estrecha nariz picuda apuntando hacia ella, y luego se volvió hacia el extremo opuesto del recinto y abrió otra puerta corredera. El despacho del ayudante de *sheriff*. Irene entró en el pequeño espacio y cerró la puerta con un clic. Un leve tufillo intransigente flotaba en el aire tras ella.

Por Dios, pensó Hannah, mi primera visita y termino dentro de la casa de la familia Addams, entre dos insociables. Y con unos tres mil rondadores rusos, en la calle, esperando que saliera a... jugar. Y DIVA, que estaba esperando a Hannah para que le entregara su salvavidas.

* * *

Hannah había estado acostumbrada a la normalidad de Wonder Bread toda su vida: familia numerosa, todos estables, episcopalianos, New Hampshire, *lacrosse* en otoño y primavera, navegación en verano. Sus padres le enseñaron a ganarse su propio dinero, así que aprendió a hacer hamburguesas y a freír almejas durante las vacaciones del colegio. Di lo que haces y haz lo que dices. Di la verdad y defiende lo que crees. Besuquearse con chicos bronceados, con ojos achinados y con pecas; beber refrescos helados en lata de aluminio para pelotas de tenis; conducir un *jeep* descapotable, a las apacibles ocho de la tarde, en un prado iluminado por la luna.

Una muestra del sur gentil durante cuatro años en la Universidad de Washington y Lee, y luego dos más en Virginia para terminar sus estudios de posgrado en Filosofía y Ciencias Cognitivas, aunque la UVA le pareció inferior a la W&L. Era interesante, pero ella quería algo más. Tenía que ponerse en marcha en la vida. Entonces, unirse a la CIA era un compromiso que de verdad le importaba: servicio, sacrificio, colaboración. No era exactamente patriotismo, pero se acercaba bastante a proteger a su país.

Fue aceptada y fue a Langley. Allí salió de su mundo de caoba pulida y se adentró en un pantano de cipreses de aguas tranquilas, repleta de burbujas de metano mullidas bajo los pies. Agencia Central de Inteligencia. Conoció a personas que no sabía que existían, en apariencia, con cadenas de ADN idénticas a las de los peces antediluvianos que salieron del océano, inhalaron oxígeno y les salieron patas. Oh, Señor, eso era un cursillo para la ciencia cognitiva; una galería de granujas: escépticos divertidos, adictos al conflicto, egoístas bipolares, intimidadores indolentes; astutos inquisidores que disfrutan causando angustia como un *gourmet* disfruta de una crema muselina.

Antes de que Hannah llegara a la conclusión de que había entrado por error por la puerta trasera de un manicomio, empezó a elegir a las personas que consideraba dignas: directores, ingenieros, analistas y asistentes de buen corazón y buen carácter, que entregaban su vida por las misiones y su país, y que parecían creer que la única herencia imborrable en el Servicio era la de servir de mentores, y hacer crecer y apoyar a los subordinados para dejar a los futuros líderes, que a su vez se convertirían en mentores de otros. Más tarde se preguntaría si Simon Benford era uno de los dignos o si tan solo era un extático demente.

Cuando empezó el entrenamiento en serio, la observadora Hannah Archer comenzó a conocer a la gente de operaciones —los agentes de campo, hombres y mujeres—, que realizaban heroicidades desde lo más profundo de las sombras, que robaban secretos inaccesibles y esquivaban el peligro físico, y que manipulaban las probabilidades; los cuales, desde el anonimato, rara vez recibían reconocimiento alguno por sus éxitos secretos, pero que, sí o sí, cargaban con la culpa de los fracasos públicos. Hannah, con una firme y resistente mente, sabía quién era y lo que quería llegar a ser: una agente de operaciones.

Trabajó duro en la Granja, aprobó con las mejores notas y esperaba que la División de África o de América Latina la reclutara: estaba preparada para el duro y agitado ambiente de las operaciones en el tercer mundo. La misión la atraía. Pero un directivo de nivel medio, con la frente abultada y la mandíbula saliente de un neandertal, insistió, sin otra razón que la de poder hacerlo, en que fuera asignada a la División Europa, donde él ejercía de oficial ejecutivo (EXO) del jefe. Por lo tanto, se le ordenó que se presentara en la División Europa. Una respetuosa visita a su oficina para pedir una reconsideración de la asignación solo dio como resultado que el irritado EXO propusiera de repente el primer destino de Hannah en el extranjero y que la desterrara, hasta nuevo aviso, al escritorio marca Iberian, en medio de los eternos cubículos bajo las zumbantes luces fluorescentes. Le dijo con petulancia que se dedicaría a rastrear nombres y a redactar memorandos de debate, y que aprendería la lección de haber cuestionado su autoridad.

Mientras contemplaba la posibilidad de presentar su dimisión de la CIA, buscar una goleta, fichar como cocinera y dar la vuelta al mundo, vio una cara que la miraba desde el tabique del cubículo contiguo.

—Supongo que acabas de salir de la Granja —dijo una voz de mujer. Solo se le veía la parte superior de la cabeza y los ojos azules. Su voz era pausada y suave.

—Y he terminado en el tercer sótano —respondió Hannah desesperanzada—. Creía que me iban a asignar una misión, pero el EXO tenía otra idea.

—Sí, el EXO —susurró la voz—. Es como un huerto húmedo.

—¿Un huerto húmedo?

—Goteante. Apestoso. Desagradable.

La mujer escrutó a Hannah, se fijó en los zapatos y ojeó el cubículo, catalogándolo todo. Hannah no dudaba de que aquella mujer fuera capaz de escribir de memoria todo lo que acababa de ver en el último parpadeo.

—¿Cuánto tiempo llevas en la sección? —preguntó Hannah.

—Eres Hannah Archer, ¿verdad? —preguntó la mujer rodeando el cubículo para ofrecer una mano cálida y seca a la joven; su agarre fue fuerte—. Me llamo Janice, Janice Callahan.

—Soy Hannah, hola. ¿Cómo es que conoces mi nombre?

—¿Damos un paseo?

—Claro. Janice, ¿siempre respondes a una pregunta con otra pregunta?

—¿A ti qué te parece?

Janice tenía más de cincuenta años, era una pelirroja, con el pelo peinado hacia un lado, con ojos azules y achinados sobre una nariz afilada y un fuerte mentón. Su boca parecía vivir en una sonrisa perpetua, como si supiera la respuesta antes de formular la pregunta. Cuando sonreía se le formaban hoyuelos. Vestía una chaqueta de seda de color turquesa oscuro, con botonadura china sobre una falda negra de tubo. Los indicios de una figura voluptuosa eran inconfundibles. Sea quien sea, pensó Hannah, la majestuosidad acaba de unirse a la sensualidad.

Almorzaron juntas en un rincón de la cafetería y después dieron un paseo por las instalaciones de la sede. Janice caminaba con rapidez, ligera de pies, sin dejar de mover los ojos. Tiene ojos giratorios como un jodido camaleón, pensó Hannah. Puede ver en dos direcciones distintas a la vez. Dieron una vuelta alrededor del ornamental estanque de peces y luego pasaron por debajo del enorme avión espía SR-71 Blackbird, expuesto en un mástil como si estuviera en vuelo, el legado de un antiguo director del ejército que mezcló, sin preocupación alguna, cincuenta años de espionaje estadounidense con un museo del aire. Pasaron por delante de los tres paneles de cemento instalados del muro de Berlín, un lado estridente con grafitis occidentales, el otro sin marcas, sin haber sido tocado por manos humanas.

Janice se pasaba los dedos por el pelo rebelde con frecuencia, tal vez movida por los recuerdos de espías y amantes del pasado. Su dulce voz las envolvía a ambas mientras le contaba a Hannah sobre su carrera. Dijo, con bastante indiferencia, que ya solo los veteranos la recordaban, y muchos de ellos la recordaban excepcionalmente bien.

A Janice le encantaban las operaciones. Tenía la distinción —única en la CIA— de haber tenido asignaciones sucesivas en todas las capitales de Europa del Este durante la Guerra Fría. Nadie más lo había hecho. Sin haber estado casada nunca, la dulce Janice había ido de destino en destino, superando uno por uno siete servicios de inteligencia hostiles —de dientes y garras rojos, todos siervos de los soviéticos—: el SB polaco, la Stasi de Alemania Oriental. El StB checo, el AVH húngaro, el SDB serbio, la Securitate rumana, el SD búlgaro. Sensual y distraída, Janice había jugado con los mafiosos centroeuropeos, siendo capaz de quitarles los calcetines, sin quitarles los zapatos, durante veinte años. Había trabajado con recursos, gestionando bajas, copiando documentos del Pacto de Varsovia y exfiltrando agentes condenados a lugares seguros, a través de un telón de acero, lleno de agujeros, desde el Báltico hasta el mar Negro, con bufandas y gorros de lana que quedaban atrapados en el alambre de espino, ondeando al viento.

Hannah escuchaba absorta.

—Es como el círculo más perfecto de la historia —dijo Janice para describir la sensación de un acto operacional exitoso mientras se estaba bajo vigilancia, desde el pistoletazo de salida hasta ocultarse para reunirse con el agente, y la vuelta con la información, un ciclo sublime de acción. Le brillaban los ojos al recordarlo.

¿Era esto algo que le interesaba? Hannah se hacía muchas preguntas y le pidió a Janice que le contara más. Pero hizo algo mejor que eso. Al día siguiente la llevó a conocer a Simon Benford, jefe de la División de Inteligencia del Consejo. El CID era un espacio laberíntico sin ventanas. Despacho tras despacho. Todos cerrados. Cerraduras cifradas en todas las puertas. En un rincón lejano, estaba el despacho de Benford, una madriguera poco iluminada, repleta de papeles, expedientes y periódicos. Benford estaba sentado detrás de un escritorio con, más o menos, un pie cuadrado de espacio libre frente a él. En ese espacio libre, Hannah pudo ver un expediente de personal de color naranja, con su nombre impreso en la pestaña lateral. Benford lo estaba leyendo con atención. Hannah miró a Janice, que asintió con la cabeza como queriendo decirle que se mostrara tranquila y activa.

—Parece que has destacado en tu formación básica —dijo por fin Benford sin levantar la vista del expediente. Su voz era suave, el tono apesadumbrado e impaciente—. Has tenido muy buenas calificaciones en los ejercicios de calle. Tus evaluaciones son de primera categoría. —Hannah pensó, ¿perdón? Parecía que habían estado revisando su historial y que Janice hubiera estado explorando talentos. Se encogió de hombros.

—Me ha gustado todo mi entrenamiento —dijo la aludida—. Solo quiero salir de este huerto húmedo y conseguir una misión. —Pensó que el argot sonaría pringoso. Janice la miró con una sonrisa que decía que iba bien.

—Seguro que sí —respondió Benford levantando ya sí la vista. Tenía el pelo despeinado y un mechón le caía sobre la frente—. Tengo una propuesta que hacerte. Escucha con atención porque tu respuesta podría afectar a la dirección y al carácter del resto de tu carrera, por larga o corta que sea. —Hannah no se movió—. Hay una necesidad urgente de un oficial, entrenado en operaciones de áreas inaccesibles y comunicaciones encubiertas, para desplegar en el extranjero como apoyo en un caso delicado en curso que está produciendo una inteligencia muy notable. Busco un agente de primer nivel que no sea muy conocido por el otro bando. Busco un investigador con intuición, valor, juicio, imaginación, calculador y, perdón, Janice, las pelotas para operar con seguridad contra una considerable presión hostil en la calle. Me gustaría tenerte en cuenta para esta misión de Operaciones Internas.

Cerró el expediente de Hannah y la miró a los ojos.

—No te diré dónde ni con quién vas a trabajar hasta que no hayas completado con éxito la formación IO. Si lo haces, recibirás formación adicional, en parte con Janice, que es la mejor que ha existido, y en parte de carácter técnico. Si para entonces no estás lo bastante jodida como para abandonar, tú y yo nos sentaremos para discutir los ajustes adicionales y más delicados de esta primera misión, cuya naturaleza incluye la probabilidad de que infrinjas normas internas de la CIA y, casi con total seguridad, de que seas objeto de una acción disciplinaria, si no de un proceso civil.

—¿Cuál es el inconveniente? —preguntó Archer. A su lado, Janice no la miró. Visión periférica de camaleón, pensó la novata, no tiene que girar la cabeza.

—Procura no ser ingeniosa hasta que yo te lo diga —le dijo Benford. Hannah se sonrojó—. Quiero que tengas esto muy claro. Te estoy proponiendo que te conviertas en una especialista en operaciones internas como la persona que tienes de pie a tu lado. —Señaló a Janice con un cansado gesto—. Después de esta misión, habrá más como esta. Siempre hay más. Para entonces, habrás sido apartada de la carrera normal de un agente en el Servicio Clandestino. Tu elección de destinos en el extranjero se verá afectada, y también tus posibilidades de promoción. Puedes sopesar esto contra la oportunidad de pertenecer a un pequeño grupo de oficiales de élite que pueden hacer cosas que ningún otro oficial del Servicio Clandestino podría, ni siquiera, imaginar. —Con las pestañas entrecerradas, observó a la joven de, acababa de darse cuenta, ojos verde celadón, que se clavaron en los suyos. Ella le devolvía la mirada sin pestañear—. Si necesitas un tiempo para considerar…

—Acepto —atajó Hannah.

Benford creyó percibir que vibraba como un diapasón.

* * *

Después de que Hannah se marchara, Benford se echó hacia atrás en la silla y puso los pies sobre una papelera volteada. Movió la polvorienta lámpara de cuello de cisne de la mesa e hizo un guiño a Janice, que se las había arreglado para mover carpetas y dejar espacio suficiente en el pequeño sofá como para sentarse.

—¿Qué te parece? —preguntó Janice. Benford se encogió de hombros.

—Percibo resolución y espíritu. Sobre el papel es mejor que nuestras otras opciones. Ese chico de la Universidad de Delaware… —Sacudió la cabeza—. De todos modos me gusta esta Hannah Archer. Buen trabajo. Buena captación.

Janice se recostó y estiró las piernas, un movimiento que habría desorientado a los hombres normales.

—Va a tener que aprender a controlar el descaro —dijo la mujer.

—Tonterías —respondió Simon—. Este lugar necesita todo el descaro que pueda tener. —Hizo girar el lápiz entre sus dedos—. ¿Crees que tiene coraje?

—Nunca se sabe de verdad hasta que se golpea el muro. He visto a estudiantes estrella en formación venirse abajo durante una operación real. Pero creo que lo tiene.

—Yo también lo creo —coincidió mientras arrojaba el lápiz sobre la mesa.

—¿Y el detalle de que sea mujer? —preguntó Janice mientras se pasaba los dedos por el pelo, despeinándose más que peinándose. Un botón chino de la americana se había abierto.

Benford era ajeno a la exuberante tormenta solar que estaba sentada a metro y medio de él, que, por su parte, no intentaba ni de lejos flirtear.

—No influye en nada. Los años de la tapadera del ama de casa ya han pasado; los rusos desconfían de todo el mundo. El FSB intentará ponerla nerviosa. Prepárala para los temas más peliagudos, Janice. —La mujer asintió—. Cuando le hablemos de DIVA, quiero que contacte con el activo. Dios quiera que no tengan que encontrarse cara a cara nunca, pero quiero que sienta que usa el COVCOM con su puta hermana. Quiero que tenga un vínculo de sangre.

—Vínculo de sangre —repitió Janice.

—Estoy seguro de que sabes lo que quiero decir. Asegurémonos. Trae a Nash aquí lo antes posible para guiarla en su entrenamiento.

CREMA MUSELINA

Pon un cazo al baño María a baja temperatura y bate las yemas de huevo, añade poco a poco la mantequilla derretida, hasta conseguir una salsa espesa y brillante. Añade el zumo de limón y la crema batida. Sirve inmediatamente.

17

Tenía un instructor de vigilancia llamado Jay, con barba de chivo, de unos sesenta años, ágil e irónico, un gurú sentado en la cima de una montaña, que le enseñó a encontrar respuestas por sí misma. Con Nate como observador, Jay y Janice hacían correr a Hannah por las calles de Washington D. C., doce, catorce, quince horas al día. Le ponían equipos de cinco, diez o una docena de coches para que los identificara y les devolviera las matrículas. Arrastraba equipos de vigilancia a pie de una docena, quince, veinte personas por la zona metropolitana de Washington, por callejones, por escaleras, por pasarelas. Tenía que calcular su situación en las calles de forma precisa, infalible, sin dudas. Tenía que identificar y recordar las caras. Benford vigilaba sus progresos desde su cueva en el cuartel general. Moscú sería mil veces peor, un millón de veces más mortífero.

Jay sabía de qué hablaba Hannah cuando le contaba el cosquilleo en los brazos y en el dorso de las manos, cómo sentía el seguimiento antes de verlo y empezaba a contar los coches, memorizando caras. La ayudó a perfeccionar la magia para que se complementara con la ciencia. Dios, por las noches, estaba cansada y empezó a soñar con la vigilancia, con los dos minutos previos a llegar a destino, con el ruido de las prisas y la visión de túnel cuando trabajaba con la nada, ese intervalo de tres segundos en el que sus perseguidores no podían ver sus manos.

La presencia del joven agente que observaba su entrenamiento fue, al principio, inquietante. Hannah sabía quién era Nash; había oído su nombre y los rumores sobre él en su estancia en la Granja. En la calle, durante sus recorridos de vigilancia y detección, él siempre aparecía delante de ella, observando sin tapujos la forma en que gestionaba los topes de tiempo, la forma en que llegaba a los sitios, la forma en que utilizaba las dobles curvas. Como instructor y evaluador, estaba al tanto de sus rutas planificadas, pero Hannah seguía percibiendo la facilidad con la que él trabajaba en la calle.

La primera vez que habló con él fue en un interrogatorio a medianoche, al final de un ejercicio que había durado ocho horas. El equipo de vigilancia de diez coches se había retirado por la noche. En el aparcamiento de un supermercado situado en la parte alta de Wisconsin Avenue, Jay estaba revisando un mapa de ruta extendido en el capó del coche, Janice pasaba las páginas de un arrugado bloc de notas y Nate estaba sentado en el guardabarros del coche, con el pelo enmarañado por el sudor. Había sido una calurosa noche de verano en Washington, horas de esfuerzo, y Hannah podía sentir cómo se le erizaba la piel bajo la blusa. Un centenar de polillas bombardeaban en picado las luces de vapor de mercurio del aparcamiento, proyectando sombras onduladas sobre los parabrisas de los coches. Nadie habló durante un rato, el único sonido era el paso de las páginas de Janice, cuya blusa de tela vaquera clara estaba mojada entre los omóplatos y bajo los brazos. Se había recogido el pelo, pero algunos mechones díscolos se le pegaban al cuello.

Había sido la primera vez que Hannah fallaba durante un recorrido: evaluó de forma incorrecta un coche aparcado en un extremo de un mirador del George Washington Memorial Parkway como algo casual, no de vigilancia, basándose sobre todo en el hecho de que la pareja que estaba dentro del coche se había estado besando. Cansada, impaciente y decidida a completar la entrega, hizo caso omiso de los pelos que se le erizaban en la nuca, se inclinó sobre la valla baja de piedra y colocó el paquete del agente en la cavidad que formaba una piedra retirada del muro. La pareja de enamorados la vigilaba y lo vieron todo. Tocaba huir hacia delante.

—En Moscú —le dijo Nate—, se habrían quedado esperando hasta que te fueras, entonces habrían puesto cámaras en el mirador, habrían esperado una semana, un mes, un año, y habrían conseguido el número de licencia del agente cuando viniera a vaciar el escondite.

No era una acusación ni una crítica. Era un hecho.

Hannah paseó arriba y abajo.

—No me gustó ese coche desde el principio.

Comentario estúpido. Cállate.

Nate miró el reloj, un Luminox negro con correa de goma; la esfera brillaba con la poca luz.

—Hace veinte años habrían detenido al agente de inmediato y lo habrían fusilado en Lubyanka —dijo Nate—. Hoy, lo reconfigurarían en tu contra durante doce meses, identificarían a más agentes, lugares, agentes de caso y prepararían una emboscada espectacular con cámaras de la televisión rusa. Luego lo matarían.

Hannah reprimió su ira. Podría compartirla con Janice o con Jay, pero con este tipo… Era poco mayor que ella.

—Lo sé —dijo con un tono un poco desagradable—. Lo pillo.

Jay levantó la cabeza ante el tono de voz.

—Por eso se llama «entrenamiento» —dijo con suavidad—. Se aprende de esta noche. Sobre el terreno, aunque lleves dieciséis horas escondida, si hay alguien en el lugar al llegar, un borracho, niños jugando entre los arbustos, un rebaño de llamas… abortas la entrega y se intenta otra noche en un sitio alternativo. Es un inconveniente para tu agente, pero al menos está vivo.

—Hay que tener seguridad el cien por cien de las veces —añadió Janice—. El enemigo solo necesita tenerla una vez.

Hannah dejó de pasear y miró a Janice.

—Alto y claro, Janice. ¿Cuándo es mi próximo recorrido? ¿Pasado mañana? Estaré lista.

Jay y Janice se fueron juntos en un coche. Me pregunto si se estarán acostando, pensó Hannah. Nate seguía sentado en el guardabarros.

—¿Estás bien? —le preguntó. En el último momento, Hannah decidió no revolverse contra esa condescendencia.

—Sí, bien. Un poco cansada.

—Supongo que no quieres tomar una copa, relajarte un poco… —dijo Nate, mirando el reloj—. El bar Distrito Dos, más arriba, está abierto hasta las dos.

—Es bastante tarde —respondió la agente, dándose cuenta de que tenía ganas de marcharse.

—Cuando hacía el curso, nunca podía dormir después de un ejercicio.

—Sí, ¿verdad? El impulso primario todavía está en tensión.

—Jay solía decir que el volante seguía girando. —Hannah sintió que se trataba de una observación privada compartida entre colegas de un club exclusivo.

En el bar ambos pidieron cervezas y compartieron un plato de patatas fritas con aderezo ruso, no al estilo de Bruselas, pero bastante bueno, observó Nate. Hannah se quitó la ligera chaqueta; llevaba una camiseta de tirantes, y Nate se fijó en sus brazos tonificados, luego en sus dedos largos y delgados cuando se pasó una mano por el pelo rubio rizado. Sus gafas de hípster estaban manchadas.

Hannah no quiso una segunda cerveza, pero dejó que Nate echara un poco de la suya en su vaso.

—Ha sido una cagada estúpida la de esta noche —dijo Archer y al instante añadió—: No estoy buscando compasión. No tienes que decir nada.

La forma en que dijo «No tienes que decir nada» le recordó a Dominika.

—Mira, nadie pasa por el curso sin tropezar una o dos veces. Mejor aquí que allí.

Ella negó con un gesto.

—No, fue una estupidez. Cuando Benford se entere estoy frita.

—Benford no es así. Además, Jay y Janice vieron algo esta noche. —Ella esperaba que continuara hablando—. No te viniste abajo, no pusiste excusas y les demostraste que quieres volver a levantarte. Eso cuenta.

Hannah se metió una patata en la boca.

—¿Cómo puedes saber lo que vieron Jay y Janice?

—Porque yo también lo vi.

*　*　*

El infierno continuó. El personal de instrucción invisible irrumpió en el coche de Hannah y en su apartamento para acosarla, inquietarla, probarla e intentar doblegar a la rubia descarada que quemaba sus equipos de vigilancia noche tras noche. «Preparadla para los temas más peliagudos —había pedido Benford—, dejad que sienta lo que pasará en Moscú». Así que empezaron los jueguecitos: aceite de pescado en el cárter recalentado del motor, vaselina en los limpiaparabrisas, la delicada cadena de oro de su madre fuera del cajón y anudada con crueldad, el frigorífico desenchufado durante doce horas, con el contenido goteando en el suelo, un colosal regalo flotando en el retrete durante todo un día, una huella de bota embarrada en la almohada. Hannah condujo con las ventanillas del coche bajadas, miró a través de un parabrisas grasiento, pasó la fregona por la cocina, se tapó la nariz y consiguió que desapareciera la olorosa bosta, dio la vuelta a la almohada y cayó en la cama exhausta pero exultante.

Nate había ido una vez con el equipo de entrada al apartamento en Hannah, en un sótano, para observar y comprobar que no había dejado mapas de ruta o notas por ahí, un error común de los estudiantes durante el entrenamiento. Todos sabían que los rusos saquearían sus habitaciones en Moscú a escondidas. Mientras el equipo recorría el apartamento de Hannah, él se había quedado en el umbral del dormitorio, apoyado en la puerta, sin moverse. Olía a cítricos. La persiana de la única y pequeña ventana estaba bajada. La cama estaba hecha, aunque desordenada, y una camisa colgaba del respaldo de una butaca que había en una esquina, con dos zapatos negros alineados debajo. Ordenada, pero sin fanatismo. La puerta de un pequeño armario estaba parcialmente abierta y algo negro y con puntillas colgaba de un gancho. Apoyado en una esquina, un palo de *lacrosse* con el mango envuelto en cinta, ennegrecido por el sudor. Nate resistió el impulso de entrar y revisar los cajones de las dos mesitas de noche. Era tarea del equipo de entrada.

Casi al final del curso, Nate vio que progresaba en cualquier circunstancia, que no había olvidado el paso en falso de aquella primera semana, sino que lo había dejado atrás. Que los demonios se calmaban. Se estaba transformando en una profeta, una vidente; estaba sintiendo la calle. Mejor aún, estaba ampliando su poder, remontando, metiéndose en la cabeza de los equipos. Empezó a saber lo que iba a hacer y dónde estarían antes de que lo hicieran.

Llegó la hora del ejercicio final: enfrentarse a los FEEB. El equipo de vigilancia de contrainteligencia extranjera del FBI —llamado los G, los mejores en lo suyo— se preparó para enseñar algunos modales a esa rubia de alto nivel. Al comienzo del ejercicio de doce horas, el numeroso equipo del FBI se movió alrededor de la agente solitaria en su pequeño coche, que todavía apestaba a pescado asado. El vehículo estaba vectorizado por un avión de reconocimiento de ala fija en órbita con una inmensa lente, un monocular estabilizado por giroscopio que podía mantener a Hannah en el punto de mira dondequiera que fuera, sin que pudiera verlo y oírlo. Nadie del FBI le dijo a Jay o a su personal que iban a poner un avión para controlar a Hannah hasta que el ejercicio hubiera empezado y estuviera sola. A la mierda el juego limpio; esto era la guerra, decían. Rodeado de instructores del FEEB, Nate escuchó el seguimiento en la red de comunicaciones, rezando para que el sexto sentido de Archer se activara. No tenía de qué preocuparse.

Las sonrisas de la sala de control, repleta de Aqua Velva, se desvanecieron cuando la espía rubia condujo adrede alrededor del Aeropuerto Nacional de Washington, obligando al avión de reconocimiento a desviarse para evitar los planes de aterrizaje de los aviones comerciales y haciendo que el equipo de la FEEB, que estaba demasiado rezagado, le perdiera el rastro. A continuación, Hannah cruzó a gran velocidad los puentes de la calle 14 y de Capitolio Sur, desapareciendo en el sureste de Washington. Los G encontraron el apestoso coche de la agente —habían puesto una baliza— una hora más tarde cerca de la casa de Frederick Douglass en la histórica Anacostia. Hacía tiempo que ella se había ido a pie, disfrazada. Desaparecida. En las seis horas que quedaban de ejercicio, hizo una entrega exitosa en uno de los escondites y vació otro, y se reunió con un agente especial del FBI, uno de los suyos, que estaba interpretando a un agente de penetración en la propia Agencia. La ironía no pasó desapercibida para los federales.

Los FEEB estaban descolocados e incapaces de reaccionar, después, compungidos y al final se mostraron como colegas con Hannah mientras tomaban unas cervezas y *pizzas* a última hora de la noche. Benford reconoció que nunca había comido un *calzone* y pidió uno de puerros y champiñones. Benford, Nate, Janice y Jay, sentados en el extremo más alejado de la larga mesa, observaron a Hannah en el otro extremo, rodeada de jóvenes G, recibiendo palmadas en la espalda y chocando los cinco. En un momento dado, en medio de tanta hilaridad, Hannah miró a Benford y asintió con la cabeza. Por un instante, los dos estuvieron solos en la urdimbre de su mundo.

Satisfactorio, pensó Benford.

* * *

Nate tomó la dirección en el resto del entrenamiento de Archer. Comenzaron a revisar el expediente de DIVA. Nate describió el activo que Hannah manejaría y de cuya vida sería responsable. Estudiaron detenidamente la enorme base de datos de sitios de comunicaciones impersonales en Moscú —llamada GOLD NUGGET—, la cual contenía informes de revestimientos de escondites, escapadas en coche, lugares de almacenamiento, sitios de paso con maleza, lugares para hacer entregas en coches en movimiento, puntos para encuentros breves y otros de señalizaciones que databan de la década de los sesenta del siglo pasado, cuando agentes como Popov y Penkovsky estaban salvando al mundo de la guerra nuclear. Cuando la Unión Soviética se derrumbó, GOLD NUGGET había sido desconectado, borrado y descartado en un arrebato de redefinición a la moda porque, según el jefe, en ese momento, de la División de Operaciones rusa, hasta las cejas de helio, los rusos eran entonces «nuestros amigos». Unos cuantos anarquistas en la reserva de la ROD habían guardado un disco de copia de seguridad de los datos y, como Rusia volvió a las andadas —qué otra cosa esperar—, acabaron por recuperar la base de datos, ahora ampliada de forma notable, rápida como una sinapsis e interactiva.

Trabajaban en una sala de conferencias del CID en desuso porque los anónimos agentes de contrainteligencia de Benford nunca se reunieron en una sala de conferencias. Esto se debía, en parte, a que trabajaban en sus casos de forma independiente y, sobre todo, a que los cazadores de topos de contrainteligencia se sentían incómodos por estar rodeados de demasiada gente. Hannah, inexpresiva, evaluó los enormes conocimientos de Nate sobre Moscú —ni se le pasaba por la imaginación emularlo— y observó con frialdad su compromiso con el activo DIVA. Todavía no le habían dicho su nombre real, pero vio con ojos de mujer que Nate estaba dedicado a ella. No había otra palabra. Dedicado.

—Estarás bajo la dirección del jefe de la estación de Moscú —informaba Benford a Archer—. Como descubrirás, tiene una personalidad enérgica, y puede ser exigente e inflexible. Por extraño que parezca, es un político hábil y se ha ganado la aprobación del director. —Benford miró a Nate, y ambos pensaron en el anterior jefe de la estación de Moscú, Gordon Gondorf, un épico mal gestor, ahora instalado como jefe de la estación de París—. Me duele decirlo, pero en cuestiones operativas el actual jefe de Moscú es un chapucero… ¿Es esa la palabra? Es un enredador crónico que, por falta de atención, ignorancia, confianza en sí mismo y atontamiento, ha dejado con el culo el aire a confidentes, emboscadas y ha puesto en riesgo operaciones de contrainteligencia y, según mis cuentas, las vidas de dos, pueden ser tres, agentes tras su paso. No repetirás esto en toda tu vida.

—Probablemente, coma la tarta con cuchillo y tenedor —comentó Hannah, recordando lo que su madre solía decir sobre los códigos de Nueva Inglaterra para palurdos, y después se recordó: Oh, Dios, mantén la boca cerrada. Benford puso los ojos en blanco y, desde el otro lado de la mesa, Nate levantó la vista encantado: pelo rubio rizado, gafas, inteligente, descarada…

—Sí… Exacto —siguió Benford—. El aspecto más espeluznante de la carrera del jefe en Moscú, aparte de su inexplicable evasión de responsabilidades tras sus errores, es que no es consciente de su incompetencia. No es capaz de percibir sus deficiencias. Es el señor Sapo al volante de un coche.

—¿El señor Sapo? —preguntó Nate.

—*El viento en los sauces* —dijo Hannah riendo. Estaba recién duchada, con el pelo brillante, la cara iluminada por haber superado el entrenamiento de IO y sonrojada por la emoción de entrar ahora en el círculo de confianza de Benford. Le gustaba trabajar con Nate, sentía que formaba parte de su club, le gustaba su enfoque poco estricto y le fascinaba lo que ella llamaba en privado «su fanatismo controlado» por las operaciones en zonas inaccesibles y por DIVA.

Llevaba un traje gris perla y tacones negros (el *look* es demasiado antiguo para ella, pensó Nate; debería llevar algo más informal), sin joyas y un reloj deportivo con bisel y una tosca correa de eslabones metálicos. Le gustaban sus gafas de montura gruesa. Un cerebro que se escondía bajo la sencilla felicidad. Por primera vez, Nate se fijó en aquella nariz recta y los ojos verdes; ella lo sorprendió mirándola y sonrió. Y él le devolvió la sonrisa. Llevaba un brillo de labios rosa de chica natural. Benford comenzó a hablar de nuevo.

—Aunque en apariencia estarás bajo el mando del jefe de Moscú, en realidad estarás trabajando para mí. Conoces los requisitos y las prioridades. —Hizo una pausa.

—¿Qué quiere decir? —preguntó Hannah.

—Esto no sale de esta sala… Lo que quiero decir es que mientras el jefe no interfiera, altere o cambie los parámetros de tu misión… todo estará bien. En el momento en que él ponga en peligro tus objetivos, debes ignorar sus órdenes y proceder por tu propia cuenta.

—Jesús, Simon… —intervino Nate.

Benford le hizo un gesto para que se detuviera.

—Si la situación se vuelve insostenible, vas a la estación de comunicaciones y me envías un cable por los canales de privacidad del JOLT, sin supervisión de tu jefe.

—Por el amor de Dios, Simon, ¿la estás instruyendo para que se amotine? ¿Ella es tu intromisión encubierta en la estación?

—No voy a permitir que nadie exponga a DIVA a riesgos innecesarios, y mucho menos a un peligro mortal procedente de la estupidez. Hannah desplegará con éxito las comunicaciones para DIVA. Vernon Throckmorton no va a joder esto. —Benford se giró hacia Nate—. Así que, tal vez, tu más que conocida preocupación por la seguridad de Dominika no esté ahora tan fuera de lugar.

Silencio en la sala. Se ha dicho el nombre real del agente. Eso no se hace nunca.

—Es un bonito nombre —dijo Hannah sonriendo, ansiosa por romper el silencio. Estos chicos están involucrados de una manera que nunca sabré, pensó Hannah. Ahora yo también estoy involucrada. Se llama Dominika. Hola, hermana.

La joven no tenía forma de saber que la prodigiosa mente de Simon Benford no cometería un desliz involuntario, ni podía comprender que lo había hecho adrede para empezar a crear el vínculo metafísico entre esta pequeña gladiadora rubia y la antigua bailarina rusa, a ocho mil kilómetros de distancia.

*   *   *

A la mañana siguiente, Benford quería seguir hablando un poco más.

—Las evaluaciones de las dos últimas semanas de formación técnica son satisfactorias, al igual que los tres últimos meses de formación en la calle. Os felicito.

Hannah jugueteó con las manos y se sonrojó. Había practicado la colocación de sensores de comunicación de agentes de corto alcance (SRAC) —ellos los habían llamado RAPTORS— en Cane Island, en la Reserva Costera de Santee, dos centenares de acres de maleza de marismas propiedad del Gobierno estadounidense en algún lugar al sur de Georgetown, Carolina del Sur, bajo la dirección de un técnico alto y delgado llamado Hearsey, que a Hannah le parecía un senador vaquero de Montana. Los sensores remotos —de ocho pulgadas de ancho, un poco convexos, hechos de fibra de vidrio gris y algo pesados— parecían hongos bastante grandes que debían ser enterrados varios centímetros bajo el suelo. Estos sensores recibirían las ráfagas de SRAC de DIVA y las almacenarían, y podrían ser precargados a la orden de una estación de paso. Podían precargarse con un mensaje de la estación para DIVA que recibiría en dos segundos cada vez que la agente activara un sensor con su unidad de mano. En esencia, eran buzones electrónicos que se llenaban y se vaciaban a distancia.

—Como puedes entender —dijo Hearsey, arrastrando las palabras—, en el caso del RAPTOR en Moscú, el emplazamiento debe hacerse durante los meses de verano, cuando se pueda excavar en la tierra. —Manoseó la pala de mano, diseñada para este fin, que, con un solo movimiento, excavaría la cavidad del tamaño de un plato de cena para el sensor, lo que permitiría extraer la tierra o el césped y colocarlo sin dejar abultamientos—. Puedes llevar los tres sensores en esta mochila —le dijo, entregándole una bolsa de nailon con correas para los hombros—. Hay paneles de aluminio en la mochila, tratados con sulfato de bario.

—Espera —lo cortó Hannah—. Dime por qué la mochila está forrada.

Hearsey parecía dolido.

—Los sensores funcionan con una pequeña fuente de estroncio-90. No hay suficiente luz solar anual en Moscú para la energía fotovoltaica, es decir, solar, así que desarrollamos un minigenerador termoeléctrico de dioisótopos para alimentar estas unidades. La vida media es de ochenta y nueve años. Los nietos de los agentes usarán estos pequeñines cuando...

—Espera otra vez. La expresión «vida media» me recuerda a los zombis atómicos de las películas de apocalipsis.

—Esos sensores son seguros —dijo Hearsey pasándose los dedos por el pelo arenoso.

—Hearsey...

Él evitó mirarla.

—Están sellados. Totalmente protegidos. Sin embargo...

—¿Sin embargo? —repitió interrogando ella.

—No los lleves debajo del cinturón, cerca de las trompas de Falopio... ¿Por qué correr riesgos? —Hearsey sonrió.

Al final del entrenamiento, Archer se quedó asombrada cuando Hearsey se agachó, le dio un abrazo y le dijo:

—Ojalá pudiera ir contigo, ya sabes..., para ayudar.

* * *

—Y empezamos —dijo Benford—. Se te asigna el despliegue de los sensores de comunicación de agentes de corto alcance RAPTOR para GTDIVA en sitios seleccionados alrededor de Moscú. Ya conoces los requisitos: en primer lugar, el paquete para el agente se coloca en una entrega a corto plazo; no necesito recordarte que esta fase es una operación crítica, de vida o muerte. A continuación, debes colocar los receptores de transmisión. ¿Cuántos eran? Sí. Tres. Y debes preparar las estaciones base principales y móviles.

Nate miró a Hannah.

—La primera entrega a DIVA. Si es fallida, está muerta —dijo seriamente.

Llevaba una americana azul marino, pantalones grises, camisa de rayas azules y una corbata azul marino con unas finas rayas rosas. Las vacaciones de primavera de la escuela preparatoria..., pensó Hannah. Se tragó el «cuéntame algo nuevo» y asintió. La noche anterior, mientras cenaban hamburguesas, él había hablado de Moscú, de su trabajo como diplomático estadounidense a escondidas de la embajada, de la ciudad y sus pulsos. Hannah había reconocido el tono de «yo he hecho eso» y escuchó con atención.

—Has sido entrenada en el sistema RAPTOR casi hasta el nivel de experta —le recordó Benford—. No podemos aumentar tus conocimientos en esto. Nash continuará informándote sobre la vigilancia del FSB y sobre DIVA; quiero que empieces a comprender su vida, sus predilecciones, su idiosincrasia y... su inequívoca e indiscutible importancia para los Estados Unidos. —Se levantó y se dirigió a la puerta de la sala de conferencias—. Te veré mañana y repasaremos todo lo que hemos discutido y luego te enviaré a Moscú. Fin. —Asintió hacia los dos con un gesto y salió.

CALZONE DE PUERROS Y CHAMPIÑONES

Pica la cebolla, el ajo y los puerros lavados; saltea con las setas *shiitake*, cremini y ostra, hasta que esté todo bien cocinado y brillante. Añade las espinacas y cocínalas hasta que se pochen. La mezcla debe estar seca. Coloca el relleno sobre la masa de pizza extendida, añade cubitos de queso feta y una pizca de semillas de hinojo. Dobla un borde de la masa y sella los bordes formando rizos. Hornea con calor fuerte hasta que estén dorados.

18

Fueron a cenar a Capital Hill, al Hawk'n'Dove en Pennsylvania Avenue, cerca del apartamento de Hannah.

—Es temperamental pero leal —dijo Nate mientras picoteaba un trozo de salmón—. DIVA ha pasado por muchas cosas. Ha visto lo peor de su sistema. —Hannah tomó un sorbo de vino y leyó su cara—. Por todo eso, ella quería dejarlo. Se puso muy complicado. Entonces, cuando le dispararon a MARBLE, que era como un padre para ella, se enfadó muchísimo y volvió a activarse. Un año más tarde, nos entrega ese tema de Irán.

Hannah escuchaba. Por fin había leído los ocho volúmenes del expediente DIVA.

—Háblame de la emboscada en Viena.

Nate bajó la mirada.

—No hay mucho que contar. Tuvimos suerte. Fue irreal: una cacería de perros en la Viena actual.

—No sé cómo habría reaccionado yo —dijo Archer tomando otro sorbo de vino—. Había algo que quería preguntarte del archivo. Tú escribiste el cable de operaciones sobre Viena, sobre esa noche. Decías que DIVA «luchaba por el control» en ese almacén.

Nate negó con la cabeza.

—Sí, es cierto. Domi estaba fuera de sí por el asesinato de su gorrión, la chica serbia. —Domi, repitió en su cabeza Hannah, vaya, nombres cariñosos entre el oficial del caso y su agente. Hannah notó que Nate se reprimía.

—Luchando por el control, fuera de sí, ¿qué significa exactamente?

—En realidad, nunca informé sobre ello… Le cortó la arteria carótida con un cuchillo de carne.

Hannah dejó el tenedor. Nate esperaba que se llevara las manos a la cara, un susurro de sorpresa, el rostro pálido… Pero ella no parpadeó.

—Yo habría hecho lo mismo —dijo sin emoción la agente.

Nate la miró con atención, reevaluando a esa chica de naturaleza audaz. Los ojos verdes le devolvieron la mirada sin vacilaciones.

—Era una situación de vida o muerte. El equipo de vigilancia era cuantioso. No paraban de aparecer, llevándonos hacia un puente, y puede que bajo la mirada de un francotirador. Solo quería sacarla de allí —aclaró Nate.

Es protector, pensó Hannah. Se preocupa por ella.

—Puedo entenderlo.

—Sí, claro. Es importante mantenerla a salvo —concluyó Nash.

Sí que se preocupa por ella, valoró de nuevo Hannah.

Pagaron la cuenta y miraron la hora. Era demasiado pronto para volver a casa. Bajaron por Pennsylvania Avenue hasta llegar a un bar cercano, se sentaron en un par de sillones de cuero acolchados en el fondo y siguieron hablando de Moscú, de la vigilancia, de los lugares en los que se realizaban las investigaciones, de DIVA. Dos copas más tarde, empezaron a hablar de misiones, carreras, la Agencia, la vida… La conversación fluía fácil entre ellos, pero Hannah, por instinto, no quiso hablar de temas amorosos; pensaba que Nate era reflexivo y un poco tímido. Nate pensaba que Hannah era perspicaz y decidida. Se gustaban —como colegas, como personas— y compartían una vida única, una vocación única. En las últimas semanas, habían pasado mucho tiempo juntos. Él se sentía extraño. También se sentía bien.

Salieron del bar, cruzaron Pennsylvania Avenue, rodearon Seward Square y subieron por la calle 6 del suroeste, hacia el apartamento de Hannah, un sótano subalquilado en una casa adosada en Eastern Market. Los dos últimos *gin-tonics* le habían adormecido la nariz y pisaba con cuidado por la irregular acera. Los efectos de múltiples cervezas acababan de llegar a la cabeza de Nate, que tuvo que contarle a su compañera —tenía que hacerlo— un chiste sobre Putin, primero en ruso y después en inglés, cuando Hannah le confesó que no hablaba ruso.

—Stalin se apareció en los sueños de Putin y le dijo cómo gobernar Rusia: «Destruye a todos los demócratas sin piedad, luego elimina a sus padres, cuelga a sus hijos e incinera a sus parientes y amigos, después, mata a sus mascotas y pinta de azul tu oficina del Kremlin», le dijo el fantasma de Stalin. «¿Por qué de azul?», preguntó Putin.

—No lo entiendo.

—Vamos… Lo único que pregunta Putin, lo único que no tiene sentido para él, es el color de la oficina.

Hannah resopló, ambos comenzaron a reír y ella se agarró a él para no tropezar. Se detuvieron después de un rato mirándose el uno al otro y, por deformación profesional, escudriñaron el otro lado de la calle. De repente, Hannah se puso seria.

—¿Puedo decirte una cosa? —Nate parpadeó a través de la cerveza y trató de concentrarse.

—Claro.

—Estoy un poco asustada por todo esto. No me atreví a decírselo a Benford, pero me preocupa ese primer contacto en Moscú... quiero decir... ¿tendré el valor? ¿Seré capaz de ver el seguimiento si están ahí?

Una burbuja de ternura achispada brotó en el pecho de Nate. Pobre chica, está luchando sola contra esto. Se acercó a ella y le sostuvo la cabeza entre las manos.

—Es normal tener miedo. Pero tienes un talento natural, uno de los mejores que he visto. Todo el mundo lo piensa, o no te mandarían allí. La primera vez, las horas inmediatas a que salgas, es una mierda. Pero una vez que estés en la calle empezarás a sentir el ambiente y nadie podrá tocarte.

Hannah hipó.

—Shakespeare, ¿realmente estás sosteniendo mi cabeza entre tus manos? —Rio.

Nate se sonrojó y apartó las manos. Ella pensó que lo había avergonzado.

Las farolas emitían una bruma gaseosa que se filtraba a través de las hojas de los árboles a lo largo de la acera. La tensión y la fatiga del entrenamiento se desbordaron y se acercó a él. No te detengas ahora, idiota. Le rodeó torpemente el cuello con los brazos y se besaron, un poco inseguros; ella sintió los brazos de él alrededor de la cintura y se le aceleró el pulso, y siguieron besándose y ella deslizó las manos por la espalda de Nate.

Cuando Hannah lo besó, Nate se quedó sorprendido. Esa talentosa mujer había superado el curso de operaciones más exigente de la Agencia. Había atado con aplomo a todo el aparato de Contrainteligencia del FBI de Washington en su propio terreno. Había sido seleccionada por el exigente e irascible Benford para dar cobertura a los contactos y gestionar la información en COVCOM en Moscú, dando apoyo al principal activo de penetración ruso de la CIA: DIVA.

Más aún, se habían llevado bien durante esos últimos días de entrenamiento; sí, se habían llevado bien, sin toda la habitual lucha de territorialidad y gónadas entre dos oficiales de operaciones, y Nate había celebrado con sinceridad su éxito. Y ahora, a menos que esa manzana fuera arrasada en los próximos dos minutos por un explosivo termobárico, parecía que iban a hacer el amor. La cabeza le dio vueltas cuando Hannah, con sabor a lima y tónica, lo besó de nuevo y, como un cachorro culpable que no mira a su amo cuando lo regaña, ocultó el pensamiento de Dominika. Hannah era inteligente, valiente, dulce, segura de sí misma, deseable, perspicaz, atrevida y... de alguna manera... eran socios en la arriesgada aventura que tenían entre manos. Y, maldita sea, ¿cómo iba a rechazarla en vísperas de su muy delicada misión? Estaba dispuesto a racionalizar la situación, pero ella tenía los brazos alrededor de su cuello y su boca se estaba rindiendo y, a menos que hubiera alguien detrás de ellos, eran las manos de Hannah las que se movían por su cuerpo. Ella rozó con la lengua los labios de Nate y al instante estaban dentro del pulcro y sobrio apartamento. Unos cuantos libros en la estántería, dos pares de zapatillas de correr alineadas junto a la puerta. Nate estuvo a punto de decirle que ya había estado allí, pero se controló. Volvió a rodearlo con los brazos por el cuello.

Oh, Dios. De repente pudo sentir que estaba mojada. Se besaron de nuevo, sin urgencia, profundamente. Hannah cerró los ojos y sintió un nudo en el estómago. —¿Qué estás haciendo? ¿Estás loca?—. Se sacó el suéter por encima de la cabeza e hizo lo mismo con el de él. Estaban en su cama, sobre la colcha azul y blanca que le había hecho su madre. —¿Pensando ahora en mamá?—. Siguieron besándose, sin decir nada, quitándose los zapatos y la ropa. Hannah dejó sus gafas en la mesita de noche y cerró los ojos, y sintió la piel de él caliente contra su cuerpo, y no dejó de besarlo mientras lo atrapaba —Dios, pensará que soy una zorra—, y lo dirigía dentro de ella, dulce y rebosante; y se movía adelante y atrás, como una placa tectónica sexi, adelante y atrás, adelante y atrás, rozándose los muslos, los ojos clavados en el otro, las bocas abiertas, tensándose, y ella sintió que algo se agitaba —le encantaba ese primer temblor que se acumulaba en su vientre—. Sacó sus piernas temblorosas de debajo de él y lo rodeó por la cintura y lo atrajo hacia ella con sus talones —Dios, debería haberme puesto crema hidratante en los pies, he estado corriendo demasiado—, y lo sujetó por los hombros y tiró de él hacia ella mientras volvía a apoyar la cabeza en la almohada; y él le acarició el cuello arqueado, y el pequeño temblor se convirtió en uno detrás de otro, y ella alcanzó el clímax con intensidad. —Nena, qué gusto, hacía demasiado tiempo—. Y sintió ese rubor de humedad, y Nate seguía moviéndose. La sensación era gloriosa. Abrió los ojos y atrajo los labios de él hacia los suyos, y lo besó mientras él seguía moviéndose. —Colega, no te pares ahora—. No quería que parara.

Nate pensó que Hannah tenía un tacto diferente al de Dominika, de algún modo, menos primario. Hannah era un topacio meloso frente a la savia insondable de Dominika. La silenciosa Hannah vibraba; la sonora Dominika se estremecía. Los rizos rubios parecían diferentes contra la almohada que la melena castaña. Se iba a volver loco. Entonces sintió el cálido y húmedo florecimiento del orgasmo de Hannah, diferente a… —Cállate, por favor—. Ella apretó la boca contra la suya y lo abrazó con más fuerza, pero en silencio; se besaron de nuevo, con más intimidad que veinte minutos antes, ahora como amantes. Él se tumbó sobre la humedad de la colcha azul y blanca, mientras se adormecían el uno en brazos del otro.

Todavía estaba oscuro y las luces de la calle se colaban por las ventanas cuando Hannah se levantó para coger dos vasos de agua. Nate la vio cruzar la habitación individual en penumbra hasta el fregadero y volver, y no pudo evitar notar que ella era más baja, sus nalgas más planas, sus piernas más delgadas, los pezones de sus pequeños pechos eran más oscuros y su vello púbico más abundante y rubio… Joder, ¡¿te las vas a imaginar a las dos una junto a otra!? Ella se dio cuenta de que la miraba y dejó los vasos de agua. Todo empezó de nuevo. Hannah vibró y esta vez sin vergüenza gimió su nombre con voz temblorosa y ambos se derrumbaron y acabaron durmiendo sobre la mancha húmeda, que ya era más extensa.

Mientras el cielo, a través de la ventana enrejada, se iba aclarando, Hannah susurró al oído de Nate que la diferencia mahometana entre el día y la noche es el momento en el que puede distinguirse un hilo negro de uno blanco; apoyó la barbilla en el pecho del agente y lo miró. Llevaba las gafas un poco torcidas. Tenía el pelo bastante revuelto, y sus mechones sueltos captaban la luz creciente de la habitación. Nate podía distinguir ahora sus iris verdes, la diferencia para Nash entre la noche y el día. Ella no dejaba de mirarlo.

—La mantendré a salvo —dijo en voz baja. Nate buscó en los ojos de la agente—. La quieres, ¿verdad? Quiero decir a DIVA…, bueno, Dominika. —Nate no movió la cabeza—. No puedo imaginar lo que se siente. La preocupación, el no saber. —Nate no sabía qué decir. Ella guardó silencio por un momento—. Me alegro de que hayamos hecho esto —dijo sonriendo—. Me alegro de conocerte. No dejaré que le pase nada.

Nate sintió que una ola de afecto por esa mujer brotaba dentro de él, desbancando por un instante el creciente arrepentimiento que le bloqueaba la garganta.

Hannah se levantó y se inclinó para darle un beso, pero él se incorporó a gran velocidad y la agarró por los hombros.

—¿Qué estás haciendo? —dijo Hannah mirándolo con los ojos muy abiertos.

—¿Qué tenemos que hacer hoy? —preguntó Nate alarmado.

—A las diez una reunión con Benford para la revisión del entrenamiento. ¿Qué te pasa?

—Ven aquí —dijo tirando de ella desde la cama y cruzando la habitación hasta el pequeño perchero con espejo cerca de la puerta de entrada. Llevó a Hannah frente al espejo y le giró la mandíbula hacia un lado—. ¿Hace demasiado calor para salir con un cuello de cisne?

—¡Joder! —exclamó Archer, mirando un chupetón en su cuello con la forma, aproximada, de la República de Rumanía.

* * *

El rollo de esa noche cargó el ambiente como una tormenta eléctrica que se desarrolla sobre un campo de trigo inmóvil, el momento del estruendo que precede al diluvio cuando los saltamontes de los tallos dejan de estridular. Sus días juntos llegaban a su fin y eso generaba una urgencia entre ellos. Pasaban los días nerviosos, repasando los archivos, estudiando las fotos, sentándose juntos en las clases de ruso de supervivencia organizadas a toda prisa para que ella pudiera al menos leer las señales de las calles. Su actitud era apresurada y ridícula, pero no podían evitarlo: sus fantasmas no podían ver pasar el tiempo, se evitaban en la cafetería de forma deliberada, se saludaban con teatralidad cuando salían de la sede y se dirigían a sus coches, aparcados en lados opuestos de West Lot. Esperaban con impaciencia el anochecer, el momento en que se abriera la puerta principal y volver a paladear el sabor del otro. Una espera eterna. Bueno… al menos doce horas. Como hurones utilizaron todas las habitaciones de sus respectivos apartamentos: cocina, salón, vestidor, asientos bajo las ventanas… Hablaron hasta el amanecer, hasta que uno de ellos tenía que marcharse. Era como si se conocieran de toda la vida y sus secretos compartidos los unieran. Nate le regaló una pulsera de hilo de algodón de color azul bebé, que ella empapó en agua caliente para que se le ajustara a la muñeca.

No hablaba de ella, pero Hannah sabía por instinto lo que Dominika era para Nate y, de alguna forma, decidió ser ella la oficial de caso para Nate y DIVA. Su trabajo era protegerla a ella en Moscú. Haría eso con cada suspiro de vida. También adoraría a Nate tanto y tan en profundidad, y durante tanto tiempo, como pudiera. Sabía que no tenía nada que esperar, que había un final del cuento de hadas. Por el momento, saboreó tanto el reto de operar en Moscú como el dulce dolor de amar a Nate.

Amar a Hannah Archer afectó a Nate de una manera que no esperaba ni podía explicar bien. Dominika era su vida, activo de la CIA o no; su pasión, coraje y determinación en todas las cosas lo cautivaban. Pero, tal y como Forsyth había explicado de forma elemental a lo largo de los años, y Gable de forma algo menos elegante, su futuro iba a ser una serie de largos y oscuros túneles ferroviarios, de los que el tren saldría a intervalos a la luz del sol antes de volver a sumergirse en otro túnel. Y lo que era más inquietante, Gable dijo que su relación era una amenaza para la seguridad de Dominika, tanto en el plano emocional como en el práctico. Dominika descartó ese peligro, pero Nate no estaba tan seguro. Su amor por Dominika podía matarla.

Nate no sabía qué pensar, incluso cuando empezó a preguntarse cómo sería la vida con Hannah, una compañera de caso. Las parejas en tándem —los dos dentro de la CIA— trabajaban juntos y se cubrían mutuamente. Nate se sacudió como un perro. La vida sin Dominika era inimaginable. Una carrera de vigilancia y seguimiento con Hannah sería como tener a dos Beethoven al piano. Le vino a la mente el perfil griego de Dominika bajo las luces del parque Prater, que se transformó en los dedos fríos que Hannah se pasaba por la melena mientras reía.

Dios mío.

La tormenta estalló el día en que Hannah estaba ocupada con un examen físico de preasignación. ¿Podría un médico saber si una mujer había hecho el amor la noche anterior sobre una mesa de café? Benford había ordenado a Nate que almorzara en el Comedor para Ejecutivos (EDR) de la séptima planta del cuartel general, un espacio largo y estrecho con una vista panorámica del Potomac y frecuentado sobre todo por abogados de alto nivel de la Agencia, expertos en enlaces con el Congreso y ambiciosos empleados con aderezos de César en sus corbatas. Benford —conocido, temido, vilipendiado— se abrió paso entre los manteles blancos y el tintineo de la vajilla, ignorando los tímidos saludos de los demás comensales, hasta una pequeña mesa en el extremo de la sala. Nate sintió que lo miraban mientras caminaba detrás del jefe y recordó el informe de Dominika de hacía tiempo sobre su almuerzo en un comedor privado de la sede central. Dominika. Casi medianoche en Moscú. Que duermas bien.

Benford rechazó los menús y le dijo al camarero que llevara dos tazones de crema de cangrejo, volviéndose hacia Nate sin disculparse para decirle que la crema allí era excelente.

—Debe de ser una crema excelente —dijo Nate.

Benford cogió un trozo del panecillo y se lo llevó a la boca.

—Algunas cosas, la crema, el bizcocho, las operaciones de incursión... deben prepararse a la perfección, o no prepararse. Puede que pida el chile con carne.

—Estoy de acuerdo contigo, Simon, incluido el chile.

—Entonces, ¿por qué te acuestas con Hannah Archer en la víspera de su partida a Moscú para asumir las tareas de cobertura a DIVA, a quien, por cierto, también te estás tirando? —Cogió otro trozo de pan—. ¿Crees que esta es la forma adecuada de hacer un bizcocho?

El camarero se acercó y colocó un cuenco de crema espesa y brillante ante cada uno de ellos. Nate se llevó una temblorosa cucharada a la boca. No pudo saborearlo. Bajó la cuchara.

—No voy a intentar excusarme —respondió Nate—. Con Dominika, fue el reclutamiento. Con Hannah el entrenamiento...

—Y pensaste que eran gemelas... —dijo mientras comía la crema.

Nate inclinó la cabeza, respiró hondo y empezó a hablar con Benford, que estaba concentrado en la crema, pero escuchaba cada palabra. Nate le habló de su lucha por amar a Dominika, de las conversaciones con Forsyth y Gable, de la pesadilla de la emboscada en Viena y de las consecuencias. Ahora, en Washington, asesorando a Hannah en el entrenamiento de la IO, tan solo, había pasado. Benford extendió la mano y tomó la crema de Nate, cambiándola por su propio cuenco vacío. Siguió comiendo la crema mientras Nash le contaba sus oscuros pensamientos, sus indignos pensamientos, sobre la posibilidad de vivir con una u otra.

Benford se limpió con una servilleta y se reclinó.

—Nash, estás bastante jodido, pero empatizo contigo.

—A ti no te ha pasado esto nunca.

—Permíteme continuar la tarea de Sísifo y ampliar tu vocabulario. Uno siente empatía cuando ha vivido lo mismo y simpatía cuando no.

—¿Tú?

—No esperes que te cuente una anécdota lacrimógena con una moraleja enjundiosa al final. Lo que quiero que oigas es que hace tiempo que te habrían apartado del servicio si no hubieras gestionado con gran habilidad a MARBLE y DIVA, dos activos de categoría, y ahora a LYRIC, que es muy muy importante, y si no fuera por la extraña razón de que eres un excelente oficial de casos que no tienen nada que ver con tu pene. Forsyth y Gable han sido firmes al apoyarte. Pero esta bacanal no puede continuar.

Benford se retiró de la mesa.

—Qué almuerzo tan agradable. Quiero que te vayas y pienses en todo esto, luego vuelves y me dices qué quieres hacer. Mi único requisito es que no arruines a DIVA como activo, y que no rompas el corazón de Archer justo antes de su asignación. Ese jefe hijo de puta de Moscú se lo hará demasiado pronto.

CREMA DE CANGREJO DE BENFORD

Sofríe la cebolla y la zanahoria cortadas en dados hasta que estén blandas. Mezcla por otro lado la mantequilla y la harina para hacer un *roux* de color marrón claro; luego añade el caldo de pollo y bate hasta conseguir una *veloutè*. Añade las cebollas y las zanahorias y cuece a fuego lento.

Incorpora la crema espesa, el jerez, el zumo de limón, la salsa Worcestershire, la cayena, la sal, la pimienta y la carne de cangrejo desmenuzada. Adorna con crema agria y cebollino.

19

La esfera de tritio del reloj de Hannah marcaba cinco minutos después de la medianoche. Llevaba trece horas en las calles de Moscú y estaba administrando sus reservas, que flaqueaban, mientras comía una barrita energética. Se encontraba en el parque, en el punto de carga del último sensor. La luz del verano moscovita duraba hasta muy tarde; en pleno solsticio nunca había oscuridad total. Había llevado a cabo una complicada ruta de vigilancia y seguimiento: el SDR había sido planificado con esmero, hasta el último giro y el último minuto. Throckmorton la había mirado por encima del hombro todo el tiempo, con la nariz de alcachofa de Jerusalén a centímetros de su oreja, y no había dicho ni una palabra cuando terminó de redactar el plan en la estación.

Nate tenía razón, en el momento en que salió a la calle en un supuesto recorrido de compras, con la mochila colgada al hombro, sus sentidos se encendieron y se movió con confianza. Había hecho los deberes: conocía las calles de Moscú como si hubiera vivido allí durante años. Pensó que podría haber tenido gente siguiéndola en la primera hora fuera de la embajada, pero el tiempo y la distancia le habían quitado los «posibles» uno tras otros. Un giro hacia el norte, más allá de la circunvalación, en su pequeño y encantador Škoda de fabricación checa —el olor a coche nuevo era mejor que el de las anchoas— terminó con un giro hacia el oeste y una serie de movimientos desafiantes planificados, que culminaron con el depósito del coche en el enorme aparcamiento bajo el centro comercial Vremena Goda. Aparcar en el subsuelo era pura precaución, una señal de cualquier baliza colocada en el coche por el FSB no llegaría a la calle desde esa profundidad. No había distinguido ningún indicio de vigilancia, ni peatones corriendo, ni miradas apresuradas, ni motores revolucionados, ni puertas de coches cerrándose, ni esa sensación de opresión en los flancos, o detrás, o delante. Nunca se sabe del todo —ahí es donde el instinto y los nervios toman el control—, pero, a medida que se acercaba el crepúsculo, Hannah Archer sintió la calle y supo que era una sombra.

Estaba sentada en la penumbra del parque, apoyada en el tronco de un árbol, con el pelo rubio recogido bajo la capucha de una ligera chaqueta de nailon y la mochila entre las piernas. Llevaba unos vaqueros negros, una camiseta de tirantes que absorbía la humedad bajo la chaqueta y unos zapatos de suela blanda. Aparte de la mochila, viajaba ligera: una brújula magnética, una linterna táctica de dos pulgadas con lente roja, una navaja suiza, la pala de excavación de Hearsey. La chaqueta negra era reversible a azul claro, y así cambiaba ligeramente su aspecto. La noche de verano estaba un poco fría. Le dolía el cuerpo, le palpitaban las piernas, las gafas empañadas por los bordes, las manos temblorosas por el cansancio le ponían difícil abrir el último trozo de barrita. Se sentía pegajosa y quería poder darse una ducha. Tenía, sin embargo, la cabeza despejada y el cerebro lo procesaba todo, sus sentidos estaban alerta. Era el momento de escuchar. El parque estaba tranquilo, vacío, oscuro. Esperó el diminuto chirrido del cuero de un zapato barato, la estática punzante de un supresor de radio. Ella formaba parte de la noche rusa. Era una de esas sílfides rusas que se desplazan por el aire, era… ¿Por qué no te paseas por el parque esparciendo polvo de hadas, idiota? Concéntrate.

Apoyó la cabeza contra el tronco del árbol y cerró los ojos. Queda media botella de agua, pensó. Terminar esto y pasar al lugar de la señal. Estoy dentro del horario previsto, debería volver al coche cuando el centro comercial abra sus puertas… De repente se puso en pie y apartó la mochila del abdomen y la hizo a un lado. Dios, estroncio-90 y lo tienes pegado a tu maldito vientre; no necesitarás una luz nocturna nunca más. La perspectiva de haber irradiado su canal vaginal hizo que Hannah pensara qué había llevado en la mochila. Serían la línea de vida de DIVA para la Agencia. Recordó por un instante las imágenes de Nate, bello y desnudo, a la luz oblicua del pequeño apartamento de Washington.

Los últimos días en Washington con Nate habían sido extraños. Parecía alejado e inquieto. La jovial intuición de chica de campo le decía que él estaba luchando con su relación en el marco de Dominika Egorova, la mujer a la que sabía que Nate amaba. Con la ecuanimidad propia de Nueva Inglaterra, Hannah no se había abalanzado sobre él, lo cual era una auténtica lástima. Había planeado saltar sobre él todos los días hasta que se marchara. Para llenar el tanque de reserva, se dijo a sí misma, porque imaginaba que en Moscú iba a pasar un largo periodo de sequía, siendo una mujer soltera, en la embajada de Estados Unidos, sobre todo por la norma de no confraternización que, en resumidas cuentas, significaba que los diplomáticos estadounidenses no podían dormir con amantes que no fueran de la OTAN.

En su última noche en el pequeño apartamento, ella preparó unos filetes y Nate una ensalada, y abrieron una botella de vino. Hannah decoró la mesa con un pequeño jarrón de flores, encendió una vela —un poco cursi, pero quedaba bien en la oscuridad del apartamento— y bajó el volumen de «How Low», de José González —tal y como ella se sentía—, mientras comían y se miraban. Todo aquello apestaba, porque los dos estaban incómodos —no se te ocurra ponerte a llorar—; dejó las manos sobre el regazo para que él no viera el temblor. Diseccionar más las operaciones de Moscú le parecía una estupidez; hablar de Dominika estaba descartado por completo; hablar de su relación le parecía una tontería y un sinsentido. Ella había visto cómo Nate lo ocultaba todo —los oficiales de casos pueden leer las caras—. Se levantó para servirle lo que quedaba de vino, y él la rodeó por la cintura con el brazo, más como un hermano mayor que como amante; ella trató de apartarse, pero él tiró de ella y la besó; y volvió a besarla. Como una idiota, ella seguía sosteniendo la botella de vino vacía; él se la quitó de la mano y la condujo de espaldas hasta el dormitorio —tío, ¿en serio?—. Y ella se oyó decir su nombre en la oscuridad una y otra vez.

Sacudió la cabeza. Vamos, pensó. Se encontraba en el borde de Gorkogo, un enorme parque arbolado que discurre a lo largo del río Moscova, en el distrito administrativo central, en el extremo superior de una ladera cubierta de hierba que bajaba desde los árboles hasta un largo conjunto de escaleras que ascendían desde el río. A lo largo de las escaleras había farolas con cristales brillantes. A lo largo del límite sur del parque, el tráfico de ocho carriles del Tret Transportnoye Kol'tso, el TTK, salía de un túnel y cruzaba el puente Andreevsky. La ladera donde estaba Hannah era visible para todos los vehículos de todos los carriles, circularan en la dirección que circularan, y allí es donde enterraría el sensor número tres, en aquella ladera. En coche, DIVA tendría línea de visión con el sensor durante los dos segundos necesarios y podría iniciar una comunicación SRAC indetectable cuando pasara por allí. Un coche de la estación también podría cargar y recuperar mensajes para y de DIVA si pasara en coche por la TTK.

Lo comprobó una vez más y se deslizó hasta la mitad de la pendiente de hierba en la oscuridad, como una *ninja* invisible con esa ropa negra. Sabía exactamente dónde enterrar el sensor para que el receptor/transmisor estuviera en la línea de visión electrónica de la autopista, que a esa hora solo estaba colapsada en tres cuartas partes por los coches que circulaban, los autobuses que no dejaban de arrojar humos y los camiones sobrecargados. Con la pala especial de Hearsey cortó el césped con suavidad, levantó el trozo de hierba, lo sostuvo como si fuera una cabellera, sacó el sensor número tres de la mochila —adiós, cabrón, pensó Hannah, espero que no seas tú el que me provoque un tumor— y lo colocó en el agujero que había abierto. La ligera convexidad del sensor, según le había explicado Hearsey, evitaría que se produjera una depresión notable con el paso del tiempo, ya que la tierra se asentaría alrededor del dispositivo. De un envase del tamaño de un paquete de azúcar, espolvoreó una mezcla de semillas granuladas de color verde alrededor de los bordes del césped cortado para activar el crecimiento de la hierba. La lluvia permitiría que la semilla —investigada y desarrollada por agrónomos del Departamento de Agricultura de Estados Unidos para que fuera clavada a la hierba de centeno silvestre autóctona del parque— brotara y camuflara por completo los bordes de la parcela.

Hannah se arrastró ladera arriba y se adentró en la zona arbolada. Permaneció sin moverse durante dos minutos buscando el sonido de una cerrilla, una tos apagada, el casi imperceptible sonido de las gafas de visión nocturna, o el jadeo y el olfateo de un perro rastreador. Silencio. Eso fue todo. Lo había conseguido. Ahora sabía a qué se refería Janice cuando le habló sobre el «círculo perfecto» de una operación. Se imaginó la cara de Benford cuando recibiera el cable diciendo: «Todos los sensores colocados». Esperaba que se alegrara y, tal vez, que escribiera un cable a Nate, en Atenas, para decírselo. Esperaba que Nate también estuviera impresionado. Él entendería lo que sentía. Dentro de unos meses tendría una semana de permiso y tal vez podría ir a Atenas. Sin explicación, Hannah pensó entonces en su familia y en lo orgullosos que estarían sus padres si supieran lo que estaba haciendo su hija, en cómo le brillarían los ojos a su madre, en cómo sonreiría su padre, en cómo le darían palmadas en la espalda sus dos escandalosos hermanos. Nunca podría decírselo.

Se obligó a salir de esa ensoñación. Todavía tenía que hacer una señal a DIVA, recuperar el coche y reaparecer en el recinto de la embajada como si fuera a trabajar un poco tarde esa mañana. Los tres sitios en los que había instalado los sensores esa noche —lo bastante separados, en diferentes distritos de la ciudad, enterrados con cautela, todos cerca de arterias con gran volumen de tráfico— estaban, lo que era más importante, lejos de cualquier instalación diplomática occidental (todas las cuales estaban rodeadas de detectores electrónicos de ráfagas de comunicación que pudieran alertar al FSB de que acababa de producirse un intercambio SRAC entre agentes).

La entrega más importante, el equipo SRAC de DIVA, había sido la primera acción hacía ya una semana. Aquella noche, el SDR de nueve horas tuvo que ejecutarse en medio de borrascas del este. Las fuertes gotas de lluvia eran las lágrimas de rabia e impotencia de los fantasmas del viejo politburó que veían a una mujer —rubia, americana, intrépida— dedicarse al espionaje en su Moskva, el antiguo nombre, la ciudad de las «aguas oscuras y fastuosas». Si Hannah hubiera sabido que la miraban, habría saludado y les habría dicho que se calmaran.

El paquete con el equipo de DIVA, en el distrito industrial del sureste de Moscú, estaba enterrado en la tierra de un pequeño parque urbano, bajo el puente de la autopista que llevaba a Volgogradskiy Porspekt sobre Lyublinskaya Ulitsa. Después de haber informado al cuartel general de que la entrega estaba depositada, el lugar había sido vigilado vía satélite durante siete días para determinar si había alguna actividad extraordinaria en torno al parque, si había nuevas huellas de neumáticos en la tierra, si se había levantado, sin motivo aparente, una caseta de obras de mantenimiento en las cercanías, o si un equipo del FSB iba a salir de la madriguera cuando Dominika pasara por debajo del pilar.

Benford tomó la decisión final, ante el fastidio de Throckmorton. Apuntando con aquella gran nariz hacia ella, el jefe de la estación leyó el cable de Benford a Hannah, evitando que lo leyera ella misma. La memoria estaba a salvo. Procedan. Benford indicó a Archer que comunicara «cargado» a DIVA. Sería la última vez que habría que hacer un contacto físico.

El cansancio le afectaba un poco a la vista, pero Hannah se dirigió a pie hacia el noroeste, al distrito Dorogomilovo, cerca del apartamento de DIVA en Kastanaevskaya Ulitsa. No había nadie en la calle; el amplio bulevar estaba vacío. Roció tres barrotes de una valla de hierro detrás de una parada de autobús con un pequeño frasco de espray. El producto químico que contenía era un sistema de marcado de acción retardada (DAMS), que era incoloro e indetectable, y que reaccionaría horas más tarde con la luz ultravioleta del sol de la mañana,

un ruso por parte de la CIA estaba ingeniosa y profundamente enterrado en la cola del material pasado por un agente doble de las Fuerzas Aéreas de los Estados Unidos. Una transparencia inaudita. Era todo lo que la Línea KR necesitaba. El joven agregado de Caracas, que había aceptado unos meses antes espiar para los americanos contra su propio país, fue llamado a Moscú con un pretexto administrativo.

No había habido ningún interrogatorio. Por el momento. El oficial había recibido un trabajo sin importancia, estaba bajo vigilancia. En los viejos tiempos habría sido fusilado en el sótano de la Lubyanka, en la sala con los ganchos y los desagües y la pared del fondo forrada con enormes troncos de pino para evitar los rebotes de las balas. Este destino administrativo de poca importancia era una *potyomkinskaya derevnya*, una aldea Potemkin, un engaño, urdido con el único propósito de proteger a la nueva fuente, TRITON. Más tarde, con el paso de los meses, se ejecutaría la sentencia. El joven *perebezhchik*, el traidor, ya estaría muerto sin llegar a saberlo. Tampoco lo sabía la CIA.

Que la Línea KR pueda atrapar a un traidor con tanta rapidez, con una eficacia tan inexorable, era algo de lo que Zyuganov podía estar orgulloso. El idiota del director no comprendía los efectos beneficiosos de tener una máquina de contrainteligencia omnisciente rondando el Servicio. Nadie se atrevería a traicionar a Rusia con Zyuganov en el mando. No, ese político reconvertido en director nunca entendería los *nyuans*, los matices del juego, pero había alguien que sí los entendía, un antiguo oficial de inteligencia, alguien mucho más importante que el director. El presidente Putin lo sabría.

Zyuganov se encontraba en una posición envidiable: había neutralizado al traidor de Caracas, estaba trabajando en el acuerdo energético iraní en nombre del presidente y tanto él como Zarubina iban a gestionar TRITON (cuyo ingreso se originó casi con toda seguridad desde la Casa Blanca, el NSC o en Langley). Sería colosal. El auspicio incondicional de Putin seguiría activo. El futuro se veía optimista. Se consideraba, a todos los niveles, que Zarubina sería la próxima directora del SVR cuando volviera de Washington, la primera mujer directora de la historia. Y había un acuerdo tácito con ella para que Zyuganov ascendiera tras ella. Una asociación en toda regla: la costurera y el ejecutor.

El único *prepyatstviye*, impedimento, en sus planes de carrera era la subordinada Egorova. Con la intuición de un investigador, Zyuganov sabía que Putin estaba intrigado con ella, sabía que podía ser un desafío para el éxito del coronel. Ella no había resultado perjudicada, ni lo más mínimo, por el desmoronamiento de su caso iraní. Era más o menos sencillo, podía dejar pasar las cosas por un tiempo y confiar en sus propias habilidades, o podía organizar otro accidente. Esta última opción le resultaba mucho más atractiva, no solo porque era maliciosa y violenta, sino también porque Zyuganov había hecho un importante descubrimiento en los últimos días.

*   *   *

La única actividad remotamente social a la que se entregaba el misántropo Zyuganov era una visita ocasional al Departamento Cinco del SVR, los «trabajos sangrientos» para mantenerse al día con un puñado de funcionarios que había conocido durante los años de Lubyanka, los últimos miembros de un batallón de asesinos y saboteadores de «acciones especiales» de tiempos más felices. Se sentía cómodo entre estos profesionales rígidos y poco expresivos, algunos a punto de jubilarse y otros, más jóvenes, que aún intentaban hacerse un nombre. En cualquier caso le gustaban más que la nueva hornada de diletantes del SVR del cuartel general, que hablaban inglés y sabían pedir vinos. No, los «chicos sangrientos» eran su verdadera gente.

Zyuganov estaba sentado en la sala del Departamento Cinco cuando una mujer se le acercó, se paró de pie juntando los talones y le preguntó en un susurro si podía hablar con él. Era de mediana estatura, unos cuarenta años, con el pelo corto y teñido de rubio, con una figura robusta pero no gruesa, con los hombros como los de un hombre; nariz ancha y plana que terminaba sobre la boca picuda y una barbilla demasiado enérgica. Por lo general, Zyuganov no estaba de humor para hablar con alguien que, sin lugar a duda, solicitaba favores, pero se fijó en los ojos grises que había detrás de las gafas con montura metálica, unos ojos tan grises que parecían artificiales. Tenía los ojos enrojecidos y sostenía la mirada de Zyuganov sin pestañear. Algo en su primitivo cerebro empezó a temblar, un sociópata sintiendo a un espíritu afín. La mujer llevaba un vestido barato de algodón, manga larga, también gris, abotonado en el cuello. Las mangas eran demasiado cortas para unos brazos tan largos. Unos bultos imprecisos hacían pensar en unos pechos considerables, o tal vez solo fuera relleno. Unas manos nerviosas hurgaron en la costura lateral del vestido, y Zyuganov notó que los dedos estaban manchados de color amarillo.

—¿De qué se trata? —escupió Zyuganov. Notó que ella no se inmutaba, muy al contrario, siguió mirándolo con determinación.

—Me gustaría trabajar para usted —siguió susurrando la mujer.

—Imposible. ¿Qué pretende pidiéndome eso? La selección de la Línea KR es muy competitiva. —El coronel desvió la mirada para dar por terminada la conversación.

La mujer no se movió.

—No me refiero a la Línea KR. Con lo otro.

Cuando Zyuganov hizo un gesto despectivo con la mano, el jefe del Departamento Cinco entró y la mujer, tras otra mirada de astucia, se dio la vuelta y se marchó.

Al jefe del Departamento Cinco no le gustaba Zyuganov, no le gustaba que visitara su departamento, no le gustaba el pequeño trol gusano y su pequeña reputación rastrera. Era un reformista, un arribista, no un viejo *palach*, un verdugo.

—¿Qué hacías hablando con Eva? —preguntó el jefe.

—No estaba hablando con ella.

—Sigue mi consejo y aléjate de ella.

—¿Quién es esa mujer?

El jefe llenó un vaso con té caliente de un samovar silbante que estaba sobre el extremo de una mesa mientras decidía cómo describir una bestia a otra.

—Evdokia Buchina, sus amigos la llaman Eva para abreviar, si es que tiene amigos; empezó como cabo de la SVR en San Petersburgo, fue trasladada a Moscú y luego la pusieron en un puesto administrativo aquí, en mi departamento. Ha pasado un año y he intentado deshacerme de ella desde que llegó.

—¿Cuál es el problema? —Zyuganov intentaba no parecer interesado.

—Poca cosa… Se la sancionó por agresión en su trabajo. Transferida por abusar de los prisioneros.

El coronel agudizó sus oídos.

—¿Qué quieres decir con «abusar de los prisioneros»?

—Los golpeaba hasta la muerte en sus celdas. Uno en Petersburgo y otro en Moscú.

—Siempre hay accidentes.

El jefe de la Cinco se encogió de hombros.

—¿Quieres que la transfieran a tu oficina? Maravilloso. Te enviaré su expediente. Ni siquiera sé qué significan la mitad de las palabras de su perfil médico.

Zyuganov no se había comprometido a nada. Eva dijo que quería trabajar «con lo otro». Se preguntó si había encontrado a alguien especial. El expediente abundaba en palabras tentadoras, de alguna tuvo que buscar el significado: andrógino, pansexual, esquizotípico...

La entrevista personal con Eva no fue concluyente. Contestó con monosílabos, sacudió la cabeza y murmuró. Pero nunca dejó de mirar el rostro de Zyuganov con esos ojos del color del cemento húmedo. Siguiendo sus instintos, una tarde llevó a Eva a la prisión de Butyrka para que observara el interrogatorio de un activista encarcelado, un miembro del grupo político de actuación y arte Voina que, durante una manifestación callejera para protestar contra la política de Vladímir Putin, lanzó un bote de pintura verde sobre un agente encubierto del SVR. El joven tuvo la mala suerte de que aquello se convirtiera de forma inmediata en un asunto para el Departamento de Protección del Sistema Constitucional del SVR, lo que se traducía en que respondería ante Alexei Zyuganov y, en una primera aproximación, ante Evdokia Buchina. Le rompió seis dedos, le dislocó el hombro izquierdo, le aplastó los huesos pequeños del pie derecho y le fracturó el cóndilo de la mandíbula. Todo ello antes de la medianoche. Zyuganov observó, fascinado, como trabajaba Eva: metódica, ágil, paciente, grácil, fuerte, con la respiración tranquila, lanzándole miradas, el sabueso del infierno buscando su aprobación, las gafas de maestra reflejaban las luces del techo. Era como estar sentado en la sala de música de Brahms, viendo cómo componía. Zyuganov había encontrado su *izverg*, su Belial, su monstruo.

Dañando a Egorova. Cortando las alas del gorrión. Zyuganov aparcó la idea en una húmeda despensa de su cerebro. No, por el momento, había decidido privar a Egorova de información en el asunto del acuerdo con Irán, restringir el acceso a los archivos relevantes del KR para que no se entrometiera y le robara protagonismo. Además, tenía que atarla con un trabajo inútil; necesitaba una maniobra *otvle-kayushchiy*, de distracción, una pista falsa.

A la mañana siguiente, la fortuna le sonrió.

Shaggy Yevgeny le entregó un nuevo cable de la *rezidentura* de Zarubina que informaba de la última reunión nocturna con el comandante Thorstad de las Fuerzas Aéreas de los Estados Unidos. Enterrado al final de la información nada útil del agente doble, había otro informe bomba de TRITON: quince fotogramas. El misterioso TRITON había fotografiado tres cables separados que detallaban un intercambio entre el cuartel general de la CIA y la estación de la CIA en Atenas sobre una fuente de inteligencia con el nombre en clave LYRIC, que en los últimos tiempos había sido informada sobre las operaciones de la inteligencia militar rusa (GRU) para adquirir tecnología militar estadounidense. Zyuganov se quedó boquiabierto. Basándose en el resumen, la información transmitida a la CIA procedía, sin lugar a duda, de una persona con información privilegiada dentro del GRU, una fuente con acceso directo.

Pust'. Que así sea. Otro espía para descubrir, pensó Zyuganov, otro para devorar. Los americanos, en apariencia, habían sido incansables reclutando rusos. De un solo golpe, TRITON neutralizaría esas ganancias. Sumido en sus pensamientos, miró el cable de Zarubina. Ese LYRIC tenía que ser alguien en activo en Moscú, en un puesto importante, con acceso de alto nivel, no un funcionario asignado a una embajada. Decidió que el hecho de que la reunión se hubiera celebrado en Atenas no tenía tanta relevancia. Grecia era un destino de vacaciones de verano muy popular y barato para los rusos hambrientos de sol. El traidor del GRU, con seguridad, se había ido de vacaciones con su familia, se había puesto en contacto con la CIA mientras estaba allí, había sido interrogado y pagado, luego había terminado sus vacaciones y, por qué no, ya estaba de vuelta en Moscú. Sería una simple búsqueda de topos en la capital, una cuestión de comprobar los registros de permisos militares y de viajes internacionales. Reunirían a un puñado de candidatos del GRU, se realizaría una serie de interrogatorios y se encontraría al *predatel svin'ya*, al cerdo traidor.

Más interrogatorios. Zyuganov se relamió. Había adquirido un trépano corneal de la unidad oftalmológica del SVR que quería probar en alguien. Entonces se le ocurrió una idea: podía utilizar el lugar de celebración del encuentro, Grecia, para enviar a Egorova a Atenas en una misión de… contraespionaje. Tendría que entrevistar a los funcionarios de la *rezidentura* y la embajada. Podría dejar que se entretuviera durante un par de semanas con un trabajo baldío mientras él desenmascaraba al topo en Moscú.

Miró con resquemor a su ayudante, que le devolvió la mirada desde la puerta. Le dio instrucciones:

—Dile a la capitana Egorova que hay una pista de contraespionaje en Grecia. No menciones a Zarubina ni el informe de TRITON sobre LYRIC. Debe ir a Atenas y entrevistar con discreción al personal del SVR, del GRU y de la embajada, y buscar cualquier cosa fuera de lo normal. No puede regresar hasta que haya entrevistado a todos. Le llevará dos semanas o más.

—¿Entrevistar a todo el mundo? —preguntó Yevgeny—. ¿Con qué pretexto? ¿Cómo se lo explicamos a la *rezidentura* de Atenas?

—Conocía a su jefe y sabía que no debía presionarlo demasiado. En cualquier caso, Egorova estaría entretenida un tiempo.

—Dígale que es una inspección rutinaria. Dile que todo el mundo tiene que hacerlo. Ahora vete y pon con Zarubina por la línea segura.

* * *

Yevgeny Pletnev miró al otro lado de la mesa a la capitana Egorova; primero pensó que nunca había visto unos ojos tan azules en toda su vida, luego estimó el peso y el tacto de sus pechos debajo de esa blusa y, después, extasiado, se imaginó en la cama con ella. Le había transmitido sin problemas las instrucciones del coronel Zyuganov en el pequeño despacho de la Línea KR mientras ella permanecía sentada sin expresión alguna. Él la observaba con atención, con curiosidad. Ella era un miembro ilustre del Servicio. Yevgeny era el único funcionario de la Línea KR, aparte de Zyuganov, que tenía acceso a todo lo que hacía el departamento y, en la férrea jerarquía del SVR, no debía lealtad a nadie más que a Zyuganov. Pero la fama de Egorova lo intrigaba. Olfateaba su influencia, evaluaba su frío desapego. Hoy llevaba un traje oscuro con una blusa azul claro, el pelo recogido, un simple reloj con una estrecha correa de terciopelo. Lo miraba con esos ojos azules, como si leyera lo que estaba pensando. Unas manos llenas de gracia descansaban sobre el papel secante de cuero. Sus rasgos clásicos estaban serenos. Parecía diferente. Él no sabía qué esperar. Yevgeny estaba acostumbrado a los arrebatos tóxicos de los sociópatas envidiosos.

—Gracias, Yevgeny. Haré los preparativos para viajar —le dijo Dominika. Era irónico, Zyuganov pensaba que la estaba apartando, pero acababa de darle un par de semanas para reunirse con la CIA y para volver a ver a Nate. No imaginaba que podrían volver a estar juntos tan pronto después de lo de Viena. Comenzó a redactar, mentalmente, el mensaje del SRAC que transmitiría esa misma tarde.

Una oportunidad de oro. Miró el mugriento halo amarillo que rodeaba la cabeza de Yevgeny, cuyo color se iba desvaneciendo. El adulador de Zyuganov era un conspirador, y ella necesitaba la información que él conocía. Ese hombre no era muy avezado para con las damas, por mucho que soñara despierto con las faldas. Dominika miró a esa extraña criatura y se estremeció.

Udranka estaba sentada encima de una carpeta, con las piernas cruzadas. Ponte a ello. No tiene que gustarte, solo tienes que hacerlo.

* * *

Yevgeny Pletnev había sido reclutado por el SVR tras graduarse en la Universidad de Moscú con una licenciatura poco distinguida en Informática, fruto del patrocinio de un tío que era diputado en la Duma Estatal, la Asamblea Federal de Rusia, y jefe de la Comisión de Apoyo Legislativo para la lucha contra la corrupción. Sin embargo, la influencia de su tío se terminó en las imponentes puertas de entrada de Yasenevo, y el nuevo empleado —tenía entonces veinticinco años— se encontró dirigido a la parte de la administración de personal, logística y soporte del Servicio. No pasó mucho tiempo antes de que el joven peludo se diera cuenta de que era más fácil ascender evitando las direcciones de operaciones, tan complicadas y políticamente peligrosas.

Yevgeny pasó los oscuros años preceptivos en el área de personal, hasta que hubo una vacante para un asistente administrativo en la Línea KR, en la tétrica oficina que se ocupaba de la contrainteligencia y la vigilancia de los ciudadanos rusos en el extranjero. A pesar de las advertencias de sus colegas, Yevgeny vio una oportunidad y solicitó el puesto. Los tres años que pasó en el área de personal de la Línea KR, mejorando la anticuada red informática y limpiando los archivos, hicieron que el horrible y diminuto jefe de la Línea KR, Alexei Zyuganov, se fijara en él y le ordenara que pasara a formar parte de su personal, primero en la oficina exterior, luego como jefe de personal adjunto, después como ayudante de campo personal y, desde el año pasado, como ayudante de Zyuganov. Yevgeny sabía que era demasiado arriesgado —suicida— engancharse a la cola de Zyuganov. *Chort poberi*, unirse al demonio. Pero Yevgeny, que entonces tenía treinta y cinco años, calculó que Zyuganov era poderoso, insustituible, subrepticio. Más aún, la reputación de su jefe, hiriente e inductora de miedo, le salpicaría.

—Este puesto es delicado —dijo Zyuganov el primer día de Yevgeny como número dos, mirándolo de reojo, como una tortuga—. Verás todo lo que veo yo. Leerás todo lo que leo yo. Tendrás acceso a mis archivos. Se requiere lealtad y discreción. He aprobado tu trabajo desde que llegaste a la Línea KR, pero cualquier desviación de estas normas supondrá una acción disciplinaria inmediata. En otras palabras, te llevaré en persona a los sótanos y te ataré a la mesa. ¿Me he explicado bien?

Yevgeny asintió. Durante un año trabajó jornadas de catorce horas. Era un modelo de eficacia, un dechado de discreción. Empezó a anticiparse a los estados de ánimo de su jefe, a reconocer el inicio de los días oscuros, los *bezumiye,* la locura, y vio cómo los viajes a los sótanos le levantaban el ánimo, cómo se le despejaba la mente cuando volvía a la oficina con el olor a mortuorio en la ropa, en el pelo y en el aliento.

Durante seis meses, el pequeño sociópata se mantuvo receloso, y al final se acostumbró a la obediencia servil y correcta de Yevgeny. Zyuganov decidió que se podía confiar en el joven hirsuto, al menos hasta cierto punto. El único ser humano al que le dio su confianza — el único otro ser humano al que se le concedió tal beneficio— fue a su madre. En cualquier caso, Yevgeny era subjefe y había un trabajo importante que hacer. Tenían que atrapar un topo.

Alcachofa de Jerusalén al Horno

Mezcla la nata espesa, el puré de ajo, el zumo de limón, el estragón y el gruyer rallado. Sazona bien. Añade las alcachofas de Jerusalén peladas y cortadas en rodajas gruesas, y vierte la mezcla en una cazuela. Cubre con pan rallado y queso también rallado; rocía con aceite de oliva y hornea a fuego fuerte hasta que las alcachofas estén tiernas y la cobertura dorada.

20

Fue el comienzo de la notable, precaria y audaz operación de reclutamiento de Dominika —Nate y la CIA se habrían vuelto locos de saber
lo que estaba haciendo— para penetrar en su propio departamento de
la SVR, subyugando al espeluznante jefe adjunto. Tenía poco tiempo
para hacerlo, pues viajaría hacia Atenas pronto. No se puede acelerar
ninguna operación antes de tiempo, pues es invitar a la catástrofe, a un
alboroto y al descubrimiento. Pero no había más opciones.

Dominika sabía que tenía que seducir a Yevgeny y robarle los secretos de su propia Línea KR. Necesitaba saber sobre los progresos de
Zyuganov con los iraníes y sobre la notoria *rezident* de Washington,
Zarubina, que tenía algo entre manos. Quizás había desarrollado una
fuente de Washington, algo que la CIA querría saber, sin lugar a duda
querría saberlo. Luego estaba el asunto de una investigación de CI en
Atenas. Necesitaba detalles que aportar a Nate.

Reprimió una sombría repugnancia al contemplar la posibilidad de
utilizar los encantos de la Escuela de Gorriones con el peludo Yevgeny,
un paso atrás repugnante hacia un capítulo de su vida profesional que
le había sido impuesto. Oyó la advertencia de Gable en su cabeza; pudo
ver la expresión en la cara de Nate.

*Cuando Udranka no estaba rondando, era Marta la que estaba sen-
tada a los pies de su cama, revolviéndose el pelo y echando humo hacia
el techo, diciéndole a Dominika que se pusiera manos a la obra, así que
ella se puso las pilas y apretó la mandíbula.*

Al principio, Yevgeny solo veía a la capitana Egorova cuando estaba
frente al escritorio de Zyuganov o cuando caminaba por el pasillo interior de la Línea KR. Al igual que hacía con otras mujeres de la empresa,
a Yevgeny le gustaba ponerse de lado para poder mirar a Dominika
de perfil, desde la elegante barbilla y la garganta hasta el pecho pro-

minente, pasando por las nalgas planas, las piernas y los tobillos tan bien definidos. Dominika sabía cuándo la ardillita la miraba embobada, con su halo amarillo palpitando, pero no le hacía ninguna señal. Yevgeny no fue consciente de que, en los días siguientes, la capitana empezó a urdir una serie de encuentros con él cada vez más frecuentes: entregarle un memorando para el cuarto piso; sentarse a su lado en la mesa de conferencias; toparse con él en la cafetería o al aire libre, en la soleada terraza durante el almuerzo; coincidiendo por afortunado azar en la línea 6 del metro desde Yasenevo, luego el trasbordo a la 3, juntos la mayoría de las veces, ella hasta la parada Park Pobedy y él continuando hasta Strogino.

—Strogino —dijo una noche Dominika, agarrada a una correa en el vagón del metro que se balanceaba y que estaba casi vacío a esa hora. Era seguro hablar—. Ahí es donde vivía Korchnoi —comentó con naturalidad. Yevgeny la miró con los ojos muy abiertos. Se lamió los labios.

—¿Ese Korchnoi? —susurró.

Dominika miró el destello amarillo canario alrededor de la cabeza y los hombros de su acompañante.

—Hay una gran distancia entre Strogino y ese pequeño y miserable puente en Estonia —dijo sombría—. Un largo camino para pagar su traición. —Le dolía referirse así a su mentor, deshonrar su memoria. Reprimió la rabia en la garganta. Yevgeny se inclinó hacia ella.

—He oído hablar del caso. Hay un archivo antiguo, incompleto. Usted conoce la historia, estuvo allí, en el intercambio. ¿Me lo contará alguna vez?

—El Kremlin estaba muy satisfecho. Puede obtener la información que lo desenmascaró. El presidente fue muy elogioso, pero es un poco embarazoso —dijo sin darse importancia, encogiéndose de hombros.

—He oído las historias. Usted le gusta al presidente, es *zolotoj*, una chica de oro. —Volvió a mirarla—. Está claro que se encuentra usted en buena posición.

Dominika sonrió.

—Esta es mi parada —desvió la conversación situándose delante de las puertas—. Lo veo mañana.

Yevgeny le miró la espalda a través de los cristales.

La mayoría de las tardes tenían la costumbre de hablar en el relativo anonimato del vagón del metro. Con ese hombre era imposible pensar en camaradería o desarrollar algún tipo de amistad. Egorova era el osito de peluche en el escaparate que él quería abrazar; sus pensamientos oscuros iban desde las suaves y rugosas plantas de los pies hasta la boca; quería oírla suplicar amor, o algo así... Yevgeny era leal a Zyuganov y comprendía que la capitana debía quedar al margen de los secretos de la Línea KR, pero sus sueños de yacer con ella no entraban en conflicto con nada de eso. Además, quería conocer la historia del traidor Korchnoi, de la mujer que lo desenmascaró. Necesitaba saber sobre su conexión con Putin. Era irresistible. Era como una avispa revoloteando sobre un plato de agua azucarada.

—¿Cómo es el presidente? —preguntó el adjunto una noche en el metro.

—Todo lo que ha oído decir sobre él es cierto —respondió enigmática—. Mi parada.

Ella había programado la conversación justo para este efecto. Yevgeny se inclinó para mirar a través de la mugrienta ventanilla del metro, los frenos del vagón chirriaban y se divisaba ya la elegante estación de Park Pobedy, preciosa, con sus paredes curvas de granito ocre y sus brillantes lámparas. Se apreciaba el nerviosismo en el rostro.

—Verá... ¿por qué no me bajo con usted si no está ocupada?, nos podríamos tomar una copa.

El coche se detuvo y las puertas se abrieron.

—Va a perder el tren —dijo Dominika, escuchando el silbato que avisaba de que las puertas iban a cerrarse. Él se echó la correa del maletín al hombro.

—Funcionan toda la noche —respondió. Un nuevo aviso.

—Vamos, pues —aceptó Dominika, arrastrándolo fuera del vagón justo cuando las puertas se cerraban. Yevgeny estaba en el andén, entusiasmado, respirando por la nariz, con los labios juntos en una media sonrisa. Estaba consiguiendo lo que quería. Excepto que no sabía que estaba cerca de una trampa cubierta con hojas.

*　*　*

Unos días más tarde, la lluvia golpeaba el cristal de la ventana del dormitorio de Dominika y la hiedra que rodeaba el marco exterior se removía con el viento. En la cocina, silbaba una tetera de vapor.

—Es absurdo —dijo la capitana encogiéndose de hombros para ir a buscar el té—. Esa fuente no identificada, ¿cómo la llamaste...? —Entró en la cocina.

Marta estaba sentada en la mesa fumando. «Lo estás haciendo bien. Duro en la cama. Suave en la cabeza», le dijo. Dominika la hizo callar.

—Se llama a sí mismo TRITON —respondió Yevgeny somnoliento desde la cama. Parecía un chimpancé. El pelo de los brazos se unía a la densa mata de pelo que tenía en los sobacos. El pecho y el vientre también estaban muy cubiertos de vello oscuro, como sus piernas. Su *shuy* yacía flácido sobre una maraña de pelo en la entrepierna, como un ratón sobre una maceta llena de tierra. Cuando vio a Yevgeny desnudo por primera vez, Dominika pensó que no habría suficiente cera en toda Rusia para eliminar todo el vello de aquel cuerpo.

Dos noches consecutivas, después del trabajo, habían bastado para establecer los lazos elementales de la confianza, le lanzó un hueso describiendo su trabajo en el extranjero y luego le hizo hablar de sí mismo. El adjunto no era estúpido, así que tuvo que ir con cuidado, pero incluso la mente más reflexiva no puede resistirse a hablar de sí misma. El reclutamiento, la seducción, la persuasión, todo empezaba por escuchar, por ver cómo se movían esos labios gordos: primero picoteando la comida, luego confiando, luego acercándose implacable, todavía moviéndose, resbaladizos y húmedos, luego la sensación grasienta en los propios labios —recordó la sensación de los labios de Nate— y su yo secreto se atrincheraba en la habitación del huracán, con la puerta cerrada a cal y canto.

En *Bozhe pomogi mne*, que Dios me ayude, estaban las nociones de Yevgeny sobre hacer el amor, que estaban entre lo equino y lo cinematográfico. Nada nuevo para un gorrión, pero Dominika tuvo que separar la mente del cuerpo para bloquear la sensación constante del vello del pecho de él contra sus pechos, como si un saco lleno de huevos reventados de arañas bebé se arrastrara sobre ella. Apretó los dientes y comenzó a hacerle olvidar las reglas y a hacerle hablar. No podía apartar la cara. No podía ocultar los ojos ni dejar de oír sus gruñidos. Era el horrible y familiar pantano infernal al que la habían empujado años atrás; ella había jurado hacérselo pagar, pero ahora volvía al mismo pantano por propia voluntad, por el bien de los americanos, por el bien de Nate. No pensó en ningún momento en la infidelidad. Yevgeny no estaba penetrando el mismo cuerpo que le dio a su amante. En absoluto era el mismo.

—¿Cómo podemos estar seguros de que no forma parte de la operación controlada por los americanos? —preguntó desde la cocina mientras diluía conserva de fresa, una antigua costumbre rusa para endulzar el té, en dos tazas de cerámica decorada con pájaros de arte popular. Mis tazas gorrión, pensó. El parloteo continuó. El ayudante de la Línea KR, que acababa de acostarse con su subordinada, hablaba ahora de negocios… Nada más natural.

—El presidente cree que es auténtico —dijo desde el dormitorio. Dominika volvió con las tazas en las manos—. Zarubina no está dispuesta a cometer un error. Está decidida a convertirse en directora después de su misión en Washington. —Se apoyó en un codo y tomó la taza—. Además, TRITON ya ha expuesto el caso de Caracas. Los americanos nunca quemarían a uno de sus reclutados por propia voluntad.

Dominika pensó en su doble vida. Nunca digas nunca, pensó. Se sentó con las piernas cruzadas en la cama, junto a Yevgeny, mientras bebían el té. Dominika pasó sus dedos calentados por la taza de té por el muslo peludo de su acompañante. N.º 45, «Aplicar calor y frío extremos para aumentar la respuesta nerviosa». Él la miró por debajo de unas pobladas cejas. Todavía estaba tratando de cuantificar su buena suerte por haber seducido a la despampanante capitana; nunca podría volver a mirarla en el despacho sin ver el cuerpo desnudo de la bailarina que había disfrutado durante las últimas treinta y seis horas.

—La buena fe es esencial en un caso como este —dijo ella, dibujando círculos calientes en su pierna. La lluvia chocaba con la ventana, la respiración del adjunto se le agitaba en la garganta y el ratón de la maceta se removía.

Dominika levantó la vista de nuevo.

—Eres muy atractivo así, temblando como lo haces. —Oyó su propia voz. Vio su reflejo en el cristal de la ventana que se iba oscureciendo. *Vorobey, shpiomn, konets.* Gorrión, espía, zorra. Cállate y concéntrate—. La validación operativa es crítica —siguió con la conversación como si nada, como si en realidad no estuviera pelando el cerebro de ese hombre, como lo haría con la piel de un tomate escaldado—. Supongo que Zarubina ha intentado identificar a TRITON, ¿verdad? —Se inclinó hacia delante y apoyó la barbilla en las manos para darle una dosis de ojos azules y perfume. El pequeño kimono se le abrió un centímetro. Él parpadeó.

—No. No lo ha hecho. Ella y el coronel no quieren asustarlo —respondió tembloroso—. Creen que es demasiado valioso. —La miró, ella lo miraba a través de esas pestañas como si fuera un pastel de ron polaco—. Zarubina está siguiendo la farsa del agente doble para que el canal siga abierto para TRITON.

—Me preocupa, solo un poco, que TRITON sea en realidad una *maskirovanie*, una treta para algo más grande. Nuestro Servicio no es el único que puede jugar a este juego. La CIA tiene sus propios grandes maestros.

—No soy un oficial de operaciones como usted, capitana, pero…

—Dadas las circunstancias, Yevgeny, creo que podrías llamarme Dominika en privado.

Yevgeny se sintió abrumado.

—Decía que, aunque no soy un oficial entrenado, me parece que el segundo informe de TRITON es una prueba indiscutible de que es auténtico. Incluso ha pasado el propio nombre en clave de otra fuente de la CIA: LYRIC.

—¿El mando en Grecia?

—No, no en Grecia. Aquí, en Moskva. El coronel cree que la filtración está aquí, alguien con acceso. —La miró con un sentimiento de culpabilidad. Dominika se acercó a él buscando su cara con la mirada, como si quisiera identificar el único rasgo que lo hacía tan irresistible para ella y para… bueno… todas las mujeres. Le agarró la barbilla con la incipiente barba, fingiendo seriedad.

—Entonces, dime, por favor, Zhenya —dijo segura de conocer la respuesta—, ¿por qué voy a Grecia?

El uso del diminutivo de su nombre aumentó la conmoción.

—No lo sé.

Está diciendo la verdad, pensó Dominika. Su halo amarillo podría haber indicado una lujuria galopante, un arribismo y una falta de fiabilidad, pero su firmeza sugería que el *izvrashchenets*, ese pervertido peludo, podía estar diciendo la verdad.

—Al principio pensé que el coronel tan solo estaba cubriendo todas posibilidades al enviarte a Atenas para investigar, pero luego me dijo que no te mencionara a TRITON, LYRIC o a Zarubina… —Su voz se interrumpió mientras la miraba a los ojos.

Dominika reconoció una sombra que le recorría el rostro, sintió que un temblor le cruzaba todo el cuerpo. Su aura amarilla titiló. Sabía que acababa de darse cuenta de la enormidad de las infracciones que había cometido (contarle secretos oficiales), de lo que estaba haciendo en ese momento (acostarse con ella) y de las posibles consecuencias (la ira de Zyuganov y los sótanos). Gracias a Dios no era consciente de lo peor: acababa de darle todo el contenido a su informe para Nate y Gable. Enhorabuena, cariño, pensó Dominika, tu primer informe para Langley. Ahora tenía que transmitirle un poco de *muzhestvo*, un poco de valor. De lo contrario, tendría que golpearlo en la garganta con la tetera y enterrarlo en el jardín. La siguiente etapa —afianzamiento— era la más peligrosa.

—Escúchame —le dijo sosteniéndole todavía la barbilla—, sé lo que estás pensando, pero quítate esos pensamientos de la cabeza. Me estás ayudando y te estás ayudando a ti mismo. Zyuganov no recompensa la lealtad; es incapaz de sentir gratitud. Corres riesgo tan solo por trabajar para él, hagas lo que hagas, por muy leal que seas. Yo también estoy en riesgo. Es solo cuestión de tiempo que caigamos bajo su dominio. Así que ambos luchamos y sobrevivimos. Tú y yo nos cuidaremos el uno al otro. Nos cuidaremos las espaldas el uno al otro. ¿De acuerdo?

Yevgeny no se movió. Los tallos de la hiedra arañaban el cristal de la ventana, ¿o era una de las *rusalki*, sus amigas las sirenas?

—Zhenya, piensa —llamó su atención tirándole del lóbulo de la oreja—. Lo único que le preocupa y aprecia es su propia carrera. Me oculta información, me envía a Grecia, porque teme lo inevitable: que Putin me favorezca en estos asuntos, como el asunto de Irán. Veo cómo lo mira el presidente. Le desagrada. Le repugna la historia de Zyuganov en los sótanos. —A decir verdad, pensó Dominika, seguro que ojos azules lo admira por todo eso—. Mañana iré con vosotros al Kremlin. El director estará allí, los funcionarios de Energía y el ministro. —La frente del adjunto estaba perlada de sudor—. Podrás verlo, verás cómo trata al pequeño coronel Putin. —Le limpió el sudor del labio superior con los dedos—. Y mira cómo me saluda el presidente. Después saca tus propias conclusiones.

Yevgeny se rio un poco de lo último que había dicho. Dominika sabía que, sin lugar a duda, ese hombre informaba de inmediato sobre cualquier chisme, disensión, escándalo o complot a Zyuganov. Pero ahora él era el infractor; había tenido relaciones con una subordinada, la misma subordinada a la que Zyuganov le ordenó mantener en la ignorancia de la jugosa actualidad. El halo amarillo latía; estaba calculando las consecuencias. Dominika tragó saliva cuando se inclinó hacia él para besarlo, y las pequeñas arañas le hicieron cosquillas en los brazos y las piernas.

¿Cuánto tiempo aguantaría su valor? Casi todos los reclutamientos importantes de personal requerían un esfuerzo constante. Bueno, entonces ella conseguiría afianzarlo. Yevgeny vería cómo reaccionaría Putin ante ella en la reunión del Kremlin; vería que ella era la mejor aliada. Tenía la intención de manipular el resultado, aunque sería arriesgado. Demasiado arriesgado en demasiados niveles. Estaba dispuesta a emplear el plan de Benford, el que habían discutido en Viena. La noche anterior, el último mensaje SRAC y, por tanto, el último mensaje de gospodin Benford, había validado el plan. Benford la empujaba hacia Putin. Ella lo sabía. Intentaba que se metiera bajo la piel del presidente. Pero a Yevgeny tendría que vigilarlo. Su máxima seguridad estaba ahora entre su corazón y sus pelotas.

—Así que nos protegeremos el uno al otro, ¿de acuerdo? —susurró Dominika. Su halo amarillo palpitó—. Y avanzaremos juntos.

Yevgeny se acercó y le acarició el pelo. Eres una mujer extraordinaria, ¿lo sabías?, pensó Dominika.

—Eres una mujer extraordinaria, ¿lo sabías? —dijo la presa.

El gorrión se rio.

—Voy a buscar unos cubitos de hielo a la cocina. No te muevas.

* * *

La sala de reuniones del Consejo de Seguridad de Rusia se encontraba en el edificio número uno, el del Senado, en la ciudadela del Kremlin. Cerca de la oficina privada del presidente. La sala de tamaño medio era opulenta, abrumadora, imperial. A lo largo de las paredes exteriores había medias columnas de mármol negro, cuyos capiteles corintios dorados reflejaban la brillante luz de una enorme lámpara de cristal de dos alturas. La sala estaba impregnada de luz, y Dominika se dio cuenta de que no había sombras en los relucientes suelos de parqué. La enorme mesa se extendía por el centro de la sala: los bordes estaban revestidos de cuero y en el centro había una franja de madera burilada salpicada de micrófonos. Una docena de sillas de madera con respaldo recto, decoradas con incrustaciones de dardos de marfil, cada una de ellas con reposabrazos acolchados de color verde, estaban dispuestas a ambos lados de la mesa. Había más sillas alineadas contra las paredes, de color crema, para los ayudantes y los que se encargarían de tomar notas.

En la cabecera de la mesa había una silla de respaldo ancho —un trono, con el respaldo más alto que el resto— cubierta de seda con agua. Detrás del trono, en la pared, colgaba un magnífico tapiz y un escudo escarlata con el águila bicéfala dorada de la Federación Rusa. Dominika se quedó en la puerta mientras los altos cargos del Gobierno —diez de ellos— se agolpaban a los lados de la mesa. El águila bicéfala de los Romanov había sido negra; era irónico que los rusos modernos no estuvieran mejor que los siervos del zar Iván Grozny, el Temible, el Terrible, pensó Dominika. Como si fueran una señal, el presidente Putin entró en la sala por una puerta lateral, seguido por dos ayudantes. Los hombres alrededor de la mesa permanecieron de pie hasta que el presidente se sentó y luego se sentaron en sus sillas.

Dominika sabía que se trataba de una sesión de planificación de Irán, no de una reunión del Consejo de Seguridad. El Consejo había perdido influencia y prestigio durante el primer y el segundo régimen de Putin; ahora era un cementerio de elefantes para militares y funcionarios de inteligencia que pronto se retirarían, entre ellos el actual director del SVR. En consecuencia, Zarubina se posicionó en Washington para desbancarlo. Como participante más joven, Dominika estaba sentada en el extremo de la mesa, junto con el alterado Zyuganov. El director de la SVR, miembro de pleno derecho del Consejo, se sentó en la mitad de la mesa.

Dominika escudriñó los otros rostros, presionados por los cuellos de las camisas, trajes de chaqueta demasiado tirantes por los estómagos, cabellos grises y lacios que se desparramaban sobre las relucientes cabezas. Los confidentes de Putin, el nuevo politburó. Amarillos, marrones y azules se arremolinaban alrededor de sus cabezas, una paleta de codicia, pereza, orgullo, lujuria y envidia. Y la gula, Govormarenko, de Iskra-Energetika, estaba por la mitad del otro lado de la mesa, hurgándose los dientes. Dominika reconoció a la única otra mujer de la mesa —Nabiullina, una de las aliadas más cercanas del presidente y recientemente elegida por sorpresa como presidenta del Banco Central ruso—, sonriente y sentada junto al codo izquierdo de Putin, rodeada de una sucia niebla amarilla.

Entonces ocurrió. Putin observó los rostros reunidos y los ojos azul mentolado se fijaron en Dominika. Llevaba un traje oscuro con camisa blanca y una corbata color aguamarina que brillaba en la luz cinematográfica de la sala.

—Capitana Egorova —dijo con una voz que atravesó la mesa—, venga a sentarse aquí. —Con un gesto señaló la silla a su derecha. Dominika se levantó sobre los troncos de madera que segundos antes habían sido sus piernas y caminó a través de las alas de murciélago negras desplegadas por la locura de Zyuganov y pasó junto a un hierático Yevgeny sentado contra la pared, con un cuaderno en equilibrio sobre sus rodillas. Los ojos la siguieron por la silenciosa sala, con sonrisas cómplices en los rostros de los más sabios.

—*Initsiativa. Talent* —dijo Putin mirando a la sala mientras Dominika se sentaba—. El talento fue fundamental en el asunto de las adquisiciones iraníes. Y la iniciativa. Nuestro Servicio de Inteligencia sacó a la luz esta oportunidad; la capitana Egorova y el coronel Zyuganov fueron fundamentales. —Asintió con la cabeza hacia Zyuganov, pero el enano bien podría haber estado sentado en una parada de autobús en Kazajistán—. Y ahora estamos en la fase final. Los fondos están disponibles. —Miró a Nabiullina, que movió imperceptiblemente la cabeza—. Y el suelo antisísmico se está montando según lo pactado.

En la mesa, Govormarenko levantó tres dedos manchados.

—Montaje terminado en tres meses.

Esa será la frase principal de la comunicación SRAC de esta noche, pensó Dominika.

—Y los alemanes entregarán el equipo según lo acordado —añadió Putin. No eran preguntas, eran decretos.

—La carga se embarcará en un carguero de Sovkomflot en Hamburgo —informó un hombre de cejas pobladas—. El equipo se descargará en Bandar Abbas, en el golfo Pérsico, un mes después.

Putin no parpadeaba.

Muy bien, Benford, tal y como habíamos hablado. Dominika respiró hondo y en silencio.

—¿Puedo hacer una observación? —Putin se volvió hacia ella y asintió con los ojos clavados en los de ella—. No sé nada de transporte marítimo ni de maquinaria pesada, pero los oficiales de nuestro Servicio tienen experiencia en algunas cosas. —No se atrevió a mirar sus caras alrededor de la mesa, en especial la de Zyuganov o la del director—. Protección. Seguridad. Sigilo. —La sala estaba en silencio—. Por lo que entiendo de la transacción, los iraníes han aceptado nuestra propuesta porque recibirán el suelo, equipo embargado, en secreto. Para ellos es la parte más atractiva de la transferencia, y están dispuestos a pagar el doble. —Putin no dejaba de mirarla—. Para que un carguero ruso transite de Hamburgo a Irán, habría que atravesar el canal de la Mancha, el estrecho de Gibraltar, el Mediterráneo, el canal de Suez y el mar Rojo, el golfo de Omán y luego el estrecho de Ormuz en el golfo Pérsico.

—Correcto —dijo el hombre de Sovkomflot.

—Una ruta que incluye algunas de las masas de aguas internacionales más vigiladas del planeta.

—También es correcto —dijo Sovkomflot.

—Y se descargaría el barco en el puerto de Bandar Abbas.

—Sí.

—Me sorprendería que las Armadas occidentales no documentaran de inmediato la llegada de un barco ruso con una enorme maquinaria, por no hablar de la cobertura por satélite del principal puerto iraní —siguió Dominika.

—Inevitable —convino el hombre de Sovkomflot, molesto por el hecho de que se cuestionaran sus asuntos.

—Lo inevitable no es aceptable —sentenció Putin, volviéndose hacia él—. Los persas lo sabrán y se quejarán. La transacción podría ponerse en peligro. El Gobierno se sentiría avergonzado. —Quiere decir que su transacción podría verse comprometida, pensó Dominika, y nadie avergüenza al presidente, quiso traducir para el despistado funcionario.

—¿Y cómo si no se puede llevar un cargamento de varias toneladas desde Alemania a Irán? —preguntó incómodo el hombre de Sovkomflot.

Por favor, Benford, que tus datos sean correctos, pensó.

—Igual que lo hacemos en el Servicio —respondió Egorova—. Sin ser vistos, por la puerta de atrás.

—Acertijos... —empezó a decir el hombre de Sovkomflot, deteniéndose cuando Putin levantó la mano.

—Cuéntenoslo —dijo el presidente.

—En lugar de dirigirse al sur, nuestro carguero se dirige al norte de Hamburgo, a San Petersburgo, y descarga el equipo. Algo rutinario e inocente —explicaba la capitana—. A continuación, el cargamento se transporta a través de Rusia hasta un puerto menor iraní en la costa sur del mar Caspio.

—Improbable —tomó la palabra el hombre de Sovkomflot—. El transporte por tierra requeriría un enorme remolque. Esta carga es voluminosa, tan grande como una casa, pesa más de cuarenta toneladas. Ni siquiera los militares tienen equipos capaces.

Otros de los allí presentes tomaron la palabra, no por ayudar, sino por participar.

—Un transportador-lanzador de un misil balístico podría modificarse para acomodar... —comenzó un hombre calvo.

—Eso llevaría meses, y la calidad de las carreteras es desigual según se avanza hacia el sur —dijo otro.

—¿Estás loco? ¿En el corazón del país? —dijo Sovkomflot.

—Habría que tener en cuenta el tiempo —dijo Govormarenko, todavía limpiándose los dientes.

Putin levantó la mano. Detrás de la cabeza y sobre sus hombros, se encendieron molinetes de luz azul. No miró a los gansos de corral alrededor de la mesa. Dominika vio que él sabía que ella tenía la respuesta. Aunque no sabía que llegaba de la mano de Simon Benford.

—¿Capitana Egorova?

La sala estaba en silencio.

—Anoche estuve viendo un mapa y tuve una idea. —Un murmullo llegó desde el extremo opuesto de la mesa, pero Putin lo ignoró. Dominika no se atrevió a apartar la mirada de él—. Desde San Petersburgo a través de los lagos, Ladoga y Onega, a través del embalse Rybinsk hasta el canal del Volga, hasta el Volga, todo el camino río abajo a través de delta en Astrakhan, y luego atravesar el Caspio hacia el sur, hasta Irán y el puerto del norte de Persia de Bandar-e Anzali.

Miró las caras y se volvió de nuevo hacia Putin. Nadie en la mesa diría nada hasta que el propio presidente les dijera lo que debían pensar sobre la propuesta.

—Por vía acuática, entregada discretamente del territorio soberano ruso a Irán —concluyó Dominika—. Toda la ruta está establecida: canales, lagos, mares interiores, utilizados por barcazas motorizadas que tienen la capacidad de transportar el triple de peso. Ya transportan madera, acero, carbón y grava, incluso en la noche, y con cualquier condición meteorológica. —Putin curvó ligeramente la boca—. Teherán paga, el secreto se mantiene y, con ello, la reputación de Rusia, de nuevo, avanza. —Lo que significa, por supuesto, que el peso del presidente Vladímir en la escena mundial se verá incrementada, al igual que, no por accidente, su cuenta bancaria, terminó Dominika el pensamiento para sí misma.

La Nabiullina de rostro cuadrangular se sentó de nuevo en la silla. Se decía que era brillante, una aliada de Putin, protectora. Tenía cincuenta años, el pelo castaño hasta los hombros y unas gafas con montura metálica en forma de ala de pájaro. Llevaba una chaqueta color óxido sobre una blusa floreada con lazo. Su voz recordaba a un helado derretido.

—Como usted ha dicho, capitana —intervino Nabiullina—, no tiene experiencia en navegación ni en el transporte. ¿Cómo se le ha ocurrido este plan tan extraordinario? ¿Qué le ha llevado a pensar en nuestro sistema interno de ríos y canales? Hay que admitir que los oficiales de su Servicio deben ser imaginativos y flexibles, pero esto ha sido algo destacable.

El mensaje decía: «Esto es un poco más complicado que sacudir las tetas, señorita; esto es el Kremlin, y ese es el presidente, al que le acabas de provocar una erección presidencial». Nabiullina cruzó las manos y sonrió a la joven oficial, que le devolvió la sonrisa.

Gracias, Benford, pensó Dominika, por ser tan inteligente. Se había anticipado al problema y había dado la respuesta correcta.

—Pensé en el río porque recordé haber visto circulación comercial en el Volga, cerca de Kazán, cuando asistí al Instituto Kon. ¿Habrá oído hablar de la Escuela de Gorriones? —Miró a Nabiullina con seguridad, luchando contra la ira que se le agolpaba en la garganta. Era insoportable sacar el tema en público, pero Benford había previsto el efecto—. Nos llevaban al instituto en hidrodeslizadores por el río, y solíamos pasear por el Volga entre las sesiones de entrenamiento. Siempre veía barcazas en el río. Por eso lo recordé. —La respuesta estaba diciendo: «Tengo mis propias credenciales, *sestra*, hermana, y no pienses ni por un instante que no puedo con los economistas adustos o con el *estoyak* de Vladímir».

Nabiullina se quedó mirándola durante un rato, leyendo la respuesta, reconociendo el desafío psicológico. Putin estaba encantado con el intercambio, las comisuras de la boca amenazaban con volver a curvarse hacia una sonrisa. Se puso de pie, señaló al representante de Sovkomflot como si dijera «márchese» y luego asintió a toda la mesa. Eso fue suficiente como estímulo. Mientras los participantes se levantaban y se arremolinaban, esperando a que el presidente abandonara la sala, Putin se detuvo un segundo, volvió a asentir a Dominika y salió de la sala con Nabiullina y dos ayudantes tras él. La puerta lateral se cerró con un clic y el resto de las personas comenzó a salir.

El director se secó la cara con un pañuelo y sacudió con calma la cabeza. Yevgeny evitó mirarla; sin duda había echado una ojeada. Había visto el futuro. Zyuganov se acercó a ella y movió la boca en un rictus de furia controlada.

—Muy bien hecho, capitana. El presidente ha quedado bastante impresionado.

—Gracias, coronel —respondió Egorova mientras observaba las parábolas negras que le salían de la cabeza—. El presidente le da todo el crédito al Servicio. Se lo merece. Reunir a nuestros funcionarios con los persas… Usted ha hecho mucho en poco tiempo. Este es su proyecto.

Zyuganov la miró con la cabeza algo inclinada, como si estuviera decidiendo por dónde empezar con el dermatoma para desprender tiras de piel de su espalda y su vientre. Sus pasos resonaron en el suelo de mármol del pasillo del edificio del Senado, y luego fueron engullidos al descender por la gran escalera tallada. Yevgeny escuchaba muy próximo a ellos.

—Hubiera preferido que me informara de su sugerencia antes.

Claro que sí, chinche, pensó Dominika, fantaseando con poner una mano en su espalda y ponerle la zancadilla. Bajaría la escalera cayendo de bruces.

—No esperaba la invitación, bastante embarazosa, a sentarme en la cabecera de la mesa. Créame, coronel, nunca me habría aventurado a sugerir...

—¿Cuándo se va a Grecia? —preguntó Zyuganov. Tenía una mancha de saliva en el labio inferior.

—Dentro de unos días, coronel. Agradecería su opinión y orientación sobre esta investigación.

—Yevgeny puede darle lo que necesite —respondió girándose hacia su ayudante para ver si lo había oído. La cara del ayudante brillaba por el sudor.

Sí que puede, pensó Dominika.

—Gracias, coronel —aceptó Dominika.

Atenas. De vuelta con sus amigos. De vuelta con la CIA. Dominika se deleitaría contándole a *bratok* Gable todo sobre esa reunión; decidió que con cara de circunstancias le ofrecería presentarle en plan romántico a Nabiullina. Forsyth, tranquilo y prudente, se centraría en la transacción de Irán. Benford, por supuesto, querría hablar de TRITON, LYRIC y Zarubina. Se alegraría por la nueva información, por las pistas. Enviaría múltiples mensajes del SRAC esa noche como adelanto. Entonces, tragó saliva y se preguntó cómo le explicaría a Nate el reclutamiento de Yevgeny.

En el coche de vuelta a Yasenevo, Udranka estaba sentada en el asiento trasero, recostada con sus largas piernas estiradas y las manos detrás de la cabeza. «Yo no se lo diría —dijo—, por mucho que quieras su perdón. Sabes lo que hiciste y por qué lo hiciste. ¿Quién dice que no puedas tener un secreto?».

Pastel de Ron Polaco

Bate la mantequilla y el azúcar hasta que estén ligeros y esponjosos, luego incorpora los huevos. Añade la harina, la levadura para hornear, la leche y la vainilla, y mézclalo bien. Vierte la mezcla en un molde de pudin y hornea a media altura hasta que, al pinchar el pastel con un palillo, este salga limpio. Ahueca un poco los laterales del molde tras dejarlo enfriar y vierte el almíbar de azúcar, agua, ralladura de limón y de naranja, vainilla y ron, empapando el pastel por completo.

270

21

Estación de Atenas. Gable y Forsyth se sentaron en el ACR en silencio, esperando a Nate. Estar sentados a medio metro el uno del otro sin hablar era absurdo —no, inquietante—, pero no se hablaba cuando se abría la puerta, nunca. Un minuto después, Nate entró en la segura sala acústica con una caja metálica llena de archivos. Cerró la puerta con un giro de la manivela que era, como todas las demás piezas del remolque de seis metros, de plexiglás transparente. Le pitaron los oídos cuando las juntas de la puerta expulsaron el último aire que circulaba por la sala. Pronto la atmósfera sería pesada y espesa como el café.

—¿Cómo estuvo LYRIC anoche? —preguntó Forsyth.

—Como rodar una roca cuesta arriba —respondió Nate—. Llevaba su ego, como siempre. —Empezó a sacar carpetas de la bandeja y a ponerlas sobre la mesa.

—¿Llevó los documentos del presupuesto de la Novena Directiva? El Departamento de Defensa ha estado preguntando.

—Tiempo de presupuestos en Washington —dijo Gable—. Los comedores de pasteles quieren justificar sus propios presupuestos.

—No —dijo Nate—. Cuando le pregunté, me dijo que había llevado algo mejor. —Abrió una de las carpetas y sacó un cuadernillo encuadernado de una pulgada de grosor y lo empujó hacia Forsyth.

—¿Qué coño es eso? —preguntó Gable. Forsyth estaba hojeando el documento.

—Es un informe clasificado sobre la adquisición clandestina de tecnología por parte de la Novena Directiva del GRU de la cabina sin bastidor del caza furtivo chino J-20 —aclaró Nate, leyendo el título en ruso de la primera página—. LYRIC dijo que las Fuerzas Aéreas rusas lo van a utilizar en su T-50. Mejor visibilidad, mejor visualizador frontal, eyección del piloto con supervivencia a mayor velocidad.

Forsyth miró a Nate.

—A las Fuerzas Aéreas les encantará esta mierda. —Le devolvió el manual—. No vamos a rechazar este tipo de información.

—Una buena señal que saque esto ahora —le dijo Gable a Forsyth.

—¿Qué quieres decir con «una buena señal»? —reclamó Nate mirando a ambos hombres.

—¿No hay más temas, más incentivos? —se interesó Forsyth.

Nate sintió que se le erizaba el cabello en señal de alarma.

—¿De qué estáis hablando?

—DIVA envió tres mensajes SRAC distintos anoche. Llegaron tarde, ya habías iniciado tu SDR para LYRIC. ¿Conoces el caso de Moscú? —dijo Forsyth mientras le mostraba los cables de Moscú para que Nate los leyera.

—Sí, Hannah Archer. Es segura. —Hannah desnuda, con el pelo alborotado, los pies sobre sus hombros... Sí, segura, pensó Nate—. ¿Tres mensajes?

—Cinco en total. Hannah ha informado que esta noche llegarán otros dos de DIVA —puntualizó Gable—. Está recuperando los textos y los enviará cuando vuelva a entrar en la embajada. —Gable se pasó la mano por el pelo cortado a cepillo—. Dos carreras en dos noches. Esa vaquera tiene cojones. Deberíamos asignarla a la estación cuando acabe en Moscú.

Jesús, pensó Nate, eso sería perfecto. Con gesto medido, no levantó la vista mientras leía. A mitad del primer cable, levantó la mirada.

—¿La sede central sabe sobre LYRIC? ¿Qué ha dicho Benford?

—Hay una rata en el conducto —respondió Gable.

—Los rusos están hablando con alguien llamado TRITON que se ha enterado de LYRIC —informó Forsyth—. Está en el segundo cable. Por lo general, no se nos informaría de un caso de CI en casa, pero, como DIVA generó la información, Benford quiere que la estación lo sepa. —Forsyth negó con la cabeza.

—Así que Benford tiene un problema —dijo Gable—, y los rusos saben que tienen un problema, y ahora nosotros o, para ser más exactos, tú tienes un problema. Un activo de gestión restringida, tu agente, en el punto de mira.

—La División de Rusia está preocupada —siguió Forsyth—. Benford me dijo que pueden haber perdido otro caso. Un ruso fue llamado a casa desde Sudamérica.

—Esta mierda suele pasar de tres en tres —dijo Gable—. Lo he visto un millón de veces.

—Y DIVA podría estar en considerable peligro —comentó Forsyth—. Ha sido el tema frecuente de un tráfico de cables espectacular, desde Atenas, Viena y Langley. Dios sabe cuánta gente ha debido leer sobre ella.

—Y ahora esta tercera pista. Este imbécil de TRITON. No va a ser fácil —reconoció Gable—. El cuartel general solo envía la mierda de LYRIC a unos mil jodidos gilipollas charlatanes —continuó hablando, señalando el cuaderno que Nate había recogido la noche anterior—. El Pentágono, las Fuerzas Aéreas, los contratistas, la Casa Blanca, los comités...

—Benford va a estar ocupado —apostilló Forsyth.

—Tenemos que sacar a los dos —dijo Nate tres pasos por delante y tratando de frenar cuando lo único que quería era subirse a su coche e ir a por LYRIC—. Podemos sacar al general de Atenas ahora mismo. Sacar a Domi de Moscú va a ser...

—Viene a Atenas la próxima semana —añadió Gable—. Te lo digo para que te cortes el pelo.

Nate hojeó los cables, pasó por la breve mención de DIVA a la Línea KR y su viaje de contrainteligencia a Atenas.

—Ha hecho un trabajo espectacular desde que volvió a entrar —remarcó Forsyth—. Inteligencia secreta del Kremlin, topos, pistas de contrainteligencia, todo el asunto de Irán.

—Sin embargo, tenemos que hablar con ella sobre el asunto del riesgo —dijo Gable, mirando la ligera vibración del cable que sostenía Nate—. A juzgar por la variedad de sus informes, supongo que está reclutando subfuentes dentro de su propia dirección que tienen diferentes niveles de acceso. Me pregunto con cuántos se habrá acostado. Jodida caradura.

—Podemos presentar a LYRIC y DIVA en el avión. —Nate lo miró y sonrió con disimulo—. Pueden aprender a montar a caballo juntos en Wyoming.

—Más despacio —dijo Forsyth—. Todavía no sabemos qué es lo que tenemos entre manos. DIVA está en la Línea KR y parece que tiene, al menos, una subfuente. Vamos a revisar esto con ella con sumo cuidado, a ver qué es lo que hay. Benford vendrá para hablar con todos la próxima semana.

—¿Y LYRIC? —preguntó Nate—. Está expuesto. Sus informes son bastante específicos.

—Creen que LYRIC está en Moscú —respondió Gable—. Mientras no le digan que tiene que regresar, podemos esperar un poco. Pero hay que estar preparados para el baile de medianoche por si tenemos que exfiltrarlo. Sitios, casas seguras, señales de seguridad.

—Todo eso lo tengo listo, pero tengo un problema.

—¿Además de tu aspecto afligido? —se burló Gable. Nate lo ignoró.

—Mi problema es que le pedí a LYRIC que me diera los documentos del presupuesto. Se lo he pedido tres veces. No es que no los tenga, es el maldito agregado del GRU en su embajada.

—¿Le has dicho que le darás una patada en el culo si no te los da?

—Claro, eso y todo lo demás, lo de la confianza de Langley en él, el recuerdo de sus hijos, la vuelta con Putin... Lo entiende todo.

—¿Crees que ya han podido dar con él? —le interrogó Gable.

—No lo creo. El viejo sigue sacando cosas en bolsas de la compra. Muy productivo. Cada vez mejor de una reunión a otra. Tan solo es que hace lo que quiere y cuando quiere.

—Se trata de un agente ruso que es un general de rango. Está acostumbrado a hacer las cosas a su manera —dijo Forsyth—. Llegó a nosotros en un momento de crisis, pero ahora tú eres su vida. Has hecho un buen trabajo relacionándote y compenetrándote con él... y él está rejueveneciendo, sintiendo su recompensa... Contrólalo. Sobre todo ahora.

—Ese es mi problema. Tiene un ego tan grande como la plaza Roja. Es como si se hubiera olvidado de lo hundido que estaba cuando lo acogimos. No estoy seguro de que acepte salir si le decimos que tiene que desertar.

—Bueno, empieza a tantearlo con sutileza. No lo asustes, pero prepáralo —sugirió Forsyth.

—Una cosa es segura —añadió Gable, bostezando y estirando los brazos sobre la cabeza—: si lo llaman de vuelta a casa, al Acuario, así es como llaman al cuartel general del GRU, por cualquier motivo, como consultas, o para aceptar un nuevo trabajo de prestigio, o para formar parte de un comité de promoción de seis semanas, o porque su tía abuela Natasha se acaba de caer por las escaleras, y entra por la puerta principal del Acuario... será la última vez que lo veamos.

* * *

Dos noches más tarde, Nate caminaba con LYRIC por un camino pavimentado con adoquines en el modesto barrio de Glyka Nera, en la oscura ladera oriental del monte Hymettus, lejos del tráfico del centro de Atenas, a un mundo de distancia de los lugares en los que cualquier ruso podría vivir y comprar. Caminaron un poco cuesta arriba entre los charcos de luz que proyectaban sobre los adoquines las farolas con globos blancos, y pasaron inesperadamente a través de una invisible bocanada de incienso que salía de la puerta abierta de una pequeña iglesia de la Metamorfosis. Continuaron en silencio, subiendo por el sendero desierto, entre los pinos, y el incienso dio paso a una fragante niebla de orégano silvestre.

LYRIC vestía un traje oscuro con camisa blanca y corbata negra, lo que contrastaba con los pantalones oscuros y la cazadora de nailon de Nate. El americano había trazado una ruta de vigilancia y seguimiento extralarga esa noche: la información de DIVA de que la sede central estaba al tanto de un activo de la CIA encriptado por LYRIC le había alertado. Estaba decidido a llegar sin que pudieran verlo a la reunión imprevista con el general y esperaba que la llamada no programada no lo hubiera asustado. No era probable con ese viejo soldado. Nate había esperado en un banco entre los pinos, mirando a través de las ramas para poder observar la llegada de LYRIC. No había gente paseando a esas horas, ni coches llenos de sombras oscuras o puntas de cigarrillo de color rojo cereza. Negro. Ahora… negocios.

Mientras caminaban, los ligeros pasos del general no vacilaron en absoluto cuando Nate le dijo que la sede central podría estar al tanto de una fuente de información de la CIA, una fuente del GRU con acceso a inteligencia sobre la adquisición militar de tecnología extranjera. LYRIC ladeó la cabeza hacia Nate mientras encendía un cigarro.

—¿Qué saben exactamente? —preguntó LYRIC.

—Sabremos más en unos días. Ahora mismo creemos que no tienen todos los detalles para poder identificarlo. —Nate sabía que eso sonaba bastante mal.

—¿No tienen información específica sobre la dirección o el rango? —preguntó con las manos en la espalda y el cigarrillo en la boca, como quien sale a dar un inocente paseo.

—No hay información específica sobre la dirección o el rango, no, pero la sede central es consciente de que Atenas es una posible sede. Eso podría acotar la búsqueda y acercar peligrosamente la investigación.

LYRIC hizo un gesto de desprecio con la mano.

—*Kto sluzhit v armii ne smeyetsya v tsirke*, quien ha servido en el ejército no se ríe del circo. Estoy demasiado familiarizado con los payasos del personal de Contrainteligencia del GRU… No podrían atrapar ni a una cabra atada. —Exhaló el humo del cigarro a la noche.

—¿Y el FSB o el SVR? ¿Se involucrarían en una investigación?

—SVR, quizá... —El militar se encogió de hombros—. Si necesitará investigar en el extranjero. El FSB, en Moscú. Pero la GRU se resistirá a cualquier intento de robarles la primacía. Todo el mundo está clamando por una ventaja, picoteando; son como una bandada de palomas.

Llegaron a la cima de la pasarela y miraron hacia arriba. La línea de la silueta de Hymettus se perfilaba contra el resplandor de las luces de la ciudad al otro lado de la montaña. Se dieron la vuelta para volver a bajar sin prisa. Ya no tenían el límite de siete minutos para las reuniones cara a cara. Sin reglas moscovitas. Pero también había mucho peligro acechando a la vuelta de la esquina. El aroma a aceite caliente de pescado frito y crujiente y *skordalia* —salsa de ajo— de una taberna visible al final de la colina se coló entre los pinos, de repente fuerte. Luego se desvaneció.

—General, quiero que considere la posibilidad de viajar a Estados Unidos si la investigación se acerca demasiado. —LYRIC lo miró de reojo.

—¿Se refiere a desertar? ¿Huir al oeste? —Se detuvo y miró a Nate. El aire con aroma a *skordalia* estaba aquietado, las copas de los pinos no se movían—. No empecé todo esto con ustedes para huir, además..., no habrá peligro. Ya lo verán.

Nate puso la mano en el brazo del general.

—No hay que pensar en huir. Hablo de una jubilación honorable. Una vida tranquila y cómoda.

—Ni hablar —respondió encendiendo el cuarto cigarrillo.

—Valoraríamos que siguiera asesorando a nuestro Gobierno en asuntos militares y científicos —dijo Nate pensativo, tratando de vender el plan de jubilación de LYRIC. Lo siguiente que haría sería añadir privilegios de cabaña en el Fontainebleau de Miami.

—Asesoraré y aconsejaré a su organización sin importar dónde me encuentre. Me ha gustado nuestra colaboración y me ha gustado su profesionalidad. Muy satisfecho.

La elevada seguridad y el ego de LYRIC eran inquebrantables. Nate sintió ganas de reventar la burbuja de jabón.

—No podríamos continuar si estuviera en Chyorny Del'fin, el Delfín Negro —susurró Nate. La mención casual de la peor prisión de Rusia, la prisión federal número seis, cerca de la frontera kazaja, hizo que LYRIC levantara la cabeza. Nate sabía que no tenía que mencionar que la cadena perpetua sería el menor de los castigos que el general podría esperar—. Le pido, general, que considere lo que le estoy diciendo. No hay necesidad de alarmarse sin razón por ahora, pero los dos debemos estar preparados para una necesaria nueva vida. Un nuevo comienzo. No hay nada deshonroso en ello.

LYRIC lo miró y se encogió de hombros.

Por muy valioso que sea, pensó Nate, este agente no es MARBLE. Nunca llamaré a este tipo *dyadya*, tío.

—Consideraré lo que me dice, pero no tengo ningún deseo de huir de mi país. Mientras pagan por lo que han hecho, sigo siendo leal a la Rodina, mi patria.

Nate se quedó quieto, era la clásica racionalización de los agentes, un bálsamo para la conciencia torturada que contempla la traición en las horas tranquilas que preceden a la salida del sol. LYRIC siguió la rutina de apagar el cigarrillo. Se acercaba al final del camino, donde deberían separarse. Nate pensó con cansancio en varias horas más de un SDR de salida, caminando y montando en tres autobuses para salir de la zona y dirigirse al coche escondido. LYRIC se detuvo y se puso frente a él.

—Al informar de que seguiré colaborando con ustedes, quiero que también transmita a su cuartel general mi decepción por este fallo de seguridad. Pero continuaremos.

—Gracias, general —respondió Nate un poco cansado de su agente estrella. Es hora de separarse y salir de la zona—. ¿Todavía tiene el número local para solicitar una reunión de emergencia? —LYRIC asintió—. ¿Recuerda la mecánica? Llamar desde un teléfono limpio, un hotel, un restaurante, un bar. Sin hablar.

—Recuerdo lo que me dijo; daré unos golpecitos en el auricular del teléfono con un lápiz. Los golpecitos significan que Solovyov... —LYRIC se dio unos golpecitos en el pecho— ... nombre en clave BOGATYR, está convocando una reunión urgente. Debo decir que son métodos muy primitivos. Los agentes del GRU utilizan teléfonos móviles avanzados con salto de frecuencia para comunicarse con las fuentes.

—*Prostota*, general. La simplicidad: líneas terrestres y señales no verbales, es la mejor seguridad —respondió Nate. Amigo mío, tu GRU se cagaría si supiera que el FBI y la NSA están interceptando esos saltos de frecuencia, pensó—. Llame por cualquier motivo —añadió poniendo la mano en el hombro de la fuente para que se concentrara—. Estaré aquí a la hora habitual y durante tres noches consecutivas, como acordamos. —LYRIC asintió—. Y, general, no se lo tome a broma. Por favor, tenga cuidado. Por mí. Cualquier convocatoria de vuelta a Moscú, por cualquier motivo, dígamelo al instante. ¿De acuerdo, general?

LYRIC apretó la mano de Nate. Nate la dejó donde estaba y lo miró a los ojos.

—¿Está bien, general?

—*Da ladno*, lo haré —dijo LYRIC. Nate le estrechó la mano.

—*Stupay s Bogom*, vaya con Dios. —Nate se dio la vuelta para marcharse.

—*Podozhdite minutu*, espere un momento —le dijo, sacando un sobre del bolsillo del traje—. Disco de ordenador. Presupuesto de la Novena Directiva, según su petición. —Sonrió a Nate.

Un instante. El péndulo oscilante. La voluntad del agente en el momento que reconoce la autoridad del oficial de caso. Pero ¿por cuánto tiempo?

BUÑUELOS DE BACALAO CON *SKORDALIA*

Tritura el pan empapado en agua, añade abundante puré de ajo, pimienta molida, aceite de oliva y vinagre de vino tinto hasta conseguir una salsa espesa. Sirve con trozos de bacalao frito rebozado con harina, huevos, cerveza, vinagre blanco y una gota de *ouzo*.

22

Tenía pocas horas antes de partir hacia Atenas, pero esa mañana pasaba algo en los pasillos de la Línea KR en Yasenevo; los subalternos estaban alborotados, entraban y salían de la gran sala de conferencias, situada al final del pasillo. Dominika miró dentro. Estaban limpiando la polvorienta y astillada mesa de conferencias de abedul, y cuatro pesados ceniceros de cristal estaban colocados en el centro de esta. En un aparador había jarras de aluminio, oxidadas. Las paredes de la sala estaban forradas de fieltro azul grisáceo, el suelo estaba cubierto por una alfombra azul desgastada, y el techo, por losetas insonorizantes con manchas de agua. La sala de conferencias de la Línea KR es realmente un basurero, pensó Dominika. No está insonorizada con la tecnología de la elegante sala de conferencias del director de la cuarta planta y, desde luego, no es tan grandiosa como el auditorio oficial de la planta baja, junto al vestíbulo.

Pero esta pequeña y mugrienta habitación tenía su propia historia. Dominika sabía que los once ilegales del SVR arrestados y expulsados de Estados Unidos —se habían metido en sus vidas encubiertas desde Seattle hasta Nueva York y Boston— fueron interrogados en esta habitación tras su ignominioso regreso a Moscú. Después, unieron sus manos con el entonces primer ministro Putin y cantaron canciones patrióticas mientras contemplaban el resto de sus carreras y vidas ficticias en el seno de la Rodina.

Al mirar alrededor de la sala, Egorova se preguntó por un instante si ese sería su legado, ser recordada como una despreciable traidora que había huido al Occidente enemigo, con una condena por rebeldía de veinticinco años de prisión, por traición y deserción —algunos todavía lo llamaban *staliniskii chetvertak*, el cuarto estalinista—, o tal vez acabaría como otros antes que ella, condenada a una tumba sin nombre.

Uno de los subalternos la vio en la puerta y se puso en pie, juntando los talones. Nadie en la Línea KR había visto mucho a la nueva capitana de los ojos azules, aunque existían los típicos rumores: operaciones en el extranjero, documentos de valor incalculable robados a los estadounidenses, detención en Atenas y una salvación gloriosa de las garras de la CIA. Otras historias que se murmuraban eran más oscuras, no podían tratarse como si tal cosa: había matado a hombres, rusos y extranjeros por igual; había pasado por el Instituto Kon, la tenebrosa Escuela de Gorriones; había sido encarcelada y había sobrevivido a los interrogadores de Lefortovo. Rumores o no, nadie se la quería jugar con ese tipo de comentarios.

—¿Qué está pasando? —preguntó la capitana. Al oír su voz, los otros dos jóvenes dejaron lo que tenían entre manos y la miraron.

—Capitana, buenos días —saludó el primer oficial de los subalternos. Una luz verde se arremolinó en torno a su cabeza, el verde del recelo aderezado con miedo. Dominika percibió, no por primera vez, que la gente le tenía miedo. Es lo que provocaba en todos ese régimen de Putin, negro como el alquitrán. En qué mierda se había convertido su Rusia.

—Buenos días —respondió ella. Ninguno de los jóvenes parpadeaba. Nadie habló. Dominika los miró a ellos, luego a la mesa de conferencias y después al oficial que la había saludado. Llamó su atención y levantó una ceja, a modo de práctica. El joven dio un respingo, como si se hubiera sorprendido.

—Oh, perdón, capitana. El coronel nos ordenó que preparásemos la sala para una reunión a mediodía.

No quiso preguntar a ese subordinado con quién estaba programada la reunión. No importaba; en realidad ya lo sabía gracias a Yevgeny. Observó con amargura que el coronel la seguía dejando al margen. Saludó con la cabeza a los tres oficiales y salió de la sala. Avanzó por el pasillo pintado de amarillo claro, con tres décadas de marcas negras en el zócalo, de las ruedas de los carros de correo y material.

Llamó una vez con energía a la puerta de Zyuganov y abrió. Él levantó la vista de los papeles de su mesa. Yevgeny estaba sentado en un sillón en un lateral del despacho; estaba bañado en un halo amarillo de satisfacción que se encendió cuando ella entró. La noche anterior con él había sido... complicada; había tenido que sacudir las sábanas por la ventana, después de que él se marchara del apartamento, para deshacerse de los pelos rizados.

Mirar al engreído Yevgeny desplomado en la silla encendió el familiar cóctel de resentimiento en el pecho de Dominika, constriñendo, palpitando, empujando hacia arriba para clavarse en su garganta. Lo que estaba haciendo con el adjunto debería ser impensable para ella y para cualquier mujer con libre albedrío que amara y deseara sanamente con todo su corazón. Los *siloviki*, los jefes, se habían portado muy bien con ella, la habían adiestrado para que cerrara los oídos a las narices silbantes, para que cerrara la nariz al olor agrio de las orejas, para que cerrara los ojos e ignorara el hilo de saliva que colgaba de los labios abultados. La habían enseñado a deslizarse sin reservas en las alcantarillas. No era amor. No era sexo. No era deseo terrenal y estimulante con un amante obsceno. Era *rabota*, trabajo. Era un deber.

Dio un paso rápido y silencioso hacia la silla de Yevgeny y le dio un golpe con el nudillo en la sien, apuntando con precisión al lugar exacto de su cráneo. Los ojos se quedaron en blanco y la cabeza cayó inerte hacia un lado. Sin detenerse, rodeó el escritorio y le clavó las uñas en las orejas, esas asas de tetera, de Zyuganov, y le aplastó la cara contra la mesa. Una. Dos veces. Luego se movió para hacer saltar la cuenca del ojo contra la esquina de la madera. El líquido ocular chorreó sobre el papel secante. Soltó las orejas y el rostro destrozado de Zyuganov se deslizó hasta el suelo… Dominika regresó a la realidad.

—Buenos días, coronel —saludó mientras aclaraba su cabeza y arreglaba su chaqueta. Miró los papeles de su mesa y luego volvió a mirarla. Esa mañana Zyuganov tenía un problema con su pelo. Al parecer se había untado algún ungüento perfumado y ahora se veía caprichosamente descuadrado. Con la agudeza de un sociópata bipolar, el coronel notó que la capitana le miraba la cabeza. Las alas negras del murciélago se desplegaron un poco. Yevgeny siguió sonriendo.

—Egorova —dijo. No siguió hablando.

—Coronel, he visto que están preparando la sala grande, ¿hay alguna reunión programada para hoy?

Zyuganov la miró sin moverse, como si estuviera decidiendo si responder o no. Yevgeny apenas se movió en su silla. Anoche le había hablado por encima de la conferencia y de quiénes asistirían. Pero ella tenía que preguntar sobre aquella circunstancia, no podía insinuar que conocía los detalles ni podía fingir desinterés. Zyuganov jugueteaba con un cincel de acero inoxidable de quince centímetros, uno de los muchos objetos que había en su mesa.

—La *rezident* de Washington está hoy aquí —respondió de mala gana—. Llegó anoche.

Yulia Zarubina, *shveja*, la costurera, pensó Dominika. La legendaria operadora y *rezident* de Washington, producto del Instituto de Lenguas Extranjeras y del antiguo KGB, educada, multilingüe, un híbrido demasiado bien constituido como para que cualquier *nadziratel*, cualquier supervisor del Kremlin, pudiera obstaculizarla. Décadas de espectaculares éxitos operativos, activos objetivo reclutados y cosidos firmemente como los sacos de tela de las funerarias que se usan en los pueblos de los Urales, con puntadas minúsculas y precisas. Putin la había enviado a Washington el año anterior. La dirección estaba ahora a su alcance. Y estaba de vuelta en Moscú para tratar un nuevo caso.

—¿Y la reunión? —preguntó Egorova—. ¿Hay algún problema en nuestro departamento?

—Zarubina hará un informe sobre el estado de la *rezidentura* en Washington. Revisará el ambiente de contrainteligencia y ofrecerá una evaluación de los avances políticos. —El pequeño bastardo estaba siendo tímido. Ningún *rezident* de alto rango volvía a la sede central para hacer reuniones informativas mundanas. No le iba a decir nada. Miró a Yevgeny. ¿Ves quién es tu patrón?, le telegrafió. Yevgeny evitó su mirada.

—¿A qué hora empezaremos? —le preguntó, desafiándolo a que la excluyera.

—A mediodía.

—Gracias, coronel.

Zarubina. Washington *rezidentura*. Línea KR. Forsyth y Benford estarán interesados, pensó. Luego pensó en Nate y cómo le dolía amarlo.

* * *

Todas las caras alrededor de la mesa se volvieron hacia la puerta de la sala de conferencias. La línea R (análisis), la Línea T (apoyo técnico), la línea PR (política), la mesa de las Américas (el antiguo asiento del general Korchnoi), todos estaban allí. Zyuganov se quedó en la puerta saludando a los visitantes, sin implicarse en nada, mostrando los dientes. La *rezident* Zarubina entró en la sala, saludó a todos con la cabeza y se paseó por la mesa, estrechando la mano de los que conocía y saludando a los que no. Dominika la observó mientras recorría la mesa hacia ella.

La mujer parecía tener más de cincuenta años, era bajita y con un busto prominente. Llevaba el pelo, de color miel, recogido en un moño de mujer mayor, que enmarcaba un rostro lleno de arrugas en el contorno de los ojos y de la boca. De vez en cuando se le veían los dientes, oscuros y desiguales, típicos de su generación. La piel descolgada bajo la barbilla y una pizca de papada suavizaban la imagen. Los ojos almendrados de Zarubina estaban caídos —debían de ser ancestros de las estepas— y brillaban como muestra de su instinto. En el lapso de diez segundos, Dominka observó cómo esa mujer miraba con atención a quien saludaba, con una dulce y sutil sonrisa en los labios, pero cada tres segundos desviaba la vista a un lado y a otro, o sobre el hombro, más vigilante que cualquier corzo en un bosque de pinos siberiano.

Se acercaba, hablando con alguien, pero fijando a Dominika en su mira. Una ola de aire a presión la precedió, y entonces la luz dorada de su aura envolvió a la capitana; amarilla, más que amarilla, intensa, aterciopelada, teñida de remolinos palpitantes de veneno, engaño, subterfugio, *zasada*, emboscada, *zakhvat*, trampa. La absorbió con la mirada, recorrió el rostro de Egorova durante un milisegundo, calculando, sopesando. Me está inhalando, pensó Dominika, busca en el aire el *russkiy dukh*, el olor ruso de un enemigo. Si alguien puede llegar a saber que yo leo los colores, esta Baba Yaga, esta hechicera puede hacerlo.

—¿Cómo está usted? —dijo Zarubina, tomando su mano. Su voz era suave y grave, propia de un fuego caliente con un guiso gorgoteando en la olla. Su palma era suave y cálida—. He oído hablar de usted, capitana. La felicito por el brillante comienzo de su carrera. —Resistiendo el viejo impulso ruso de persignarse, Dominika sonrió para agradecerle sus palabras, sintiendo la familiar opresión en la garganta. Más de lo mismo, solo que esta es una loba con diferente piel. ¿Cuál es tu objetivo, costurera?, pensó Dominika. ¿Qué estás tejiendo? Ven, abuela, y cuéntame tus secretos. Entonces, una pausa, un clic en la mente de Dominika. ¿Puedes adivinar mi historia? ¿Sabes quién soy y lo que guarda mi gélido corazón?

Incluso pensar esas cosas a tan corta distancia era una locura.

Zyuganov se acercó y murmuró algo sobre empezar, y Zarubina se volvió para seguirlo después de registrar una última imagen de Dominika con la placa de rayos X de sus ojos. Se sentó en la cabecera de la mesa.

Con esa voz suave y esos ojos hipnotizantes, Zarubina informó a las personas congregadas sobre el entorno operativo en Washington: las calles estaban descuidadas, con vigilancia intermitente; el FBI estaba preocupado. La Administración norteamericana estaba zozobrando en el restablecimiento de las relaciones bilaterales con Moscú; los responsables políticos de todos los niveles estaban ansiosos por tener sus propios contactos en la embajada rusa. Los responsables del caso de Zarubina tenían, por tanto, sus pizarras de desarrollo llenas de garabatos. Y lo más importante: la congelación de los salarios federales —incluidos los de los empleados de la CIA, el FBI y Defensa— era una dificultad muy molesta y estaba creando oportunidades para que el SVR se acercara a los funcionarios estadounidenses descontentos en todos los ámbitos. Por último, la *rezidentura* se dedicó a la *aktivnye meropriyatiya*, medidas activas, propaganda pública para asegurar que la Casa Blanca no volviera a contemplar el establecimiento de un escudo antimisiles defensivo en Europa del Este ni a apoyar las protestas democráticas de base desde el Báltico hasta Ucrania. Por supuesto, Zarubina omitió detalles operativos demasiado específicos; no era necesario que los conocieran. Ella necesitaba su ayuda en producción, análisis y apoyo técnico. Se volvió hacia el coronel Zyuganov.

—Y las mejores evaluaciones de contrainteligencia de la Línea KR.

—Atenderé el requerimiento en persona —asintió Zyuganov. Dominika percibió que ya se estaba imaginando a sí mismo como primer jefe adjunto del SVR, a las órdenes de esta mujer de suave hablar.

Zarubina apoyó las manos regordetas y manchadas sobre la mesa de conferencias. Movía los dedos de vez en cuando, el único signo externo de su éxtasis interno. La flor de oro amarillo que le rodeaba la cabeza era como una diadema. Hablaba en voz baja, requiriendo la total atención y entrega de quienes estaban alrededor de la mesa, que podían sentir cómo sus propias pulsaciones se adaptaban a las de ella. Camaradas, las cosas iban bien; Moscú era fuerte; las políticas del Kremlin y los objetivos generales estaban sincronizados; se estaban consiguiendo éxitos ininterrumpidos en el extranjero. El Servicio de Inteligencia ruso seguía siendo el mejor, la envidia de las naciones y —un guiño a Zyuganov— el azote de los servicios de la oposición. No se mencionaron los días de gloria de la Unión Soviética. No era necesario hacerlo, pensó Dominika. Esas palabras también le gustarían al zar Vlad cuando las reprodujera digitalmente para él.

Las caras alrededor de la mesa, algunas de ellas muy sabias, se quedaron paralizadas por las melosas palabras. Sentado frente a Dominika, Yevgeny miraba absorto a la suave abuela que sería la próxima directora. Sintió que Dominika lo miraba y giró la cabeza. Enfocó con calma el rostro de la joven, y ella leyó sus ojos al instante. La sucia nube amarilla de su lujuria había sido sacudida por Zarubina;

ahora está borrosa, cubierta de duda, de culpa por lo que había hecho con Dominika, el pánico por lo que había dicho. La capitana sintió un destello de alarma que enseguida desapareció, miedo de que Yevgeny, arrepentido, pudiera entregarse y admitirlo todo. No sería una prueba abrumadora de su espionaje para los americanos, pero para mentes como la de Zyuganov y Zarubina sería fácil unir los puntos. A Dominika le gustó comprobar que no se asustaba ante la perspectiva de los problemas, sino que estaba tenebrosamente decidida. Korchnoi debió de saborear esta emoción de la cuerda floja hasta el final de sus días. Tendría que intentar calmar a Yevgeny. De lo contrario... ¿qué? Ni siquiera en la Escuela de Gorriones instruían a las chicas sobre cómo follar a alguien hasta la muerte. Zarubina miraba las caras alrededor de la mesa, con una agradable sonrisa en el rostro.

Zyuganov se levantó.

—Eso es todo por ahora —zanjó—. Línea OT, por favor, quédese.

Los oficiales que no habían sido requeridos empezaron a salir, incluyendo a Dominika. Yevgeny permaneció en su asiento, a la izquierda del coronel, tomando notas. Zarubina charlaba amigable con un funcionario del otro lado de la mesa, pero Dominika vio que recorría con la mirada la sala, observando al personal que se marchaba, comprobando si estaban resentidos por haber sido excluidos, catalogando las caras, evaluando las expresiones, buscando problemas. El halo dorado de la costurera era firme y fuerte; era una criatura sin dudas, sin vacilaciones. Su único deseo era la caza, la matanza, el beneficio personal.

Al margen de lo que estuviera planeado para su *rezidentura* en Washington —la presencia de los técnicos de la Línea T sugería con intensidad que la costurera pretendía mejorar la pericia de los agentes por su nueva fuente: TRITON—, para la CIA, sería crítico conocer los detalles de su plan. Se dijo con resignación que tendría que soportar una noche más con el adjunto antes de su viaje.

Marta y Udranka estaban sentadas en su despacho cuando volvió. Marta estaba fumando, como siempre. «Deja de compadecerte, gorrión —dijo Marta—. Quince minutos con ese orangután entre las piernas y tendrás el mejor regalo imaginable para llevarle a tu apuesto amante».

* * *

Dominika se iba a Atenas el día siguiente por la mañana. Se dijo que debería haber estado redactando y transmitiendo otro mensaje del SRAC o preparando su maleta, sin duda ordenando sus pensamientos para la inevitable maratón de interrogatorios de la CIA, y consultando un mapa de calles para llegar al primer encuentro con *bratok* y Nate en un piso franco cuya dirección ya le habían notificado a través de SRAC. En cambio, estaba de pie frente al espejo empañado de la ducha de su cuarto de baño, limpiándose los pechos con una toallita. Yevgeny tenía unas predilecciones fastidiosas.

Al clásico estilo gorrión, Dominika se había cruzado con Yevgeny en la proa del barco a última hora del día, llamando su atención, devolviéndole la sonrisa ladeada y sonrojándose ante la inevitable y escabrosa sugerencia de un polvo de despedida para que aguantara durante las dos semanas que estaría fuera. Al menos se ahorró la tediosa coquetería de sugerirlo ella misma. Le dio de comer, le echó vodka por el gaznate —por desgracia, no lo suficiente— y tuvo que acostarse con él, viéndolo sudar, susurrándole *ugovarivaniye*, estímulos persuasivos, ayudando a su cuerpo a seguir a su mente y ronroneando de una forma bastante creíble mientras, por fin, se encorvaba sobre su pecho, con los hombros temblando.

Y luego, la siguiente media hora, abrazando al gusano lanudo, con las caras separadas por centímetros, con su *huile de Venus* —aceite de Venus lo habían llamado en la Escuela de Gorriones—, secándose en su pecho, susurrándole sobre su secreto compartido, sobre su futuro, sobre la promesa dorada de una carrera con Zarubina a cargo del Servicio. Ahora, Dominika lo encaró con auténtica severidad, con el rostro rechoncho del adjunto entre las manos: estoy pensando en tu bienestar, no hay nada de lo que sentirse culpable. No lo tires todo por la borda. Entregarte y qué, confesar, sería el fin, una transgresión imperdonable a sus ojos. Sería el fin de esto. El fin de... lo nuestro.

La sonrisa aparecía con más frecuencia, alargándose en los labios del dubitativo hombre, que se iba tranquilizando. Recorrió el vientre de la joven con una mano —las uñas parecían algo limpias—. *Ni khuya sebe*, ni de coña, pensó Dominika con cansancio, y le sujetó la muñeca. En su lugar, bajó su propia mano y lo miró a los ojos, que se dilataron, y aún más. ¿Es esto lo que quieres?, pensó secamente, moviendo la mano. ¿Es suficiente? N.º 96, «Los palillos del presidente Mao». Después de horas de práctica en la Escuela, no era la mano o la muñeca lo que cedía, era el dolor eléctrico en el hombro, hasta que no se podía levantar el brazo, apreciar ningún otro pepino aceitado. Dominika seguía sin poder acercarse a la *okroshka*, la sopa fría de pepino.

Un temblor invadió el labio inferior de Yevgeny, como si fuera a llorar. Dominika tuvo que frenar su insistente mano para que él pudiera hablar.

—Dios… sabe —dijo concentrándose— … madame Zarubina fue la que hizo la petición de valorar un ilegal para tratar con TRITON.

Tiré el hueso en la dirección equivocada.

—Interesante pero ilógico. ¿Qué podría querer Zarubina con alguien así? —Primero rápido, después lento. Yevgeny cerró los ojos y se le cortó la respiración.

—Ella prevé que podrá identificar a TRITON en un futuro próximo, y que este aceptará un trato personal. Dice que es inevitable, puede ser una semana o un mes. Cuando llegue ese momento, se reunirá con él y lo calmará. Pero entonces la gestión a largo plazo debe realizarla un oficial ruso no asignado a una delegación diplomática. Es más seguro así. —Expulsó el aliento en un largo suspiro.

—¿Un ilegal? —repitió Dominika, casi sentada entrando en discusión para que siguiera hablando—. No pueden contemplar el uso de alguien sin cobertura diplomática con alguien tan, en potencia, valioso como TRITON.

—¿Por qué has parado? —lloriqueó el adjunto con aire soñador, mirando su mano. Si Dominika tuviera un hacha debajo de la cama, habría reanudado la maniobra con eso—. Zarubina quiere ser la primera en conocer a TRITON. Ella en primer lugar —tartamudeó.

—Eso está mejor. Continúa.

—Zarubina quiere que un ilegal sin rostro, un experto en operar dentro de Estados Unidos, asuma el mando. De esa manera el rastro del caso se evaporará.

Y Benford no tendrá forma de atraparlo, pensó Dominika.

—El plantel de ilegales fue diezmado cuando el adjunto de la línea S, la dirección de ilegales, desertó —dijo la joven mientras pensaba en muchas cuestiones a la vez—. Las identidades de la mayoría de los ilegales fueron reveladas a los americanos. La caja está vacía.

El adjunto sacudió la cabeza y habló con esfuerzo.

—Zarubina dijo que hay otra escuela de ilegales, no la principal de Teply Stan, otra, que no es una escuela como tal, solo un programa, muy pequeño, solo uno o dos estudiantes al año. No estaba bajo la dirección de la línea S, así que no está comprometida. Pertenece al Kremlin.

Sería una buena jugada entrar en ese programa, pensó, y poder identificar a los ilegales antes de que lleguen a Estados Unidos.

—¿En qué está pensando el Kremlin al dirigir ese tipo de operaciones? —preguntó, conociendo ya la respuesta. El presidente vitalicio de Rusia, de ojos azules y antiguo lacayo del KGB, quería mantenerse en el juego, pero no deleitarse con la geometría clandestina de enviar espías y saboteadores para imponer sus designios en el mundo. Los sirvientes de Putin eran todos material fungible, sin valor para él. No, esto era otra muestra de la *muzhestvennost* de su alteza el zar, su virilidad rusa. Yevgeny hizo una mueca de enfado, tal vez Dominika había elegido el camino equivocado.

—Zarubina parece saber mucho de muchas cosas —dijo Dominika. Frenó.

—Cómo sabe todo eso... No lo sé.

—Quizás ella sea la mecenas de ese nuevo ilegal —dijo la capitana casi para sí misma, redactando ya en su cabeza otro informe, este para Benford. Si se hace mentora de uno de los *khor'ki* de Putin, uno de sus hurones de ojos ardientes, ella será recompensada con... la dirección del SVR.

—Zarubina no tiene ningún protegido —comentó mirando la mano de la joven con los ojos caídos—. No te pares.

¿Cuándo se enviará el nuevo ilegal a Estados Unidos? ¿Han identificado un perfil específico? ¿Qué grado de información tiene? ¿Hombre o mujer? ¿En qué ciudad vivirá? ¿Cuál será su ocupación? ¿Cuál es su pasado?, no paraba de hacerse preguntas.

—¿Estás bien? —susurró, observando el aleteo de las fosas nasales del adjunto.

—Zarubina está poseída. —Dominika pensó que tenía más razón de la que imaginaba—. Insiste en la seguridad absoluta. Se reunirá con TRITON el menor tiempo posible, y luego asignará al ilegal para que todo se desarrolle en secreto. La Línea T está investigando las comunicaciones seguras. Todo esto será fuera de la Línea KR. Nadie debe saberlo. Ni siquiera tú. Órdenes de Zyuganov.

Dominika sonrió.

—No se lo diré a nadie en la sede central —dijo. Movió el brazo con más rapidez. *Martellato*, un pequeño martillo en la mano.

—Lo sé —respondió distraído.

—Estás muy sexi así —dijo. Pensar con ironía es algo normal en un dormitorio. De repente, Yevgeny empezó a temblar, se dejó caer hacia atrás, apoyando la nuca en la almohada, gimiendo. Pasaron treinta segundos antes de que abriera los ojos y su respiración se ralentizara.

—Serán dos largas semanas sin ti —jadeó.

«Antes de que te des cuenta, habrán pasado dos semanas», dijo Udranka desde un rincón de la habitación.

—Antes de que te des cuenta, habrán pasado dos semanas —dijo Dominika.

OKROSHKA. SOPA FRÍA DE PEPINO

Tritura los pepinos pelados y sin semillas, las cebolletas. Los huevos duros picados, el eneldo fresco, la crema agria y el agua para hacer una sopa de consistencia granulada. Puedes añadir daditos de jamón. Sazona, enfría y sirve adornado con eneldo o menta.

y se volvería color óxido en cuestión de minutos, una raya de color sin sentido en los barrotes que solo podría percibir alguien que supiera dónde mirar. La valla y la parada de autobús se encontraban en la ruta de DIVA al trabajo. Ella podía comprobar con un simple vistazo si había una señal de «cargado» cada mañana y cada tarde.

Dos días después, la jefa adjunta Schindler contactaba con el sensor número dos mientras conducía por Moscú en una aparente visita a las tiendas de antigüedades de la zona. Regresó a la estación y con mano temblorosa —olía a ginebra ya por la tarde— puso el receptor SRAC en el escritorio de Hannah y se alejó. La agente conectó el cable, la pantalla del ordenador parpadeó y apareció el mensaje de DIVA en inglés.

Mensaje 1. Paquete recibido. Equipo satisfactorio. El presidente presiona para lograr un acuerdo con Irán. El presidente de la CMD Z visitará pronto, razón desconocida, rumores de un nuevo voluntario de los EE. UU. Información confidencial. El subjefe conoce los detalles. Buscaremos. Olga.

Hannah se fijó en la correcta «o» minúscula y en la puntuación de la firma, indicadores de que DIVA no estaba siendo forzada a enviar ese mensaje desde el sótano de la prisión de Butyrka, en el norte de Moscú, rodeada por los técnicos del SVR, cuyas manos, grasientas de salami, descansaban apoyadas con sutileza en su nuca. Todo está bien, hermana, pensó.

Nate le había contado a Hannah que la propia DIVA eligió el seudónimo de Olga para sus mensajes, en honor a Olga Prekrasna, Olga la Bella, la reina guerrera medieval eslava que destruyó una capital enemiga soltando cientos de gorriones con cuerdas empapadas de azufre atadas a sus patas. Al anochecer, los pájaros anidaban por toda la ciudad —bajo los aleros, en los áticos, dentro de los altillos y de los graneros, en los pajares— y el azufre humeante acababa ardiendo y provocaba cientos de incendios simultáneos, incendiando la ciudad. El gorrión trae el fuego y la destrucción, pensó Hannah. Olga Prekrasna, la Bella.

* * *

El jefe de la Línea KR, Zyuganov, bajó en el ascensor de la cuarta planta ejecutiva del cuartel general del SVR en Yasenevo, murmurando para sí mismo. Acababa de informar al director sobre la aparición de una nueva fuente estadounidense, identificada solo por su nombre en clave: TRITON. Zyuganov resopló. TRITON, un anfibio. El primer informe de TRITON que comprometía el reclutamiento de

23

Hannah Archer había estado muy ocupada. Durante cuatro días, no consecutivos, de la última semana, había realizado cuidadosos recorridos de vigilancia y detección de cinco, seis, cuatro y tres horas. No solo para determinar su situación, es decir, si tenía vigilancia de seguimiento ese día, sino también para cuantificar con sus propios ojos y el instinto cada vez más afinado en la calle qué tipo de vigilancia podía haber sobre ella. Era seguro que seguía estando en la parte baja de la lista de prioridades del FSB, pero desde su llegada había visto un ligero aumento del interés sobre ella. Tal vez solo fuera porque algún funcionario del FSB había cogido su expediente y lo había puesto en la pila de «Control de actividad» en la casilla de «Extranjeros».

Para disgusto del jefe de la estación de Moscú, Hannah enviaba con regularidad cables con detalladas descripciones a la central de lo que veía en la calle. Vern Throckmorton consideraba que era él quien debía informar sobre las condiciones de seguridad, pero ella no le hacía caso al respecto y enviaba cables semanales a Benford, quien le había dado tales instrucciones. El jefe de la estación le había dado vueltas al asunto y lo dejó pasar receloso del temperamento del jefe de Contrainteligencia. No importaba, tanto Benford como Archer sabían que la actividad de vigilancia era un delicado barómetro del peligro de la contrainteligencia: si los rusos estaban al acecho, si estaban en la pista, si estaban tirando de un hilo… y ahora tenían que ocuparse de DIVA.

Incluso si el acto operativo para un día determinado era, tan solo, pasar en coche y cargar o descargar uno de los receptores SRAC que ella misma había enterrado en los alrededores de Moscú, tenía que saber qué tipo de garrapatas estaban siguiéndola, qué espacio le estaban dando, si estaban cansados y aburridos o irritados y asustados. Pasar por un sitio invisible de SRAC bajo vigilancia de seguimiento

no era nada parecido a encontrarse con una fuente cara a cara, pero…
por Dios, aun así, tenías que hacerlo a la perfección, tenías que mantener los hombros cuadrados, mirar hacia delante, comprobar los espejos y, luego, hacer la conexión en el momento exacto con una mano que, por casualidad, estaba dentro de la bolsa, y recordar que no había que alejarse después de pasar por el lugar, y era preferible no chocar por detrás con el coche moscovita que te precedía. Pequeños detalles que los equipos de vigilancia conocedores de la tecnología tienen en cuenta, un carril más allá y tres coches más atrás, mirando dentro de tu vehículo con prismáticos.

Joder, amaban la calle, se deleitaba con sus ritmos, mantenía la ventanilla bajada a pesar del frío para escuchar los sonidos. Varias noches experimentó lo que Jay, su instructor de operaciones internas, le había dicho que ocurría de modo esporádico en los casos de vigilancia: un estado de gracia en el que se convertía en uno solo con los hombres desaliñados, sin afeitar y sin lavar, que iban en los coches con la radio bajo el salpicadero. En esas noches, su espíritu transportado viajaba en silencio en el asiento trasero con ellos, escuchaba los chasquidos y las pausas de los silenciadores, oía los comentarios profanos silenciados, comprendía cómo la seguían esa noche.

Una noche de niebla oiría los chirridos de los neumáticos del seguimiento en paralelo y vislumbraría las luces de posición de los coches de las calles adyacentes que la seguían. Otra noche que podía verlos, no, los sentía, intercambiando posiciones, y en su mente haría un recorrido por el creciente catálogo: ahí están Oscar y Mustache Man, tienes fundido el faro izquierdo, travieso, el camión de pan de la semana pasada; chicos, limpiad las manchas cuando quitéis la baca, llegamos al cruce y… ahí está Matinee Idol, deberías haber esperado detrás del autobús, no importa; os quiero, vamos; hoy me iré a casa temprano para que podáis descansar.

Las peores noches eran en las que no estaban, cuando los chicos la habían abandonado por otro conejo, y Hannah se sentía inquieta y sola. Vale, cabrones, ¿estáis usando la maniobra del juicio final?, tan perfecta que nadie puede entender cómo la hacéis, nadie puede verla para intentar vencerla; y estáis intentando atrapar a DIVA, y matarla, y todo lo que se interpone entre vuestras jodidas caras eslavas que quieren hincar los dientes al agente, mi agente, es el pedal del acelerador y los pequeños retrovisores de este utilitario chirriante, y mi coño reforzado con estroncio. No vais a tenerla. Eso no va a suceder.

Sabía que esta mierda, sin remedio, la ponía un poco nerviosa. Tan solo mirar a Janice y a Benford en el cuartel general la ponía nerviosa. Se dio cuenta de que Nate no se ponía nervioso, al menos no en el mal sentido. Pensaba en él todo el tiempo, pero no era cuestión de enviarle un correo electrónico amistoso, ni siquiera un mensaje interno seguro. Demasiado examante. Con seguridad malentendido.

Necesitaba un amigo. El sagrado manual recomendaba mantenerse alejado de los demás trabajadores de la estación, preservar la tapadera, aislar las actividades individuales. Había algunos compañeros de trabajo del Estado, de su trabajo tapadera consular en la embajada, pero sin verdaderas perspectivas sociales. Moscú era un puesto no fraternal, así que, a menos que quisiera hacer *press* de banca a un guardia de seguridad de los marines estadounidenses de dieciocho años fuera de servicio, pasaría las tardes en el complejo de viviendas de la embajada, sentada en cojines de kilim alrededor de una mesa de café comiendo queso y galletas con seis muy comprometidas terceras secretarias del Departamento de Estado que escuchaban el nuevo CD conmemorativo de Joni Mitchell y se preguntaban por qué la anfitriona, una licenciada de Estudios Globales de treinta y siete años de Mount Holyoke llamada Marnie llevaba un hortera collar de cuentas con una «M» de madera de grandes dimensiones.

Para. Quedan dieciocho meses de esta gira por Moscú, con un animal de jefe de estación a un lado del remolque y una subjefa Schindler achispada y saturada de nicotina colgando del techo al otro lado. Y decenas de vigilantes del FSB con ojos de lince, esperando a que salga a jugar a la calle.

Hannah había logrado lo que Benford le había pedido: DIVA tenía SRAC y podía hablar con la CIA de forma segura en Moscú, un triunfo grandioso aunque peligroso. Al final de su primer año, se tomaría un descanso. Descanso y relajación, donde ella eligiera. Todas las papeletas eran para su casa en New Hampshire, pero tal vez en algún otro lugar, por ejemplo, Grecia; allí podría disfrutar del sol y del mar. ¿Y un poco de Nate?

—Hola, papá —saludó Hannah sentada en su apartamento a oscuras, bañada por la luz de la pantalla del ordenador. Las imágenes de sus padres en la soleada cocina de New Hampshire le devolvieron la sonrisa. Era por la mañana en su casa de Moultonborough.

—¿Cómo estás, Hannah? —preguntó su madre—. ¿Consigues conservar algo de calor por ahí?

—Estoy bien, mamá. Me he comprado un gran gorro de piel marrón. Es espantoso, creo que es de rata, pero es cálido.

—¿Estás comiendo bien? —El mes anterior su madre le había enviado por correo una caja de galletas.

—No te preocupes. En el economato hay de todo: mantequilla de cacahuete, mortadela, Velveeta. —Se clavó las uñas en las palmas de las manos para mantener la calma. Ese espantoso parloteo era lo mejor que podía hacer. Antes de marcharse a Moscú les había dicho a sus padres que no le preguntaran por su trabajo ni se refirieran a él en ningún caso. Nunca. Ellos sabían dónde trabajaba. Sus padres la habían mirado, descontentos y atónitos, cuando les dijo que los rusos siempre estaban escuchando. Esa noche, los técnicos del FSB estarían viendo las mismas imágenes de sus padres, escuchando la misma conversación. Pero no usar Skype como lo hacían todos los demás empleados de la embajada (con desenfreno) sería inexplicable y se interpretaría solo de una manera: es una espía, hay que desplegar más vigilancia.

—¿No hay restaurantes por ahí? —preguntó su padre. Hannah sonrió. Estaba interpretando el papel de pueblerino tonto de Nueva Inglaterra. Cuidado, papá, pensó.

—Oh, claro. Unos cuantos salimos a probar platos locales. Es muy divertido. Hay un plato con cordero y berenjena que se llama *chanakhi*, y está bastante bueno. —Se preguntaba si los transcriptores anotarían que el estofado georgiano había sido el favorito de Stalin.

—Suena pesado —intervino su madre. Dios. A Hannah le dolía decirle a su padre lo que estaba haciendo, cómo había sido seleccionada y entrenada para enfrentar al oso en su propia guarida, lo que había logrado. Sabía que él la quería y que estaba orgulloso de ella, pero sus triunfos no podían ser celebrados. «Acostúmbrate —le había dicho Benford antes de que ella se fuera—, la autoabnegación construye el carácter». Signifique lo que signifique eso.

—Debería irme ya, es bastante tarde aquí. —Su mano se movió sobre el ratón para hacer clic en el icono de desconexión.

—Espero que estés durmiendo lo suficiente —dijo su madre—. ¿Necesitas algo? ¿Un camisón calentito, unas zapatillas cómodas? —Los patanes con los auriculares que estuvieran escuchando su conversación harían bromas sobre las zapatillas cómodas.

—No, tengo todo lo que necesito. Hablaré con vosotros la próxima semana.

Su madre le envió un beso soplando sobre la palma de la mano, se levantó y se alejó de la cámara. Su padre se quedó quieto, mirándola a través de la pantalla.

Cuidado, papá, telegrafió Hannah.

—Me alegro de hablar contigo, nena. Cuídate allí. Te quiero.

—Adiós, papá.

Se refiere a darles caña, pensó. Eso es justo lo que estoy haciendo, papá.

* * *

En el cuartel general, Benford leyó los cables de Hannah, un impacto álgido. Sabía que había actuado bien y que el sistema SRAC de DIVA funcionaba de maravilla, a toda máquina. Archer había investigado sitios excelentes, los recorridos de vigilancia y seguimiento eran casi perfectos, además, ella se había mimetizado con el entorno a la perfección. Tan natural, tan genial, que la vigilancia del FSB, en apariencia, la consideraba una funcionaria de bajo rango en la embajada, un cargo subalterno, y como consecuencia solo había desplegado una cobertura esporádica de control sobre ella. La mayoría de las noches era invisible, estaba convencida de ello. Y, gracias a Dios, ese tarugo de jefe que tenía no había querido interferir en su trabajo. Benford no perdería de vista a Throckmorton.

Los informes SRAC de DIVA sobre el topo TRITON y los intentos rusos de descubrir la identidad de LYRIC habían arrancado el revestimiento putrefacto para mostrar una plaga de termitas. Un gran problema de CI. Benford volvió a mirar con displicencia los cables de Moscú. Si TRITON estaba dentro de la Agencia, no vería los informes de DIVA, ya se había apresurado a nombrar un pequeño grupo exclusivo con acceso a ellos: tres oficiales del CID, el nuevo jefe del ROD, Dante Helton y él mismo.

Helton, con el pelo rubio, gafas de montura de alambre y la mirada irónica de un académico disoluto, era relativamente joven para ser un jefe de división, ya que había comenzado su carrera en la Europa del Este comunista como oficial subalterno. Helton le dijo una vez a Benford que las operaciones en el antiguo Bloque del Este en los días del salvaje Oeste eran un desafío similar al de Moscú, con el añadido de que los adversarios del país anfitrión —desde los jefes de los servicios de inteligencia y los planificadores hasta el personal de vigilancia— eran los herederos de brillantes patrimonios nacionales, desde Polonia (Chopin) hasta Checoslovaquia (Freud), pasando por Hungría (Teller) y Rumanía (Vlad el Empalador). Eran los más inteligentes, además de comprometidos. Helton había operado en Varsovia bajo una presión asesina: su equipo de vigilancia hostil, que terminó enfadándose por la suavidad en la gestión de Helton, había aplastado, una noche de diciembre de 1987, el techo de su Fiat 125 polaco a la altura de las puertas con excavadoras para carbón. La noche siguiente volvió... Él volvió a joderlos.

Benford se sentó en su abarrotado despacho con Helton y Margery Salvatore, una experta en investigación criminal cuyos ancestros sicilianos debían de incluir a la Pescadora de Palermo —al menos Benford estaba convencido de eso—, que en 1588 afirmó haber volado en cabras con las brujas del lugar. Margery podía resolver problemas, problemas complicados, y Benford quería tener sus conocimientos de su parte. También había convocado a Janice Callahan, que, para disgusto de Benford, no había llegado todavía.

—Si os parece bien, empezaré con unos comentarios preliminares hasta que llegue Janice. —A través de la puerta, le gritó a su secretaria, la del tic en el párpado—: Dígale a Callahan que venga de inmediato. Si está en camino, dígale que empiece a correr. —Miró a Dante y a Margery en busca de alguna señal de desaprobación o malestar, y no vio ninguna. Benford sabía que tenía fama de temperamental, pero se mostraba escéptico al respecto—. Viajaré a Atenas dentro de unos días para tener una reunión con el equipo de la estación y participar en el interrogatorio de DIVA. —Se pasó los dedos por su ya revuelto pelo entrecano, formando, sin darse cuenta, una cresta *mohawk* en un lado de la cabeza. Todo normal. Dante y Margery no se inmutaron—. Muy pocos agentes en el olimpo de las operaciones rusas, todos ellos muertos o retirados, han podido informar con el alcance y el potencial que está mostrando DIVA. Este próximo encuentro, fruto de la providencia, nos proporcionará, eso espero, múltiples detalles.

La puerta se abrió y Janice, con su vestido de leopardo y sus zapatos negros de Jimmy Choo, entró con paso ligero. Benford la miró con el ceño fruncido.

—¿Por qué has tardado tanto?

Janice miró a su alrededor en busca de un lugar para sentarse. Dante y Margery habían despejado de periódicos y cajas las dos sillas desvencijadas. El único lugar posible, un pequeño sillón, estaba repleto de más archivadores.

—Si corro, se me puede caer el vestido y puedo perder los zapatos, Simon —respondió distraída, atusándose el pelo y mirando a su alrededor—. Siempre se me olvida traer un taburete de campamento cuando vengo a tu casa.

Benford la observaba mientras despejaba un sitio para ella. Una pequeña torre de expedientes cayó al suelo. Ella se inclinó para recogerlos y su escote se mostró con generosidad. Helton apartó la mirada con diligencia.

—Como decía, DIVA es un digno sucesor de MARBLE, y el legado de su clarividencia, que en paz descanse. —El silencio se apoderó de la sala. Cada uno de ellos había subido de categoría tras leer la recopilación antológica de MARBLE—. Ahora tenemos que considerar varios asuntos. No es momento de hablar de la contribución de DIVA a la acción nuclear encubierta iraní, ni en su éxito al llamar la atención, en positivo, del presidente ruso.

—Ahora que lo mencionas, acercarse tanto al presidente es un deporte de riesgo —comentó Margery—. Podría estar en peligro su acceso permanente y bienestar si perdiera el interés por ella y la apartara de su lado. Incluso la esposa de Vladímir, Putina, acabó por ser desplazada.

—La perspectiva de que DIVA se convierta en una confidente consentida del presidente es elevada —dijo Benford.

—«Confidente consentida». Simon, ¿qué significa eso? —preguntó Dante—. ¿Pretendes que DIVA seduzca al presidente?

—Calma —trató de apaciguar los ánimos Benford—, explotaremos lo que se pueda sin dejar de tener como prioridad la protección de nuestra fuente clandestina de información. —Echó un vistazo a la oficina. Por eso le gustaban estos soldados: le daban por culo. Empezó de nuevo, su minuciosa mente de precisión relojera no dejaba de girar—. Repasemos. Uno. Sabemos que los rusos han empezado a recibir informes mutilados de alguien que se ha apodado TRITON. Dos. Los rusos todavía no conocen la identidad de TRITON. Tres. TRITON ha informado al centro de que la CIA ha reclutado una fuente de la GRU en materia de inteligencia militar/científica y le ha proporcionado nuestro criptónimo interno: LYRIC. Cuatro. La *rezident* del SVR, Yulia Zarubina, sigue reuniéndose con un agente doble fácil de detectar de las Fuerzas Aéreas para permitir los intercambios de información con TRITON. Cinco. Una fuente del SVR recientemente reclutada fue retirada sin previo aviso de Caracas. Se desconoce la situación del agente. —Miró a su alrededor.

—¿Alguien fuera de la CIA conoce el nombre en clave LYRIC? —preguntó Margery. Todos sabían que esos nombres eran sacrosantos, pero también sabían que se mencionaban con frecuencia en entornos interinstitucionales.

—Con el amplio número de lectores de los informes de LYRIC, y las frecuentes reuniones entre agencias sobre su inteligencia, es posible, quizá probable…, sí, que el nombre en clave LYRIC sea conocido fuera de este edificio.

—¿Y DIVA ha informado de que este TRITON está utilizando la operación del agente doble de las Fuerzas Aéreas de los Estados Unidos como conducto para Zarubina? —preguntó Helton.

—Cierto. Espero saber más sobre cómo lo están haciendo cuando hablemos con ella.

—De acuerdo —dijo Helton—, pero eso significa que TRITON podría estar en el ejército, aquí en Langley, en la Casa Blanca, en el NSC, en el Capitolio o ser un contratista aeroespacial en California.

—También es cierto —confirmó Benford—. Es inevitable que la búsqueda de este topo comience a una escala muy amplia. Las limitaciones de personal son importantes.

—Podríamos estar trabajando en esto durante meses —lamentó Margery, imaginando los grupos de trabajo, las evaluaciones de daños, las revisiones de producción… Un auténtico jaleo.

—Años —puntualizó Benford.

Helton miró a Margery.

—Eso no es lo peor, si la retirada de Caracas se debe a TRITON, eso querría decir que casi seguro que está dentro de este edificio. El reclutamiento es demasiado nuevo. Ese caso no se conocía fuera del cuartel general.

—Bueno, a menos que nos enteremos de que nuestro agente de Caracas está colgado de un gancho de carne en la prisión de Butyrka, no lo sabremos —dijo Margery.

—Y el tiempo es un lujo del que no disponemos —aportó Benford, jugueteando con un lápiz en su escritorio—. Si TRITON está entre nosotros, y bien colocado, y con acceso a material de distintas disciplinas (militar, política, científica, geográfica), podría obstaculizar toda la dirección de operaciones.

—Y matar a decenas de agentes —añadió Margery. Había trabajado en operaciones en China en los primeros años y se sabía de memoria la lista de agentes «no devueltos, sin contacto, presuntamente comprometidos». Todavía pensaba en algunos de ellos de vez en cuando. Todo el mundo lo hacía.

Benford miró por encima del hombro de Helton a Janice Callaham, sentada y tranquila, con las piernas de caoba cruzadas y los brazos extendidos a lo largo del respaldo del sofá.

—¿Algo que añadir? —le preguntó Benford.

—Es evidente —respondió— que tenemos que encontrar a este desagradable traidor. —El silencio humeante de Benford era más atroz que sus habituales desplantes con la cara roja.

—Gracias, Janice —ironizó Benford—. ¿Cómo lo hacemos? —Se produjo ese silencio de tictac en la habitación, el segundo antes de que la nube de vapor termobárico se encienda.

Janice levantó una pierna y examinó su zapato.

—Podría ser más fácil de lo que estáis pensando.

Benford contuvo el impulso de levantarse de su escritorio, tirarse del pelo y retorcerse. Su instinto le aconsejó dar un respiro a Janice, a todos. También Janice había caminado por callejones chorreantes de óxido en múltiples ciudades, con pasos resonando detrás de ella.

—¿Cómo... lo... hacemos?

—Matando de hambre al resfriado y alimentando a la fiebre —respondió Janice, mirándolo a través de sus pestañas y mostrándole su característica sonrisa.

CHANAKHI. ESTOFADO GEORGIANO DE STALIN.

En una pesada olla holandesa (o en un *tajine*), dora los cubos de cordero untados con sal, pimienta, aceite, pimentón y escamas de pimienta roja. Añade las cebollas y el ajo en juliana y saltea hasta que se ablanden; luego, añade la albahaca, el perejil y el eneldo picados; después, los tomates cocidos con su jugo y el vinagre de vino tinto. Incorpora al guiso la berenjena y las patatas cortadas en daditos. Añade agua hasta cubrir los ingredientes. Tapa y deja cocer a fuego lento hasta que el cordero esté tierno, las verduras estén blandas y el jugo haya espesado. Adorna con perejil picado.

24

—«Matando de hambre al resfriado y alimentando a la fiebre» —repitió Benford en voz baja—. ¿Tendrías la amabilidad de explicar el porqué de la cita del almanaque del agricultor?

Helton se giró en su silla, sonriendo. Percibía el aroma, una ligera brisa. Esperó a que Janice se explicara.

—Simon, si TRITON no puede utilizar la operación del DA de las Fuerzas Aéreas para hacer llegar su información a Zarubina, es decir, si le hacemos pasar hambre, se pondrá tan ansioso por su dinero, su vilipendiado ego o por la que sea su motivación (y nosotros alimentaremos esas fiebres), que tendrá que arriesgarse a encontrarse con Zarubina cara a cara.

—Y tendremos la oportunidad de identificarlo —concluyó Margery.

—Zarubina no es fácil de convencer —dijo Helton—, tendrá que correr el riesgo de encontrarse cara a cara con ella.

—Más fácil que tratar de sacar a TRITON de entre las altas hierbas una vez que le hayan asignado un oficial ilegal —opinó Janice—. Todos hemos leído el mensaje SRAC de DIVA. Los rusos se están preparando para asignar un ilegal limpio para encontrarse con él. Entonces nunca lo encontraremos.

Se miraron unos a otros. Un ilegal significaría un gran problema. Desde los comienzos del espionaje, un espía extranjero con cobertura civil, que se hiciera pasar por un ciudadano nativo del país anfitrión con una leyenda preparada con esmero, que hablase un lenguaje coloquial y fluido y que llevara una vida anodina con un trabajo monótono había sido la solución perfecta sin rostro para dirigir un activo sensible en territorio enemigo. Sin estatus oficial. Sin soporte diplomático. Sin conexión con los servicios de inteligencia. Ningún perfil que buscaran los cazadores de topos. Y todos los presentes sabían que los rusos preparaban y desplegaban ilegales mejor que nadie.

—Janice tiene razón —dijo Helton—. Cierra la operación de agente doble de las Fuerzas Aéreas. Gritarán hasta la extenuación, pero puedes pasar por encima de la OSI y conseguir que algún general lo hunda.

—Y nuestro chico tendrá un dilema —continuó Margery—. Sin la operación del agente doble, TRITON tiene tres opciones: encontrar otra forma anónima de continuar su traición, dejar de hacer de espía o salir del armario y enfrentarse a Zarubina en persona.

—Y hacemos que esa simpática anciana de la *rezidentura* forme parte del juego, le elevamos un poco el ritmo cardíaco y vemos qué ocurre —sugirió Janice.

—Lo haré yo mismo —informó Benford, pensando ya en las posibilidades—. Las Fuerzas Aéreas van a ser muy infelices. Y el mayor Thorstad ya no tendrá que soportar los rigores del espionaje... Tendrá que contentarse con ver su colección de cintas de vídeo por la noche.

Janice se levantó y se colocó el vestido.

—Ahora hay Blu-ray y vídeo en *streaming*, Simon. El VHS ha desaparecido.

—¿Que ha desaparecido? ¿A qué te refieres?

* * *

Seb Angevine iba sentado en el todoterreno negro de vuelta al cuartel general tras una reunión en la sede de la AFOSI en Quantico, Virginia. Estaba sumido en sus pensamientos mientras el vehículo avanzaba a toda velocidad hacia el norte por la George Washington Memorial Parkway, con los árboles que bordeaban el Potomac desdibujados. Hacía una hora, había tenido que reprimir una reacción de pánico cuando un coronel de las Fuerzas Aéreas, de labios finos, le informó de que SEARCHLIGHT, la operación de agente doble en la que participaba el comandante Thorstad, había sido cancelada por orden del subjefe de Personal de Inteligencia del Estado Mayor Aéreo.

El coronel explicó que, a pesar del buen comienzo de la operación y de los resultados esperanzadores en el contacto con la inteligencia rusa, la decisión de poner fin a la operación se debió a que los requisitos del SVR impuestos al comandante Thorstad se centraban cada vez más en programas y tecnología clasificados, que no podían aprobarse en ningún caso como material para la operación. Las posibles ganancias tácticas del lento contacto con los rusos se vieron eclipsadas por las importantes pérdidas potenciales de inteligencia. El comandante Thorstad debía romper el contacto y rechazar cualquier intento de retomar el contacto por parte del SVR.

Los planificadores de la OSI y los agentes de contrainteligencia echaron humo: su operación dorada estaba siendo cancelada; era una aversión al riesgo desenfrenada. Alguien tiró un cuaderno al suelo y una persona murmuró «gallina de mierda» mientras salía de la sala. El pelirrojo Thorstad se levantó para decir a sus compañeros que, aunque la decisión del Pentágono (utilizó la expresión «gran casa») era decepcionante, las consideraciones estratégicas tenían prioridad. Había sido un honor haber participado en la operación, y estaba convencido de que los continuos esfuerzos colectivos de las Fuerzas Aéreas y las Fuerzas Armadas estadounidenses servirían para defender la seguridad nacional en el futuro. Se sentó cuando una voz no identificada dijo: «Vete a tomar por culo, Ginger».

Angevine había saludado con la cabeza a los agentes de la OSI al salir, manteniendo la compostura. Era una catástrofe. Sin el intercambio periódico, no tenía forma de pasar información al SVR. Si no podía pasar información a los rusos, no le pagarían. Necesitaba el dinero. Y todavía tenía una cuenta pendiente: tenía que ver a esa *goinfre*, esa cerda de Gloria Bevacqua, la nueva jefa de Operaciones, atragantándose con la indignación de que ella tuviera el puesto que le pertenecía a él durante las reuniones del comité ejecutivo. Su puesto.

Tenía que decidir qué hacer. Tenía que sopesar el riesgo extremo de salir a la calle para encontrarse con Zarubina y su continua, y creciente, necesidad de dinero. Animado por los tres pagos rusos, Angevine ya había derrochado un poco y había comprado un nuevo Audi S7 (cincuenta y siete mil dólares) y un reloj de pulsera Breitling Chronomat 41 (doce mil dólares), y había hecho reservas para unas vacaciones de buceo en Belice (cinco mil dólares). Su sueldo de funcionario en el nivel del SIS no iba a ser suficiente. *Merde.*

Llegar a los rusos sería como tropezarse con un campo de minas: no podía entrar a pie ni lanzar un paquete por encima de la valla. La embajada rusa de piedra blanca en Wisconsin Avenue y el consulado de cuatro pisos en la calle Tunlaw estaban bajo la constante supervisión de la FEEB desde puestos de vigilancia repartidos por todo el barrio. No podía llamar a la puerta de un apartamento; solo algunos diplomáticos rusos de alto rango, como Zarubina, vivían fuera del recinto de la embajada, pero esos apartamentos estaban vigilados, incluida la mansión *beaux arts* del embajador ruso en el centro, en la calle 16 al noroeste.

¿Y qué tal un contacto en la calle, algo improvisado? ¿Un supermercado, una librería, un restaurante? Demasiado arriesgado. La vigilancia del FBI sobre los agentes conocidos y sospechosos de la SVR era aleatoria y rotaba de un objetivo a otro, lo que dificultaba la planificación. Angevine sabía que esta escasa cobertura era resultado de los recortes de la Agencia, ordenados durante el drama presupuestario anual del Congreso. La División de Contrainteligencia Extranjera (FCI) del FBI solo podía realizar una cobertura de vigilancia y, por lo demás, tenía que depender de medios técnicos limitados para obtener una idea de qué agentes rusos de inteligencia estaban activos, cuándo estaban operativos y con quién interactuaban. En el fondo, los expertos de la FCI, por desgracia, sabían que el SVR era consciente de lo poco que se ponía en la calle para vigilarlos; Moscú también podía leer las noticias en los periódicos sobre el presupuesto de Estados Unidos. Los rusos sabían lo débiles que eran los estadounidenses. Una pequeña ventaja para él. Aun así, pensó, no se podía predecir cuándo o sobre quién se desplegaría la vigilancia de la FCI. Así que intentar establecer un contacto externo con cualquier ruso era girar una recámara cargada y jugar a la ruleta. Estuvo pensativo el resto del día y luego fue al centro de la ciudad, al Good Guys Club de Wisconsin Avenue, para ver a las bailarinas, tomar una cerveza y tratar de pensar.

Desde la calle, el club estaba señalizado por un letrero de neón en una fachada de ladrillo liso en una estrecha casa adosada construida en la década de 1820 —solo quedaba un indicio de su antigua y elegante fachada federalista— en un distrito comercial ahora deteriorado de locales de *pizzas* y *sushi* para llevar, tiendas de comestibles y salones de uñas. Abandonó el mundo de las palomas y el asfalto al entrar en el club, aparcando por el momento el dilema de su estancada carrera como topo ruso. El club, de una sola sala —a quién pretendía engañar, pensó Angevine, es un local de estriptis—, era estrecho pero profundo. Saludó con la cabeza al que rompía las mandíbulas sentado en un taburete junto a la puerta principal y se dirigió al fondo de la sala. El local estaba lleno incluso en un día laborable: los tres pequeños escenarios de baile elevados, separados uniformemente por la sala, estaban en acción. Angevine se movía entre las largas mesas y los bancos que ocupaban toda la sala. Cada escenario elevado tenía un suelo de plexiglás iluminado desde abajo con una suave luz blanca —las sombras decadentes del Berlín de Weimar se proyectaban sobre los cuerpos de las chicas—, un poste de plexiglás que refractaba la luz a lo largo de su longitud y un espejo de cuerpo entero en la pared. Las únicas luces que había en el club procedían de los focos superiores de color rojo, naranja y blanco brillante. Los escenarios estaban más iluminados que cualquier plató de cine, y los nombres de las bailarinas aparecían sin cesar en un LED sobre la barra. Varios altavoces llenaban el club con *rock*, para el espectáculo estríper, de los años ochenta y noventa.

Angevine se sentó cerca de la parte de atrás y pidió una cerveza y uno de los pequeños sándwiches disponibles durante la hora feliz; para su sorpresa se trataba de unas pequeñas hamburguesas con pan tostado. Una de sus bailarinas favoritas estaba terminando en el escenario dos y rotaría al escenario tres, que era el más cercano a él. Ella lo había visto desde el fondo de la sala, con la agudeza de todas las chicas que bailaban desnudas delante de desconocidos. La evaluó bajo los focos por centésima vez; le provocaba algo, esos ojos verdes. Ese cuerpo no le dañaba.

Sentado en la mesa junto a Angevine había un hombre corpulento con una gran cabeza, el pelo de punta y sudando dentro de un traje sin forma definida —debía de ser algún GS-15 del inframundo de Salud y Servicios Sociales o de Vivienda y Desarrollo Urbano— acompañado por un hombre más joven, nervioso y que no dejaba de parpadear. El cuello del gordo sobresalía por encima de una camisa azul barata con lo que parecía un dibujo de palmeras en miniatura. Sin duda, Salud y Servicios Sociales, pensó Angevine. Las luces del techo del tercer escenario destacaban el brillo desgastado de los hombros y los codos del traje oscuro al colgarlo del respaldo de la silla.

La bailarina de Angevine (a él le gustaba pensar que era suya), cuyo nombre artístico era Felony, subió al escenario tres e hizo un elaborado espectáculo de limpieza del espejo de cuerpo entero que tenía detrás con un bote de limpiacristales y servilletas de papel, agachándose con las piernas rectas a la altura de la cintura para limpiar la parte inferior del espejo. Era el kabuki preliminar de toda chica nueva: los espejos quedaban cubiertos de huellas de manos y besos de lápiz de labios después de cada actuación.

El cerdito Porky de la mesa de al lado se rio de la rutina de limpieza del espejo de Felony y le señaló las nalgas y el tanga. Eso no se hace. Peor que Salud y Servicios Sociales, pensó Angevine, podría ser de Hacienda. Porky le dio un codazo a su escuálido compañero cuando empezó a sonar «Hotel California», y Felony se izó en el poste de plexiglás hasta la mitad de su altura, luego empezó a deslizar de cabeza hacia el suelo sin prisa, muy muy despacio, tanto como cualquier ascensor mecánico. De nuevo en tierra, Felony comenzó a bailar para Porky, que había dejado de señalar y sonreír, ya solo miraba, sin poder apartar la vista, y tragaba saliva. Angevine observó su rostro brillando bajo las luces mientras la bailarina giraba sobre el poste y dejaba caer una nube de agua de colonia White Shoulders.

Casi al final de la actuación, sonó otra canción de los Eagles, «James Dean», y Felony encendió los quemadores. Angevine, atónito, vio cómo el gordo se levantaba y empezaba a bailar como Boris Yeltsin, encorvando los hombros y agitando los puños apretados. Empezó a bramar lo que sonaba como «Cheymes Dyeen». El vigilante de la puerta, al otro lado del club, empezó a levantarse de su taburete, pero Felony le hizo un gesto para que se retirara. El joven acompañante tiró del brazo del gordo y este se sentó. Después de su pase, Felony se metió en su corsé, moviendo con discreción sus pechos para llenar las copas, y se sentó entre los dos hombres. Las bailarinas que no estaban de servicio siempre interactuaban con el público para ablandarlo y obtener mayores propinas en el siguiente pase.

Angevine se dio cuenta de que el hombre más joven era el que más hablaba, pero Felony mantenía una mano de uñas largas sobre el muslo del gordo, bastante por encima de la rodilla. Tenía un presentimiento sobre quién era el importante. Después de los cinco minutos pertinentes de «encuentro y saludo» y de una propina no tan discreta en forma de billete doblado metido entre los pechos por Porky, los dos se levantaron, se pusieron las chaquetas del traje y salieron del club.

Felony se acercó a Angevine, que se puso en pie, y ella le estrechó la mano —el mundo de las estríperes se regía por un protocolo idealizado de respeto y caballerosidad (y de hombres que no querían molestar)—. Angevine la invitó a un *ginger-ale* a precio de champán y le sonrió.

—Gran baile, como siempre. —Sabía que las chicas rara vez aceptaban citas externas con clientes, así que no había presión. Además, no podían quedarse demasiado tiempo en la misma mesa.

—Esos dos hombres eran rusos —dijo Felony sacudiendo la cabeza hacia un lado—. De su embajada en Wisconsin. El gordo no habla mucho inglés, así que se ha traído al pequeño. Me dio uno de veinte.

Angevine se giró con brusquedad para mirarla.

—¿Cómo sabes que son rusos? —dijo elevando la voz por encima de la música. El complejo de la embajada rusa estaba a dos décimas de milla por Wisconsin Avenue, en la siguiente manzana. Empezó a pensar que estaba teniendo alucinaciones. La chica se metió la mano en la parte superior de las medias y le entregó una tarjeta de visita: «S. V. Loganov. Ministro-consejero. Embajada de la Federación Rusa».

—Ese es el gordo. ¿Lo has visto bailar? —aclaró Felony, señalando la tarjeta con el dedo meñique—. Pero el pequeño me la dio, como si no supiera qué hacer, si debía dármela o no. —Miró hacia el luminoso—. Tengo que cambiarme. ¿Te quedas por aquí?

Angevine la miró perdido en sus pensamientos.

Llevaba días devanándose los sesos buscando una forma de conectar con el SVR, y ahora, ahí, ese sudoroso barril de sebo había caído en su regazo. De todos los lugares en los que podía toparse con un ruso sin ser descubierto por el FBI, nunca había considerado el Good Guys Club. Pero no, era imposible, inseguro, alguien podría verlo. Mierda, podría haber agentes especiales del FBI allí esa misma noche, siguiendo a los rusos, buscando a cualquier ciudadano que hubiera hablado con ellos. Se dijo a sí mismo que esa no era la manera de hacer llegar una nota de recontacto a los rusos. Si se acercaba al gordo en medio del local de estrípers, con la música y el licor, sospecharía de una provocación del FBI o de la CIA, una emboscada, chantaje. Temería que cualquier sobre sellado que le entregara sería una trampa. Pero… ¿qué otra cosa podía hacer? ¿Un intento de contacto desesperado en la calle? Si metía la pata, estaría tan jodido como si se hubiera presentado en la puerta principal de la embajada rusa con una identificación en la solapa de la chaqueta que dijera: «Hola, me llamo TRITON». *Ce serair mauvais.* Eso sería malo.

Felony salió del camerino con un picardías rosa intenso, ligas y tacones de plataforma; le guiñó un ojo a Angevine y se abrió paso entre las mesas de camino al escenario uno de la sala. Se detuvo casi en cada mesa para saludar a clientes conocidos, con las manos en constante movimiento: acariciando mejillas, despeinando cabellos, pasándolas por los hombros. Las demás bailarinas hacían lo mismo. Angevine se rio para sus adentros. *Dieu porvoira,* Dios proveerá, pensó.

* * *

Era el inicio de la operación de reclutamiento y acción encubierta de Sebastian Angevine. Tenía prisa, así que iba a ser rápido y sucio. No era uno de los chicos de Operaciones, pero sabía mucho y leía mucho, y a las damas siempre les gustaba su estilo, admiraban los gemelos de plata labrada de sus puños franceses y tocando las solapas de su chaqueta de cachemira.

Se dispuso a reclutar a Felony como intermediaria —si hubiera conocido mejor el léxico en estos casos, habría utilizado la palabra «mediador»— para contactar con los rusos allí mismo, en Good Guys. Si el viejo Loganov, cachondo y húmedo, acudía al club con cierta regularidad, Felony podría entregarle una nota para que pasara a la *rezidentura* informando de que TRITON estaba listo para su reactivación, o como quiera que lo llamaran, y designar un lugar de encuentro. Y, amigos, traigan dinero.

Y si los FEEB estaban observando a Loganov esa noche, ¿qué más daba? Estarían sentados en una mesa, en la distancia, en la oscuridad, con sus chaquetas de *sport* en el regazo para ocultar sus erecciones, observando el espectáculo, mirando de vez en cuando, asegurándose de que ningún SUDES —sujeto desconocido— tuviera contacto con el gordo. ¿Y las bailarinas? Circulaban por todas partes, se sentaban con todo el mundo, siempre estaban metiendo billetes en los sujetadores o ligueros, poniendo manos perfumadas en los brazos y hombros de los clientes.

Él ni siquiera tendría que estar allí.

También estaba el pequeño asunto de reclutar rápidamente a Felony. Aceptó su invitación a cenar, lo que fue algo menos complicado gracias a la reciente ruptura con su novio, una persona a la que solo se refería como Fernández y que era propensa a los ataques de depresión causados por una disfunción eréctil crónica derivada de su adicción a esnifar pegamento. Después de seis meses, la bailarina lo había echado de su modesto apartamento de dos habitaciones al noroeste de Benton Street, en Glover Park. Estaba preparada para un amigable y auténtico caballero.

Angevine elevó las cejas cuando Felony mencionó su dirección. Estaba a menos de un kilómetro de distancia de la pared trasera de la embajada rusa, a través de frondosos barrios de casas individuales y bloques bajos de apartamentos. Podría ser, con suerte y un poco de delicadeza, un lugar seguro para reunirse, o para programar una entrega, o para dejarse señales, o un buzón electrónico desconocido para los federales y sin conexión con Angevine. El éxito del reclutamiento de Felony era mucho más importante para él.

Al final de la primera cita, ella le dijo que su verdadero nombre era Vikki Mayfield. Tenía veintinueve años, un poco mayor para ser bailarina de estriptis, pero su vientre y sus piernas seguían tersas cuando usaba la barra. Era alta, rubia, pelo corto a lo *pixie* —porque pensaba que así parecía más joven—, perfectos ojos verdes y, tal vez, una mandíbula demasiado fuerte. Era un poco extraño y un poco sexi verla con ropa de calle, porque Angevine la había visto muchas veces sin nada de ropa.

Se bronceaba con espray, porque las marcas de bronceado eran de la vieja escuela. Llevaba implantes MemoryGel High Profile, porque los pechos enormes de pelota de playa ya no eran el estándar de la industria. Llevaba ocho años bailando, conocía el negocio y podía elegir a los que daban grandes propinas entre el público: podía evaluar al instante a los hombres que le darían una propina de cinco, veinte o, a veces, cien dólares. Angevine le había parecido sofisticado y bien vestido; decidió que le gustaba.

La noche siguiente estaba libre, así que Angevine presionó para volver a cenar. E hizo buenos progresos. Vikki era inteligente, había vivido y conocía la diferencia entre un novio paleto y un pretendiente de la gran ciudad. Le gustaba hablar, y Seb estaba dispuesto a escuchar. Venía de las marismas de Virginia, no de la miseria, pero tenía que trabajar todas las noches. Estudió un poco en la Universidad de Virginia, pero abandonó los estudios (había demasiados niños de mamá que mojaban los pantalones) y probó en la Universidad de Haverford, en Pensilvania, y también abandonó (había demasiados poetas llorones y sensibles), y luego se fue al sur, a Washington D. C. Empezó a bailar desnuda, deslumbrada por el dinero —mucho dinero— y estuvo viviendo con una serie de tipos que, o bien la abofeteaban, o bien querían que traficara con drogas para ellos, o bien querían que se pluriempleara como chica de compañía, y ya había tenido suficiente y había conseguido su propio apartamento. Todavía tenía que lidiar con novios perdedores, pero al menos podía echarlos de su casa.

Había visto a Seb en el club en numerosas ocasiones y pensaba que tenía un aspecto exitoso. Al principio, Vikki esperaba descubrir que era un tipo de mediana edad que se dedicaba a los masajes *nuru* y al *pegging*, pero había resultado que hablaba francés, sabía escuchar, pedía el vino, trabajaba para el Departamento de Estado, o algo así, no intentaba tocarle el culo y, cuando quería, era divertido. Después de la tercera cita (ella bailaba dos días sí y tres no), lo invitó a su apartamento después de la cena y estuvieron besándose un poco, pero él había bebido demasiado vino y ella lo tapó con una manta y se fue a la cama después de ver cómo se dormía tumbado en el sofá. Él la despertó por la mañana con una taza de café instantáneo, endulzado y esas cosas; y se ducharon juntos y lo hicieron en el suelo del salón, escuchando a los vecinos bajar las escaleras para irse a trabajar.

Día seis. Estaba claro que Vikki seguía siendo algo recelosa con el tema de los novios, pero Seb llevó una botella de vino y preparó la cena: un filete, puré de patatas irlandés, como el que hacía su abuela, y pastel de manzana comprado. Habló un poco de su trabajo. Era un tipo bastante importante en el Departamento de Estado, una especie de diplomático y especialista, o algo así, en asuntos de Rusia, no lo tenía muy claro. Volvieron a hacer el amor y ella tuvo su primer orgasmo después de una pila de años; eso era una muy buena señal, pensó. Podía ser un poco tonto, sin duda, un poco engreído con los camareros, y se pasaba mucho tiempo peinándose, pero era mejor que la cadena de la moto de su exnovio Darryl empapada en queroseno y aparcada toda la semana en la puerta. Para agradecerle la cena y el sexo, Angevine le regaló un brazalete de plata de Eve's Addiction. Era una compra por correo, pero ella no iba a decir que no.

A la mañana siguiente, él estaba apoyado en el tocador del cuarto de baño, observando cómo se depilaba la bailarina en el borde de la bañera, cuando le dijo como por accidente que quería hacerse cargo de su alquiler, que ascendía a dos mil setecientos dólares al mes.

—¿Por qué quieres hacerlo? A ver, es un gesto encantador, pero yo gano lo suficiente.

—Solo quiero hacer algo por ti —respondió sonriendo. Quería avanzar y contactar con los malditos rusos. La historia se estaba dilatando mucho—. Me gustas mucho, Vik.

—Tú también me gustas —correspondió ella, aunque tal vez solo quería ser amable.

Angevine se apartó del tocador y se inclinó para besarla.

—Me gusta ver cómo te depilas —susurró, intentando encontrar algo travieso que decir.

—¿Por qué no te sientas y te afeitas? —le dijo.

—¿Qué?

—Vamos —dijo ella—, es sexi.

—No lo sé —dudó él. Se imaginó así mismo en las duchas del gimnasio de la oficina con las ingles afeitadas y las pelotas sin un solo pelo—. No es lo mismo para un hombre.

—Tendré cuidado —le dijo, extendiendo la mano. Lo miró juguetonamente—. Si me dejas, haré todo lo que quieras.

Y Angevine se aseguró de que lo hiciera.

*   *   *

Loganov tardó una semana en aparecer en el Good Guys, y Vikki llamó a Angevine a toda prisa para decirle que el ruso había aparecido y que moviera el culo hasta allí. En el último momento, Angevine había decidido estar allí cuando Vikki le pasara la nota; no había peligro de que lo identificaran en la abarrotada sala, y no quería dejarle el sobre a Vikki para que, tal vez, lo abriera y leyera un mensaje inexplicable firmado por un misterioso TRITON. Se lo había contado como un juego divertido. Inventó una historia sobre un «programa de acercamiento» del Departamento de Estado a diplomáticos rusos elegidos; los invitaban a sesiones privadas en las que se iban a debatir importantes cuestiones mundiales. Le explicó que las invitaciones debían ser discretas —por ejemplo, entregadas en un club para hombres por una estríper semidesnuda— para que los funcionarios rusos no fueran «castigados» desde Moscú si decidían participar.

Un sinsentido, por supuesto, y Vikki lo miraba con escepticismo, diciendo que no quería hacer nada ilegal (lo que Angevine registró con desgana como probable gesto de falta de voluntad para ser captada como agente internacional), pero se sentó al lado de Loganov y sacó el pequeño sobre de la suave manga de su kimono de raso negro y lo introdujo en el bolsillo de la camisa del ruso, mientras se inclinaba y arrugaba la nariz ante el apestoso y sudoroso aroma de coles y pantalones de él. Desde el otro lado de la sala, Angevine no fue capaz de detectar la entrega. Vikki había sido tan delicada como una profesional de primera.

Había otra razón por la que quería estar allí. Quería observar la reacción del ruso cuando sintiera que Vikki deslizaba el sobre en su bolsillo. Por suerte, el ruso no reaccionó —quizá no sintió la nota contra su pecho—, pero a lo mejor lo habían instruido para que no reaccionara a las notas que le pasaban. Sin embargo, iba a ser una lástima perderse su expresión cuando, de regreso en la embajada, abriera el sobre y encontrara el segundo sobre sellado con un mensaje claro, «Entregar a Zarubina», escrito en él. Ningún empleado de la embajada rusa en Washington, ni siquiera el embajador, dudaría por un momento en entregar la nota.

La pelota estaba en juego. El ánimo de Angevine se disparó esa misma noche mientras chocaban las copas de champán en el apartamento de Vikki y él la cogió entre sus brazos y la hizo bailar cuando sonó «You Wouldn't Know Love» de Michael Bolton, de su álbum *Soul Provider*, en Soft Rock 97. El dinero ruso volvería a llegarle de nuevo. Ya tenía información extra para Zarubina sobre la continuación de los interrogatorios de un oficial del GRU en Atenas. Miró a los ojos de Vikki y la besó. Tal vez con un poco más de dinero llegara a conocer a alguien con más *savoir faire*, pero esa noche, en ese momento, su duro cuerpo de bailarina se apretaba contra él, y ella le devolvía el beso, con los brazos alrededor de su cuello. Su cuerpo se agitó, pero estaban creciéndole los pelos en la entrepierna y tuvo que retirarse para rascarse.

* * *

La noche estaba muy oscura cuando Angevine se sentó en un banco de madera a esperar. La zona boscosa de Little Falls Park lo arropaba, bloqueaba el resplandor de la ciudad y amortiguaba el ruido del tráfico en la cercana Massachusetts Avenue. Se sentó encorvado y cerró los ojos, escuchaba los pequeños chasquidos y crujidos que provenían del bosque, incluso a medianoche. Algunas luces de las casas de Westmoreland Hills parpadeaban entre los árboles. Gracias a Dios, era demasiado tarde para que alguien estuviera paseando a su perro. *Tu es con*, eres un idiota, pensó para sí. Comprobó su reloj.

Angevine estaba esperando a los rusos en el lugar que había indicado en la nota, que encajaba en la preparación de la reanudación de su brillante carrera como elegante agente. Estaba sentado en una pequeña depresión, cubierta de hierba, que formaba parte de un fuerte de artillería llamado Battery Bailey, uno de los muchos emplazamientos de la guerra civil desarticulados y cubiertos de maleza que salpicaban Washington D. C., y que, en su mayoría, eran suaves lomas o amplias zonas verdes, algunas de ellas con una señal de lugar histórico. La mayoría de ellos anónimos y olvidados. Sabía que los rusos apreciarían la cadena de viejos fuertes por lo que eran: sesenta y cinco miniparques, pequeños oasis de oscuridad y tranquilidad dentro de la bulliciosa capital, sin cercar y siempre abiertos, sin patrullas de la policía, con acceso y salida a los tranquilos barrios cuadriculados que habían protegido de los ataques confederados en 1864. Y ahora, a medida que avanzaba la nueva Guerra Fría, eran los lugares perfectos para reunirse de forma clandestina en los suburbios de Washington.

—Hola —dijo una voz suave desde la oscuridad al otro lado del terraplén de hierba.

—¿Hay alguien ahí? —Angevine se levantó y se dirigió a una de las troneras de la artillería y miró hacia la oscuridad. Una mujer pequeña estaba de pie en el sendero de tierra inferior que serpenteaba alrededor de la base exterior de los muros que protegían las piezas de artillería casi invisibles. La mujer lo miró.

—Me equivoqué de camino y ahora no soy capaz de llegar hasta donde está usted. —Llevaba un abrigo ligero y un sombrero flexible, como si esperara que lloviera.

¿Qué coño es esto?, pensó. ¿Esta es Zarubina? ¿Quién cojones podría ser a medianoche? Angevine levantó la mano y susurró:

—Espere ahí. Bajaré.

Caminó hasta encontrar la grieta más alejada del muro, encontró un pequeño sendero empinado y en un segundo estaba de pie junto a ella, en la penumbra.

—¿Señor TRITON? —preguntó la agradable señora mayor—. Me llamo Yulia. Qué alegría conocernos por fin.

COLCANNON. PURÉ DE PATATAS IRLANDÉS

Pela las patatas y hiérvelas hasta que estén blandas. Tritura enérgicamente con la mantequilla y la nata hasta que quede una mezcla suave. Aparte, saltea en mantequilla el ajo en rodajas, los puerros picados y la col rizada desmenuzada hasta que las verduras se ablanden. Salpimienta. Incorpora las verduras al puré de patatas y cubre con mantequilla derretida.

25

La tormenta vespertina azotó los toldos de las tiendas de la calle Arkadias, convirtiendo la fina capa de polvo de mármol que cubría siempre las calles y aceras de Atenas en una pasta plomiza de adhesivo para libros. Una segunda línea de chubascos borrascosos recorrió la ciudad, sustituyendo el olor a tierra cocida del día por el aire dulce del atardecer y, para Dominika, un rastro de lavanda. Estaba bajo el toldo de su apartotel, el Lovable Experience Four, en Ambelokipi, el barrio comercial ateniense casi equidistante entre la embajada de la Federación Rusa en el frondoso Psychiko y el piso franco TULIP, mantenido por la CIA, en el elegante barrio de Kolonaki, donde iba a encontrarse con Nathaniel y Gable esa noche.

Dominika consultó su reloj y esperó un minuto más a que dejara de llover. No tenía paraguas; en cualquier caso, no lo habría utilizado. Nadie en Atenas lo usaba. El tráfico de la tarde aumentaba y las luces se encendían. Calculó que su ruta a pie por los polvorientos barrios de Nea Filothei y Gkizi para comprobar si había seguimiento se llevaría como mínimo noventa minutos, más si tenía que empezar a pasar dos veces por el mismo sitio. La zona estaba llena de largas escaleras, calles de un solo sentido y atajos; filtraría a cualquier equipo de coches en estas secundarias y, si le hacían un seguimiento a pie, vería la transición y podría abortar. Se había puesto a propósito un jersey gris oscuro sobre una falda azul marino para evitar el toque del color, que siempre ayuda a un equipo a mantener la atención mientras trabaja a distancias discretas.

No daba nada por sentado. Tanto sus colegas rusos como sus mandos estadounidenses eran más que capaces de vigilarla, aunque por razones diferentes podrían decidir cubrir su aproximación a TULIP para comprobar su estado. Dominika sabía que la validación de un agente no se detiene tras el reclutamiento. En cierto modo, pusieron a prueba la lealtad y la veracidad de sus fuentes de información establecidas con mayor asiduidad.

La vigilancia de la *rezidentura* en la embajada rusa era un asunto diferente. La *rezidentura* —un consumado alto cargo ampliamente conocido en el Servicio como *yubochnik*, un perseguidor de faldas— podría querer vigilarla por razones generales de CI. Lo más probable, pensó, es que Zyuganov pudiera ordenar una vigilancia discreta sobre ella durante su estancia en Atenas para ver si hacía algo que pudiera utilizar en su contra, más adelante. El viaje a Atenas era una oportunidad única e inestimable para conocer a los estadounidenses — los activos internos de todas partes soñaban con una oportunidad así para restablecer el contacto con sus servicios de tutela—. Pero la inclinación de sus propios compatriotas a sospechar siempre de los suyos hacía que el contacto con la CIA fuera peligroso.

* * *

Los pinos de la colina de Likavitos olían a aire fresco en la noche, sobre todo después de los gases de los coches que respiraba a pie de calle en Filothei. A través de los árboles oscuros, pudo ver las luces de hadas de la cima y el monasterio iluminado de San Jorge. La ruta de vigilancia y seguimiento no había arrojado nada: ni repeticiones, ni errores de comportamiento, ni indicios de saltos o coberturas paralelas.

Ya estaba muy oscuro y se apartó de la carretera; esperó escuchando. No había coches ni motos pasando. Una ligera brisa entre las copas de los pinos se mezclaba con el leve murmullo de la ciudad. Tenía tiempo de sobra para dar un paseo por la costosa y montañosa Kolonaki y llegar al piso franco. Se alisó el pelo con timidez, imaginando que la puerta del apartamento se abría y que los rostros familiares se encendían para saludar. Volvió a la carreta, giró cuesta abajo por Koniari y luego por Merkouri. Las calles estrechas y serpenteantes estaban débilmente iluminadas, los destellos azul eléctrico de los televisores del interior de los apartamentos eran visibles en los reflejos de los techos. De una ventana abierta salía música de piano.

Dominika cruzó la calle y comprobó qué pasaba a las seis, sin centrarse en lo que había detrás de ella, sino una manzana más atrás, la distancia de vigilancia. Utilizó los coches aparcados a lo largo de Kleomenous como pantalla, moviéndose con suavidad, sin dejar de vigilar las cabezas y los hombros que se movían. De repente, sintió el olor de la canela y la berenjena en el aire: alguien estaba cocinando *moussaka*. Su pulso se aceleró un poco al girar a la derecha, cuesta arriba, en Marasli, y luego a la izquierda durante media manzana en Distria Doras, hasta llegar al último edificio de apartamentos antes del comienzo del bosque de pinos, y esperó un rato en las sombras, escuchando. Miró hacia la línea del tejado y hacia el de enfrente, y luego escrutó las ventanas oscurecidas. Ningún movimiento, ningún destello de una lente, ninguna cortina abierta. La puerta principal chirrió cuando entró.

El pequeño ascensor subió con un tirón brusco hasta que se detuvo con un ruido seco en el último piso. Había un pequeño rellano y una única puerta que parecía muy robusta. Casa segura TULIP. No se oyó nada en el interior. La bombilla del rellano se apagó al agotarse el temporizador, sumiéndola en la más absoluta oscuridad. Dominika no pudo encontrar el interruptor para volver a encenderla, ni nada que se pareciera al botón del timbre. Pasó las manos por la pared a ciegas. *Idiotka*, pensó, llama a la puerta. Pero ¿era este el apartamento correcto? ¿Había acertado con la calle? Tanteó el camino a través de la oscuridad hasta la puerta y puso el oído en ella, esforzándose por captar una voz, el ruido de los platos, música. Nada.

La bombilla se encendió y Gable se situó detrás de ella, con su rostro fornido a un palmo del de ella, que no lo había oído ni sentido su presencia en la oscuridad. Se obligó a no dar un salto.

—*Bratok*, te mueves bien para tu edad —susurró, enderezándose, con los puños en las caderas, debatiendo consigo misma la posibilidad de darle un golpe con la bolsa en la que llevaba unos zapatos. Antes de que se decidiera, o antes de que Gable pudiera darle su habitual abrazo del oso, las cerraduras de la puerta del apartamento empezaron a sonar con un chasquido y un tintineo, uno-dos-tres, y la puerta se abrió, y vislumbraron la silueta de Nate, a contraluz por una tenue claridad del interior.

—Veo que has conocido al portero —dijo Nate.

—¿Siempre se acerca con tanto sigilo a la gente?

—Tiene que hacerlo. De lo contrario, corren si lo ven llegar.

Dominika entró, siguiendo a Nate. Detrás de ella, escuchó a Gable cerrar los tres cerrojos. Caminaron por un corto pasillo con miniaturas de caza inglesa colgadas en fila en cada pared. El salón era blanco, tenue, con suelo de mármol gris y blanco; un sofá beis de varias plazas y unos sillones del mismo material formaban un grupo principal en el centro de la habitación. Una suave luz dorada provenía de varias lámparas de cerámica grandes sobre las mesas auxiliares. Un salón decorado con mucho gusto; podría ser de un abogado, un banquero o una personalidad adinerada de la televisión, pensó la agente.

Se giró y observó que la cortina doble beis se separaba para dejar ver unas puertas correderas de cristal, desde el suelo hasta el techo, que se abrían hacia una enorme terraza que rodeaba el tejado. En el exterior también había sofás, sillas y plantas en macetas, iluminados por una cálida luz que provenía de unas bombillas empotradas en las paredes. Dominika salió a la terraza para contemplar el entramado nocturno de Atenas y el lejano monte iluminado de la Acrópolis, que se alzaba sobre la ciudad como un barco en aguas tranquilas. Detrás de ella, en la otra esquina de la terraza, el bosque de pinos de Likavitos se elevaba con decisión hacia la cima. Se giró y él presionó su boca sobre la suya, los familiares labios dulces, su sabor. Dios mío, ¿aquí mismo? Pero ella no quería detenerse.

Nate se apartó sonriendo.

—Gable está en la cocina, pero saldrá enseguida. ¿Quieres algo de beber?

Sacudió la cabeza.

—Te he echado de menos —le dijo mientras le ponía la mano en el brazo y Nate la cubrió con la suya. En ese momento, sin palabras, volvieron a estar donde lo habían dejado.

Marta se apoyó en la barandilla del balcón. «La espera merece la pena, siempre la merece».

—Has estado ocupada. Benford, Forsyth, todos nosotros estamos impresionados. Tus informes han sido destacables y... tú también —susurró Nate las últimas palabras.

Dominika buscó en su rostro, leyó el habitual halo morado para estar segura y se rio.

—Sabes cómo halagar a una mujer, *dushka*. Tengo mucho que contaros.

Hacía tiempo que Dominika había decidido no contarles a sus superiores —Nate o cualquiera de los otros— que había seducido a Yevgeny. No había hecho nada de lo que avergonzarse; era su trabajo, y haría lo que fuera necesario, lo que fuera, pero, a pesar de su decisión, no buscaba su aprobación, y no quería enfrentarse a sus miradas de complicidad. Solo diría que Yevgeny temía y desconfiaba de Zyuganov, y que habían forjado una alianza. Haz que suene a oscura conspiración rusa y asentirán con la cabeza. Excepto, tal vez, el intuitivo *bratok*, o el sabio Forsyth, o el mago Benford, o tal vez el corazón de Nathaniel, que le leería el alma en unos tres segundos.

—¿Cuánto tiempo tienes esta noche? —preguntó Nate. Gable llevaba a la terraza un carrito de acero inoxidable con bebidas.

—Me alojo en el Lovable Experience Four. A pesar del nombre tan llamativo, es adecuado. La embajada no conoce el hotel, insistí en el anonimato; me comporté como un típico inspector de la Línea KR en una investigación. Zyuganov nos hizo un favor al enviarme a Grecia. Tenemos toda la tarde, la mayoría de todas las tardes, durante dos semanas, mientras no tenga que estar en la *rezidentura*. Zyuganov cree que la filtración del GRU está en Moscú y quería quitarme de en medio para seguir el caso.

Gable y Nate no dijeron nada; los agentes nunca discuten una fuente de información con otro agente.

—La noche antes de mi partida, Zarubina presentó un informe desde Washington. Zyuganov no sabe que yo lo sé. —Dominika aceptó el vaso de Gable y lo levantó—. *Na zdorovie*, a tu salud.

—¿Qué decía Zarubina? —preguntó Nate. Los miembros de la CIA temían la respuesta que ya adivinaban. Una ligera brisa agitó las copas de los árboles.

—Zarubina ha hecho contacto con la fuente llamada TRITON. Debe de ser alguien dentro de vuestro Servicio.

—¿Qué había en el cable, Dominika? —insistió Nate. Ella vio el latido púrpura sobre él.

—Ahora sospechan que la fuente que llamáis LYRIC está aquí en Atenas.

La peor respuesta posible.

Un ruido procedente del interior del apartamento hizo que se volviera. Benford salió a la terraza; había estado en la cocina cuando ella había llegado. Llevaba un traje oscuro, la corbata torcida y un paño de cocina sobre el hombro. Llevaba un plato de *dolmades*, hojas de parra rellenas de sabroso arroz, relucientes por el aceite de oliva, y lo dejó sobre el carrito de las bebidas. Dominika le estrechó la mano.

—Me alegro de verte, Dominika —saludó Benford—. ¿Estás bien?

Gable sirvió otra copa de vino.

—Domi nos estaba diciendo…

—Sí, lo he oído —le cortó Benford y se volvió hacia ella—. ¿Describió Zarubina cómo contactó TRITON con ella?

Con el canal del agente doble no disponible para él, debe de haber encontrado otra forma de establecer contacto, pensó Benford. Nuestro chico es ingenioso y... está hambriento.

—No lo sé, no he visto el cable. —Ella sabía qué era lo que llegaría a continuación.

—¿Cómo has recogido la información? —preguntó Benford y los tres la miraron.

—Me lo dijo Yevgeny Pletnev, adjunto de Zyuganov en la Línea KR.

Benford, sin saber que era implacable, continuó siéndolo.

—Escribiste en uno de tus cables SRAC, creo que fue la sexta transmisión, que Zyuganov te mantenía apartada —dijo Benford. Esa memoria infernal lo recordaba todo—. Seguramente su adjunto se atendría a los deseos de su superior de mantenerte desinformada.

—Pero conseguí que me lo dijera. Yevgeny teme a Zyuganov. Lo convencí de que podíamos protegernos el uno al otro. —Sabía que sonaba mal. La nube azul de Benford era firme. No se atrevió a mirar a Nate—. Yevgeny también vio la actitud favorable de Putin hacia mí, sobre todo después de que le sugiriera su ruta por agua de entrega a Irán, gospodin Benford. Ha elegido un bando; quiere mi protección. Todos los rusos saben *vysluzhit'sya*, ¿cómo se dice?

—Congraciarse —la ayudó Nate. Miraba a Dominika de reojo.

—Te arriesgaste al reclutar a ese enamorado —dijo Gable—. Te expone un poco.

—No es mi amante —saltó ella demasiado rápido.

—Me refiero a que ese reclutamiento fue arriesgado.

—No hablará con nadie —desvió el tema Dominika—. Ya me ha contado demasiado. Tiene miedo.

Dios, esto es horrible, sus caras no muestran nada, sus colores son firmes, sus ojos lo ven todo. *Udranka se rio mostrando los dientes.* «No les debes nada, no explicaciones, ni disculpas».

—De acuerdo —intervino Benford—. Discutiremos el tema de la seguridad más tarde. Por favor, vayamos dentro y sentémonos. Hay mucho que hacer.

Dominika se había quitado los zapatos Oxford y se había puesto los zapatos de tacón, pero cuando los cuatro se sentaban alrededor de la mesa de café ya no los llevaba. Con una lámpara y papeles extendidos sobre la mesa, se pusieron a trabajar.

Si hubieran mirado, habrían visto una franja de luna saliendo sobre el monte Hymettus, al este. Para un observador externo, los cuatro podrían haber estado trabajando en una campaña de ventas o en un plan de relaciones públicas. Dominika era la fuente rusa reclutada, pero se había transformado en un miembro del equipo sin nombre, especialistas todos ellos, que trabajaban contra viento y marea para lograr lo imposible, para acceder a lo inaccesible, para imponerse a lo inviable.

Los hombres de la CIA tomaron notas. La conversación en voz baja era de tipo comercial pero cordial. De vez en cuando había alguna risa. Nate grabó todo en el TALON. Benford los condujo a través de todo el concierto, incluida la información actual sobre las operaciones del SVR y los informes SRAC, y le recordó a Dominika que tenía que conservar los datos de sus mensajes bien claros. Hablaron de Zyuganov, de las novedades del acuerdo con Irán, del presidente Putin, de Zarubina y de la obtención de una identificación de TRITON. Escuchó cuando le hablaron del sospechoso asunto del militar de Caracas que había sido llamado a volver, y les dijo que intentaría averiguar más. Nate habló con ella sobre la posibilidad de añadir más emplazamientos de reuniones personales de reserva, en caso de que se produjera un fallo mecánico en el equipo. Las reuniones personales —un activo ruso que se reúne con un agente de la CIA en Moscú— eran el mayor riesgo. Un lugar para un encuentro breve podría ser el enorme parque arbolado situado en la curva de Luzhniki del río Moscova, Vorobyovy Gory, las colinas de los Gorriones, con vistas a todo Moscú. Era accesible y estaba cerca de la abarrotada Universidad Estatal de Moscú, y había mil maneras de entrar y salir. Las colinas de los Gorriones, pensó Nate. No se pueden haber inventado eso.

Gable sacó el libro sobre la Ruta Roja Dos, el plan de exfiltración para Dominika, en caso de que tuviera que salir de Rusia. Lo estudiaron durante una hora, y memorizó los tiempos, las rutas y los lugares. La Ruta Roja Dos llegó con un pequeño equipo empaquetado que Gable abrió y mostró a Dominika. Tendrían que entregárselo en mano en el lugar de encuentro en el parque de las colinas de los Gorriones una vez que se validara la ubicación. Nate sudó pensando en un oficial de caso desconocido que rondara por aquellos bosques con la vida de Dominika en juego, hasta que se dio cuenta de que sería Hannah Archer la que actuaría. Hannah. Parpadeó, incómodo, y se removió en su asiento.

Benford se sentó en el sofá con los ojos semicerrados, escuchando a Dominika mientras hablaba y el aire nocturno agitaba las cortinas. Después de las dos primeras horas, Nate fue a la cocina con Gable a buscar más vasos.

—Ella es algo más —dijo Gable—. La mayoría de los agentes tienen un informe completo y partes de un segundo. Ella saca hasta el puto fregadero de la cocina.

—Si tiene razón, también acaba de salvar la vida de LYRIC. El general va a tener que escucharme ahora. Tenemos que sacarlo.

—¿Qué puedo decirte? La mejor seguridad operativa proviene de una infiltración en el enemigo.

—Es un milagro haberle sacado esa información a ese Yevgeny —dijo Nate, apoyado en la encimera de la cocina, mirando a Gable.

—¿Ahora te cabreas? Ha sido entrenada para obtener información de los hombres. ¿Qué quieres de ella?

—Nada. Se arriesgó mucho.

—¿Vas a preguntarle si se tiró a ese tipo? Tú eres su oficial asignado, debes saberlo todo sobre ella: lo que sabe, cómo consiguió la información, qué posición le gusta más.

Nate lo miró fijamente.

—Marty, si estás intentando cabrearme, lo haces muy bien.

—Sí, bueno, espero que Yevgeny no le pusiera una buena inyección.

—Vete a la mierda, Marty.

—¿Qué te dije, novato? Si te involucras con ella, inviertes capital emocional y será un día negro cuando uno o ambos tengan que hacer su trabajo. Tal vez como lo hizo ella en Moscú. Pero no me escuchas. —Gable cogió la bandeja—. Decide si vas a ser el oficial de caso perspicaz que maneja a su agente con ingenio y habilidad o el niño mimado de mamá que, tembloroso, se muerde el labio inferior.

Nate lo siguió al salir de la cocina.

—Caramba, Marty, tal y como lo pintas, parece una elección difícil.

Dolmas Frías

Mezcla bien el arroz blanco, el perejil, el eneldo, la menta, la cebolla finamente picada y las pasas doradas. Enrolla una cucharadita de relleno de arroz en hojas de parra escaldadas. Forra el fondo de una olla holandesa con hojas de parra sueltas y coloca las *dolmas* enrolladas en capas. Cubre con agua, rocía con aceite de oliva y salpica con mantequilla. Coloca un plato pesado sobre las *dolmas*, tápalas y cocínalas a fuego medio-bajo hasta que el arroz esté cocido, más o menos una hora. Sirve frío con limón.

26

Eran las 21:00. Zyuganov estaba sentado en el asiento trasero de un Lada Niva, un pequeño vehículo utilitario de la policía de Moscú. Un conductor de la policía, vestido de civil, estaba sentado ante el volante, fumando, y a su lado estaba sentada la nueva protegida de Zyuganov: Evdokia Buchina, inmóvil, mirando al frente por la calle oscura hacia una puerta, escasamente iluminada, a una manzana de distancia. Eva llevaba una chaqueta y unos pantalones, ligeros, deportivos, de calentamiento; bajo la chaqueta desabrochada, había una camiseta blanca que se tensaba con su busto de *mezzosoprano*. El sargento al volante le había ofrecido a Eva, a primera hora de la tarde, un cigarrillo, pero ella ni lo había mirado ni le había respondido. El sargento lo dejó estar, intuyendo que algo no iba bien en esa mujer de aspecto varonil. Si supiera lo que bullía bajo esas raíces oscuras, o detrás de esos ojos de granito, o entre esos muslos de atleta, se habría bajado del *jeep* y se habría fumado el cigarrillo junto al guardabarros trasero.

Zyuganov miró su reloj. Cinco minutos más y luego entrarían en el edificio de cuatro plantas en el distrito nororiental de Golyanovo, en Moscú, y subirían las escaleras hasta el apartamento donde Madeleine Didier, segunda secretaria de Asuntos Culturales de la embajada de Francia —que en realidad era la jefa de la estación, formada por tres personas, de la Direction Générale de la Sécurité Extérieure (DGSE), el Servicio de Inteligencia Exterior de Francia— se reunía con un ruso que trabajaba en el Departamento de Programación de Sevmash, la mayor empresa rusa de construcción naval. La DGSE llevaba un año trabajando con el joven moscovita, pero no para robar secretos militares sobre la nueva generación de submarinos balísticos de la Armada rusa, sino para recopilar información comercial sobre Sevmash, con el fin de posicionar mejor a los constructores navales franceses, como

STX Europe, para que vendieran a Moscú buques de guerra construidos en Francia en condiciones ventajosas. La pista de CI había empezado pareciendo poca cosa, como siempre, pero fue empeorando. Una tarde lluviosa, el FSB siguió a una incauta Didier a una reunión en un restaurante con el empleado de Sevmash, luego a otra, y a la siguiente. El FAPSI había interceptado los cables de la DGSE que documentaban el progreso operativo con el objetivo, que, para entonces, ya estaba siendo tratado entre algodones: cobertura total en casa, en el trabajo y en los ratos de ocio.

Zyuganov no conocía los matices del espionaje comercial. Todo lo que sabía era que un servicio de inteligencia extranjero estaba espiando en Moscú, y que el presidente Putin había recurrido al contraespionaje de la Línea KR de la SVR, y a él, en concreto, para arreglar esta situación. En una estimulante entrevista personal de diez minutos (Zyuganov se prometió a sí mismo que habría muchas interacciones personales con el presidente en el futuro), Putin le dijo que quería que el asunto se tratara de una manera específica. Quería enviar un mensaje claro a los franceses, y que supieran que Rusia no era estúpida; que, con un zarpazo, el oso podía destrozar su operación y, sobre todo, que no se aplicaba la convención largamente honrada entre los servicios de espionaje que estipulaba no usar la violencia contra los trabajadores del otro. Putin ordenó a Zyuganov que creara conmoción y miedo y que despojara a los franceses de su apestosa arrogancia para que tuvieran que sentarse a negociar para vender barcos con las condiciones de Rusia, lo que en realidad significaba con las condiciones de Putin, y esto no significaba otra cosa que una comisión de cierre depositada en una cuenta protegida. Zyuganov dejó de escuchar en «conmoción y miedo», y organizó todo con sumo cuidado para reventar la siguiente reunión clandestina de la DGSE.

Eva se había estado preparando muy bien desde su actuación en el sótano de la prisión, pero Zyuganov quería ponerla a prueba en la atmósfera más fluida de la calle y ver cómo se desenvolvería contra una oponente que no estuviera atada a una silla con bridas o sobre una mesa con los brazos y las piernas abiertos en cruz.

—Eva —dijo Zyuganov en voz baja; la mujer abrió la puerta y se acercó a él, con sus gafas de abuela captando las luces de las farolas. Se dirigieron a la puerta del edificio de apartamentos, entraron y subieron en silencio la poco iluminada escalera. Eva le indicó el camino y Zyuganov, sin pensamiento lascivo alguno, observó cómo los músculos de sus glúteos se flexionaban bajo los pantalones. Ella arrastraba un aroma de tierra para animales, de caballo, de heno, de granero.

El rellano del tercer piso estaba casi a oscuras, pero Eva caminó en silencio hasta la puerta de un apartamento cerca del final del pasillo y se acercó cuadrando los hombros a ella. Miró a Zyuganov, que asintió, y llamó suavemente a la puerta dos veces. Zyuganov lo aprobó, fue como el leve toque de un vecino para pedir prestada mantequilla, y no como el golpeteo de la *militsiya*. La puerta se abrió una rendija y apareció la cara de un hombre.

—Necesito llamar por teléfono —dijo Eva en ruso, con la voz quebrada por la urgencia, a punto de llorar.

Antes de que el hombre pudiera responder, Eva abrió la puerta con el hombro, arrancando la cadena de la madera y golpeándolo en la cara con el borde. Zyuganov la siguió dentro a tiempo de ver cómo levantaba al aturdido hombre del suelo, se colocaba detrás de él, le ponía una mano en la frente y la otra en la barbilla y, con extrema violencia, le rompía el cuello, dejándolo caer al suelo como si fuera ropa mojada. Otro hombre salió de la cocina. Llevaba una chaqueta por encima de la camisa y buscó debajo de ella una pistola, pero Eva se abalanzó sobre él, le sujetó las muñecas y le empujó hacia la cocina. Zyuganov oyó un ruido de platos al caer al suelo y un bramido. Eva salió de la cocina con la cara ensangrentada, escupiendo en la alfombra. El coronel miró en la cocina y vio al hombre sentado en el suelo, sujetándose el cuello, con la sangre chorreando a través de sus dedos hasta la pared opuesta. Un cuchillo corto de linóleo con la hoja curvada en forma de pico de pájaro estaba en el suelo junto a él. Zyuganov ni siquiera había visto a Eva sacar el objeto de su bolsillo.

Hasta aquí los guardias de seguridad franceses que cubrían la reunión.

Llevaban diez segundos en el apartamento.

Las gafas de Eva brillaron mientras se encogía de hombros para quitarse la chaqueta manchada de sangre y se limpiaba la cara con ella. Zyuganov observó que no respiraba con especial dificultad, pero que, bajo la camiseta tensa, destacaban sus pezones. Le puso un dedo bajo la línea de la mandíbula y sintió un pulso firme, como una roca. Zyuganov levantó la mano —un gesto suave para decirle que lo siguiera— y avanzó de puntillas por el pequeño pasillo. La luz provenía de la puerta del dormitorio. Sacó una MP-443 Grach automática de una funda de cuero en su espalda. Al girar el pomo, una francesa en el interior dijo:

—*Qu'est-ce qui a fait ce bruit*, ¿qué ha sido ese ruido?

Zyuganov abrió la puerta. Madeleine Didier, con blusa blanca y falda azul marino, estaba sentada en una silla de respaldo recto junto a la cama, tomando notas en un bloc. El ruso estaba en la cama, sentado contra el cabecero. Ambos se quedaron de piedra cuando vieron entrar al par de marionetas de pesadilla de Petrushka, una de ellas un trol con una pistola demasiado grande para su mano, y la otra una enfermera de reformatorio de ojos grises con pezones como diales de caja fuerte.

Eva se deslizó por detrás de la francesa y le pasó un antebrazo por la garganta, la puso de pie y consiguió que se quedara quieta. Zyuganov se acercó al hombre ruso, le puso una almohada en la cara y le disparó en la cabeza a través de la almohada. El disparo no hizo ningún ruido, pero la almohada empezó a arder por la descarga. Didier contempló, horrorizada, cómo la almohada iba dejando a la vista la mirada perdida de su fuente y cómo la pared de detrás de la cabeza goteaba compota de manzana. Cumplida la sentencia de muerte del traidor, Zyuganov pasó a la siguiente página del programa del presidente Putin: completar el horror, violar el pacto de caballeros entre espías y enviar un mensaje inequívoco a los franceses. Zyuganov asintió a Eva, que lo había estado observando mientras mantenía una leve pero inflexible presión sobre la garganta de la francesa. Llevaban noventa segundos en el apartamento. Madeleine Didier tenía cuarenta y seis años, estaba casada y era madre de dos hijos. Había ascendido en el escalafón administrativo de una DGSE, machista a todas luces, gracias a una combinación de inteligencia, buena apariencia y la voluntad de desafiar a los, demasiado, estirados de su Servicio que intentaban marginarla o negarle un ascenso, o ponerle las manos lechosas en la rodilla. De rasgos afilados, ojos marrón claro y pelo negro hasta los hombros, había conseguido inesperadamente un puesto en Moscú y estaba decidida a dejar su huella en Operaciones, igual que había hecho en Dirección. El caso Sevmash había entusiasmado a los analistas de la Piscina (la Piscine era el apodo de la sede de la DGSE en París por su proximidad a una piscina de la federación de natación) y Madeleine sabía que la producción continua de su fuente le granjearía mayor influencia política todavía cuando regresara a París en un año.

Mientras esa criatura de feria la forzaba a estar de pie, la elegante Madeleine Didier no comprendía del todo que su embriagadora incursión en el reluciente mundo de las burbujas de champán, del espionaje y la intriga internacionales había sido interrumpida por dos bestias con pezuñas unguladas de un calibre que no muchos en el mundo de la luz del sol podían imaginar que existían. El brutal y despiadado Moscú era un planeta que quedaba demasiado lejano para Madeleine y la DGSE. Así que, con cierta incredulidad y creciente indignación francesa, la tiraron bocabajo en la cama, le arrancaron con extrema brusquedad la blusa, la falda, el sujetador y *les culottes* (Chantelle), también le quitaron los zapatos de tacón de charol Escarpin de Saint Laurent (460 euros). Lo arrojaron todo a un rincón de la habitación. La verdadera alarma en la mente de la francesa apareció cuando le ataron las manos a la espalda.

Mientras Zyuganov observaba, Eva puso a Didier de pie y le rodeó el cuello con un lazo de cable eléctrico y lo tensó con fuerza, cortando las protestas que, de inmediato, se convirtieron en breves gritos de pánico y, con el creciente estrangulamiento, en jadeos intentando tomar aire. Eva empujó a Didier contra la puerta del dormitorio, la agarró por las caderas con un brazo y la levantó unos centímetros del suelo. Con la mano libre, pasó el extremo suelto del cable por encima de la puerta y lo enrolló alrededor del pomo del otro lado. Soltó a Didier. El cable se estiró, las bisagras crujieron con el peso extra y el pomo crujió en señal de protesta, pero los dedos de Madeleine Didier estaban ahora a dos centímetros del suelo, y empezó a golpear la puerta con los talones, arañaba la madera de la puerta con las manos atadas a su espalda. El cable le mordía el cuello, obligándola a inclinar la cabeza mientras la saliva le salía por un lado de la boca abierta. Eva se situó cerca de ella y la observó a través de sus gafas de montura de alambre mientras comenzaba el temblor en los pies y en los hombros; dejó de parpadear para abrir los ojos de par en par ante el asombroso terror de que eso le estuviera ocurriendo a ella, la jefa del Servicio francés en Moscú, en un mundo civilizado, con su marido esperándola en casa y sus caros zapatos aún calientes tirados en un rincón del dormitorio.

Habían pasado cuatro minutos desde que Zyuganov y Eva entraran en el apartamento.

Los temblores involuntarios cesaron. Madeleine se quedó quieta. Eva inclinó la cabeza para contemplar el rostro ennegrecido y sin tensión; se volvió hacia Zyuganov, que estaba recogiendo el cuaderno y el teléfono de Didier. Vació el contenido de su bolso en el suelo para que la policía encontrara su identificación y, mirando de nuevo al ruso muerto, le hizo una señal a Eva para que lo siguiera. El cuerpo de Didier se balanceó cuando abrieron la puerta, que retrocedió muy despacio por el peso de las bisagras, y un mechón de pelo le cayó sobre la cara. Pasaron por encima de monsieur Cuello Roto en la sala de estar, y Zyuganov, evitando el charco de sangre en la cocina, levantó la tapa de una olla caliente en la estufa. Era crema rusa de lentejas rojas, su favorita, y llevó la olla y dos cucharas al sofá, donde ambos se turnaron para tomar unas cucharadas. Está buena, pero no tiene suficiente comino. Eva, su motor de venganza de genética deformada, esperó a que Zyuganov tomara una cucharada antes de sumergir la cuchara.

—Vamos —dijo paternalmente—, cómete la sopa.

* * *

Zyuganov revisó el primer informe de Egorova desde Atenas. Estaba entrevistando con extremo celo a funcionarios de todos los departamentos de la embajada rusa y enviando sus anodinos informes a través de canales encriptados desde la *rezidentura*. Podrá dar vueltas en Grecia todo el tiempo que quiera, pensó Zyuganov, mientras yo reduzco los sospechosos aquí en Moscú y atrapo al traidor del GRU que está hablando con los americanos.

Las cosas también iban bien con los persas; Zyuganov había reunido varias veces a peces gordos del sector energético, como Govormarenko, con aburridos representantes nucleares iraníes de la AEOI, y se estaban ultimando a conciencia los detalles de la compra, el transporte y la entrega del suelo antisísmico. Zyuganov estaba seguro, para su beneficio, de que esos progresos se le comunicaban a Putin. En una reunión en Moscú, se reunió con el representante de los servicios secretos iraníes, Naghdi, y le expuso su idea de transportar la carga por una ruta fluvial interna a través de Rusia y el Caspio para garantizar el secreto. Presentó el plan como propio, diciendo solo que otros oficiales habían «discutido la viabilidad». El persa frunció el ceño, pero parecía impresionado. Zyuganov soñó con dejar que Eva le diera al barbudo persa un masaje profundo con una escofina de carpintero.

Eva. Egorova. Eso sería todo un baile. Zyuganov le dio vueltas a la idea de enviar a Eva a Atenas para organizar un accidente. Sabía que no podía golpear a Egorova sin más; a Putin le gustaba y le había echado el ojo. Sin embargo, podría empujarla hacia el tráfico, o tirarla por las escaleras, o romperle el cuello en una bañera resbaladiza. También podría ser un buen detalle que Egorova desapareciera por completo. Su Línea KR sería la propia sección que investigaría las posibilidades: secuestro, ahogamiento accidental, deserción. Podría mantener la bola en movimiento durante años.

Asesinar a Egorova seguía siendo arriesgado en extremo, especialmente con el creciente interés protector de Putin hacia ella. Por supuesto, no lo discutiría con su peludo adjunto, Pletnev, que cada vez parecía sentirse más atraído por la capitana; al menos, salivaba más cerca de ella que de las otras mujeres de la sección. No, no con Yevgeny, pensó. Pulsó un botón de su teléfono.

Eva llegó en dos minutos. Llevaba su habitual traje gris de reformatorio, medias opacas y zapatos negros con cordones y tacón ancho. El pelo rubio le caía sobre el cráneo. Caminaba con los pies separados y se inclinaba un poco hacia delante, como si fuera a echar a correr en los próximos pasos. Entró en el despacho de Zyuganov y se quedó parada con los talones juntos, como siempre, mirándolo como una foca que busca el olor en la mano de su adiestrador.

Zyuganov se reclinó en su silla.

—Eva, siéntate —dijo con severidad. Ella se acomodó en la silla que había junto al escritorio, pero se sentó erguida, con las manos amarillentas en el regazo—. He quedado satisfecho con tu trabajo, Eva, muy satisfecho —dijo. Ella asintió, pero no dijo nada, sus ojos no eran visibles tras los reflejos de las gafas—. ¿Has viajado alguna vez fuera de Rusia, Eva?

Ella negó con la cabeza. *Bozhe*, Dios, era como hablar con un primate a través de un teclado de símbolos.

—Es posible que en el futuro tenga que viajar a un país cercano. Todavía no hay nada seguro, pero quería hablar contigo de ello.

Eva volvió a mover la cabeza.

—Puedo estar lista para viajar para cuando me necesite. ¿Dónde quiere que vaya?

—Todavía no hay nada seguro —repitió siendo prudente Zyuganov—. ¿No tienes familia de la que ocuparte? —preguntó imaginando la hora de la cena en casa de los Buchin.

Eva negó con la cabeza.

—¿Un hombre en tu vida? ¿Un novio? —Aprovechaba para averiguar algo sobre sus hábitos cuadrúpedos.

—Conocí a un hombre una vez. —No estaba claro si había conocido a un hombre, si había intimado con él o si, tan solo, se había comido uno. Se movió un poco en la silla, tal vez el recuerdo…

—Bueno, hay mucho tiempo para conocer nuevos amigos —dijo el coronel, pensando por un instante qué haría con Eva cuando se convirtiera en director adjunto del Servicio—. Gracias, Eva, te lo haré saber.

Eva se puso en pie, se alisó un poco el vestido con gestualidad... casi femenina.

—Estoy lista para viajar cuando quiera. —Salió de la oficina.

Si disparaba aquella bala de cañón prehistórica para destruir a Egorova, lo único que podría llegar a lamentar Zyuganov sería no estar presente para verla morir. Tomó una nota mental para explorar la forma de filmar el asesinato con una cámara de vídeo fija. Ah, también querría audio junto con las imágenes.

CREMA RUSA DE LENTEJAS ROJAS

Sofríe las cebollas y el ajo picados, y los albaricoques cortados en dados hasta que estén blandos. Añade las lentejas rojas, el comino, el orégano, los tomates en dados, la miel, la sal y la pimienta. Cúbrelo todo con el caldo de pollo. Lleva a ebullición y cocina a fuego lento; después tritúralo hasta obtener la consistencia deseada. Sirve caliente o a temperatura ambiente, con menta y crema agria.

27

Para la segunda reunión en el piso franco de TULIP, Nate recogió a Dominika al anochecer en un lugar de recogida de coches de la CPU en Ambelokipi, después de su propia hora de SDR. Comprobó su reloj para asegurarse de que cumplía el plazo de cuatro minutos y, a continuación, observó Fokios —sin cobertura de seguimiento en la estrecha calle—, mientras reducía la velocidad para girar hacia Levadias. Un coche aparcado en la intersección tenía las ruedas delanteras giradas hacia fuera, lo que indicaba una vigilancia de seguimiento, pero una anciana estaba cargando cajas en el maletero, y Nate no vio ninguna reacción al pasar. Cuando redujo la velocidad para girar en la intersección en forma de «Y» con Levadias, Dominika salió de debajo de un toldo verde frente a una farmacia del barrio y, con la suavidad y fuerza de una bailarina, se deslizó en el asiento del pasajero del coche aún en marcha, cerrando la puerta mientras Nate se alejaba. Se inclinó hacia delante, metió la mano bajo el asiento y salió con una larga peluca rubia y un enorme par de gafas de cristales oscuros. La elegante belleza eslava con el pelo recogido había cambiado en cuatro segundos a una rubia de bote con un dudoso sentido del estilo, quizá de camino a una cena con un amante. Nate la miró mientras se abrochaba el cinturón de seguridad.

—Nunca te imaginé de rubio. Estás muy sexi. —Estuvo a punto de decir burlonamente «guarra», pero, por suerte, su cerebro funcionó más rápido que su boca, al menos esta vez. Las palabras de Gable de la noche anterior quedaron suspendidas en el aire caliente del pequeño y polvoriento coche.

Dominika se alisó un poco la peluca y se rio, mirándolo, comprobando. El color púrpura era constante.

—Gracias, Neyt. Quizá me tiña de rubio. Nadie en mi embajada me reconocería.

—¿No se preguntarán dónde estás cada noche?

—No. Asistiré a una fiesta en la casa del presidente dentro de unos días, y a un concierto en la embajada la próxima semana. Será suficiente. Además, nadie va a preguntar a la capitana Egorova de la Línea KR qué hace en Atenas.

—Bueno, me alegra que la capitana Egorova de la Línea KR pase esta noche con nosotros. Todos estarán en el apartamento esta noche. Benford ha pasado todo el día con Forsyth y Gable. Está tramando algo.

—¿No estabas allí? —bromeó un poco para restar tensión a lo que podían estar pensando esos tres hombres.

Nate había intentado reunirse con LYRIC con la intención de prepararlo para una deserción, pero el general no se había presentado. Un viejo soldado con actitud y cabeza de mula. Pero no podía hablar con Dominika de él.

—Tuve que ayudar a la Sección de Política todo el día. Tenemos que ser amables con nuestros colegas de la embajada. —Nate tomó nota con agrado de la posibilidad de intercambiar los conceptos de «tapadera» y «mentira».

—¿Crees que terminaremos muy tarde?

—Es probable. He traído cosas para la cena. —Había paquetes de comida en los asientos de atrás—. ¿Por qué? ¿Tienes que volver temprano?

—No, solo es curiosidad.

—Nate giró hacia el bulevar Alexandros, de seis carriles, para iniciar una ruta escalonada alrededor de la parte trasera de la colina de Likavitos y a través de Neapoli, para aparcar en algún lugar tranquilo y recorrer a pie el resto del camino.

—Me preguntaba —dijo Dominika mirándolo—, cuando podríamos estar a solas.

Estaban detenidos en un atasco de tráfico de cuatro carriles y al menos diez coches de largo esperando por un semáforo. Las motos zigzagueaban entre las filas de coches para colocarse en primera fila, justo bajo el semáforo, como los colonos se situaban en la conquista de las tierras. Nate comprobó los retrovisores por instinto y se inclinó hacia ella y se acercó mucho.

—¿Solos? ¿En qué estás pensando? —preguntó Nate. Dominika se apartó de los ojos la peluca rubia y le pasó los dedos por la mejilla. Nate se acercó más, sus labios casi se rozaban. Dominika cerró los ojos.

—En un entrenamiento adicional de SRAC… Eso es comunicación de corto alcance entre agentes, ¿no?

—¿Cómo de corto? —Rozó los labios de la rubia con los suyos.

—En realidad, no es lo bastante corto —musitó Dominika agarrando a Nate y besándolo.

El semáforo cambió y la noche ateniense estalló en una histeria de cuarenta coches tocando el claxon, cada uno de los cuales pedía al *malaka*, el tonto, del coche de delante que se pusiera en marcha.

* * *

El jefe de la estación de Atenas, Forsyth, abrió la puerta del piso franco y agarrando a Dominika por la muñeca la arrastró al interior. Intercambiaron los tres besos rusos de rigor y luego la rodeó por los hombros para conducirla hacia el salón, dejando cargado a Nate con los paquetes de comida, cerrando la puerta de entrada y echando los candados. Los demás estaban en el salón, de pie, alrededor de la bandeja de bebidas. Su equipo. Su familia. Nate volvió de la cocina. Dominika todavía podía saborearlo en sus labios, aún sentía el cosquilleo.

Algo había sucedido. Mientras ella sonreía, estrechaba manos y aceptaba un trago, su endiablada mente analizó la escena. El aura llenaba la sala. Los hombros de los funcionarios de la CIA estaban rígidos. Estaban tranquilos y callados, sin embargo, estaban demasiado tranquilos. Ella casi no podía notar que algo iba mal, así de tranquilos estaban todos. Forsyth, con su traje gris claro y una corbata azul marino, bañado en su artística bruma azul, se pasaba los dedos por el pelo entrecano; *bratok*, el querido hermano Gable con su apasionado halo púrpura, con las mangas de la camisa arremangadas en sus fornidos antebrazos, la miraba como solía hacerlo su profesor de *ballet*; Benford, con la corbata torcida, el pelo alborotado y un traje oscuro arrugado, estaba a años luz, ardiendo en su retro azul intenso de maestro relojero, ajustando los engranajes de los relojes, las clavijas, las ruedas, todo en el lugar correcto; y Nate, con una americana y una camisa abierta, estaba mezclando una bebida, refinado y sobrio en sus movimientos, el hombre que ella amaba, también púrpura, firme y brillante; sus pasiones la incluían a ella. Levantó la vista y su sonrisa era relajada.

Dominika iba vestida con un sencillo vestido de algodón azul marino y unas bailarinas de cuero negras. Llevaba el pelo recogido y solo llevaba un ligero brillo de labios. Por lo general, no llevaba joyas, pero esa noche se había puesto un sencillo collar de perlas. Se sentó en un extremo del sofá, cruzó las piernas, dejó colgar un zapato y empezó a hacer rebotar el pie. Los hombres de la CIA dieron un sorbo a sus bebidas.

—Saldré corriendo a la terraza y me escaparé por los pinos si no me decís qué está pasando —dijo Dominika, mirando primero a Benford y luego al resto, uno por uno. Gable estaba sentado más cerca de ella en el sofá en forma de «L».

—¡Esa es mi chica! —dijo Gable volviéndose hacia Forsyth—. Te lo dije. En los primeros cinco minutos.

—Dominika, quiero aplaudir el notable trabajo que has realizado desde que volviste de Moscú —le dijo Benford, inclinándose hacia delante en el sillón—. Todos hemos estado discutiendo la confluencia de inteligencia que has generado. Es una tormenta perfecta de valiosas pistas de contrainteligencia, una ganancia de inteligencia positiva y una oportunidad de encubrimiento arriesgada, pero, en potencia, heroica. Y todo gracias a ti.

—Sigue haciéndome caso y serás una estrella —comentó Gable inclinándose hacia ella y apretándole el brazo en señal de felicitación.

Dominika lo miró sin entender muy bien y sacudió la cabeza con pesar, como si no hubiera esperanza para él.

—Todo este movimiento operativo multiplica el riesgo para ti, Domi, es inevitable —siguió Forsyth—. Tenemos que equilibrar tu seguridad continua con la explotación de estas vías abiertas. Queremos proponerte algo que potencie tu posición y mejore tu nivel de seguridad.

—Forsyth. —Aunque sonó más bien como «Fyoresite». Utilizar su apellido era lo más cerca que ella podía estar del cariñoso uso ruso del patronímico—. Todos sabéis que sopesaré los riesgos y jugaré con el sistema, el sistema que mejor conozco. Pero no me detendré.

—Con un superior resentido y bárbaro como Alexei Zyuganov, tienes un enemigo de armas tomar —intervino Benford—. Queremos blindarte contra él. Eres demasiado valiosa.

—Y hay una oportunidad ahora mismo, pero es un poco difícil —continuó Forsyth.

—Puede hacerlo —sentenció Gable. Nate se removió en el asiento sin saber qué iban a proponer. Dominika intentó quedarse quieta, pero no podía controlar el movimiento de su pie.

—¿Qué? Dímelo.

—¿Conoces al teniente general Mikhail Nikolaevich Solovyov, del GRU? —preguntó Benford. Dominika notó que todas las miradas estaban puestas en ella. Nate supo lo que Benford estaba pensando, de lo contrario jamás habría revelado la identidad de un agente a otro.

—Está en la oficina de agregado militar en la embajada. Un alto cargo sénior laureado en un puesto menor, expulsado de Moscú. Lo he visto, es un militar de la vieja escuela, amargado, odia a Putin, un verdadero dinosaurio... —Dominika guardó silencio y miró a los hombres de la CIA. Silencio absoluto en la sala—. ¿Solovyov es LYRIC? —susurró.

—Ahí está mi chica otra vez. —Gable se levantó para desenvolver la comida.

Se repartieron platos de ensalada de berenjenas, queso feta, salchichas a la parrilla, calabacines hervidos en vinagre, pastel de espinacas hojaldrado, judías griegas y albóndigas de aperitivo. Dominika bebió *ouzo* con hielo y agua, como Gable, y los demás Moscofilero blanco seco. Benford tenía migas de hojaldre en la corbata.

—Gracias a ti sabemos que LYRIC ha sido señalado por TRITON, una identificación incompleta —dijo Benford—. El último informe de TRITON a Zarubina revela por primera vez que LYRIC está informando desde Atenas, no desde Moscú, y podemos anticipar que Zyuganov se moverá rápido. Ironías de la vida, te envió aquí para quitarte de en medio, pero sin querer te puso justo encima del objetivo. —Dominika dejó su plato y miró fijamente a Benford. Forsyth la observaba con atención.

—Así que parece que perderemos a LYRIC como fuente activa más pronto que tarde —continuaba Benford—. Estás en una inspección de contrainteligencia para la Línea KR. Si, basándote en tu entrevista con el general Solovyov, envías un cable a la sede central, informando de su comportamiento incoherente, las evasivas y una actitud resentida, y recomiendas que Solovyov vuelva a Moscú para ser interrogado por sospecha de espionaje, habrás descubierto otro topo de la CIA.

El silencio en la sala, según los cálculos de Nate, duró veinte interminables segundos.

—No lo haré —se negó Dominika en voz baja—. Nunca más seré responsable de la muerte de un hombre decente que lucha solo contra los *chudovishcha*, los monstruos de mi país. No lo haré.

—Calma —le pidió Benford—. El día que llegue el cable de retirada del cuartel general del GRU en Moscú, LYRIC desaparecerá, habrá desertado a Occidente, validando así tu recomendación de CI de investigarlo.

—LYRIC se retira con seguridad y, Domi, tú tendrás otra medalla —confirmó Forsyth—. Zyuganov no podrá tocarte.

—¿Sacarán a Solovyov de Grecia y lo llevarán a Estados Unidos? —preguntó, mirándolos a la cara. Forsyth asintió—. Tengo que estar segura —dijo apretando la mandíbula.

—No volverá a pisar el Acuario. Se irá —ratificó Benford—. Nathaniel ha hecho todos los preparativos.

—Por Dios, no la asustes —ironizó Gable.

* * *

La luna sobre Hymettus era de color naranja debido a la nube de gases de combustión de la ciudad, incluso después de la medianoche. Todos habían abandonado el piso franco, excepto Dominika y Nate, que saldrían juntos en último lugar y se irían en coche. Los demás habían escalonado las salidas, alejándose en diferentes direcciones para evitar contaminar TULIP en el improbable caso de que fueran descubiertos por la vigilancia hostil: seguridad rusa, policías griegos, exploradores de Hezbolá en busca de problemas. Atenas era una ciudad peligrosa y confusa: parte balcánica, parte mediterránea, parte Beirut.

Nate oscureció la sala de estar, luego abrió las cortinas de la terraza y se quedaron fuera, muy juntos, en la noche de Atenas, oliendo los pinos negros de la colina que tenían detrás. Dominika no podía quitarse de la mente la preocupación, con la cabeza inclinada dejaba a la vista el broche de su collar de perlas en su elegante cuello. Nate sabía que estaba luchando con la perspectiva de ponerle la soga a LYRIC en el cuello. No conocía de nada al general Solovyov, pero retrocedió ante la posibilidad de ser una judas. Nate sabía que confiaba en que lo exiliarían a tiempo, pero seguía estando nerviosa por entregarlo. Nate se acercó y le rodeó la cintura con sus brazos. Ella apoyó las manos sobre las de él, pero no se movió.

—Sé que estás preocupada. Pero estará fuera del país dos horas después de que iniciemos el plan de fuga.

Dominika le dio unas palmaditas en las manos, como quien trata de tranquilizar a un niño.

—*Do Boga vysoko, do Tsarya daleko*, Dios y el zar están lejos para ocuparse de lo terrenal. Puede pasar cualquier cosa, y no habrá remedio.

—Por supuesto que están lejos. ¿Hay alguna situación para la que los rusos no tengáis un proverbio? —La acercó, apretando su cuerpo contra el de ella. Ella sonrió y se relajó un poco; le rodeó el cuello con los brazos, pero en realidad no había cura para el hielo acumulado en su alma, el cansancio con el que solo los mejores agentes pueden vivir año tras año. Miró a Nate y vio el remolino púrpura sobre su cabeza, sin variar. Sabía que estaba preocupado por ella. Él podía leer su estado de ánimo tan bien como ella leía sus colores.

Lo quería. Lo necesitaba. Y tenía toda la noche en un apartamento secreto, aislado del peligro. Entró con él en el piso y se sentó en el sofá, que conservaba el persistente aroma de Gable. Maldito Gable. Sus moléculas odorantes se arremolinaban a su alrededor; incluso mientras se besaban, Gable no los dejaba en paz.

—No me importa —dijo Dominika, la intuición le decía que Nate estaba luchando—, pase lo que pase nos tenemos el uno al otro. Ninguna otra cosa es importante. Ni lo que yo haga, ni lo que tú hagas. Ni lo que hagamos.

Cada uno de ellos tenía sus propios pensamientos: Yevgeny-Hannah, Hannah-Yevgeny.

Udranka y Marta, sentadas en dos sillas, aplaudieron. «Marchaos, putas», les dijo Dominika. Pero sus sirenas, sus rusalki, *se quedaron mirando y fumando.*

Se sentaron cerca. Viéndose por primera vez. Siempre fue así entre ellos, un descubrimiento embriagador, era más el inicio de algo instintivo que una reanudación. Dominika se embriagó de él. Comprobó que su chico de extremidades flácidas había cambiado en los dos últimos años. Era más ancho de hombros y tenía una mitrada más sabia. Su aura púrpura seguía brillando con firmeza; nunca cambiaba. Le cogió las manos y le besó la parte dorsal. Esas manos también habían cambiado: eran menos delicadas, más ásperas. Le besó las palmas y se inclinó para pegar su boca a la de él, respirando por la nariz cuando él le abrigó los pechos con las manos. Se apartó cuando él empezó a juguetear con la cremallera de su vestido y se puso de pie frente a él.

—*Terpeniye yest' dobrodetel'*, la paciencia es una virtud.

Dominika se bajó la cremallera del vestido y lo dejó caer. A la luz de la luna, Nate se fijó en las curvas y contornos de su delgado cuerpo, como si no la hubiera visto antes, la turgencia de sus pechos en el sujetador, la lenta expansión de su caja torácica al respirar, la cicatriz diagonal de color plateado en uno de sus muslos de una vieja batalla. Su rostro era más afilado, más elegante que nunca, con un toque de tensión alrededor de los ojos y en las comisuras de la boca. Ella lo sorprendió mientras la observaba y aguantó la mirada mientras se arrodillaba entre sus piernas, pasando las manos por sus muslos y empujándolo hacia atrás cuando él intentó sentarse.

—No tienes permiso para moverte —dijo Dominika sin dejar de mirarlo, incluso cuando le quitó el cinturón, le bajó la cremallera primero y luego los pantalones caqui, y le mostraba sin prisa un poco del n.º 17, «Estambres y pistilos», con los ojos azules clavados en los suyos y un mechón de pelo delante de su cara.

Le gustaba el olor y el sabor de Nate. Con una mano le levantó la camisa y recorrió con las uñas las dos cicatrices brillantes tan iguales que le cruzaban el estómago. Lo que le estaba haciendo, en realidad, alteraba la propia mente del gorrión. Nate estaba flexionado, con la cabeza caída hacia atrás y los ojos cerrados. Dominika arrastró su mano libre, sin ser vista, entre sus propias piernas. Llegó al n.º 51, *«Battre les bancs en neige,* poner las claras a punto de nieve», y pronto cerró los ojos y gimió; dejó de moverse, con la cara cubierta por el pelo que le había caído sobre los ojos.

Cuando recuperó la operatividad del cerebro, parpadeó, se limpió el labio superior y soltó una risita.

—¿Soy *nekulturny* por no esperarte?

—Peor que ser una mal educada —respondió Nate—. Renuncio a intentar seguirte el ritmo. Ningún hombre podría aspirar a hacerlo.

Comenzó a tocarlo de nuevo, con sus manos juntas, como si sostuviera el mango de un hacha, insidiosa, persistente.

—No intentes seguir el ritmo. Este es mi consejo para ti. —Siguió moviéndose, y sus piernas empezaron a temblar. Nate sintió que las familiares ataduras apretaban su interior. Ella no apartaba los ojos de él; observaba, como si fuera una espectadora, el caos que estaba creando. Las ataduras que ahora vibraban en las ingles de Nate se tensaban cada vez más—. *Dushka* —susurró coaccionándolo—. *Dushka. Dushka. Dushka.*

Entonces, el sofá empezó a girar, las paredes se fueron abajo, los ventanales explotaron y el techo se derrumbó. Dominika le guiñó un ojo al ver cómo recuperaba la razón.

—*Les rubyat, schepki letyat* —susurró—, quien algo quiere, algo le cuesta.

Gimiendo, Nate se sentó y se besaron. Le apartó un mechón de pelo de la comisura de la boca y ella se limpió la cara con la mano. La vieja frase le vino a la cabeza:

—¿Por qué no me dijiste que estaba enamorado de ti? —dijo Nate, y ella se echó a reír.

Udranka y Marta, sentadas frente a ellos, se miraron y pusieron los ojos en blanco.

* * *

Con la blusa puesta, Dominika se subió a la encimera de la cocina y observó cómo Nate, radiante de púrpura y solo con los bóxeres, cortaba una cebolla y un ajo y los salteaba en aceite de oliva. Cortó pimientos asados en tiras finas y los añadió a la sartén. Abrió una lata de tomates pelados y los estrujó con cuidado para evitar que los mancharan. Pasó los tomates estrujados a la sartén, con una pizca de azúcar, y empezaron a burbujear con el resto de los ingredientes. Sostuvo una rama de orégano seco sobre la olla y aplastó algunas hojas con suavidad en el guiso. Cogió una lata cuadrada de pimentón.

—Pimentón, ¿lo has probado alguna vez?

—Qué palabra más extraña, pimentón… —dijo Dominika inexpresiva—. No, en mi pueblo no teníamos esas cosas, vivíamos con los cerdos en el salón… —Nate sonrió y añadió un poco más—. Otra palabra rara es *tupitsa*, ¿la conoces? —Nate sí sabía que significaba «zoquete», pero negó con la cabeza, aunque ella sabía que la conocía.

La cazuela estaba cociendo a fuego lento. Nate encendió el pequeño horno y puso rebanadas de pan rústico en la rejilla superior. Cuando estuvieron tostadas, frotó cada rebanada con un diente de ajo.

—Puede que este sabor a ajo te recuerde a tu pueblo —comentó Nate sin mirarla y ella intentó no sonreír.

Nate marcó tres huequecitos en el guiso y echó un huevo en cada uno de ellos. Metió la cazuela en el horno aún caliente hasta que los huevos se cuajaron y luego la sacó y la llevó a la terraza. Dominika lo siguió con el pan tostado y dos botellas de cerveza fría. Se sentaron en el suelo de la terraza —el mármol conservaba algo del calor del sol de la tarde—, con la sartén humeante sobre una mesa baja entre ellos y mojaron el pan de ajo tostado y comieron bocados de pimientos, tomates y yema de huevo líquida. Al primer bocado, Dominika lo miró con una pregunta en la cara.

—Piperrada —respondió Nate—, de la parte vasca de Francia.

—¿Dónde lo aprendiste?

—Verano universitario en Europa. —Mojó más pan.

—Muy romántico.

—Sí, sí que lo soy.

—Eres tu mayor fan —dijo Dominika, inclinándose hacia él y dándole un suave beso en la boca—. ¿Puedo preguntarte por la mujer que Benford quiere enviar para que me conozca? ¿Tú la conoces?

Nate asintió; estaba decidido a no sentirse, actuar o parecer culpable.

—Es joven, pero una de las mejores agentes de calle que he visto. Benford también lo piensa así.

Dominika vio latir el halo púrpura.

—¿Le has hablado de mí?

Nate sabía que, cuando una mujer pregunta, por casualidad, a un hombre si ha hablado con otra mujer sobre ella, hay un peligro considerable e inminente: las primeras bocanadas de viento ardiente antes de que descienda la borrasca; las veinte orejas erguidas de la manada de leones apuntando hacia el Land Rover detenido; el revuelo de las alas de los monos en los árboles en el camino a Oz. Un peligro más que considerable.

—Ella ha leído tu expediente. Conoce el trabajo que haces. Te admira. —No quiso comprometerse con otra respuesta.

Saber que esa mujer había leído su expediente y que la admiraba... molestó a Dominika. Contrólate, pensó. No eres una colegiala celosa. Pero el halo de Nate seguía palpitando.

—¿Cómo se llama? —Dominika recogió las botellas vacías de cerveza y los restos de pan, mientras Nate llevaba la cazuela a la cocina.

—Hannah. —Podía notar la molestia en la voz de la exbailarina.

—Janna —pronunció una hache demasiado gutural—. Es un buen nombre, uno antiguo. Lo conocemos en Rusia. —Estaba de pie junto al fregadero, dejando correr el agua y haciendo un montón de espuma. Fregó la cazuela sumergiéndola en el agua, con la cabeza gacha y los hombros encorvados. Nate se puso detrás de ella y le rodeó la cintura con los brazos.

—Domi, ella es tu contacto en la calle. Distribuyó todos tus sensores SRAC. Tiene veintisiete años. Es oficial de nuestra agencia —susurró.

—¿Te gusta como persona?

—Sí, es estupenda. Y lo que es más importante: a ti también te va a gustar.

Sintió que la joven relajaba un centímetro los hombros. Jesús, pensó, es tan jodidamente perspicaz, como un lector de mentes.

—Deberías centrarte en fregar esa cazuela, estás salpicando agua por todas partes.

Dominika se giró y salpicó agua en el pecho de Nate. Él la rodeó, metió las manos en la espuma y le mojó la blusa. Le echó agua hasta que la parte delantera era transparente y se pegaba a su piel; podía ver sus pechos a través de la tela empapada. Los bóxeres no estaban en mejor estado.

Le dio la espalda y siguió fregando.

—No he terminado con esto.

—Sigue fregando —dijo Nate. Le levantó la blusa por la espalda mientras se quitaba la única prenda que llevaba puesta. El movimiento inicial de Nate por detrás empujó a Dominika hacia delante, y ella tuvo que agarrarse, con los brazos llenos de espuma hasta los codos. Los movimientos posteriores provocaron un oleaje en el fregadero, que además de generar una síncopa de bofetadas, provocó grandes salpicaduras de agua por sus piernas y pies.

Poco después, parecían los últimos invitados a la fiesta de Calígula, sentados en el suelo de la cocina en un gran charco de agua, con la espalda apoyada contra los armarios, esperando que sus corazones recuperaran el ritmo habitual. La ropa de Nate estaba empapada y distribuida por el suelo de la cocina. Una solitaria gota de agua cayó desde la encimera sobre él. El pecho de Dominika estaba blanco por las burbujas secas de jabón, y tenía un mechón de pelo pegado a la cara.

—Gracias por ayudar con los platos —dijo él.

*　*　*

Nate llevó a Dominika a su casa atravesando una Atenas vacía, antes del amanecer, pasando como un fantasma por los cruces iluminados por las señales de tráfico intermitentes. El coche silbaba sobre el agua de las calles, procedente de los equipos de limpieza nocturnos. Nate la dejó a unas manzanas del hotel y ella terminó el camino a pie.

—¿Enviarás pronto tu informe a la sede central? —preguntó Nate. La voz del americano le sonó rara, como si fuera la de otra persona. Estaba cansado.

—Recomendaré que el general Solovyov sea convocado a Moscú para una investigación. Así es como se hace. Le escribirán diciéndole que lo quieren en el Acuario para algo sin importancia: consultas, grupos de promoción, ser parte de un consejo asesor...

—¿Escribirán rápido tras tu recomendación?

—Muy rápido. Debes asegurarte de sacarlo de aquí de inmediato. Zyuganov querrá atraparlo el mismo día para avergonzar al GRU y ganar solvencia en el Kremlin. Informaré a Hannah a través del SRAC sobre cómo reaccionan ante su deserción. —Sonrió—. ¿Cuántas medallas crees que me darán? —La mención casual de Hannah, que, de repente, se había convertido en alguien habitual en sus vidas profesionales, resonó en el aire. Nate estaba seguro de que no la había nombrado como si nada—. Estoy deseando conocerla.

Nate quería que se concentrara.

—Zyuganov se pondrá furioso contigo por haber identificado al traidor antes que él.

Dominika se encogió de hombros.

—¿Qué puede hacer?

—¿Olvidas que la última vez que Zyuganov se molestó contigo, yo estaba allí? Me parece recordar a un asesino de la Spetsnaz, un cuchillo de aspecto desagradable y un montón de vendas...

—Ahora es diferente. Zyuganov no puede arriesgarse a esos juegos. —Puso una mano sobre el brazo de Nate—. Asegúrate de sacar al general. No me falles.

* * *

El mensaje prioritario de Dominika desde la *rezidentura* de Atenas, en el que se solicitaba la llamada inmediata a Moscú del teniente general del GRU Mikhail Nikolaevich Solovyov por sospecha de espionaje, cayó en la sede central como una bomba. Los pocos altos cargos de la lista restringida que días antes habían leído el último informe de TRITON sabían que la capitana Egorova —que no estaba autorizada y, por lo tanto, no había leído el informe de TRITON— tenía toda la razón y que, en consecuencia, se había apuntado un tremendo golpe maestro de contrainteligencia. Además, Solovyov había sido desenmascarado como resultado de una investigación directa de CI, lo que protegía a TRITON como fuente.

«Esta brillante soldado es, como mínimo, una heroína, sin lugar a duda», decían todos. El director, los ministros y el propio presidente Putin querían verla a su regreso, y empezaron a circular rumores de ascenso al escalafón siguiente. Egorova se quedaría en Atenas unos días para terminar sus entrevistas, pero, en realidad, era para vigilar a Solovyov y crear la ilusión de que una investigación rutinaria estaba terminando, así él no sospecharía nada. Una vez que el agente estuviera entre rejas en Moscú, Egorova podría ser objeto de elogios.

A Zyuganov le costaba concentrarse en la copia impresa del cable de Egorova porque el temblor de su mano se lo impedía. Su posición profesional había ido creciendo, su posición en el Kremlin era cada vez más fuerte, en especial en el asunto iraní. Y Putin le había telefoneado en persona por la línea encriptada de Kremlovka después de la acción contra los franceses: había visto las fotografías forenses de Madeleine Didier, el traidor ruso y los dos hombres de seguridad de la DGSE en el apartamento. Un Elíseo histérico había presentado una protesta aullante, y la DGSE había retirado a sus funcionarios de Moscú. Un flemático Putin pronunció una palabra por teléfono: *maladyets*, bien hecho. Zyuganov se hinchó de orgullo como un sapo.

Pero el resplandor de estos éxitos recientes se vio eclipsado por el triunfo de Egorova en Grecia, un triunfo que redujo específicamente su estatura. Nadie en la sede central hablaba de otra cosa que no fuera esa prostituta. En la intimidad de su despacho, Zyuganov había entrado en un paroxismo de rabia silenciosa, convencido de que Egorova estaba trabajando para ridiculizarlo, denigrarlo y burlarse de él. Estaba convencido de que Egorova le había echado el ojo a su actual trabajo y que se encargaría de desbaratar su oportunidad de convertirse en subdirector. Sus alas negras de murciélago se desplegaron con intensidad con pensamientos de asesinato.

Se quedó pensando en su escritorio, resolviendo asuntos. Un accidente, incluso uno escenificado a la perfección, sería demasiada coincidencia en este momento. La idea de que Egorova se pasara a un servicio occidental un día después de desenmascarar a otro traidor sería ridícula. Si desaparecía y no regresaba a Moscú, sin más, se multiplicarían las teorías, los rumores y las suposiciones. Entonces se le ocurrió una idea rastrera que prometía caos, engaño y distracción que lo dejaría al margen de las sospechas y de la ira de Putin. Pulsó el botón de su teléfono.

Eva se sentó frente a él como había hecho otras veces. Zyuganov deslizó un expediente por el escritorio, el expediente personal de Egorova. Foto, hoja de servicios, entrenamiento en lucha cuerpo a cuerpo según el sistema de la Escuela de Gorriones. Eva respiró las páginas, con las fosas nasales encendidas, memorizando el olor. Terminó de leer, cerró el expediente y se lo devolvió. No necesitaba notas. No olvidaría nada. Zyuganov le acercó a Eva otra foto más pequeña, del tamaño de un pasaporte. Era una foto de Madeleine Didier para el visado. Zyuganov se inclinó hacia delante, sostuvo la mirada de Eva y susurró.

—Estrangúlala y deja esto bajo su cuerpo —dijo señalando la instantánea—. Sin pistola. Sin cuchillo. Cable eléctrico. Y llévate su ropa.

—Un clic ardiente de comprensión se activó en el cerebro de Eva. Se activó el engranaje: la muerte de Egorova parecería una acción recíproca del Servicio francés para vengar a Didier. Miró a Zyuganov para que le confirmara que lo había entendido.

Asintió con la cabeza.

A Zyuganov, una especie de monstruo, le resultaba muy interesante ver a Eva, un accidente de la creación, echar la cabeza hacia atrás y reír, con el sonido de una bolsa de cuchillas rebotando por un tramo de escaleras. *Voskhititel'nyy*, delicioso.

PIPERRADA. ESTOFADO VASCO DE PIMIENTOS

Sofríe en aceite las cebollas cortadas en juliana y el ajo hasta que se ablanden. Añade tiras finas de pimientos rojos asados y tomates pelados triturados; salpimienta y añade orégano y pimentón; cocina a fuego lento hasta que queden incorporados. Añade los huevos en la parte superior de la salsa y termina de cocinar en el horno, hasta que las claras estén cuajadas y las yemas líquidas. Sirve con pan rústico tostado o como guarnición.

28

Benford había viajado de incógnito a Berlín para ponerse en contacto con la SBE, la Spezialle Bundestatigkeiten-Einheit, la Unidad Federal de Actividades Especiales, un discreto equipo de inteligencia civil formado por doce funcionarios que dependía de la oficina del presidente. Nadie fuera de la oficina del presidente alemán conocía la SBE, que se encargaba de gestionar operaciones tan delicadas o políticamente arriesgadas que era preferible que no participaran los servicios de inteligencia federales más grandes, como el BND o el BfV.

Oliendo el pan horneado mientras caminaba por el agradable barrio de Mitte hasta Robert Koch Platz, Benford entró por la puerta principal no vigilada de la Bibliothek del Akademie der Künste, la Biblioteca de la Academia de las Artes, y subió en el tembloroso ascensor hasta el cuarto piso en desuso, donde las oficinas de la SBE se ocultaban tras una sencilla puerta etiquetada, de forma enigmática, como «*Werkzeug*», «Servicio público». Fue recibido por herr Dieter Jung, el jefe de la SBE, un hombre que pasaba de los cincuenta años, de estatura media y pelo fino, con una nariz grande y gafas redondas, que era escéptico, perspicaz y bromista. Para Benford, también estaba claro que herr Jung era un político consumado. Se presentaron por encima a un puñado de funcionarios de la SBE —dos de ellos eran atractivas mujeres de unos treinta años—, y ofrecieron al invitado café y pastel.

Sin preámbulos, Benford esbozó la necesidad y pidió a herr Jung ayuda para que su equipo técnico accediera sin escolta a la fábrica de Wilhelm Petrs en Puschkinallee, en Alt-Treptow, al suroeste del río. Omitió la mayoría de los detalles técnicos, pero le dijo a Jung que esta operación tenía el potencial de hacer retroceder el programa nuclear iraní cinco años. Benford les comunicó que necesitaba una escolta discreta para el equipo de ida y vuelta a las instalaciones.

—Seguro que sí —resopló Jung en un inglés fluido, encendiendo un cigarrillo y luego retirando con calma una mota de tabaco de la punta de su lengua—. Pero está fuera de lugar.

Benford insistió, invocando la amistad euroatlántica y la alianza de la OTAN. Herr Jung era una imagen de absoluto desapego, sentado con los brazos cruzados sobre el pecho. Benford prosiguió con el puente aéreo de Berlín, John F. Kennedy, Marlene Dietrich, David Hasselhoff. Silencio sepulcral, pero con ligeras vacilaciones. Benford iba a levantarse de la silla, pero se detuvo y dijo en voz baja que podría compartir la información sobre la actividad de la inteligencia rusa en Alemania.

—Esa información podría ser de nuestro interés —dijo Jung fingiendo desinterés mientras miraba por la ventana.

Benford sabía que, a pesar del estatus de protección de la SBE, Jung siempre estaba necesitado de éxitos operativos para justificar los presupuestos, mantener el favor presidencial y mejorar sus perspectivas de ascenso desde este desván de la biblioteca a un despacho ministerial. Se inclinó hacia delante y resumió un informe específico que detallaba el reciente reclutamiento por parte del SVR de un miembro masculino del Bundestag del Partido Verde, un reclutamiento basado, sobre todo, en la predilección del parlamentario por los baños turcos y las ramas de abedul durante los fines de semana.

—Una pista interesante… —aceptó Jung mientras hacía girar el lápiz— si es verdad. —Pero Benford sabía que había mordido el anzuelo.

Las dos atractivas oficiales de la SBE fueron asignadas como oficiales de enlace para el equipo, formado por el técnico Hearsey, muy delgado, y los dos ingenieros de la PROD: Bromley y Westfall. Se incluyó a Marty Gable, en primer lugar, para gestionar las acciones operativas, lo que en esencia significaba que se encargaría de las dos operadoras del SBE, Ulrike Metzger y Senta Goldschmidt, para garantizar que no se produjeran colapsos.

En las primeras horas de una fría mañana de otoño, los agentes de la SBE condujeron al equipo de la CIA hasta la puerta trasera cerrada de la fábrica de Petrs y observaron cómo Hearsey se inclinaba sobre la cerradura de la puerta y la abría con facilidad. Un saludo y los agentes alemanes se marcharon; esperarían a la vuelta de la esquina en la furgoneta hasta que el equipo hiciera una señal para que los recogieran.

Hearsey abrió la puerta interior para empleados del edificio principal de la fábrica en noventa segundos, y los cuatro avanzaron en silencio por un vestíbulo. Bromley y Westfall llevaban mochilas y cada uno arrastraba una gran bolsa de lona negra con ruedas.

—¿No hay cámaras? —preguntó Gable.

Hearsey negó con un gesto.

—El sindicato de empleados alemanes ganó una demanda nacional para que se retiraran las cámaras de seguridad de todos los comedores y salas de descanso. Leyes de privacidad de la Unión Europea. No está mal.

—¿Guardias? ¿Alarmas?

—Una alarma en la puerta principal. Ni siquiera un vigilante. No hay tantos secretos para un suelo con aislamiento sísmico —respondió Hearsey.

Caminaron por un pasillo pasando por una cafetería fría que aún olía a café y panecillos, y se detuvieron antes de doblar la esquina del pasillo.

—Entonces, ¿dejan la fábrica sin vigilancia? —se interesó Gable.

—No del todo. Último obstáculo.

Hearsey acercó su boca al oído de Gable y susurró:

—Último tramo de pasillo antes de la planta de fabricación. Sensor de detección de movimiento al final.

Gable observó cómo Bromley y Westfall sacaban de sus mochilas una serie de tubos telescópicos de plástico y los encajaban rápidamente en un marco de dos metros cuadrados, sobre el que extendían una tela opaca de gasa que sujetaban cada equis centímetros alrededor del marco.

—Permanezcan juntos —siguió Hearsey, sosteniendo un lado del marco frente a él mientras Westfall sostenía el otro. Bromley, sonriendo, se acercó a Gable, le rodeó la cintura con el brazo, tiró de él y se colocó detrás de los otros dos. Todos ellos habían hecho esto antes, notó Gable. Juntos, con los brazos alrededor de los hombros, como en un *scrum* de *rugby*, agachados detrás de la barrera de gasa, doblaron la esquina y empezaron a desplazarse despacio por el pasillo, como tropas de asedio medievales acercándose a la muralla del castillo, con las flechas surcando el cielo—. Despacio —susurró Hearsey a Westfall.

—La barrera absorbe infrarrojos, microondas y ultrasonidos. No hay efecto Doppler si te mueves despacio —dijo en voz susurrante Bromley, apretando las costillas de Gable y sonriéndole. Lo más parecido a los preliminares técnicos que vas a conseguir, pensó Gable.

Pasaron el sensor y entraron en la fábrica. Se trataba de una cavernosa sala de montaje apenas iluminada por bombillas de seguridad anaranjadas colocadas en soportes en lo alto del techo. Un colosal puente grúa, inmóvil sobre los raíles, se cernía sobre las cabezas del cuarteto. No había sonido ni movimiento en la planta. Los faros ocasionales de un vehículo que circulaba por la Puschkinallee —no pasaban muchos a las dos de la madrugada— bañaban las ventanas acristaladas del suelo al techo que recorrían toda la longitud del lado oeste de la nave.

Las bombillas creaban sombras difusas de luz en la planta, que de otro modo estaría a oscuras. En el centro de la sala, secciones de paneles de nido de abeja descansaban sobre horquillas, en las que se instalaban y probaban conjuntos de suelo. Más abajo, a lo largo de las paredes de ladrillo pintadas de blanco, había gruesos bloques de polímero suspendidos de marcos cuadrados de aluminio con muelles de gran calibre, amortiguadores. Al final de la sala, en una estantería de acero inoxidable que brillaba bajo la luz naranja del techo, había decenas de bandejas de plástico numeradas. En cada bandeja había cinco puntales de aluminio de metro y medio, uno al lado de otro, con una pequeña célula piezoeléctrica en el extremo de cada uno.

Caminaban en silencio, en fila, junto a las bandejas de plástico, comparando los números de lote, verificando el código del proyecto y las etiquetas de designación de envío, todo ello proporcionado por DIVA desde Moscú. Las ruedas de las bolsas de lona repiqueteaban con suavidad en la silenciosa fábrica. Bromley tomó fotos digitales de las estanterías con una cámara en miniatura que utilizaba un *flash* infrarrojo invisible. Esas vigas de aluminio, encajadas en bandejas en esta inmaculada fábrica alemana, acabarían soportando el suelo de ochenta mil metros cuadrados de la sala de las cascadas de la instalación de enriquecimiento de uranio enterrada en el desierto iraní a la sombra de las montañas Natanz. Gable sacó uno de los puntales de una caja.

—No parece gran cosa.

Bromley sacó un puntal idéntico de la bolsa.

—Te lo cambio. Este es un fósforo del diablo: cuarenta por ciento de fósforo blanco.

Comenzaron a desempacar las bolsas.

Una hora más tarde, Gable y Hearsey realizaron el último y silencioso control de seguridad. Era increíble que no se generara ningún sonido —ningún zumbido de maquinaria, ningún chasquido de metal frío, ningún tictac de un reloj— en un lugar así. Hearsey dio un toque en el brazo de Gable y avanzó despacio en la penumbra, sin perder de vista las marcas de cinta adhesiva en el impecable suelo que delimitaba los carriles de paso seguros a través del cementerio de elefantes de componentes de suelo, fresadoras, piezas de aluminio y contenedores de componentes.

Bromley estaba terminando de hacer su maleta.

—¿Lo tienes todo hecho? —preguntó Hearsey. Bromley asintió.

—Westfall y yo decidimos mantener las vigas de sustitución juntas en lugar de repartirlas. Ver todas esas vigas nos convenció para concentrar el WP. Queremos crear un gran punto caliente de inmediato.

—Una vez que el fuego comienza, ¿qué pasa con la supresión? —se interesó Gable—. Los iraníes tienen que pensar en eso.

Westfall negó con un gesto.

—El fósforo blanco arde bajo el agua y, cuando el aluminio se prende lo bastante, no hay suficiente espuma en Irán para apagarlo.

—Y los mulás correrán como mapaches en una habitación llena de bolas de discoteca —añadió Gable. Los dos técnicos se miraron, intentando recordar si los mapaches eran autóctonos de Irán.

Westfall contó dos veces las vigas que habían sustituido para verificar que los números coincidían. Comprobando las fotos que habían tomado, Bromley se aseguró de que las bandejas de plástico estuvieran alineadas con los bordes de las estanterías, tal y como estaban cuando entraron.

Hearsey consultó su reloj.

—Diez minutos de adelanto. Esperemos en la puerta. —Las ruedas de la bolsa de lona retumbaron en el silencio mientras regresaban. El equipo se sentó en el suelo, con la espalda apoyada en la pared, escuchando el sonido de la furgoneta que se acercaba a la puerta.

Gable quería un cigarro, pero sabía que tenía que esperar.

—Hay una cosa que me molesta —le dijo a Hearsey—. Digamos que estos tíos ponen el suelo, pero antes de que instalen las centrifugadoras, hay un terremoto y los medidores de tensión chispean y encienden nuestras vigas, y todo estalla demasiado pronto. No podemos poner un temporizador de retraso en el panel de control, porque los persas lo encontrarían; no podemos joder el *software*, porque ellos mismos reescribirían todo el código; no podemos controlar los tiempos, así que... ¿qué?, ¿solo podemos esperar lo mejor de esta fiesta?

—Sí, en esencia corremos todos esos riesgos. Hemos tratado esos temas bastantes veces en casa... —respondió Hearsey—. Si hay un gran terremoto demasiado pronto, tendrán un incendio en una sala vacía. Se retrasarán, pero cavarán un nuevo agujero para una sala D.

—Aun así, es una buena oportunidad —intervino Westfall—. Hemos intentado hacer las calibraciones contemplando esas posibilidades. Los medidores de tensión no se disparan con los temblores, ni siquiera con los pequeños terremotos de entre dos y tres puntos. Necesitamos un evento mayor, con ondas S sostenidas.

Gable echó la cabeza hacia atrás y miró las tenues luces de seguridad del techo.

—Bien, ¿y qué pasa si no hay ningún terremoto durante cinco años? ¿Irán consigue la bomba?

—Es poco probable en esa parte del mundo —respondió Westfall—. A nivel nacional se produce una media de cinco sacudidas leves al día, son pequeños, en todo el país. Estadísticamente, tienen una buena ola S cada diecisiete meses. Por eso quieren este tipo de suelo, y esa es nuestra oportunidad.

Bromley miró a Gable; sabía lo que estaba pensando, sentía que tenía que defender su participación en la acción encubierta.

—No es perfecto —le dijo Bromley—. Nadie dice que lo sea. Pero no hay otra forma de conseguir algo en su programa. Si funciona, tendremos un choque en cascada y una fusión. Todo dentro de la línea de la valla de Natanz va a estar al rojo durante veinticinco mil años. Vale la pena el riesgo... Al menos lo vale para mí.

Gable miró su rostro serio, la luz reflejada en los brákets mientras hablaba. La chica tenía agallas. Y era claustrofóbica. E ideó una operación técnica para enviar fósforo blanco a Irán. Merecía la pena.

* * *

Cinco minutos más tarde, abandonaron el vestíbulo en silencio. Esperaron en el patio de la fábrica, pegados a la pared, aprovechando las sombras del voladizo del edificio antes del amanecer. De manera incongruente —al menos lo fue para el equipo técnico de la CIA agotado—, un pájaro gorjeó en un árbol en algún lugar más allá de los muros de la fábrica. El sonido de un motor se hizo más intenso, un vehículo se detuvo frente a la puerta metálica corrediza y se abrió la puerta peatonal. La directora de la SBE, Ulrike Metzger, asomó la cabeza por la puerta y les hizo un gesto para que pasaran. Era rubia ceniza y estaba vestida como si acabara de salir de su rincón favorito de la Oranienburger Strasse, con medias de rejilla, tacones de aguja y una chaqueta ajustada con estampado de leopardo bajo la que se veían las copas negras de encaje de un corpiño. Los pendientes de aro dorados reflejaban las luces de la calle sobre el muro del patio. Volvió a hacer un gesto para que se dieran prisa.

Se amontonaron en un VW Routan negro que estaba parado en la acera con las luces laterales encendidas. Bromley y Westfall se sentaron en el tercer asiento trasero, llevando sus kits de herramientas por delante. Gable y Hearsey se sentaron en los asientos intermedios, y Ulrike les cerró la puerta y se subió junto a Senta Goldschmidt, la conductora, otra rubia vestida de forma tan extravagante como la primera. Desde atrás, Gable pudo ver su chaqueta púrpura de seda cruda tailandesa, con un cuello abombado sobre el que colgaban los antiguos pendientes de cristal con gotas de amatista. En el interior del vehículo, se mezclaban tres o cuatro fragancias que competían entre sí: los perfumes de las mujeres, uno de sándalo y el otro de rosas, el jabón líquido de alguien y el ambientador de pino que salía de un dispensador de plástico pegado al salpicadero. Gable podía oír a Bromley, que era alérgica a todo, que respiraba con alguna dificultad en el asiento trasero. Gable bajó la ventanilla un poco para que se sintiera mejor.

Amanecía en el cielo del este cuando el monovolumen dejó a Hearsey y a los dos técnicos júnior en su hotel, y luego Ulrike y Senta le dijeron a Gable que podían dejarlo en el hotel, el Cosmo, cerca del Checkpoint Charlie, o que podía unirse a ellas para tomar un *katerfrühstück*, un desayuno para la resaca, en el Café Viridis de Kreuzberg, al otro lado del río. Las dos habían estado despiertas toda la noche, esperando en la calle a que los agentes de la CIA terminaran, y tenían hambre.

Gable aceptó la invitación; le gustaban estas dos vaqueras de la SBE, que eran lo bastante jóvenes como para ser sus hijas, y aprobaba su fácil familiaridad y su mirada profesional. Habían seguido las instrucciones con exactitud, conducían sus rutas con precisión y vigilaban la calle como profesionales. El ojo experto de Gable calculó que llevaban pistolas en sus enormes bolsos de prostituta. Y no preguntaron ni una sola vez por qué la SBE había permitido en secreto la entrada subrepticia a la una de la madrugada de cuatro estadounidenses con herramientas en la planta de montaje de última generación, sin vigilancia, durante tres horas.

Senta inspeccionó a Gable con el rabillo del ojo mientras aparcaban y se dirigían a la cafetería. Gable sintió que lo estudiaba. Sus instintos de agente de operaciones estaban en plena ebullición —un oficial de caso nunca los apagaba— y no existía un servicio de enlace amistoso. Las damas de la SBE pidieron cafés, brandi y *obatzda*, un queso bávaro ahumado para untar, condimentado con pimentón y comino. Se sentaron en un desgastado sofá de cuero en un rincón del café, con Gable en medio de un ciclón de perfume, pendientes oscilantes y medias de rejilla. Las dos hablaban sin parar, a menudo al mismo tiempo —en ningún caso intentaron sonsacarlo—. Gable tomó distancia y las observó comer, buscando los diversos indicios y tics que se revelan cuando los humanos se alimentan. Exuberantes, bulliciosas, seguras de sí mismas... ¿Qué más? Curiosas, inteligentes, educadas (se tapaban la boca para reírse). Gable trató de lanzar un pase largo haciendo una pregunta entrometida sobre las escalas salariales en su Servicio para ver quién respondía, quién delegaba en quién. Ambas respondieron a la vez, quejándose de su paga insuficiente.

Vaya. El mismo rango. Mismo nivel, pensó.

—Lo habéis hecho muy bien esta noche. Os agradezco vuestra ayuda. —Ulrike sonrió complacida. Las hizo reír contándoles historias de guerra—. A mí también me encantan los disfraces de prostituta —dijo, mirando a las dos—. Son perfectos para esperar de noche en un vehículo.

—¿Qué ropa de puta? —preguntó Ulrike.

—Quiero pediros un favor —cambió de tema Gable con rapidez—. Tenemos que tener control de cuándo está embalado el suelo antisísmico y de cuándo está embarcado. ¿Podéis ayudarme con eso?

—El Bundeszollverwaltung nos avisará con antelación —dijo Senta. La chaqueta de seda tenía un buen escote y, por lo que pudo ver Gable, no llevaba nada debajo.

—¿Quién os avisará?

—Nuestro Servicio Federal de Aduanas —volvió a responder Senta.

—Enterarse de la fecha de embarque no será ningún problema —dijo Ulrike—. Saldrá en los periódicos y en la televisión. Hace tres años la empresa envió un enorme cargamento a un laboratorio de Estambul. Utilizaron un camión con ciento veinte neumáticos para trasladarlo al puerto. Tardaron trece horas, iban muy despacio. Saldrá en la televisión varias noches.

—Y habrá más cobertura mientras carguen el barco —concluyó Senta.

—Se lo haré saber a nuestros chicos. Gracias.

Bebieron el café que les quedaba. Gable rechazó otro brandi. Estaban en un momento de la conversación en el que el tema cambiaba o se acababa la reunión. Gable pensó que era el momento en el que podrían llegar los primeros indicios de frialdad, pero no ocurriría, esas chicas no lo harían. Como si le hubieran leído el pensamiento, las dos mujeres de la SBE se pusieron en pie, alisaron sus ropas y se colgaron los grandes bolsos en los hombros. Ulrike hizo una señal al somnoliento camarero y dejó unos euros en la barra.

En el exterior, el cielo era un poco más brillante, la parte inferior de las nubes era roja, y el sol naciente todavía no estaba en el horizonte. El tráfico de la ciudad seguía siendo ligero. Ulrike dijo que tenía que devolver la furgoneta al parque móvil antes de las seis, normas estrictas, pero que Senta conseguiría un taxi para acompañarlo sano y salvo hasta el hotel Cosmos. Gable, sonriente, dijo que de ninguna manera, que había sido una larga noche y no iba a permitir seguir incomodándolas más, que podía volver al hotel por su cuenta, porque, al fin y al cabo, Berlín no era Beirut, Vientiane o Jartum, sin ánimo de ofender, así que les daría las buenas noches y las gracias por darles cobertura. Ulrike miró el reloj y dijo que tenía que irse, dio un par de besos a Senta y estrechó la mano de Gable para después marcharse. Senta llamó a un taxi, abrió la puerta de un tirón y se deslizó en el asiento trasero. Gable se subió y cerró la puerta mientras Senta daba instrucciones al conductor. Miró a Gable para ver si estaba enfadado. Habló con rapidez para disculparse.

—Martin, sé que puede volver usted solo al hotel —dijo. La noche anterior no se habían compartido los nombres de pila, pero el SBE, como cualquier otro servicio, consultaría los registros de los hoteles. Siguiendo las indicaciones de Benford y como muestra de buena voluntad, todo el equipo había viajado a Berlín usando sus verdaderos nombres—. Entienda, usted es un profesional con mucha experiencia, nuestro jefe, herr Jung, es muy duro, muy testarudo y ha dado instrucciones para que regresen a casa sanos y salvos. Tal vez quiera que transmitan a su presidente grandes elogios sobre nuestra eficiencia. Tal vez no quiera que un *kopfgeldjäger* de la CIA ande por Berlín sin escolta. Tal vez solo le gusta ladrar órdenes.

—¿Qué es un *kopfgeldjäger*? —preguntó mirando por la ventanilla.

—Un cazatalentos —respondió sonriendo.

Gable le devolvió la sonrisa. Calculó que tendría unos veinticinco años; ojos azules y nariz respingona. El pelo rubio le caía suelto hasta los hombros, enmarcando una sonrisa de dientes parejos. No es un bombón como DIVA, pensó, pero tiene confianza e inteligencia, y no teme a un viejo búfalo de la CIA como yo.

—¿Y tú? ¿No estás nerviosa por andar sola con un cazatalentos yanqui? —bromeó.

—¿¡Nerviosa!? —repitió ella riendo—. No, llevo una pistola en el bolso para defenderme.

Su apretón de manos en el vestíbulo fue correcto y firme, y los tacones de Senta resonaban mientras se alejaba, saludándolo sin volverse. Buenas piernas, pensó Gable. *Shaddup*, eres tan malo como Nash. Pero tiene una bonita popa... Estás cansado, duerme un poco. Tenía un par de horas antes de que el coche lo recogiera para llevarlo a la embajada y pasar el puto día entero escribiendo cables a Benford sobre la noche anterior y escuchando a Bromley y Westfall pidiendo almuerzos sin gluten.

Arriba, en su habitación, su rostro en el espejo vaporoso del cuarto de baño parecía cansado, se pasó los dedos por el pelo cortado al rape que parecía más gris de lo que recordaba. Escuchó un sonido agudo metálico proveniente del dormitorio. Agachó la cabeza y escuchó. Parecía que alguien se estuviera moviendo allí fuera. Las camareras siempre llaman a la puerta. ¿Qué podría ser? ¿A las siete y media de la mañana en un hotel de cuatro estrellas? ¿Un ladrón de hoteles? ¿Una especie de revancha de los alemanes? ¿Los rusos? La peor opción: ¿se habrían enterado de la entrada en la fábrica? ¿LYRIC? Siempre se mostraron muy atrevidos en Berlín... hábitos de los viejos tiempos.

Gable se enderezó, se puso una toalla alrededor de la cintura y con un ojo inventarió, en tres segundos, el baño buscando armas. Maldita sea: el mango del cepillo de dientes en el hueco de la garganta, el cable del secador podría ser útil si estuviera lo bastante cerca, el colutorio en los ojos. Todo una mierda si la amenaza era real y había un profesional de primera en su habitación. Cogió una toalla de baño del estante, anudó el extremo y lo sumergió bajo el agua. En Manila había visto que utilizaban como arma a distancia una cuerda húmeda anudada, en una pequeña pero fea pelea en un callejón arrasado por el viento durante un diluvio tropical. Su agente le había hablado del Sayaw ng Kamatayan, el arte marcial de las islas, en el que utilizaban armas de látigo. Bien, tenía el extremo anudado de una toalla de baño empapada. Abrió la puerta del cuarto de baño y entró en la habitación, listo para empezar a dar un golpe.

Senta Goldschmidt estaba tumbada en la cama, tapada con una sábana hasta los ojos. Elevó una ceja al verlo con la toalla empapada en la mano. Sacudió la cabeza y arrojó la toalla húmeda a la bañera. Se sentó en el borde de la cama. Senta bajó la sábana hasta la barbilla.

—¿Te he asustado?

—¿Qué haces aquí? —preguntó Gable con ternura, cogiendo uno de los dedos con suavidad.

—Si mi jefe lo supiera, me despediría antes del almuerzo —respondió ella. Buscó los ojos de Gable con los suyos, azules.

—¿Y entonces?

—Me interesas. Me siento atraída por ti…

—No soy precisamente de tu edad.

—Sabes mucho, has visto mucho.

—Y eres demasiado guapa para estar con…

—Y tus ojos son *empfindlich*, sensibles.

—Escucha. Yo vigilaba la Brecha de Fulda antes de que tú nacieras.

Senta lo miró y preguntó:

—¿Qué es la Brecha de Fulda?

Gable le apretó la mano.

—¿Guerra Fría? ¿La frontera de Alemania del Este? ¿Los dos valles donde los rusos atacaban al oeste cuando empezó la Tercera Guerra Mundial? ¿Te suena de algo?

Senta se rio y retiró con calma la sábana. Solo llevaba las medias de rejilla y los pendientes.

—Eso es historia. —Hizo un puchero y movió las piernas—. ¿Existe una Brecha de Fulda moderna?

Obatzda. Queso Bávaro para Untar

Mezcla el Camembert a temperatura ambiente con el queso crema, la mantequilla blanda, la cerveza ámbar, las cebollas picadas muy finas, el pimentón, el comino, la sal y la pimienta hasta que esté suave y cremoso. Sirve con cebolla roja o cebollino sobre pan negro o con *pretzels*.

29

Dominika disponía de dos noches más en Atenas antes de su vuelo de regreso a Moscú. Benford había regresado a Washington el día anterior, el día en el que Dominika presentó su recomendación a la sede central para volver a llamar a LYRIC. Nate se había reunido con el general y lo había preparado una vez más para el simulacro de extracción. Todo estaba a punto de estallar.

Casa segura TULIP. En las últimas reuniones con una fuente que volvería a entrar, siempre había sensación de urgencia. Los agentes de la CIA se esforzaban durante horas, sabiendo que ella podía hacerlo, y también eran conscientes de la probabilidad de que Dominika no pudiera volver a salir de Rusia a corto plazo. Podrían pasar años antes de volver a verla.

—Cuando vuelvas al rancho —dijo Gable—, haz daño a ese friki de la ribera con ojos de insecto, Zyuganov. Sácalo de quicio. Llévate el mérito de la victoria de contrainteligencia, lo has resuelto tú. — Dominika entendió la mitad de lo que le acababa de decir. Le sonrió. Un púrpura intenso y constante se arremolinó sobre su cabeza—. Y, cuando el presidente Vladímir te llame al Kremlin para darte una palmadita en el trasero, ponte algo bonito. —Le guiñó un ojo—. Tacones altos de verdad, para que seas más alta que él.

Dominika puso los ojos en blanco.

—Domi, ganar solvencia y mejorar tu posición con Putin conlleva un riesgo —intervino Forsyth—. Mientras seas una subordinada favorecida tendrás influencia, pero también notarás el resentimiento de otros, dentro y fuera del Kremlin. Y, si pierdes el favor, la caída podría ser difícil. —El halo de Forsyth era azul brillante. Estaba preocupado.

—Hay otro riesgo —dijo Nate—. Si Benford atrapa a TRITON, la sede central va a investigar por qué se ha estrellado su caso. Tienes que distanciarte. —Estaba pensando en Yevgeny, que era un eslabón rastreable y, si lo interrogaban, podría poner a Dominika en verdadero peligro. Nate ignoró la imagen que se había formado en su cabeza de un Yevgeny sin rostro en los brazos de Dominika.

Gable le sirvió otro dedo de *ouzo* y llenó el resto del vaso con agua.

—Estás a punto de tener dos, tal vez tres, reuniones personales con nuestro oficial —dijo Gable—. Quiero que tengas la máxima precaución, si algo no te gusta, sal de allí. —Dominika le dio una palmadita en la mano.

—¿Quieres que revisemos el lugar de la reunión en las colinas de los Gorriones? —preguntó Nate. Dominika negó con un gesto.

—Me habéis dicho que la mujer con la que me voy a reunir es muy buena. Os creo a todos, aunque tendré mi propia opinión cuando la vea en la calle. —Todavía estaba decidiendo si iba a guardar un serio rencor a esta mujer de veintisiete años.

—Ya puedes ser rápida —le dijo Gable—, el encuentro no debería durar más de cuatro minutos. Nuestra chica tendrá el paquete con el equipo de exfiltración de contingencia. Tendréis mucho tiempo para conoceros después.

—Ella tendrá todo lo que necesitas —informó Nate—. Está bien entrenada.

—¿Por qué la llamas «ella» en lugar de Hannah? —preguntó Dominika impacientándose.

Forsyth y Gable miraron indiferentes a Nate. Eran lectores excepcionales de las emociones humanas y, con el instinto de los perros de rescate en los terremotos, comprendían la situación. Los celos, la desconfianza y la competencia no tenían cabida en una operación de área inaccesible, al margen del género, el ego o la personalidad. Forsyth tomó nota mental para sugerir a Benford que se le asignara a Dominika otro oficial de caso para estas reuniones en Moscú, aunque esperaba que Benford se negara. Sabía que Hannah Archer era la joven estrella de Benford, elegida a dedo y con un magnífico rendimiento.

Gable, más realista y cínico, sospechó lo peor. Miró a Forsyth y le telegrafió que a la mañana siguiente le haría a Nash una irrigación de colon, un eufemismo de Servicio para asustarlo. Nate, sentado al final del sofá, y que no se quedaba atrás en la lectura de señales, sabía que estaba en serio riesgo. Y estaba furioso, con ella y consigo mismo. Dominika se apartó y observó el despliegue de auroras boreales de sus respectivos halos chocando y separándose, pensando que la de

Tchaikovsky sería una música de acompañamiento adecuada: cañones y platillos.

Sus chicos de la CIA eran demasiado buenos para airear sus problemas internos delante de ella, pero Dominika sabía que acababa de meter a Nate en la *banya*, el baño turco, y que, a juzgar por la mirada de Gable y su halo púrpura arremolinado, estaría esperando a Nate mañana con la vara de eucalipto. No sabía por qué lo había hecho, se sentía inquieta, un poco crispada. Primero es tu temperamento, ahora te has convertido en una *klikusha* de ojos verdes, una celosa demoníaca e histérica, pensó. *Idiotka*, concéntrate en tu trabajo. Concéntrate en los cardenales grises del Kremlin; reserva tu rencor para ellos. Miró con disimulo a Nate mientras todos recogían los papeles y se dirigían a la puerta.

Dominika besó a Forsyth en las mejillas, tres veces, como despedida. Abrazó a Gable y le sonrió a los ojos.

—¿Me llevas al hotel? —dijo sin mirar a Nate. Una sensación de contrariedad estaba creciendo en ella, y se reservaba el derecho a ser mezquina con esta Hannah. Así que se iría, no se quedaría con Nate. Lo hacía por él; para que Gable viera que no pasarían la noche juntos. Le dolía él. Le dolía no sentirlo dentro de ella, pero renunció a amarlo esa noche porque lo amaba mucho. Volvió a mirar a Nate mientras se marchaba.

—No te preocupes —susurró ella—. Estoy bien.

Udranka estaba en un rincón de la habitación observando todo el drama. «Haz lo que quieras —dijo—, pero no esperes que esté de acuerdo».

* * *

Nate no llegó a recibir su correctivo a la mañana siguiente. Al comienzo de la jornada, sonó el teléfono de operaciones detrás de la mesa de Margie, y cuando lo cogió escuchó un silbido bajo y tembloroso que se repitió dos veces. Margie se asomó al despacho de su jefe y luego al de al lado. Forsyth y Gable recorrieron juntos el entramado interior de salas hasta llegar al pequeño despacho de Nate, casi al final del pasillo, donde estaba redactando un telegrama para el cuartel general sobre la reunión del piso franco de la noche anterior. Gable miró a Nate y dio un breve silbido. Fuera de la sala de seguridad, no dirían el nombre en clave de DIVA, ni se referirían a su señal telefónica de llamada de pájaro, provocando una reunión de emergencia en una hora. Nate comprobó su reloj.

Gable y Nate llegaron al piso franco por separado con quince minutos de diferencia. En la mesa baja del salón había un vaso vacío de la noche anterior con un leve rastro de carmín. Gable y Nate lo vieron al mismo tiempo. Estaban preocupados por ella. Hicieron una rápida comprobación del apartamento y luego Gable volvió a la calle para prepararse y verla entrar.

Nate oyó que el ascensor se detenía en el rellano, el chirrido de la puerta y la llave de Gable en la cerradura. Dominika irrumpió en la sala de estar del piso franco con una expresión de destrucción y pillaje en la cara. Llevaba un jersey beis, una falda azul marino plisada y unos zapatos de cuero negros. Llevaba el pelo desordenado y no iba maquillada, algo que Nate siempre pensó que les sentaba bien a sus rasgos clásicos. Pero no esa mañana. Nate se obligó a no mirar los pezones de DIVA, que se marcaban bajo el jersey, menos sexi por la amenaza de peligro. Gable entró tras de ella, y los dos agentes de la CIA esperaron, catalogando los ceniceros y lámparas que podrían convertirse en proyectiles. Dominika se situó en el centro de la sala. Su voz era plana, pero sus ojos parecían los de un animal, pasando de Nate a Gable y de Gable a Nate.

—El cable de Moscú para su regreso llegó anoche —dijo—. No habría habido ningún problema. Solovyov tuvo un día o dos para preparar el viaje, pero esta mañana el viejo loco entra en la oficina y me dice con orgullo que su Servicio le ha ofrecido la dirección de un proyecto de alto secreto. Está convencido de que ha sido reclamado y vuelve a ocupar una posición de influencia y prestigio.

—Le dijimos cientos de veces que estaba bajo sospecha —dijo Gable—. Dijo que estaba listo para huir en el momento en que llamáramos a su timbre.

—Bueno, *bratok*, parece haber olvidado tus palabras —respondió la agente. Comenzó a caminar tres pasos en una dirección y tres en la otra, con los brazos cruzados sobre su abdomen—. Es un demente. ¡Cree que lo quieren de vuelta!

—¿Dijo cuándo se iría? —preguntó Nate—. ¿Mencionó algún vuelo?

Dominika lo miró mientras se paseaba abrazada a sí misma.

—Me senté allí, escuchándolo, no podía ni pestañear, sabiendo que se dirigía directamente a las celdas. ¿Qué podía decirle? «General, debería recordar las palabras de su oficial de la CIA de que está bajo sospecha, de que esta llamada es una treta, y su huida a América está arreglada». Tuve que sentarme y asentir.

—Domi, ¿cuándo dijo que se iba? —repitió Nate.

—Me dijo que el Aeroflot de la una estaba lleno, así que estaba mirando algo antes. —Nate miró el reloj. Dominika dejó de pasearse y se cuadró frente a Nate y Gable—. Se ha ido. El oficial de seguridad del GRU lo llevará al puerto aéreo y se quedará con él hasta que embarque. Así que olvídalo. Está en las celdas de Butyrka y ni siquiera lo sabe. —Se sentó en el sofá y cruzó las piernas para empezar a rebotar el pie. Luego se levantó de nuevo y se acercó a la ventana, separando las cortinas para mirar un instante hacia fuera. Gable miró a Nate y le hizo un gesto con la cabeza, luego se fue a la cocina y empezó a abrir armarios y a chocar vasos. Nate se quedó de pie en medio de la habitación.

—Dominika, ven y siéntate. —Señaló el sofá.

Lo miró por encima del hombro.

—Por supuesto. Vamos a revisar el siguiente nombre de la lista que quieres que elimine.

—Domi —dijo Nate en voz baja—, ¿te vas a sentar o quieres que te patee el culo hasta el sofá?

Dominika giró la cabeza y vio colas de dragón de color púrpura detrás de la cabeza de Nate. Recordó a un maltrecho Nate arrastrándola por el pantano del Danubio y por el puente de Viena. Así que se tragó la bilis que tenía en la garganta, se acercó al respaldo del sofá, se desplomó en el sillón individual y lo miró fijamente.

—Si crees que puedes patear...

—No me tientes. ¿Quieres callarte y escucharme?

Gable salió de la cocina con tres vasos de *ouzo* y un recipiente de comida comprada que había encontrado en la nevera. Puso la bandeja en la mesa ante el sofá.

—Tal vez quieras escucharlo, cariño. Esto es malo, muy malo. LYRIC es su agente. Como tú eres su agente.

Gable sonaba como un profesor y Dominika estaba furiosa.

—Me dijiste que Solovyov sería trasladado a los Estados Unidos. Todos me dijisteis que teníais el plan de fuga arreglado con el general. Ahora está en un avión camino de Moscú y lo estarán esperando en el aeropuerto.

—¿Crees que es lo que queríamos?

—Lo quisierais o no, una vez más, cabrones, me habéis hecho responsable de meter a un buen hombre en su tumba —dijo mientras se sentaba, cruzaba las piernas y comenzaba a mover de nuevo el pie.

—Sí, bueno, un montón de buenos hombres, y mujeres, se joden en este juego —dijo Nate—. Tal vez la cuestión es que protegemos a muchos otros para equilibrar la balanza.

—¿Sabías que esto iba a pasar? —preguntó Dominika. Habían hecho el amor en ese sofá y de pie en el fregadero de la cocina, y él lo había sabido siempre.

—Escucha, Dominika, esto no es un complot. No te utilizamos para encerrar al general. Era nuestra baza.

—Querías que lo expusiera para mejorar mi posición… Nunca debí haber aceptado.

Nate negó con la cabeza.

—Ya oíste a Benford. El general, LYRIC, ya había sido desenmascarado por ese topo hijo de puta de Washington. LYRIC lo sabía, se lo dije, y se lo tomó con mucha calma. Estaba dispuesto a volver antes que instalarse en Estados Unidos. Siempre fue testarudo, un viejo soldado que lloraba por sus hijos perdidos, pero que seguía siendo un patriota de corazón. Él quiso creer que su pueblo lo quería de vuelta. Quería volver. Tal vez una pequeña parte de él sepa la verdad, pero el ruso que hay en él quiere creer lo contrario.

—Quítate de la cabeza que esto fue un movimiento astuto —dijo Gable—. Es el TARFU. Estaremos respondiendo a las preguntas de Washington durante semanas. Forsyth y yo, como jefe y adjunto, pero sobre todo este triste, como responsable de LYRIC. A nadie le gusta perder a un agente.

—¿Qué es TARFU? —preguntó. Gable a veces hablaba raro.

—Significa total y realmente jodido —le respondió tras servir más *ouzo*.

—¿Van a amonestarte? —le preguntó Dominika a Nate.

—Lo cuestionarán durante meses —fue Gable quien respondió—. Pero tenemos que seguir haciendo nuestro trabajo. Como tú.

Dominika se desplomó en el sillón, con los brazos cruzados. No había pensado en las implicaciones para Nate. Ahora se sentía dos veces responsable.

—Y eso significa…, mírame, que tienes que seguir haciendo tu trabajo —habló Nate—. Y tienes que mantenerte a salvo. Y parte de eso significa mantenerte fuerte contra Zyuganov. Y si eso significa que en dos días tienes que bajar a los sótanos y abofetear a LYRIC en la cara… lo haces, joder.

Dominika no había pensado en que, con mucha probabilidad, Zyuganov la arrastraría a las sesiones en la prisión con LYRIC. Un topo de la CIA estaría interrogando a otro, sabiendo la verdad, con el enano venenoso mirándolos a la cara a ambos. Si su expresión no mostraba su inquietud, el escalofrío que la recorría sin duda lo haría. Los hombres de la CIA lo vieron de inmediato.

—No lo haré —dijo.

—¿Recordáis lo que os dije a los dos en Viena? —preguntó Gable—. Que algún día tendríais que tomar una decisión que os haría saborear la bilis tras los dientes, pero que no habría elección, y que podría significar herir a alguien a quien respetaseis y en quien confiarais. Pues bien, ha ocurrido hoy, y volverá a ocurrir mañana, y al día siguiente. —Gable miró el reloj—. Es casi la una. ¿Tienes hambre?

Dominika negó con la cabeza. Gable quitó el papel de aluminio del contenedor. Las tres pequeñas berenjenas, rellenas de tomate y relucientes por el aceite, estaban en fila. Gable miró a Nate.

—¿Quieres una? —Nate negó y Gable apartó el recipiente. Se levantó y se encogió de hombros—. ¿Qué hacemos ahora? ¿Vuelves a tu embajada? —Dominika asintió—. Entonces ¿nos vemos esta noche como siempre?

Dominika asintió.

—Me voy mañana en Aeroflot.

—¿Necesitas algo?

Volvió a negar con la cabeza.

—Bien, dame diez minutos para comprobar que la calle está despejada. Nos vemos esta noche.

—Adiós, *bratok* —se despidió Dominika. No oyeron el ascensor. Había bajado por las escaleras. Se sentaron uno frente a otro, sin decir nada. El halo púrpura de Nate estaba incandescente; latía con energía. Dominika quería sentarse a su lado y abrazarlo, pero no lo hizo. La desastrosa decisión de LYRIC, su persistente resentimiento y su inminente regreso a Rusia se habían instalado en ella como una pesada manta. Había escuchado a *bratok* y ahora conocía el sabor de la bilis detrás de los dientes. Dominika consultó el reloj y se puso en pie.

—Me voy ya.

—Nos vemos esta noche. ¿En el mismo sitio que ayer con el coche?

—¿A la misma hora? —Se preguntó si la noche terminaría con ellos en la cama.

Ambos habrían estado inmensamente tristes si hubieran sabido entonces que no podrían despedirse el uno del otro.

IMAM BAYILDI. BERENJENA RELLENA

Corta las berenjenas pequeñas formando una especie de bolsillo y hornéalas hasta que estén blandas. Saltea las cebollas cortadas en rodajas finas, el ajo, los trozos finos de tomate, la sal, el azúcar, el eneldo y el perejil. Rellena los bolsillitos de las berenjenas con el relleno y rocía con aceite de oliva. Añade agua, azúcar y el zumo de limón en una sartén; tapa y cocina a fuego lento, hasta que espese. Deja enfriar y sirve a temperatura ambiente.

30

Dominika volvió por un rato a la embajada para ver si podía averiguar algo más sobre LYRIC, pero no había nada nuevo. El viejo loco había partido en un vuelo a primera hora de la mañana. Esperaba ser recibido en el aeropuerto de Domodedovo por un joven oficial de protocolo y ser conducido a la sede del GRU en un Mercedes negro. En lugar de eso, el atento oficial lo acompañaría a la sala de espera de la terminal principal, donde cinco hombres trajeados lo agarrarían por las muñecas y los tobillos y le rodearían el cuello para mantenerlo quieto; le desabrocharían la camisa, le quitarían los zapatos y le darían la bienvenida a la Rodina. Estaba perdido.

De todas formas, se quedó un rato más por la embajada, se obligó a tragar un trozo de pastel ruso de verduras en el comedor de la embajada, sin saborearlo, y luego se dirigió al hotel. Era mediodía y el sol le calentaba la cabeza. Estaba embotada y adormecida por la situación de LYRIC. Se lo habían vuelto a hacer, aunque, mejor dicho, se lo había hecho ella misma. Sabía que los hombres de la CIA estaban muy preocupados: acababan de perder a un agente, en parte por mala suerte, en parte, por la obstinación de un anciano y, en parte, por desatención. Pero ella estaba de vuelta en el familiar pozo de alquitrán, metida hasta las caderas. Bienvenida a la vida que elegiste.

Soñaba despierta, caminando cabizbaja por la polvorienta acera de Ambelokipi camino del hotel, con la idea de escapar. ¿Cómo lo plantearía? ¿Cómo le diría a Nate que quería que la llevara a Estados Unidos, de inmediato, y que la instalara en una casa cerca de un lago rodeada de pinos, una casa con chimenea, y hacer el amor con él por las mañanas? Eres un verdadero genio, se dijo, una auténtica soñadora. ¿A quién quieres engañar? Su existencia, condicionada por su profesión, seguiría siendo como era en ese momento, hasta su muerte a manos de un traidor, un francotirador o de un asesino maniaco.

Marta caminaba a su lado, fumando y mirando a los jóvenes de la acera. «Despeja tu mente —le dijo—, concéntrate, ama a tu hombre y no temas».

«Ama a tu hombre». Dominika aclaró su mente mientras cogía en el mostrador la llave de la habitación y subía las estrechas escaleras, oscuras y frescas en comparación con el calor de la calle. Quería cambiarse de ropa para la recepción nocturna en la embajada, de la que terminaría escabulléndose para ir a ver a Nate y Gable. Decidió que esa noche les diría a ambos que lo sentía. Había comprado en la tienda de lencería Wolford de Kolonaki un bodi negro transparente que llevaría bajo una chaqueta corta y una minifalda; no era una indumentaria formal, pero sí de zorra profesional. La gasa dejaría ver su cuerpo, y ella (o Nate) podría abrir los corchetes de la entrepierna con una sola mano.

No recordaba haber bajado las persianas de la pequeña sala de estar. Algo fue gruñendo hacia ella desde el pequeño dormitorio de la derecha. Todo se desdibujó. Un susto. La sensación de unos brazos de acero alrededor de su cintura. Giró hacia su izquierda mientras daba un paso al frente, pero el agarre no se aflojó. La levantaron en vilo y la golpearon contra la pared con una fuerza demoníaca. La persona tenía una sombra indeterminada, pero no era un hombre, imposible con ese olor y el contacto blando de su pecho. Dominika golpeó la cabeza rubia con el codo mientras se agachaba lo que podía y con la otra mano le asestó un fuerte golpe entre las piernas. Consiguió que su esfuerzo se tradujera en un chasquido y que ese ser retirara los brazos de su cintura, pero los sintió alrededor de su cuello. La mujer puso una rodilla en la espalda de Dominika y trató de tirarla al suelo, pero agarró una lamparita de cerámica con un dibujo de conchas marinas en la pantalla y consiguió golpear en un lado de la cabeza de esa perra. El agarre de su cuello se soltó y la capitana pudo girarse para mirarla. Esa mujer se había llevado la mano a la mejilla por el golpe, vestía una camiseta y una falda cruzada, tenía hombros anchos, piernas grandes, ojos del color de la pizarra y ese color rubio, teñido, despeinado. Sin previo aviso, la embistió clavando el hombro en el estómago de Dominika. Ambas salieron trastabilladas hasta caer sobre una mesa de café de cristal, que se hizo añicos. La mujer seguía avanzando a través de la madera y los cristales rotos, alcanzando la presa y golpeándola en la cabeza; a Egorova le ardían las costillas. Consiguió clavar un dedo en los ojos de piedra de río, pero la bestia se limitó a gruñir y a sacudir la cabeza. Dominika entendió que no podía vencer a esa mujer con su fuerza. Luchó contra una oleada de miedo desesperado, pensando en gritar pidiendo ayuda mientras la cara de su enemiga se acercaba más a ella, mostrándole los dientes. Sentía los cristales rotos bajo la mano. Pasó un trozo de cristal roto por la cara de la mujer, desde encima de la ceja izquierda hasta abajo, en diagonal, pasando por la carnosa nariz, hasta la parte inferior de la mejilla derecha, una cicatriz de pirata. La mujer se apartó rodando y sujetándose la cara; se limpió la cara con la camiseta, dejando a la vista los pechos desnudos cuando se levantó la camiseta —grandes pezones de color marrón oscuro—; entonces la mujer volvió a estallar hacia delante como un búfalo del Cabo herido. La sangre le corría por la cara. Dominika estaba encorvada, intentando respirar y proteger sus costillas, cuando la *banshee* le lanzó un croché que encajó en la oreja izquierda y una luz blanca estalló en su cabeza. En ese momento, la verdadera rabia hizo acto de presencia y Dominika se olvidó del dolor de las costillas. Lanzó un puñetazo, luego otro, a la cara de la mujer, sin efecto, pero ambas cayeron sobre el sofá, con las piernas entrelazadas, agarrándose el pelo y la ropa, cada una tratando de ponerse encima de la otra. El sofá cedió un poco y la bestia se colocó encima de Dominika, poniéndola bocabajo, que sintió el goteo de la sangre en su mejilla y pudo poner una mano entre su garganta y la cuerda antes de que la tensara, pero si ejercía la presión suficiente podría desmayarse. Gracias a Dios no era una cuerda de piano. Con un movimiento fruto de la desesperación, se balanceó con violencia dos veces, haciendo volcar el sofá con un crujido de madera, las dos mujeres terminaron contra la pared. Sabía que si no era la primera en ponerse de pie, en ese pequeño espacio, estaba muerta, así que puso ambas manos bajo la barbilla de la mujer y un pie en su estómago y empujó; luego rodó y se puso de pie; la cuerda seguía alrededor de su cuello, pero ya sin tensión alguna. La bestia estaba limpiándose la cara de nuevo, sus pechos rosados resplandecían con la tenue luz de la habitación; caminaba sobre el sofá volcado. Dominika retrocedió, preparándose para otra carga del búfalo, casi sin pensarlo, le dijo *Suka ty zlo'ebuchaya*, eres una jodida zorra, para provocarla, porque solo le quedaba una posible jugada. Cuando la rubia se acercó, buscando su garganta con los brazos extendidos, la capitana se agachó y tomó el brazo izquierdo por encima del hombro, hizo un cuarto de giro y tiró hacia abajo en dirección contraria a la articulación del codo, separando el húmero distal de la cabeza del radio y astillando el olecranon, la punta del codo, con un sonido como el de agrietar una cáscara de una nuez; la mujer ladró una vez por el dolor, pero siguió buscando a su presa, con un gemido sutil desde el pecho, un brazo colgando, parpadeando para deshacerse de la sangre. Dominika apenas pudo levantar el brazo para tirar de la camiseta empapada en sangre para tirar de la mujer y hacerla girar sobre su eje y levantar un pie para darle una patada detrás de la articulación de la rodilla; la camiseta se rompió por la parte delantera mientras la mujer se desplomaba, incapaz de frenar su caída con su brazo roto, cojeando, se golpeó la cara contra el suelo; la cabeza rebotó contra la alfombra y Dominika se inclinó sobre la mujer, que se agitaba, le dio la vuelta y enrolló la cuerda en el cuello de esa bestia dando tres vueltas, y se puso fuera del alcance del único brazo sano que le quedaba, saltando por encima de ella, pisándole los hombros y tirando con los brazos. Siguió tirando de la cuerda. La única forma de seguir alejada de aquellas manos, y de los dientes, y de ejercer suficiente presión era con los dos pies apoyados, dejándose caer hacia atrás, con los extremos de la cuerda enrollados en los puños. Dominika tiró, girando la cabeza para vomitar un poco, gimiendo por el esfuerzo que acrecentó el dolor de las costillas. La mujer inclinó despacio la cara ensangrentada para mirar a Dominika; bocabajo; los pechos aplastados se estremecieron y la saliva y la sangre corrieron por su cara. Dominika siguió tirando. La mujer arañó la cuerda enrollada en su cuello con la mano del brazo bueno; su grito de rabia agonizante sonó como una gárgara estridente; empezó a dar patadas; se sacudió dos veces, con los pechos caídos, y siguió luchando, pero el aire parecía ser ya solo un ruidoso zumbido.

Dominika siguió tirando de la cuerda con visión de túnel, oscurecida por los extremos y borrosa; se incorporó cinco o veinticinco minutos después, no podría saberlo, y la mujer seguía mirándola fijamente. Apartó los pies de los hombros y gateó a su alrededor, mirando de reojo el cadáver por si se movía de nuevo, pero ni el pecho ni el diafragma se movían, y su falda estaba mojada desde la cintura hasta el dobladillo, y tenía los pies llenos de cortes por los cristales, y un codo estaba doblado, demasiado. Dominika apenas podía respirar, pero esa virago estaba muerta. Ella la había matado.

La cartera de cuero de la rubia tenía algunos euros, una tarjeta de teléfono y una foto de visado de una atractiva morena con una sonrisa irónica. Ninguna identificación, ninguna nacionalidad. La ropa y los zapatos no le decían nada y las gafas con montura metálica eran neutras. ¿Quién era? Apretó la mandíbula, se inclinó y le abrió más la boca y, entonces, pudo ver la firma de la mala odontología rusa: una boca llena de empastes de acero oxidado, caries en los márgenes y las bolsas festoneadas de las encías. Se trataba, sin duda, de una asignación de Moscú. No tenía la menor duda de quién era el instigador, que sin duda tendría un plan para cubrirse. Se guardó la pequeña fotografía en el bolso y se sentó, sin poder dejar de temblar en el sofá. Miró a la mujer, que seguía mostrando sus empastes.

Mientras estaba sentada, doblada sobre sí misma, tuvo la sorprendente epifanía de que, durante los últimos diez minutos de lucha contra esa bruja, no había visto ningún color humano alrededor de su cabeza, ni siquiera las alas negras de murciélago que representaban la maldad pura.

El dolor era mucho mayor e irradiaba hacia la espalda. Le dolía al respirar. Sabía que no tenía otra opción que volver a la embajada. Necesitaba atención médica discreta y necesitaba ayuda para salir del país de forma inmediata. Cuando el personal del hotel encontrara a esa harpía estrangulada en su habitación, la policía la buscaría, la detendrían, habría una publicidad perjudicial y su país mostraría un inmenso disgusto. Tenía que desaparecer de Grecia. Tan solo diría que había sido asaltada por una desconocida. Solo ella y Zyuganov sabrían la verdad. Sería un secreto mortal compartido, el cuchillo enfundado sobre la mesa entre ellos dos.

* * *

Cuando Dominika no apareció en el piso franco esa noche, Gable y Nate echaron el cierre y la CIA puso en marcha la estrategia habitual cuando un activo interno faltaba a una reunión: perfil bajo; esperar a que vuelva a contactar. La estación de Atenas revisó los posibles motivos por los que Dominika no se habría presentado: un acontecimiento en la embajada, órdenes repentinas de Moscú para regresar, problemas en la calle. Nate había sido sacudido por el fiasco de LYRIC, y ahora su otro agente estaba en paradero desconocido.

—Puede cuidar de sí misma —dijo Gable en la estación, aunque de forma poco convincente—. Terminamos todos nuestros asuntos, revisamos de nuevo la Ruta Roja Dos y el transmisor, conoce bien los sitios de reunión establecidos y la red SRAC de su casa está funcionando. Tenemos un oficial de caso capaz de reunirse con ella en Moscú. La última noche solo era para mejorar relaciones y tomar una copa, a menos que el señor Follarrápido estuviera planeando algo más.

Nate lo ignoró.

—Voy a hacer una pasada por el hotel donde estaba. Solo de comprobación.

Forsyth estaba lo bastante preocupado como para aceptar esa idea.

—Con mucha tranquilidad —dijo.

Pero Nate hizo algo más que dar una simple pasada. Encontró el callejón correcto y el pestillo de la puerta de servicio no le complicó la vida. Subió las escaleras traseras del Lovable Experience Four hasta que vio la cinta del crimen en el tercer piso, encontró la habitación con más cinta restringiendo la entrada en la puerta, pero la abrió con facilidad y vio la sangre, los muebles rotos y las paredes con restos de la lucha que hubo.

La central se hizo con una espeluznante fotografía de la autopsia, gracias a un policía que cooperó con ellos, así que, por lo menos, sabían que la de la morgue no era Dominika. Todos estaban de acuerdo en que el enano Zyuganov había intentado dar otro golpe a su agente con un asesino que, a juzgar por la foto que habían visto, podía ser o no una mujer. La prolongada discusión a través de cables restringidos y del teléfono seguro incluyó sugerencias de todo tipo: sacar a DIVA sin dilación (Nate), darle una pequeña botella de veneno Red Katipo para que lo echara en la taza de té de Zyuganov (Gable) y múltiples sugerencias de mensajes SRAC que pudieran advertirla (Forsyth). Al final, Benford, desestimó todas las sugerencias insistiendo en que Dominika conocía de sobra los peligros y que un torrente de mensajes contradictorios podría distraerla. Dijo que su agente de confianza, Hannah, sería informada de la situación para que conociera los problemas cuando las dos mujeres se encontraran en la calle.

En una última llamada a Forsyth, Benford admitió que estaba preocupado.

—Maldita sea, Tom, DIVA está a punto de entrar en el Kremlin y desarrollar un nuevo e importante acceso, pero el peligro es cada vez mucho mayor. No sé cuánto tiempo puede sobrevivir.

—¿Quieres considerar la opción de sacarla? —le preguntó Forsyth—. Es lo que recomienda Nash.

—No. Hay que proteger su vida todo lo posible, pero... tenemos que jugar la partida sin importar los costes.

—Simon, eso es un poco riguroso, incluso viniendo de ti.

—Sí. Tú también lo serías con ese hijo de puta de TRITON suelto en algún lugar de este edificio.

* * *

Todo el tráfico informativo de DIVA estaba fuertemente protegido con restricciones de acceso, con una lista BIGOT que solo contaba con una docena de lectores autorizados y con control de acceso como material de contrainteligencia. Ni siquiera el subdirector adjunto de la CIA para Asuntos Militares, Seb Angevine, estaba al tanto del tráfico operativo de DIVA que circulaba entre Atenas, Moscú y el cuartel general. Sin embargo, sí asistió a la reunión diaria de subdirectores en la sala de conferencias del director, en la séptima planta, y escuchó a la acaparadora Gloria Bevacqua, la directora adjunta de Operaciones, susurrar con el director, durante el adulador jaleo al final de cada reunión, que LYRIC había hecho caso omiso de las advertencias y había regresado a Moscú, casi con toda seguridad para ser detenido, y que ella no había estado de acuerdo con el plan de entregarlo.

De vuelta a su despacho, Angevine reflexionó sobre lo que había oído, ¿el plan para entregar a LYRIC? Escribió una nota, la fotografió porque tenía algo que ver con Rusia y lo incluyó en su paquete de entrega de esa semana para la *rezident* Yulia Zarubina. Esta remitió el último informe de TRITON a la sede central, solo para la Línea KR, que fue leído por Zyuganov y su adjunto, Yevgeny Pletnev. El primero reaccionó con una ráfaga de sospecha; el segundo, con una gran dosis de miedo.

La única manera de que los americanos supieran lo de Solovyov era que tuvieran otro topo. ¿Y lo del plan para entregarlo?, eso era un galimatías. Egorova había abandonado de milagro Atenas y había pedido la baja de inmediato, alegando que había sido agredida y herida en la calle. Le pidieron que se incorporara pronto porque los analistas de CI querían hablar con ella; el director quería verla; el Kremlin la había convocado. Todo olía demasiado mal para Zyuganov.

Cuando el coronel se enteró de que Eva Buchina había sido encontrada muerta en la habitación del hotel de Atenas, se asombró de que hubiera sido vencida en una lucha. ¿Cómo pudo la delgada y elegante Egorova vencerla? ¿Acaso esa flacucha bailarina tenía a alguien con ella para protegerse? No se hablaría más del tema. Así tenía que ser. Pasara lo que pasara, Eva había fallado y, por muy útil que le hubiera sido, su desaparición era, en cierto modo, bienvenida. Eva era incontrolable, hubiera sido como la serpiente domesticada que crece en longitud y circunferencia, y que un día empieza a mirarte a través del cristal del terrario como si fueras el ratón.

Egorova recibiría multitud de elogios, y Zyuganov esperaría y observaría. Contaba con que TRITON le dijera lo que quería oír.

PASTEL RUSO DE VERDURAS

Saltea las cebollas y los champiñones picados en mantequilla hasta que empiecen a dorarse. Añade la col rallada
y saltea hasta que se ablande. Sazona con tomillo, estragón, orégano, sal y pimienta. Extiende el queso crema en
el fondo de un molde para tartas, cúbrelo con una capa
de huevos cocidos cortados en rodajas y espolvorea eneldo
picado. Añade la mezcla de verduras y sella la tarta con la
tapa de hojaldre. Hornea a temperatura alta hasta que la
masa esté dorada. Deja enfriar antes de servir.

31

Lugar de encuentro esporádico TORRENT. El sendero de tierra dura era descendente hasta que se cruzaba con otro sendero ascendente desde el camino del río. El poste de luz de la intersección en forma de «V» de los dos senderos estaba apagado —el globo de cristal estaba roto—, así que la zona estaba a oscuras; la única luz que entraba de forma oblicua a través de las copas de los árboles procedía de las luces que había a lo largo del río. Centelleaban a través de las ramas desnudas por el otoño, que a estas alturas habían perdido casi todas las hojas. Frondoso o desnudo, el bosque de Vorobyovy Gory, el parque de las colinas de los Gorriones, en forma de herradura, a orillas del río Moscova, era oscuro y espeluznante. Hannah Archer, sentada contra el tronco de un fresno de corteza lisa, movió sus doloridas piernas y comprobó la esfera luminosa de su reloj, para luego guardarlo bajo la manga de su chaqueta negra con capucha.

Era el momento. Hannah se levantó despacio sin hacer ruido y sacó el Scout PS24 del bolsillo lateral de la mochila, un monocular térmico con un visor de goma en un extremo y una abertura para el objetivo en el otro. Hannah puso el objetivo en «blanco caliente» —una fuente de calor (humana) aparecía como una imagen blanca fantasmal sobre un fondo totalmente negro— y escaneó un arco de cien grados delante de ella en dirección al sendero ascendente. Vamos, DIVA, pensó Hannah, ¿qué te retiene, chica?

Al final del sendero en curva, Hannah captó un espectro que se acercaba entre los árboles. La figura parecía algo que los cazadores de fantasmas solían fotografiar en el ático de una granja, flotando, sin cuerpo definido. Hannah la vio venir por el sendero, pero se concentró en el camino detrás de esa figura. No venía a nadie por detrás. Hannah pivotó con suavidad para hacer una batida por ambos lados del bosque con la luz infrarroja invisible. Despejado. Hannah mantuvo los pies plantados y giró el torso para comprobar en la oscuridad del bosque ascendente detrás de ella. Nada. Volvió a centrarse en el fantasma y observó la casi imperceptible dificultad de su paso, que no era exactamente una cojera, pero que se notaba si se buscaba. DIVA.

Hannah guardó la PS24 y se colgó la mochila en un hombro. Salió de detrás del árbol y entró en el sendero justo cuando Dominika estaba a su altura. Hannah era una sombra oscura, un druida del bosque con capucha. Retuvo su mano.

—¿Capitana Egorova? —susurró—. Soy Hannah. —Se retiró la capucha y el pelo rubio y rizado cayó sobre sus hombros; entornó los ojos y la sonrisa inocente iluminó el bosque. Con la sonrisa floreció el rojo caramelo de la dedicación, la avidez y la determinación. ¿Y la pasión? Tan alta como Dominika, quizá más delgada, en forma, vibraba con energía y adrenalina operativas. Con un gesto de disculpa, Hannah sacó el visor término e hizo un escaneo de trescientos sesenta grados del bosque.

Se lo habría entregado a Dominika para que lo probara, pero las reglas en Moscú incluían que el agente extranjero no tuviera contacto físico con el agente estadounidense por temor a contaminar a la fuente rusa con *metka*, polvo de espía, un polvo fino, pegajoso e incoloro —un compuesto de nitrofenilpentadienal, también llamado NPPD— que el FSB rociaba en secreto por todas partes: en los pomos de las puertas estadounidenses, las manillas de los coches, las alfombrillas, los volantes y los bolsillos de los abrigos. Con un simple apretón de manos o haber cogido un paquete, un agente ruso estaría contaminado y se volvía fluorescente (si estaba bajo sospecha) como una valla publicitaria de neón de Samsung sobre la calle Tverskaya.

—Hay que tener cuidado con esto —susurró Hannah mientras bajaba la mira—. Los infrarrojos son visibles para unas simples gafas de visión nocturna, así que hay que hacer controles cortos. —Esa sonrisa también sería visible para los dispositivos de visión nocturna, pensó Dominika.

—Caminemos —invitó Hannah. Tomaron el camino más largo de la cuesta arriba, con menos iluminación natural y artificial. Fijaron con rapidez la hora de su próximo y breve encuentro, siempre el primer asunto, por si había una interrupción repentina y tenían que abortar la reunión.

Dominika quedó impresionada, Hannah fue rápida, perfecta en la comunicación y ordenada.

—Quieren que te diga que saben por qué no apareciste la última noche en Atenas. Saben lo de la mujer rubia, el asesinato. ¿Estás bien?

—Costillas vendadas, nudillos magullados, dolor de garganta. Dije en la sede central que me habían asaltado. Ahora no hay problema. Mi jefe me mira como si fuera una bruja.

—Quieren saber si tu superior te pone en peligro. Me han dicho que te diga que te sacarán si lo pides.

Dominika miró a Hannah, con ese rostro impávido y el rojo de la pasión girando alrededor de su cabeza.

—Por favor, dales las gracias. No estoy en peligro y estoy progresando. —Suenas un poco vieja y estirada al lado de esta niña tan natural, pensó Dominika. Me pregunto si Nate también lo pensará.

—Es un alivio. Me di cuenta de que Nate estaba preocupado. —En efecto, se respondió Dominika, pero no dijo nada. Hannah pasó a la lista de control—. Aquí tienes el equipo para tu plan de exfiltración. —Sacó una pequeña bolsa envuelta en otra de plástico más grande. La mantuvo abierta para que la capitana pudiera sacarla sin tocar la primera bolsa—. Comprobado y totalmente limpio. Ya sabes lo que hay dentro. Has practicado con el mismo kit. Si tienes alguna duda, podemos hablarlo a través del SRAC, ¿de acuerdo?

Eficiente. Segura de sí misma. Sabe lo que hace. ¿Qué edad tiene? Nate dijo ¿veintisiete? *Bozhe*, Dios.

—Recuerdo el plan —respondió Dominika, sintiéndose como un activo extranjero siendo informado por su agente de caso; en efecto, es de lo que se trataba—. Tengo varias cosas… Por favor, diles que he determinado dónde está LYRIC. Todavía está vivo. De hecho, el viejo *morzh* no ha confesado nada. Lo he visto en su celda; él no me ha visto a mí. Zyuganov está sudando porque no es capaz de conseguir una confesión; el interrogatorio ha durado demasiado. Ahora están preocupados por su corazón. LYRIC está bajo arresto domiciliario en su apartamento de Moscú, esperando la segunda ronda de interrogatorios. No pasará del nivel dos. —Hannah miró a Dominika con seriedad—. ¿Has entendido todo esto?

—Sí —respondió Hannah palmeando también la mochila—. Estoy grabándolo todo para no perder nada. Pero… ¿qué es un *morzh*?

No conocía la palabra en inglés y trató de explicar lo que era una morsa, e incluso intentó un sonido ronco para ilustrarlo. Hannah se tapó la boca con la mano y Dominika empezó a reírse también; estaban en el bosque en mitad de la noche, eran espías, prestando atención a un posible chasquido de ramas y riendo como hermanas.

—Tendrás cuidado con esa grabación... mi voz, ¿verdad, Hannah? —Resistió el impulso de preguntar si la escucharía Nate. Por supuesto que lo haría.

—No dejaré que le pase nada —dijo Hannah recuperando la seriedad—. Además, si alguien intenta reproducirlo sin pulsar los botones adecuados, se borrará todo el archivo en dos coma tres segundos.

—Parece que tienes el equipo perfecto.

—Tenemos muchos juguetes, es verdad, pero lo más importante es tu seguridad. Ese es mi único trabajo.

Dominika podía escuchar la cadencia de las palabras de Nate mientras Hannah repetía el mensaje. Han entrenado juntos, pensó, qué bonito. Y ahora estoy en el bosque con esta pequeña gladiadora que me dice que cuidará de mí. Dominika tuvo un pensamiento poco benévolo.

—Ya me siento más segura contigo —dijo, hablando con el dispositivo de grabación. Hablando, en realidad, con Nate.

Hannah miró a Dominika un segundo.

Ella también es perspicaz, pensó la rusa. ¿Es lo bastante perra para ti?

—Hay más —siguió Dominika—. Diles que Yevgeny sigue cooperando y que me dirá todo lo que quiera saber. —¿Has oído eso, Neyt?—. Yevgeny me ha contado hace poco que hubo una solicitud de Zarubina de apoyo con imágenes por satélite para inspeccionar el sitio de reunión propuesto en Washington D. C. Yevgeny estaba preparando un memorando formal para el director de Inteligencia Espacial de Vatutinki. Me lo mostró... a cambio de un beso. —Basta. Basta—. He copiado las coordenadas. —Le entregó a Hannah un trozo de papel—. Supongo que Zarubina pretende utilizarlo para TRITON. —Hannah miró el papel y leyó las coordenadas en voz alta para la grabadora, luego rompió el papel en pedazos y los metió en una pequeña botella de líquido transparente que agitó con violencia.

—Acetona para destruir la nota manuscrita —explicó Hannah sonriendo. Bonita sonrisa, pensó la capitana Egorova. Una chica inteligente.

Marta se sentó en el tronco de un árbol caído, sacudiendo la cabeza. «De verdad, ahora no te afectan los celos».

—Capitana Egorova, esto es enorme —susurró Hannah—. Nathaniel va a volverse loco. Esto podría llevarnos a TRITON. —El joven rostro de Hannah se iluminó.

Ahora es Nathaniel, pensó Dominika mirándola a la cara. No hay nada falso en ella. Halo rojo caramelo salpicado de fresas, y esos rizos romanos.

Hannah comprobó la hora.

—Ha pasado nuestro tiempo. ¿Hay algo más? ¿Necesitas algo? ¿Está bien tu equipo SRAC? —La capitana asintió. Reprimió el impulso de preguntar por ella y Nate; no quería parecer *nekulturista*. Hannah volvió a escudriñar el bosque a su alrededor y sacudió la cabeza. Negativo. No había movimiento—. Te veré de nuevo en el sitio SKLAD, es «almacén» en inglés, ¿te acuerdas?

Dominika asintió.

Hannah se miró los pies y luego de nuevo miró a Dominika a los ojos.

—Ha sido un placer conocerte. Eres una persona increíble que hace un trabajo increíble.

Dominika buscó en su rostro el resquicio del sarcasmo o la adulación. Su halo se mantuvo firme.

—Yo también me alegro de haberte conocido. Trabajaremos bien juntas. Por favor, transmite mis saludos a Nathaniel y al resto. Ahora estás haciendo el mismo trabajo que él.

—He leído todo el expediente. Nate es un oficial de caso fantástico. Me ayudó a prepararme para esta tarea. Me ayudó mucho. —Dominika vio la emoción y vio lo rápido que se la tragó. No podía hacer que esta mujer le cayera mal—. Está dedicado a apoyarte por completo. Por completo. Todos lo estamos.

El mensaje químico del «canal de feromonas» era inequívoco. Al margen de lo que haya sucedido, por las razones que fueran, él te ama a ti. No importa lo que sienta yo. Es tuyo.

Hannah estuvo a punto de coger la mano de Dominika y estrechársela y casi por impulso alargó la mano para darle un abrazo rápido, pero se detuvo. Se dio la vuelta, se subió la capucha de la chaqueta y caminó cuesta arriba, engullida por las sombras, dejando a DIVA inmóvil durante un segundo, hasta que giró y se dirigió cuesta abajo hacia el río.

Udranka bajó con ella. «Kak tebe ne stydno —susurró—, qué vergüenza».

* * *

Yevgeny dejó su muslo peludo sobre las piernas de Dominika mientras jadeaba para coger aire. Ella se había puesto bocabajo, en parte para limpiarse la cara sin que él la viera, pero sobre todo para no tener que verle los pelos de las orejas y de las fosas nasales, las uñas estriadas de los dedos de los pies y las cutículas levantadas. *Bozhe moi*, Dios mío, hasta su *khuy* estaba lleno de pelos como el de un oso pardo de Kamchatka. Los gorriones utilizaban la seducción para alcanzar los objetivos estratégicos de la patria —el espionaje era la combinación de las dos profesiones más antiguas—, pero Dominika se acostaba con Yevgeny, el de las pelotas llenas de pelos de cerdo, para seguir con vida: él era su única fuente de información sobre la evolución del caso TRITON.

Hacía una semana que había vuelto a la Línea KR. Zyuganov era el mismo: remolinos de nubes negras de envidia y engaño. La junta de contraespionaje de interservicios había estado alborotada por la asombrosa actuación de Dominika al detectar algo sospechoso en el general Solovyov y recomendar su retirada de Atenas, una brillante muestra de habilidad intuitiva. Zyuganov, frenético por los celos y la envidia por su relación con Putin, estaba ahora sudando la gota gorda para conseguir una confesión del viejo militar. Hasta el momento no había resultados. Yevgeny dijo que por esa razón el general había sido puesto bajo arresto domiciliario en su pequeño apartamento en el barrio noroccidental de Khimki. Un guardia interno vigilaba al viejo solitario. ¿A dónde iba a ir sin pasaporte? Le darían un mes de descanso y volverían a empezar.

El adjunto la había echado de menos durante su ausencia. Había ido después del trabajo, y se habían sentado en el salón del pequeño apartamento de Dominika, y comieron *kotlety pozharskie*, carne de pollo picada y dorada con salsa *ajvar* picante. Mientras comían, Dominika tiraba de los hilos de Yevgeny con delicadeza para hacerle hablar. Había mucho que contar, pero el ruso podía comer y hablar al mismo tiempo.

Zarubina se encargaba en persona de TRITON. Había halagado, piropeado, aconsejado, engatusado y dirigido a TRITON para que les diera una inteligencia cada vez más espectacular desde el mismo corazón de la CIA. Yevgeny la calificó de genio, de artista. Encabezando la lista: Zarubina había recibido la orden de encargar a TRITON que descubriera si había otro topo estadounidense dentro de la sede central, un topo que llenara el vacío que había dejado el traidor Korchnoi tras haber sido eliminado. Su serenísima de ojos azules del Kremlin había ordenado a sus servicios de inteligencia —a todos ellos— que lo averiguaran. Todos ellos observaron con gravedad el desenmascaramiento del recluta de Caracas. Y la retirada del general del GRU de Atenas había causado furor. Los estadounidenses estaban ocupados de nuevo, se decían a sí mismos, y sabían que había enemigos peores ahí fuera. Me están buscando, pensó Dominika.

Había más, y la luz del indicador del adjunto estaba encendida. Dominika lo condujo con coquetería a su diminuto cuarto de baño, donde lo bañó con la ducha de mano, como si fuera un caballo de tiro, y jugó a un juego sexi con la pastilla de jabón, y lo secó con un masaje; luego lo llevó al dormitorio y apagó su mente y le rastrilló la espalda con las uñas y le puso los tacones en el trasero peludo, y cerró los ojos y sintió cómo le caía sobre la frente y los labios el sudor de ese hombre.

Casi se puso a llorar pensando en Nate y en cómo habían discutido, y en cómo de mal habían ido las cosas con LYRIC. Algo comenzó a crecer en su mente, un pensamiento difuso que aún no podía atrapar, así que lo archivó y contemporizó su orgasmo fingido con el final de Yevgeny, con un movimiento de cabeza de lado a lado y un gran gemido, después del cual él se desplomó en la cama con una pata de jamón todavía amartillada sobre ella; cuando su respiración se ralentizó, Dominika volvió a tensar la cuerda.

—A Zarubina no se le escapó que te llamaron de nuevo al Kremlin para felicitarte —dijo él respirando todavía con dificultad—. ¿Sabes?, va a ser la jefa algún día, y te ha echado el ojo. Estás preparada —le dijo, acariciándole las nalgas—. No te olvides de tus amigos.

Udranka se sentó de forma inapropiada encima del armario que había en la esquina del dormitorio, balanceando las piernas. «En verdad es demasiado, ¿no? Pero no tiene que gustarte, solo tienes que hacerlo».

* * *

La citación llegó desde la Secretaría del presidente un par de días después de su regreso; el coche que habían enviado a buscarla pasó a toda velocidad por la puerta Borovitskaya del Kremlin y continuó un kilómetro más hacia el elegante distrito de Tverskoy, pasando por los escaparates de Tverskaya, llenos de la clase de zapatos, ropa y artículos de cuero que no existen en la madre Rusia fuera de la carretera de circunvalación MKAD, y se detuvo en un amplio e inmaculado callejón marcado como *shvedskiy tupik*, callejón sueco para ciegos. El edificio número 3 era un moderno edificio de once plantas de ladrillo y cristal, incongruente con los edificios barrocos soviéticos del barrio, y sin duda un lugar especial a juzgar por la caseta de seguridad del Servicio de la Guardia Federal frente a la entrada principal.

Un ayudante esperaba para acompañar a Dominika en un ascensor silencioso y sin botones. Las puertas se abrieron a un lujoso salón con suelos de parqué y elaboradas molduras en las paredes y el techo. Al final de la sala, el presidente Putin estaba de pie, junto a un aparador, hablando por teléfono. Llevaba una camiseta deportiva de color caqui bajo un chaleco de cuero con cremalleras. Otras tres personas —dos hombres y una mujer— estaban en los sofás y en las sillas de brocado cercanos. Todos ellos sentados bajo una nube amarilla. Dominika caminó por el parqué, con los tacones resonando en la madera. Recordó lo que había dicho Gable sobre llevar tacones la siguiente vez que viera al presidente. Llevaba un traje azul marino oscuro con medias oscuras. Como de costumbre, llevaba el pelo recogido como marcaba el reglamento del Servicio. La gente había dejado de hablar y la observaba cruzar la sala, ligera y escultural como una bailarina. Envuelto en su habitual azul ártico, el presidente colgó el teléfono, le estrechó la mano y la tomó del brazo para alejarla de los invitados y llevarla de vuelta a la sala de espera y a las puertas aún abiertas del ascensor. Con sus tacones, Dominika le sacaba una cabeza de altura.

—Capitana, gracias por venir. La felicito por otro buen trabajo. —Putin movió ligeramente la boca con forma de arco de Cupido, tal vez indicando placer o, incluso, alegría—. Parece que Atenas le da suerte. —Clavó la mirada en la de ella, y Dominika, no por primera vez, se preguntó si él podría leer su mente.

—Gracias, señor presidente. —Era la única respuesta posible en ese momento.

—Lamento tener que marcharme en breve; de lo contrario le ofrecería algo y le presentaría a algunas personas —dijo, señalando con la cabeza al grupo que estaba en los sofás—. Voy a dar una conferencia en el complejo estatal de Strelna durante los próximos diez días. ¿Conoce el Palacio de Constantino?

—Lo visité de niña con la familia de San Petersburgo —respondió recordando el magnífico palacio barroco y los jardines neoclásicos que se extendían hasta el mar. Los grandiosos Palacios de Peterhof y Oranienbaum se encontraban en el mismo tramo de costa, al sur de Petersburgo.

—Por supuesto, su familia era de allí. —Sí, pensó Dominika. Mi abuela se escondió en un pozo mientras los bolcheviques quemaban la casa—. Bueno, ya debería haber hecho otra visita. —La estaba invitando, pero con seguridad no como única invitada. ¿Qué hago? ¿Forsyth? ¿Benford?—. Una de las cabañas está preparada para una reunión privada, la gente debe conocerse —dijo Putin a la vez que hacía un gesto para que su ayudante la acompañara de vuelta al vestíbulo—. Ya conoce a Govormarenko.

Claro, el perro del zar de la energía que te está ayudando a desviar los beneficios en el acuerdo de Irán, pensó Dominika. Dios quiera que no haya una bañera de hidromasaje en el gimnasio.

—Es usted muy amable, señor presidente. Puedo aprovechar para visitar a mis parientes en la ciudad. —Estrechó la mano de Putin, seca y firme, y entró en el ascensor.

—Asegúrate de que el nombre de la capitana está en la puerta —dijo Putin a su ayudante. Las puertas del ascensor se cerraron, pero Dominika seguía sintiendo esos ojos sobre ella.

KOTLETY POZHARSKIE. FILETES DE POLLO

Remoja el pan en la leche y mézclalo con el pollo triturado, la mantequilla, la sal y la pimienta, e incorpóralo hasta formar una pasta. Forma pequeñas hamburguesas, pásalas por huevo y rebózalas en pan rallado. Fríe en mantequilla hasta que se doren. Sirve con puré de patatas y salsa de *ajvar*.

32

Benford llegaba tarde a su propia reunión. Había asistido a una reunión informativa en la planta inferior de la PROD sobre el progreso del suelo de aislamiento sísmico W. Petrs en su surrealista odisea acuática a través de la Rusia continental hasta Irán. El SBE alemán había informado a la estación de Berlín de que la enorme maquinaria había salido de la fábrica. La Agencia Nacional de Inteligencia Geoespacial, en colaboración con la CIA, la había rastreado a través de un satélite de imagen óptica, a trescientos kilómetros de altura; podía leer el nombre de la popa cuadrada de la barcaza que surcaba los lagos al norte de San Petersburgo, y luego hacia el sureste, bajando por el Volga en su camino hacia el delta del río Volga, en Astrakhan, hasta el mar Caspio.

En una sala oscura, Benford vio proyectadas fotos de la enorme carga, envuelta en vinilo blanco, cubierta en toda su circunferencia con una lona de color marrón y asegurada al estilo Gulliver con docenas de correas entrelazadas. Un insufrible analista de imágenes de la NGA, con ojos de rana, explicó que la deriva orbital conocida como precesión —la mirada iracunda de Benford le impidió explicar la tercera ley de Kepler— significaba que el curso de observación del objetivo sería desplazado hacia el oeste en cada órbita posterior. Eso significaba, continuó el autocomplaciente analista, que el INDIGO EYE, de órbita baja, perdería la barcaza una vez que entrara en el Caspio. Benford continuó mirando con atención a esta persona tan desagradable, que se apresuró a añadir que el seguimiento lo asumiría, en consecuencia, un sigiloso avión no tripulado de vigilancia SOLAR FIST lanzado desde la base de las Fuerzas Aéreas de Estados Unidos en Incirlik, Turquía, que podría transitar por los quinientos kilómetros de espacio aéreo azerí e iraní sin ser detectado, y merodear durante cinco días sobre el fétido Caspio, haciendo *lazy eight* a una altura de veinte kilómetros.

Al final de la sesión, el técnico de ojos saltones —qué apropiado es que un oficial de imágenes tenga ojos saltones, pensó Benford— ofreció con sorna que los drones reemplazarían a los oficiales de operaciones en cinco años. Benford se puso rígido. Los funcionarios de la PROD guardaron silencio.

—Gracias por su comentario no solicitado —le dijo Benford—. No cabe duda de que con tus drones pueden mirar dentro de los pantalones de un hombre desde una gran altura. Pero tus drones no pueden adivinar qué pretende hacer con su polla, con quién y cuándo.

Salió y se apresuró a entrar en la cueva del alquimista, como él llamaba a su oficina. Sentadas en sillas alrededor de la mesa estaban sus expertas de confianza en el CID: Margery Salvatore y Janice Callahan. Se sentó y las miró con el ceño fruncido. Sabían que no debían hablar. Benford era un hombre poseído desde que sabía que un topo informaba a los rusos desde dentro de la CIA.

—Perdonad por mi lenguaje, pero ¡joder! Desde que nos enteramos de lo del topo en la CIA, hemos cancelado la operación de agente doble de la OSI para negarle a TRITON esa vía de comunicación con los rusos; al hacerlo, aspirábamos a sacar a la luz a TRITON cuando se pusiera en contacto con personal de la *rezident* de la SVR, Zarubina. Por los informes de DIVA, sabemos que esto ha sucedido, pero, por desgracia, la puta cobertura del FBI sobre Zarubina no ha dado ningún resultado. Es cautelosa en la calle, aborta cuando no le gustan las vibraciones y es imprevisible. Es condenadamente difícil cubrirla con discreción.

—Anulémosla con un seguimiento extremo en las calles —propuso Janice—. Hagamos que cometa un error.

—Podría funcionar —coincidió Margery—. Pero, si notan demasiada presión, es muy probable que la sede central ponga a TRITON en la nevera hasta que envíen al ilegal a los Estados Unidos para que empiece a tratar con él.

—En ese momento, TRITON se nos escaparía y estaría trabajando treinta años sin que pudiéramos hacer nada —lamentó Janice. Ella había tratado con agentes en la Europa del Este comunista cuya esperanza de vida actuarial como espías era de dieciocho meses.

—Por desgracia, Janice, tienes toda la razón —dijo Benford—. Tenemos una ventana cada vez más estrecha durante la cual TRITON seguirá reuniéndose con un oficial de inteligencia ruso al que podemos hacer seguimiento. Zarubina utiliza una contravigilancia agresiva que suele conducir a trampas variadas al seguimiento del FBI.

—En todos estos años, en todos los casos, siempre ha habido un elemento imprevisible y minúsculo que cambia el curso de una operación, rompe una caza de topos, ancla un reclutamiento —intervino Margery—. Eso es lo que necesitamos ahora.

—Aquí tienes un penique, Margery —dijo Benford, deslizando una moneda a través de los montones de papeles de su escritorio—. Échalo en el pozo de los deseos que hay frente al edificio.

—Margery, guárdate esa moneda —interrumpió el jefe de policía Dante Helton, entrando en la oficina de Benford. Levantó una pila de expedientes de una silla y la arrastró para sentarse junto a la aludida—. Simon, mira el 2584 de Moscú. Acaba de llegar.

Benford suspiró.

—Dante, te agradezco que te tomes tiempo para asistir a esta reunión... que comenzó hace unos veinte minutos.

Dante señaló el monitor de Benford.

—Míralo ahora mismo.

Benford encontró el cable, se ajustó las gafas y se incorporó para leer.

—Hannah Archer ha tenido su primer encuentro personal con DIVA en Moscú, en las colinas de los Gorriones —informó Benford mirándolos a los tres—. Janice, tu protegida ha vuelto a actuar de manera espléndida. —Siguió leyendo—. Es más, DIVA le ha proporcionado... su puta madre... —Benford puso el dedo en el monitor y leyó con parsimonia—: 48° 92' norte, 77° 3' oeste —dijo y se volvió para mirar a cada uno de los tres invitados a su despacho.

Aunque era leal a Benford sin reservas, Margery llevaba tiempo prediciendo su súbito descenso a la senectud excéntrica; al parecer, había llegado el momento. Margery pensaba que podrían exponer a Benford en su madurez en la biblioteca de la planta baja a cambio de una cantidad de dinero, lo cual serviría para recaudar fondos para el Día de la Familia de la CIA.

—Deja de pensar, Margery. —La hizo regresar de sus pensamientos Benford—. DIVA ha conseguido esta información de su ayudante en la Línea KR, Pletnev. Creo que está ejerciendo de gorrión con él. Esta mujer tiene coraje.

De debajo de una pila de periódicos, extrajo un libro de mapas de Washington D. C. Su movimiento provocó una avalancha de papeles, pero nadie se movió para recogerlos.

—Zarubina solicitó imágenes aéreas de estas coordenadas —hablaba Benford mientras pasaba las páginas—. Los rusos manejan el mismo tipo de lugares que nosotros. El centro de D. C., el parque Meridian Hill, en Columbia Heights, entre las calles 15 y 16. —Encontró la página y la consultó—. Margery, eres una profeta, una sibila, un arúspice... Zarubina acaba de darnos el sitio donde se va a encontrar con TRITON.

* * *

Seb Angevine se había reunido con Zarubina cinco veces desde que había vuelto a estar en contacto y no le gustaba en absoluto estar en la calle con ella. Demasiada exposición. No tenía ni idea de lo que era el oficio, pero tenía que admitir que ella elegía algunos lugares muy interesantes y apartados —vías urbanas, callejones, patios— que él ni siquiera sabía que existían. Pero se negaba a correr el riesgo de reunirse al aire libre con la conocida *rezident* de la SVR y estaba nervioso todo el tiempo, por lo general, esperando y observando desde una posición oculta, para verificar que llegaba sola, dispuesta a salir por piernas si había problemas. Zarubina sabía lo que se hacía. Una vez se puso en plan abuela con él, lo abrazó y le dijo que era un encanto al preocuparse por ella. Que te jodan, pensó, estoy preocupado por mis pelotas.

Era el dinero lo que le hacía volver. Los rusos estaban pagando mucho dinero, fajos de dinero en efectivo en una mochila, además de importantes depósitos en cuentas con alias en bancos extranjeros. Zarubina le dijo que habían superado la marca de los dos millones de dólares. Angevine sabía que alimentaba su ego y su venalidad, pero estaba dispuesto a dejarse manipular hasta la ventanilla. Zarubina no cejó en su empeño; fue implacable. Y después de cinco encuentros, a pesar de su apariencia de abuela, el imaginativo Angevine vio el antiguo veneno ruso del juicio amañado y el gulag, del politburó y las fosas comunes en los abedulares.

Gracias a Dios, las cosas iban bien con Vikki. Ella había rechazado su sugerencia de dejar de bailar en el club, pero se habían tomado unas buenas vacaciones juntos, y él pagaba su alquiler y sus gastos. El sexo era genial, enérgico y comprensivo. Cuando pensaba que había conseguido una maldita equidad con ella, Angevine le sugirió con timidez que invitara a una de sus amigas del Good Guys para hacer un trío, pero a ella le dio un ataque y no quiso verlo en una semana. ¿Cuál es el problema?, pensó. Le había comprado un par de pendientes de oro en Market Street Diamods, en la calle M, y habían tenido sexo de reconciliación, pero ella seguía enfadada con él.

Utilizaba su posición como sénior en la CIA para leer el tráfico de operaciones al que de otro modo no tendría acceso. Y tenía mucho. Nunca descargaba nada, nunca copiaba nada: había demasiadas comprobaciones forenses de ordenadores e impresiones todo el tiempo. A Zarubina le había impresionado que tomara fotografías de los cables en la pantalla de su ordenador interno de la CIA y le había regalado una extraordinaria cámara en miniatura —una Chobi Cam de Japón—, que era tan grande como una goma de borrar y apenas pesaba quince gramos. Era mejor que la de su iPhone (que no estaba permitido en la central).

—Por supuesto que la Línea T tiene mejores cámaras —le había dicho Zarubina—, pero esta está disponible de manera inmediata. —Lo que significaba que la minicámara de fabricación japonesa le otorgaba la posibilidad de negar la participación de la SVR en caso de que Angevine fuera capturado—. Ponlo en modo vídeo, querido —le dijo—, y desplaza la pantalla tan rápido como puedas. Nosotros podremos recuperar las imágenes.

Con el pulgar en la tecla de «pasar página», Angevine estaba fotografiando en su monitor una gran cantidad de cables, memorandos y documentos informativos; ni siquiera sabía lo que estaba pasando. Trabajaban con tres cámaras, llamadas Alfa, Beta y Gamma, y que se iban alternando en cada reunión. Estaban expoliando el archivo.

En la última reunión, Zarubina le había recordado con dulzura que aún lo necesitaba para buscar el topo de la CIA en Moscú. Angevine, por tercera vez, le explicó que había un pequeño porcentaje de casos que estaban tan restringidos que su lectura se limitaba a tres personas. La información producida por estos casos se editaba tan a fondo, por razones de protección de la fuente, que no se podía conocer el nombre, el género ni la nacionalidad. La dulce Zarubina le pidió que siguiera intentándolo.

Fue en otra reunión semanal de adjuntos con la odiada Gloria Bevacqua cuando Angevine descubrió la forma de burlar los cortafuegos de compartimentación de las identidades de activos restringidos. En medio de una de sus despreocupadas peroratas, la muy puerca se quejó de la burocracia de la Oficina de Finanzas, que, según dijo, mantenía una lista de nombres verdaderos utilizados para hacer depósitos en las cuarenta cuentas bancarias de alias de los agentes, un requisito burocrático para el dinero federal asignado a las fuentes de inteligencia. Era una laguna involuntaria del sistema. Nadie tomó nota de los comentarios de Bevacqua, excepto él. Descubrió que, como subdirector de Asuntos Militares, estaba acreditado para acceder a esa base de datos financieros de alto secreto; todo lo que necesitaba era hacer referencia a un caso de información militar para cubrir su solicitud de la base de datos. Era peligroso. Dejaría rastro. Pero podía hacerse. Una sola vez.

Esperó hasta el final de su reunión nocturna con Zarubina antes de mencionárselo, y así aumentar el dramatismo.

—Es un trato único. Os va a costar un millón. —Zarubina cogió a Beta y le entregó a Gamma, la cámara que en el siguiente intercambio tendría los verdaderos nombres de los activos extranjeros más sensibles de la CIA, incluidos los nombres rusos. Las operaciones de penetración de la CIA en Moscú habrían terminado. Zarubina le dio una palmadita en el hombro y lo calificó como maravilloso. Sin dudarlo, le dijo que los dólares, los euros, los *krugerrands* o los diamantes de sangre, lo que quisiera, serían depositados al instante al recibir la cámara Gamma en la siguiente reunión. Angevine se relamió.

—Te veré en RUSALKA, el lugar de las sirenas, dentro de dos semanas —le dijo acariciándole el brazo—. Cuídate, TRITON.

Volvió a la *rezidentura* para redactar el cable, el impresionante cable que dinamitaría la sede central. Las imágenes de ella sentada detrás del escritorio del director del SVR en Yasenevo, con el teléfono Vey Che directo del Kremlin al alcance de su mano, brillaron en sus ojos.

* * *

Bozhe, otra noche en la que el sudor de él le goteaba en la cara y con los pelos del pecho en la boca. Dominika se tumbó en la cama después de que Yevgeny se marchara, escuchando los latidos de su corazón. Su último chisme de la Línea KR casi le había hecho vomitar de la impresión. En dos semanas TRITON entregaría una lista de nombres de activos —su nombre estaría incluido— a Zarubina. Benford no podía protegerla, los lobos se acercaban. Sin embargo, Dominika no sintió miedo, sino una creciente determinación de sobrevivir, con el único propósito de destruir ese mundo corrupto.

Le quedaban dos semanas de vida. Esa constatación y la sedosa invitación de Putin a la mansión junto al mar del golfo de Finlandia habían sido el detonante de un pensamiento febril que se transformó en plan —imposible, suicida— que ella sabía que llevaría a cabo: arruinar a los *piyavki*, las sanguijuelas que se adhieren a las entrañas del país. Lo haría aunque fuera su último caso. Podía sentir la urgencia en su pecho. Marcó dos mensajes del SRAC y fue a transmitirlos a uno de los sensores, pensando en la rubia Hannah. Pasa la voz, *sestrenka*, hermanita.

Mensaje 35. Urgente. Zarubina informa que TRITON entregará el informe del topo ruso, con alto grado de credibilidad. En una reunión dentro de dos semanas en el sitio RUSALKA. olga.

Mensaje 36. Invitación a Strelna por parte del pdte. en los próximos diez días. Aprovechará el viaje para entregar a LYRIC en el sitio de exfil. a primera hora del día 12. Iniciar Ruta Roja Dos. olga.

Los dos mensajes SRAC de DIVA golpearon con fuerza las estaciones de Moscú y Atenas y en Langley.

—Dando palos de ciego —dijo Gable. Benford estaba en el teléfono de seguridad de ambas estaciones, dando instrucciones como un hombre poseído, exactamente lo que era. Pidió la conformidad de Forsyth para llevar a Nate de regreso a Washington. Necesitaba un oficial de calle para gestionar su plan y evitar, costara lo que costara, que TRITON llegara a la reunión con Zarubina y pasara ese nombre. Él mismo redactó las respuestas a los mensajes SRAC de DIVA y ordenó a Hannah que los cargara en el sistema de sensores.

Respuesta mensaje 35. Supongo que RUSALKA está en las coordenadas ya enviadas. ¿Puede confirmar la ubicación y la fecha exactas?

Respuesta mensaje 36. En ningún caso intente exfiltrar al sujeto. Imperativo reservar la Ruta Roja Dos para su uso exclusivo. Solicite reunión urgente en el sitio SKLAD mañana. Confirmación.

El jefe de la estación de Moscú, Throckmorton, espoleado por la urgencia de la crisis, telefoneó a Benford para comunicarle que iría en persona a la cita con DIVA para decirle que se retirara.

—Esto requiere seriedad, una mano superior —le dijo a Benford.

—Vern, no harás nada de eso —le soltó Benford, sabiendo que ese mandril de culo rojo llevaría a la mitad del FSB a la reunión—. Deja que Archer se encargue. Por eso está ahí. ¿Te queda claro?

Obtuvo una respuesta afirmativa forzada.

Los mensajes SRAC se intercambiaban ahora a gran velocidad. Schindler tuvo que renunciar a sus *gin-rocks* vespertinos para pasar por el sensor tres y descargar la respuesta de la díscola DIVA. El famoso mensaje 37:

Mensaje 37. Reunión en SKLAD mañana confirmada. No abandonaré a LYRIC. No renunciaré a exfil. Él y yo estaremos en la playa de exfil. la mañana del 12. Tened en cuenta que no puede hacer proezas. olga.

* * *

Hannah estaba sentada en su pequeño escritorio en el recinto de la estación de Moscú, comiendo un sándwich de pastrami de la cafetería de la embajada. Los cocineros de la embajada se las arreglaban para destrozar la mayor parte de los platos americanos del menú añadiendo ingredientes inexplicables —salsa de pepinillos en la lasaña o nueces escaldadas en los macarrones con queso—, pero por alguna razón hacían un delicioso sándwich de pastrami. Puede que se debiera a que el amor eslavo por los salamis, las salchichas, la carne en escabeche, los jamones curados y el cerdo salteado a la pimienta les había hecho tratar al pastrami de la manera correcta. El sándwich estaba repleto de queso, cebolletas y ensalada de col avinagrada. Con el sándwich incluían un vasito de plástico con condimento de *khrenovina* de color naranja, picante —los cocineros de la barra de la cafetería llamaban a la salsa *vyrviglaz*, «sacarse-los-ojos»—, pero Hannah ni siquiera abrió el envase. Lo último que necesitaba era empezar a sentir los efectos volcánicos de la *khrenovina* en la cuarta hora de la SDR de esa noche. Se trataba de una reunión de vital importancia, una cita decisiva, como le había explicado Benford, que sonaba tenso, a través del teléfono seguro.

—Hannah, haz que baje de la euforia mesiánica en la que se encuentra —siseó Benford por teléfono—. Por el amor de Dios, ella no se puede poner en peligro de esta manera. No me importa cómo lo hagas, miéntele, dile que los activos marítimos no están disponibles, dile que el sitio está comprometido... joder, dile que he tenido un infarto y estoy en cuidados intensivos. Esto último puede no ser una mentira en doce horas.

—Puede que antes —comentó Hannah para tratar de transmitir confianza y tranquilidad. No debería haber dicho eso, pensó.

—Hannah Emmeline Archer —dijo Benford tras un silencio que se correspondió con un movimiento sistólico. ¿Cómo sabe mi segundo nombre y por qué lo usa como lo solía usar mi padre?, se preguntó Hannah—. Siempre he apreciado tu entusiasmo juvenil. Elogio tu actuación en Moscú, pero, a partir de hoy, no te esfuerces en hacer un chiste a menos que yo te indique específicamente que lo hagas diciéndote: «Sé graciosa».

Como papá, pensó Hannah. El sándwich estaba a medio comer y así seguiría.

—Simon, me eligió para esta tarea. No se equivocó conmigo. Hablaré con ella.

—Gracias, Hannah. La bendición apropiada ahora es la que se han dicho los soldados de nuestro Servicio durante más de sesenta años: buena caza. —Hubo una pausa—. Y que Dios reparta suerte —sentenció Benford, el misántropo agnóstico que rezaba ante su propio tríptico de mentiras, trampas y robos. La conexión terminó con el ruido hueco y seco de agua de la línea segura.

Ya casi era la hora de empezar. Había calculado ocho horas para el SDR —la reunión era a las once— y tenía que hacerlo bien. Conseguir ser invisible, no dejar de serlo y no cometer errores. En esta ocasión no se podía abortar. Hannah volvió a su mesa, revisó el informe del emplazamiento de SKLAD y las fotografías, repasó la ruta SDR que había trazado hacía meses y que había sido revisada y aprobada, primero, por el jefe de la estación (aunque él no dirigía los SDR) y, después, por el cuartel general. Podría recorrerla incluso dormida. Se vistió con pantalones oscuros y un jersey de punto, y cambió los zapatos planos por unos calcetines de lana y botas bajas con suela de goma. Liberó los bolsillos: dejó en su mesa el móvil, las llaves de casa y la cartera. Solo llevaba la identificación diplomática expedida por el Ministerio de Asuntos Exteriores ruso y las llaves del coche.

Hacía demasiado frío como para llevar la chaqueta rígida —al ponerse el sol, el día se quedaba realmente frío—, así que Hannah se puso un pesado abrigo negro de corte ruso, forrado de lana, con cuello y puños de lana negra y grandes botones en la parte delantera. Una vez fuera de la embajada y ya con su SDR en marcha, se ató un pañuelo oscuro en la cabeza al estilo *babushka*, para cambiar su aspecto y ocultar el pelo rubio. Metió el visor térmico en un bolsillo interior del abrigo. Comprobación final. Lista para salir.

Dominika, tienes que escucharme, pensó Hannah. Mi trabajo es mantenerte con vida.

Pasó entre dos mesas modulares y llamó a la puerta corredera de plástico de la oficina del jefe de la estación para hablar un poco antes de empezar la ruta. Siguiendo las instrucciones de Benford, se había mostrado muy deferente con el pomposo Vern Throckmorton, a pesar de que cada vez era más evidente su incompetencia y capacidad crónica de fracasar al no darse cuenta de que era un auténtico lerdo. Era consciente de que Hannah estaba en su estación por orden directa de Benford; al principio no desafió los planes de las operaciones de Hannah; sin embargo, con el paso del tiempo, empezó a confundir los éxitos de Archer con su gestión de la estación, y se volvió más obstinado. Hannah lo llevó con paciencia y sin dar queja a Benford, ahorrando así al jefe de la estación el equivalente burocrático de una sigmoidoscopia con endoscopio triangular. Todavía podría llegarse a ese extremo, pensó Hannah. Tener que estar apartado a la fuerza del caso DIVA le supone un buen soponcio; él quiere ser héroe.

—Se ha marchado —dijo una voz desde el otro extremo del remolque. Irene Schindler estaba de pie en la puerta de su oficina. Hannah se dio la vuelta y caminó hacia ella.

—Irene, ¿le dirás que he tenido que ponerme en marcha antes de que él llegara? Cuando llegue a casa, dejaré la caja de pañuelos en la bandeja trasera del coche para que sepan que todo está bien.

Schindler se apoyó en el marco de la puerta y parpadeó. Está medio cocida, pensó Hannah.

—Se ha ido a conocer a DIVA —dijo Schindler.

—¿Qué quieres decir con que se ha ido a conocer a DIVA? —Una onda expansiva le subió por la espalda hasta la coronilla y por los brazos.

—Dijo que lo que necesitaba DIVA era un lenguaje claro. Eso fue...

—Irene, cierra tu puta boca. ¿Cómo va a llegar al lugar? Ni siquiera sabe dónde está. ¿Qué coche conduce? ¿Qué ruta va a seguir?

Schindler levantó la mano.

—Ha leído el informe del sitio. Tiene su propia ruta. Lleva tiempo haciendo esto.

—Irene, tengo que marcharme —dijo, ya sí, con tono de emergencia—. Escúchame bien. Tienes que llamar por teléfono a Benford. Su número está en mi escritorio. ¡Escucha! Dile lo que ha pasado. Dile que voy a intentar llegar antes que él al lugar acordado, para avisar a DIVA. ¿Estás escuchando?

Schindler asintió. Hannah la miró, dio dos pasos hacia ella, entró en la burbuja de ginebra y la tomó por los hombros. Podía sentir los huesos acorchados bajo sus manos. Hannah luchó por conservar el control; resistió el impulso de sacudir la cabeza que había sobre esos dos hombros.

—Irene, tienes que hacer esto ahora mismo —susurró Hannah—. Tenemos que proteger a DIVA, tú y yo, ¿de acuerdo? Tú solías hacer esta mierda muy bien. Amiga, saca lo que te queda y ayúdame. —La miró a los ojos—. Tengo que irme.

Dejó las manos sobre los hombros de Irene un segundo más.

—Quítame las manos de encima. Tengo que hacer una llamada telefónica.

SÁNDWICH DE PASTRAMI A LA PARRILLA DE LA EMBAJADA

Pon las lonchas de pastrami sin grasa en una sartén caliente y saltea rápido hasta que los bordes estén un poco crujientes. Cubre con queso Asiago y cebollas asadas y tapa hasta que el queso se derrita. Pon el pastrami sobre una rebanada de pan rústico a la parrilla, untado con mostaza y cubierto con ensalada de col aliñada con una vinagreta. Rocía por encima con la salsa *khrenovina* (mezcla triturada de tomates, rábano picante, ajo, sal, pimienta, pimentón, pimiento morrón, vinagre y azúcar).

33

Hannah quebrantó una docena de reglas para un SDR adecuado, conduciendo su pequeño Škoda a gran velocidad, haciendo un movimiento provocativo tras otro para deshacerse del posible seguimiento. No había nada, y tenía que confiar en que no estuviera en la lista esa noche. Era invisible. Condujo hacia el este a través del denso tráfico nocturno, y luego hacia el sur, entrando en Lyubertsy, un distrito desolado de almacenes y aparçamientos de camiones. Utilizó los retrovisores para marcar los coches que giraban cuando giraba ella, despejando las «posibilidades» una detrás de otra, hasta que se quedó sola. Esperó en silencio durante quince minutos, luego dejó el coche en una obra desierta y salió a pie. Con suerte, el coche seguiría allí cuando volviera; cincuenta por ciento. Le quedaban otros cuarenta minutos de camino.

El emplazamiento SKLAD se encontraba a lo largo de una pasarela vallada que bordeaba un almacén en las sombras. En la dirección opuesta, la pasarela ascendía por una escalera oxidada de acero y remaches para cruzar por encima de los cables eléctricos, sobre las vías del tren de cercanías *elektrichka*. Un almacén cavernoso tras otro se extendía en la oscuridad, con un trazado grasiento y cuadriculado de caminos de acceso entre ellos que creaba un laberinto de carriles fangosos iluminados por las pocas luces de vapor de mercurio que no estaban quemadas. Los perros deambulaban por el recinto de los almacenes y aullaban al oír el estridente silbido de una locomotora cuando pasaba con estrépito, haciendo temblar los tejados de hojalata de los almacenes. Era una Gomorra sucia, oxidada, decrépita, envuelta en alambre de espino, descascarillada y destartalada; en resumidas cuentas, el extrarradio de Moscú.

El aire estaba en calma y crujía de frío, mientras Hannah pasaba como un fantasma entre oscuros almacenes que olían a aceite de máquina y a limaduras de hierro. Se detuvo en la esquina de uno de los edificios y utilizó su visor para escudriñar la carretera, luego detrás de ella y, después, por los dos carriles laterales. Nada. No había ruido de motores, ni olor acre de cigarrillos. El visor solo registraba el tenue resplandor térmico de las lámparas de los laterales de los almacenes. Avanzó hasta la siguiente esquina y volvió a comprobar los cuatro puntos de la brújula. Despejado. Comprobó su reloj y se preguntó si su jefe de estación llegaría con una horda de observadores sobre su culo. Con suerte, se había perdido y estaba guiando al enemigo en círculos por la carretera de circunvalación.

Llegó a la pasarela y subió en silencio los escalones hasta el tramo elevado sobre las vías. Otro tren de color verde oscuro retumbó bajo la pasarela, con los cables de alta tensión haciendo ruido y lanzando destellos de los arcos voltaicos. La pasarela de acero se balanceó con el paso del tren; Hannah se puso en cuclillas, agarrándose a la oxidada barandilla. Desde la pasarela elevada, podía ver cierta distancia del cruce de caminos entre los almacenes. No había luna y empezaba a llover, haciendo que los charcos aceitosos del suelo se volvieran más oscuros.

Todo sucedió de forma precipitada. El telón se levantó mostrando una escena de pesadilla que se quedó mirando con incredulidad. Una figura torpe se acercaba por el camino lateral, justo delante de ella, un caminar patizambo que reconoció como el de Throckmorton. Había estudiado el informe del lugar y había ido directo a él. Iba envuelto en un abrigo y llevaba en la cabeza un enorme gorro de piel moscovita, grande como un pastel de frutas navideño. Avanzaba con la cabeza gacha, encorvada sobre los hombros, con las manos en los bolsillos, mientras sorteaba con cuidado los charcos.

No se está dando cuenta. A lo lejos, detrás de él, el capó de un coche negro asomaba por la esquina de un almacén. Tío, los has traído de la mano hasta aquí. Hannah miró hacia la derecha y vio que otro coche oscuro se detenía y dos siluetas se bajaban para perderse en las sombras. Más allá, en un almacén más lejano, otra figura invisible se pegó al edificio para mirar a la vuelta de la esquina. Empezó a avanzar con lentitud y los demás se quedaron atrás. Un gran equipo. Hannah sintió que el corazón le martilleaba en la garganta.

La pesadilla empeoró. Con el instinto de un oficial de operaciones internas, supo dónde tenía que mirar a continuación. Tres edificios más abajo, a la izquierda, vio otra figura, más delgada, con la cabeza erguida, que caminaba sin prisa hacia la intersección. Jesús, tiene que ser DIVA, se dijo. Observó congelada como las tres figuras, Throckmorton, DIVA y el agente ruso a pie, convergían en la noche. Llegaban a la intersección a la vez. Aparecieron más siluetas negras por los laterales. El capó de otro coche asomó por la primera esquina, y otros dos hombres —hombres irreconocibles, con sombrero— se situaron detrás para observar.

Mientras bajaba en silencio la escalera hacia la fangosa intersección, se acordó de su padre, no de Benford, ni de DIVA, ni de Nate. Asombroso. Apareció al final de la pasarela, con la cabeza cubierta con su bufanda y el cuello de piel vuelto hacia arriba. Estaba nerviosa, respiraba con dificultad, pero con una frialdad glacial porque sabía lo que iba a hacer. Esperó un momento, hasta que Throckmorton la vio y se sobresaltó. Al instante estaba rodeado por dos hombres que se abalanzaron sobre él y lo tiraron bocabajo en el barro, con las rodillas en el cuello y haciendo presa de los brazos a su espalda. El jefe de la estación de Moscú lanzó un gemido agudo y pataleó hasta que otro hombre se sentó sobre ellas.

Esto le llevó dos segundos y en el tercero Hannah se giró y corrió hacia su derecha, subiendo por el camino embarrado, en dirección contraria a la llegada de DIVA. El hombre que iba por la derecha gritó algo y trató de cortarle el paso, pero ella tuvo una mínima ventaja y lo superó mientras resbalaba en el barro y caía. A su alrededor se oyeron más gritos, bramidos de rabia, de cazadores. El sonido de los motores y el chirriar de las ruedas resbaladizas. Throckmorton continuó con sus chillidos de cerdo atrapado. Eso es, chicos, pensó Hannah, haced todo el ruido que podáis.

Los pasos sonaban detrás de ella, pero no estaban cerca. Pensarán que han eliminado al agente ruso. Vamos, no perdáis al conejo. Pensó que incluso podría escapar saltando una valla y cruzando varias vías, y restregarles la mierda por las narices. El visor térmico le golpeaba el pecho dentro del abrigo. Cuanto más tiempo pasaran persiguiéndola, más tiempo ganaría para DIVA.

El coche de vigilancia, un Volvo C30 embarrado, con los limpiaparabrisas a tope, salió demasiado rápido de un callejón lateral entre dos almacenes y golpeó a Hannah en la cadera derecha con el parachoques delantero izquierdo, lanzándola a unos seis metros de altura, contra el lateral de chapa de un almacén al otro lado de la calle. El coche se detuvo y el copiloto salió y se acercó a Hannah. El conductor se quedó de pie con la puerta de su lado abierta, como si tuviera miedo de acercarse. Los limpiaparabrisas iban de un lado a otro. Otro coche se acercó a la escena y cuatro hombres se acercaron a pie. La lluvia había cesado.

Hannah solo había sentido un enorme golpe en el costado y un fogonazo, pero se despertó tumbada sobre su espalda, mirando un círculo de rostros sudorosos: cejas, pómulos eslavos, lunares, gorros de punto. Sentía la presión de la tierra bajo su cuerpo, pero no sentía las piernas. Intentó saber dónde estaban sus manos, creyó que movía algún dedo, pero no pudo verlas. Intentó respirar, pero sentía como si respirara aire a través de una pajita obturada. Lo de la respiración era lo peor, sentía como si algo se hubiera soltado en su interior. Los rostros silenciosos y graves la miraban, y ella les devolvía la mirada. No iba a dejar que la vieran llorar.

Papá, la salvé. Lo hice. Estarías orgulloso de mí, papá. No dejaré que me vean llorar, pero ven y llévame a casa.

El jefe del equipo de vigilancia se agachó y aflojó la bufanda debajo de la barbilla de Hannah y la retiró con suavidad; su cabeza se inclinó hacia un lado. Los rizos rubios cubrían en parte su apacible rostro.

* * *

Dominika esperó durante una hora en el almacén abandonado, mirando por una ventana agrietada hacia la calle embarrada. Había dos grupos de personas en la calle, ambos iluminados por los faros de, al menos, cuatro coches que habían aparecido de la nada. El primer grupo sujetaba a un hombre que gritaba algo ininteligible mientras lo empujaban al asiento trasero de un coche. El segundo grupo, formado por diez o doce hombres, más alejados, formaba un círculo alrededor de una figura en el suelo. Estaba demasiado lejos para verla, pero, cuando uno de los hombres se agachó para quitarle una bufanda, Dominika creyó ver el pelo de una mujer.

Estaba a dos almacenes del lugar de la reunión, a no más de cien metros, y se había apoyado contra la pared cuando oyó los gritos y el ruido de los motores. Vio figuras corriendo que se alejaban de ella, pero la cantidad de ruidos de coches a su alrededor la conmocionó, y se coló por un hueco de una valla con las cadenas rotas y se arrastró hasta el cucharón corroído de una pala tractora que parecía que se había utilizado por última vez para excavar el canal de Moscú en 1932. Los hombres y los vehículos pasaron de un lado al otro durante unos quince minutos, con Dominika acurrucada en una balsa de agua de lluvia y óxido. Las cosas se calmaron y Dominika pudo asomarse por encima del borde del cubo. No iba a ir a ninguna parte durante un buen rato. El FSB dejaría un coche con dos hombres, silenciosos, en la zona para ver si alguien se movía una vez que las cosas se hubieran calmado.

Marta y Udranka se sentaron en cajas de embalaje cerca de la puerta. «Trataste a esa joven americana con un poco de dureza», dijo Marta mientras Udranka le daba golpecitos en el pie. «¿Ves cómo te quiere todo el mundo?».

Dominika se estremeció en la pala y cerró los ojos. No sabía lo que había sucedido, pero suponía que Hannah había estado allí, y ahora tenía la terrible intuición de que la figura tirada en la tierra era ella. El FSB no dañaría adrede a un diplomático, pero estos hombres de seguimiento eran cazadores de manada cuando percibían el olor a sangre en sus narices. Los perros eran capaces de cualquier cosa.

Hablando de perros. Desde la esquina del almacén, Dominika vio dos ojos rojos que la miraban. Se acercaron y se convirtieron en el hocico negro y los hombros encorvados de un enorme perro —mitad perro, mitad lobo—, al que, sin duda, se le había perdido la correa en algún lugar del infierno. Miró a Dominika con su aliento visible, flotando alrededor de su cabeza en el aire frío. Ni un ladrido, ni un gruñido, ni mucho menos un ataque harían que el FSB se activara al instante. Estaba quieto, observándola, con la cabeza baja. Recordó su infancia y lo que su padre solía hacer con su pequeño perro salchicha, Gustave, y le tendió la mano. El enorme perro dudó y se acercó, luego se acercó más y olfateó.

¿Cómo es tu vida, demonio?, pensó Dominika sin retirar la mano. Las voces de los hombres resonaban en las paredes del almacén. ¿Te golpean y te matan de hambre? ¿Los odias como yo? ¿Te temen? El perro la miró a los ojos, se dio media vuelta y se adentró en la oscuridad, mirando hacia atrás una vez, como si le dijera: *Svolkami shit, povolchi vyt*, para vivir entre lobos, tienes que aullar como un lobo. Dominika, en silencio, dio las gracias al perro de Satanás. El diablo acababa de decirle lo que tenía que hacer.

* * *

Benford no podía moverse, no podía pensar, no podía hablar. Había estado delirando durante doce horas después de recibir la llamada de Schindler alertándole de que el jefe de la estación había salido a la calle para reunirse con DIVA. Hannah había ido tras él. Nate llegó a

Washington desde Atenas esa misma noche, en plena crisis, y ahora estaba sentado en el sofá de la oficina de Benford, con *jet lag* y sin afeitar. Janice Callahan llevó café y té. Margery Salvatore llevó recipientes de sopa casera de verduras con *pistou*, que les serviría hasta que abriera la cafetería de abajo. La guarida de Benford se llenó del olor de la comida provenzal, pero nadie se estaba sintiendo reconfortado, nadie pudo comer.

Esperaban la noticia de la catástrofe, la exultante noticia emitida por la VGTRK, la Compañía Estatal de Televisión y Radio de Rusia, de que los órganos de contraespionaje de los servicios de inteligencia de la Federación habían desenmascarado a otra traidora, una criminal pagada por el enemigo principal para traicionar a su país —«Camaradas, revivamos los adecuados calificativos de la Guerra Fría, pues eso es lo que son los estadounidenses: el enemigo principal de Rusia»—, y ahora estaba bajo custodia a la espera de que concluyera la investigación y comenzara el juicio. Benford había hablado varias veces con una temblorosa subjefa de la estación de Moscú, pero no había novedades. Ni el jefe ni Hannah habían regresado a la embajada; había pasado demasiado tiempo. No había noticias sobre DIVA. Schindler había convencido al cónsul general para que hiciera averiguaciones en el Ministerio de Asuntos Exteriores ruso sobre los diplomáticos desaparecidos, pero no había habido respuesta.

En los últimos tiempos, Nate Nash estaba pasando las páginas mentales de un enorme álbum de fotos con la leyenda «Esta es tu vida seriamente jodida» en la portada. Había perdido a LYRIC (sin culpa alguna, pero el agente seguía desaparecido); su relación amante/agente con Dominika era demencial; se había acostado con Hannah Archer, la colega del caso que ahora estaba desaparecida en Moscú; DIVA había anunciado su intención suicida de exfiltrar a LYRIC de la costa rusa del Báltico a pesar de que este último estaba bajo arresto domiciliario por sospecha de espionaje; había sido designado por Benford para hacerse cargo de una operación aún no especificada para impedir de algún modo que un topo no identificado dentro de la CIA pasara la identidad de DIVA a la *resident* del SVR en Washington, una abuela nigromante que parecía imbatible en la calle; y su subjefe de Atenas, Marty Gable, le había pedido que guardara algo de tiempo para una larga sesión de asesoramiento cuando Nate regresara a la estación para charlar de su falta de profesionalidad, su desprecio por las instrucciones y, en palabras de Gable, su condición de «embajador de la república de la estupidez».

* * *

A ocho mil kilómetros al este, Alexei Zyuganov también estaba que echaba humo en su despacho de la Línea KR en Yasenevo. Esos imbéciles del FSB lo habían estropeado anoche en el último momento: un segundo más de contención y habrían atrapado a la comadreja rusa con la que los estadounidenses pretendían encontrarse en ese horrible distrito de almacenes. Estaba seguro de ello. Y lo más probable es que hubiera sido el topo, el pez gordo que todos buscaban. En lugar de eso, tenían un incidente diplomático en sus manos: la muerte accidental de la mujer americana le costaría el puesto a más de un hombre del equipo de vigilancia, y él en persona se encargaría de que se le impusiera una pena de prisión. La rubia americana no era nada para él, no era importante. Pero, al enterarse, se apresuró a ir a la morgue de la policía en Lyublino, en la región del sudeste, para examinar sus pertenencias. Le habían quitado de una muñeca una pulsera azul de algodón. No había notas de la reunión ni nada en los bolsillos que pudiera ofrecer una pista sobre la persona con la que se había reunido. Comprobó el forro y las costuras de su ropa, cortó las suelas de las botas de nieve, arrancó las plantillas. Nada. La mujer de la morgue había levantado la sábana para mostrarle el lado derecho de su cuerpo, negro y azulado; sin embargo, él miró la cara y tuvo un microsegundo de duda, de ala de murciélago. Una mujer joven como ella, operando en la capital, robando sus secretos, reclutando rusos. ¿Cuántas más como ella? ¿Qué clase de oponente era?

Zyuganov consultó su reloj. El Ministerio de Asuntos Exteriores informaría a la embajada de Estados Unidos sobre lo de la rubia en una hora, después de que terminaran de abofetear la gorda cara del jefe de la CIA, que había permanecido en una sala del FSB durante casi seis horas, cubierto de barro seco y con mocos saliendo del armadillo que tenía por nariz. Se grabó su actuación llorosa y cobarde, también cuando hizo un charco bajo su silla. Sería un buen ejemplo para un futuro documental de televisión. A su favor, tenía que no había admitido nada a los interrogadores y, desde luego, no confirmó lo que ellos ya sabían, que la joven de la camilla era una agente de la CIA. Toda la noche estaba siendo un desperdicio.

Desordenado, inconveniente, incompetente. Sin embargo, sabía, por instinto, que este incidente no arruinaría los parabienes del presidente. De hecho, insistiría en jugar su baza con la prensa. Cualquier prueba de que la pérfida CIA violaba la soberanía de Rusia favorecería la narrativa interna de Putin. Rusia debe mantenerse fuerte frente a las incursiones de Occidente. La Guerra Fría nunca terminó. Había que reconstruir el antiguo poder y la majestuosidad de Rusia. Al propio Putin le gustaba contar la historia: «Se descubre que Stalin está vivo y vive en una cabaña de Siberia. Se envía una delegación para convencerlo de que regrese a Moscú, asuma el poder y devuelva la grandeza a Rusia. Tras algunas reticencias, Stalin acepta volver. "Está bien —dice—, pero esta vez no seré tan buen tipo"».

De hecho, Zyuganov se alegró en secreto de que el FSB no hubiera conseguido tender la trampa. Quería acabar con el topo él mismo, basándose en el nombre que TRITON iba a proporcionar a Zarubina dentro de cinco días. Quería arrastrar al traidor encadenado hasta Putin, tan solo un poco menos de lo que deseaba atar a ese cerdo a una mesa y escuchar el silbido del aire perfumado que se escaparía mientras le perforara la cavidad torácica con una broca quirúrgica. Además, Zyuganov se había preocupado por una incipiente teoría sobre el topo. Una idea pequeña y persistente, deliciosa de contemplar, imposible de abandonar. Todavía estaba dándole forma. Sería como un *karakurt* moteado, la araña venenosa de la estepa, tensando la red, poniendo más seda, con las puntas de sus pequeños pies en la línea de señal, esperando una vibración.

La capitana Dominika Egorova, de paso elegante y ojos azul hielo, tenía un historial de operaciones espectacular; se podría decir que trascendía la suerte. Había sobrevivido, contra todo pronóstico, a los ataques de un asesino de la Spetsnaz, a los profesionales del Departamento Cinco y a Eva Buchina. Como por arte de magia, se hizo con la información para atrapar a Korchnoi. Bastante notable. Su actuación sobre el tema del acuerdo de Irán —la sugerencia sobre la ruta a través de Rusia había complacido a Putin—, para la mente atenazada de Zyuganov, esto requería de algún tipo de entrenamiento. ¿Quién conocía esa geografía? Y su excepcional intuición sobre que se reclamara el regreso a Solovyov desde Atenas parecía inverosímil, ¿de verdad? ¿Tras una única entrevista?

Y después había habido otros tirones de la red. El *rezident* de Atenas había enviado un cable a la Línea KR para felicitar a Egorova por el éxito de su investigación. Un *rezident* adulador escribió a Zyuganov que lamentaba no haber tenido la oportunidad de agasajar más a la capitana, pero que comprendía las preferencias de una oficial de contrainteligencia. Curioso. Zyuganov había llamado a Atenas por el teléfono de seguridad para descubrir que Egorova había elegido no alojarse en el recinto, sino en un hotel exterior desconocido. Con la excepción de algunas noches de recepciones en la embajada rusa, la capitana había estado fuera del recinto todas las noches durante dos semanas. No era una infracción, pero sí una irregularidad.

¿Cómo se podían explicar todos esos factores sospechosos? ¿Qué hacía esa exbailarina todas esas noches? ¿Debería preguntárselo? No, mejor no exponer su interés. TRITON y Zarubina le darían la respuesta muy pronto.

Había otra piedra en su zapato. Zyuganov captó las fugaces interacciones entre su adjunto, Yevgeny, y Egorova en el pasillo, fuera de su oficina: ella salía de la sala de conferencias y él le abrió la puerta, haciendo una ligera reverencia, como un mayordomo de ópera cómica. No era para tanto, Yevgeny era un payaso peludo delante de las mujeres, pero al coronel le interesó, y mucho, ver cómo la capitana le había dedicado una sonrisa. Zyuganov no sabía nada de coqueteo, ni de cortejo, ni de seducción, pero otras sinapsis se dispararon, pensamientos entintados de que su pechugona y famosa empleada se estaba trabajando a Yevgeny. Que estaba acechándolo, lo amenazaba.

El estatus de preferida de Egorova ante Putin fue el último grito de indignación. Rechinó los dientes al pensarlo. Había acorralado a los espías. Había manejado a las personas. De hecho, había hecho tanto para asegurar el acuerdo con Irán como cualquiera. El propio Govormarenko lo había dicho, se lo había mencionado a Putin. Entonces... ¿por qué era ella la favorecida? Cuando llegara a la subdirección en el SVR de Zarubina, tendría que mostrarle más respeto. Y para cuando sea subdirector, pensó, Putin habrá pasado de Egorova, y entonces su suerte estará en mis manos: asesora de la SVR en la Flota del Norte en Severomorsk; administradora de inteligencia en Grozny, Chechenia; ayudante en el Instituto Kon, de vuelta a la Escuela de Gorriones. Que se pase el resto de su carrera haciendo demostraciones de felaciones a los estudiantes de las repúblicas. Entonces recordó: si al final no es ella el topo.

Zyuganov se habría enfurecido de haber sabido que Putin la había invitado a una especie de fin de semana de poder cerca de Petersburgo. Se habría indignado aún más si hubiera sabido que Dominika había persuadido a Yevgeny, al estilo gorrión, para que firmara una autorización para que ella pudiera conducir un coche compartido durante los seiscientos kilómetros, hasta Strelna por la M10. Yevgeny veía cada vez más la luz: tener a Dominika como aliada era la apuesta más inteligente, así que se arriesgó a no decírselo a Zyuganov.

* * *

El Centro de Operaciones y el Departamento de Estado enviaron, a la vez, a Benford y a su círculo de colaboradores una triple noticia. El Ministerio de Asuntos Exteriores informó al cónsul general de la embajada de Estados Unidos en Moscú de que el primer secretario, Vernon Throckmorton, había sido detenido por agentes del Servicio Federal de Seguridad bajo sospecha de espionaje, pero que se había amparado en su inmunidad diplomática. Era libre de volver a la embajada, pero el Ministerio había emitido una orden de expulsión tras haber sido declarada *persona non grata*. Se le habían dado cuarenta y ocho horas para abandonar Rusia.

La segunda mala noticia era, en realidad, la ausencia de noticias. DIVA no había respondido a tres mensajes independientes de SRAC cargados por Schindler que pedía una urgente señal de vida como respuesta. Puede que estuviera en casa durmiendo, recuperándose de lo que debió de ser una noche de pesadilla por una reunión reventada. Janice, Dante y Nate lo habían vivido en su propia piel, conocían el frío helado que atenazaba las piernas, sentían el sudor que corría por debajo de la ropa, recordaban el ruido de los hombres y vehículos que se aproximaban por detrás, por los laterales y por cualquier parte. O podía estar en una silla en algún lugar sudando, con persianas venecianas sucias y desvencijadas, esposada y en ropa interior, mientras un equipo de agentes del FSB —pequeños, astutos, o matones pendencieros, o supervisoras de labios mojados— iba rotando para ablandarla antes del viaje de vértigo en la parte de atrás de una furgoneta hasta Lefortovo o Butyrka para que comenzaran los verdaderos profesionales. Entre ellos estaría una cofradía de interrogadores, químicos, psicólogos y médicos con pinzas y baterías de coche; una colección de *matryoshka* de torturadores, como muñecas de madera, cada monstruo surgiendo del monstruo anterior, un horror tras otro y cada uno peor que el anterior, hasta la atrocidad final. Benford sabía que sería Zyuganov el que se encargaría de dar el golpe de gracia.

La tercera mala noticia fue la peor de todas. Dante fue convocado al Centro de Operaciones después de la medianoche para recoger un comunicado del Departamento de Protocolo del Ministerio de Asuntos Exteriores ruso, que era impersonal y despectivo, con el familiar rastro de ironía soviética: «La tercera secretaria de la embajada de Estados Unidos, Hannah Archer, murió en un accidente de tráfico la tarde del día 10. Debido a su falta de atención, y en condiciones de lluvia, fue atropellada por un vehículo. Se ruega a la embajada de Estados Unidos que informe a este Ministerio sobre el destino de sus restos mortales».

Dante estaba sentado con la cabeza entre las manos. Margery y Janice permanecían en silencio, con los ojos rojos, moqueando. Benford suspiró.

—Era una joven excepcional —dijo en voz baja mirando a Nate—. ¿Qué estás dispuesto a hacer?

Todos los presentes miraron a Nate.

—No va a saber por dónde le van a llegar los golpes —musitó—. No va a conseguir el nombre de Domi. —Benford lo miró en silencio y él le devolvió la mirada—. Simon, Ruta Roja Dos —sentenció Nate—. DIVA va a salir de allí. Nadie va a impedirlo.

Sopa de Verduras con *Pistou*

Calienta el aceite de oliva en una olla holandesa y rehoga las cebollas, los puerros y el apio en dados. Añade las hojas de acelga o col rizada cortadas, las alubias blancas cocidas y el caldo de pollo hasta cubrir las verduras. Deja que hierva suave y a continuación añade el tomate picado, la patata en dados, la pasta pequeña (*anelli* o *ditalini*), el calabacín en dados y los tallos de acelga o col rizada picados. Deja cocer a fuego lento hasta que los ingredientes estén cocidos y tiernos. Sazona. Añade el *pistou* (majado de ajo, sal, hojas de albahaca, tomate, aceite de oliva y queso gruyere o parmesano rallado; mezcla hasta obtener una salsa espesa) a la sopa al servirla.

34

En la reunión matutina de personal, Yevgeny le contó a Dominika la historia de la joven —sospechosa de pertenecer a la CIA, Hannah Archer— que había sido atropellada y había muerto en el acto, por un coche de vigilancia en el distrito de Lyubertsy la noche anterior. Por el momento, el FSB mantenía silencio. La mente de Dominika se desconectó mientras recogía sus archivos, y se oyó a sí misma diciendo algo así como «Espero que asen al estúpido que lo hizo», y volvió a su puesto, se sentó detrás de su escritorio, luchó contra las lágrimas y trató de respirar.

Udranka la llamó desde la esquina de la habitación. «Somos todas las sirenas del Kremlin, dushka, *estamos todas contigo». Y Hannah entró y le sonrió.*

Siempre había sido capaz de controlar sus emociones externas, incluso mientras construía, refinaba y pulía la rabia que se había convertido en parte de ella. La muerte de Hannah la sacudió tanto como lo había hecho el asesinato de Udranka, pero con el dolor añadido de saber que la animosa, devota y valiente niña le había salvado la vida la noche anterior. Cerró los ojos y le pidió ayuda a Nate, le preguntó por qué ella, Dominika, había traído la muerte. Y había un viejo soldado esperando en su apartamento a que se reanudaran los interrogatorios, un proceso que, con toda seguridad, concluiría con *vyshaya mera*, el mayor de los castigos. Ella lo había metido en los sótanos y lo iba a sacar... esa misma noche.

Cuando Dominika salió del trabajo, la invadió una nueva imagen, suave y hermosa pero terrible y mortal. Pensó en las historias de su abuela sobre las *rusalki*, las míticas ninfas acuáticas rusas, las encantadoras diablesas de pelo largo que eran espíritus de jóvenes mujeres muertas antes de tiempo. Se sentaban en la orilla y cantaban, y atraían a los hombres para arrastrarlos al fondo.

Dominika sabía que los espíritus de Marta, Udranka y Hannah cabalgarían con ella. Nos sentaremos en la orilla, hermanas, y cantaremos, y entonces podréis descansar. Entonces pensó, espabila, estás perdiendo la cabeza. Y las dulces ninfas de su mente se convirtieron en algo con ojos caninos rojos que vivía en la oscuridad de un almacén. Tú también puedes venir, pensó, vamos todos juntos. Lo que sea que estaba pasando en ese cerebro sobrecalentado y en ese pecho angustiado, Yevgeny lo vio en su rostro. No le dio las buenas noches, ni mucho menos le propuso una sesión de bofetadas y palmaditas como despedida antes de que se marchara. Zyuganov también la vio pasar por delante de la puerta de su despacho, y sus esquivos y torpes receptores registraron que parecía diferente, afectada por algo, otra tentadora anomalía para su teoría de que Egorova era el topo; otro hecho disimulado para que el escarabajo pelotero volviera a la sala de cría y se alimentara de él.

*　*　*

Las nueve en punto. Le temblaban las manos mientras lavaba el único plato y la taza de té con gorriones pintados. No recordaba con exactitud haber hecho la pequeña maleta de viaje, pero de alguna manera los tacones altos estaban dentro, junto con el vestido de escote pronunciado. Comprobó el kit para la Ruta Roja Dos y las luces de prueba parpadearon en verde; miró alrededor de su apartamento, preguntándose si alguna vez volvería, y vio su cama, hecha con pulcritud. Odiaba lo que había hecho en ella, pero iba a salir adelante y mandarlos al infierno. El Lada Priora azul oscuro del parque móvil tenía cambio de marchas y olía a pistachos pelados; probó las marchas hasta que se hizo con ellas. Kutuzofsky Prospekt estaba lleno de gente, pero el MKAD era una masa de tráfico hedionda y no podía bajar las ventanillas para respirar —no recordaba haber respirado—; salió de la M10 y luego en Yubileynyy, y giró a la derecha en la calle Lavochinka, la calle de LYRIC, y encontró el edificio justo enfrente del parque Dubki y de las cúpulas doradas de la iglesia de la Epifanía de Khimki, con las paredes blancas como colmillos; encontró el bloque de apartamentos con la entrada de cemento cubierta y pintada de color rosa descolorido. Subió las escaleras, pasó por delante de las puertas de los apartamentos, escuchó las televisiones y los llantos de los bebés, el corazón le latía en la boca, la mandíbula le palpitaba y su visión era un cono gris cuando se abrió la puerta. El aburrido policía que custodiaba al anciano tenía una cara plana y fea, el pelo lacio y sucio, y llevaba chándal. Detrás de él estaba LYRIC en el salón, con unas viejas zapatillas de fieltro, sentado en un sofá, con los periódicos en el suelo. Dominika movió el brazo antes de que su cerebro lo deseara, apuntando al hueco carnoso del cuello; el policía retrocedió un paso, agarrándose la tráquea destrozada, y se desplomó. Dominika pasó por encima de su rostro azul estrangulado, y el general Solovyov, que parecía haber menguado, se puso unos pantalones, unos zapatos y un abrigo, sin discutir; la voz de Egorova parecía la de otra persona; lo sacudió y tiró de él, ignorando su mirada perdida, por las escaleras. Arrastró el cinturón de seguridad por el pecho del anciano, oliendo el miedo agrio; dio marcha atrás y se metió en la M10; aunque había cuatro carriles, casi siempre había dos disponibles; los cabrones de los camiones con remolques y ruedas desgastadas no aflojaban para dejarla pasar, así que miraba y pisaba el acelerador, el motor se quejaba una y otra vez. El general se quedó callado, sin preguntar, mirando al frente; ahora era su responsabilidad; eran las once en punto; avanzaban cruzando pequeños pueblos enfangados: Zelenograd, Solnechnogorsk, Klin, Novozavidovsky, Tver. Dominika le preguntó cuánto tiempo tendrían antes de que el relevo descubriera el cuerpo; era probable que fuera una hora más. El general empezó a divagar… El honor, el Ejército Rojo, Rusia… Se llamó a sí mismo tonto, ahora lo sabía; era un viejo *zhopa*, un viejo imbécil; preguntó quién era ella, y lloró recordando a sus hijos, y le dio las gracias una y otra vez; y sus palabras, de color verde por el pánico, invadieron la oscuridad del coche; la línea central pintada no exactamente recta y los faros que se acercaban llenaban sus globos oculares, y el espejo retrovisor estaba claro y oscuro, y las ciudades se detuvieron; ahora venía la inmensidad de Rodina, troncos de abetos y pinos en los faros, metrónomo intermitente constante, medianoche, la tierra aplanada hasta el horizonte, el suelo en el cielo, estrellas que parecían polvo… y a Dominika se le empezaron a nublar los ojos. Sacudió la cabeza, y el perro corrió por la carretera delante de ella, devolviéndole la mirada con los ojos rojos, y oyó a Udranka reírse en algún lugar de los campos oscuros, y los ojos rojos del perro se convirtieron en las luces rojas parpadeantes de una milicia de traficantes de la GAI en el arcén, los bajos de un camión visibles en la cuneta, un policía haciéndoles señas para que pasaran, sin alertas por radio todavía. La carretera seguía abriéndose en la negra inmensidad que había por delante; miró al general y Hannah estaba sentada en su lugar, con las manos en el regazo y el viento en el pelo, y Dominika se recuperó antes de que se perdieran entre los árboles. El general la ayudó a mantenerse despierta, con el aire frío de la noche y las canciones patrióticas soviéticas «Katyusha» y «Svyaschennaya Voyna (la guerra sagrada)», cantadas en un tono bajo estruendoso, y luego con hipo de tanto cantar, y luego riendo, dos espías atravesando la noche con las mejillas mojadas mientras atravesaban Veliky Nóvgorod, a la una en punto, con doscientos kilómetros por delante. Cuando los cantos y los recuerdos fueron demasiado, él quiso regresar, lloriqueaba; entonces, ahí estaba, el silencio y el resplandor de San Petersburgo, donde habría controles de carretera. A las dos, salió de la M10 hacia la KAD para evitar entrar en la ciudad; a primera hora de la mañana la carretera de circunvalación estaba vacía. Ahora tenía que vigilar los retrovisores; sería aquí, los *jeeps* a través de la calzada estaban vendidos. A las tres en punto, el pequeño coche azul estaba en la Petergofskoye, la A121, a lo largo de la costa del antiguo palacio del zar; se intuía el golfo de Finlandia y el sabor del océano; ya habían pasado las puertas iluminadas del Palacio de Constantino —el presidente estaría dentro—, luego el sombrío Palacio de Peterhof, blanco y macizo en la distancia, después las cúpulas del Palacio de Oranienbaum —nada en los retrovisores—, ahora bajo la calzada KAD. Comprobó los kilómetros —exactamente dos coma cuatro, había dicho Benford— y la costa pantanosa se abrió paso a la derecha, con el agua en calma como cristal de plata; giró ante un cartel publicitario en la carretera de la playa, con las ventanillas bajadas y los faros jugando sobre los cantos rodados y la playa de piedra y los pastos marinos. Apagó las luces y tiró del freno de mano para detenerse. Eran casi las cuatro.

Donde el agua era clara frente al peñasco con dos líneas verticales en pintura roja, ahí, estaba el inicio de la Ruta Roja Dos.

* * *

El general Solovyov, y su interrogatorio y condena por espionaje, era responsabilidad de Zyuganov. El guardia de relevo había llamado a medianoche, informando de que el apartamento de Solovyov estaba vacío, excepto por el cadáver de starshina Bogdanov. La tráquea del sargento había sido aplastada. Zyuganov fue informado una hora después y estuvo a punto de perder la cabeza como nunca lo había hecho. Al cabo de media hora estaba en su despacho, delirando por teléfono sobre los equipos de acción de la CIA que andaban sueltos por Moscú. Gritó al funcionario del centro de vigilancia del SVR para que emitiera boletines por todo Moscú, describiendo a Solovyov a la policía y a las unidades de la milicia en toda la ciudad. A Yevgeny, sin afeitarse y con sueño, le dijeron que contactara con la oficina principal de la Policía de Moscú para el Transporte y Traslado Especial para que ordenaran al instante una vigilancia, del cien por cien, en los aeropuertos internacionales de Domodedovo, Sheremetyevo y Vnukovo y en el aeropuerto regional de Bykovo. Zyuganov despertó al director del FTS, el Servicio Federal de Aduanas, y exigió que su Departamento de Control de Contrabando en los aeropuertos radiografiara, sin excepción, todas las grandes valijas diplomáticas salientes de las embajadas estadounidenses, británica, canadiense, australiana y neozelandesa (los Cinco Ojos estaban aliados contra Rusia desde la revolución de Octubre de 1917). Cuando el director de Aduanas —antiguo amigo del presidente de la KGB— le dijo que las valijas diplomáticas eran inviolables, Zyuganov amenazó, olvidando la corrección política, con reventarle las pelotas con una guía telefónica de Moscú. El director le dijo: *Idi na khui*, vete a la mierda, y colgó.

Zyuganov rompía valijas por toda la ciudad, dando órdenes y profiriendo amenazas; la red *siloviki*, la red de amigos, incluso a esa hora, empezó a hablar sobre los pasos en falso, el posible fracaso colosal del pequeño engendro de la SVR al que nadie quería y en el que nadie confiaba. Las carreras, y no solo las carreras, estaban en verdadero peligro cuando tales rumores flotaban y terminaban llegando al Kremlin, como una embolia que llega al cerebro. Zyuganov sabía que estaba dando un espectáculo, pero no podía dejar escapar a Solovyov. Estaba agotado, pero la tormenta de arena en su cabeza se calmó por un segundo y pudo pensar. No era la estación local de la CIA; habían perdido a uno de los suyos y estaban sin líder. No, la CIA dirigiría uno de sus activos para sacar a Solovyov de Rusia. ¿Arriesgarían a su mejor activo, el topo, para salvar a ese anciano? Puede que sí. Históricamente, los estadounidenses habían hecho grandes y costosos esfuerzos para rescatar a los activos perdidos, algo a lo que su propio Servicio no daba importancia.

¿Y qué clase de persona podría asestar un golpe tan devastador a un policía entrenado —Bogdanov había sido campeón de lanzamiento de peso en la liga policial— matándolo sin opción de lucha? Egorova, entrenada en el sistema. Egorova, que mató a los agentes de la Spetsnaz y a la imbatible Buchina. Egorova, la bailarina que estaba hipnotizando al presidente. Egorova, su némesis. Llamó a gritos a Yevgeny y le ordenó que llamara a la capitana a su casa y le dijera que se presentara en su puesto. Algo estaba ocurriendo. Zyuganov recordó que esa mujer sonreía a su adjunto. ¿La estaba encubriendo? Mientras Yevgeny sudaba en una silla en el despacho de Zyuganov, un asistente llamó al apartamento de Egorova, pero no hubo respuesta a las dos y media de la madrugada.

Diez minutos de preguntas atronadoras a un aterrorizado Yevgeny no dieron ningún resultado, pero el interrogador que había en el coronel intuía que había mucho que averiguar. Los instintos del enano, ya activados, se encabritaron y aullaron a la luna. Sacando un bastón con resorte de acero del fondo de un cajón del escritorio, Zyuganov se giró hacia su adjunto. La asistente que estaba fuera del despacho, presa del pánico, abandonó en silencio su puesto de trabajo y corrió por el pasillo; no quería oír las atracciones que estaban por llegar. Zyuganov solo podía percibir un picor de impaciencia por saber qué estaba pasando. Era consciente de que el reloj estaba en marcha, de que los criminales se estaban escapando. Giró y golpeó el reposabrazos de la silla con la porra, astillando cuatro de los cinco huesos metacarpianos de la mano izquierda de Yevgeny. El babuino peludo gritó como... el babuino que era; se agarró la mano destrozada y se dobló. Zyuganov lo levantó de un tirón y lo golpeó en la parte superior del muslo izquierdo, provocando una fractura en el fémur, justo por encima de la rodilla. El hombre atacado gruñó como una bestia y se desplomó en el suelo. Como un insecto capaz de levantar diez veces su propio peso, el coronel volvió a subirlo a la silla, donde su protegido se sentó con saliva en la barbilla y la cabeza ladeada. El enano acercó la cara a la del adjunto, aspiró los aromas familiares y deliciosos y susurró:

—*Pora spat', polnoch; skoro zapojut petuho*, es hora de ir a la cama; es medianoche y los gallos cantarán pronto. La nana de Lubyanka.

A través de los escupitajos, las lágrimas y los mocos, Yevgeny habló:

—Estábamos intimando.

Zyuganov lo agarró por el pelo y le sacudió la cabeza.

—Cerdo. ¿Con quién?

—Con la capitana Egorova, Dominika.

Por supuesto, pensó el coronel.

—¿Qué le has contado?

—Asuntos oficiales. Al fin y al cabo, ella es parte de la Línea KR.

Zyuganov utilizó la caña del bastón para levantar la barbilla de Yevgeny.

—*Mudilo*, hijo de puta. ¿Qué asuntos? —El babuino peludo miró a Zyuganov, sin hablar, atreviéndose a resistirse, pero lo golpeó con el bastón en el pómulo con la suficiente fuerza como para que le zumbaran los oídos y le lloraran los ojos—. ¿Qué asuntos?

—Zarubina. TRITON. El arresto domiciliario de Solovyov —dijo entre jadeos.

Contó más cosas. Había autorizado un coche para que ella fuera a visitar a su familia a San Petersburgo, pero no mencionó, por temor a otras atenciones demoníacas, la invitación del presidente. Zyuganov se enderezó, exultante. Para él, esto era la confirmación de que ella era el topo, de que Solovyov estaba con ella, de que podría tener la intención de entregarlo a los agentes de la CIA en Petersburgo: había cruceros, transbordadores, trenes a Finlandia y el Báltico, innumerables vuelos. Dejó a Yevgeny sollozando en la silla y cogió el teléfono, llamó a la central del SVR. En cuestión de segundos supo qué coche se le había asignado a Egorova. Ladró órdenes para activar el localizador en el vehículo a través de un teléfono codificado; todos los coches del personal tenían instaladas balizas de seguimiento para impedir su uso privado no autorizado (a menos, claro está, que la palma de la mano del expedidor estuviera untada).

Entonces, llamó a la Casa Grande —la oficina regional del SVR en San Petersburgo— y obligó al oficial de guardia a despertar a su jefe. Eran las tres de la mañana, pero el coronel no se disculpó; además, estaba corriendo un inmenso riesgo burocrático al exigir todos los recursos para una búsqueda exhaustiva del vehículo de Egorova. Estaba casi seguro de que se dirigía a San Petersburgo. El jefe, otro amigo de Putin, aceptó a regañadientes, pero resolvió informar del comportamiento desquiciado de Zyuganov al director de Moscú y, si tenía la oportunidad, al presidente durante el desayuno de recepción en Strelna esa misma mañana.

Mientras tanto, las unidades móviles de la policía y la milicia serían alertadas por radio, y se difundirían las descripciones del coche, matrícula y pasajeros. Los equipos adicionales se desplegarían en el momento en que los conductores se presentasen a trabajar y, lo más importante, dos helicópteros milicianos Kamov Ka226, rechonchos, con dos turbinas, despegarían en treinta minutos. Los aviones, de color azul noche, estaban equipados con receptores estándar que podían detectar la señal del vehículo de Egorova a una distancia de dos millas y una altitud de mil pies. Tardarían tiempo en recorrer el espacio aéreo de la ciudad, en cubrir el territorio urbano alrededor de la bahía del Neva, que tenía forma de herradura, pero una vez fijada la señal de la baliza, en movimiento o no, las unidades terrestres de vectorización podrían converger en cuestión de minutos. Zyuganov cerró los ojos, imaginó luces azules alrededor del coche, a Egorova y Solovyov bocabajo en la calzada con las manos esposadas a la espalda.

Pidió al jefe que lo informara. Declaró que esa cacería era la culminación de una prolongada, y altamente clasificada, cacería de topos que, por fin, concluiría con la detención de dos peligrosos traidores. Y San Petersburgo compartiría el mérito, y los enemigos extranjeros serían frustrados, y la Federación permanecería fuerte e inviolable, bajo el inspirado liderazgo del presidente. El jefe de San Petersburgo murmuró algo en el teléfono, un intercambio entre ellos de *vranyo*, la mentira burocrática rusa: el jefe sabía que Zyuganov estaba mintiendo, y Zyuganov sabía que el jefe lo sabía, y ninguno pestañeaba… Colgó el teléfono, cada vez más calmado. Podría tenerlo todo bajo control.

Yevgeny estaba sentado e inclinado en la silla, con la cabeza hacia delante, un hilo de saliva cayendo desde la boca al suelo. Su deslealtad hacia el Servicio y hacia su país era monstruosa, pero su traición a Zyuganov despertó en él todos los asuntos nocivos, misántropos y de pañales para adultos que su madre —la decana del SVR, Ekaterina Zyuganova, ahora asesora política en la *rezidentura* de París— había paliado en los primeros años de su carrera, arropando a su hijo en el trabajo de la Lubyanka. Pero ahora era jefe, era el jefe de la Línea KR, y responsable de la inminente captura de dos agentes de la CIA en Rusia. Era socio de la genial Zarubina en la conducción del muy productivo caso TRITON. Se preguntaba si Egorova había informado sobre el caso a Washington. No importaba. Una vez que un ilegal comenzara a gestionar a TRITON, los americanos no lo encontrarían.

Y estaría dirigiendo el SVR con Zarubina, y el Servicio prosperaría y se multiplicaría, y el enemigo principal se estrellaría sin remedio contra ellos, y otros enemigos se acobardarían, y las antiguas repúblicas díscolas volverían al redil, y nacería una nueva hegemonía rusa con Vladímir Putin al mando, más fuerte que antes, y los traidores como este —miró la nuca lanuda del Yevgeny mientras vomitaba en la alfombra—, pensó, oyendo su propia voz chillona mientras hacía descender el bastón sobre la parte posterior del cráneo de su adjunto, el estiércol de cerdo como este… será eliminado.

* * *

Comieron a la luz de la luna, sobre el capó, tiernos bollos *pyrahi* con un sabroso relleno de remolacha de color rojo sangre. Pensó que Nathaniel se burlaría de la remolacha. Entonces, Dominika se dio cuenta de que esta sería la última auténtica comida rusa que LYRIC tendría en su vida, y también lo sería para ella si la Marina de Estados Unidos no aparecía en menos de doce minutos. A las cuatro de la mañana, sacó la radio de la mochila y se colocó en la roca sobre el agua, como una escultural sirena, una *rusalka* (a pesar de los vaqueros negros, el jersey y las zapatillas negras), a punto de dar una serenata a la luna. El mar desierto era una losa de pizarra lisa, el horizonte del golfo, una línea plateada. Las elegantes manos de Dominika con uñas cuadradas —las mismas manos que seis horas antes habían roto el hueso hioides de la garganta de un policía moscovita— sostenían la radio y pulsaban el botón de transmisión del AN/PRC-90 negro azabache, del tamaño de una cajetilla de cigarros, modificado por la CIA, que transmitía un código trinumérico encriptado de muy baja frecuencia (VLF) al satélite Skynet 5 del Ministerio de Defensa británico en órbita terrestre geosincrónica a cincuenta y tres grados del meridiano este, a más de treinta y cinco mil kilómetros por encima del archipiélago de la Tierra de Francisco José, en el mar de Barents. DIVA no sabía nada de eso.

Cuando los planes de exfiltración operativa de las Rutas Rojas Dos, Tres y Cuatro se estaban definiendo tres años antes, Simon Benford había aceptado a regañadientes asociarse con el Ministerio de Defensa británico y el Servicio de Inteligencia Secreto (MI6) para aprovechar las huellas de los satélites del Reino Unido sobre la franja norte de Rusia y las latitudes árticas. Al fin y al cabo, los británicos también exfiltraban agentes; los aliados podían compartir capacidades. Pero las negociaciones se estancaron en Londres cuando Benford exigió, nada menos, que la retransmisión instantánea de mensajes desde el enlace satelital británico, señalando secamente que la actuación del MI6 durante operaciones de crisis anteriores recordaba a «un empate en una carrera de dirigibles». Esto provocó que el aristócrata oxoniense que se ocupaba de las operaciones en el MI6 llamara a Benford «saco de mierda», pero, como Simon no sabía que le estaba diciendo que era un cabrón imbécil, la pequeña disputa se olvidó y las negociaciones de enlace concluyeron con éxito.

Los microprocesadores de Skynet 5 recibieron la llamada trinumérica de DIVA, la leyeron, la volvieron a cifrar y transmitieron otro código trinumérico diferente en uno coma seis segundos. La transmisión en VLF del satélite llegó al unísono al cuartel general de Comunicaciones del Gobierno (GCHQ) en Cheltenham, donde un equipo automatizado reenvió al instante el código «Ejecutar» al cuartel general del MI6 en Londres, en Vauxhall Cross, y al cuartel general

415

de la CIA en Langley, Virginia, y luego a la antena de hilo flotante de treinta y cinco metros localizada detrás del sumergible de comunicaciones de aguas poco profundas (SWCS) que se encontraba a una profundidad de cinco brazas, a unos mil metros de donde Dominika y LYRIC esperaban, en la playa.

En dos minutos, como si quisieran aumentar el dramatismo, el minisubmarino salió a la superficie sin problemas, en la trayectoria brillante de la luz de la luna. Estaba inmóvil sobre el mar en calma: el SWCS parecía el lomo liso y brillante de una cría de ballena dormida; solo quedaban unos sesenta centímetros de francobordo por encima de la superficie. Dominika rebuscó en su mochila y sacó un cuadrado de plástico del tamaño de una caja de cerillas, accionó una pequeña palanca y lo colocó sobre la roca. El cubo Pegasus comenzó a emitir una brillante luz infrarroja verde intermitente, no visible a simple vista. Dominika miró a través de un catalejo de infrarrojos de corto alcance y vio los brillantes destellos verdes del submarino. Le entregó el visor a LYRIC, que miró y gruñó impresionado.

Una mancha oscura más pequeña se separó del SWCS y se dirigió en silencio hacia ellos; la proa de la embarcación neumática creaba una estela blanca de agua que se movía bajo la balsa, el único sonido que emitía por encima del, casi, imperceptible zumbido de su motor eléctrico de arrastre. Una sola figura encorvada estaba sentada en la parte trasera de la embarcación. Tardarían varios minutos en llegar a la playa, así que Dominika se puso a trabajar: metió el transmisor y el visor de infrarrojos en la mochila, junto con la luz de la baliza de infrarrojos; todo este equipo iría con LYRIC al submarino. No habría rastro del general Solovyov; las *rusalki* se lo habrían llevado para siempre bajo el mar. La pequeña balsa aún estaba muy lejos; Dominika tuvo la terrible sensación de que estaba tardando demasiado. Cada minuto que pudieran ganar sería muy importante, ya que tenía que vestirse para la fiesta de fin de semana del presidente, así que se dirigió al maletero del coche, lo abrió, se quitó los zapatos, los calcetines, el jersey y los vaqueros. Tembló con el aire frío de la noche, descalza y en ropa interior. Entonces oyó el sonido de un helicóptero en algún lugar del sureste.

Bollos *Pyrahi* rellenos de Remolacha

Hierve la leche, la manteca y la mantequilla y deja enfriar.
Mezcla el azúcar y la levadura en el agua y deja reposar.
Bate los huevos, la sal y el azúcar e incorpóralos a la leche
y la levadura atemperadas; luego añade harina para formar una masa suave. Aplasta la masa en forma de redon-
deles pequeños, pon el relleno (remolacha rallada, azúcar y sal salteados en mantequilla) en el centro y dobla las
cuatro esquinas de la masa para cerrarlas con un pellizco,
dejando una pequeña hendidura en la parte superior.
Hornea a media temperatura hasta que se doren. Sirve con
mantequilla a temperatura ambiente, crema agria o yogur.

35

Zyuganov estaba sentado en su despacho con tres funcionarios de la Sección Administrativa y de Seguridad del SVR. El cuerpo amortajado de Yevgeny había sido sacado en una camilla de lona hacía media hora, y el coronel había estado echando espuma por la boca mientras describía a los de seguridad cómo su adjunto había estado aliado con el topo de la CIA que él, Zyuganov, estaba a escasos minutos de atrapar. Yevgeny era, sin duda, un subagente que distribuía información al enemigo y, al enfrentarse a Zyuganov, había entrado en pánico y se había lanzado contra él para atacarlo.

—¿Atacar? ¿Con qué? —dijo uno de los hombres de Seguridad. Ni siquiera la reputación del coronel como verdugo, heredero de la majestuosidad moteada del *vozhd*, el monstruo de múltiples extremidades que prestó su nombre al tío Joe Stalin, podía otorgarle inmunidad en un caso de asesinato injustificado cometido dentro de los muros de la sede central. Sin duda, la justificación podría llegar en el espacio de una llamada telefónica exculpatoria de quince segundos desde el Kremlin, o en el microsegundo posterior a la detención triunfal del topo de la CIA en su seno, pensó Zyuganov.

—Con esto —dijo sosteniendo una aguja quirúrgica curva de media pulgada—. Intentaba acuchillarme.

—¿Cómo es que tiene ese tipo de instrumental en su oficina, señor?

—¿Qué importa a estas alturas? —respondió martilleando con su puño al aire.

El teléfono blanco que tenía sobre su mesa sonó; la línea segura de alta frecuencia Vey Che. Era el jefe del SVR en San Petersburgo, llamando para informar de que uno de los helicópteros de la milicia informaba de una señal al sureste de la ciudad, en un vector que seguía la línea de la M10 desde Moscú. Zyuganov consultó el reloj:

las cuatro y media. Tenía que ser Egorova la que iba desde Moscú. La atraparían en menos de una hora. Zyuganov ordenó que los vehículos de la policía y de la milicia se concentraran en la M10 y se situaran en todas las salidas de la A120, la carretera de circunvalación exterior, justo después de la ciudad de Tosno. Colgó el teléfono y miró a los tres *zadnitsi*, esos tres gilipollas de la administración, sabiendo que habían escuchado cada palabra, y les dijo que se marcharan de su oficina. Dudaron y al final se levantaron para marcharse, pero uno de ellos dijo algo sobre continuar la entrevista en otro momento. Sí, sí, pensó Zyuganov con el cerebro bullendo de emoción, tu entrevista de despido cuando yo sea subjefe.

Hasta ese momento no había pensado que, como adjunto del SVR, podría recopilar y gestionar una lista de personas que lo desagradaban, enfadaban o molestaban de alguna manera. Podía tener la señal de las cámaras de los sótanos de Lefortovo y Butyrka en su despacho. Iría al Kremlin para tomar el té con el presidente. Se estremeció de gusto al recordar el sonido del melón caído y la resistencia del hueso cuando golpeó a Yevgeny con la porra de acero. Pensó en las imágenes y los sonidos que acompañarían los próximos interrogatorios de Egorova y Solovyov. Entonces el teléfono volvió a sonar.

—Caza del ganso —dijo el jefe de Petersburgo por teléfono—. La unidad aérea bajó a tierra al aumentar la intensidad de la señal, y casi fueron absorbidos por la onda de presión del tren de alta velocidad Sapsan de Moscú. Ese cabrón va a doscientos cincuenta kilómetros por hora.

Zyuganov maldijo.

—¿Y la señal?

—No hay coches en la carretera —respondió el jefe—. Desperté al Ministerio de Ferrocarriles. La locomotora tiene un repetidor en el morro para que se pueda rastrear el tren. Es lo que el helicóptero localizaba. Suerte que no volaron hacia…

—¿Qué coño hace el tren en la vía a las cuatro de la mañana? —rugió Zyuganov—. Se supone que debería estar en Petersburgo a medianoche.

—Es lo que pregunté. Cinco horas de retraso en la salida de Moscú. Había pasado algo en las vías en medio de la nada. Solo ha sido mala suerte. El helicóptero está volviendo a la base para comprobar los daños. El piloto estaba conmocionado.

—Que se joda el piloto —gritó—. Quiero que ese cabrón siga buscando. Que encuentren ese coche. Sé que está ahí fuera. —Colgó el teléfono. Sapsan, un halcón peregrino persiguiendo a un gorrión; *eto prosto pizdets*, esto es una jodida mierda.

* * *

Cuando Dominika oyó al helicóptero dando vueltas en el cielo nocturno en algún lugar al sur, dejó todo, corrió alrededor del coche y metió lo último del equipo en la bolsa del kit. Cogió al dócil general por el codo y lo ayudó a pasar por encima de las rocas hasta la pequeña playa de arena, deseando que la balsa de goma se diera prisa, el anciano saliera de esa playa y el helicóptero se alejara. De acuerdo con el simulacro de salida, ayudó al general a quitarse el abrigo, que guardó en la bolsa del equipo. En Atenas habían discutido la posibilidad de dejar los zapatos y el abrigo de LYRIC en la playa, para que fueran encontrados y para que pudieran pensar que el fugitivo, desesperado, se había suicidado ahogándose en el mar, pero Dominika había convencido a Benford de que eso sería *inostranny*, demasiado poco ruso. Era mejor que se evaporara sin dejar rastro.

La balsa llegó a la playa, el hombre asomó por la borda y Gary Cooper —al menos, eso es lo que le pareció a Dominika al ver al SEAL de un metro ochenta— se dirigió a ellos. El contramaestre de segunda clase Luke Proulx, del equipo SEAL 2, iba vestido con un mono negro de Nomex y llevaba un ancho subfusil MP7 negro mate cruzado en el pecho con un arnés de un solo punto. Cuando se acercó a ellos, se quitó un gorro de punto. Por supuesto, tendrá el pelo rubio, pensó Dominika. Y una aureola roja que a la luz de la luna adquiría un tono rosado frío. Cómo si no.

—General. Señora —dijo en ruso sin acento—. Buenos días.

Ruso perfecto y por supuesto también tendría los ojos azules, pensó Dominika; y entonces se dio cuenta de que estaba en ropa interior, Simone Perele de París, pero, aun así… Sin embargo, el SEAL no dio la más mínima muestra de haber visto su desnudez.

—He oído un helicóptero hace un minuto —informó la capitana dispuesta a no avergonzarse—. Debe salir de inmediato.

El contramaestre Proulx asintió, se puso el gorro y cogió la bolsa que llevaba Dominika.

—¿Preparado, señor? —preguntó desplazando el arma y acercándose a la balsa de goma. Sin su abrigo, el general Solovyov estaba temblando por el aire frío de la noche. Se volvió hacia Dominika, se irguió y saludó. Sin palabras, dijo: *Spasibo*, gracias, y luego se dio la vuelta y se subió a la balsa, que el SEAL había sacado de la arena y mantenía firme en aguas poco profundas. Luke Proulx miró a Dominika, sonrió y susurró: *Udacha*, buena suerte. Subió a la balsa, puso en marcha el motor silencioso y se dirigió hacia la sombra negra que era el submarino en la trayectoria de la luna. Dominika también estaba temblando mientras observaba cómo la ola plateada se extendía en forma de «V» sobre el mar de teselas. Se quedó asombrada al encontrar un «eh, espérame», pegado detrás de sus labios. Pero sabía que nunca podría ir.

—*Stupay s Bogom*, ve con Dios —susurró. Ve con Dios. Se giró y trepó por las rocas, luego se inclinó sobre su maleta en el maletero abierto del coche. Se puso el vestido por la cabeza, un conjunto para cóctel con capa, drapeado en gris, los tacones de aguja Fendi de punta —tuvo que limpiar la arena de las suelas— y un collar de cuentas de piedra de ónix. Cerró el maletero y entró en el coche, se alisó su pelo recogido y se pintó los labios. Quería que el efecto de llegar a la mansión de Strelna fuera como si hubiera estado conduciendo toda la noche, vestida de forma algo inapropiada para un desayuno bufé o cualquier otro espectáculo romano que estos *kabany*, estos verracos con colmillos que dirigían el país, que holgazaneaban y comían y bebían y robaban —de la boca del pueblo— la riqueza de Rusia, tuvieran en mente, siempre que el zar lo aprobara, por supuesto.

Miró el océano vacío; en calma. El submarino se había deslizado bajo las olas; las *rusalki* habían conseguido a su hombre. Tal vez ahora los espíritus de Udranka, Marta y Hannah podrían descansar. Cómo habría disfrutado Hannah de esta operación de madrugada en esa playa de guijarros. Agarró el volante y luchó contra el cansancio, la emoción y la nostalgia. Ansiaba ver a Nate, hablar con él, que la tomara en sus brazos y la abrazara, al menos durante un rato antes de que se acostaran. El sonido de los rotores de los helicópteros se oía en algún lugar en la distancia, cada vez más fuerte, así que empezó a moverse rápido por el camino de la playa, con los faros apagados. No choques con una de las rocas, se dijo, espero que esté demasiado oscuro como para ver el polvo que se levanta. Entró en la A121 de vuelta a Petersburgo, pasando por los oscuros palacios, sin tráfico a las cinco de la mañana y sin que nadie apareciera en los retrovisores.

El ruido de los rotores se hizo más fuerte al llegar a la entrada del Palacio de Constantino y el Centro de Conferencias Strelna. El guardia de la puerta miró al cielo mientras se acercaba a su ventanilla y le alumbraba los ojos.

—Quita esa luz de mi cara —espetó Dominika—. Capitana Egorova de Sluzhba Vneshney Razvedki, SVR. Me están esperando.

* * *

Estar sentado en el SWCS era como ser un frágil y algo insignificante componente en un estrecho tubo de acero lleno de conductos, tuberías y bridas y pantallas digitales. El contramaestre Proulx ayudó a LYRIC a deslizarse por una escotilla en la superficie dorsal del SWCS y lo acomodó en un asiento de nailon, le abrochó un arnés sobre los hombros y el estómago, luego soltó un pestillo y deslizó el asiento sobre rieles hacia atrás para que hiciera clic y se bloqueara contra los topes en la tercera posición. Después de abrir las espitas y acoplar la balsa, que una vez inflada no volvía a entrar en el sumergible, y de ver cómo se asentaba bajo el agua por la pesada popa, Proulx se deslizó por la escotilla y se sentó en el segundo asiento, poniendo el MP7 a salvo y guardando su arma en una funda debajo del asiento. Colocó la bolsa con el equipo de extracción en una taquilla lateral y luego pulsó un botón para cerrar la escotilla, que luego accionó manualmente con una manivela. Se le destaponaron los oídos cuando la escotilla se cerró y la cabina se presurizó.

Proulx se giró en su asiento —nada fácil en el reducido espacio—, cogió un par de auriculares de un pequeño gancho y se los entregó al general. Se puso los suyos propios y se ajustó el micrófono de botón en la mejilla.

—¿Está usted bien, señor? —dijo Proulx. El general asintió y susurró «Da» en el micrófono. Proulx le pasó una botella de plástico que había sacado de un cajón en el lateral del asiento—. Tome, señor, beba esto. Aquí hace mucho calor y el ambiente es muy seco. —El agua, con un suave sabor a fruta, contenía una baja dosis de benzodiacepina para reducir la ansiedad, relajar los músculos y facilitar el sueño. El cóctel de benzos era el kit estándar para las operaciones de extracción marítima.

—Mejor que las malditas lanchas de cerdos mojados que teníamos que conducir antes —dijo el contramaestre Mike Gore por los auriculares, sentado delante de Proulx. El corpulento jefe Gore estaba a los mandos—. Vamos, salgamos de aquí, las aguas poco profundas me dan asco.

Los hombres estaban sentados como una tripulación de trineo de tres hombres, en fila india, con las piernas ligeramente dobladas y las rodillas apoyadas en el respaldo del asiento de delante. Había un

423

sonido de agua borboteante que los envolvía, y una ligera sensación de abatimiento. La única luz fantasmagórica del compartimento mal ventilado procedía de las pantallas LED.

—General, ¿quiere escuchar un poco de música? —le preguntó Proulx a través del micrófono—. ¿Qué tal algo de Tchaikovsky? —Había sido una sugerencia de Benford que tuvieran música clásica rusa a mano, música que pudiera ser silenciosa si el sonar del barco detectaba unidades de superficie en cualquier lugar cercano. El SWCS empezó a moverse hacia delante, un pequeño zumbido salió del mamparo del compartimento del motor detrás de sus asientos, y todo el sumergible se inclinó de repente como un avión y siguió un ángulo vertiginoso hacia abajo. Quince minutos después, Proulx echó un vistazo a una pequeña pieza de metal pulido fijada al techo como un espejo retrovisor y vio que la cabeza de LYRIC estaba apoyada en el reposacabezas acolchado, con los ojos cerrados. Proulx apagó los auriculares de LYRIC y se adelantó para tocar en el hombro al contramaestre Gore.

—Ya ves… La zona de aterrizaje estaba despejada y ese ángel en ropa interior estaba en la playa con el viejo, vamos que… Ingrid Bergman conoce a Jane Russell. No me lo creo, contramaestre; mierda, esperaba que los *spetsnaz* salieran de los pastos marinos.

Gore gruñó en su micrófono.

—Proulx, la próxima vez tú te quedas en alta mar y yo llevaré el inflable. La maldita CIA está reclutando estrellas porno en Rusia. Tengo que conseguir un trabajo con ellos. —Los dos SEAL se quedaron en silencio unos minutos—. ¿El viejo está bien? —dijo Gore.

Proulx asintió.

—Sí, está dormido.

—Bien. Suficiente Pyotr Ilyich, dame algo de ZZ Top.

Cinco horas más tarde, el SEAL SWCS se acercó a la popa del buque de desembarco anfibio LPD-24 de la Marina de los Estados Unidos, el USS Arlington, que participaba en un ejercicio de guerra antisubmarina de la Sexta Flota con las Armadas de Estonia y Letonia. El Arlington estaba navegando despacio en un curso ASW de pista al oeste de la isla de Suursaari en el golfo de Finlandia, a ciento veinte kilómetros al oeste de la playa de exfiltración. El SWCS se introdujo en el dique inundable del Arlington durante una prolongada borrasca que redujo la visibilidad a cero. LYRIC estaba fuera y a salvo.

* * *

Dominika siguió al *jeep* de la guardia con la luz amarilla giratoria por una amplia avenida, con el palacio asomando por la izquierda, y luego en una amplia curva, pasando por edificios administrativos y el hotel de varios pisos que alojaba a los asistentes a la conferencia, a través de un parque con árboles y jardines bien cuidados, una casa de campo, una casa barroca de pan de jengibre con un medallón de doble águila en lo alto del tejado y atravesado por otra puerta con la barrera, de bastones de caramelo, ya levantada. Pasaron por delante de modernas mansiones de dos pisos con tejados abuhardillados en color verde claro, una tras otra. Dominika contó diez o doce, y detrás de ellas había más, todas oscuras y desnudas en un parque sin árboles y atravesado por pasarelas de cemento. Eran las cabañas VIP, reservadas a los jefes de Estado durante las reuniones internacionales en el Complejo Estatal del Palacio de Congresos, justo en la costa. El golfo de Finlandia era visible con la luz emergente del día, y Dominika se preguntó qué diría el presidente Putin si supiera que había un minisubmarino de la Marina de los Estados Unidos llevando a un militar ruso a un lugar seguro en Occidente, el general de dos estrellas que había sido una fuente de información de la CIA. ¿Se rompería algún diente por el rechinar sangrante?

Atravesaron la entrada circular de la última casa de campo, que estaba muy iluminada. Una docena de coches más estaban aparcados en un pequeño terreno contiguo. De las dieciocho mansiones, esta era la más próxima al mar. Un mayordomo con indumentaria blanca salió de la casa para llevar la triste maleta de Dominika al interior. Otro asistente se encargó de aparcar el coche. Dominika se dio cuenta de que los zapatos de suela estriada que llevaba en la maleta podrían llevar arena, como las alfombrillas del coche. Ya no podía hacer nada al respecto. Mientras subían los escalones de la mansión, un helicóptero azul sobrevoló la zona, con las luces de alcance de su panza parpadeando, y luego se inclinó bruscamente sobre el agua y volvió a zumbar sobre la mansión.

El enorme vestíbulo de entrada era de mármol, con adornos dorados y con frescos pintados en los techos. Los rusos que vivían en las pequeñas y mediocres ciudades desde ahí hasta Moscú dormían en habitaciones individuales con suelos de tierra, pero los *pravireli*, los señores del país, se envolvían en el esplendor rococó. Los tacones de Dominika repiqueteaban en el mármol, resonando en el espacio, produciendo un tictac de relojería del fin del mundo. Se abrió la puerta lateral y se acercó un mayordomo. Una obsequiosa bienvenida y la sugerencia de que tal vez la capitana quisiera un ligero refrigerio tras su largo viaje. No tienes ni idea, Tolstói, pensó Dominika. Estaba agotada. Le abrió el camino a través de unas altas puertas de cristal que daban a un espacioso patio de terrazo, con una amplia vista del océano. Las unidades de calefacción radiante compensaban el frío de la mañana. A lo largo de la pared lateral, se extendía un aparador repleto de fuentes, decantadores de cristal y cuencos de plata llenos de flores. Dominika tomó una copa de zumo.

Se acercó a la barandilla para contemplar una terraza en el nivel inferior con una enorme piscina iluminada por puntos subacuáticos de color aguamarina, brillantes incluso con la luz del amanecer. El agua caliente desprendía vapor. Dos hombres con trajes oscuros con nubes de color marrón alrededor de sus cabezas estaban de pie en cada extremo de la piscina, observando al presidente de la Federación Rusa en el agua. Putin nadaba a mariposa. Saliendo con fuerza y martilleando con los puños cerrados la superficie ante él. No había nada de la sedosa ondulación de delfín del experto nadador a mariposa; había visto nadar a Nate sin apenas chapotear. cada vez que Putin respiraba, el agua le caía por la cara y resoplaba como una ballena, lanzando una nube de niebla delante de él, teñida de aguamarina por las luces de la piscina o por el aura que rodeaba su cabeza y sus hombros. Después de un largo recorrido, no mostró signos de cansancio. Dominika se dio la vuelta. En el otro extremo de la terraza, había un grupo de sillas; solo había un hombre sentado de espaldas a ella. Se giró al oír sus pasos.

Era Govormarenko, de Iskra-Energetika, el compinche crápula de Putin que había negociado el acuerdo del suelo sísmico con los persas. Recordó las cejas pobladas, la nariz ganchuda y el ondulado pelo blanco de ese libertino. Se levantó, limpiándose la boca con una servilleta de lino, cuando Dominika se acercó. Había un plato lleno de comida y una jarra de cerveza medio vacía en la mesa baja que tenía delante. Iba vestido de manera informal, con pantalones negros, un jersey color melocotón y mocasines de cuero blanco de Gucci.

—Capitana Egorova, bienvenida —saludó sonriendo. A pesar de la servilleta, había migas resecas en las comisuras de su boca. Se acuerda de mi nombre, pensó Dominika. O estoy en la agenda o quiere compartir un *jacuzzi*.

—Gospodin Govormarenko —respondió con un leve movimiento de cabeza.

—Llega muy temprano, pero es un placer volver a verla. —Señaló una silla.

—Conduje toda la noche desde Moscú. —Se sentó. No estaba de más contar «su» historia sobre la noche anterior—. Tengo previsto visitar a mi familia en Petersburgo.

Miró al mar. El sol naciente coloreaba de rosa las pequeñas olas blancas y el cielo prometía estar despejado. La terraza era tranquila y confortable, a pesar de estar frente a una costa abierta. Los impecables paneles de cristal que rodeaban la barandilla de la terraza bloqueaban el viento.

—Dios mío, nadie conduce desde Moscú. Tiene suerte de estar viva. —Comenzó a coquetear el amigo del presidente—. Debería habérmelo dicho y habría enviado mi avión a buscarla.

Tráiganme una palangana para vomitar, pensó Dominika. Imaginaba que el avión privado de Govormarenko tendría manchas de amor en los asientos y huellas de pulgares en las ventanillas.

—Quizá la próxima vez —respondió intentando zanjar esa vía—. Se ha levantado temprano, gospodin Govormarenko. —Supuso que él se habría levantado de mala gana, prefiriendo el calor de rancia y porcina cama.

Cogió un plato de *draniki* dorado, dobló una de las tortitas de patata con salsa de setas por la mitad y se la metió en la boca.

—Capitana, insisto en que me llame Vasili —dijo, masticando. Miró el pesado reloj de pulsera Breitling con la esfera de color caramelo—. El presidente se levanta temprano para nadar. Quiere hablar de los avances en el acuerdo con Irán. ¿Conoce las últimas noticias?

—Confío en que sean buenas. —Intentaba no mirar la mancha de salsa de setas en la parte delantera del jersey de Govormarenko.

—Mejor que buenas. La barcaza motorizada que transporta la carga ha superado el canal del delta del Volga en Astrakhan. El tránsito por el Caspio hasta Bandar-e Anzali debería durar cuatro días, si el tiempo lo permite. Teherán ya ha depositado cuatrocientos cincuenta millones de euros en el Banco Central, y el resto se pagará a la entrega, en cinco días. Nabiullina llega hoy para hacer un informe sobre las transferencias.

Dominika no tenía muchas ganas de volver a ver al presidente del Banco Central, el receloso favorito de Putin, que interrogó a Dominika sobre cómo había concebido la ruta fluvial de entrega a través de Rusia. *Suka*, cabrón.

Govormarenko dobló otra tortita y se la metió en la boca entera.

—Cuarenta y siete millones de rublos. No tendrá que conducir hasta San Petersburgo nunca más, capitana. —Se sentó en su silla y la miró.

—No sé si te entiendo, Vasili… —Cambió el tono para dirigirse a él.

—Estoy seguro de que sabes exactamente lo que quiero decir. Las ganancias para ti pueden llegar a los ocho millones y medio de rublos, tal vez nueve. En Nueva York sería un cuarto de millón de dólares.

Ganancias. Sabe calcular como una máquina, convertir divisas en su cabeza, pensó. ¿Cómo repartirán el dinero de los persas? ¿Cómo de grande sería la parte del presidente? Sería interesante saber dónde esconde su dinero en el extranjero.

—El acuerdo con Irán fue un excelente ejemplo de trabajo de inteligencia entre bastidores en apoyo de un acuerdo comercial que ayudó a Rusia —dijo mientras levantaba la jarra de cerveza y apuraba hasta la última gota—. Hemos apoyado a un importante Estado cliente, hemos ampliado la influencia en una región estratégicamente importante y hemos impulsado el prestigio de la Rodina en el mundo.

Ahí estaba de nuevo, *vranyo*, la mentira rusa.

—¿Ayudó a Rusia? —preguntó Dominika, pero él ignoró la ironía con un gesto de la mano.

—Eres un miembro del consorcio de socios creativos que lo ha hecho posible. Deberías beneficiarte por tu participación. De hecho, lo harás. Y habrá más esfuerzos comerciales. Necesitaremos a alguien del Servicio en nuestro equipo.

—¿Y qué dirá el director de ese acuerdo?

Govormarenko se encogió de hombros.

—Se va a retirar pronto y Zarubina entrará o se quedará fuera. Es brillante, pero de la vieja escuela. Ella elige. —Se acercó para acariciar la rodilla de Dominika—. Basta con saber que tenemos una brillante protegida en la sede central.

Este facineroso intenta que yo sea el topo de los oligarcas en el Servicio, pensó Dominika. Seguramente con la bendición de Putin. ¿Qué te parece esto, Benford? Y acaba de confirmar que Zarubina será la nueva directora cuando regrese de Washington.

—¿Y el coronel Zyuganov? Trabajó estrechamente con usted para lograr esta maravilla. ¿Forma parte del equipo?

—Con él las cosas son diferentes —dijo en tono confidencial—. Al coronel le vendría bien un curso de refinamiento.

No puede estar más claro, Zyuganov no forma parte de esta cábala. Está excluido, seguía pensando Dominika. Qué incursión más útil está resultando. Nate y Benford valorarían esta información.

En el instante siguiente sucedieron tres circunstancias de forma simultánea.

El mayordomo apareció corriendo en la terraza y se inclinó para susurrar algo al oído de Govormarenko; cuatro hombres uniformados entraron por las puertas de cristal y se acercaron a la mesa; el presidente Putin, seguido de sus dos hombres escoltas, subió un tramo de escaleras desde la piscina, en traje de baño. Iba sin camiseta, solo con una toalla sobre los hombros. Miró a los militares, luego a Govormarenko y, después, elevó, de forma casi imperceptible, una de las comisuras de la boca, lo que indicaba una alegría desbordante o, tal vez, el primer arrebato de furia imponente, junto con un gesto de aceptación hacia Dominika.

Él está sin camisa, en traje de baño mojado y yo llevo un vestido de cóctel, pensó ella con cansancio. Y esta mañana un SEAL me ha llamado señora, cuando solo llevaba ropa interior. Ya había salido el sol y el océano había pasado de gris a azul, a juego con el azul palpitante que rodeaba la cabeza del presidente.

—¿Qué significa esto? —dijo Govormarenko, hablando en lugar del presidente.

El jefe de la policía se puso en guardia.

—Órdenes del cuartel general, señor.

Govormarenko se metió otra tortita en la boca.

—¿Qué órdenes?

—Un boletín de búsqueda de un vehículo que viaja desde Moscú. Un avión de la unidad de la policía lo ha rastreado hasta aquí, señor.

—¿De quién es el coche?

—Será el mío —respondió Dominika, dando un sorbo de zumo—. Es del parque móvil de Yasenevo. —El *militsiya* echó una mirada a los otros policías; mierda, pensó el hombre, es del SVR, y el presidente está a un metro de distancia.

—¿Y por qué se emitió el boletín? —siguió preguntando Govormarenko.

El policía se encogió de hombros.

—No lo sé, señor, solo sé que desde la central nos dijeron que la orden venía de Moscú.

La voz aguda de Putin se oyó por fin.

—No importan por qué, pero ¿quién dio la orden?

El policía ya estaba sudando.

—No lo sé, señor presidente.

Putin miró a Dominika, que intentaba descansar, sin mostrar preocupación, en su silla. Dominika adivinó que él ya lo sabía todo.

—No creo que la capitana Egorova sea una fugitiva —dijo el presidente en voz baja—. Pueden retirarse.

∗ ∗ ∗

Seb Angevine puso los pies encima de la mesa y admiró sus zapatos Oxford Crockett & Jones de Londres, trescientas cincuenta libras, seiscientos dólares, cosidos a mano por un tal Bob Cratchit solo para él. La chaqueta estaba en una percha detrás de la puerta cerrada, de lana gris oscuro de Brioni, cuatro mil quinientas libras, seis mil dólares, que era perfecto para su corbata de seda azul oscuro de siete pliegues Marinella, de Nápoles, doscientos dólares.

Seb estaba matando el tiempo antes de que su secretaria se fuera al final de su jornada, y él pudiera preparar su pequeña cámara Chobi, Gamma, con los cables de transferencia rápida conectados a su equipo, mientras la cámara grababa en vídeo de alta resolución. Esa noche iba a ser especial. Capturaría las imágenes de una lista de pagos de la oficina de finanzas con los verdaderos nombres de los activos más sensibles de la CIA. A Angevine no le importaba quiénes eran; todos debían saber que ser espía entrañaba un riesgo; tenían que arriesgarse. Diablos, él se estaba arriesgando al espiar para los rusos. Pero el único nombre que era importante de verdad, por el que Zarubina le pagaría un millón de dólares, era el nombre ruso de la lista. Después de que Muriel se despidiera, Seb sacó el minitrípode, ajustó la cámara en el soporte, se aseguró de que la cámara estuviera bien orientada e inició la grabación. Se desplazó por unos cincuenta cables y se detuvo. Por instinto, guardó la cámara con el trípode en un cajón abierto del escritorio justo cuando llamaron a la puerta del despacho, y el horrible rostro de Gloria Bevacqua, la directora del Servicio Clandestino, asomó.

—¿Interrumpo algo? —dijo a la vez que entraba en el despacho. Su pelo rubio, corto, sucio y despeinado mostraba raíces oscuras. Llevaba un traje pantalón color mandarina de orlón o rayón, con las mangas sucias y una mancha seca en el hombro izquierdo, como si hubiera tenido a un bebé mientras eructaba tras la toma de leche.

Sí, pensó, he estado copiando cientos de cables clasificados del sistema de cableado seguro de la Agencia para entregárselos a Moscú mañana por la noche a cambio de un pago de siete cifras, cuyo resultado espero que destruya tu capacidad para dirigir el Servicio Clandestino.

—No, Gloria. ¿Qué puedo hacer por ti?

Bevacqua se marchó unos minutos después, enfadada porque Angevine se había negado a formar parte de una comisión de revisión administrativa recién creada y que ella estaba organizando. Necesitaba que un funcionario de alto nivel formara parte de la comisión y pensó que, si se lo pedía en persona, Angevine tendría que aceptar.

No ha habido suerte, inútil, pensó Angevine. *Allez au charbon*, vuelve a tu pocilga.

Volvió a colocar la cámara y comenzó a desplazar imágenes por la pantalla. Dejó la lista de activos financieros para el final y se desplazó hacia abajo a velocidad normal, leyendo con detenimiento. Ahí estaba, su millón de dólares. Lo comprobó dos veces; era el único nombre ruso reconocible. Una mujer, pensó, ¿de verdad?

Dominika Vasilyevna Egorova.

Angevine memorizó el nombre. Me pregunto si será buena. Aunque no lo será por mucho tiempo después de que Zarubina consiga el nombre.

DRANIKI. TORTITAS DE PATATA CON SALSA DE SETAS

Ralla las patatas y las cebollas peladas y añade un huevo crudo, sal y harina para hacer una masa espesa. Echa una pequeña porción de la mezcla en una sartén con aceite caliente y fríe hasta que esté dorada. Sirve con salsa de setas hecha batiendo la cebolla y las setas salteadas con crema agria y nata espesa; cuece a fuego lento la crema resultante (que no hierva) con más nata espesa y adorna con perejil picado.

36

Nate y Benford estaban sentados a solas en la segunda sala de conferencias de la nueva sede del FBI en Washington, al noroeste de D. C. Benford se había quejado de tener que conducir hasta el centro de la ciudad para ir a Swampoodle, el olvidado nombre de la cercana barriada irlandesa del siglo xix arrasada para construir la Union Station. Benford señaló además que el traslado de la WFO desde el arenoso Buzzard Point en el Potomac era un requisito para que los vaqueros del FEEB estuvieran más cerca de la Oficina de Rendición de Cuentas del Gobierno, que estaba en diagonal, cruzando la calle G desde la nueva oficina local.

Benford había trabajado estrechamente con la Oficina durante años y le desagradaba en general, pero tenía algunos amigos íntimos de la FEEB, como el jefe de la División de Contrainteligencia Extranjera, Charles Montgomery, con quien iban a reunirse. Mientras esperaban, un molesto y bigotudo agente especial, al que Benford conocía, asomó la cabeza en la sala.

—Los espías están en casa —gritó, llevándose las manos a la boca. Benford lo miró con un gesto de desagrado. El FEEB tenía el pelo espeso y un bigote que parecía un cepillo de bastidor.

—McGaffin, ¿por qué no estás de vigilancia? ¿No hay ladrones de banco rondando por la capital?

—Lo tenemos bajo control. ¿Qué hacéis aquí abajo?

Benford miró a Nate con gesto de complicidad.

—Hay nueva información de Moscú de que hay un topo en el FBI y hemos venido a presentar una solicitud al tribunal de FISA para revisar su perfil personal de uso de internet. Espero encontrar materiales tanto pueriles como lascivos.

McGaffin sacudió la cabeza y dijo:

—Habla en inglés. —Y se marchó.

Benford miró de nuevo a Nate.

—¿Entiendes ahora mis reticencias a venir para asociarme con estos burócratas de cuello blanco?

Nate negó con un gesto.

—Tenemos una única oportunidad para reventar la reunión de Zarubina e identificar a TRITON. Si estos tipos tienen alguna idea... tenemos que escucharlos.

El agente especial Montgomery entró en la sala, rodeó la mesa y estrechó las manos de Benford y Nate. Tenía cincuenta años, era delgado, con un prematuro pelo blanco, gafas de media montura en el extremo de la nariz y ojos grises de policía a los que no se les escapaba nada.

—Siento el retraso —dijo, sentándose al otro lado de la mesa de reuniones—. Todavía estoy recuperándome del *jet lag*. La conferencia de Londres se hizo eterna. —Se frotó la cara.

—Al menos está la cocina británica —comentó Benford.

—Sí. Nunca había oído hablar del *haggis*. Es escocés. Comí un plato antes de que nuestros anfitriones del MI5 me dijeran que eran tripas de oveja. La próxima vez que vengan ellos, voy a servirles ostras de las Montañas Rocosas.

—Siempre he pensado que los testículos, bovinos o de otro tipo, eran los favoritos en el menú de la cafetería del FBI —dijo Benford.

—Simon, los británicos te llamarían *prannok* —respondió mientras abría la carpeta de documentos—. Es decir, un idiota de proporciones épicas.

—¿Procedemos? —preguntó Benford. Montgomery asintió. Era uno de los pocos agentes del FBI que conocían el caso TRITON.

—A ver, ya lo hemos discutido. Zarubina se reunirá con tu chico en algún momento de los próximos siete días. Nos hemos mantenido alejados de su culo porque tú nos lo has pedido para que no se dé cuenta de que la seguimos y aborte. —Montgomery había argumentado que el equipo de vigilancia del FCI, al que llamaban los G-men, podría tener vigilada a Zarubina sin asustarla—. Sigo pensando que podemos con ella.

Nate negó con la cabeza.

—Charles, no podemos arriesgarnos. Tus chicos son buenos, pero, si Zarubina ve algo en la calle, aborta la reunión, y los rusos cambian a un ilegal anónimo al que nunca podremos identificar.

Montgomery volvió a frotarse la cara.

—Bueno, de eso es de lo que quiero hablar con vosotros. Tenemos un as en la manga. —Dio la vuelta a una hoja—. Sabemos que el lugar de reunión de los rusos está en el parque de Meridian Hill.

—Una pequeña ventaja —dijo Nate—. La SVR va a vigilar con mucha atención el parque varios días antes, en especial en las horas nocturnas previas al encuentro. Serán capaces de ver al equipo apostado, no importa lo buenos que sean. Una radio, alguien con prismáticos… es inevitable.

—Vale, lo acepto, pero he estado pensando en una solución —continuó Montgomery—. Tenemos dos chicos en los G; están de rebote aquí.

—¿Qué quiere decir «de rebote»? —preguntó Benford.

—Han pasado por diferentes trabajos.

—¿Por qué?

—Tienen problemillas de autoridad —respondió el agente del FBI, juntando las manos sobre la mesa.

—¿Y eso significa…?

—Significa que dicen lo que piensan.

—¿Cómo…?

—Como decirles a sus supervisores que se vayan a la mierda.

—Y… ¿por qué quieres cargarnos a esos dos inestables en una operación crítica que podría costarle la vida a algún agente?

—Porque creo que son los mejores agentes de calle que he visto en veinte años. Si Zarubina es una bruja clarividente en el asfalto, Fileppo y Procotr son los putos hechiceros.

Benford miró a Nate, que asintió con suavidad.

—Los tres en el parque, nadie más, sin radios. Embolsamos a TRITON antes de que pueda hablar con Zarubina —dijo Nate.

—Eso mismo es lo que yo pensaba —estuvo de acuerdo Montgomery—. Poneos a los tres unos taparrabos y unas cerbatanas. Podría funcionar.

Benford se removió en la silla, pensando.

—¿Cuándo podemos conocer a tus putos hechiceros?

—Están esperando fuera. —Montgomery se dirigió a la puerta de la sala de conferencias.

Fileppo y Proctor entraron y se sentaron a ambos lados de Montgomery. Ambos vestían con ropa informal: vaqueros y botas bajas de safari de Clarks. El de la izquierda llevaba una sudadera negra lisa, y el otro, un jersey de lana con cremallera.

—Estos son Donnie Fileppo y Lew Proctor —dijo Montgomery. Nate se acercó para estrecharles la mano. Ambos apretaron su mano con seguridad. Nate calculó que Donnie Fileppo tenía unos veinticinco años, con el pelo castaño bien recortado, la frente alta y no dejaba de mirarlos a Benford y a él de forma alternativa. Lew Proctor era algo mayor, con pequeñas arrugas en las comisuras de los ojos y el pelo muy corto. Ambos miraban con fingido desinterés a los hombres de la CIA.

—De manera que sois Donnie y Lew —les preguntó Benford.

—Sí, su nombre completo es Donatello —respondió Proctor, inclinándose hacia delante para esquivar a Montgomery y mirar a Fileppo. Mantenía el rictus serio, pero no podía ocultar la sonrisa de sus ojos—. En Italia es sobre todo un nombre de chica.

Fileppo no miró a Proctor.

—¿Habéis hecho alguna vez vigilancia en solitario? —habló esta vez Nate—. Tenemos un gran problema y necesitamos dos soldados de a pie que me ayuden a cubrir un parque en el centro de la ciudad.

—¿Qué parque? —preguntó Fileppo.

—¿Contra quién? —preguntó Proctor.

—No es necesario que lo sepáis hasta que decidamos si podéis hacer este trabajo —respondió Benford. Nate no lo miró, pero reconoció el tono rancio de Benford: siendo desagradable para poner a prueba a sus interlocutores.

Fileppo se encogió de hombros.

—No podemos ayudaros con vuestro gran problema si no conocemos el maldito objetivo y el parque —dijo Proctor. Montgomery se removió en la silla.

—El agente especial Montgomery dice que sois muy buenos en la calle —intervino Nate.

—Bastante buenos —respondió Proctor—. ¿De qué estaríamos hablando?

—Moscú —confirmó Nate. Proctor asintió—. Por eso es tan importante. Tiene que salir bien o alguien morirá en Moscú.

—Por no hablar de que un jodido traidor estadounidense que trabaja para el puto Moscú seguiría haciéndolo por mucho tiempo —aclaró Benford.

—No podemos dejar que eso pase, ¿verdad, Donatello? —zanjó Proctor.

*　*　*

Nate salió a la calle con Fileppo y Proctor. Montgomery no había exagerado: eran tranquilos, rápidos, estaban en buena condición física, utilizaban señales de mano apenas perceptibles y podían cambiar de aspecto dando la vuelta a una sudadera o deshaciéndose de una chaqueta. Además, Fileppo hacia *parkour* y *freerunning* urbano. Podía correr hacia un muro de tres metros, dar dos pasos sobre los ladrillos como si lo subiera y saltar el resto de la altura hasta la cima.

La pausa para cenar fue esclarecedora: ninguno bebía en horas de servicio; las cervezas fuera del horario de trabajo se limitaban a dos; la conversación era escandalosa y vulgar, pero Nate reconoció en ellos las características de los mejores profesionales de la vigilancia que hacían un buen tándem: terminaban las frases del otro, miraban por encima del hombro del otro y señalaban algo de interés con un gesto invisible de la barbilla. Cada uno sabía lo que el otro iba a hacer antes de que lo hiciera. Nate los hizo correr a lo largo de Connecticut Avenue, los jardines traseros, y fue como ver a dos perros de caza trabajar en tándem. Cubrían a los conejos de práctica —civiles desprevenidos— de cerca, luego se retiraban, anticipaban los giros y se adelantaban a ellos o los seguían desde el otro lado de la calle. Se apoyaban mutuamente de forma impecable.

Fileppo utilizaba su cara de niño para burlar a los porteros. Proctor podía hacer de mensajero urbano en el centro de la ciudad y deambular libremente por los edificios de la ciudad. Ambos podían leer el correo en los escritorios de las recepcionistas del revés y con letra pequeña. Eran astutos, descarados e incuestionables. Después de dos días, Nate le dijo a Benford que los tres iban a cubrir el parque de Meridian Hill durante las siguientes cinco noches.

El parque era una colina arbolada de tres hectáreas en el barrio de Columbia Heights, tres kilómetros al norte de la Casa Blanca. Estaba en una empinada colina, el parque contaba con caminos serpenteantes, estatuas y elegantes escaleras de cemento. La pieza central del parque era una fuente en cascada de estilo italiano de sesenta metros, con trece cuencas descendentes de agua, cada una de las cuales se llenaba y luego se vaciaba en la siguiente, las cuencas crecían una tras otra desde el metro y medio hasta los casi cuatro metros de ancho, y al final desembocaban en un elegante depósito curvado en la parte inferior. De arriba abajo, el desnivel era una suave caía de terrazas de quince metros. Unas amplias escaleras de cemento ascendían a ambos lados hasta llegar a un estanque superior y una terraza con columnas en la cima de la cascada.

Nate, Fileppo y Proctor se dividieron y cubrieron el nivel superior del parque, una alameda de hierba bordeada de tilos, y luego se turnaron para cubrir el nivel inferior, incluida la cascada. No podían saber si los rusos tenían gente fuera, de forma regular, haciendo reconocimientos de seguridad, así que el plan era salir del parque por separado y caminar dos manzanas por delante de las majestuosas casas adosadas de la calle WS hasta una bocadillería llamada Fast Gourmet. Nate buscó a Fileppo y a Proctor mientras caminaba, pero no estaban a la vista. Estaban jugando con él, querían demostrar al tipo de la CIA con credenciales de Moscú de lo que eran capaces. Fast Gourmet era un sitio modesto, con vitrina, mostrador y dos mesas, en la parte de atrás del edificio de una gasolinera en la esquina de las calles W y 14. Fileppo ya estaba dentro, pidiendo tres bocadillos chivito en panecillos blandos. Proctor entró dos minutos después. Nadie habló mientras esperaban la comida. Nate no había establecido un vínculo con los dos tipos del FBI, pero compartían una consideración amistosa tácita los unos por los otros; reconocían las habilidades y apreciaban a sus compañeros de profesión.

—Será en la parte superior de la cascada —aventuró Proctor, sentado en una de las mesitas—. Dos entradas en el lado oeste de la 16. Todavía hay mucho follaje.

—Sin lugar a duda —confirmó Fileppo, acercando una silla—. Es el único lugar lógico. Olvidaos de la alameda superior. La terraza está protegida desde arriba por la pared, y se puede ver todo el camino hasta la calle W. Nada sube por esas escaleras sin ser visto.

Nate miraba con desconfianza a su chivito, bistec a la parrilla, queso, huevo cocido, cebollas marinadas y rezumando una salsa no identificada.

—Escabechado —le dijo Fileppo siguiendo la mirada de Nate—. Las cebollas están marinadas en vinagre.

—De Uruguay —aportó Proctor—. Lo mejor en D. C.

Nate dio un bocado y tuvo que reconocer que era magnífico. Se limpió la boca con una servilleta.

—Bien, tú eres Zarubina. ¿Cómo entras? ¿Dónde ubicas tu contravigilancia? ¿Por dónde viene TRITON?

—A los rusos les gusta controlar el lugar de la reunión. Es su *modus operandi* —respondió Proctor—. Se meterá por una de las escaleras laterales de la terraza superior y verá a nuestro chico subir por una de las escaleras laterales de la cascada.

—Si trae contravigilancia, estarán por la zona de los árboles, y en el parque por encima de la fuente —siguió Fileppo—. Van a estar vigilando hacia el exterior por si hay un equipo grande, radios, coches… Se situarán allí por si tienen que comunicar una retirada y para proteger a su vieja.

—Se supone que ella es la mejor en la calle —advirtió Nate.

Fileppo y Proctor se miraron.

—Nosotros somos los mejores —exclamó Fileppo; Proctor asintió. Dejaron los bocadillos y chocaron los puños.

—Jesús…, antes de que os vayáis a vivir juntos, decidme cómo nos organizamos en este sitio.

Lo miraron durante unos segundos con un gesto que indicaba que no tenía gracia y que no entendía nada, y después Proctor tomó la palabra.

—Nuestro instinto nos dice que Donnie y yo debemos estar en la parte inferior de la cascada. Nos movemos por separado, protegiéndonos detrás de la pileta reflectante, las balaustradas, los setos y los muretes. Si es antes de las diez, habrá gente por el parque. Si es más tarde de las diez, los rusos tendrán que lidiar con la policía del parque y asegurarse de que el lugar está vacío. ¿Qué te parece?

—Y, si vuestro topo sube esas escaleras, lo atraparemos antes de que llegue a la mitad —añadió Fileppo.

—¿Cómo vamos a saber que un hombre en las escaleras es el topo? —preguntó Nate, observando cómo los dos hombres resolvían los detalles.

—Con toda seguridad, Zarubina utiliza una señal de seguridad: encender un mechero, quitarse una bufanda, dejar una bolsa blanca de papel en la barandilla —explicó Proctor—. Una señal clara que pueda verse en la oscuridad si es necesario. Así que ella nos avisará cuando llegue.

—Y ahí es cuando lo atrapamos —concluyó la explicación Fileppo—. No habrá manera de que se hablen y, mucho menos, de que se pasen algo.

—Sí, Donnie se pone paranoico cuando hay que derribar a alguien, pero… me vas a esperar, ¿verdad?

—Eso no es cierto, ¿de dónde sacas esa mierda?

—Siempre es así.

Santo Dios, suenan como un viejo matrimonio, pensó Nate mientras se concentraba en su bocadillo.

—De acuerdo, vosotros estáis abajo. Yo quiero estar pegado al culo de Zarubina. ¿Alguna idea?

Le pareció buena idea pedir la opinión a esos dos expertos. La especialidad de Nate era detectar y eliminar la vigilancia hostil, y esos dos tipos eran la vigilancia. Valía la pena escucharlos.

—Solo hay un sitio —opinó Fileppo—. La pared de la terraza superior, detrás de la pileta más alta, tiene tres nichos profundos con una fuente de chorro de velas en cada uno; ya sabes, las vaporosas columnas de agua de un metro de altura. Por la noche tienes que meterte en el agua hasta los tobillos, pero con ropa oscura, en cuclillas, detrás de las burbujas, y con el ruido de toda esa agua, fuentes, cascadas, cuencas, eres invisible. Solo tienes que vadear la pileta superior y estás justo detrás de ella.

—Tal vez un par de botas de goma hasta las rodillas... —sugirió Proctor.

—Y le doy un susto de muerte saliendo de la oscuridad, hablando un ruso educado y no dejándola marchar —dijo Nate—. Vosotros le ponéis las bridas al otro gilipollas, luego pulsáis el botón y llamáis a todo el mundo, ¿no?

Benford y Montgomery habían dispuesto que una docena de unidades de la policía metropolitana de Washington, tres vehículos del FBI, un furgón y una ambulancia estuvieran en posiciones de espera en un cinturón a cuatro manzanas del parque. Al recibir la señal electrónica de mensajes SHRAPNEL, un buscapersonas encriptado desarrollado por la CIA, de Proctor, iluminarían Columbia Heights. Sin otras radios, teléfonos móviles, aparatos electrónicos... porque los rusos estarían escuchando y vigilando.

TRITON sería arrestado. Zarubina, con su inmunidad diplomática, sería cortésmente detenida hasta que el cónsul ruso de la embajada pudiera liberarla. Según el conocido ejercicio de la Guerra Fría, diría con toda tranquilidad que Zarubina había estado paseando por el parque para tomar el aire nocturno. Entonces, sin duda, divagaría sobre los procedimientos policiales fascistas estadounidenses. La expulsión de la PNG —*persona non grata*— seguiría su curso y Zarubina volvería al seno de la Rodina para responder a las preguntas de un par de ojos azules sobre una boca fruncida por el fastidio.

Y Dominika evitaría los sótanos una vez más, pensó Nate. Estaría a salvo.

Bocadillo Uruguayo Chivito

Pon un panecillo blando, empieza a apilar finas lonchas de bistec de cadera caramelizado y asado, derrite la *mozzarella*, sobre la carne en la parrilla, añade jamón cocido, panceta frita, aceitunas verdes picadas, huevo cocido cortado en rodajas, cebolla en rodajas finas marinada en vinagre y azúcar, lechuga, tomate y alioli. Corta al bocadillo en dos y sírvelo.

37

Comprobación de la hora, 22:19. 10:19 p. m. Si iba a suceder, sería en ese momento. Nunca se fijaban las reuniones clandestinas de la CIA o de la SVR para una hora en punto o la media. Eso era demasiado predecible. A pesar de que la noche era fresca, Nate no dejaba de sudar bajo un impermeable de plástico negro con capucha y botas de goma, mientras estaba agachado en la oscuridad total de la fuente situada detrás de la pileta superior. El suelo estaba resbaladizo por las algas y el agua, olía a metal y a tóxico. Mirando a través y alrededor de la burbujeante columna de agua de la fuente, Nate apenas podía ver la terraza vacía y las plateadas cuencas de las cascadas que había debajo. Más allá de la cascada, el parque estaba a oscuras, iluminado tan solo por el resplandor anaranjado de la ciudad.

Los malditos chorros de la fuente estaban estropeados o algo así, y la columna de agua salía a un ritmo irregular, alto, bajo, salpicando el impermeable de Nate, que en realidad se estaba mojando un poco. A Nate le preocupaba que se pudiera oír el traqueteo del agua sobre el plástico, pero había mucho ruido ambiental: las tres fuentes, resonando y salpicando, desembocaban en la pileta superior, el arpegio de las olas desembocaba en las cuencas de abajo. Las dos noches de espera anteriores en ese apestoso país de las maravillas del agua le habían hecho desear haber asignado a Fileppo o a Proctor el puesto en la fuente. Haber dejado a uno de los dos de cuclillas durante horas en una *ribollita* autoalimentada y rancia como un tubo de cobre, con cosas verdes flotando alrededor de sus botas como una verdadera sopa de verduras italiana. Pero sabía que tenía que estar ahí arriba. Tenía que detener a Zarubina, y el personal del FBI tenía que ser el que pusiera las manos sobre un ciudadano americano detenido por cuestiones legales. Vale, TRITON, cabronazo, pasa.

Algún vestigio de instinto paleolítico hizo que a Nate se le erizara el cuero cabelludo. Había alguien justo encima de su posición, en el nivel de hierba de la alameda. No había luz de luna ni sombras. No había voces. Todo estaba en silencio. Pero podía sentirlo, la sensación de que una persona se estaba acercando. Un minuto más tarde, mirando a través de la maldita agua burbujeante, Nate vio una figura que pasaba frente a él hacia la terraza desde la derecha. Era Zarubina, Nate la reconoció por los cientos de fotografías que había en el archivo de fichas del FBI. Llevaba un abrigo de pelo de camello y una bufanda anudada al cuello. Con el pelo rubio miel, recogido en un moño, y las robustas piernas, bajo el dobladillo de su largo abrigo, que terminaban en unos toscos zapatos de tacón medio. Zarubina se mantuvo en silencio junto a la balaustrada sobre la primera de las pilas y miró a su izquierda, luego se volvió a la derecha. Oteó con calma los tramos de parque vacío que había por debajo de ella. Más vale que los apaches urbanos seáis tan buenos como decís que sois, pensó Nate, telegrafiando mentalmente a Fileppo y Proctor en la oscuridad. Zarubina terminó sus giros y se quedó quieta, con la cabeza agachada, una visión espeluznante, como una antigua sacerdotisa en un altar elevado invocando a los alados dioses, con alas de murciélagos. Está escuchando, está sintiendo las vibraciones, pensó Nate. ¿Estará sintiendo las ondas energéticas que salen de las puntas de mis dedos? Por Dios, esta abuela puede matar a DIVA esta misma noche. No lo hará. Eso no va a suceder.

Zarubina se giró para mirar la parte superior de la pared a la altura de la alameda —ojos negros brillantes, un poco caídos, pasaron por el nicho donde estaba Nate— y asintió una vez. Su equipo podía relajar la vigilancia porque ella acababa de hacer la señal de que todo estaba despejado. Se acercó a la balaustrada de la terraza, apoyó ambas manos en el cemento y se inclinó hacia delante como un dictador en un balcón dando un discurso a las masas. Levantó la mano, se soltó el pañuelo del cuello y lo pasó por encima de la barandilla, dejando que colgara con discreción una de las esquinas. Señal de seguridad. Esperad, esperad, esperad, telegrafió Nate a los hombres de abajo.

Nash no se movió durante dos minutos. Ciento veinte segundos que le parecieron dos horas. Entonces vio la cabeza y los hombros de una figura alta y angulosa que subía las escaleras desde la calle W. Se movió con lentitud y empezó a subir la escalera de la izquierda a lo largo de la cascada. ¿Eres TRITON? El hombre permanecía con la cabeza baja, con las manos metidas en los bolsillos. Se esforzó por verle la cara, por identificarlo en los pasillos del cuartel general. Vamos. El hombre dejó de subir la amplia escalera a un tercio del camino y levantó la cabeza para mirar la terraza superior y a Zarubina. Al ver su oscura figura, sacó una mano de su chaqueta y la levantó por un instante. Sí, saluda. Zarubina no respondió, pero el hombre reanudó su ascenso por los escalones. Ya estaba a mitad de camino.

Desde el fondo de la escalera, la sombra de un espíritu, un ogro alado, salió volando del espeso seto del margen, plantó sus manos en la pared de ladrillos del fondo de la escalera, saltó al último escalón y empezó a correr hacia arriba. Fileppo. En el mismo instante —¿cómo habían podido sincronizar tanto sus movimientos?—, Proctor se materializó desde el interior de un seto que bordeaba la escalera opuesta, se deslizó sobre los escalones y caminó, con los brazos extendidos para mantener el equilibrio, por el borde de una cuenca inferior para cruzar la cascada. Parecía que caminaba sobre el agua. Tardó cuatro segundos. Zarubina bramó como un hombre cuando las dos figuras convergieron sobre TRITON, quien, con asombrosa rapidez, corrió hacia arriba dos escalones y luego directo hacia un seto lateral, que se lo tragó entre grandes crujidos y chasquidos de ramas. Proctor y Fileppo se lanzaron hacia la derecha, uno por el hueco que había abierto TRITON, y el otro a través de una brecha en el seto dos pasos más abajo. Los perros de caza estaban sobre el impala.

Al quinto segundo de la acción, una linterna empezó a iluminar la parte inferior de la escalera, se oyó una voz llamar y la luz empezó a subir. Nate vio la silueta de un sombrero de ala plana, los que llevan los malditos guardabosques estadounidenses. Era evidente que había oído el ruido del follaje que estallaba; el bramido de un oficial de inteligencia ruso apareció para ahuyentar a los que creía que eran niños. No había tiempo para esto. Nate salió de su puesto, bajó a la pileta, recogió el impermeable y se metió de manos y rodillas en el agua, que le llegaba hasta los codos. Se levantó, se acercó al borde y sacó las piernas, las botas estaban llenas de agua. Se las quitó y buscó a la anciana. Zarubina no estaba. La terraza estaba vacía. No se había movido ni a derecha ni a izquierda. Entonces oyó el chapoteo. Estaba atrapada entre Nate, que chorreaba como un imbécil detrás de ella, y el guardabosques, que se acercaba a ella; había saltado la barandilla y se deslizaba por la cascada, pileta a pileta, para evitar que la cogieran. Era imposible verla en la oscuridad, pero hacía mucho ruido en el agua al desplazarse.

Nate saltó la balaustrada y empezó a bajar tras ella. ¿Tan difícil va a ser alcanzar a una mujer de cincuenta y cinco años? El suelo de la cuenca superior era viscoso y Nate patinó, pero se agarró al borde. Hizo un giro y bajó a la siguiente pileta; era un poco más grande, una caída de un metro. Casi cuatro metros más. Apenas podía ver la cascada, pero oía el chapoteo. Zarubina estaba ahí abajo. Se preguntó qué sería de Fileppo y Proctor; se los imaginó encima de TRITON; sujetándolo bocabajo en la tierra; imaginó el sonido de las bridas en las muñecas. Se deslizó por el borde de la cuenca. Tres más. Se preguntó dónde estarían las sirenas.

Tenían que atrapar a TRITON. Él conocía el nombre de Dominika.

* * *

La noche era fresca y tranquila, casi pacífica. Angevine había aparcado el coche de Vikki, un ridículo Kia Rio de color rojo manzana con un talismán atrapasueños navajo de plumas colgado del espejo retrovisor, a una manzana del parque, contra una valla de hierro forjado, en el callejón Ecuador, un típico callejón de Washington utilizado por los camiones de la basura que iban por detrás de los edificios de apartamentos y los garajes de las casas adosadas. Podía atravesar los patios traseros sin ser visto, llegar a la calle 15 y entrar en el parque, como le habían indicado los rusos, desde el extremo de la calle W. Vikki le había preguntado por qué quería que le prestara su coche cuando él tenía un BMW en perfecto estado —un bonito M3 nuevo de color gris plomo, de setenta y dos mil libras esterlinas, que compró cuando se cansó del Audi S7—, pero no podía explicarle que no pensaba aparcar su BMW en un callejón de Washington mientras iba a reunirse con los rusos.

Estaba deseando ver a Zarubina esa noche. Había ensayado un pequeño y dramático discurso sobre el inmenso valor del nombre que estaba a punto de proporcionar, y sobre cómo la bonificación por la información debería ser bastante grande. Se planteó la idea de regatear la cantidad de dinero antes de entregarle la Gamma, pero no serviría de nada; los rusos ya le habían pagado con generosidad y seguirían haciéndolo. Conservar la buena voluntad era importante, sobre todo porque Zarubina le había dicho que el propio presidente Putin había enviado saludos respetuosos a TRITON. Angevine se imaginó a sí mismo siendo recibido por Putin en alguna lujosa dacha cubierta de nieve durante una visita clandestina a Moscú. Una hoguera, vodka helado y una belleza ucraniana de piernas largas sobre una alfombra de piel de oso. Habría muchas de ellas. A Putin le gustaban las ucranianas.

No, entregaría Gamma de inmediato y dejaría las ensoñaciones para otro momento. Dio vueltas en su cabeza al nombre que había memorizado, practicando su pronunciación. Dominika Vasilyevna Egorova. Al parecer, los idiotas de Operaciones ya se limitaban a reclutar mujeres. Pronunciaba el nombre para aumentar el dramatismo, y la dulce expresión de la abuela pastelera se convertiría en el rostro cárdeno de la rapaz soviética que anticipa la matanza. Angevine había visto esa cara.

No podía esperar. Todo el dinero del mundo, además de devolvérsela a los burros de la Agencia que no consideraron oportuno reconocer su valía. Cruzó el parque y empezó a subir las escaleras. Allí estaba ella, una mancha oscura detrás de la barandilla, y el pañuelo de color claro contra la piedra. Se oyó un silencioso ruido detrás de él y un crujido de setos a un lado. Se volvió y vio a un mono *banshee* subiendo las escaleras y a otro espectro sin rostro que se acercaba por su izquierda. Un bramido de Zarubina hizo que le subiera la tensión por la columna. Se movió antes de que el pensamiento consciente registrara la orden. Subió dos escalones de un salto y atravesó un seto a su derecha, sintiendo cómo las ramas le golpeaban los brazos extendidos y la cara. Salió disparado del seto y corrió a través de un grupo de árboles, oyendo los pasos y el ruido de un atleta que corría detrás de él. Sus pulmones estaban a punto de estallar y esperaba sentir los brazos alrededor de sus piernas en un placaje. Corriendo desesperado como un fugitivo, rebuscó en su bolsillo y sacó el CYCLOPS, un dispensador de aerosol de tres pulgadas, desarrollado por la CIA para la segunda guerra del Golfo, que contenía un fino polvo rosa compuesto de cloruro de fenacilo y éter metílico de dipropilenglicol, destinado a ser una alternativa al espray de pimienta, que, si se rociaba en las membranas mucosas del ojo, provocaba un fuerte dolor y una pérdida temporal de la visión. Angevine había tomado prestadas dos unidades de CYCLOPS tras una demostración de laboratorio a la que había asistido como director adjunto de Asuntos Militares de la CIA. Cuando la niebla rosa salió del pequeño dispensador, los excepcionales reflejos de Fileppo lo salvaron en el último momento; se agachó y solo unas gotas le dieron en la cara, pero el dolor fue intenso, y su ojo izquierdo se cerró como la lente de un telescopio desenfocado. Fileppo gruñó y se desplomó, sujetándose el ojo. Angevine se guardó el pequeño aerosol en el bolsillo y siguió corriendo.

Estaba siendo perseguido como un vulgar ladrón de bolsos. Sollozando, saltó por encima de un murete de ladrillo a la acera de la calle 15, cruzó la calle a toda velocidad y se escondió detrás de un contenedor de basura en el callejón y escuchó. No había pasos. ¿Estaba fuera de peligro? Debería esperar, pero también tenía que salir de allí. Tenía las manos y la cara magulladas. Cruzó el callejón, pasó por encima de una puerta baja de rejas, bordeó un edificio y salió justo donde había aparcado el coche de Vikki. Con dedos temblorosos abrió la puerta, arrancó el motor y condujo por el callejón con las luces apagadas. Se obligó a conducir despacio. En un recodo del callejón encendió las luces y vio un rostro que crecía en su espejo retrovisor. Alguien corría más rápido de lo que él conducía. Pisó a fondo, salió a la 14 con un giro chirriante y se lanzó calle abajo, girando a la derecha, luego a la izquierda y de nuevo a la derecha. Quienquiera que fuese había estado lo bastante cerca como para leer la matrícula del coche de Vikki.

* * *

Zarubina vio el movimiento y lo comprendió en un destello de claridad profesional. Su grito fue de rabia, ante la imposibilidad de que su voluntad hubiera sido desafiada. En el instante en que vio a TRITON desaparecer entre los setos, también oyó un movimiento de chapoteo detrás de ella, y luego divisó el haz de luz de una linterna que subía por la escalera del fondo. Yulia Zarubina, *shveja*, la tensión de la costurera la ayudó a no dudar. Pasó las piernas con algo de dolor por encima de la barandilla para dejarse caer en la cuenca superior. Iba a vadear río abajo. Al avanzar, se quitó el abrigo ya empapado, que se hundió y se quedó suspendido bajo la superficie del agua. Balanceó las piernas sobre el borde y bajó a la siguiente cuenca, perdió el agarre y cayó al agua con un golpe blando. Se levantó pesadamente y avanzó con dificultad. Sentía un pulso de dolor en movimiento, como si le arrastraran una espina de rosa por el interior de la muñeca; sentía la mano entumecida. El sonido de las salpicaduras la hizo avanzar más rápido, hasta el borde de la siguiente cuenca, y hasta el siguiente, y el siguiente… Se había quitado los zapatos; su vestido de vigilante, abotonado por delante, estaba empapado y se ceñía a su generoso pecho y alrededor de sus piernas rechonchas. Su respiración era agitada; sentía el pecho comprimido.

Seguía oyendo salpicadura a su espalda, cantidades prodigiosas de agua caían en cascada delante de ella, y se deslizó por el borde de otra cuenca y vadeó hacia delante. Estaba cogiendo el ritmo de sentarse, girar las piernas y bajar con facilidad a la siguiente cuenca. La linterna había pasado por delante de ella y continuaba subiendo por las escaleras; una amenaza eliminada, pero el ruido de chapoteo era cada vez mayor. Sentarse, girar, deslizarse hacia abajo. Intentar respirar. Faltaban dos piletas más y, luego, llegaría a la última; y después a la salida del parque a la derecha, donde su equipo de vigilancia, alertado por todo el jaleo, se abalanzaría sobre ella para recogerla. Zarubina avanzaba por el agua, las piletas eran cada vez más grandes. De repente sintió un dolor martilleante en el brazo izquierdo. Se llevó la mano a la axila para aliviar el dolor, que le subía por el cuello hasta la mandíbula.

Se sintió mareada mientras se sentaba y giraba las piernas para deslizarse a la última cuenca antes de la última pileta. Caminaba de forma inestable y su respiración era entrecortada. El parque, los árboles, la fuente y toda esa maldita agua, todo daba vueltas, y el brillo anaranjado del cielo nocturno palpitaba. Se dejó caer en el borde de la última cuenca y giró las piernas, pero no pudo deslizarse hacia abajo. Se sentó, con las piernas colgando, luchando contra el dolor que le llegaba en oleadas, al igual que las sábanas de agua que se deslizaban bajo sus muslos y alrededor de las piernas. Podía saborear el dolor. Su brazo izquierdo colgaba entumecido a su lado. Oyó un terrible ruido en su interior y volvió a mirar el cielo nocturno, ahora cruzado por puntos de luz, y una nueva oleada de dolor estalló en su pecho.

La cabeza quedó colgando hacia atrás, con los ojos fijos y la boca abierta; se inclinó hacia delante y cayó de cara en el fondo de la pileta. Flotó bocabajo, con los brazos por debajo del cuerpo, y el agua que caía con suavidad le balanceaba las medias. El pelo, que se había soltado del moño, se abría en abanico en el agua negra. Una Ofelia soviética a la que su príncipe de ojos azules no lloraría en el Kremlin.

* * *

Nate se deslizó hacia la última cuenca. Se había esfumado. Imposible. Había estado unos segundos persiguiéndola. Entonces la vio flotando en el fondo de la piscina. Saltó al borde, chapoteó hasta llegar a ella y le sacó la cabeza del agua. Ella lo miraba con sus pequeños ojos negros. Tenía la boca abierta y unas hojas de hierba verde pegadas a un lado de la cara. Nate trató de sostener su peso y arrastrarla hasta el borde de la piscina para sacarla y llevarla al pavimento seco. Se oyó el ruido de unos pasos en carrera y Fileppo emergió de la oscuridad, con una mano sobre un ojo. Ayudó a Nate a sacar a Zarubina y empezaron a trabajar en ella. Nate apretó las manos y empezó a empujarle el pecho. El ritmo del metrónomo del éxito pop «Stayin' Alive» era el requerido, ciento tres pulsaciones por minuto. *Ah, ah, ah, ah, stayin' alive...*

—Métele aire —dijo Nate sin dejar de bombear. Un chorro de agua sucia salió despedido de la boca de la mujer. Fileppo miró a Nate.

—Amigo, eres tú el que habla ruso.

—No vas a conjugar verbos, Donnie, sopla en su boca.

Cuando se inclinó hacia delante, Nate vio su ojo hinchado y los ojos rojos. Siguió comprimiendo el pecho de la *rezident*.

—¿Qué te ha pasado en el ojo? Dime que lo tenéis.

Donnie salió de la boca de Zarubina.

—El cabrón me roció con algún tipo de agente cegador —dijo inclinándose de nuevo. Nate siguió empujando. Zarubina los miró.

—Dime que lo tenéis.

Fileppo giró la cabeza para hablar.

—Lew lo persiguió hasta un callejón.

—¿Por qué no ha alertado a las tropas? Tendrían que haber perimetrado la zona.

Zarubina, con los labios azules, escuchaba la conversación mientras miraba al cielo, con la cabeza balanceándose mientras Nate le empujaba el pecho.

—No lo sé —respondió Donnie compungido—. Proctor tenía la unidad SHRAPNEL. —Se agachó de nuevo y sopló en la boca de Zarubina y sus mejillas se llenaron de aire.

De repente aquello se llenó de gente. Proctor apareció por la entrada de la calle W, empapado en sudor y jadeando. El guardabosques, linterna en mano, llegó sin aliento desde el otro lado de la cascada. Era una chica delgada, con flequillo negro y una parka del Servicio de Parques, que llevaba su sombrero con la correa bajo la barbilla. Iluminó el rostro azul de Zarubina con su linterna.

—¿Qué está pasando? —dijo mirándolos a los tres.

—Resucitación boca a boca, oficial —dijo Fileppo con los ojos rojos y tomando aire.

—Somos G-men —dijo Proctor. La guardabosques lo miró con cara de circunstancias. ¿De verdad se llaman así?, pensó Nate.

—Tienes una radio —preguntó Proctor—. Llama a la policía de D. C., que vengan con una ambulancia.

La joven se movió rápidamente y comenzó a hablar con el ladrillo con antena rechoncha que temblaba entre sus manos agitadas.

Proctor miró a Nate, que seguía bombeando el pecho de Zarubina, y su expresión lo decía todo. Estos tipos de la calle, como Nate, sabían que no había excusas, ni siquiera cuando la mala suerte y el destino iban en contra de uno.

—Perdí la unidad de señalización cuando atravesé el seto —explicó Proctor con amargura—. Entonces Donnie recibió la patada en el culo y yo perseguí a ese hijo de puta a través de la calle 15, siguiendo el sonido de los cubos de la basura volando y los ladridos de los perros. Y lo perdí. Pero hay algo más.

El ruido de las sirenas comenzó a llegar con suavidad al principio, luego llenaron el aire como una marea discordante; los edificios circundantes, las fuentes del parque, las copas de los árboles y los rostros de las estatuas parpadeaban en azul-rojo-amarillo, mientras las sirenas se apagaban con gruñidos, y las puertas de los coches empezaban a chocar y el chirrido de las ruedas de las camillas se hacía más fuerte. Nate y Donnie se apartaron del camino mientras los paramédicos desabrochaban los botones del vestido de Zarubina y le ponían las palas; se tambaleó dos veces, pero no volvía.

Montgomery y Benford aparecieron, por fin, con aspecto de cadáveres. Proctor se acercó, agarró a Montgomery por el codo y se lo llevó a un lado. Benford, Nate y Fileppo los siguieron, apartándose de la multitud reunida en torno al cuerpo de Zarubina, cuyos pies asomaban entre las piernas de los paramédicos. Benford miró al cielo y cerró los ojos.

—¿Perdiste el dispositivo de señalización? —preguntó Benford. Proctor asintió—. ¿Te rociaron los ojos? —preguntó Benford. Fileppo asintió.

—¿Podríais identificarlo en una rueda de reconocimiento? —preguntó Montgomery. Ambos negaron con la cabeza.

—¿Así que el tipo se escapó? ¿TRITON, el agente infiltrado en la CIA, el hombre que conoce el verdadero nombre de nuestra fuente principal dentro de Rusia, anda suelto?

—Simon, los rusos tienen un dicho: *eto yeshshyo tsvyetóchki a yágodki vpyeryedí*. Esto no es nada con lo que está por venir.

Benford dirigió una mirada torva a Nate.

—Nathaniel, si esta es la forma en que deseas presentar tu renuncia para dejar el servicio federal y dedicarte a la enseñanza del ruso en la Walden Online University, la acepto de forma inmediata —dijo Benford, y dirigiéndose a Fileppo y Proctor—: Y estos dos, sin duda, podrán encontrar empleo como coreógrafos de los Ice Capades.

—Señor Benford, con todo respeto —dijo Fileppo—, váyase a la mierda.

—Que todo el mundo se calme —sugirió Montgomery.

—Lo que he querido decir —dijo Nate— es que no todo está perdido. Proctor, díselo.

—Tengo la matrícula de un coche en marcha en el callejón —dijo el aludido—. El tipo se largó cuando me vio.

Montgomery llamó a un agente especial de la FEEB y Proctor le dio el número de la matrícula para que realizara un rastreo urgente.

—Podría ser un civil —dijo Proctor.

—¿Por qué quemó goma entonces? —preguntó Montgomery.

—¿Con esa cara acercándose en un callejón oscuro? Cualquiera lo haría —dijo Benford. Proctor abrió la boca, pero Montgomery levantó la mano. Detrás de ellos, Zarubina estaba siendo introducida en una bolsa de goma de la oficina del forense de la Metropolitana de D. C. y levantada en la camilla. Montgomery leyó en un bloc de notas:

—El coche pertenece a una tal Vikki Mayfield. Vive en Glover Park, en la calle Benton.

—Está a unas manzanas de la embajada rusa en Wisconsin —dijo Fileppo.

Benford frunció el ceño.

—Lo que está por llegar... —dijo sacudiendo la cabeza—. Charles, ¿puedo sugerir que hagas una investigación completa sobre esa tal Mayfield? —Montgomery asintió—. Y ahora es el momento de los G-men... Una vigilancia directa. —Se volvió hacia Proctor—. Y antes de que te vayas, ¿serías tan amable de hurgar en esos setos para ver si puedes recuperar la unidad SHRAPNEL? Puede valer el equivalente a tres años de tu salario.

—Claro que sí, señor Benford. ¿Dónde quiere que se lo ponga cuando lo encuentre?

RIBOLLITA. SOPA TOSCANA

Saltea las cebollas cortadas en cubos en aceite de oliva y concentrado de tomate hasta que quede translúcida; agrega las zanahorias cortadas en cubos, el apio, el calabacín, el puerro y las patatas cortadas en cuadrados, y cocina hasta que estén blandas. Cubre las verduras con caldo de pollo.

Añade la col rizada, las acelgas y el repollo bien picado y lleva a ebullición. Añade las judías *cannellini*, la sal y la pimienta; deja cocer a fuego lento. Añade los cubitos de pan toscano (de varios días) a la sopa y mezcla bien. Sirve con un chorrito de aceite o con vinagre balsámico y parmesano rallado.

38

Todavía había una mancha de color óxido en la alfombra, donde algo había salido de la cabeza de Yevgeny. Zyuganov estaba sentado en su escritorio, mirando la mancha, pero sin verla. Bajo sus manos, en el papel secante del escritorio, estaban los cables de Washington que informaban con todo lujo de detalles de los desastrosos acontecimientos de la noche anterior. El equipo CS de Zarubina describía lo que parecía haber sido una emboscada en el lugar de la reunión: la fuente desapareciendo en la oscura noche, perseguida por dos hombres, desconocidos, a pie. Otro cable relataba la escena en el fondo de la cascada, donde los equipos médicos atendían a alguien. El tercer cable era el informe del cónsul sobre la muerte de la *rezident* Yulia Zarubina, y su visita al depósito de cadáveres del distrito de Columbia, en el suroeste de Washington, para identificarla. No les entregarían los restos hasta pasado un día, pero el cónsul había podido recoger los efectos personales de la fallecida (reloj de pulsera, abrigo, un zapato y una colección de pequeños objetos en sus bolsillos) para asegurarse de que no había nada de valor operativo. Además, el cónsul consiguió sonsacar al médico de la morgue, que le dijo que los labios morados y el rostro moteado indicaban con claridad que se había tratado de un infarto de miocardio.

Zyuganov estaba muy afectado. Había planeado aprovechar el ascensor de Zarubina para subir a la cuarta planta ejecutiva de Yasenevo, pero ese *zastupnichestvo*, ese patrocinio acababa de desaparecer. Los escamosos instintos de anfibio del coronel sabían que, a pesar de sus intentos, él no era el favorito de Putin; de hecho, apenas lo toleraba.

El cuarto cable de Washington era una cuestión operativa: hasta que no se pudiera verificar la situación de TRITON, la *rezidentura* no haría ningún intento de volver a contactar. Después de una operación como esta, la probabilidad de que una fuente, con seguridad, detenida se ensañase contra el equipo al que vendía información era alta. A menos que TRITON comenzara a informar de inteligencia «incompatible» —es decir, información que los estadounidenses jamás entregarían—, el caso estaba congelado. Zyuganov maldijo. Sus problemas se iban agravando por minutos: no podía demostrar que Egorova fuera el topo; el general Solovyov había desaparecido (era posible que gracias a los estadounidenses); la jugada de Zyuganov de seguir el coche de Egorova hasta Petersburgo había llevado a la policía a una casa de invitados presidencial en la que ella estaba siendo agasajada por el propio Putin.

No había recibido ninguna llamada del presidente o del director sobre estos contratiempos —en tiempos de Stalin la ausencia de comunicación se traducía en dar un beso de despedida a esposa e hijos—. La única llamada que había recibido había sido inquietante por partida doble. Govormarenko llamó por la línea segura. ¿Desde cuándo un civil utiliza las comunicaciones gubernamentales cifradas? Desde que Putin le había entregado el auricular para anunciarle, con sequedad, que ya no sería necesaria su participación en el asunto del cargamento que se dirigía a Irán. Govormarenko le comunicó que el acuerdo había concluido, que todo el dinero estaba depositado, así que se podía dar por concluida la intervención del Servicio. Zyuganov sabía muy bien que eso significaba que no habría *vyplata*, recompensa por su participación en la operación. También significaba que sus conexiones con los *siloviki* que rodeaban a Putin se habían cortado, como las amarras de un barco que parte, cayendo una detrás de otra desde el muelle al agua.

Egorova. Zyuganov cerró los ojos y la vio en la mesa de acero inoxidable del sótano de la prisión de Butyrka mientras se abría paso por su cuerpo con una barra de hierro: pies, espinillas, rodillas, estómago, costillas, muñecas, brazos, pelvis, clavícula, garganta. Una cucharada doblada para los ojos. Se desplomaría gritando como una bolsa de cuero llena de cristales rotos. Los investigadores seguían queriendo hablar sobre Yevgeny. No tuvo ningún remordimiento por haberle roto el cráneo al imbécil de su adjunto; le había contado todo lo que sabía, pero nada que pudiera usar contra Egorova. Las opciones de Zyuganov se reducían, su carrera se tambaleaba, sus perspectivas eran sombrías. Su carrera: *Bog ne vydast, svin'ja ne s'est*, no había sabido apreciar lo que tenía.

La madre. Había sobrevivido cuatro décadas en la trituradora soviética como alta funcionaria administrativa, en el NKVD, el KGB y el SVR con Jruschov, Breahnev, Andropov, Chernenko y Gorbachov, había sobrevivido a la disolución de la Unión Soviética, la agitación con el borracho Yeltsin hasta el escenario protolunar de Putin. Se había retirado con honores y ahora era *zampolit*, funcionaria política en la embajada rusa en París, un puesto testimonial, la recompensa por toda una vida de lealtad a la Rodina. Ella lo había introducido en el Servicio bajo su protección. Tal vez ella pudiera ayudarlo ahora. Descolgó el teléfono de seguridad Vey Che y ordenó a la operadora que le pusiera en contacto con París. Le contaría todos los detalles. *Mamulya*, mamá sabría qué hacer.

* * *

Dominika llevaba tres días en la casa de invitados de Strelna. No tenía ni idea de lo que había pasado con la reunión de TRITON y esperaba y anticipaba la acusación repentina, el ruido de pasos que venían a por ella, la mirada gélida de ojos azules mientras la sacaban de la farsa de manicomio de este fin de semana de poder. Ya estaba saciada con las empalagosas salsas de nata, las interminables filas de botellas de vodka frío, las sábanas perfumadas con rosas, las vistas ilimitadas del mar de bronce, las canciones patrióticas —la favorita de Putin era «De donde nace la patria»— para desayunar, comer y cenar. Había un flujo constante de invitados: oligarcas barrigones, ministros con los dedos amarillos de la nicotina, modelos de ojos rasgados y actrices disolutas, que socializaban en grupos en los salones, comedores y terrazas, y luego se separaban y volvían a reunirse en grupos diferentes, en nubes de amarillos codiciosos, verdes temerosos y, a veces, el azul de la inteligencia.

Govormarenko, en una sucia neblina amarilla, se encargó desde el principio de presentar a Dominika a las lumbreras que iban llegando, transmitiendo con un brazo alrededor de su cintura un mensaje de «está con nosotros», y los ojos se entrecerraban y las cabezas asentían, y las mujeres apreciaban sus prominentes glúteos de bailarina, y los hombres miraban con interés su delantera, y la mano de Govormarenko serpenteaba alrededor de su cintura para dirigirla hacia otra presentación. En un principio, Dominika planeó romperle el meñique de la mano que la rodeaba, doblándoselo hacia la muñeca, pero evaluó la sucesión de acontecimientos y la oportunidad que se le presentaba. No podía enviar una ráfaga de SRAC a Hannah —Oh, Dios, Hannah se ha ido—, pero sabía lo que dirían Nate y Gable, y podía oír la voz de Benford, así que sonrió y bromeó con los hombres, habló con humor negro sobre su trabajo en el Servicio y halagó los excepcionales collares y anillos de diamante que lucían las mujeres.

El magnífico radar de Dominika registró la ausencia de propuestas sexuales por parte de ninguno de los hombres del retiro de fin de semana. Por supuesto, había miradas no disimuladas y furtivas de reojo, pero era como si le hubieran colgado del cuello una letra «Z» invisible, *zapovednyy*, reservada, prohibida, manos fuera. ¿Pero reservada para quién? Tras un coqueteo inicial y poco entusiasta de Govormarenko, cuyo principal interés era la comida y la bebida, no hizo más que manosearle la cintura y, de vez en cuando, chocar un hombro contra el costado de su pecho. Estaba claro que el único macho alfa de la mansión había marcado el tronco del árbol, y los omegas menores de la manada sabían leer muy bien las feromonas territoriales.

El espíritu de Udranka, sentado en la orilla y cantando la dulce canción de la rusalka*, echó la cabeza hacia atrás y se echó a reír. «Eres el coño de Putin».*

Khorosho, muy bien. Dominika decidió que iba a ser el topo de la CIA no solo en el SVR, sino también en el círculo de buitres de Putin en los negocios, la política y el Gobierno. El presidente hablaba con ella cada vez que la veía, hecho que no pasó desapercibido para una de las actrices que, por su expresión consternada, había sido antes uno de los juguetes de Vladímir. El presidente era un auténtico dandi, vestido con camisas de cuello abierto y chaquetas entalladas. Caminaba con aire marinero. Solía ir acompañado de una escultural belleza que, según se rumoreaba, había sido bailarina de gimnasia rítmica, campeona rusa y olímpica. El rumor se confirmó el segundo día, en el amplio y espejado gimnasio del sótano, lleno de máquinas y pesas, cuando la rubia, vestida de licra, hizo una demostración de algunas rutinas, como tumbarse sobre el pecho y llevar las piernas hacia atrás, de modo que los dedos de los pies tocaran el suelo a ambos lados de la cabeza. El presidente, vestido con un pesado *judogi* tejido atado a la cintura con un cinturón negro, sonreía ante su flexible *pretzel*.

Ahora la demostración de judo. Para deleite de los invitados que se alineaban en la enorme colchoneta del gimnasio, Putin empezó a forcejear con un hombre fornido de unos veinte años, y le lanzaba con gran fuerza cada vez que se agarraban de las solapas. El presidente no fue al suelo nunca: el joven sabía cómo caer y rodar en este trabajo. Tras un derribo muy violento —Putin utilizó el *hane goshi*, el lanzamiento de cadera con resorte—, una mujer gritó alarmada y fue silenciada como si estuviera interrumpiendo a un pianista en un concierto. Al cabo de diez minutos, Putin se enderezó, se secó la cara con una toalla y se acercó al nutrido grupo de aduladores, que le aplaudieron por cortesía. Putin agradeció los aplausos con una modestia olímpica. Su mirada se fijó en Dominika, de pie en el fondo de la multitud.

—Capitana, ¿practica judo? —preguntó Putin. Las caras se giraron hacia ella.

—No, señor presidente.

—¿Qué le parece? —Las caras giraban de uno a otro.

—Muy impresionante.

—Tengo entendido que se formó en el Sistema. —Las caras volvieron a girarse, expectantes.

—Sí, señor presidente —dijo Dominika. Esperaba no sonar como una idiota.

—¿Cómo compararías el judo con el Sistema? —preguntó Putin, echándose la toalla al cuello.

—Es difícil compararlos, señor presidente. Por ejemplo, solo pude identificar cuatro formas de matarlo durante su sesión de entrenamiento. —La nerviosa mujer volvió a jadear, y todos miraron a la cara de Putin para ver su reacción. El halo azul de Putin palpitaba, y las comisuras de sus labios se crisparon.

—La notoria reserva del Servicio exterior... —se dirigió Putin a la multitud.

Atravesó el gimnasio hasta la amplia escalera que conducía al comedor, contento de dejar que los animados invitados lo siguieran a él y a su aura azul como gansos. La mujer pasó rozando a Dominika con aires de superioridad, y un industrial sudoroso se secó la cara con un pañuelo y negó con la cabeza a Dominika, pero ella sabía que se había anotado puntos positivos con Putin. Era un hombre unidimensional, primario, nacionalista, instintivo, aquejado de una visión del mundo que solo registraba blancos y negros. Y también era un conspirador natural al que solo le preocupaba una cosa: el poder, la fuerza. De tener y conservar *sila* derivaba todo lo demás: la riqueza personal, el resurgimiento ruso, el territorio, el petróleo, el respeto mundial, el miedo, las mujeres. En consecuencia, respetaba a los que demostraban fuerza. Dominika solo esperaba no haberse excedido.

Por la noche, Dominika estaba en la terraza después de cenar, hablando con un hombre de Gazprom con cara de fiera que predecía que, controlando las exportaciones de gas natural, Rusia recuperaría los países bálticos como repúblicas integrales en treinta y seis meses. Dominika se imaginó la cara de Benford al leer aquello. Un empleado vestido de blanco se acercó, se paró juntando los talones y dijo que la capitana Egorova era requerida en el despacho del presidente.

Lo primero que vio al entrar en la sala fue que no había hombres armados alineados a lo largo de las paredes para llevársela. Putin estaba sentado detrás de un escritorio ornamentado cubierto de fieltro verde bajo un pesado cristal. Llevaba una camisa de cuello abierto bajo una absurda chaqueta de fumador de terciopelo, esa era su idea de lo que un *chentelman* debía ponerse después de cenar. Le indicó a Dominika que se sentara y la miró en silencio durante diez segundos. Dominika se obligó a devolverle la mirada. ¿Había pronunciado TRITON su nombre? ¿Iba a estallar la puerta y los matones de seguridad llenarían la sala? El halo de Putin se mantenía firme; no parecía exteriormente agitado. Siguió mirándola, con las manos apoyadas en el cristal. Qué fastidioso era este acto de Svengali; Dominika quería abofetear sus molestos ojos azules.

—*Rezident* Zarubina ha muerto —dijo Putin—. Murió anoche durante una reunión en Washington.

¿Era una trampa? Se suponía que ella no sabía nada de TRITON. Finge como una tonta.

Dominika se mantuvo con el rostro impenetrable.

—Dios mío —dijo al fin—. ¿Cómo murió? —Es satisfactorio, pero ¿saben mi nombre?, se preguntaba.

—Un ataque al corazón mientras intentaba escapar de una emboscada.

Qué pena, Baba Yaga. Supongo que tu escoba no pudo ponerte a salvo, pensó Dominika.

—¿Una emboscada? ¿Cómo puede ser? Zarubina era demasiado buena en la calle —comentó Dominika, sacudiendo la cabeza—. Pero ¿y la fuente? —¿Sabes que soy yo?, seguía preguntándose en silencio.

—Situación desconocida —respondió Putin, sin dejar de mirarla.

¿Se trata de un juego? ¿Sabe algo más?, seguía sacando conclusiones a ciegas.

—Señor presidente, esto es un desastre. Pero, en mi trabajo, cuando hablamos de emboscadas, hablamos de conocimiento previo, de tender una trampa. Además de Zarubina y su equipo, las únicas dos personas en la Línea KR que conocían la ubicación de los lugares de reunión en Washington D. C. eran el coronel Zyuganov y el mayor Pletnev. Madame Zarubina mantenía un control muy estrecho sobre esos detalles operativos.

—Pletnev también está muerto.

Esta vez Dominika no tuvo que fingir sorpresa. Pobre peludo Yevgeny, pero ahora ya no es un peligro. Su mente iba a toda velocidad, calculando y evaluando el riesgo de lo que iba a hacer.

—¿Pletnev ha muerto? ¿Lo mató el coronel Zyuganov?

Putin se inclinó sobre el escritorio.

—Es una pregunta interesante. ¿Por qué piensa eso?

Putin olía la intriga como un cocodrilo huele un cadáver en el río. Y, al igual que el cocodrilo Stalin, Vladímir Putin conocía el valor de mantener a sus subordinados enfrentados. Dominika registró su animado interés, respiró hondo y le explicó a Putin del boicot informativo de Zyuganov a la Línea KR, de cómo Yevgeny le tenía miedo, de la fijación y determinación de Zyuganov por descubrir al topo.

—Está trastornado y desequilibrado —dijo Dominika con la mayor naturalidad posible—. Trataba a Yevgeny como a una bestia de carga. Pletnev me contó algunos de sus problemas y, con sinceridad, me pidió consejo sobre cuestiones operativas. —No le hará daño a Yevgeny decir ahora que habló a espaldas de su superior directo—. Y ya ha visto cómo el coronel Zyuganov rastreó mi vehículo, cómo pensó que yo estaba implicada en la desaparición de Solovyov, cuando fui yo quien identificó al general como sospechoso desde el principio. —Hizo una pausa—. El coronel está bajo una inmensa presión. Se ha vuelto errático. —Mencionar a Solovyov era seguro; Govormarenko le había cotilleado la desaparición del general.

—Ya lo había observado —afirmó Putin—. ¿Qué opina de él?

Ve suave y no de forma directa, pensó Dominika.

—Señor presidente, basándome en lo poco que me confió el mayor Pletnev, todo esto llegó a un punto crítico dos días antes de que Zarubina, en teoría, estuviera a punto de conocer el nombre de un topo de la CIA. Hay una gran agitación. Zyuganov envía a la policía para arrestarme aquí, y ahora usted me dice que ha matado a Pletnev, y la imbatible Zarubina cae en una emboscada...

—¿Qué está insinuando, capitana? —Hora de la *desinformatsiya*, del engaño.

—Estos contratiempos no son otra cosa que Zyuganov protegiéndose a sí mismo, con la ayuda de los americanos. ¿Y quién busca más ruidosamente al topo? El propio topo, señor presidente. —Putin no apartó su mirada azul de su rostro, pero su halo cerúleo palpitaba, y Dominika supo que la creía.

* * *

Esa noche, en su habitación de la mansión, Dominika no pudo dormir. Continuaban las cenas medievales y multitudinarias. Habían cenado carne asada, medallones de ternera, *buzhenina*, jamón al horno, pato asado y *patychky*, brochetas de carne ucraniana empanada servidas con una ardiente salsa moldava de pimienta *adzhika*. Buques de salsa de nata y de mantequilla navegaban en formación entre candelabros de plata. Había bandejas de arenques, salmón y esturión con eneldo y crema agria, y *kulebyaka*, salmón en hojaldre. *Pelmeni* y albóndigas *vareniky* que servían en soperas como si fueran crías de una piscifactoría. La mesa estaba cubierta de fuentes de verduras con mantequilla, terrinas de cerdo, salmón y jabalí, y cazuelas de setas cargadas de trufas que humeaban al servirlas. Govormarenko había bromeado en voz alta con Putin, diciendo que los manjares de Ucrania, Georgia y Moldavia eran aún más sabrosos, ante las risas de los invitados con la boca llena. Una neblina amarilla envolvía la mesa. Dominika se tumbó en la cama con dosel bajo y un espectacular edredón de plumas de ganso de color rosa, escuchando el tictac de un antiguo reloj de mesa estilo imperio ormolu y el tenue sonido de las olas del mar al otro lado de la ventana. Le quedaba un día más de fin de semana y estaba deseando volver a Moscú, poner en marcha su equipo SRAC y enviar una ráfaga de mensajes informando de todo lo sucedido. Y estaba segura de que los mensajes SRAC de Nate y Benford para ella habían sido precargados y estarían esperando a que los descargara. Estaba ansiosa por conocer el estado de TRITON, las circunstancias de la muerte de Zarubina, si LYRIC estaba a salvo y la pequeña cuestión de si ella estaba a salvo. Sabía que el espíritu de Hannah la acompañaría de vuelta a Moscú, y que estaría con ella cuando realizara sus misiones en el SRAC, mirando por los espejos, con los ojos muy abiertos y riendo.

Cómo añoraba a Nate. El estrés de los últimos días: el viaje a San Petersburgo, la espera en la playa de exfiltración, observar, oler y saborear aquella espantosa casa de fieras de Putin... Estaba agotada. Echaba de menos el tacto de Nate, deseaba sentir sus labios. Dios, cómo lo deseaba. Dominika se quedó quieta bajo el edredón ondulante y se llevó la mano a las piernas. El cepillo de pelo de mango largo de la abuela —el talismán de carey que la había ayudado a descifrar sus primeros impulsos adolescentes— estaba en el lujoso baño de azulejos, al otro lado de la habitación, demasiado lejos. No importaba. Cerró los ojos y vio a Nate. Udranka reía al otro lado de la ventana mientras Dominika hundía la cabeza en las almohadas, respiraba a bocanadas a través de los labios apenas entreabiertos, los ojos le daban vueltas bajo los párpados cerrados y las sacudidas le bajaban por las piernas hasta los dedos de los pies. Tras unos segundos de delirio, su respiración se calmó y abrió los ojos, preguntándose, por un instante, dónde estaba. Sus muslos temblaron con pequeñas réplicas y se limpió el rocío del labio superior. Entonces ocurrió lo imposible.

El picaporte sonó suavemente y la puerta empezó a abrirse. Dominika se incorporó a medias. El borde delantero de un halo azul brillante apareció poco a poco alrededor de la puerta. *Bozhe moy!* Dios mío, pensó, no puede ser.

Marta, voluptuosa, exuberante, pletórica, con la melena alrededor de la cara, estaba sentada al otro lado de la habitación, en un sofá, con las piernas cruzadas y un cigarrillo colgando de los labios. La hermana muerta de Dominika y compañera gorrión lanzó un chorro de humo al aire, miró hacia la puerta giratoria y luego a Dominika. «¿Qué estás dispuesta a hacer?», susurró.

El presidente se deslizó hasta el dormitorio de Dominika, ya que no era necesario llamar a la puerta cuando Vlad tenía algo en mente. Caminó despacio, atravesando un rayo de luz de luna procedente de la ventana junto al océano, que tornaba turquesa su halo azul. Cuando dobló la esquina de su cama con dosel, Dominika se apresuró a intentar recomponerse bajo el edredón: había estado pensando en Nate y su camisón estaba recogido por encima de la cintura. ¿Era la repentina aparición del presidente en su habitación el resultado de la vigilancia en vídeo en el interior? ¿Había visto el presidente las imágenes nocturnas de los movimientos de su mano temblorosa bajo el edredón? Si lo había hecho, estaba actuando con rapidez.

El presidente vestía una sencilla camisa de dormir de seda azul oscuro y pantalones de pijama. Dominika observó con desgana que en el pecho de la camisa no había ningún emblema heráldico, ni águilas dobles de los Romanov, ni hoz y martillo, ni estrella roja. Putin acercó una delicada silla antigua y se sentó junto a la cama, cerca de Dominika, como si fuera un médico rural que viene a tomar la temperatura a un paciente. Dominika se incorporó y estuvo a punto de acercarse recatadamente el edredón a la barbilla, pero en lugar de eso lo dejó caer sobre su regazo —qué importaba, al fin y al cabo era el gorrión de Putin— y alargó la mano para encender la lamparita de color coral de la mesilla de noche. Vio cómo los ojos del presidente se fijaban en el corpiño de su camisón sin mangas y en la turgencia de sus pechos bajo el encaje.

Al otro lado de la habitación, en el sofá Recamier, las dos —Marta y ahora Udranka— estaban sentadas mirando, sus gorriones muertos estaban allí para darle fuerzas. El fantasma de Hannah no estaría ahí, no, ella no estaría para eso.

—Buenas noches, señor presidente —dijo Dominika, sin mostrar preocupación, como si las visitas no anunciadas del soberano de todas las Rusias, engalanado de seda, a las habitaciones de las huéspedes femeninas en la mansión de invitados de Strelna después de medianoche fueran lo más normal, lo cual, concluyó Dominika, era lo más normal.

—Capitana Egorova —dijo Putin, sin pensar en pedir perdón por la intrusión, con los ojos aún clavados en su escote—. He estado recibiendo un flujo constante de comunicaciones relativas al tema que hemos estado discutiendo. El cable más reciente acaba de llegar.

—¿De qué tema se trata, señor presidente?

Udranka le indicó que hiciera el discreto encogimiento de hombros del gorrión y dejara caer del hombro un tirante del camisón de encaje.

Devchonka, zorra, cállate, pensó Dominika.

—Sobre la fuente TRITON de Zarubina y el topo americano en la sede central —respondió Putin sin rastro de impaciencia—. Esta noche hemos recibido un cable de la *rezidentura* de París. TRITON intentó ponerse en contacto con la embajada de allí, pero los tontos pensaron que era un chiflado y lo rechazaron por error. Dejó un número de teléfono local.

Dios mío, pensó Dominika, el hombre que podía hacer que la mataran ya estaba allí y corría libre por París, a una llamada de contacto.

—Así que es probable que haya escapado. ¿La *rezidentura* va a intentar encontrarlo? —se interesó la capitana. Tendría que redactar una docena de mensajes SRAC para Nate, Gable y Benford. Tenían que ir a por él. Putin no contestó.

—El coronel Zyuganov fue informado de la aparición de TRITON por una llamada telefónica segura no autorizada desde París realizada por su madre. —Dominika registró que eso significaba que las líneas telefónicas de Zyuganov habían sido vigiladas. Al parecer, su sugerencia de que él era el topo había causado impresión. Algo más a su favor.

Putin se reclinó en su silla. Su halo azul palpitaba. Estaba disfrutando; quizá se imaginaba deslizándose bajo el edredón junto a ella.

—El coronel Zyuganov ha salido de Vnukovo en un vuelo con destino a París esta noche. No se ha registrado en nuestra embajada. Se desconoce su paradero en París. Su madre, Ekaterina, fue encontrada asesinada en su apartamento.

—¿Cree que se ha ido, que ha huido?

—Tal vez. Pero creo que ha ido a París por una razón desesperada. Creo que llamará al número local que dejó TRITON y pedirá una reunión. —Putin se lo estaba pensando, eso era peligroso. Tal vez tenía dudas sobre la culpabilidad de Zyuganov. Dios, tenía que transmitir mensajes SRAC, para dar a la CIA suficiente información para atrapar a TRITON. Si Zyuganov hablaba con TRITON aunque fuera dos minutos estaría acabada.

—Es posible, señor presidente. Pero ¿qué espera conseguir?

—¿No está claro? Zyuganov pretende eliminar a TRITON, la fuente que puede identificarlo como el topo de los americanos.

—¡Señor presidente! —exclamó Dominika, fingiendo sorpresa, pero satisfecha de haberse equivocado. El halo azul de Putin resplandecía. El ruso que había en él estaba disfrutando de la partida de ajedrez; el antiguo oficial del KGB que había en él estaba saboreando el laberinto de contradicciones; el déspota que había en él estaba disfrutando del caos. Algo más en él se estaba despertando: miró de nuevo los pechos de Dominika, la insinuación de unos pezones más oscuros bajo el encaje.

Udranka cacareó desde la esquina oscura de la habitación.

Putin se inclinó más cerca y puso su mano sobre la de Dominika.

—Quiero que hagas algo —le dijo acariciándole la muñeca. Dominika esperó a que hablara, haciendo una lista mental de las posibilidades babilónicas.

¿Sí o no, Benford? Nathaniel, ¿entiendes?, su cabeza no podía detenerse.

—Quiero que vayas a París, esta mañana, sin demora. Hablas francés con fluidez, ¿verdad?

El presidente subió la mano por el vientre y se la pasó con suavidad por el pecho izquierdo. Dominika se obligó —se obligó— a quedarse quieta. Fue consciente de que abría los ojos sin querer. Los ojos azules como rayos X de Putin escudriñaron su rostro.

—Organizarás una reunión con TRITON antes de que Zyuganov llegue a él. —Las yemas de sus dedos abandonaron el encaje y trazaron una línea sobre su piel entre la turgencia de sus pechos. Dominika estaba inmóvil. ¿Podía sentir los latidos de su corazón? ¿Podía diferenciar entre los latidos normales de la pasión y los timbales de la repulsión? Dios mío, ¿era esta caricia el paso previo a la seducción o era más bien lo que parecía? A saber, ¿la caricia de un coleccionista voraz manipulando un jarrón antiguo, la afirmación de la propiedad? El halo de Putin la envolvió. Su colonia para alimañas, una espantosa agua de retrete con infusión de agua de rosas y comino de algún lugar como Sochi, se le metió en la nariz como un mosquito. El presidente observó su rostro mientras el dedo de él se deslizaba bajo la tela y trazaba un lento círculo alrededor de su pezón izquierdo. Dominika, el gorrión entrenado a la perfección para eso, sabía que el reflejo pilomotor involuntario desencadenado por la liberación de oxitocina estaba contrayendo la piel bajo sus pezones, pero Vlad solo sabía que se le estaba poniendo dura.

—Después de que te diga que Zyuganov es el topo, quiero que te deshagas de TRITON —susurró—. Está acabado, se ha fugado, es una vergüenza.

Qué encantador, pensó. Me pone las manos en las tetas y me ordena cometer un asesinato estatal; quiere que mate por la madre Rusia. No se contentaba con desangrar a su país; ahora quería, una vez más, difamarla. Dominika lo miró a los ojos sin pestañear. Tenía los labios fruncidos como si su boca fuera una dulce golosina. Estaba sentado muy cerca de la cama, esperando, y Dominika, presa de una intuición escabrosa que con seguridad compartió hace dos mil años Mesalina cuando introdujo una mano aceitada bajo la toga de Claudio, alargó la mano y la puso en el regazo del presidente.

—¿Matarlo? —susurró Dominika. Así que esto era lo que sería ser miembro del club. Las fosas nasales del presidente se encendieron cuando Dominika tanteó con sutileza a través de la seda en busca de la *laska*, la comadreja dormida en pijama.

—Y luego quiero que aclares cualquier malentendido que quede con el coronel Zyuganov —añadió Putin. Los dedos de Dominika detectaron algo que podría ser lo que estaba buscando. Todavía estaba dormidita.

—¿Qué...? —El presidente le apretó con delicadeza el pecho, sus dedos eran callosos, para hacerla callar. Dominika pensó que un apretón recíproco sería apropiado. Nada se movió en el bosque de seda.

—No tiene por qué volver a Rusia —dijo apartando la mano de su pecho. ¿Debería ella hacer lo mismo? Aún no.

—Tenemos hombres en el Departamento Cinco que hacen estas cosas —propuso Dominika, moviendo la almohadilla del pulgar arriba y abajo—. Señor presidente, no soy la mejor candidata. —No hubo reacción entre sus piernas. ¿Estaba perdiendo su toque gorrión? Había sido la mejor de la clase en lo que las matronas instructoras de la Escuela de Gorriones habían llamado «amor de mono».

En un rincón de la habitación, Marta y Udranka se miraron, sacudiendo sus cabezas fantasmales.

—Quiero que tú te ocupes de ello. Como serás ascendida a jefa de la Línea KR a tu regreso de París, es apropiado que tú misma gestiones esta acción de personal.

Acción de personal: el venerable eufemismo de Stalin para eliminar a un ser humano de la faz de la tierra. Esta era la típica trampa para osos: promoción. Favor del Kremlin. Reparto de beneficios. Y entonces ella les pertenecería, estos reptiles de boca negra lanzando sus espirales alrededor de su pecho para aproximarla hacia ellos. No tenía sentido que la enviaran a matar a esos dos, pero no tenía por qué tenerlo. Ella retrocedió ante las órdenes aceitosas dadas por este potentado aparentemente meloso. Dominika sabía que si las llevaba a cabo estaría para siempre bajo el pulgar de Putin. Sin embargo, le pareció irónico que Putin hubiera estado bajo su control durante los últimos cinco minutos, sin resultados apreciables.

Jefe de la Línea KR. Dirigiría la contrainteligencia de todo el Servicio. Significaría un acceso sin precedentes. Nathaniel, Gable, Forsyth y Benford no la creerían al principio. Y su benefactor de ojos azules y cabeza de melón acababa de darle la oportunidad de viajar para reunirse con ellos y contárselo. Pero, Dios, ella tenía que llegar a París lo antes posible y evitar que Zyuganov hablara con TRITON. Dominika sabía que Nate se apresuraría a ir a París cuando ella llamara a su número de SENTRY: juntos encontrarían una solución a esto. Juntos.

Su repentina añoranza de Nate le recordó que aún tenía la mano en el regazo del presidente. Su rostro estaba impasible, pero había cierta agitación, de hecho, bastante agitación, como si Putin pudiera, a petición, hacer salir a la comadreja del bosque. Con la estimulación practicada, Dominika calculó unas dimensiones inferiores a la media, pero era bastante firme. Su mano alargó la suya y volvió a acariciarle el pecho, con mucha suavidad, solo las yemas de los dedos rozando la piel. La gorrión quiso gritar, pero bajó los ojos y le sonrió.

Le devolvió la mirada sin agitación ni emoción.

—¿Estás dispuesta a llevar a cabo lo que te he dicho? —le preguntó, notando que la comadreja se había despertado bajo el pijama. Dominika se dio cuenta de que dar la orden de matar había sido el estímulo, la excitación.

Sopesó la perspectiva de un torrente de décadas de producción de inteligencia para la CIA frente a una existencia abyecta y escorbútica como miembro femenino de esta jauría de ratas, cuya primera escena estaba representando ahora, burlándose de la comadreja del presidente.

—Señor presidente, haré lo que sea para ayudarle a usted y a mi país —respondió con una mirada que también podría haber significado «usted no es mi dueño».

El presidente Putin le devolvió la mirada con una rara y pequeña sonrisa que decía: «Claro que sí», y, como para demostrar su adamantina voluntad, se levantó, la miró, asintió y abandonó la sala en silencio. Con la mano todavía hormigueante, Dominika solo pudo mirar la puerta que se cerraba muy despacio. Agotada por los últimos siete minutos, se hundió de nuevo en las almohadas mientras Marta y Udranka aplaudían desde las sombras. Pero ahora Hannah también estaba en la habitación. «Amiga, prepárate, tenemos mucho trabajo que hacer». Y Dominika se alegró de tener a sus sirenas con ella, y de que pronto vería a Nate. El pequeño reloj de la repisa de la chimenea, que había dado la hora para el gran duque Constantino doscientos años atrás, daba ahora las campanadas para ella, como si anunciara el comienzo de la carrera hacia París.

PATYCHKY. BROCHETAS DE CARNE

Ensarta en las brochetas los dados de carne marinados en vinagre y apriétalos para formar brochetas consistentes. Mezcla pan rallado, curry en polvo, sal y pimienta, y reboza las brochetas de carne. Pásalas por huevo batido y, a continuación, por pan rallado, presionando para que se adhiera y se compacte la carne. Fríe las brochetas en aceite hasta que estén doradas, luego colócalas sobre un lecho de mantequilla y cebollas en rodajas y hornea a fuego lento hasta que la carne esté tierna. Sirve con ensalada y salsa *adzhika*.

39

Seb Angevine tuvo que pasarse los dedos por el pelo y serenarse antes de abrir la puerta del apartamento de Vikki. Se había alejado del parque, presa del pánico, obligándose a conducir despacio por la ciudad, tembloroso y mirando por el espejo retrovisor en busca de luces rojas intermitentes. Tomó Columbia Road hacia el sur por la tranquila calle 22, cruzó el puente Buffalo, subiendo la desierta Georgetown, y luego hacia el norte por la calle 37 hasta Glover Park. Mientras conducía, borró los archivos digitales almacenados en Gamma y, con dedos temblorosos, extrajo la pequeña tarjeta de memoria. La pequeña cámara cayó por el puente en Rock Creek, y la tarjeta de memoria con veintidós gigas de cables internos ultrasecretos de la CIA, incluidos los verdaderos nombres de las fuentes de la CIA, se fue por una rejilla de alcantarillado en la calle Q. No importaba, había memorizado el nombre de Dominika Egorova. Diez minutos más tarde, Angevine aparcó el coche de Vikki cerca de la puerta trasera del apartamento, medio protegido de la calle por un contenedor comercial. Se chupó un nudillo sangrante e intentó pensar.

Putain de bordel, maldita sea, esto era desastroso, la ruina, este era el motivo por el que se había dicho a sí mismo que no iba a tratar con los rusos en persona. Su nuevo BMW estaba aparcado un poco más abajo, y su nariz de tiburón parecía moverse hacia él en señal de condescendiente desaprobación. No sabía cómo se iba a tomar Vikki la noticia de que era un alto funcionario de la CIA desafecto e injusto que proporcionaba, a traición, información clasificada estadounidense de gran importancia para la seguridad nacional al servicio de la inteligencia exterior de la Federación Rusa a cambio de cantidades obscenas de dinero, y que se había librado por los pelos de ser acorralado esa tarde en un parque del centro de la ciudad por agentes de la ley no identificados —pensaba que del FBI— que, con toda probabilidad, se dirigían en ese momento al apartamento de Vikki para arrestarlo. Esperaba que ella pudiera digerirlo todo a la vez.

—¡Maldito gilipollas! —exclamó Vikki.

—Solo he pasado información de poca importancia —mintió Angevine.

—Te ayudé a llevarle la nota al ruso gordo del club —dijo Vikki. Esa noche no bailaba y había estado sentada en el sofá en ropa interior, viendo la televisión y cosiendo un nuevo disfraz. Ahora estaba de pie, cuadrada frente a él, con las manos en las caderas. Angevine se dio cuenta del bonito cuerpo que tenía y se le pasó por la cabeza que, tal vez, debería incluirla en su precipitado plan. No, pensó, solo hay sitio para uno. Una lástima, la verdad.

—Nadie salió herido. Nadie. —Ya se había olvidado del agregado de Caracas, y de los treinta días de entrevistas de contrainteligencia soportados por el general Solovyov.

—Soy tu cómplice, cabrón; podrían acusarme por ayudarte —dijo Vikki. Sus implantes MemoryGel High Profile se agitaban de emoción y ahora tenía los puños apretados.

—Mi información solo aportó datos que tranquilizaron a Moscú sobre la posibilidad de ser mejores socios a escala internacional —dijo Angevine con altivez, utilizando la defensa de Aldrich Ames, aunque sonaba para sí mismo como un delegado de las Naciones Unidas con un *tarbush*, discutiendo iniciativas globales en un hervidero de víboras en Bayou Bartholomew.

—Eso es genial —ironizó Vikki—. Mejores socios.

—Necesito tu ayuda —pidió Angevine—. Una última vez.

—Te ayudaré, de acuerdo. Te ayudaré a recoger tu ropa y salir de aquí.

—Me iré, si eso es lo que quieres, pero necesito que me lleves a un sitio, no es lejos, y eso será todo. —Esto iba a ser complicado, lo sabía, pero no podía hacerlo sin ella. Había leído sobre la técnica cuando aún estaba en el NCIS y nunca la olvidó. Pero ahora tenía que trabajar con Vikki. Le mostró las llaves de su BMW—. Te regalo mi coche. Iba a darte una sorpresa durante la cena —dijo Angevine. Por su expresión, estaba claro que Vikki no se creía nada—. Mira, no voy a mentirte. Me he enamorado de ti, y mucho. Necesito tu ayuda para salir del país, para llegar a Francia. Una vez fuera, nos encontraremos allí... bajo la Torre Eiffel —añadió.

Vikki se cruzó de brazos, a la defensiva, vacilando un poco y negó con la cabeza.

—Tenemos que darnos un poco de prisa, cariño —musitó Angevine. Se acercó a la ventana que daba al aparcamiento trasero y miró a través de las persianas. Nada. Nada. Se volvió hacia Vikki y la rodeó con los brazos, deslizándolos por su espalda—. Hemos pasado por muchas cosas, y nos esperan buenos tiempos.

—¿Qué quieres que haga? —se interesó Vikki sin prisa, sorprendida de sentir lástima por él, a pesar de que estaba de mierda hasta las cejas. Y él le estaba dando el coche. Y ella nunca había estado en París.

—¿Dónde está Agatha? —preguntó Angevine, sonriendo y sin quitar los brazos de su espalda.

—En el armario. ¿Qué quieres con ella?

—Ya lo verás —respondió Angevine.

*   *   *

Zyuganov colgó el teléfono, después de haber escuchado a su madre durante cuarenta minutos decirle lo *odurelnyy*, lo muy estúpido que había sido. Se estaba volviendo loca; le regañó mientras removía una olla de *soupe a l'ail*, sopa cremosa de ajo, que estaba preparando para el almuerzo. Deja la cuchara y escucha, pensó su hijo. Le dijo que no se precipitara, que dejara de dar órdenes a todo el mundo y se quedara callado. «No llames la atención», le aconsejó. «*Nebylo u baby hlopot tak kupila porosya* —le dijo Ekaterina Zyuganova a su hijo—, una mujer no tenía problemas, así que compró un lechón»; tú solito te has buscado los problemas. Iba a hacer una o dos llamadas, reactivaría viejos contactos y le devolvería la llamada. Le dijo que su primer deber era con el Estado, que el Estado cuidaría de él, que debía su primera y última lealtad a Rusia. Zyuganov pensaba en privado que su madre era una bolchevique retrógrada: había olvidado lo anticuada que era.

Ekaterina Zyuganova conocía a Zarubina y se sorprendió al enterarse de que había sufrido un infarto: la noticia de su muerte había corrido como la pólvora por la sede central y entre los *rezidenturi* de todo el mundo. Le dijo a su hijo que suponía que el destino de TRITON, y después el del topo, no se conocería hasta dentro de algún tiempo, pero que, según su experiencia de los años de Stalin, todos los traidores acababan siendo desenmascarados.

—Es posible que no sea lo bastante rápido para mí —le había dicho Zyuganov a su madre. Los investigadores de la disputa que provocó la muerte de Yevgeny Pletnev exigieron que el coronel Zyuganov renunciara a su pasaporte de Servicio: lo mejor sería que no pensara en viajar al extranjero en un futuro inmediato. Un furioso Zyuganov también tuvo que quedarse quieto ante una auditoría de su sección: la Línea KR había sido inmune a tales controles internos en el pasado. Se programaron entrevistas con todos los empleados de la Línea KR. Zyuganov conocía las señales: a todos los efectos, estaba bajo arresto domiciliario; pronto le quitarían el mando de la Línea KR; sería un paso corto hasta que lo arrastraran, lo juzgaran y lo llevaran a prisión. Y Egorova —sabía de sobra que era el topo de la CIA— cenaba a todo lujo a orillas del golfo de Finlandia con el presidente y sus invitados.

* * *

Cinco vehículos de los G-men —el equipo de vigilancia de Contrainteligencia del FBI— tomaron las posiciones características de este tipo especial de vigilancia: seguirían a Vikki Mayfield con la intención de ver con quién estaba. No había por qué ser discretos; el objetivo era identificar al hombre que había escapado del parque. Fileppo y Proctor proporcionaron toda la descripción del hombre que pudieron, discutiendo entre ellos. Iban en un coche. Nate iba con otro G-men llamado Vannoy, un flemático joven de veintiséis años con perfil de ídolo de cine y antebrazos de Popeye. A la llegada del equipo, un vehículo G descapotado pasó como un fantasma por la parte trasera del edificio de Vikki, mientras el pasajero leía en la radio los números de las matrículas de los coches aparcados. El FBI los rastrearía al instante en las bases de datos federales, metropolitanas y nacionales. El equipo se dispersó en posiciones de proa y popa, cuatro coches para cubrir todas las direcciones posibles que irradiaban desde el edificio de Mayfield. El coche de Nate coordinaba la operación. Se instalaron.

—Siempre estoy al otro lado de la vigilancia —comentó Nate—. Lo difícil es la espera; nunca me había dado cuenta.

Vannoy lo miró.

—Te acostumbras —dijo—. Estuviste en Moscú, ¿verdad? —Nate asintió—. ¿Están muy bien por allí? —A la luz de la calle, parecía una estrella de cine mudo.

—Van con bastante fuerza —respondió Nate—. Recursos ilimitados, no tienen que rendir cuentas a nadie… —Miró por la ventana un segundo—. Perdimos a una oficial en Moscú hace unas semanas. La atropellaron con un coche. Un accidente, supongo.

Vannoy entrecerró los ojos.

—¿Ella? —preguntó.

—Sí, Hannah Archer; más cojones que tú y yo juntos —contestó Nate. Se quedaron callados durante un minuto—. Y ahora tiene una estrella en la pared del cuartel general.

—He visto esa pared —le dijo Vannoy—. Demasiadas estrellas.

—Yo también he visto, el Salón de Honor del FBI. —Se quedaron en silencio, escuchando los sonidos nocturnos en el oscuro barrio. Las hojas muertas de la cuneta crujían con la ligera brisa. Pasada ya la medianoche, hacía más frío. La radio, con el volumen bajo, emitió un gruñido quedo.

—¿Cuándo tendremos información de esas matrículas? —preguntó Nate.

—Tarda un poco más por la noche —dijo Vannoy.

—Seguro que Fileppo y Proctor quieren echarle el guante a este tío, sea quien sea —comentó Nate—. El muy imbécil le hizo bastante polvo a Fileppo.

—Proctor le ayudará a ponerse hielo —escupió Vannoy. ¿Había algo en su voz?

—Esos dos son increíbles en la calle —reconoció Nate—. En serio, nunca había visto dos tipos que trabajaran juntos así.

Vannoy se removió en su asiento.

—Son buenos, quizá los mejores de todo el equipo —convino Vannoy—. Cabrean a todo el mundo, pero consiguen resultados.

—Es como si supieran lo que piensa el otro.

—Normal; llevan mucho tiempo juntos.

—¿Qué, como compañeros de piso?

Vannoy miró para ver si Nate le estaba tomando el pelo; vio que no.

—Sí, compañeros de piso.

Nate abrió la boca para decir algo, pero la radio emitió tres silbidos. Alguien se movía. Vannoy arrancó el coche. El Kia rojo cereza de Vikki Mayfield salió a la calle Benton. Conducía una mujer con capucha. Un pasajero iba sentado en el asiento del copiloto y llevaba un sombrero de ala. Con los prismáticos, Nate pudo verlo sin dificultad: un hombre de nariz prominente que se acercó para tocar a la conductora en el hombro. Vannoy dejó que dos coches se colocaran detrás del Kia y ocupó la tercera posición. No habría necesidad de tácticas extravagantes como alternarse con otros coches o saltar por delante del conejo. Tan solo seguir al Kia, y punto. Vannoy informó por radio cuando el equipo empezó a rodar. Dos minutos después, sonó el móvil de Nate. Benford. Enojado. Muy enojado.

—Nash, ponme en el altavoz; tu jefe de equipo tiene que oír esto —dijo Benford—. El agente especial Montgomery y yo estamos sentados en el Centro de Operaciones de la Oficina de Campo de Washington, rodeados por una manada de ñus de la Oficina del Asesor General del FBI. Una manada de ñus de ideas afines está sentada en el cuartel general de la CIA. Estamos, perdón por esta palabra, en videoconferencia en tiempo real.

—Alto y claro, jefe —dijo Nate, guiñándole un ojo a Vannoy, que reprimió una risita. Hubo una breve vacilación. La agitación de Benford era palpable.

—Creemos que el hombre del parque, y el pasajero del vehículo al que seguís, es Sebastian Angevine, subdirector adjunto de la CIA para Asuntos Militares. Es su matrícula registrada en un coche en el edificio de Mayfield. Estamos revisando el perfil de acceso informático interno de Angevine mientras hablamos. Mañana por la mañana se pondrá en marcha una auditoría de sus finanzas y cuentas. Mayfield trabaja como bailarina exótica en Washington y es, creemos, su amante.

A Nate se le ocurrió un chiste sobre «su amante», pero decidió con cordura que no era el momento.

—Tanto los asesores del FBI como los de la CIA me han informado de que en este momento no hay pruebas de que Angevine sea culpable de espionaje según lo descrito en 18 USC 794 (a) o (b) o en 17 USC 794 (c). Esto puede cambiar si aparecen pruebas convincentes. En consecuencia, Nash, y escucha con atención, no hay autoridad para detener o retener ni a Angevine ni a Mayfield. Por favor, asegúrate de que el equipo entienda esto. El agente especial Montgomery me está diciendo que ¡es una orden!, lo que en la cultura del FBI debe significar que es imperativo.

—Entendido, jefe; nos aseguraremos de que el equipo lo sepa —respondió Nate al teléfono—. Salimos de Glover Park y nos dirigimos hacia el norte por Wisconsin. Está conduciendo sin correr a través de un tráfico ligero. Es demasiado pronto para predecir la dirección.

—Quizá lo lleve a casa. Supongo que vive en Virginia. —La voz apagada de Benford hizo una pregunta a alguien de la sala—. Correcto. Vive en Vienna, Virginia, cerca de Beulah Road. Nathaniel, que estos dos se muevan por la calle pasada la medianoche en la misma noche de una reunión clandestina descubierta con la ahora difunta *rezident* rusa es, para nosotros, los no abogados sensibles, un indicio significativo de culpabilidad. No tenemos forma de saber cómo valora Angevine su situación, especialmente en el contexto probatorio. Puede tener confianza o pánico. Por lo tanto, tu único trabajo es permanecer cerca y no perderlo de vista. Si van a un bar a estas horas, siéntate en una mesa a su lado. Si van al baño de hombres, usa el retrete de al lado. Si van a su casa, sitúate fuera, asegurándote de que no pueda escabullirse por la puerta trasera. Avisa y nos aseguraremos de que la policía de Vienna no te dispare. ¿Estoy siendo claro?

* * *

Vikki murmuraba para sí mientras seguía las indicaciones de Angevine sobre los giros que debía dar. La avenida Wisconsin estaba casi vacía. Seb estaba sentado en el asiento del copiloto con Agatha, un maniquí de modista de tres cuartos de largo, en el suelo, entre las piernas. Vikki utilizaba el torso acolchado para diseñar trajes de estríper y tocados de corista; Agatha tenía una cabeza de plástico blanca, lisa y sin rasgos. Llevaba un abrigo abotonado alrededor del torso, y habían pegado con cinta adhesiva alrededor del cuello una bolsa de plástico beis estirada cubriéndole la cabeza. Vikki se había quejado cuando Angevine arrancó y torció el soporte metálico de la parte inferior del maniquí, pero él le dijo que ya no haría vestidos, que para Navidad estaría vistiendo de Chanel en París, a lo que ella contestó: «Tonterías», aunque en lo más profundo esperaba que así fuera.

Sin lugar a duda, sabía adónde quería ir: había estudiado la ruta con antelación. Un animado Angevine le dijo que pasara por Tenley Circle y luego tomara Albermarle hacia American University Park, un barrio de calles en cuadrícula impenetrables, con callejones paralelos que discurrían detrás de las casas. Vikki vio tres pares de faros que la seguían a una distancia respetuosa giro a giro. Angevine le dijo que no se preocupara por ellos y le hizo repetir palabra por palabra lo que debía hacer cuando él saliera del coche. Así fue. Le ladró que girara a la derecha y luego con rapidez a la izquierda por Murdock Mill Road, una corta calle de una sola dirección por la que entraron en sentido contrario. Cuando los faros de los coches que los seguían desaparecieron por un segundo al doblar la doble curva, Angevine le dio un golpecito en el brazo a Vikki y ella tiró del freno de emergencia para parar el coche. Angevine abrió la puerta con el hombro, saltó y corrió hacia las sombras de un callejón, derrapando hasta detenerse detrás de una hilera de cubos de basura. Se agachó y contuvo la respiración.

Para ser la primera vez de una aterrorizada aficionada, Vikki lo clavó. Soltó el freno y siguió adelante sin cambiar la velocidad, con el volante recto mientras se estiraba para cerrar la puerta, coger a Agatha del suelo, apoyarla en el asiento del copiloto y ponerle en la cabeza el sombrero tirado por Angevine. ¿Quién es el muñeco?, pensó Vikki con amargura, ahora sola y de nuevo bajo el resplandor de los faros de los coches que circulaban detrás de ella. Siguió hacia el este por Butterworth, rodeando Westmoreland Circle hasta Dalecarlia, que la llevaría por Canal Road y Chain Bridge a los suburbios de Virginia. Sus instrucciones eran conducir hasta la casa de Angevine y entrar en el garaje anexo. Vikki debía pasar la noche en la casa con todas las cortinas echadas. Debía cambiarse de ropa y esconder a Agatha en un trastero del sótano. Por la mañana podría regresar a su casa, dejando que el FBI se preguntara cómo y cuándo Angevine se había esfumado.

Tres coches más atrás, los instintos de Nate se disparaban. La ruta escalonada a través de AU Park era una mierda, ilógica. Ese capullo estaba planeando algo y Nate le pidió a Vannoy que le dijera al coche más próximo que se pegara y vigilara por si se escapaba alguien del coche. No sabía si Angevine sabía siquiera cómo salir de un vehículo en marcha bajo vigilancia, pero era importante que la unidad principal comprobara cada poco tiempo que había dos personas en el coche. Nate estaba al teléfono con Benford pasándole actualizaciones. Fileppo y Proctor estaban en el segundo vehículo, echando mierda sin paliativos al resto del equipo, y Vannoy les dijo que se callaran de una puta vez y que hicieran lo que les acababa de pedir. De inmediato, informaron de que había dos personas en el coche: la mujer y el hombre alto con sombrero.

Angevine había visto pasar cuatro o cinco coches por su callejón, y ninguno de ellos había aminorado la marcha, ninguno había mirado a los lados: no se habían enterado de su huida. Ahora necesitaba tiempo. Todo dependía de Vikki (y de Agatha). Consultó el reloj. Casi las dos de la madrugada. Tendría que salir a pie del barrio; el metro empezaría a funcionar a las cinco. Llegaría a Union Station y cogería el MARC a BWI; si descubrían que había desaparecido, primero cerrarían los aeropuertos de Dulles y National, y luego pensarían en el Baltimore/Washington International. Para entonces ya estaría en el primer vuelo al extranjero con destino a cualquier lugar: Ciudad de México, Costa Rica, Toronto; compraría los billetes para su primera escala con sus tarjetas de crédito y su pasaporte auténtico, dejaría un rastro y desaparecería tras un segundo vuelo a la Unión Europea. Podría llegar a París sin dejar rastro. París era el lugar porque hablaba el idioma, conocía la ciudad y tenía parientes allí. Tenía dinero en efectivo y podría comprar un documento de identidad francés con un alias en el mercado negro. Y la embajada rusa, una moderna fortaleza de hormigón y cristal cerca del Bois de Boulogne, en el bulevar Lannes, en la 16, lo recibiría con los brazos abiertos, sobre todo si llegaba con el nombre de la fuente de la CIA dentro del Servicio ruso. Estaba grabado en su avariciosa memoria: Dominika Vasilyevna Egorova.

No tenía intención de retirarse al exilio en el apartamento de algún desertor recalentado en Moscú, como Kim Philby, Ed Howard o Edward Snowden, vigilado por los adustos guardianes del FSB, jodido por una obstinada y combativa mujer, y atendido cada diez días por mujerzuelas de tercera categoría con acné entre los pechos y marcas en el cuello. No, gracias. Todo lo que pedía a los rusos era una paga de jubilación y acceso a su cuenta en el extranjero, que, según sus cálculos, conservadores, rondaba los cinco millones de dólares. Con el dinero en la mano, desaparecería. Una casita con una terraza a la sombra de parras en flor en una de las islas Eolias; quizás un ático en la avenida Atlántica de la playa de Copacabana, quizás una mansión de piedra en una colina de la Toscana, rodeada de su propio viñedo. Una novia o dos, esas brasileñas estaban buenísimas, pero Angevine no veía que Vikki encajara. Se preguntó si se daría cuenta de que, cuando le dio un golpecito en el brazo para indicarle que se fuera, era la última vez que se tocaban. Bueno, ella se había quedado con el BMW.

Mientras caminaba por las callejuelas, pegado a las sombras y pensando en las chicas de su futuro, Angevine recordó al azar y de repente cómo Gloria Bevacqua, la cerda que le había robado el puesto de jefe de Operaciones, se había burlado de él la mañana del anuncio. «A las chicas todavía les gustas», le había dicho sonriendo, y en su furia se había lanzado a este viaje loco y destructivo con los rusos, y ahora caminaba cansado y preocupado por la noche, como un fugitivo. Había escapado por los pelos de aquellos galopantes acosadores nocturnos en el parque, pero no había garantías de que lograra siquiera pasar por el aeropuerto. No sentía pena por lo que había hecho, pero sí lástima por sí mismo. Un sollozo se le atascó en la garganta y lloró en silencio mientras caminaba. «A las chicas todavía les gustas» resonaba en su cabeza, el gran espía, el gran hombre. Se preguntó qué estaría informando Zarubina a Moscú, que lo habían capturado y arrestado. Estarían sorprendidos de verlo salir a la superficie en París. Se animó al imaginar cómo le diría, con frialdad, a la recepcionista de la embajada rusa que llamara por teléfono a la oficina correspondiente para informarles de que TRITON estaba en el vestíbulo.

Vikki también había estado llorando, agarrada al volante de su pequeño coche, preguntándose si iría a la cárcel por llevar tras ella a cinco inquietantes coches del FBI en una prolongada persecución hasta la inmensidad de los suburbios de Virginia, para dar tiempo a Seb a escapar. Podría alegar ignorancia —él le había mentido, se sentía engañada, ella no tenía nada que ver con esa historia—, pero la rígida presencia del maniquí, con el sombrero, sentado en el asiento de al lado, sería la prueba de su complicidad. Vikki pensó en aparcar en el siguiente estacionamiento del centro comercial, acercarse a los coches y contarles todo lo que sabía, que no era mucho. No era culpable. Con los instintos de una estríper profesional, Vikki sabía que Seb nunca la mandaría a buscar para ir a París. Pero ella no podía hacerle daño. En cualquier caso, tomó la decisión de forma inesperada.

Un borracho que salía de un autoservicio de comida rápida cruzó dos carriles de la ruta 123 en Vienna y esquivó por poco el coche de Vikki, gracias en parte a sus violentos volantazos y al bloqueo de los frenos. Detrás de ella, Fileppo y Proctor también chirriaron hasta detenerse, ambos preparados para el golpe en el tórax del metal cuando los coches chocan. Se deslizaron hasta detenerse a escasos centímetros del parachoques trasero del coche de Vikki, pero el estruendo de timbales se produjo cuando el coche G situado en la posición dos colisionó con la parte trasera del coche de Fileppo, empujándolos con fuerza contra el coche de Vikki. La onda de choque en cadena se transmitió a través del parachoques y el bastidor, con el resultado de que la pesada Agatha fue catapultada hacia delante contra el parabrisas, y luego hacia atrás contra el asiento y el reposacabezas, rompiéndose su cabeza de plástico, ahora sin sombrero, que rebotó y aterrizó en la bandeja trasera, donde se balanceó de un lado a otro, como un muñeco conmemorativo de la Guerra Fría. Vikki apoyó la cara en las manos. Este es todo el tiempo que vas a tener, Seb, pensó. Proctor y Fileppo se acercaron al coche de Vikki. Fileppo se asomó a la ventanilla, le preguntó si estaba bien y le dijo que apagara el motor. Ella apoyó la frente en el volante y cerró los ojos.

Oyó otra voz que hablaba por teléfono.

—Simon —dijo la voz—, usó una cabeza JIB, un maldito *jack-in-the-box* casero, y salió rodando. La mejor suposición es AU Park; no hay razón para haber pasado por allí excepto para escapar. Hace unos cuarenta minutos. Dos coches están volviendo para registrar la zona, pero, si está en un taxi o en el metro, lo habremos perdido.

Vikki levantó la vista del volante y vio a un joven moreno con un teléfono en la oreja. Estaba escuchando con atención. Apagó el teléfono y se volvió hacia los otros dos chicos, los tres más jóvenes de lo que ella habría esperado, pero con rostros sombríos. El primero dijo:

—Nos quedamos todos donde estamos hasta que llegue un agente especial. Ninguno de nosotros tiene autoridad para arrestar. —Nate se inclinó hacia la ventana de Vikki—. ¿Estás bien? —Nate sonrió. Vikki asintió—. Solo extraoficialmente, ¿tienes idea de hacia dónde se dirige tu novio?

Nate acababa de violar, en teoría, los derechos de Vikki.

—Tío, relájate —dijo Fileppo. Proctor asintió. Conocían esa mierda legal.

—La hemos cagado varias veces, tío —dijo Proctor—. No sigamos por el mismo camino.

Nate los ignoró y miró a Vikki.

—No sé lo que sabes, ni lo que te ha dicho, ni lo que piensas, pero, si se escapa, una mujer de tu edad va a morir introducida viva, con los pies por delante, en un crematorio.

Fileppo miró a Nate, sorprendido.

—Por favor, señorita —dijo, olvidándose de sí mismo—. No puedes dejar que eso ocurra.

—Tú también no —lamentó Proctor—. Cerrad la puta boca, los dos.

Vikki los miró a los tres.

—Dijo que se iba a París. Eso es todo lo que sé —dijo Vikki, contemplando por primera vez en su carrera la ironía de su nombre artístico en el Good Guys Club: Felony.

SOUPE A L'AIL. SOPA DE AJO FRANCESA

Lleva a ebullición el caldo de pollo. Sofríe abundante ajo picado en grasa de pato (o aceite de oliva), añádelo al caldo junto con un *bouquet garni* y cuece a fuego lento. Retirar el *bouquet* y añade las claras de huevo batidas a la sopa, deja que se cuajen y retira del fuego. Templa las yemas, añádelas a la sopa y salpimienta. Pon una rebanada de pan de pueblo del día anterior en una fuente, espolvorea con parmesano y vierte la sopa por encima. Puedes cortar las claras en trozos más pequeños.

40

A la mañana siguiente de haber huido, Angevine estaba en la acera, frente a la embajada rusa en París. El tráfico en el bulevar Lannes era una locura: dos carriles de la amplia y, por lo general, elegante avenida se convertían, durante la hora punta matinal, en una desordenada masa de cuatro carriles de tubos de escape azules, bocinazos y parisinos alterados. Su huida había transcurrido sin contratiempos: no había llegado ninguna alerta al aeropuerto internacional de Baltimore/Washington. Había decidido, por impulso, arriesgarse a tomar un vuelo directo de BWI a Ámsterdam, y se dirigió a la Estación Central y tomó el tren de alta velocidad Thalys a París Norte. En la Unión Europea sin fronteras —gracias al Acuerdo de Schengen de 1995— no había controles internos de pasaportes en ninguna parte. El único registro de su viaje sería su nombre en el manifiesto del vuelo de Baltimore, pero, tras su llegada a Ámsterdam, se había ido, había desaparecido. Y, basándose en las fugas de otros desertores a lo largo de las décadas, la CIA supondría además que ya estaba en Moscú.

Al llegar a París, Angevine se dirigió al apartamento abuhardillado de su tía, en el último piso del edificio del número 11 del Quai de Bourbon, en la Île Saint-Louis, la isla en forma de rombo del río Sena, situada aguas arriba y conectada con la mayor Île de la Cité. Su tía, viuda, era la hermana de su difunto padre, sorda y atontada, pero lo más importante es que la arpía tenía otro apellido. No habría tarjetas de registro de hotel, ni rastro de él hasta este apartamento. El apartamento estaba desordenado pero era cómodo, con estanterías repletas de papeles y figuras de cerámica. Olía a gatos y repollo. Desde las mugrientas ventanas de la habitación de invitados podía mirar hacia la orilla derecha y, justo por encima de los árboles, ver las torres abuhardilladas del Hôtel de Ville, el ayuntamiento. Angevine escuchó las campanadas cada hora en la catedral de Notre Dame. Estaba de nuevo en casa, al menos así lo sentía, y podía operar aquí. Y no le sorprendería que mañana los asombrados rusos cambiaran su criptónimo de TRITON a LAZARUS.

Eso es lo que había pensado. Ahora estaba en la acera, con el bíceps magullado y mirando a través de la verja a un fornido guardia, sin cuello, de la embajada, que lo había sacado a marchas forzadas de la sección consular, pasando por delante de unos divertidos franceses que esperaban sus visados, y lo había llevado al otro lado de la verja a empujones. Angevine sintió ganas de gritarle al simio que no tenía ni idea del error que estaba cometiendo, pero la gente que hacía cola frente a la puerta lo miraba con curiosidad y él no quería llamar la atención. También había gritado a la sorprendida recepcionista del interior, repitiendo su apellido, deletreándolo, exigiendo ver a alguien con autoridad, afirmando tener una conexión profesional con madame Zarubina en Washington D. C. Todo esto no significaba nada para la joven recepcionista, que era la esposa de un vicecónsul júnior, pero estaba familiarizada con el tipo de *bezumtsy*, los locos que a menudo aparecían en la oficina de visados, atraídos por el encanto de una embajada extranjera y convencidos de que estaban comprometidos en misiones indefinidas pero importantes, que implicaban, por lo general, viajes al espacio exterior o trabajo de espionaje. La recepcionista pulsó el botón bajo el mostrador mientras anotaba el número de teléfono local del hombre para aplacarlo hasta que el guardia apareció por una puerta lateral para echarlo.

La recepcionista le habló a su marido sobre ese loco mientras almorzaban *blanquette de veau*, un guiso de ternera ligero y blanco como la leche, en la cercana Brasserie Alaux de la Rue de la Faisanderie. El marido había oído antes el nombre de Zarubina, aunque no recordaba de qué se trataba, salvo que tenía algo que ver con los de arriba. Cuando se trataba con los de arriba, siempre valía la pena tener cuidado. Después de comer, el vicecónsul recuperó el nombre y el número garabateados del bloc de notas de su mujer, subió, se plantó ante la puerta enrejada de la *rezidentura* y pulsó el timbre. No hubo movimiento en el pasillo durante medio minuto, luego se oyeron pasos. La torpe matrona Zyuganova —se susurraba por toda la embajada que había sido una de las favoritas de Andropov, quien la había traído consigo desde el KGB cuando se convirtió en secretario general del Partido— permaneció en silencio, mirándolo a través del biombo. Una auténtica bolchevique, pensó el joven vicecónsul; no quedan muchos de ellos. En una breve frase le explicó lo que hacía allí y le entregó el trozo de papel a través de la ranura del correo.

—Por si es algo importante —dijo, inclinándose un poco.

—Gracias, camarada —agradeció Zyuganova, con una cara que no delataba nada. ¿A quién llama camarada?, pensó el vicecónsul mientras se dirigía a la escalera.

Zyuganova anotó el número en un bloc de notas y luego llevó la nota original al presidente, a quien no le gustaba hablar de asuntos operativos con aquella mujer, aquella *apparatchik* soviética de hierro fundido —le habían asignado el cargo de *zampolit*, un asesor político de la sede central—, pero la escuchó decir que el visitante había mencionado a Zarubina y que todos se habían enterado de su muerte en Washington; los rumores corrían más rápido que los informes de inteligencia, así que podía ser importante. Ekaterina Zyuganova se alisó el cabello recogido, tan de moda en la época de Jruschov, y argumentó que era esencial actuar con rapidez: la *rezidentura* de París debía intentar ponerse en contacto con este americano y reunirse con él lo antes posible. No mencionó que lo sabía todo sobre TRITON y la caza del topo después de hablar con su hijo, ni planteó la importancia de todo esto a Alexei, que se vería reivindicado, exonerado y restablecido si se identificaba al topo americano.

Al *rezident* de París no le gustaba nada. Pensaba en su propio patrimonio y estaba nervioso por las presiones de contraespionaje que últimamente sentía en la calle por parte de la DST, el servicio interior francés. Veía señales de peligro por todas partes. Nadie sabía lo que había ocurrido en Washington, si se trataba de una redada y una detención, pero, cuando alguien como Zarubina moría, con seguridad no eran buenas noticias. Ahora, un loco sin antecedentes aparecía, como si fuera un milagro, en París, pidiendo contactar con el SVR. No se lo creía; podría tratarse de una trampa: los estadounidenses eran agresivos y estaban aliados con los franceses, sin duda. Olía a emboscada, a provocación, a agente doble.

Zyuganova reconoció los signos de timorato arribismo en el *rezident*, sudoroso tras su escritorio, pero estaba decidida a espolear a Yasenevo para que actuara; si el *rezident* de París no actuaba, al menos podrían enviar un telegrama a Moscú, con los detalles de la aparición de ese chiflado, para que ellos decidieran. Como concesión a su antigüedad y a su vestigial influencia en Yasenevo, redactaron juntos un telegrama urgente a la sede central. Moscú podría tardar un día en responder. Zyuganova esperó una hora, luego llamó a su hijo por la línea Vey Che y le contó toda la historia.

—Voy a París —dijo Zyuganov. Quería el número de TRITON en París.

—Ni hablar —espetó Zyuganova—. Se te ha ordenado que permanezcas en el trabajo. No puedes viajar.

Conocía la peligrosa situación en la que se encontraba su hijo, y la importancia —la necesidad— de obedecer las órdenes y salir de este asunto de una pieza. Sobrevivir en el SVR no era fácil: Ekaterina sabía cómo el *chudovishche*, el monstruo, latente bajo la superficie, podía, con aterradora rapidez, emerger y devorar a los malhechores. Durante sus cuarenta años en el Servicio, había seguido las reglas y escupido la cantinela, superando a Herodes desde sus asientos en el Collegium del KGB, en el personal del Comité Central y en la oficina del presidente del Partido.

Así que Zyuganova recibió a su hijo con una mezcla de alarma y enfado cuando apareció en su apartamento del elegante barrio parisino de Neuilly un día después. Iba mal vestido, con un abrigo de paño y pantalones anchos, y no estaba afeitado. Sus ojos tenían esa vidriosidad que la madre reconoció como el augurio de uno de sus estados de ánimo de Lubyanka, impredecible y despiadado. La sede central ya había enviado un aviso a la *rezidentura* informando de que Zyuganov se dirigía a París: había salido del aeropuerto de Vnúkovo con su pasaporte civil, violando las restricciones de la investigación en curso establecidas por los inspectores del SVR. Dieron instrucciones a la *rezidentura* de París para que escoltaran a Zyuganov, si se presentaba en la embajada, de inmediato, hasta el aeropuerto y lo embarcaran en el siguiente vuelo de regreso a Moscú. No era un fugitivo, no de forma oficial, pero a menos que regresara con urgencia, Zyuganova lo sabía, estaría arruinado, fuera cual fuera el resultado con TRITON. Decidió salvar a su hijo entregándolo.

Zyuganov ya no pensaba con claridad, y mucho menos con racionalidad. Solo era consciente de la necesidad inhumana de descubrir el nombre del topo y, si la única forma de hacerlo era salir del país en contra de las órdenes y caer en una posible emboscada de los servicios de inteligencia estadounidenses, eso era lo que iba a hacer. Su madre, de pie en medio de su elegante apartamento, le hablaba con ese tono de voz del Comité Central que, dependiendo de lo que quisiera decir y de la intensidad de su emoción, variaba de un monótono tono de acero a un bramido a todo pulmón. Ahora bramaba, furiosa por su estupidez, furiosa porque su hijo de cuarenta y tantos años había desobedecido a su madre, a ella; había desobedecido al Estado. *Govniuk!* Pedazo de imbécil.

Ekaterina se acercó a la mesa auxiliar del salón y cogió el teléfono. La seguridad de la embajada cercana, al otro lado del Bois, llegaría en dos minutos para escoltar a su hijo de vuelta a casa, metido en un cesto de mimbre para la ropa sucia si era necesario. Se identificó ante la telefonista y pidió que la pasaran con el *rezident*. Es lo último que recuerda con claridad. Zyuganov se acercó por detrás de su madre, blandió el puño y la golpeó en un lado del cuello. Ella gimió, soltó el teléfono y cayó al suelo de parqué. Sacudiendo la cabeza, levantó la vista y vio lo que habían visto innumerables prisioneros en los sótanos: el gélido resplandor de un carnicero a medianoche, pero lo que ninguna madre quiere ver reflejado en el rostro de su *mal'chik*, su hijo pequeño. Zyuganov arrancó el teléfono de la pared.

Ekaterina se levantó y entró tambaleándose en su dormitorio, sujetándose el cuello; había otro teléfono en la mesilla de noche. Zyuganov estaba detrás de ella y la empujó con mucha violencia sobre la cama. Ekaterina le gritó, lo llamó por su nombre, intentó atravesar la rabieta psicótica que brillaba en sus ojos. Su diminuto hijo saltó sobre ella y sus dedos rozaron una prenda dentro de un plástico recién salida del *teinturier*, la tintorería, y le envolvió la cabeza con la ondulante película, una, dos veces, y la tensó bajo la barbilla. La mueca de Zyuganov, que mostraba los dientes, estaba a centímetros de la cara de su madre, y él vio cómo abría los ojos de par en par, y aspiraba el plástico por la boca, y sacudía la cabeza de un lado a otro, intentando obtener oxígeno. Se echó encima de ella y la sujetó con fuerza hasta que su agitación disminuyó, sus piernas dejaron de patalear y el familiar escalofrío, bien conocido por Zyuganov, la recorrió; ella lo miró fijamente a través de su sudario. Él se apartó de ella y le registró los bolsillos. Demasiado fácil: tenía el número de teléfono de TRITON. Sabía que tenía que salir del apartamento ya, pero rebuscó en los cajones en su apresurada salida.

Mientras se alejaba del edificio, Zyuganov vio detenerse un Peugeot de la embajada rusa: las placas diplomáticas del coche y las cabezas de chorlito de sus ocupantes eran inconfundibles. Encontrarían a su madre, pero no podrían relacionarlo con aquello. La policía francesa querría interrogarlo. Pero no importa, se dijo sin pensar. Regresaría triunfante a Moscú con pruebas de que Egorova estaba a sueldo de la CIA, y sería reivindicado, felicitado, ascendido. En su cabeza rondaban pensamientos descabellados de llevar a TRITON con él, un regalo para la pared de trofeos de Putin.

Zyuganov pasó con rapidez por delante de las tiendas y los edificios de apartamentos de la Rue de Longchamp hasta llegar al metro de Pont de Neuilly y revisó la zona. Mientras se dirigía al centro de París —tenía previsto llamar a TRITON desde una de las cabinas telefónicas de las Galerías Lafayette, en el bulevar Haussmann—, su mente distraída saltaba sobre el disco de vinilo de su memoria. Los acontecimientos se habían precipitado: el traidor Solovyov había desaparecido; Egorova era invitada de Putin; la reunión de Washington con TRITON les había reventado en la cara; Zarubina estaba muerta; TRITON apareció en París, pidiendo contacto; su madre había llamado; él había venido a París y había resuelto los asuntos pendientes con ella. Esa noche hablaría con TRITON y podría regresar triunfante a Moscú. Los problemas con Putin se evaporarían, y las recriminaciones que implicaban a Yevgeny se desvanecerían.

Lo que no sabía era que el presidente de la Federación Rusa tenía su propia programación.

BLANQUETTE DE VEAU

Hierve las cebollas *baby* peladas y los champiñones laminados en agua y mantequilla hasta que estén brillantes y blandos. Cubre con agua la ternera cortada en dados, las cebollas cortadas, las zanahorias, el apio y el *bouquet garni*; lleva a ebullición y luego deja cocer a fuego lento hasta que la ternera esté tierna. Cuela y reservar el caldo y desecha las verduras y el *bouquet*.

Para hacer un *roux*, incorpora el caldo y deja hervir hasta que la salsa espese. Añade las cebollas *baby*, los champiñones, la nata, la sal, la pimienta y la ternera, y deja cocer a fuego lento. Atempera las yemas de huevo y bate sobre el guiso, pero sin que llegue a hervir. Añadir zumo de limón y sirve con puré de patatas o arroz blanco.

41

Dominika estaba libre de la corte de oligarcas de cuello mugriento de Strelna, libre de los ruidos de succión de las mujeres de pelo quebradizo que se limpiaban los dientes, después de cenar, con palillos de plata, libre de las caricias nocturnas de su presidente en pijama. Aterrizó en el aeropuerto internacional Charles de Gaulle en el primer vuelo de la mañana procedente de San Petersburgo y llamó al número SENTRY de la CIA, repitió su identificador y le dijo a la operadora que estaba en París, el nombre de su hotel y su número de móvil recién comprado. Por lo general, Nate tardaba cuarenta y ocho horas en llegar.

La última vez que Dominika se alojó en el Hotel Jeanne d'Arc del Marais había sido arrastrada por los adoquines y pateada por un *voyou* de pelo largo, un matón con chaqueta de cuero, enviado por Zyuganov para dañarla. Dominika recordaba el chasquido plano de su pistola de carmín cuando le metió una bala expansiva en el pecho al segundo agresor que empuñaba una cachiporra. Ahora llevaba dos pistolas eléctricas de un solo disparo en el bolso, las únicas armas con las que podía viajar con tan poco tiempo para prepararse, cada una de ellas con brillo de labios auténtico. Uno rojo ruso, el otro rosa. Una para TRITON, la otra para Zyuganov.

Así que ahora Dominika el gorrión se convierte en Dominika la asesina, la puta asesina de Vladímir. Esto es una absoluta perversión, pensó, mirando los malévolos tubitos sobre la cama del hotel, los instrumentos infernales de su Servicio. Había matado antes, para salvar a Nate y a Gable, pero esto era diferente. ¿Estaría Zyuganov armado, viajando como lo había hecho, huyendo a la carrera? Por mucho que lo despreciara, por mucho que él quisiera destruirla, ¿podría apretar el tubo de pintalabios contra su sien y pulsar el botón? ¿Podría ingeniárselas para pasar junto a TRITON en la calle, dejarlo pasar y luego girar y dispararle en la nuca? Pensó que la respuesta era sí, que mataría para protegerse a sí misma o a Nate. Estaría destruyendo todo lo que odiaba. Pero ¿a qué precio? La rabia contra los *siloviki*, los jefes, contra su Servicio y contra el judoca de ojos azules y andares ondulantes la ayudaba a avanzar. ¿Merecía la pena sacrificar su alma a cambio del espectacular acceso que conseguiría para sus amigos de la CIA? ¿Le diría Nate, el irónico, inteligente y apasionado Nate, que no merecía la pena perder su alma ni por todos los secretos del mundo? ¿Lo haría?

Udranka estaba en un rincón de la habitación mirando por la ventana. «¿Por qué no se *lo preguntas?*», *dijo.*

Llamaron con suavidad a la puerta. Dominika fue a la puerta, deslizó la cadena y la abrió, guardando un lápiz de labios a su lado. Nathaniel estaba allí, vestido con un abrigo ligero, el cuello levantado y las manos en los bolsillos. Su halo púrpura llenó el pasillo y entró en su habitación, arremolinándose a su alrededor. Le sonrió y se fijó en el pintalabios que llevaba en la mano.

—¿Es eso lo que creo que es? ¿La camarera no trajo suficientes toallas? —susurró Nate en ruso. Dominika negó con la cabeza.

—*Parshiviy*, imbécil, estaba pensando en ti —dijo Dominika. Lo metió dentro, cerró la puerta y tiró el pintalabios en la cama. Le echó los brazos al cuello y se besaron; la cabeza de Dominika se agitó al sentir sus labios, al sentir sus brazos alrededor de ella. Se separaron y se miraron en silencio, luego Nate le puso las manos en el pelo y volvió a juntar sus bocas. Dominika se apartó—. Para un momento. Quiero decirte que Hannah me salvó la vida la noche en que murió. —Parpadeando rápido para detener las lágrimas.

—Creo que lo sé —respondió Nate.

—Llevó la vigilancia lejos de mí; yo estaba a cien metros. Se calentaron demasiado y la atropellaron con un coche, creo que fue por accidente.

—Fui al funeral en New Hampshire. La familia estaba destrozada.
—A él también le brillaban los ojos. Se miraron, y ella telegrafió «Sé lo de ella», y él telegrafió de vuelta «Lo siento», y no dijeron nada más al respecto, por el bien de Hannah.

—¿Cómo llegaste tan rápido? —preguntó Dominika.

—Sabíamos que Angevine se dirigía hacia aquí la noche que escapó. Gable y yo llevamos dos días en París. Benford llegó anoche. Estamos destrozando la ciudad. Te hemos estado enviando mensajes SRAC sin parar.

—Después de entregar al general en la playa, me quedé atrapada en Strelna. ¿Está a salvo?

—Es un grano en el culo, pero está seguro. Benford se puso muy nervioso al ver que desobedeciste las instrucciones de no utilizar el plan de exfiltración. Ahora no tienes ninguna contingencia disponible.

Dominika se encogió de hombros.

—¿Quién es Angevine?

—TRITON para ti —aclaró Nate.

—Tengo el número de móvil local de TRITON, el que dio a la embajada —dijo Dominika al instante, recordándolo—. Me lo dieron antes de salir de Strelna.

Nate se lo comunicó de inmediato a Gable, que estaba trabajando en el rastreo de teléfonos y nombres en la embajada estadounidense.

—Voy a llamar a su número, me haré pasar por una rusa de la sede central, para intentar que se reúna conmigo.

Nate le apartó un mechón de pelo de la cara.

—¿Para hacer qué? —preguntó sonriendo—. ¿Ponerlo bajo custodia?

Dominika esperó a que dejara de juguetear con su pelo.

—No. Para matarlo. —Nate dejó de hacer lo que estaba haciendo—. Y luego voy a matar a Zyuganov. Llegó aquí anoche.

Nate le cogió las manos entre las suyas.

—Todo eso es un poco ambicioso, ¿no crees?

—¿Tú crees? —discrepó Dominika, apartando las manos—. Órdenes de Putin —le explicó todo con brevedad, incluida la visita de Putin a medianoche a su habitación, las instrucciones que le había dado y su promesa de ascenderla. El halo de Nate se encendió y Dominika reprimió una sonrisa.

—¿Tenía la mano debajo de tu camisón?

—No me digas que estás *revnivyy* —se burló Dominika. Le puso una mano en el brazo—. *Dushka*, eres atractivo cuando estás celoso.

* * *

Una hora después de llegar a París, Nate y Gable se encontraban en el despacho del jefe de estación Gordon Gondorf. El adjunto de Gondorf, un sufrido oficial superior de casos llamado Ebersole, estaba en un rincón de la habitación, apoyado contra la pared. Conocía un poco a Gable de una serie de trabajos por Asia. Nate vio cómo Gable le estrechaba la mano y le daba palmadas en la espalda, código Gable de que este oficial le caía bien y lo aprobaba. El planeta de Gable tenía dos lunas: o te aprobaba, o pensaba que eras un ignorante.

El jefe era otra cosa. Nate no había vuelto a ver a Gordon Gondorf desde Moscú, cuando su vengativo jefe lo envió a casa de forma monstruosa, injusta y sumaria. Gondorf (conocido por todos como Gondork) siempre estaba en un estado de histérica inquietud profesional. Todo el mundo —superiores, subordinados, otros jefes de estación, oficiales de enlace con el país anfitrión— representaba para Gondorf un problema, un rival potencial que él sabía, tan solo sabía, que tarde o temprano haría descarrilar la estridente locomotora de su carrera.

Era bajito, con cara de galgo y pelo ralo peinado con esmero. Tenía las cutículas roídas, ojos de M&M demasiado juntos y unos pies pequeños calzados con unos extraños mocasines de caña alta que los oficiales de su comisaría llamaban «zapatos de peregrino». Por lo general, Gondorf no se enteraba de nada de lo que pensaban, decían o hacían sus oficiales. Lo más representativo del virtuosismo de Gondorf como jefe de estación era un gran póster en la pared de su despacho de un gatito colgado por las patas delanteras de una rama con la leyenda «¡Aguanta, nena!», en grandes letras en la parte superior.

Al verlo de nuevo, Nate recordó haber oído que Gondorf había arrasado toda la División Sudamericana por su mala gestión, sus errores de cálculo y su negligencia. Por desgracia, era célebre dentro de la división por promulgar edictos absurdos —las Doce Reglas de Gondorf— que regulaban la conducta de las estaciones y los jefes para garantizar que no hubiera problemas, altibajos ni escándalos y, por desgracia y como consecuencia, ningún éxito operativo. Después de aquella hazaña de la división, Gondorf debería haber sido puesto en la picota y expuesto en el Jardín Conmemorativo frente al edificio del cuartel general, como le correspondía, pero en lugar de eso, siguiendo la inimitable costumbre de los altos cargos de la Oficina de Personal, fue asignado como jefe a la prestigiosa estación de París para mantenerlo alejado de Washington (y, por consiguiente, para imponérselo a los franceses, que eran quisquillosos y obstinados).

Informar a Gondorf sobre operaciones urgentes y peligrosas era siempre complicado, como acercarse con sigilo a un ciervo pastando: demasiado rápido, demasiado directo y demasiado rápido huyendo de posibles peligros. Nate le habló de la huida de TRITON a París, del riesgo que corría un activo sensible, pero omitió la mención específica de Dominika. Gondorf se habría meado encima.

Nate hizo una pausa al cabo de diez minutos. Gondorf estaba sentado detrás de su escritorio, jugueteando con los dedos, y Nate pensó que, si pudiera, haría rodar bolas de metal en su mano. Nate lanzó una mirada al subjefe Ebersole, cuyo rostro era inexpresivo —como los moáis de isla de Pascua—, sin duda un comportamiento aprendido para sobrevivir en el ambiente de búnker subterráneo de la estación de Gondorf.

—Así que necesitamos rastreos telefónicos unilaterales del número de móvil estadounidense de Angevine —dijo Gable a Gondorf—. No queremos acudir a los franceses y arriesgarnos a exponer a nuestra fuente. Y queremos buscar a este tipo nosotros mismos, sin la policía. Y tenemos que hacerlo rápido.

—Lo que tú quieres y lo que va a pasar son dos cosas distintas —respondió Gondorf. Su voz era temblorosa, como la de un conejillo de indias, si pudiera hablar—. No voy a arriesgarme a cabrear a los franceses solo por tu caza del topo. No deberías haber dejado escapar al tipo.

Recorrió con la mirada todos los rostros de la sala, calculando la respuesta. No supo calcular la de Gable.

—Es hora de que escuches con atención, jefe —empezó Gable—. La vida de un activo está en juego. No tal vez. No más tarde. Ahora mismo. —Gable se levantó y se inclinó sobre el escritorio—. Si no te sacas el cemento del culo, me llevo a Ebersole aquí arriba y vamos a rastrear el número de móvil e intentar geolocalizar el teléfono del cabrón. Si tenemos éxito, Nash y yo sacaremos dos Brownings de tu armería, saldremos a la calle y buscaremos al tipo. Si tengo que disparar a alguien, dentro o fuera de la embajada, para salvar al agente, lo haré. —La cabeza rapada de Gable se cernía sobre Gondorf, que evitaba mirarlo.

Gondorf calculó en silencio la media docena de infracciones burocráticas graves que acababa de cometer ese zoquete de la central, entre ellas una amenaza apenas velada de lesiones.

—Os ordeno que os retiréis —dijo—. Os quiero a los dos fuera de mi estación y del país. De inmediato. —Era lo mejor que podía hacer, con ese *rottweiler* babeando sobre su escritorio.

Nate se levantó.

—Salgamos de aquí.

—Simon Benford llega esta noche —informó Gable a Gondorf—. Puedes decirle a él lo que podemos y no podemos hacer. —Se volvió hacia el subjefe—. ¿Puedes llevarnos arriba y ponernos en marcha?

Durante los últimos cinco minutos, Ebersole también había calculado en silencio el desplazamiento de las placas tectónicas. Sabía lo que era correcto, lo que era necesario, lo que era justo. Si un Gondork vengativo lo enviaba a casa, sería una bendición.

—No hay más Brownings en el inventario —indicó Ebersole—, pero tengo dos H&K P2000 de nueve milímetros para ti.

—¿Qué funda? —preguntó Gable, alargando esto para joder a Gondorf.

—Cinturón Bianchi de nailon. La mejor.

—Vamos —concluyó Gable.

Cuando salieron, un Gondorf furioso señaló a Nate.

—Nash, siempre fuiste un cabrón.

A Nate se le ocurrió que la ausencia inmediata de cualquier cosa cercana al odio o al resentimiento significaba que había superado a Gondorf, el generador de ansiedad de los comienzos de su carrera. Ahora se dedicaba de lleno a operaciones de primera división que Gondorf jamás podría imaginar. Se detuvo en la puerta.

—Gordon, lamento que nuestra relación no haya crecido desde la última vez que trabajamos juntos. En aquella época, recuerdo que tenías miedo a la calle. No has cambiado mucho.

Nate palmeó el ridículo póster de la pared mientras se marchaba.

—Aguanta, nena —le lanzó.

* * *

No consiguieron rastrear un teléfono estadounidense, pero al día siguiente, tras comprobar el número local del móvil francés de prepago de Angevine, que les había proporcionado Dominika, obtuvieron una coincidencia en catorce minutos. La estación pudo geolocalizar el aparato de Angevine a partir de la intensidad de la señal en el enlace descendente de la red. Determinaron que, durante la mayor parte del día, su teléfono se encontraba en algún lugar de la Île Saint-Louis. No pudieron precisar más la ubicación, ya que la isla, de veintisiete acres, no tenía torres de telefonía móvil físicas y, además, delimitaba el cuarto distrito con el quinto. En ambas islas del Sena había una zona de telefonía móvil «blanda», pero era suficiente pista para saber que estaba allí. Un rastreo rápido en el directorio inverso no reveló ningún Angevine en el barrio.

Île Saint-Louis. El bastardo estaba en algún lugar cercano, en una zona del tamaño de cuatro cubiertas de vuelo de portaaviones. La isla tenía tres calles de ancho, conectadas a cada orilla por cinco puentes, un enclave discreto y exclusivo en el centro de París, elegantes mansiones barrocas con tejados de pizarra del siglo XVII surgidas de las margosas raíces medievales del siglo XV de pastos de vacas, carboneras y miradores reales de cetrería. Gable y Nate recorrieron dos veces las estrechas calles de un solo sentido, pasando por delante de contraventanas y puertas de roble ornamentadas con aldabas de bronce en forma de cabeza de león, agachándose bajo los toldos a rayas que los tenderos bajaban para protegerse del sol de la tarde. Medían el progreso contando los pintorescos escaparates repletos de quesos, panes o botellas de vino, sorteando a los compradores nocturnos que llevaban bolsas de cordel a la espalda y *baguettes* bajo el brazo. La cara de Angevine se les había quedado grabada en la parte posterior de los párpados, y buscaban los rasgos de sartén del metro y medio de Zyuganov, que conocían gracias a una foto que habían encontrado unos analistas rusos a instancias de Benford.

Benford caminó hacia ellos vestido de forma inimaginable con gafas de sol, gabardina y una boina que había comprado en la Île de la Cité en una de las docenas de tiendas de regalos que hay a lo largo del lado norte de la catedral de Notre Dame. Gable le dijo que parecía el dueño de una librería pornográfica, comentario que Benford prefirió ignorar. Estaba de mal humor tras un animado intercambio con el jefe Gondorf, que Benford caracterizó como ver a una salamandra desprendiéndose de la cola y retorciéndose bajo una hoja.

—Tengo la intención de recomendar que se le retire del servicio por motivos justificados —dijo Benford—. Puede pasar el resto de su carrera con Vern Throckmorton como bailarín de *nautch* en Bollywood.

Se sentaron en una mesa de mimbre dentro de un bar de vinos, Benford de espaldas a la ventana.

—¿Dónde está DIVA? —preguntó Benford.

—Acaba de llegar. Está en su hotel al otro lado del río, en el Marais —respondió Nate—. Quince minutos a pie.

Nate le habló de Zyuganov, Putin y lo que el presidente había ordenado hacer a Dominika. Benford guardó silencio durante un minuto.

—Un acceso sin precedentes, único en la vida. Pero estamos a un paso de perderlo todo, de perderla a ella. Si no podemos interceptar la reunión de Angevine con Zyuganov, se acabó. No voy a correr el riesgo de enviarla de vuelta para que se desfogue.

—Sabes que no huirá —recordó Nate—. En absoluto lo hará.

—Nada es «en absoluto» —dijo Gable.

—Esto sí lo es. La conozco. A pesar de todos vuestros reproches colectivos hacia mí, tal vez he alcanzado una idea definitiva de lo que la hace funcionar. No lo hará.

—Sé que no lo hará, no por voluntad propia —intervino Benford—. Una mujer extraordinaria. —Se sentó—. Por cierto, nos hemos enterado de que cierto cargamento llegó tras un largo viaje por mar, fue recibido por el grupo comprador, realizó un arduo viaje por tierra y está siendo instalado mientras hablamos. Podrías comunicárselo a ella; es quien lo hizo posible.

—Seguirá sin renunciar —respondió Nate.

Benford lo desestimó con un gesto de la mano.

—Nathaniel, alquila una habitación en la isla. Que no esté en la calle, pero quiero que uno de vosotros esté con ella en todo momento. —Pidieron cervezas y esperaron a que el camarero las sirviera. Benford se quitó las gafas de sol—. Tenemos esta noche y quizá mañana para detener a Angevine. Si no lo hacemos, supondré que su nombre está en Moscú, de labios del traidor. Si es así, uno de vosotros se la echará al hombro y la llevará a la embajada de Estados Unidos, y nosotros la pondremos a salvo en avión.

Gable bebió su cerveza.

—¿Y si vemos a Angevine y Zyuganov esta noche, por ejemplo?

Benford se puso las gafas de sol y se levantó para marcharse.

—Entonces cumple las órdenes de Putin para DIVA.

* * *

Nate alquiló una habitación en la isla, en el Hôtel du Jeu de Paume —pequeño, elegante, con vigas de madera pulida en el techo, talladas por primera vez para construir una pista de balonmano para Luis XIII—. Dominika miró sin disimulos la cama con dosel. Gable se había quitado los zapatos y estaba estirado en el sofá.

—Voy a dar otra vuelta alrededor de la isla —comunicó Nate, mirando el reloj—. No hemos comprobado los embarcaderos del río ni el pequeño parque del extremo este.

Gable saludó.

—Cuando vuelvas, volveré a salir. ¿Llevas tu teléfono?

Dominika se estaba poniendo el abrigo y Gable la miró.

—¿Adónde vas?

—Con él.

Gable negó con la cabeza.

—Mejor que te quedes aquí conmigo. No queremos que los rusos te vean con americanos en la calle. —Señaló a Nate—. En especial... no con los sexualmente ambiguos.

Nate le mostró el dedo corazón.

Dominika se giró con calma para mirarlo. Oh-oh, pensó Nate.

—*Bratok*, ¿me estás diciendo que no puedo salir?

—Sí —confirmó Gable, que por lo general desconocía los ardientes estados de ánimo de Dominika, y desde luego era inmune a ellos—. Hasta que esto concluya tenemos que permanecer juntos como los hermanos siameses.

Dominika ladeó la cabeza como un cachorro al oír el silbido de un perro y se volvió hacia Nate.

—¿Tú dices lo mismo?

—Podemos salir cuando oscurezca —sugirió Nate—. Solo que no queremos que Zyuganov te vea conmigo. Él conoce mi cara de mi etapa en Moscú, lo sabes.

Dominika se cruzó de brazos.

—No te lo tomes como algo personal, cariño —dijo Gable—. Benford también se mantiene alejado. TRITON conoce su cara. Mira, estamos aquí para detener a estos tipos, para preservar tu tapadera.

—La forma de preservar *krysha*, mi tapadera, es dejarme encontrar a Zyuganov y acabar con él. A TRITON puedes arrestarlo y hacer lo que quieras con él.

—¿Y que repita tu nombre durante el juicio? —preguntó Gable—. Eso no va a suceder.

—¿Y qué vas a hacer?

Nate accionó la corredera de su H&K P2000 con un leve sonido de trinquete musical, puso el seguro y volvió a deslizar la pistola en la funda que llevaba en la cadera derecha.

—Volveré dentro de una hora.

* * *

Nate volvió a la habitación, cansado, con frío y hambre. Había dado tres vueltas, buscando la figura alta y angulosa, la nariz gala, el pelo dramático. O el rostro plano eslavo y las orejas de jarra del psicópata ruso. Había recorrido las rampas pavimentadas que conducían a los embarcaderos al nivel del río, piedras ásperas inundadas de vez en cuando, mientras el Sena hervía alrededor de la isla y a través del canal que la separaba de la mayor Île de la Cité. Había olfateado el pequeño parque de Le Square Barye, en el extremo oriental de la isla, con sus cedros libaneses y sus sauces ralos en invierno, y comprobado los amplios escalones que bajaban a la terraza curva de piedra contra la que el río azul acero se separaba en dos, como el agua atravesada por la proa de un barco.

Gable seguía estirado en el sofá, leyendo una revista. Dominika estaba tumbada de lado en la cama, con los ojos cerrados. Estaba furiosa por no haber salido de la habitación, por haber sido tratada como una propiedad, aunque sabía que, en cierto modo, lo era.

Comentó la situación con Marta, Udranka y Hannah, que estaban sentadas en la cama con ella, una fiesta de pijamas de rusalki. «Saben lo que hacen», dijo Hannah, la operadora. «Paciencia», recomendó Marta, la sabia. «Cállate —ordenó Udranka, la apasionada—, tienes suerte de tener a alguien a quien amar y que te ama».

Cuando Nate entró en la habitación, el móvil de Gable sonó, despertando a Dominika, que se sentó en la cama, parpadeando. Llevaba el pelo despeinado y tiraba de su falda de lana. Gable se levantó y empezó a meter los pies en los zapatos.

—Benford, de la embajada. No quiso decirlo por teléfono, pero ha llegado algo del cuartel general, algo que deberíamos saber.

—Tal vez nuevo SIGINT sobre Putin —especuló Nate.

—¿SIGINT? Joder, no —dijo Gable—, no después de lo de Snowden. Ese perdedor les dio a los rusos todas las llaves. Moscú cambió todos los canales. Solo estamos recogiendo mierda desde el mar de Barents hasta el Bósforo. —Se abrochó el abrigo—. Tengo que ir allí; no sé cuánto tardaré. —Se escabulló.

—¿Has visto algo? —preguntó Dominika. Se levantó de la cama y le rodeó el cuello con los brazos. Nate negó con la cabeza.

Dominika acercó su cara a la de él, rozó sus labios con los suyos.

—¿Me dejará mi *tyuremshchik*, cómo se dice esto, salir… tal vez llevarme a cenar? Tengo hambre. —Movió los brazos y deslizó las manos por la espalda de Nate.

—No soy tu carcelero. Y quita tus manos de la pistola.

Dominika dio un paso atrás, sonriendo.

—Es usted muy listo, señor Neyt, aunque sea sexualmente ambiguo. Ahora… ¿me llevará a comer?

Nate y Dominika tomaron un discreto reservado en la Brasserie de l'Île Saint-Louis para cenar. No podían saber que Angevine estaba sentado en el apartamento de su tía, a doscientos metros de donde ellos estaban, mirando el reloj de pared del salón.

Mientras comían *salade frissee*, *cassoulet* terroso y camembert al horno con cebolla caramelizada, susurraron la idea de que Dominika bien podría tener que volver con él y reasentarse en Estados Unidos. Dominika miró a Nate por encima del borde de su copa de vino.

—¿Y qué haría yo en Estados Unidos con una sentencia de muerte dictada por Moscú sobre mi cabeza, con el Departamento Cinco *chistilshchiki*, los mecánicos del departamento sangriento, buscándome? —preguntó Dominika.

—No podrías volver a Moscú. No con uno o los dos de ellos corriendo por ahí.

—Zyuganov es un hombre en búsqueda. También lo es TRITON. Tendría tiempo de reforzar mi posición.

—Lo que dices no tiene sentido —dijo Nate. Le cogió la mano y su halo púrpura palpitó—. Esto ya es bastante difícil. Si sigues trabajando, vale, quizá seas la mejor agente de la historia de las operaciones rusas. Pero, si te descubren y te matan, todo habrá sido en vano. No, Domi, si tienes que salir y reubicarte, entonces te aclaras esa cabecita y sales.

—No es tan fácil, no es solo salir.

—Solo estoy preocupado por cómo se está desarrollando esto —susurró Nate. El aura que rodeaba su cabeza le decía que estaba preocupado.

—Por favor, paga la cuenta —pidió Dominika. La discusión vendría después; estaba instalándose entre ellos.

Caminaron por la única calle principal, pasando por tiendas y galerías en penumbra, Nate seguía observando los rostros de los pocos peatones que se apresuraban a volver a casa en la fría noche. Aún no se habían quitado los abrigos ya en la habitación cuando Gable llamó, sonaba enfadado. Volvería dentro de dos horas. ¿Con qué noticias?, pensó Nate. ¿Sacarla? ¿Dejarla volver a entrar? Nate podía imaginarse el debate. No perturbar la información que fluye de DIVA. Déjala correr todo lo que pueda. No alteres el caso. Deja que los abogados y los políticos decidan su destino.

Se miraron todavía con los abrigos puestos. Nate sabía que adaptarse a una nueva vida era una pesadilla para los desertores, un asalto acumulado y sin alivio a la psique de una cultura ajena, incluso para un espía experimentado que hubiera trabajado en el extranjero: la música de ascensor de altavoces invisibles, la lucha por un aparcamiento en un centro comercial abarrotado, el sabor del agua del grifo diferente, la sobrecarga de colores en el pasillo de los cereales de un supermercado. Las pantallas gigantes, los iPhones y las tabletas que parpadean, pitan y destellan. Y su hermosa rusa, además, tendría que adaptarse a una nueva vida en algún lugar discreto y remoto. Nate la imaginó caminando por Central Avenue en Whitefish, Montana, buscando en vano *solyanka*, *pirozhki* o *pelmeni*.

La miró, reconociendo las señales: ojos cobalto y mejillas sonrojadas. Intentó quitarle el abrigo, pero ella se acercó a él y lo empujó con delicadez hacia el sillón de felpa; luego giró la pierna y se sentó a horcajadas sobre su regazo.

—Ahora voy a explicarte cómo son las cosas —musitó Dominika.

—No, no lo harás. Vas a escuchar a tu oficial y seguirás las instrucciones.

Dominika le puso las manos en los hombros.

—¿Qué instrucciones? —preguntó Dominika. Nate tiró de las solapas de su abrigo para acercar sus bocas.

—No te muevas —le dijo. Metió la mano por debajo de la chaqueta, luego por debajo de la falda, entre las capas de su ropa y la de él, moviendo y reordenando, tirando y desabrochando, metiendo y bajando la cremallera, hasta que ocurrió lo imposible y lo sintió entre sus piernas. Estaban vestidos, hasta las botas, pero unidos, sin posibilidad real aparente, varias capas más abajo, y Dominika lo miraba con los ojos muy abiertos mientras ella hincaba con lentitud sus caderas en él. Ignoró a Udranka en la esquina. Las pulsaciones familiares crecían en su vientre, irradiaban hacia su pecho y le dificultaban la respiración. Lo único que podía hacer era doblar la cintura hacia él, con la cara a un palmo de la de él, manteniéndose sentada, hasta que sus labios empezaron a temblar y ella cerró los ojos y apoyó la frente contra la de él y susurró:

—*Davai, davai*, hazlo, hazlo.

Y los dos empezaron a temblar e intentaron no caerse del planeta.

—¿Qué instrucciones? —preguntó temblorosa.

CAMEMBERT AL HORNO CON CEBOLLA CARAMELIZADA

Saca una rodaja de camembert de su caja y haz una incisión en «X» poco profunda a través de la piel superior. Inserta el ajo cortado en tiras y el tomillo en ramitas. Vuelve a colocar el queso en su caja de madera, rocíalo con aceite de oliva (o vino blanco o vermut), colócalo en una bandeja para hornear y hornéelo a temperatura media hasta que el queso esté bien jugoso. Sirve con rodajas de cebolla caramelizadas en mantequilla y vinagre balsámico.

42

Al cabo de unos minutos volvieron a agitarse. Ambos estaban sofocados tras el encuentro sexual con ropa de invierno, incluidos jerséis y abrigos, en una habitación de hotel sobrecalentada, que había sido utilizada como sauna ceremonial en 1634 por última vez. Cuando Nate propuso ducharse, Dominika respondió sugiriendo que salieran a tomar el aire fresco de la noche y a pasear por la romántica islita, quizá cruzando un puente hacia Saint-Germaine-des-Prés para encontrar un bistró nocturno de la ribera izquierda donde tomar una copa de vino. Nate se dio cuenta de que Dominika estaba tensa y excitada —no eran solo las típicas piernas temblorosas después del coito— y volver a la calle fue un tónico inconsciente para ella. El pensamiento tácito era que esta vida de espionaje podía acabar demasiado de repente para ella, y estaba dispuesta a pelear por ello.

Dominika pasó su brazo por el de Nate y salieron del hotel, como de costumbre, comprobando ambos sentidos a lo largo de la desierta calle principal. Giraron a la derecha hacia la Île de la Cité: la catedral estaría iluminada y podrían cruzar el puente Lovelock, con cientos de candados de amantes colgando de las barandillas. Eran los únicos en la calle a medida que se acercaban a la pequeña plaza del extremo occidental de la isla. Los bistrós y *brasseries* estaban todos a oscuras, las mesas y sillas de las aceras apiladas y encadenadas. Era casi medianoche y el aire se había vuelto frío. Una barcaza fluvial bajaba por el canal izquierdo, tapando las luces reflejadas de las farolas *grand siècle* del terraplén, con el zumbido de su motor diésel.

De repente, Dominika giró a Nate por un brazo, le cogió la cabeza con las manos y lo besó. Nate le devolvió el beso, pero luego empezó a apartarse para decir algo inteligente, pero Dominika no le soltó la cabeza y volvió a acercarle la cara a la suya. Tenía los ojos abiertos y sacudió un poco la cabeza, sin dejar de sujetársela. Nate no se movió, pero la rodeó con los brazos. La vio mirar algo con el rabillo del ojo. Era consciente de que alguien pasaba, pero las manos de Dominika le impedían ver. Ella sacudió las manos y volvió a sacudir la cabeza. Por fin se soltó. Tenía los ojos muy abiertos.

—Zyuganov —susurró—, era Zyuganov. —Se dio la vuelta y empezó a moverse en la dirección por la que había ido la pequeña figura sombría, a lo largo del Quai d'Orléans, por el lado sur de la isla. Nate la cogió de la mano.

—Para. Lo seguiré y pediré refuerzos. Gable llegará en quince minutos. —Dominika negó con la cabeza y le soltó la mano.

—Si se escapa, estoy acabada.

—No si vuelves al hotel.

—*Zabud' pro eto*, olvídalo. Él está tratando de matarme, y no voy a salir por la puerta de atrás. Ni se te ocurra intentar detenerme.

—Te refieres a dar un paso atrás —dijo Nate.

Dominika negó con la cabeza.

—No hay tiempo. Zyuganov se está moviendo. TRITON está en esta isla. Podrían meterse en un edificio y nunca los encontraríamos. —Empezó a moverse, mirando hacia él—. Vamos —siseó.

Caminaron pegados a la pared de los edificios, deteniéndose en los portales para que Zyuganov mantuviera la distancia. Su silueta se perfilaba en la acera de enfrente. No se daba prisa, de vez en cuando miraba hacia el agua, y desde luego no buscaba vigilancia. Jesús, pensó Nate, no podemos estropear esto. La cabeza y los hombros de Zyuganov aparecieron, se desvanecieron y volvieron a aparecer al pasar a través de la luz reflejada en el río. A mitad de la calle, Zyuganov aminoró la marcha y se dio la vuelta para bajar por una de las amplias rampas que conducían al embarcadero al nivel del río; iba descendiendo hasta que se perdió de vista. Nate y Dominika cruzaron la calle en silencio y se asomaron por encima del muro. Zyuganov estaba de pie al final de la rampa, apoyado en una farola. El agua del río se arremolinaba negruzca a su lado.

—¿Esperamos a que aparezca TRITON o vamos ya? —preguntó Dominika. Nate tiró de su manga y la arrastró hacia la sombra proyectada por un árbol que crecía en la acera.

—Zyuganov no va a ninguna parte en ese embarcadero. Y TRITON tiene que pasar a nuestro lado para llegar hasta él —dijo Nate—. Los queremos a los dos. —Dominika asintió y sacó dos pintalabios. Cristo, otra vez la pistola de pintalabios, pensó Nate... Rusos. Dejaron de hablar y observaron la parte superior de la rampa. Pasaron frío esperando dos, tres, cinco minutos.

De repente oyeron voces procedentes de la plataforma junto al río. Volvieron a asomarse por encima del muro para contemplar las cabezas de Zyuganov y Angevine. Nate se puso recto. El cabrón vino por el otro lado del paseo inferior a nivel del río, pensó Nate. Dominika los miraba desde arriba y empezó a tirar de la manga de Nate. Los dos hombres discutían y sus voces se hicieron más fuertes. Angevine alargó la mano y agarró la solapa de la chaqueta de Zyuganov. El enano se apartó enfadado, se dio la vuelta y empezó a subir por la rampa. Angevine lo siguió, gritando mientras lo alcanzaba. Nate oyó la palabra «euros» repetida dos veces. Zyuganov lo ignoró y siguió subiendo por la rampa.

—TRITON acaba de decirle mi nombre a Zyuganov —murmuró Dominika, empezando a moverse. Y Zyuganov acaba de decirle que no tiene dinero, pensó Nate, acercándose por detrás de ella. Quizá se maten el uno al otro.

En lo alto de la rampa, Angevine hizo girar a Zyuganov; el estadounidense era más alto que el ruso, y ambos se detuvieron al ver las siluetas de Nate y Dominika frente a ellos. Estaban a metro y medio de distancia, mirándose, inmóviles. Angevine se pasó los dedos por el pelo. Zyuganov tenía el rostro enloquecido y el pecho hinchado.

—*Suchka*, pequeña zorra —escupió Zyuganov, encontrándose con los ojos de Dominika—. Sabía que eras tú —dijo en un ruso gutural—. ¿Estás lista para volver a casa a morir?

—Me interesa más saber si sabes que no volverás a pisar la Rodina —le escupió Dominika—. El cementerio de los indigentes de París se llama Thiais, *zhopa*, gilipollas.

Escuchando al ruso, frío y mortal entre ellos, Nate recordó una vez más que los únicos a los que los rusos odiaban más que a los extranjeros eran a sí mismos. Entonces todo se desató.

Como si de un pistoletazo de salida se tratara, una barcaza fluvial hizo sonar su bocina de aire, y Angevine giró y corrió de vuelta por la rampa, resbalando sobre los adoquines desiguales mientras descendía, y Zyuganov se lanzó al mismo tiempo a su derecha pasando junto a Dominika. Espoleados quizá por sus respectivos instintos, Nate y Dominika reaccionaron a la vez. Nate bajó a toda velocidad la rampa para perseguir a Angevine por el rellano. Dominika avanzó hacia el coronel e intentó un barrido con el pie, pero el enano venenoso lo esquivó con agilidad y esprintó por el oscuro Quai d'Orléans.

Dominika corrió tras él por el centro de la calle vacía de medianoche. Se dio cuenta de que había dos tramos del Pont de Sully en las esquinas orientales de la isla, a ambos lados de la ciudad. No podía dejarlo escapar, porque él sabía que ella era el topo. Zyuganov era muy rápido y Dominika no podía alcanzarlo, ni siquiera saltando por encima del capó de un coche aparcado para intentar acortar la distancia. Se dio cuenta de que ella se había acercado y se apartó con brusquedad del puente para saltar la valla del pequeño parque de Barye, que le llegaba hasta la cintura, atravesar las ramas de los sauces colgantes y descender a ciegas por los anchos escalones hasta la plataforma del río. Una ronca llamada de un vigilante sonó desde las sombras. Era el extremo oriental de la isla de Saint-Louis, y el Sena entraba y salía sin cesar del rompeolas en forma de proa. Se detuvo en seco y se dio la vuelta. Dominika estaba al final de la escalera, respirando con dificultad. Iba vestida con una falda de lana oscura plisada con medias, un jersey, una chaqueta encerada y zapatillas de correr. Llevaba el pelo medio suelto de tanto correr y se lo pasó sin prestar atención por detrás de una oreja mientras bajaba despacio los escalones hacia él. Aún sentía a Nate en el interior de los muslos. Estaba cansada hasta la extenuación.

* * *

Al doblar una esquina, Nate resbaló en un adoquín viscoso y cayó de culo, lo que le salvó del tubo de tres metros —uno de los montantes de andamio desechados que se habían apilado contra la pared— que Angevine blandió contra su cabeza, pero que en lugar de eso sonó como una campana en la pared de piedra. Angevine volvió a blandirla como una espada, de arriba abajo, como un tronco, directo hacia la cabeza de Nate. Nate, que seguía de espaldas, giró para esquivar el tremendo golpe y rodó por el gélido Sena, todo olor a cloaca y sabor amargo. Al instante sintió la fuerza del agua que pasaba hirviendo y metió los dedos y la punta de un zapato en una costura de mampostería antes de que la corriente pudiera arrancarlo de la piedra y llevarlo río abajo: en tres minutos habría doblado la curva de Orsay y pasado la Torre Eiffel. Eso si no era absorbido por un vórtice o quedaba atrapado bajo un muelle y se ahogaba. Intentó agarrar con rapidez la pistola que llevaba en el cinturón, pero estuvo a punto de perderla y tuvo que aguantar mientras el río tiraba de él.

Angevine estaba de pie sobre él, con las piernas separadas, agotado, pero preparando un último golpe para aplastar la cara de Nate o destrozar sus manos aferradas.

—Joder, habéis subestimado a quién os enfrentabais —jadeó, apoyando el tubo en el hombro, como si estuviera esperando su turno en la jaula de bateo.

—Sí, tienes razón: eres más traidor de lo que ninguno de nosotros imaginaba —dijo Nate.

Angevine echó humo ante el insulto, se trabó intentando colocar el tubo para ser más preciso y se acercó. Nate se arriesgó a que se lo llevara el río al estirar una mano, agarrar la pernera del pantalón de Angevine y tirar. Desequilibrado por el gran tubo que sostenía sobre la cabeza, los pies de Angevine salieron disparados sobre los bloques viscosos y cayó al río, con el puntal rebotando en las piedras y cayendo al agua junto a él. Salió a flote balbuceando junto a Nate y buscó un asidero, pero estaba un pie demasiado lejos y fue arrastrado sin remedio fuera del terraplén, girando en el agua, con los brazos remando sin fuerza en busca de estabilidad. En tres segundos estaba en medio del canal.

Una de las embarcaciones nocturnas de Bateaux-Mouches —larga, ancha, iluminada para transmitir felicidad y con el techo de cristal—, que rumbeaba río abajo, hizo sonar su silbato cuando el punto que era la cabeza de Angevine se balanceó sobre la ola de proa y descendió hacia la depresión, rebotando a lo largo del casco hasta que volvió a balancearse sobre la estela de popa y, con un grito audible, fue succionado por la espuma de la hélice. Su cuerpo desapareció bajo el agua y una de las palas de la hélice lo lanzó de nuevo hacia arriba, seguido de su cabeza cortada. La frenética bocina del barco seguía haciendo sonar su nota grave mientras los turistas japoneses de la cubierta superior trasera convertían la noche en día fotografiando con *flash*. El cuerpo de Angevine siguió flotando río abajo entre el resplandor de las luces del embarcadero, para acabar desapareciendo alrededor de la Île de la Cité.

Con un esfuerzo considerable, Nate volvió a subir al rellano, temblando y con la ropa chorreando agua de río. Mientras subía a la calle, sus pensamientos se agitaban. Angevine se había ido. El capullo nunca recibió su pago final por traicionar a su país, y ahora estaba muerto. Gable patearía la cabeza de Angevine de vuelta al río y diría: «Nuestro dolor no puede traerlo de vuelta». Entonces Nate vio a Zarubina flotando boca abajo en una fuente. Dominika. Echó a correr por el Quai d'Orléans, con la respiración agitada, los zapatos chirriando y el hedor del río en la nariz. En el otro extremo de la isla había luces y sirenas.

* * *

Cuando Dominika bajó los escalones hacia Zyuganov, supo que lo mataría. Llevarlo a Moscú encadenado había sido una opción atractiva —a Putin le habría impresionado—, pero no ahora, no después de haber oído su nombre de labios de TRITON. Manoseó un tubo de pintalabios que llevaba en el bolsillo, buscando el extremo con el émbolo del gatillo. Caminó hasta situarse a un brazo de distancia y apuntó al centro de la masa. Con la bala explosiva, incluso un impacto en la mano la vaporizaría hasta la muñeca y provocaría una pérdida masiva de sangre. Un impacto en el torso y el consiguiente choque hidrostático convertirían la cavidad torácica en una bolsa inflada de caramelos.

Zyuganov se quedó observándola, lanzando miradas a izquierda y derecha: no había escaleras, ni escalerillas, ni otra forma de salir de la plataforma. ¿El río? No era un buen nadador y no creía que pudiera sobrevivir a una zambullida en el agua. Egorova tenía reputación, había matado a hombres, se había entrenado con el Sistema cuerpo a cuerpo, pero ¿era tan buena? Mientras la esperaba, el diminuto Zyuganov experimentó la vieja sensación familiar de la impaciencia punzante del asesino por acercarse y clavar cosas puntiagudas en lugares blandos. Sus instintos le decían que esperara a que ella se acercara, que la cegara o la dejara lisiada, y que luego acabara con ella. Quería ver la cara de Egorova al morir. Unas alas de murciélago negro se desplegaron detrás de la cabeza del pequeño ruso —ninguna gárgola de las cornisas de la cercana Notre Dame podía igualarlas— mientras Dominika caminaba hasta él, deslizando muy despacio la mano con el pintalabios fuera del bolsillo.

Marta y Udranka estaban en la orilla del río, como dos rusalki, *cantando. Por encima del sonido de su corazón palpitante, oyó a Hannah detrás de ella.*

Dominika levantó el tubo de pintalabios, con el brazo recto y tenso, apuntando a su pecho, y empujó el émbolo. Zyuganov se estremeció y se agachó. Entonces el mundo se ralentizó, las estrellas se congelaron en sus órbitas, el río dejó de fluir. Todo lo que salió del pintalabios fue un débil pitido musical, como si se hubiera roto un muelle en un reloj de bolsillo. Fallo de encendido. Un cebador eléctrico defectuoso. Componente agrietado.

No hubo tiempo de rebuscar el segundo tubo de pintalabios. Con un singular movimiento circular, Dominika arrojó el pintalabios al río, dio un paso hacia la izquierda de Zyuganov y le agarró de la manga. Él se echó hacia atrás y ella continuó avanzando hacia él, balanceando su brazo en la dirección que quería ir y, de repente, retrocedió en un arco hacia ella, subiendo el otro brazo y cruzándole el cuello. Antes de que pudiera golpear, Zyuganov bloqueó de algún modo su brazo y se apartó de ella. Se movió con rapidez y habilidad. Se quedaron mirándose el uno al otro: de los ojos y la boca de él salía una niebla negra, y él le gruñó. Ella atrapaba un brazo y asestaba otro golpe en la cabeza, luego sacaba la segunda pistola de carmín.

Zyuganov se acercó a ella con un extraño paso lento, y Dominika se le echó encima para aprovechar su impulso, pero él le rodeó el cuello con un brazo y le enseñó los dientes. ¿Iba a morderla el pequeño caníbal? Dominika echó la cabeza hacia atrás y le golpeó dos veces, muy rápido, debajo de la nariz, apuntando a un punto a cinco centímetros dentro del cráneo. La cabeza de Zyuganov retrocedió y sus ojos se nublaron, pero mantuvo su garra alrededor del cuello de Dominika, y con un tirón la atrajo hacia él, aplastando sus pechos contra su pecho. Olía a vinagre y a tierra nocturna.

La mano libre de Zyuganov sacó el cuchillo de filetear Sabatier de veinte centímetros que había cogido de la cocina de su madre y lo clavó en el costado de Dominika, justo por encima del hueso de la cadera. La hoja curvada era fina y mortalmente afilada, pero se flexionó —como suelen hacer los cuchillos de deshuesar— cuando atravesó la resistente chaqueta exterior de Dominika y solo cinco centímetros de la hoja penetraron en su cuerpo. Dominika sintió un destello de fuego en el costado que se irradió alrededor de la cintura y ascendió por el estómago. Clavó las uñas de los pulgares en los ojos de Zyuganov —lo consiguió con una, pero falló con la otra— mientras este sacudía la cabeza de dolor. Zyuganov sabía lo que era la carne, sacó la hoja y volvió a clavársela, intentando entrar en el abrigo, y esta vez sintió la lana del jersey contra sus nudillos, pero la mano de Dominika le apretó la muñeca y solo pudo introducir un centímetro de la hoja. Apartando el cuchillo, Zyuganov apuñaló de nuevo, y luego otra vez, hasta llegar a la parte baja de la espalda, intentando alcanzar los riñones o el lóbulo inferior del hígado. Zyuganov la miró a la cara con el ojo bueno —con el otro, lloroso, tenía la vista borrosa— y vio que la perra tenía la boca abierta y jadeaba, con aquellos ojos azules parpadeando rápido, y su cuerpo temblaba un poco mientras empezaba a deslizarse por delante de él; él le soltó el cuello y ella se sentó de golpe sobre las piedras, inclinándose un poco y sujetando su costado.

Dominika solo era consciente de un cinturón de dolor intenso alrededor de la cintura y del tacto de los adoquines al tumbarse sobre su lado bueno y de la arenilla húmeda en la mejilla. Zyuganov estaba cerca, envuelto en negro, y la empujó sobre su espalda: rodar era una agonía porque algo dentro de ella estaba a la deriva, caliente y líquido. Oyó la voz de un hombre —Nathaniel, ayúdame, pensó—, pero Zyuganov gritó y blandió el cuchillo y la voz —la de un vigilante nocturno, no la de Nathaniel— se desvaneció. Su superior en el Servicio se sentó a horcajadas sobre ella, causándole más dolor. Lamentaba mucho no poder pasar horas con Egorova, pero tendría que ser así. Aquel vigilante entrometido llamaría a la policía: le sobraban uno o dos minutos. El resplandor nocturno de la Ciudad de la Luz llenó su visión.

El dolor de las tripas le subía en oleadas hasta la mandíbula, y la mano con la que tenía sujeta la primera herida estaba pegajosa. Abrió los ojos y vio a Zyuganov inclinado hacia delante, perfilado contra las luces de la ciudad, con las alas de murciélago extendidas. Sintió aire frío en el vientre y los pechos, y se dio cuenta de que Zyuganov le había subido el jersey hasta la barbilla. No con él, ese pequeño insecto asexuado. Luego sintió unos dedos fríos y curiosos recorriéndole la caja torácica, unos dedos fríos de escarabajo que buscaban el espacio entre la cuarta y la quinta costilla, donde él podría introducir el cuchillo para filetearle el corazón y los pulmones. No había estado coqueteando. Sus dedos dejaron de moverse: había encontrado el hueco entre sus costillas, justo donde podía clavarle la punta del cuchillo. Zyuganov se inclinó sobre Dominika (tenía uno de los ojos hinchados) y le sopló en la cara. Luego le puso una mano detrás del cuello y le levantó la cabeza, como si fuera a darle sopa a un pariente enfermo. Habló, con voz ronca, en ruso.

—Una persona nunca puede saber con exactitud cuándo y dónde morirá, pero ahora puedes saber esto, Egorova: medianoche en París, en un terraplén apestoso, saboreando la sangre en tu lengua y oliendo la sangre en tu nariz. Te cortaré la ropa y te haré rodar por el Sena para que tus amigos americanos te encuentren río abajo, hinchada y partida, llena de agua, y será *pizdets*, el final para ti.

Los párpados de Dominika se agitaron y susurró en voz baja. Zyuganov frunció el ceño y acercó la oreja a su boca. Disfrutaba con las declaraciones agonizantes de la gente que sufría, sobre todo cuando era él quien administraba el dolor.

—¿Sabes cuándo vas a morir, *svinya*, cerdo? —dijo Dominika. Zyuganov la miró a los ojos azules, planos y apagados por la conmoción. Sonrió y le sacudió un poco la cabeza de un lado a otro, con tono burlón, mientras susurraba.

—Gorrioncito, no serás…

Dominika puso el tubo de pintalabios bajo la barbilla de Zyuganov y empujó el émbolo. Apenas se oyó el inconfundible clic, seguido de un sonido de melón mojado contra la pared. El ojo intacto de Zyuganov estaba abierto cuando cayó hacia un lado y su cabeza golpeó las piedras con un golpe seco. Una de sus piernas estaba tendida sobre el estómago de Dominika, y su cara apuntaba en dirección opuesta a ella. La parte posterior de su cabeza —ya no había aura a su alrededor— era una golosina peluda vacía hasta el principio de los dientes. El aire nocturno agitaba mechones de su pelo alrededor del borde destrozado de su cráneo.

Con un tembloroso revés, Dominika arrojó el tubo de pintalabios por encima de Zyuganov y al río. El movimiento le causó un gran dolor de estómago y trató de empujar la pierna de Zyuganov para quitársela de encima. Los brazos no le funcionaban muy bien y tenía las manos entumecidas. Ese nuevo movimiento le provocó una nueva oleada de dolor en el pecho y un ruido agudo en los oídos que tapó el rumor del río, por lo que no oyó las pisadas y se sorprendió al ver una cara joven con una chaqueta naranja inclinada sobre ella. Podía oler su loción de afeitado. Era muy guapo, no tan encantador como su Nate, pero sonrió y le dijo: *Ne bouge pas*, no te muevas, y ella oyó la palabra «plasma» y sintió que le levantaba el jersey y le aplicaba presión en las heridas de arma blanca, y se preguntó si arrojarían su cuerpo en el río, porque allí podría nadar y cantar con Marta y Udranka, y sintió el olor a alcohol y un pellizco en el brazo y cogió la mano de Hannah mientras la subían a la camilla y la llevaban escaleras arriba lejos del río, con el brillo nocturno desvaneciéndose en sus ojos.

*   *   *

Las luces parpadeaban en las fachadas de los edificios. Había una pequeña multitud de curiosos, de los que ya se movían a esas horas tempranas de la mañana, y Nate se abrió paso entre ellos. Corrió hacia un policía con botas y casco que se giró con los brazos extendidos para detenerle. A Nate no se le ocurrió nada que decir en francés, excepto *ma femme*, mi mujer, cuya ironía casi le hizo ahogarse de emoción. El policía asintió y Nate caminó unos metros y se detuvo en lo alto de la escalinata. La terraza empedrada parecía una playa de invasión:

había envases médicos desechados y dos trozos de gasa empapada en rojo esparcidos en medio de dos grandes charcos de melaza negra —a la luz de la farola la sangre parecía bastante brillante y negra— y Nate pudo ver un cuchillo en el suelo, con la sangre en la hoja en forma de mechones. Dominika no tenía cuchillo. Debía de ser de Zyuganov. Y la sangre de la hoja debía de ser de ella.

Había otro policía junto a un cadáver en el suelo, cubierto con una lona de goma por debajo de la cual se veía más sangre. Una ambulancia abría una bolsa para cadáveres. Un segundo policía con mono de trabajo y gorra cuartelera escribía en un portapapeles. El policía hizo una señal con la mano al personal médico, que depositó la bolsa junto a la figura y retiró la sábana de goma del cuerpo. Nate contuvo la respiración.

Era Zyuganov sin la parte superior de la cabeza. Pistola de lápiz labial, pensó Nate. ¿Dónde estaba Dominika? ¿La había apuñalado? Dios, el río. Nate imaginó a Dominika, después de haberle volado la cabeza al enano, agarrada a sí misma y arrastrando los intestinos, tambaleándose a ciegas y lanzándose de cabeza al agua. La camilla con el cuerpo embolsado de Zyuganov subió las escaleras, seguida de los dos policías. Crememos al pequeño bastardo, pensó Nate. Si no, saldrá de la cripta durante la próxima luna llena.

El primer policía le indicó a Nate que debía marcharse. Nate intentó hacer una pregunta, pero su cerebro estaba atascado en ruso. El policía se encogió de hombros y repitió varias veces *Hôpital*, luego *Elle était mourante*, y Nate se hartó, sintió que la sangre se le escurría de la cara y tartamudeó *Mort?*, ¿muerta?, pero el policía, impaciente, repitió *Elle était mourante*, que Nate supuso que no significaba «muerta», sino «moribunda». El policía lo miró con mucho interés.

Nate se sentó en un banco a la sombra y cerró los ojos, con las manos temblorosas y la ropa aún empapada. Llama por teléfono. Móvil encriptado, pero ten cuidado.

Gable contestó tras el primer timbrazo.

—¿Qué? —urgió.

—Los vimos en la isla. Fui tras TRITON.

—¿Lo atrapaste? Dime que lo tienes —dijo Gable.

Se oyó un zumbido y un golpe.

—¿Nash? —llamó Benford—. Estás en el altavoz. ¿Qué ha pasado?

—Simon, escucha, tu topo está muerto; se cayó cuando peleábamos y se lo tragó un barco fluvial. El puntal le arrancó la cabeza. Yo lo

vi. Ahora estará chocando con los muros de contención de la Île aux Cygnes, la isla de los Cisnes, río abajo de la Torre Eiffel.

—¿Dónde está mi preciosa niña pequeña? —preguntó Gable.

—Fue tras su jefe, lo persiguió hasta el final de la isla.

—¿Qué coño estabais haciendo fuera del hotel? —le gritó Gable.

—Salimos a cenar y volvíamos andando. Puedes despedirme más tarde.

—Eso no importa —zanjó Benford—. ¿Qué ha pasado? ¿Dónde está el enano?

—Le falta la mitad del cráneo. Lo hizo ella, pero, Jesús, Simon, parece que la apuñaló; hay sangre, mucha, y los médicos se la llevaron antes de que yo consiguiera llegar. Creo que el policía dijo que se estaba muriendo.

—Tal vez era la sangre de él —quiso creer Benford.

—Había un cuchillo de filetear ensangrentado en el suelo. El policía no paraba de decir «hospital».

—¿Ha dicho cuál? —preguntó Benford.

—No sé en qué hospital, pero voy a averiguarlo e iré.

—Negativo, Nash. Retírate —ordenó Benford.

—¿Qué quieres decir? Se está muriendo, joder.

—Nash, ¿llevaba su pasaporte de inmersión? —preguntó Benford.

—Sí —respondió Nate, agarrándose la cabeza.

—Las autoridades del hospital informarán a su embajada. Cuando oigan su nombre, habrá un diplomático, un funcionario consular y dos hombres de seguridad en su habitación en menos de treinta minutos.

—Eso no lo sabemos.

—Oye, imbécil —intervino Gable—. ¿Ves adónde va esto? ¿Quieres ir a visitarla con un puñado de margaritas y toparte con media embajada?

—No podemos abandonarla —murmuró Nate, meciéndose de un lado a otro.

—Deja de hablar y empieza a pensar —le pidió Gable—. Ella hizo lo que se suponía que tenía que hacer; completó su misión. Es una maldita heroína.

—Tal vez una heroína muerta —dijo Nate.

—Tal vez sí, tal vez no —replicó Gable—. Piénsalo bien.

—¿Así que nos retiramos y la dejamos pasar por esto sola?

—Y esperamos lo mejor y esperamos a tener noticias suyas en el interior —añadió Benford en voz baja.

—¿Qué quieres decir con esperar lo mejor? ¿Y si se muere? No estará para responder mensajes.

—Si sale de esta, su buena fe será inatacable. Cualquiera que pudiera hacerle daño ya no estará. Es perfecto —pensó en voz alta Benford.

—Simon, escúchate —pidió Nate—. ¿Está destrozada y tú hablas de su tapadera?

—Estoy tan preocupado por ella como tú, pero ella se ha destacado en el Servicio del Estado. Será intocable.

—Si no muere en una de sus clínicas de mierda.

—Nash, quiero verte en veinte minutos en el hotel —ordenó Gable—. Te ayudaré a registrarte.

—Claro, *bratok*. Menudo hermano mayor.

—Así es. Haré cualquier cosa, por difícil que sea, para mantenerla a salvo.

—¿Abandonarla es tu forma de mantenerla a salvo? —le escupió Nate, agarrando el teléfono. Es probable que sea mejor que no estemos cara a cara, pensó.

—Exacto, así es como vamos a mantenerla a salvo. Ese día oscuro del que os hablé a los dos acaba de llegar.

Nate cerró los ojos y vio a Dominika con un tubo en la boca, sus constantes vitales serpenteando en una pantalla verde, una mano y un brazo conectados con sensores e intravenosas, la otra mano inerte al otro lado de su cuerpo; esa era la que él se llevaba a la mejilla, para hacerle saber que estaba allí. Le escocían los ojos y no hablaba.

—Nash, ¿estás ahí? —dijo Gable.

No contestó, mirando al río, parpadeando ante las luces difusas.

—Nathaniel —le habló Benford—. Habla con ella ahora. ¿Qué te diría?

—No lo sé.

—Sí, lo sabes. Escúchala.

Un escalofrío lo recorrió cuando Nate oyó su voz, severa y dulce a la vez, con el acento cadencioso que lo atravesaba, y su nombre, Neyt, y ella le pidió: «*Dushka*, déjame ir, haré este trabajo y te veré la próxima vez», y él le preguntó cuándo, y ella dijo que la próxima vez, y a Nate le pareció oír a las sirenas del Kremlin de Dominika cantando en la orilla del río.

Dejó escapar un estremecedor suspiro.

—Te veré en el hotel —terminó la conversación Nate firme, y cerró la tapa del teléfono.

* * *

Era medianoche, dieciocho meses después, a trescientos kilómetros al sureste de Teherán. En la sala de control subterránea dedicada en exclusiva a la Sala C de centrifugadoras de la planta de enriquecimiento de uranio de Natanz empezó a sonar una nota musical, como una campana de teletipo. Dos técnicos de guardia nocturna se despertaron y se miraron a través de la consola de control. Podían sentir movimiento en el suelo y sus sillas de escritorio con ruedas se balanceaban ligeramente. En la pared, una fotografía enmarcada del ayatolá Jamenei se balanceaba ladeada en su gancho, y un vaso de té con una cuchara dentro se movía por el escritorio como un juguete de cuerda. La campanilla seguía sonando. Terremoto.

Un técnico se acercó sin prisa al sismómetro triaxial de banda ancha CMT40T, situado en una esquina de la sala de control, y se aseguró de que estaba registrando y enviando los valores del IMM a sus ordenadores. Observó que las lecturas iniciales de intensidad sísmica estaban en el rango de 4,0 a 4,5. Fuerte, pero no peligroso. Al menos, no ahora que tenían el suelo de aislamiento sísmico bajo las máquinas.

Ambos técnicos comprobaron, como siempre, los diales digitales y analógicos para verificar el caudal de alimentación de la cascada, el estado del rotor y las temperaturas de los cojinetes. Todo normal.

La cascada de la Sala C funcionaba a la perfección; había sido perfecta desde su instalación y prueba hacía un año. Mil setecientas centrifugadoras de gas giraban a mil quinientas revoluciones por segundo, una velocidad superior a Mach dos. Ahora, seis meses de producción cuidadosa y medida —conservada en secreto para los inspectores del OIEA— estaban aumentando las existencias y empujando el enriquecimiento hacia porcentajes aptos para armamento. El difunto mártir, el profesor Jamshidi —con seguridad víctima de asesinos sionistas— lo había construido. Es su magnífico legado, pensó el técnico.

La campana del terremoto seguía sonando, pero los valores de los temblores disminuían. Podría haber réplicas, pero ya había pasado lo peor. Los dos técnicos echaron un vistazo rápido al circuito cerrado de vídeo de la sala de cascadas, poco iluminada, fría y silenciosa, con un bosque de tubos y espaguetis de tuberías sobre ellos, y el zumbido constante y relajante de los rotores de las centrifugadoras como único sonido de la sala. Todo normal, todo funcionando sin problemas. Incluso con un temblor de cuatro grados, pensó el técnico.

Era el suelo, el suelo antisísmico, una auténtica maravilla de la ingeniería alemana. Los técnicos sabían que el equipo era alemán —todas las etiquetas lo decían—, pero técnicos rusos habían colaborado en la instalación. ¿Quién sabe por qué? No preguntes. La nueva pantalla de su tablero era hipnotizante; podías pasarte horas mirándola. Un esquema gráfico del suelo antisísmico, todo controlado por ordenador, con cientos, no, miles de luces LED que representaban los pivotes del subsuelo, las clavijas y las bisagras. Los LED azul oscuro parpadeaban y titilaban, a veces de forma individual, a veces en bloques o filas, a veces en ondas de vértigo, indicando los ajustes constantes, individuales y diminutos realizados por el mecanismo bajo el suelo de aluminio granulado. Como las marquesinas parpadeantes de los casinos y hoteles de Las Vegas, suficientes luces para convertir la noche en día, pensó el técnico. Me gustaría ver todo eso, a ser posible antes de bombardear Nueva York.

La pantalla LED estaba activa, las luces parpadeaban primero en un lado y luego en el otro, mostrando a los técnicos que el suelo estaba reaccionando y amortiguando los temblores que ellos mismos ya no podían sentir a través del suelo de la sala de control. Asombroso. Entonces apareció una única luz roja de advertencia en la pantalla principal, una luz que nunca esperaron ver: fuego. Los técnicos miraron los diales y luego se miraron entre sí. ¿Cortocircuito? No. ¿Fallo mecánico? Ninguno indicado. ¿Registros de equipos? ¿Climatizadores? ¿Alimentación de CA? Nada.

La pantalla del suelo cobró vida cuando todos los LED se encendieron, parpadearon una vez y se apagaron. Los dos técnicos miraron a la vez el monitor de vídeo y vieron un punto de luz blanca cegadora que ardía bajo el suelo, ahora visible entre los rotores, cada vez más blancos, proyectando sombras los tubos de las centrifugadoras contra las paredes más alejadas. Uno de los técnicos se lanzó y pulsó el botón rojo SCRAM para detener las centrifugadoras, pero un punto de fusión en el suelo había creado un minúsculo desequilibrio en la tercera máquina de la segunda fila de la primera cascada. Se desprendió de sus cojinetes inferiores, y con el vacío roto, el rotor interno giratorio, primero, rompió la carcasa y, luego, la hizo añicos, enviando metralla quejumbrosa que chirriaba contra las máquinas vecinas, iniciando un estruendo profundo y retumbante que aumentó en furia a medida que fila tras fila de máquinas derviche se desprendían de sus puntas de rotor. El estruendo de la destrucción solo era superado por la cacofonía de las alarmas de incendio que aullaban en los pasillos.

Uno de los técnicos ya había activado la alarma de radiación de emergencia y la bocina empezó a sonar fuera de la sala de control. El otro técnico cogió el teléfono y llamó al general Reza Bhakti, comandante de cuatro estrellas de la Guardia Revolucionaria iraní. Gritando al teléfono y maldiciendo soezmente, Bhakti ordenó a los dos técnicos que permanecieran en la sala de control hasta que él llegara. Se puso el sombrero con una hoja de oro en la visera y corrió en su *jeep* hasta el túnel de la Sala C, situado en la superficie. Ambos técnicos conocían el procedimiento y mantuvieron la calma: permanecerían en la sala de control sellada y sin ventanas hasta que pasara la crisis inmediata, y luego saldrían vestidos con los trajes de protección radiológica que colgaban en el armario. Sin embargo, este procedimiento de emergencia no tenía en cuenta la aceleración de la fusión alimentada por fósforo blanco y aluminio, cuya próxima parada era, imaginaban, el centro de la Tierra.

Los técnicos observaron en el monitor cómo la imagen se volvía blanca por la sobrecarga de píxeles, luego marrón cuando la lente se fundió, y después negra cuando la cámara se derritió de su soporte de pared como la cera de una vela. Si la cámara hubiera seguido funcionando, los técnicos habrían visto cómo los pocos tubos de la centrifugadora que seguían en posición vertical se derretían como castillos de arena en una marea alta. Con la materia prima gaseosa liberada en el aire sobrecalentado, la conflagración se volvió radiactiva. Para entonces, el fósforo blanco se había apoderado de todo el suelo de aluminio y estaba consumiendo las paredes de cemento y las vigas de refuerzo de acero del techo, creando un anillo de fuego supersónico y arremolinado que atraía el aire con tanta violencia que las puertas de la Sala C se doblaron hacia dentro. El pozo de entrada, inclinado y de unos cuatrocientos metros, se convirtió en un túnel de viento que succionaba equipos, carros y materiales de construcción sueltos hacia el interior del horno a ciento sesenta kilómetros por hora. Los conductos de ventilación de la Sala C también se convirtieron en góndolas de reactores, un fenómeno que el general Bhakti del IRGC experimentó en persona cuando aparcó su *jeep* junto a una toma de aire en la superficie y fue levantado de su asiento, atravesó la rejilla protectora y fue succionado hacia el conducto de ventilación sobrecalentado, incendiándose a medio camino como la mecha de una lámpara de queroseno. Su gorra de general quedó en el suelo del *jeep*.

Hacía calor en la sala de control y el teléfono ya no funcionaba. Los diales estaban fundidos, las pantallas digitales ennegrecidas y el aire chirriaba por el túnel, haciendo sonar la puerta. Los técnicos se giraron en sus sillas cuando oyeron un siseo. Una mancha de fuego había comenzado en una esquina inferior de la sala de control y pronto se alargó y trepó por el ángulo de la pared y por la línea del techo. La sala de control estaba construida de hormigón, que no debía arder. Los técnicos se enfundaron sus trajes protectores mientras el fuego se extendía por la junta del techo. La pared más alejada estaba cambiando de color a medida que el magma de la sala de cascadas contigua empezaba a arder. Los técnicos vacilaron ante la puerta, sin saber si debían salir al túnel de entrada. La foto inclinada del ayatolá Jamenei cayó al suelo y se incendió.

* * *

Una semana más tarde, Ali Larijani, presidente del Parlamento de Irán, recibió instrucciones del líder supremo Jamenei de realizar una llamada al despacho del presidente de la Federación Rusa. El anterior cargo de Larijani como secretario del Consejo Supremo de Seguridad Nacional y principal enviado nuclear le hacía buen conocedor de las minucias del programa nuclear iraní. Su alto rango, además, le daba la suficiente seriedad como para hablar con franqueza al idólatra del norte, informando al Kremlin de la suspensión de las relaciones diplomáticas entre la república islámica y Rusia, y de la intención de Teherán de restablecer contactos cooperativos y unilaterales con grupos islámicos del Cáucaso. Larijani finalizó su llamada transmitiendo un mensaje personal del líder supremo al presidente. *Eeshala tah akhareh ohmret geryeh bakoney.* Espero que guardes luto el resto de tu vida.

43

El presidente Putin se sentó tras su escritorio, en la oficina presidencial, con paneles de madera de abedul, en el edificio del Senado del Kremlin. Llevaba un traje azul oscuro, una camisa azul claro y una corbata azul plateado. Tamborileaba con los cortos dedos sobre el escritorio, mientras leía el urgente y delicado informe del SVR, con franjas azules, sobre el incendio y el accidente de las centrifugadoras acaecidos hacía dos días en las instalaciones de uranio de Natanz. En la carpeta se incluían imágenes aéreas del satélite YOBAR del Ministerio de Defensa ruso. Las imágenes infrarrojas mostraban una columna de humo sobrecalentado, de kilómetros de longitud, que salía del terreno hacia el sureste. Se trata de una columna tóxica que mataría a cualquiera que se encontrara a su paso: iraníes, afganos y pakistaníes. El radar de apertura de material sintético captó, a través de la nube de humo, una caldera (radiactiva) en la que se había fundido y derrumbado el techo de la Sala C. Una nota técnica final equiparaba la intensidad de la explosión de calor de Natanz a la de la erupción de 2014 del volcán Kelud en Java Oriental.

Kakaya raznitsa, a quién le importa, pensó Putin, cerrando la carpeta y arrojándola a una caja de mármol blanco de Koelga. Le importaba un bledo; el desequilibrio, la confusión y el caos mundiales le venían muy bien a él y a Rusia. Ese incendio podría ser obra de los americanos o de los israelíes, o tal vez esos babuinos persas no sabían cómo manejar el uranio. Bueno, hacía tiempo que había recibido el dinero de Teherán por el envío, y los «depósitos de los inversores» estaban hechos —Govormarenko ya había repartido todo—. No importaba; cuando los iraníes estuvieran listos para reconstruirlo, Rusia intervendría con equipo y experiencia para ayudar. Con precios a la carta.

Que traten de revolucionar el Cáucaso, no había posibilidad alguna, él tenía a su audiencia interna bien controlada. El noventa y seis por ciento de los rusos aprobaba sus recientes iniciativas militares en Ucrania; el noventa y cinco por ciento de ellos creía que Estados Unidos estaba incitando a la díscola Kiev a perseguir a los originarios de Rusia en aquel país. El noventa y dos por ciento creía —no, sabía— que la misma situación existía en los enclaves rusos del Cáucaso, Moldavia, Estonia, Lituania y Letonia. Las oportunidades se presentarán. Siempre lo hacían. No perdería de vista a los oligarcas. Estaban preocupados por sus problemas de dinero ante las sanciones bancarias occidentales. Nada que unos pocos juicios por corrupción y penas de prisión no puedan mitigar. Los acuerdos cuantiosos de gas y petróleo con China, India y Japón le quitarían hierro al asunto de las sanciones muy pronto. Y seguirían difamando y haciendo hincapié en las débiles coaliciones de la OTAN. Las condiciones eran las adecuadas para hacer añicos la alianza euroatlántica de una vez por todas, lo que supondría un desagravio por la disolución de la URSS. Con la OTAN arrasada, la propuesta del escudo antimisiles checo-polaco dejaría de ser una preocupación.

Mientras el presidente Putin contemplaba su dominio, su alma eslava se elevaba. Consideraba sus opiniones como una verdad revelada. Solo él tenía a raya a los bárbaros de la entrada. Rusia volvería a ser temida. Rusia volvería a ser respetada. No se detuvo en las severas medidas necesarias para lograr sus objetivos; los refugiados ucranianos ya habían ardido en llamas otras veces en las calles y, si era necesario, volverían a hacerlo. Esto era suyo. Le pertenecía. Su alma levantó el vuelo y sobrevoló las almenas de la muralla del Kremlin, pasando por la plaza Bolotnaya, donde miles de personas habían protestado en vano, y luego bajó las alas con garras y se deslizó a lo largo del río y sobre el techo gris en forma de «V» de la prisión de Lefortovo, donde los traidores rusos iban a morir. Aprovechando una corriente de aire, se elevó por encima de Lubyanka, protegiéndolos a todos con la espada y el escudo, e, inclinándose, planeó por encima del tejado de la casa de Tolstói en Jamóvniki y sobre la fachada del Conservatorio del Estado, donde Sofronitsky, el pianista de Dios, asombró a los mortales, pero nunca se le permitió tocar fuera de Rodina. Una corriente ascendente elevó el alma de Putin por encima del bosque de Mednoye, donde Vasili Blokhin ejecutó a siete mil hombres en veintiocho días, y luego por encima de los pinos de Yasenevo, hasta la torre de cristal y metal entre los árboles —el cuartel general de la RV—, girando más rápido alrededor de los árboles y luego estabilizándose, planeando hasta una ventana con las persianas bajadas para proteger del sol vespertino y atravesándola para llenar la oficina con el aliento de las alas cortantes de la guadaña. El alma de Putin de visita.

Sin percatarse de la visita espectral, la nueva jefa de la Línea KR se pasó un mechón de pelo por detrás de una oreja y arrojó el informe sobre el incendio de Natanz a la bandeja de salida situada en la esquina de su mesa.

FIN

Agradecimientos

Escribir una novela es un trabajo solitario. Lo que me ayudó a atravesar el desierto fueron las muchas personas que me aconsejaron, apoyaron, revisaron, sugirieron, corrigieron y contribuyeron al resultado final.

Mi agradecimiento a mi agente literario, el trascendental Sloan Harris de International Creative Management, que siguió siendo la infalible veleta del buen gusto, la clase y la elegancia en todos los aspectos del manuscrito. Sus consejos y asesoramiento han sido inestimables. Josie Freedman, en Los Ángeles, traduce las tablillas cuneiformes de la Babilonia de Hollywood, y Heather Bushong domina las hordas. Y mi agradecimiento a Heather Karpas, por su incesante apoyo.

Mi editor en Scribner es Colin Harrison, y es el mejor de la galaxia. Me acompañó por el húmedo pantano que era el manuscrito original, guiándome, sugiriendo y alentándome, en un proceso que fue mucho más que una edición, mucho más que una revisión. Mientras leía y releía el libro, a su ojo perspicaz no se le escapaba nada, ponderando por igual el arco histórico de la Rusia moderna o la ciencia del enriquecimiento de uranio, mientras señalaba la diferencia tautológica entre «barro» y «lodo». No habría terminado el libro sin él.

Gracias también a la gran familia de Scribner Simon & Schuster, incluyendo a Carolyn Reidy, Susan Moldow, Nan Graham, Roz Lippel, Brian Belfiglio, Katie Monaghan, Kyle Radler, Rita Madrigal y Benjamin Holmes. Un agradecimiento especial a la clarividente Katrina Díaz, por sus interminables horas de ayuda. Fue muy apreciable el apoyo que todos mostraron durante el prolongado proceso de coordinación.

Es justo reconocer a los colegas del Consejo de Revisión de Publicaciones de la CIA y agradecerles su ayuda para conseguir las aprobaciones finales del manuscrito.

Mi hermano y mi cuñada, William y Sharon Matthews, leyeron el borrador del manuscrito y sugirieron cambios y mejoras. William vende inmuebles comerciales, da clases de economía en una universidad y, por alguna extraña razón, conoce la diferencia entre la órbita terrestre baja de un satélite de vigilancia y la geosíncrona. No sé muy bien por qué, mi hermano conoce, además, los efectos fortificantes del escandio sobre el aluminio. El suelo antisísmico, combustible de la novela, es una invención suya. Animó al autor y elaboró estrategias conmigo en asuntos grandes y pequeños. El libro está dedicado a él y el CAJW estaría orgulloso.

Otro sincero agradecimiento a un antiguo colega de la Guerra Fría, BB, que revisó y corrigió sin descanso las palabras y frases rusas utilizadas en el manuscrito. Es un virtuoso de las operaciones, un erudito y un lingüista legendario. Añadió comentarios culturales críticos sobre el comportamiento de los rusos. Le agradezco su ayuda y lo saludo.

Mis hijas, Alexandra y Sophia, siguen aconsejando al autor, con paciencia y buen humor, en cuestiones de música popular, ropa y cine.

A pesar de todas las aportaciones, me apresuro a añadir que cualquier error de fondo, de lenguaje o de ciencia es mío.

Por último, pero no por ello menos importante, le doy las gracias a mi mujer, Suzanne, por haber leído el borrador, dos veces, que es más de lo que cualquiera debería hacer, y por su fino ojo y su mano firme, templados por su propia carrera de tres años en la CIA. A lo largo de los años, hemos hecho juntos algunas de las cosas que se describen en el libro, y ella sabe lo que es real y lo que es ficción. Le agradezco su entusiasmo y su paciencia mientras escribía.

CONCLUYÓ LA IMPRESIÓN DE ESTE LIBRO,
POR ENCOMIENDA DE ALMUZARA, EL
9 DE JUNIO DE 2023. TAL DÍA DEL AÑO
1944, EN EL MARCO DE LA SEGUNDA
GUERRA MUNDIAL, LA UNIÓN SOVIÉTICA
INVADE KARELIA DEL ESTE, OCUPADA POR
LAS FUERZAS FINLANDESAS DESDE 1941.